世界少年经典文学丛书

所罗门王的

[英]哈格德　著
李光辉　编译

中国出版集团　现代出版社

图书在版编目(CIP)数据

所罗门王的宝藏 /（英）哈格德（Haggard,H. R.）著 ；李光辉编译.
—北京 ：现代出版社，2013.2 （2025.1重印）
ISBN 978-7-5143-1336-9

Ⅰ. ①所… Ⅱ. ①哈… ②李… Ⅲ. ①儿童文学-长篇小说-英国-近代-缩写 Ⅳ. ①I561.84

中国版本图书馆 CIP 数据核字（2013）第 022096 号

作　　者　哈格德
责任编辑　李　鹏
出版发行　现代出版社
通讯地址　北京市安定门外安华里 504 号
邮政编码　100011
电　　话　010-64267325　64245264(传真)
网　　址　www. xdcbs. com
电子邮箱　xiandai@ cnpitc. com. cn
印　　刷　三河市嵩川印刷有限公司
开　　本　700mm×1000mm　1/16
印　　张　9
版　　次　2013 年 2 月第 1 版　2025年 1 月第 4 次印刷
书　　号　ISBN 978-7-5143-1336-9
定　　价　39.80 元

序 言

孩子是未来的希望，是父母心中的天使，是充满快乐的精灵。小学阶段更是孩子最快乐的时光，是孩子成长发育的黄金阶段。为了让孩子学习更多的课外知识，享受更加丰富的学习乐趣，我们策划了本丛书！

从小让孩子多读课外书，对培养孩子健康的心态和正确的人生观无疑将起着非常重要的作用。自《语文课程标准》公布以来，不少富有敬业精神、有才干的教师，在他们的教学中，担当起阅读教育的重担。他们在严谨的选材中，利用丰富的文学资源，向学生推荐了大量优秀的课外读物，实施了以“练成阅读和作文的熟练技能”为重要内容的阅读教育。大千世界充满了丰富的知识。阅读能丰富小学生的语文知识，增强阅读能力，提高写作水平，开阔视野，增长智慧。阅读本丛书，能够使孩子享受到阅读的快乐，激发起更浓厚的阅读兴趣，孩子的生活将充满新的活力与幸福！本丛书精选了世界名著和中国经典书目中流传最广、影响最大、最脍炙人口的作品，是培养小学生理解能力、记忆能力、创造能力的最佳课外读物。

最后需要指出的是，本丛书把世界上流传甚广的经典童话、寓言等也尽收其中，并将这些文学作品重新编写审订，使作品在不影响原著的基础上更适合少年儿童阅读，在丰富他们课余生活的同时提高语言和文字表达能力。本丛书通过科学简明的体例、丰富精美的图片等有机结合，使小读者不仅能直观地领略作品的精髓，而且还能获得更为广阔的文化视野和愉快体验。希望本丛书能成为孩子生活的一缕阳光照亮孩子前进的道路，能成为一丝雨露滋润孩子纯净的心灵。

编 者

目 录

第一章 偶遇亨利·柯蒂斯

去年55岁生日时，在我身上出现了一件怪异的事情，我居然拿起笔来尝试记录历史。我不清楚自己需要把这次已经完成的旅行写成什么样的一段历史。可能因为我很小的时候就开始工作，所以对我来说，我的一生是漫无边际的一段旅程，在这个过程中，我做过很多事情。当其他男孩子还在读书时，我就开始在老殖民地做贸易以维持生活。我做过交易、打过猎、参加过战斗，之后甚至采过矿。可是，仅仅在八个月前我才有了钱。这是一笔巨大的金钱，虽然我不知道这笔钱到底有多大，虽然我已经得到了它，所以我想自己不用再去为获得它而经历过去15或16个月的事实了。即使我清楚最终自己会安定，会得到大量财富，我也不会再次进行这样的旅程了。因为我是一个胆怯的人，不喜欢暴动，而且非常反感冒险。我不知道为什么必须写这本书，这并不合适我的生活习惯；我也不是一个文艺创造者，即使我对基督教的《旧约全书》和《印戈耳支比家传故事集》情不自禁。我现在就举几个列子吧，当然只是为了说明我确实有一些原因来写它。

第一个原因：由于亨利·柯蒂斯爵士和约翰·古德上学校要求我来写这本书。

第二个原因：由于左腿疼痛，我一直在非洲的德班生病卧床，为了打发时间而写这本书。自从那只该死的狮子伤害我之后，我就留下病痛，经常寝食不安，非常难忍的疼痛使得我比平时更加虚弱。肯定是由于狮子的牙有毒，否则的话，伤口刚刚康复怎么又裂开来呢？像我这样一个以前猎杀过65头狮子的人，居然会被第66头狮子像吃烟叶似的咬伤了腿，这正是一件令人伤心的事情。这件事情破坏了常理，我是一个规矩的人，不喜欢过这样的日子。

第三个原因：我想把这个经过记录下来给我的孩子海瑞读。由于他想成为一名医生，现在伦敦医院里学习。医院的生活乏味，非常枯燥，有时甚至会解剖部分死尸，让人恶心。我想要他有一些高兴的事情，好让他一周左右不闹事。而这个历史记载并不平淡，不管它会怎样，都会让海瑞在朗读我们的冒险时能够放松一会儿。

第四个，也是最终一个原因：由于我要讲述的是一个自己回忆中最为怪异的故事。这个故事看起来非常怪异，尤其是故事中除了福乐塔以外，没有其他女人存在。不，还有卡古尔，假如她是一个女人而不是一个恶魔的话。至少她不是一个合适结婚的人，所以，我不把她计算在内。不管怎样，我敢肯定地说，在整个故事中没有一条“裙子”存在。

好，我马上就要讲这个经过了，但从哪里讲起感觉有点困扰。不过，还是开始吧。

我是德班人艾伦·夸特曼，一个出生于纳塔尔的绅士，我盟誓，我所说的都是真的，我可以在当地法官前面为可怜的科伊瓦和文特沃格乐的死去作证。但是不管什么原因，我觉得用它来作为一本书的开端看上去不太适合。此外，我是一位绅士吗？绅士应该是什么模样？我不是很知道，但我仍然不能不与黑鬼发生关系，不，我得把“黑鬼”这个词去掉，因为我不喜欢这两个字。所以，海瑞，我的孩子，你会说，在你开始讲这个经过前，我已经认识当地人，他们是绅士，我还认识领着很多钱刚从家里出来的无耻的白人。

但不管怎样，我天生就是一个绅士，虽然我的一生除了做过商人和猎人外，什么也没有尝试过。我也是否还保存着这些原因，不太清楚，你可以对这作出评价。上帝知道我已经尽最大努力了。在我的一生中，我杀了很多人，所以我从来没有杀过没犯罪的人，我的手上从来没有沾过无辜人的血，杀人只是为了保护自己。上帝给了我们生命，我想他希望我们去保卫他们，至少我经常是这样做，我希望在我的有生之年不会再遇见这样的事情。这是一个残忍而邪恶的世界，对于一个胆怯的人来说，我也曾经卷入过杀场。我不能说它是对的，但不管怎么样，我没有偷窃过，虽然我曾经从一个卡菲尔人手中诈骗了一群牛。但是，后来他也对我进行了无耻的报复，从那时到现在，这件事一直令我十分苦恼。

从我第一次碰见亨利·柯蒂斯爵士和古德上学校，到现在已经大概有18个月了。经过是这样的：当时，我在巴芒瓦图猎象，运气非常差。在旅行中，所有好像都出了毛病，最闹心的是，我还发起了高烧。病刚好转，我就开始向钻石矿区艰苦行进，卖掉了所有的象牙、货车及牛群，瓦解了我雇来的猎手，搭乘一辆邮政车到了开普。在开普镇住了一周，我感觉宾馆里的要价太高，再加上也看了不少的东西，包括植物园和新的英国国会大厦，因此我决定乘坐敦克尔号回到纳塔尔。于是，我在码头上等候来自苏格兰的爱丁堡号船。午饭过后，从爱丁堡城堡来的纳塔尔乘客在此换船，我们也登上船，驶入大海。

在甲板上的人中，有两个人引发了我的思考。一个是大约30岁的男士，他是我看见过的胸膛最宽阔、手臂最长的人。他头发呈金黄色，同样金黄的胡子十分茂密，面部轮廓明显，大大的灰色眼睛凹进去。我从来没有看过这么俊俏的人，不知道为什么一看到他我就想起了一个古代的丹麦人。我并不清楚多少古代的丹麦人，即使我知道一个现代丹麦人让我丢失了10英镑，但是我记得以前看过那些男士中的一些人的图像，我是说祖鲁族白人。他们用大大的牛角喝酒，后背飘着长长的头发。当我看见靠着升降梯站着的这位朋友，就想假如他再高一点，在宽大的肩膀上再穿一件链条风衣，拿起一把大战斧和一只牛角杯，他简直就可以当作那副画的模特了。接着说一下，这是一件新鲜的事，只是为了说明血统是怎样出来的。后来，我知道亨利·柯蒂斯爵士的确拥有丹麦血统，他也让我强劲地想起了另外一个人，但是那时我又想不起是谁了。

站在那里和亨利爵士谈话的另外一个人又矮又胖，皮肤黝黑，完全是另外一个模样。我马上就猜想他是一位海军军官，即使我不知道什么原因，但你很难不把他看成一名海军官员。在一生中，我以前和几个这样的人打过猎，他们是我碰见的最优秀、最勇敢和最正派的人，即使让人遗憾的是，他们中间有人有时会出言不逊。我以前问过一两次什么是绅士，现在我就来回答这个答案：总的来说，皇家海军军官就是绅士，即使他们中间会有一些废物。我认为只有宽广的大海和神的狂风才能够激荡起内心的痛苦，吹走思维中的黑暗一面，让他们成为真正的绅士。

好了，现在我们回过头来，再次说明我说的话。这个皮肤黝黑的人是一个31岁的海军领导，在服役17年后，他从指挥官的职位上退了下来，由于他已经不可能再提升了。这就是那些为女王服务的人不能不遭遇到的不好意思：当他们开始真正了解自己的工作、到达人生的最高点时，就不能不被扫地出门，回到冷漠的世界中寻找谋生之路。我想他们没有发现到这一点，但是就我自己来说，我宁可当一个猎手来维持自己的生活。可能半个便士的价值非常少，但是还有你不会被扫地出门。

检查乘客名单后，我知道了这个军官的名字，他叫古德——约翰·古德上校。他的模样是宽肩膀，中等身高，皮肤黝黑、非常健康，看上去是一个好奇心很强的人。他身着干净整洁，胡子刮得利利索索，右眼总是戴着眼镜，看上去似乎长在上面似的。由于没有绳子，除了擦拭它时，他从来不把眼镜摘下来。开始时，我认为他习惯戴着眼镜睡觉，但后来我知道事情不是这样的。他休息时，会把眼镜摘下来，和假牙一起放在裤子口袋里。

我们出发后不一会儿，夜幕降临，坏的天气也到来了。从陆地上刮来刺骨的寒风，雾霭厚重起来，人们纷纷走开了甲板。敦克尔号是一个平底船，这时，船上的灯光亮了起来，船在风浪中用力地摇摆着。看上去它好像总想稳稳当当地行走，但是做不到。为此我站在暖和的引擎旁边，开心地观察着我对过的钟摆，当船摇摆时，它慢慢地前后摇晃着，每一次倾斜它都自然成了一个角度。

“这个钟摆出问题了，它指明的方向有错误。”突然一个有点沙哑的声音在我耳边响起。我向旁边看了看，才知道正是那个上船时就引起我注意的海军军官。

“真的吗？你为什么这么觉得？”我问。

“我就是这样觉得的，根本没有思考。如果指针向右转到了这个角度的话，船就永远不会摇晃了，就是这样。虽然就像这个商船船长，他们总是这样不认真。”

就在这时，正餐的铃声响了。听到皇家海军军官关于这个主题的讲话，是一件恐怖的事情。我只清楚最恐怖的事情，那就是听到商船船长对皇家海军军官的天真观点。

我和古德上校一起去就餐，发现亨利·柯蒂斯先生已经就坐了。他和古德上校坐在一块儿，我坐在他们的对过。上校和我马上就聊起了打猎等之类的事情。他打听了我很多问题，原因是他对所有的事情都很好奇，我尽自己所能一一回复。不久，他就谈起了大象。

“啊，先生，”坐在我旁边的一个人大声说，“你算找对人了，艾伦·夸特曼可以告知你关于大象的任何事情。”

亨利爵士一直十分安静地坐在那里听我们讲话，这时显然是吃了一惊，也开始讲话了。

“对不起，先生，”他把身子向前坐了坐，声音极小而厚重，在我听来，这声音正从他那巨型的肺里发了出来。“对不起，先生，请问你是叫艾伦·夸特曼吗？”

我说是的。

这个大人物不再说什么，但是我听到他在嘟囔“太幸运了”。

一会儿，正餐结束了。当我们走出公共大厅时，亨利爵士走过来说我可不可以到他的船舱里吸一会烟，我高兴接受。他把我带到了敦克尔号甲板舱房，这是一个十分好的舱房。船舱里有一套沙发，沙发前面有一张小桌子。亨利爵士让服务生拿来一瓶威士忌，我们三个人坐下来，吸起了烟。

“夸特曼先生，”当服务生拿来酒，点上灯时，亨利·柯蒂斯爵士说，“前年这个时间，我想你在德兰士瓦省北部一个叫巴芒瓦图的地方住过吧。”

“是的，”我回答说。对于这个绅士对于我的行为举止非常熟悉感到十分惊奇。据我所知，我的行为举止并不会引起大多数的关注。

“你在那里做买卖，是吧？”古德上校着急地问道。

“是的。我运了一车货物，还在小村外面摆摊，直到卖完了所有货物。”亨利爵士坐在我对过的马德拉椅子上，胳膊支在桌子上。这时，他昂起头，大大的灰色眼睛看着我。看得出，眼神中带有一丝古怪的着急。

“你在那里碰见过一个叫内维利的人吗？”

“噢，是的，他在进入内地之前，曾经在我旁边卸下牛身上的工具，休息了两个礼拜。几个月后，我接收了一位律师的来信，问我知不知道他发生了什么事儿，那时我尽我所能把所有清楚的事情都在信中作了答复。”

“是的，”亨利爵士说，“你的信已经邮寄给我了，你说那个叫内维利的绅士5月初和一个车夫、一个放牛群的男孩、还有一个叫吉姆的卡菲尔猎人坐四轮马车离开了巴芒瓦图，他还说可以的话，他打算把货物拉到因亚提，相当于马塔贝列乡间最远的贸易市场，在那里卖掉货车，然后走路继续前行。你还说他的确卖了货车，由于六个月后你在葡萄牙商人那里看到了这些货物和货车。那个商人还告诉你，他在因亚提从一个门人那里得到的，他忘了白人叫什么名字了，他觉得这个白人和土著仆人出发到内地打猎去了。”

“是的。”

说到这里，他停了下来。

“夸特曼先生，”亨利爵士突然说，“我猜测你知道或者能够想到更多内维利先生向北旅游的原因吧？或者他旅游的目的地是哪里吧？”

“我听到过些，”我回答说，然后就不再说了。这是一个我非常不想讨论的话题。

亨利爵士和古德上校互相看了看，随后古德上校答应了。

“夸特曼先生，”亨利爵士继续说，“我计划给你讲一个故事，向你寻求一些意见，可能还需要你的帮忙。那个向我邮寄你的信的律帅告知我，这封信的内容可以是可信的，”他说，“由于你在纳塔尔闻名遐迩，受到大家的敬爱，尤其是你的判断力人人都清楚。”

我躬了鞠躬，喝了一些兑水的威士忌来伪装自己的害怕，因为我为人向来低调谦虚。

亨利爵士接着说，“内维利先生是我的兄弟。”

“噢，”我说，刚开始遇见亨利爵士时，他以前提示过我。他的弟弟是一位个头矮小，胡子漆黑的人，我现在想起来了，我发觉他拥有和他哥哥一样的灰色眼睛和犀利的眼神，还拥有十分相似的面庞。

“他是，”亨利爵士接着说，“我惟独的弟弟，5 年前，我曾未有想到我们会相互分开，哪怕只离别一个月。接着，就在 5 年前，不幸来到我们身上，就像天灾经常会来到在某个家庭中一样。我们争吵了一顿，那时我正在火头上，所以对我弟弟十分不公平。”

此刻，古德上校用力地点了点头，就在那里，船突然用力摇摆了一下，一时间装在我们对过右舷上的镜子似乎晃到了我们的头顶地方。我坐在那里，手放在兜里，目不转睛地看着上面，我能看到他使劲地点着头。

“我猜测你知道，”亨利爵士接着说道，“如果一个人没有写下遗书就死了，除了土地——在英国称作不动产除外没有任何财产，那么一切的财产都会由孩子中老大继承。碰巧就在我们大吵时，父亲没有写下遗书就走了。他一直延迟着没有立遗嘱，最后已经来不及了。结果我的弟弟还没有学到本领，没有得到一分钱就离开了。当然，养活他是我的责任，可因为那时我们之间争吵得非常严重，我没有主动去做任何事情，说到这些我感到十分惭愧（他深深地叹口气）。并不是我不能公平地对待他，而是因为我等着他主动退步，但是他始终没有。十分抱歉让你浪费精力听所有这事儿，夸特曼先生，但是我一定要把这事情说清楚，对吧，古德?”

“是的，确实是这样，”上校说，“我相信夸特曼先生会对这段经过保密的。”

“是的。”我说，我对于自己的警惕行事颇为自信，就像亨利爵士听说过的，在这方面我的确有些名声。

“好吧，”亨利爵士接着说，“当时，我的弟弟账上有几百英镑，他从未跟我打招呼就取了出来，然后用了内维利的名字，出走去南非，热烈地希望在那里发财致富，这是我将来才得知的。三年过去了，他杳无音信，即使我写了好多信去找他。毫无疑问，他从未收到这些信，可是，随着时光流逝，我越来越担心他，夸特曼先生，我发现血缘浓于水啊!”

“这确实是真的。”我说，我想到了我的孩子海瑞。

“夸特曼先生，我乐意拿出我一半的财产去寻找弟弟乔治，我希望我唯一有的亲人安全健康，我能够再见到他。”

“但是可能再也找不到了，柯蒂斯。”古德上校看了看这个大人物，突然说。

“是的，夸特曼先生，随着时光流逝，我越来越急切地想知道我的弟弟是不是还活着。如果活着的话，我要把他接回家。我开始进行一些查询，你的信就是查询的一个结果。就现在来看，情况还是令人高兴的，只要按照这个线索，肯定会得到结果，它说明至少最近乔治还活着，可是不知道现在是不是还活着。所以，长话短说，我决心走出去，亲自去寻找弟弟，古德上校人非常好，乐意和我一起去找弟弟。”

“是的，”上校说，“你明白，我也没有什么别的事可以做。我在海军部的位置已经倒了出来，拿一半薪金也能活。现在，夸特曼先生，你可以告诉我们你知道或者你听说过那个叫内维利的绅士的信息吗？”

第二章 所罗门王宝藏的传说

“你在巴芒瓦图时发现没发现什么关于我弟弟旅游的消息?”在我回复古德上校前，我停下来去装烟斗时，亨利爵士问道。

“我听过这事儿，”我回复说，“但直到至今，我从来没有对任何人说过这事儿，我听说他将要去寻找所罗门宝藏。”

“所罗门宝藏?”两个人突然一起吃惊地问道，“它在哪里?”

“我也不知道，”我说，“我只知道传说中它们的位置。从前我曾经看见过宝藏旁边的高峰，但是我和那些山顶距离有130英里，中间是一望无际的沙漠，除了一个人以外，我还从未有听说哪个白人曾经活着穿过这片沙漠。但是我顶多也就是告知你我所知道的有关所罗门宝藏的传文吧。可是不经我同意，你们不可以把我说的这些话告知给任何人，你们可以做到吗？我这么要求有自己的想法。”

亨利爵士答应了，古德上校说：“当然，当然没有问题。”

“可以吧，”我开始说起来，“可能就像你们想象的那样，猎象人都是粗人，他们不可以让自己沦落到那些与自己的生活和行为举止无关的事情里。但是，你可以到处都会碰到一部分人，愿意去搜集那些流传在土著民族中的一些传说，试着从这片黑土地上挖掘一小段历史。大约30年以前，我就碰到了这样一个人，就是他第一次告知了我所罗门宝藏的传说。那时，我首次在马塔乐贝乡间猎象。那人叫埃文斯，这个可怜的人第二年就让一头受伤的野牛给顶死了，死尸被埋在了赞贝西旁边。我记得，有一天夜里，在今天的德兰士瓦省的利登堡区狩猎纰角鹿和大羚羊时，我告诉埃文斯我看见了一些奇怪的采掘场，看到他们最近又来到这些采掘场勘查金矿，其实几年前我就知道这些金矿了。他们在坚固的岩石间辟出了一条能过四轮马车的宽阔道路，直通向采掘场或隧道的入口。隧道入口处堆放成堆的准备冶炼的石英矿石，这说明那些矿工都是匆匆忙忙离开的，在离坑道 20 步远的地方是一幢美丽的砖石建筑。

“‘唉，’埃文斯说，‘我要告诉你一件比这更奇怪的事情，’接着，他告诉我他怎样在内地发现了一座荒废的城市，他认为那是《圣经》中的俄斐，顺口说一下，在可怜的埃文斯讲过后很久，其他更有知识的人也说过这样的话。我晓得，由于那时我很年轻，好奇心很强，乐于倾听所有这些稀奇古怪的事，对古代文明和古犹太人或腓尼基人的财宝丢失在野蛮黑土地上的事情深深地感兴趣。突然，他问我：‘小伙子，你听说过位于马叙库伦布威乡间的所罗门群山吗？’我说我从未听说过。‘唉，好的，’他说，‘那是所罗门埋藏宝藏的真正地方，我是指他的钻石宝藏。’

“‘你是怎么得知的？’我问。

“‘我当然知道了！所罗门是什么，只是所罗门的堕落吗？马尼卡乡间一个老巫医也曾经告诉我，她说居住在那些山对过的人是祖鲁族人的一部分，说祖鲁族语言。他们中间有一些优秀的男巫，从白人那里学会了炼冶技术，知道一个神妙的闪亮的石矿的秘诀。’

“嗯，那时我对这个故事付诸一笑，但因为那时那些钻石矿没有挖掘出来，我对它深深感兴趣。可后来，可怜的埃文斯去了那里，并死在了那里。20 年里，我从未去多想这件事。所以，20 年之后——这是一个相当长的时间，先生们，一个猎象人平时干这个行业不会超过 20 年——有关所罗门山和在它外面的乡村，我听说了一些更正确的信息。我曾经去过马尼卡乡村外面一个叫斯坦达的地方，那里荒无人烟，找不到一点吃的，而且似乎没有什么猎物。恰好我在那里得了热病，情况非常糟糕。一天，一个葡萄牙人带着他的一个混血儿帮助他的人来到了这里。我很知道低层的葡萄牙人，一般来说他们都是些粗鲁的家伙，但这个人却和我常常遇到的那些人完全不同，他彬彬有礼，很有礼貌，长得又高又瘦，黑眼睛又大又亮，灰色的八字胡卷曲着。我们一起说了一会儿，他说着吃力的英语，我也只知道一点葡萄牙语。他告知我他名叫约西·西尔维斯特拉，居住在德拉戈亚湾旁边。第二天，他和助手同伴走时，照着老式的礼节，摘下帽子跟我说‘再见’。”

“‘再见，先生，’他说，‘如果我们能够再次相遇的话，也许我已经成为了世界上最有钱的人，我一定记住你的。’我微笑了一下，因为太虚弱，我已经不能哈哈大笑了。之后，我目送着他向西面的大沙漠离去，心里想，他一定是疯了，或者他觉得他会在那里看到什么。

“一个礼拜过去了，我的热病好些了。一天夜里，我坐在搭起的帐蓬前，吃着我用几件衣服从地方人那里交换来的 20 只家禽的最后一只家禽腿，看着火红的太阳落入了沙漠。突然，我发现了一个人，很显然，那是个欧洲人，穿着一件外衣，站在我对过的山坡上，距离我大约有 300 米远。这个人手膝着地向前爬行，然后站立起来，拖着腿向前走了几步，又摔倒在地，向前爬了起来。看上去他一定是身陷危险，我打发手下的一个猎人去帮助他。不一会儿，他就过来，你们猜那个人是谁？

“当然是约西·西尔维斯特拉。”古德上校说。

“是的，就是约西·西尔维斯特拉，或者说得更正确一点儿，就是他的骨头和一点皮肤。他脸色腊黄，发着高烧，又大又黑的眼睛似乎凸了出来，因为他一切的肌肉似乎都没有了。除了羊皮纸似的黄皮肤、白头发和从皮下拱出来的瘦骨头除外，他什么也没有留下。

“‘水！行行好，水！’他喃喃地说，嘴唇干裂，舌头发黑，而且胀得严重。

“我送给了他一点掺牛奶的水，他大口大口地喝了下去，不住地喝了大概有两夸脱，我不让他再喝了。后来他开始发烧，躺在地上，开始大喊着所罗门山、钻石、沙漠之类的。我把他弄进帐篷，尽自己所能帮他，这显然并没有好转，不过我知道他一定会好起来。大约 11 点钟，他看上去宁静多了，可我也总算可以去睡会儿，少许休息一下了。拂晓时分，我又醒了，在光线不强的晨光中，我看到他坐在那里，注视着沙漠，显得十分怪异、憔悴。不久，第一缕阳光便穿过面前辽阔的草原，照射到相距我们有 100 多英里的所罗门山最顶峰中的一个峰顶上。

"'就是那里!'这个将死的人伸出又长又瘦的胳膊，用葡萄牙语说，'可是我从未到达那里，从来没有，谁也到不了那里!'

"突然，他停了下来，好像下定了决心。'朋友，'他转向我说，'你在那儿吗？我的眼前一片漆黑，我看不清楚你了。'

"'是的，'我说，'躺下吧，休息一会儿。'

"'啊，'他回答道，'我马上就会休息，我很多时间休息——就等下辈子吧。听着，我快死了！你对我那么照顾，我要交给你一张地图，假如你能穿过沙漠，也许会到达那里，就是这片沙漠害死了我和可怜的仆人。'

"接着他在衬衫里掏着，拿出一样东西，我看那是布尔族人的貂羚羊皮烟袋，上面拴着一根小兽皮条。他想打开它，却因为虚弱没办法打开。于是他把烟袋递给我，'打开它，'他说。我按照他说的把袋子打开，从里面拿出一小块破烂的黄色亚麻布，上面写着一些铁锈色的文字，在这块破布里头有一张纸。

"后来，因为身体越来越虚弱，他声音也越来越无力，他说：'破布上的所有都在这张纸上，我用了几年的时间才看明白，听着：我的祖辈是一个从里斯本来的政治逃亡者，他是第一批登上这些海岸的葡萄牙人之一，在临死时遗嘱里写下了有关这些山脉的消息，这些山脉从前没有、以后也不能有白人的足迹踏上去。他叫约西·达·西尔维斯特拉，生活在

300 年前。

“他的奴隶在山这边等候他，后来发现他过世了，便将这封信邮寄回了德拉戈亚。从那之后，这封信就一直保留在这个家族里，没有人看过它，也从来没有人去解读它，直到最后我看明白了。因为它，我已经把生命快丢了，但是另外一个人有可能会成功，并将成为世界上最有钱的人——世界上最富有的人。不要将它给别人，先生，你一定要亲自去。’

“后来，他又开始神志昏迷，一小时后，他毫无牵挂地离开了人世。

“神保佑！他走得很安详，我把大石头放置在他身上，将他埋藏了。因为这样做，野兽就不可能把他挖出来了。然后，我就走了。”

“啊，可是那封信呢？”亨利爵士十分感兴趣地说。

“是的，那封信，上面到底写着什么内容？”上校加了一句。

“嗯，先生们，如果你们非常想听的话我就告诉你们。我以前请一个喝醉的老葡萄牙买卖人帮我翻译过，不过第二天他什么也不知道了。除此以外，我从未有让任何人看过。原来的破布和可怜的多姆·约西的翻译都放在我在德班的家里，可是，在我的袖珍书中，有一本英文翻译和地图的临摹本，当然假如这算是一张地图的话。就在这里，你们看。”

“我，约西·达·西尔维斯特拉，将要饿死在一个小山洞里，这个小山洞就在我取名为示巴女王峰的两座山中最南端的山峰上。此时是 1590 年，我用一根削尖的骨头在我衣服上用鲜血写下了这段字条。假如我的奴隶来到这里能够看到它，就把它带回德拉戈亚，叫我的朋友（名字看不清）把这件事告知万能的国王，让他命令一支部队来，假如他们能够活着穿越浩瀚的沙漠和连绵不断的山群，并能战胜勇敢的库库安纳人和他们恶魔般的法术，将来他就会成为继所罗门后最为有钱的人。在危难的雪峰后，我亲自看到了所罗门宝库中无数的钻石，可是由于卡古尔巫婆的叛徒，我无法取走这些宝物，甚至也没有办法带走自己的生命。来到这里的人，按照这个地图，爬上示巴女王左乳峰的雪峰，直到乳头位置，在其北面有一条所罗门修的大道，从那里步行3天，就能抵达国王的王官了，让他杀了卡古尔。为我的灵魂祈祷吧！永别了！约西·达·西尔维斯特拉”。

当我读完以上的内容，向他们展现了老多姆，也就是老西尔维斯特拉临终前以血代墨画出的地图复制品时，大家陷入了一阵让人吃惊的寂静。

“嗯，”古德上校说，“我已经绕地球旋转过两圈了，去过好多的港口，可是我从未有从哪本故事书中听说过这件故事，要不的话我愿意被吊死。”

“这的确是一个离奇的故事，夸特曼先生，”亨利爵士说，“我想你没有在戏弄我们吧？我得知偶尔戏弄一下毫无经验的人是可以的。”

“亨利爵士，假如你这样认为，”我觉得有点生气，把纸张装进口袋，因为我不喜欢让人看作把撒谎当作诙谐智慧、总是愿意向新来者描述从来没有发生过的超凡冒险故事的笨蛋的家伙——“如果你这样想的话，也好，先生，事情就到此结束吧。”说完，我起身就走。

亨利爵士伸出大手，放到我的肩膀上，“夸特曼先生，请坐下，”他说，“请谅解，我当然清楚你不想骗我们，但这个事实确实太离奇了，让人没法相信。”

“到德班时，你可以看一看地图和手稿的原本，”我稍许平息了一下情绪，回答说。因为我确实担心的是他怀疑我的诚实。

“可是，”我继续，“我没有告知你关于你弟弟的事情。我认得和他在一起的那个叫吉姆的人，他是一个贝专纳人，是一个优秀猎手，也是一个十分聪明的地方人。就在内维利先生出发的那天早上，我看见吉姆在我的牛车边上往烟杆里装烟。

“‘吉姆，’我说，‘这次旅程你去哪里，是去猎象吗？’”

“‘不是，先生，’他回答说，‘我们去寻找一些比象牙更值钱的物品。’”

“‘那是什么呢?’我有点奇怪地问，‘是金子吗?’”

“‘不，老板，某些东西比金子要值钱的。’他微微笑了笑。”

“我不再去问，因为我不想因为好奇心而降低自己的身份和威严，但是对这件事我一直感到十分不解。不久，吉姆就装满了烟叶。”

“‘老板，’他说。”

“我没有说话。”

“‘老板，’他又问。”

“嗯，孩子，什么事?”我说。

“‘老板，我们是去寻找钻石。’”

“‘钻石！啊，那你们走差路了，你们应该向那些矿区的方向前往。’”

“‘老板，你听说过所罗门雪山吗?’就是所罗门山脉，亨利爵士。”

“‘唉!’”

“‘你听说过那里的钻石吗?’”

“‘我听说过一个笨蠢的故事，吉姆。’”

“‘这不是故事，老板。我以前认识一个从那里来的女人，她和孩子来到了纳塔尔，是她告知我的，可是她现在已经死了。’”

“‘吉姆，要是你的东家想去所罗门国的话，秃鹰会干掉他，也会干掉你的。’我说。”

“他微微笑了。‘也许吧，老板，人迟早有一天会死的。这里的大象都快猎绝了，我宁可亲自去闯一片新天地。’”

“‘唉！孩子，’我说，‘等到死神掐住你黄色的嗓子，你就清楚那样死可不比自然死去舒服啊!’”

“半小时后，我发现内维利先生的牛车出发了。不久，吉姆又跑回来，‘再见，老板，’他说，‘我非常不想和你不告而别，因为我想你是正确的，我可能再也回不来了。’”

“‘你的主人确实要去所罗门雪山吗，吉姆?或者你是在说谎?’”

"'不，'他回答说，'他马上去那里。他告诉我他一定会有钱的，要么就去试试，最好能够获得钻石。'"

"'噢！'我说，'等一等，吉姆，你喜欢给你主人带个消息吗？吉姆，不过你要发誓你们到因亚提之后再给他。'因亚提距离这里有几百英里。"

"'所以，老板。'"

"我拿出一张纸，在上面写道，'让来的人……登上示巴女王左乳峰的雪山，直到乳头上，在那北面是所罗门大路。'"

"'此时，吉姆，'我回答，'当你把这个交给你主人时，告诉他应该按照这个意见来做，你不要此时给他，因为我不想让他回来问我一些我回答不上来的问题。现在，走吧，傻小子，牛车已经出发了。'"

"吉姆带上这个纸条离开了，这就是我知道的有于你弟弟的所有，亨利，但是我担心——"

"夸特曼先生，"亨利爵士说，"我策划去寻找我的兄弟，策划沿着他的踪迹到所罗门山去，假如有必要的话，就走过那座山，一直到我找到他，或者知道了他离世的信息。你愿意和我们一起去吗？"

就像我刚刚说的那样，我是一个提高警惕的人，确实也是一个胆怯的人，他的这个意见让我感到非常恐惧。在我看来，实行这样一个旅程，肯定会走向死亡，且不说别的事情，我还有一个儿子需要抚养，我不能现在就去送死。

"不，非常感谢你，亨利爵士，我想我不可以去，"我回答说，"我现在已经老了，不合适去参加这样荒谬没好处的危险性，我们这样处理的话，只能获得和可怜的朋友——西尔维斯特拉同样的结果。我还有一个儿子必须养活，我不能愚蠢地用自己的生命来冒险。"

亨利爵士和古德上校看上去十分失落。

"夸特曼先生，"亨利爵士说，"我生活得非常顺心，可是我仍然决定做些事。你能为你的服务提出报酬，只要合情合理，无论多少我都会满足你的。我能在出发前支付给你，而且，假如我们或你发生意外，我会妥善处理好你儿子的生活。从这一点上，你能看出，我是非常需要你和我们一起同做啊！如果我们万一抵达了这个地方，看见了钻石，你和古德上校就平均分，我不想要它们。可是，当然，这个承诺一点用儿也没有，假如我们得到了象牙的话，也这么处理。如果还需要一些条件的话，你就再和我说，夸特曼先生，当然，我会承担旅程中的所有费用。”

“亨利爵士，”我说，“这是我谈过的买卖中条件最大方的一个交易，无论一个可怜的猎人和买卖人都不会小看的条件。可是这个工作实在是太辛苦了，我必须好好地思考一下。抵达德班前，我会给你正确的答复。”

“很好！”亨利爵士回答说。

然后，我道了声晚安，就上床睡觉了。我做了一晚上的梦，梦见的全是可怜的、死去很久的西尔维斯特拉和那些钻石。

第三章 乌姆宝帕加入队伍

根据轮船的速度和天气的情况，从开普到德班需要四五天的时间。东伦敦港并不是他们所吹牛的那么好的码头，有时，在那里不可以很好地着陆，所以装满货后可能要推迟 24 小时。不过这次很幸运，我们可以不用等，因为沙滩上并没有可以影响旅行的海浪，拖船迅速地用长绳把简陋的平底船拖了出来，舱底的包装内的货物发出乒乒乓乓的击撞声，不管是瓷器还是毛织品都获得了同样的待遇。我看到有 4 摞香槟酒瓶都碰撞了，香槟在埋汰的货船底不住地嘶嘶冒着泡。确实太浪费了，明显船上的卡菲尔人同样是这样想的，由于他们找到了两个没有打破的瓶子，打开了瓶颈喝了起来。可是他们在喝之前却没有给香槟放放气，所以喝完后感觉十分胀肚，在船底打着滚，大声地叫喊着，说这些美妙的酒是“魔液”。我从船上面对他们说，这是白人最强烈的药，喝了就会像死人一样。这些卡菲尔人非常害怕，纷纷向海岸跑去，我想他们一定再也不敢喝香槟了。

嗯，在去纳塔尔的路程上，我一直都在想亨利爵士的意见。一两天之内，我们再也没有讨论这个话题，我只是一个门儿地给他们描述打猎的神奇而真实的过程。对于打猎，我没有必要说谎，由于一个经验丰富的猎手一定会碰见很多离奇的事情，这只是顺路提醒而已。

最后，在这里最热的一月的一个美丽晚上，我们顺着纳塔尔海岸接着航行，希望在日落时候能够到达德班。从东伦敦开始，这里的海岸风景美丽，红色的沙丘、辽阔的原野，中间装饰着一处处卡菲尔农庄，浪涛拍打着岩石，形成一条条泡沫状的水柱，像岸边一条条白色的彩带。在到达德班之前，这片土地的确特别丰富。几百年来的雨水在群山中流出深深的峡谷，顺着峡谷的河流波光粼粼；这里的矮树丛茂茂盛盛，好像神种植的一样；玉米园和甘蔗林是油绿色的，其间交叉分布着一栋栋面向平静海面的白房子，给画面添了一丝朴素的面貌。在我看来，不论风景多么美好，都必须有人的存在才完整，但这也许是因为我大部分时间都生活在野外中，所以知道文明世界的价钱，尽管在这个世界里要遭到竞争规则的限制。毫无疑问，在男人出现以前，伊甸园是漂亮的，但我总是认为有夏娃装饰时，这里一定更为漂亮。

因为我们把时间计算差了，船到达德班抛锚之以前，太阳就早已落下去了。此刻，汽笛声响起，告知德班的人们英国邮船进港了。因为越过沙岸时时间已经不早了，所以看到邮件被运到救生艇之后，我们就决定去舒服地吃个晚饭。

当我们再次上船时，月亮冉冉升起来了，把海面和沙滩映照得一览无余，灯塔也显得黯然低调了。海岸上飘来的香甜的味道总是让我想起赞扬诗和传教士，伯里亚岸上房屋的窗户中灯光闪耀。从旁边的大双桅船上传来了水手们为欢迎风浪开始起锚的歌曲声。这确实是一个美好的夜晚呀，而且只有抵达南部非洲才有这样的夜晚。在月光下，每个人都会感受到和平的气愤，每件东西也都披上了银色的衣裳。就连一位打猎客人的那只大牛头犬，也似乎受到这种温和氛围的影响，不再去挑衅甲板上笼子里的狒狒，似乎完全忘却了它，在船舱的门口进入了梦乡。

我们三个人——亨利爵士、古德上校和我——起来到舵轮旁边坐了下来，好长一段时间，大家都不说一句话。

“嗯，夸特曼先生，”后来，亨利爵士说，“对于我的意见，你想得怎么样了？”

“唉，”古德上校附和说，“夸特曼先生，你是怎么想的？我希望你能够和我们一起，去找寻所罗门国王的宝藏，或者说是去所有你知道的内维利先生可能去的地方。”

我站起来，倒了倒烟斗，这时，我还没有下决心，想再花点时间做最后定夺。可是，在燃着的烟灰撒到海里前，我最终作了决定，实际上，作出决定也许只需要这一点点儿工夫。当你很长时间一直为某件事情闹心时，一般会是这样。

“对!，先生们，”我又坐下来，说，“我决定前往，离开前，我要告诉你们原因，也会告诉你们我的条件。首先我要说的是那些条件。”

“第一，你负责所有的支付，路上得到的所有象牙或其它值钱的东西将由我和古德上校分半。

第二，出发前，你必须付给我 500 镑的信息费，我担保为你忠心耿耿地帮助，直到你丢弃这件事情儿，或者我们得到成功，或者我们遭难。

第三，在我们行军前，你一定办妥一件事，就是要是我仙逝了，或者丧失了劳动能力，要给我的儿子海瑞每年支付 200 英镑，直到五年后他可能独立自主了为止。他现在正在伦敦盖伊医院努力学医。就这些，我想，我猜测你不会觉着这些过分吧。”

“当然不过分，”亨利爵士回答说，“我十分愿意接受所有的条件。我下定决定做这件事情，因此你在这方面享有特殊的经历和知识，我想会为你供应的帮助支付更多薪酬。”

“我不需要任何同情，我也不会后悔自己的诺言。现在既然已经提供了自己的条件，我会告知你们我下定决心与你们一起的原因。首先，先生们，我已经检看了你们几天，假如你不觉得我这样粗鲁的话，我会说我很喜爱你们，也相信我们能够非常好地合作。这是进行像这样的一个长途旅程的前提条件。

“至于这次旅程本身，我坦白地告诉你们，亨利爵士和古德上校，我觉得就算我们能够穿过所罗门山脉，我们也不太可能活着回来。300 年以前的老多姆·达·西尔维斯特拉的命运怎样？20 年前他的后代命运又怎样？你弟弟的命运怎样？先生们，我如实地告诉你们，他们命运就是我们未来的命运。”

我停下来瞧瞧我说这些话的后果。古德上校看上去有点儿急燥，但是亨利爵士却谈笑自若。“我们一定要去碰碰运气，”他说。

“你们可能想了解，”我接着说，“为什么像我这样一个胆怯的人会和你们去进行这样一次旅程。有两个因素。第一，我是一个宿命论者，相信自己的命运并不决定我的行动和意愿，假如我去所罗门山会被干掉的话，我将去那里并被杀死。无疑，对于我，万能的神有他自己的策划和安排，所以在这一点上我不用发愁。其次，我是一个穷人。即使我打猎、做生意差不多 40 年了，可仍然不能维持生活，先生们，我不知道你们知不知道，做猎象人的平均职业只有四到五年时间，因此你应该懂得，我已经干这行相当于七代人的时间了，我知道自己不管如何不可以再做这一行业。此时，如果我在正常的生意中出现什么不测的话，那时我的欠债是没有了，但也不可能给我的儿子海瑞留下任何东西来养活他，而现在他还需要我来养活五年，这就是所有的因素。”

“夸特曼先生，”亨利爵士说，他一直万分认真地听我讲话，“你参加这次你觉得只能以灾难而告终的行动的动作，表明了你非常值得相信。不管你是否对，当然这只有通过时间和事情的发展来说明，也不论是苦还是甘，我们都要坚持到底。假如我们被碰得头破血流，我所要说的是，我希望我们可以多练练射击。对不对，古德？”

“是的，是的，”上校插话说，“我们三个人都可以习惯于面对危险，而且通过各种方法把命运掌握在自己手里，所以现在回头没有什么益处。此时，我提议我们去大厅，瞧一瞧有没有什么好运气，你们知道。”于是我们就穿过船底去了大厅。

第二天，我们上了岸，我把亨利爵士和古德上校安排在我在伯里亚建的简单的屋中，我把这里叫作我的家。这个小屋只有三间房，一个厨房，是用青砖垒成的，屋顶上还铺着镀锌铁皮。不过这里有一个美丽的小花园，里面种着最漂亮的枇杷树，还有几棵小的芒果树。这是植物园的服务员送给我的，我的老猎手杰克一直照管着它们。杰克在西库库尼斯打猎时被野牛击伤，伤得非常严重，从那以后他再也没有打过猎。但他可以在花园里走走，多少干点园子活儿。你一定无法劝一个祖鲁人对园艺好奇，由于这是一个和平的技术，和平的技术与他们不相干。

因为房子里没有多余的房间，我在花园尽头的桔树丛中搭了个帐篷，亨利爵士和古德上校就住在那里。这里有花香、绿光和金色的果实——在德班，你会在树上一起看到这三种东西——我想这应该说是一个很舒服的地方，由于在德班，除非碰上不多见的大雨天，所以几乎没有蚊子。

好，言归正传——由于我要不这样，在我们到达所罗门山以前，你就已经讨厌我的故事了——既然已经下定决心，我就要开始准备为行动作必要的计划了。首先，我得和亨利爵士签订合同，万一发生不测的话，我也能够为儿子提供生活用品。由于亨利爵士是个外地人，因此在履行法律手续时遇到了点小麻烦，但最后在一个律师的协助下，事情得到了处理。为此，亨利爵士支付给律师 20 英镑，这个价格我觉得实在是令人无法接受。之后，我得到了一张 500 英镑的支票。

为亨利爵士好，我花钱买了一辆四轮车和一群牛。这台车是一个 22 英尺的车，轮轴是铁制的，十分结实，也非常方便。车是旧的，整个木头还发出异味，但是这辆车以前前往矿区走过了一个来回，所以在我看来，是非常好的一个选择，因为那些木料一看就经受了风雨。假如木头还是绿色的，那么一看就知道是第一次出行。这种特别的车子我们叫“斗篷车”，也就是说车盖只掩盖了车后身 12 英尺的地方，前面预留的空地方用来放我们随身携带的生活品。随后的部分是一张床，上面可以睡两个人，和放置枪架和其他方便用品。为买这辆车，我花了 125 英镑，不过我觉得这个价格还行，物有所值。

随后，我买了 20 只祖鲁牛，这个我已经注意了一两年了。一个队伍常常是 16 只牛，但是我多买了四只以便发生意外情况。这些祖鲁牛又小又瘦，个头比南非牛小一半还多，一般用来搬运。南非牛会饿死，但它们却能坚强地活下来，假如中等程度负重的话，它一天可以走五英里，速度还能更迅速，脚也不容易受伤。并且，这种牛遍布于整个南非，对比说，免疫力很强，能抵挡红水带来的伤害。当牛队穿过出奇的草原或草乡时，这种红水十分容易危害整个牛队。至于"肺病"，是肺炎的一种形式，非常致命，在这个国家也非常流行，这些牛都被接种了疫苗。就是在牛的尾巴上割一个口，放进一片死于这种疾病的动物患病的肺。结果，这头牛就会以温和的形式生病，尾巴会沉下来，但它以后能够抵抗这种疾病。把牛尾巴割下来，看上去有点残酷，尤其是这个地方苍蝇十分多，但是以牺牲尾巴来保全牛的生命总比既失去尾巴又失去牛要好得多。

下一个问题就是食物储藏和药品，这需要好好考虑，由于我们既要避免在车上堆太多的东西，又要带上所有绝对必要的东西。幸运的是，古德多少懂点医术，从前他曾经接受过内科和外科的学习，现在多多少少地还记着一些，但他并不是特别明白。不过后来我们发现他懂得比那些名字后挂着医学博士头衔的人还多，他还预备了一个相当好的旅行用的药箱和一套医用设备。我们在德班时，他非常熟练地为一个卡菲尔人做了大脚趾的手术。

这些问题处理之后，我们还需要想两个重要的问题，也就是工具和仆人。至于工具，我们决定在亨利先生随身从英国带来的充足的枪支贮备清单以及我的枪支选择，除此以外没有什么更好的方法。我从我的笔记本中重新抄了份，做了一个清单。

"三只猎象用的后装式双管重机枪，每支大约有 15 磅，11 庶姆的黑火药。"其中两支是有名的伦敦公司最出色的制造商制造的，我的那支不完美，我不知道是哪个公司生产的。在几次旅程中我都使用那支枪，用它杀了许多大象，事实表明是一件相当棒的武器，值得信任。

“三支快枪，大概有 6 庶姆的子弹。”这种武器适合射击中型动物，例如大羚羊、黑貂羚羊或者人，尤其合适在空旷的农村使用。

“一支全锁口散弹猎枪。”后来射中动物时，这支枪对我们十分有用。

“三支温彻斯特连发枪（不是卡宾枪），备用枪。”

“三支程柯尔特式自动手枪，配置有沉重的、美国式的子弹筒。”

这就是我们所有的枪，毫无疑问，读者会看到每一支枪的结构和口径都相同，所有可以互换子弹筒，这一点十分重要。我不想为自己浪费时间详尽描述向大家表示道歉，所有每个有经验的猎手都知道正确的枪支和子弹供应对于冒险成功具有多么重要的含义。

现在就是要与我们一起行动的人员了。经过无数次恰商，我们下决心把人员控制在五人以内，相当于：一名车夫、一名向导和三个仆人。

我没浪费多大精力就找到了车夫和导游，两个粗鲁人，分别叫高扎和汤姆。可是，找仆人就浪费精力多了。你一定找忠于职守而且非常勇敢的人，因为在这种旅行中，我们必须密切合作，我们的生命要靠他们的行动。最后，我选择了两个，一个是霍屯督人，叫文特沃格乐，或者叫“风鸟”；一个是小祖鲁人，叫科伊瓦，会说一口流利的英语。我从前就认识文特沃格乐，他是最优秀的追踪猎手其一，我曾经也做过。他看上去从来不知道疲累，但是他有一个不足，这也是他们一族的同病，那就是爱饮酒。一瓶杜松子喝下肚，你就不能再相信他了。不过因为我们要去的地方远离酒馆，所以这点小毛病没有什么事儿。

选择两个人后，我却没法找到合适我们要求的第三个人了，所以我们决定先上路，看看在路上能不能幸运地找到一个适合的人选。可是，在我们决定离开前的晚上，却发生了一件事情。祖鲁人科伊瓦告知我有一个卡菲尔人要见我。所以，吃完晚饭后，我让他把那人带进来。一会儿，一个个子高大、长相帅气、肤色较浅祖鲁男人走了进来，大概 30 岁左右。他十分礼貌地举起圆头棍向我们致敬，然后一声不响地在角落里蹲了下来。我一开始没有和他争论，由于那样做是非常的错误，如果你马上冲上去和他说话的话，祖鲁人会以为你是一个不太体面或者地位渺小的人。可是，我观察到他是一个圈人，头上戴着用橡胶制成的装饰用的黑圈。平时，祖鲁人只有到了一定的岁数或者具有一定的地位才会戴上这个，更让我惊讶的是，我好像在哪儿见过他，感觉十分面熟。

“嗯。”最后，我说话了，“你叫什么名字？”

“乌姆宝帕，”那人缓慢而低沉地回答。

“我从前好像在哪儿碰见过你。”

“是的，你在伊萨德尔瓦纳见过我，就在大战前的当天。”

我想起来了，在那次不幸的祖鲁战争中，我是切姆斯福德勋爵的一名导游，非常幸运的是，在开战前一天，我由于要照管一些车辆离开了军营。当我在等着给牛上套时，过去跟这个人说过话。他在地方援军中担任小头目，以前对我说明过对军营安全的担心。当时，我让他闭嘴，由于这是更聪明的头头们应该考虑的事情，但是后来，我又想起了他的话。

“我想起来了，”我说，“你想做什么？”

“是这样，‘马楚马乍恩’。”这是我的卡菲尔名字，意义是半夜起床的男人，或者用粗鲁的英语就是睁着眼睛的人。“据说你和几个白人领导要到北部进行一次神圣的探险，是真的吗？”

“是真的。”

“我听说你们还要到鲁坎戈河，是到距离马尼卡乡的一次长途旅程，这也是真的吗，‘马楚马乍恩’？”

“你为什么要问我们去哪里？这和你有多少关系？”我疑问地回答，因为我们这次旅程的目的地是严格保守的。

“是这样，敬爱的白人，假如你们真的是要旅行，我想和你们一起去。”

这个人说话的口气有点骄傲，这让我很不高兴。

“你首先忘记了一件事，” 我说，“你的话太粗鲁了，你不应该用这种方法来说。你叫什么名字，你是哪个村的？告知我们，这样我们可以清楚自己在和谁来往。”

“我叫乌姆宝帕，是祖鲁人，可不是他们当中的一名。我的部落在很远的北部，1000年前，在毛利族统治祖鲁兰之前很久，祖鲁族人移民到这里，我的部落则还留在了地方。我没有村庄，四处无家了好多年。我在诺考巴巴考西团当过塞提瓦约的兵。后来，我从祖鲁兰跑了出来，到了纳塔尔，来看看白人的生活习惯。再以后，我参与了反对塞提瓦约的大扙，从那以后，我一起在纳塔尔工作。现在我疲倦了，想再回到北方。这里不是我居住的地方，我不需要金钱，但是我是一个坚强的人，我的劳动能够支付起吃住，我说完了。”

针对这个人以及他说话的方法，我感到十分不理解。从他的行为来看，很显然他说的话大多数都是实话，但是不清楚为什么他看上去和普通的祖鲁人有所异同，我很难相信他不计薪酬来这里工作的原因。我有点儿费劲儿地是把他的话翻译给了亨利爵士和古德，征求他们的建议。

亨利爵士告知我说让他站起来。乌姆宝帕站了起来，同时脱下了身上的长军用大衣，除了绕在腰间的短围裙和狮爪项链，似乎赤身裸体了。他的确长得十分健康俊朗，我从来没有看到过比他更优秀的当地人。他大概有6. 3英尺高，身体健壮而均称。在灯光下，除了这里那里用长矛保留的深黑色的旧伤疤外，他的皮肤非常干净。亨利爵士走近他，看着他那张自豪英俊的脸。

“怎么样，还好吧?” 古德说。

“我喜爱你的长相，乌姆宝帕先生，我要雇拥你做我的用人。” 亨利先生用外语说。

很明显，乌姆宝帕清楚了他的意思，由于他用祖鲁话回复说，“太棒了”。后来，他瞧了瞧这个白人健壮的身材和宽广的胸膛，又加了一句：“你和我都是绅士。”

第四章　猎象

此时，我不想一一讲述到达西坦达村的漫长旅行中发生的一切事情。达西坦达村位置在鲁坎加河和卡鲁威河交口处，离德班有 1000 英里，我们不能不徒步走最后的大概 300 英里，由于这里常常会飞过可怕的“舌蝇”，除了驴子和人除外，所有被它看好的动物都会丧命。

月末，我们离开了德班，五月的中旬我们才到了西坦达村旁边，还在那里安营扎寨。途中，我们经历了各种险阻，可是这些都是作为一个非洲猎人所必要经历的危险过程。在这里，只有一件事情以外，我在后面会慢慢描述，这里就解释，以便使读者感到太无趣。

在马塔贝列乡一个偏远的交易站因亚提，因为首领路本古拉是地方一个残忍的混蛋，在那里，我们不得不非常遗憾地跟我们舒服的货车分手了。我从德班带来的 20 头好牛只剩下 12 头了。其中一头被眼镜蛇咬死了，三头由于饥饿缺水而身亡，一头迷路了，另外的三头因为吃了一种“郁金香”的毒草而死。还有五头也中毒生病了，可是我们用几副煮烂的郁金香叶汁把它们医治好了。因为只要救治准时，这是一种非常有效的解毒剂。

我们把车和牛交给了赶车人高扎和向导汤姆来照顾，这两个用人万分值得信任。同时，我们还让住在这个地区的一个可靠的牧师来照顾一下他们。

然后，我们在乌姆宝帕、科伊瓦、文特沃格乐及当场又雇佣的六个脚夫的陪同下，进行我们的徒步探险。我记得分开时，我们都不吱声，我想每个人都不清楚，我们是否还可以再看到我们的牛车。就我而言，我从来就不认为还能再见到它们。我们就这样消消地上路了，不久，大步流星走在前面的乌姆宝帕突然唱起了祖鲁圣歌。歌词意思大概是勇敢的人们怎样厌倦平淡的生活和平凡的世界，出发去茫茫原野寻找新事物或者就此死去，瞧啊看啊！他们走到的荒野，发现那里根本不是荒野，而是一个年轻妻子众多和牛羊成群的优美世界，是一个打猎和杀敌的好去向。

之后，我们都笑起来，把它当成一个好预兆。乌姆宝帕是一个高兴而鲁莽的人，行事非常有风度，只要不是思考的时间，他总是有很好的办法让我们打起精神，我们都逐渐喜欢他了。

现在，我就要说一下我们的一回冒险了，由于我十分喜爱打猎的故事。

从因亚提离开大概两星期后，我们穿过一处景色优雅、水源充足的丛林地带。山中峡谷到处都覆盖着密密的矮树丛，在部分地方还长着荆棘，巨石边长着许多漂亮的马佳贝树，上面挂满了令人惊喜的黄色果实。这种树是大象最喜欢的食物，这里常常会看到这种巨兽活动的足迹，很多树木都被破坏掉，有的甚至被连根拔起了。大象的确是一种非常具有破坏性的动物。

某天晚上，经过了一天的长途跋涉，我们抵达一个十分优美的地方。在矮树丛覆盖的小山脚下是一个干涸的河床，可是，在清澈见底的水洼边上踩满了动物的蹄印。在山的对过是一片像公园一样的草坪，上面长着一束束的含羞草，中间有时还会发现一些叶子光滑的马佳贝树，周围是一大片没有路的优静的矮树丛。

当我们走进这个河床小路时，突然吓醒一群高大的长颈鹿，它们飞奔而去，或者更确切地说，以特有的步伐飞了起来，尾巴高高地翘起，蹄子象踩在响板上一样发出卡嗒卡嗒的动静。它们离我们大概有 300 码，事实上在我们的射程外，可是走在前面的占德手里拿着一支装满子弹头的快枪，所以情不自禁地快速举起枪，瞄准最后的一头小母鹿开了一枪。万分凑巧，子弹打中了它的脖子，打碎了脊柱，长颈鹿象兔子一样翻了跟头，倒了下来。我从未看到过比这个更新鲜的事儿。

“该死!”古德说——我不能不说，他有一个缺点，就是一着急就说粗话——毫无疑问，这是他在海军生涯中养成的习惯。“该死！我把它干掉了。”

“噢，‘布格万’，”卡菲尔人突然说，“噢！噢!”

由于古德带着眼镜，因此他们叫他“布格万”，就是玻璃眼的意思。

“噢，‘布格万’!”我和亨利爵士也回答道。从那回起，古德准确的枪法便在卡菲尔人中传播开来。事实上，他的枪法很赖，但是因为他打死那只长颈鹿的原故，因此不论他什么时候失误，我们都会对此事视而不见。

安排那几个用人去收拾那只长颈鹿，把最棒的肉割下来后，我们就开始在一个水洼右边大约 100 码的地方搭建棚屋。我们砍掉一些荆棘矮树丛，之后按照圆形打成柱桩，中间的空地铺平整，假如条件允许的话，我们会找来干草在中间铺上当床，然后再点起火把或堆起火堆。

搭好“棚屋”时，月亮已经升起来了，我们晚餐吃的鹿排和烤鹿髓骨也准备好了。这个鹿髓骨好吃极了，然而砍开它们特别费力气！我明白，除了大象的心外，再也没有比吃鹿骨髓更不可思议的事了。但是，第二天，我们也品尝了大象的心。在夜色下，我们吃了简便的晚饭，并且不停地称赞古德精确的枪法。之后，我们开始吸烟、聊天，围着火堆团坐在地上，相信这肯定是一幅新颖的画面。我那不长的灰白头发竖了起来，亨利爵士的黄色头发也变长了，和我有了显著的对比。我又瘦又黑，个子不高，体重只有9. 5英石。亨利爵士非常强壮，皮肤很白，有 15 英石。可是我们三人中看上去最奇特的要数约翰·古德上校了，他坐在一个皮袋上，看上去似乎在文明世界刚刚打猎归来一般，特别干净整洁，穿戴讲究。他穿着斜纹软呢猎装，戴着一顶帽子，穿着一双干净的长统橡胶靴。像往常一样，他把脸修得很整洁，眼镜和假牙都刷得干干净净，总之，他是我在户外见过的最讲究的人。他还预备了白古塔胶来拾掇自己的衣领。

“你看，他们就是不成熟，”当我对这事儿表示吃惊时，他幼稚地对我说，“我向来喜欢让自己看起来像绅士一般。”啊！假设他可以预见到未来的话，他肯定也会预见到未来一段时间内他的装扮。

就这样，在柔和的月光下，我们三个人坐在那里聊着天，不远处的卡菲尔人此刻用一只大羚羊角做烟嘴的管子吸着让人着迷的“野大麻”。后来，他们都陆续进入毛毯，在火边进入睡眠。不过乌姆宝帕未入睡，他坐在不远的地方，手托着下巴此刻正在沉思。我观察到，他从来不和另外的卡菲尔人一同。

不一会儿，从我们身后的灌木丛中传来了很大的声音：“呜！呜！”“是狮子，”我说。我们全部站起来，竖着耳朵听。此时此刻，我们听到从100码外的水洼里，发出了一头大象刺耳的叫声。“大象！大象！”卡菲尔人轻声说道。

没过多久，我们看到几个庞大的身影陆续缓缓地慢慢地从水池走向灌木丛。

古德猛然跳了起来，非常想要捕捉大象。或许他认为猎象和射长颈鹿一样简单，但我拉住他的胳膊，把他拽倒在地。

“千万别去，”我悄声说道，“让它们离开。”

“看上去我们来到了狩猎天堂了。我提议在这里休息一两天，打打猎再出发。”亨利先生说道。

听到这话，我非常惊讶，由于截止到现在，亨利爵士一直催着我们抓紧前进，特别是我们在因亚提听说两年前一个叫内维利的英国人在那里出售了车子接着继续前进时，他更加不停地催着赶路。不过现在，我想他作为一个猎手的心绪肯定占了上风。

听了这提议，古德猛然跳了起来，由于他早就希望猎捕那些大象了。不过说心里话，我也希望，由于让这些猎物从自己手中丢掉而不去试一把是违背我作为猎象人的职业道德。

“好吧，伙计们！”我说，“我感到我们都想放松一下。现在我们休息吧，我们必须在天亮前离开这里，那时可能我们可以在它们不停地赶路前吃东西的时候擒拿住它们。”

别的人也都答应了。我们继续做准备，古德脱下上衣，抖了抖，把眼镜和假牙装进裤子口袋里，然后把每件东西都平整地叠起来，放在橡胶防水单的一个角的下边，以防被露水弄湿。亨利爵士和我则匆匆地收拾了一下，缩成一团在毛毯中，进入了睡眠。一整夜都没有做梦，这对于旅行者来说真的就是一种享受。

向前，向前，向前，那是什么？

忽然，从水那边传来了猛烈的战乱声，随后是一阵震耳欲聋的恐怖的咆哮声。毫无疑问，只有狮子才能发出这样的吼叫声。我们都跳起来，向水那边望着，在那里，我们望到了黄黑相间的闹哄哄的使人困惑的东西摇晃着向我们这边踉跄着跑过来。我们举起步枪，脱下生皮短筒靴，奔出棚屋。这个时候，这个庞然大物已经倒下了，在地上爬来爬去。我们来到它身边时，它已经不动弹了，纹丝不动地躺在那里。

这就是我们看到的样子。草地上躺着一只公貂羚，这是全部非洲羚羊中最美丽的一种，但现在已经不在了，还有一头被羚羊羊角刺透了的强壮的黑鬃狮也已经死了。显然的，事情整个过程是这样的：公貂羚到水洼边饮水，那只狮子，即我们能听见的那只狮子一直在一旁静静地等待着，当羚羊喝水时，狮子便一下子跳出草丛扑向貂羚。但意外的是，却被羚羊的弯角刺穿。我之前也曾经见过类似的情况，被刺中的狮子无法挪动，便用力撕扯貂羚的背和颈，貂羚由于害怕和痛苦而变得疯狂，横冲直撞，直到倒地身亡。

我们一验查完死了的野兽，就让卡菲尔人把动物的尸体搬到了棚屋。接下来，我们走进去，躺下接着睡觉，直到睡到第二天一早。

第一缕早晨的阳光一出来，我们就起来了为打猎做准备。我们拿着三支步枪、够用的弹药和盛满了淡冷茶的大水瓶，大口大口地吃完早饭，便出发了。乌姆宝帕、科伊瓦、文特沃格乐和我们一起前往，另外的卡菲尔人则留在原地，撕下来狮子皮和貂羚皮，然后把肉切成一小块。

我们没有浪费很大力气就找到了大象走过的痕迹，进行检查之后，文特沃格乐说有二三十头大象，里面的绝大多数是成年雄象。这是象群夜间出来活动时留下的足迹，然而现在已经是上午九点钟了，天气炎热，从被砍成的树、碰碎的树叶和树皮、充满热气的象粪判断，我们感到离它们已经很近了。

没多长时间，我们就见到了象群，大象的多少和文特沃格乐说得相同，有二三十头。这个时候，它们已经吃完早饭，正晃动着大耳朵站在山谷中，真是一幅不可言悦的画面。这个时候，他们离我们差不多有 200 码。我掏出来一把干草，向空中扔去，看一看是哪个风向。因为一旦它们闻到我们的气味，就会在我们开枪前逃走。但是状况还可以，我们感觉到风是从大象那个方向吹过来的，便慢慢地向前爬过去。幸亏有灌木丛遮挡，我们离大象大概有 40 码了。在我们前方和旁边，站着三头粗壮的公象，一头长着非常大的象牙。我小声向其他人说，我捕获中间的那头。亨利爵士示意左边的那头，古德则看准了有巨大长牙的那头。

"射击，"我小声说。

砰！砰！砰！三支重步枪同时发射，亨利爵士的那头象正被击中了心脏，咣当一声卧地不起而亡。我射的那头象跪在地上，我以为它不行了，但忽然它站了起来，向我跑了过来，我又朝它的肋骨打了第二枪，这回它死了。我很快地装上两筒火药，接近它，向它的脑袋又开了一枪，这头垂死的大象终于不再挣扎。然后，我回头去看古德那边的状况，就在我回头时，我听到了一声气愤而难过的响声。我走到上校身边，看见他正处于高度亢奋的状态。显然，中枪的大象转身朝攻击者冲来，他差不多没有时间避开，大象盲从地从他身边跑过，往我们营地的方向冲去。这个时候，象群恐慌地向周围逃窜。

关于继续追逐那只受伤的大象还是盯住象群的问题，我们争辩了一会儿，最终决定执行后者。盯住象群十分容易，因为它们逃窜时，踩着厚厚的矮树丛，身后就会留下如同车道一样的轨迹。

可是要想赶上它们却是另一码事。我们在热烈的阳光下全力追逐了两个小时才找到了它们。除了一头公象之外，其他的象都停在一起。从它们抬起鼻子嗅空气的特别方式和方法上，我能够看到它们正保持警戒状态。那头象孤独地站立在距其他大象 50 码的地方，离我们有 60 码的距离，显然它正在站岗。想到离得再近一些，大象可能会看到或嗅到我们，或许会再次跑掉，特别是这个地方非常开阔，所以我们确定都对准那头公象。我轻声发出指示，大家同时开火。三支枪都击中了它，公象应声倒下。象群又开始向周围逃窜，可是不幸的是，它们面前 100 码左右就是干裂的河床峡谷，也可以说是带有堤岸的干枯水道，这里与王子在祖鲁兰被杀的地方十分类似。大象一个个跳了下去，在我们来到岸边时，它们正暴乱地挣扎着想渡过对岸，周围都是大象的吼声。有的大象就和人类一样，为达到自己的目的自私地将其它大象挤到一边去，并喊出呜呜的叫喊声。对于我们来说，这恰好是适宜的机会，我们很快地装上弹药射击，又打死了五头可悲的大象。毋庸置疑，如果它们不忽然放弃向岸上爬，转身冲向河道的话，我们能够猎到整个象群。可是因为我们太累了，没有办法追赶上它们，大概也是由于对于这场猎杀有点厌烦了，我们于是暂停了狩猎。一天捕获了八头大象，这已经是很好的成绩了。

于是，我们休整了一会儿，卡菲尔人从两头死象身上挖出来两颗心脏，当作我们的晚饭。我们准备往回走，大家都比较满意，打算明天再找人来割象牙。

又一次经过古德打伤那头象的地方没多久，我们遇见了一群大羚羊，可是我们没有射击，由于我们的肉已经足够了。它们从我们身边跑过去，停在了大概 100 码外的一小块低丛林后面，扭过身来看我们。古德特别想挨着它们看一眼，由于他从来没有在如此近的距离看过大羚羊。他把步枪拿给乌姆宝帕，朝那块低丛林走去，科伊瓦紧随其后。我们则坐在那等他，借这个机会休息一会儿。

这时，太阳即将在满天红霞中落入黑暗。亨利爵士和我欣赏并称赞着这怡人的景色。忽然，我们听到一头大象的怒吼，随后看到了翘起长鼻子和尾巴向前冲的庞大身影，在红日的照耀下特别醒目。随后我们再次看到古德和科伊瓦向我们这边跑了过来，这头大象在后面一直紧追着。一时间，我们害怕开火，怕伤着人。这个位置就算我们开火的话，真的也毫无作用。更恐怖的事情发生了，古德变成了热爱文明装束的受害者。要是他答应放弃他的长裤和绑腿高筒靴，如同我们一般穿着法兰绒上衣和生皮短筒靴来打猎的话，那也许就不会有什么事了。可惜，他的裤子在这场激烈的比赛中肯定牵连了他，在他离我们大概有 60 码的时刻，他的一只靴子在干草上滑了一下，他恰恰倒在了大象跟前。

我们变得紧张起来，由于我们明白他一定会死的，都拼命向他跑去。没有三秒钟，全部都结束了，不过事情和我们想得不相同，那个祖鲁男孩科伊瓦见到自己的主人摔倒了，便坚强地转身将一支长矛刺向大象，长矛恰好刺在了象鼻上。

伴着一声惨痛的吼叫，大象用象鼻卷住了那个不幸的祖鲁人，将他扔在地上，抬起庞大的蹄子，踩在了他的身体中间，在上面搓了两下，把他踩成了两段。

我们由于惊慌发疯地跑向前去，连开很多枪，大象应声倒在了那个祖鲁人的尸体边。

至于古德，他站起来，交叉着双手站在这个不惜牺牲自己的勇士旁边。虽然我是一个经验颇丰的猎人，但依旧觉得喉咙一阵哽咽。乌姆宝帕站在那里，注视着大象庞大的尸体和不幸的科伊瓦的尸体。

“啊，好了，”不一会儿，他说，“他上天了，可是他死得壮烈。”

第五章　挺进广袤沙漠

我们一共猎取九头大象，之后花了两天时间割下象牙，把它们转移营地，仔细地埋在了一棵大树下的沙土里。这棵树特别强壮，方圆几里都特别明显，是一个很不错的标志。这些象牙质量非常不错，我从来没有看见比这还好的象牙，每一个象牙平均重四五十磅。踩死不幸的科伊瓦的大公象的那副牙，我们估计大概有 170 磅重。

关于科伊瓦，我们把他埋在了一个食蚁兽穴里，另外把一只长矛和他埋在了一起，可以使他在去一个更加美好的世界的途中用来防卫自己。第三天，我们又出发了，但愿有一天可以回来挖掘出埋下的象牙。依照约定的路线，我们经过了漫长又无聊的旅程，在这个过程中，又经历了很多的冒险，在这里就不逐个讲述了。最终，我们抵达了靠近鲁坎加河的西坦达村，即是我们这次远征的真正起点。截止目前，我还可以清楚地记着这个地方的一些状况。右边是分散的当地人的聚集地，聚集地建有几个石头堆成的牛栏，河水下游有少量耕地。本地人就在这些干枯的土地上获得少量的谷物。再向远处望去，就是大片辽阔的“草原”，一些小的野生动物正在四处觅食。左边就是一望无垠的沙漠。这个地方正处于富有乡村的前面位置，不清楚究竟是什么原因导致这种自然环境的急剧变化，但事实上它就是这样产生了。

在我们的驻扎地正下方有一条河，河的对面是一面石头斜坡，斜坡外面生长着灌木丛。20 年前，就是在这个斜坡下方，我看到了为找寻所罗门宝藏而爬回来的令人怜悯的西尔维斯特拉。

我们弄好帐篷后，都是黄昏了，夕阳西下，渐渐没入了沙漠，五光十色的光线照亮了辽阔的天空。把整理帐篷的活儿交给古德后，我和亨利爵士便晃到了对面的坡上，遥望着茫茫的沙漠。空气清新，远处的地平线，我能依稀辨认出所罗门群山到处覆盖着白雪的淡蓝色的外围。

“瞧，”我说，“那里就是所罗门宝藏的墙壁，但老天知道我们是否能爬上去。”

“我的弟弟大概在那里，假如他在的话，我不管怎样也要到那里去。”亨利爵士用他独特的平和而自信的口气说道。

“希望是这样，”我回答道，然后回身要回驻扎地，这时我发觉我们并不孤独，在我们后边，也有一个人在专注地注视着远处的群山。那个人就是强壮的祖鲁人乌姆宝帕。

看到我在看着他，他于是张开嘴跟亨利爵士讲话了。

“你们打算去那里吗，因楚布？（我认为土语的翻译是大象，这是卡菲尔人给亨利爵士取的名字。）”他拿出长矛指着遥远的大山说。

我一针见血地问他，用这种方式和主人对话是什么意思。在这个民族中，给他们中的别人起名字特别好，可是假如当面喊的话就不太合适了。他平和地笑了笑，这种态度非常让我气愤。

“你如何知道我和因库斯不平等？”他说，“毋庸置疑他是贵族血统，这一点从他的言谈举止上可以看出来，或许我也如此，至少我和他一样了不起。哦，马楚马乍恩，将我说的话说给因库斯·因楚布，我有话要对你们两个人说。”

我对他非常气愤，因为我看不惯卡菲尔人这样跟我说话，可是无论如何，他给我留下了很深的印象，除这些以外，我特别想了解他要说什么，因此我译成了他的话，同时也表述了自己的想法，那就是他是一个粗俗的家伙，十分妄自尊大，让人无法接受。

“是的，乌姆宝帕，”亨利爵士回复说，“我是要去那边。”

“这片沙漠特别广阔，沙漠中没有水；这座山也非常高，上面还长年覆盖着白雪；没有人了解太阳落下后那边会有什么；因楚布，你为什么到那边，你为何要去那边？”

我又将他的语言翻译了。

“转告他，”亨利爵士说，“我到那里去是因为我觉得我的亲兄弟去那里了，我去那里是为了找到他。”

“如你所见，因楚布，在路上，以前有人和我说过，两年前一个白人带着一个仆人、一个猎手进入沙漠，向那些大山走去，此后就再也没有回来。”

“你如何确定那就是我弟弟？”亨利爵士问。

“不，我不明白，但我以前问过那个霍屯督人，这个白人外貌怎样，他说那人长着和你一般的眼睛和黑胡子。他还告诉我和他同去的猎手叫吉姆，是一个穿着外套的贝专纳猎手。”

“他说得很对，”我说，“我很熟悉吉姆。”

亨利爵士同意了。“我觉得这是真的，”他说，“乔治如果决定做一件事情，就一定会去做的，他从小就这样。假如他想爬过所罗门大山，他肯定会爬过，除非发生一些危险。我们一定要去那边找他。”

乌姆宝帕会英语，但是他很少说。

“这是一个漫长的旅行，因楚布，”他插嘴说，我把他说的话译给享利听。

“嗯，”亨利爵士回答道，“很漫长。但是如果下定决心，在这个世界上没有人到达不了的地方。乌姆宝帕，不会有人无法做到的事情，不会有无法爬过的山，也不会有无法穿越的沙漠。你会为爬山过沙漠积蓄你全部的知识。只要有爱，他会把命运把握在自己手中，随时预备遵照上帝的旨意来坚守或放弃。”

我把它翻译了。

“多么有力量的话语啊，令人振奋，我的主人！”祖鲁人说道，我总是称呼他祖鲁人，尽管他不是实际意义上的祖鲁人。“你说得很正确，因楚布，听！生命是什么？是羽毛，是草籽，随风飘向四方。有时会不断繁衍，有时会走向灭亡，有时会被进入天堂。可是假如种子饱满结实，可能只会走很短的路程。试着去游荡，到空中拼搏是件好事。人生迟早会死，最坏的就是死得早些。我的主人，我要随你穿越过沙漠、爬过高山，除非我死在旅程中。”

他顿了一下，然后接着展示着自己怪异的充满华丽词藻的口才，我认为，祖鲁人反复这些无意义的话证明了这个民族根本没有诗歌的能力和智慧的源泉。

“生命是怎样的？回答我，哦，尊贵的白人，谁是有智慧的？谁了解这个世界、这个世界星辰的奥秘还有这些星辰上边或周围世界的奥秘？哪位从远方默默地传递他的语言？回答我，白人，我们生命的奥密——它从哪里来又到往哪里去？”

“你不会回答我的提问吧，你不明白。听着，我来告诉你。我们从黑暗来，又回到黑暗，如同黑夜里被暴风雨追赶的小鸟一样，不明白会飞到哪里。有的时候，我们的翅膀会在火光中发光，接下来又进入漂渺。生命是漂渺，生命是所有。生命是再见死神的挥手，是点亮黑夜的萤火虫，是破晓前的黑暗，是冬天公牛吐出来的白气，是阳光照耀绿草时和落日落下时你自己的一个小小阴影。”

“你的确是一个古怪的人，”他不说话时，亨利爵士说。

乌姆宝帕笑着说，“看起来我们两个一样，因楚布。可能我也可以在山的那一头找到一个兄弟。”

我充满怀疑地看着他，“你究竟什么用意？”我问，“关于那座山，你究竟了解什么？”

“就明白一点，不多的一点。那是一个奇怪而又神秘有趣的地方，非常漂亮，那里拥有勤劳的人民、青翠的树木、清澈的河水、积雪覆盖的山顶、白色的道路。这些都是我听说的，然而目前谈这些有哪些好处？都没有内涵，只有一些能活着到那里的人才能看到这些。”

我又不信任地望了望他，这个人清楚得太多了。

“你不用恐惧我，马楚马乍恩，”他明白了我的心思，对我说，“我没有给你们布下什么障碍，也没有哪些坏企图，要是我们可以穿过太阳后面的那座山的话，我可以把我所了解的所有讲给你们。然而那座山上死神到处都是，要是大家聪明的话还是掉回头去吧，我规劝大家还应该去猎象要么干点其它的事情吧，我的主人。”

然后他不说一句话地拿起长矛，向我们鞠了一躬，掉回头朝着营地方向走去。然后，我们看到他在营地和另外一个卡菲尔人共同在擦一支枪。

“好一个奇怪的人。”亨利爵士说。

“好的，”我答应着，“太奇怪了，我很讨厌他的做事方法。他了解哪些，然而也不讲出去。然而我想和他争执也没有用，我们的旅途一定是充满着有趣奇特的事情，就算是一个奇怪的祖鲁人也没有多大关系。”

第二天，我们着手为出发作安排。毕竟，我们不能够拖着沉重的猎象步枪和另外的设施穿越沙漠，所以，我们把雇的人安排走了，安排一个老年的当地人为我们照料这些工具，一直到我们回到这里。把这些漂亮的工具付给一个无赖当地老贼来处理，我觉得十分可惜，可是我施行了一些应对办法。

第一，我把全部的步枪都上了子弹，把它们堆砌锥形，并跟他说要是碰这些枪的话，枪马上就走火。他马上用我的八孔径枪试验了一下，枪果然走火了，刚刚好在他的一头正被赶回牛栏的公牛身上打穿了，并且枪的后座力把他掀翻个跟头。他惊讶地跳了起来，特别愤怒自己没有了这头公牛，由于这头牛是他厚颜可恶地让我付出给他的报酬。目前，他说任何话也不敢再去摸那些枪了。

“把这些讨厌的东西放到茅屋上面吧，”他说，“否则它们会把我们全部害死。”

接下来，我告诉他，要是我们回来时这些物品少一件，我就用神奇的力量杀了他和他的人；如果我们死了，他试着偷那些东西，我就会成为鬼把他那些牛弄疯，把他的牛奶腐蚀掉，使他的生活变得乱七八糟。我还会让枪里的恶魔出来，用一种他厌恶的方式跟他对话，让他好好辩别一下自己的未来生活。听到这些话后，他坚决表示他会像关照自己父亲的灵魂那样好好照看这些物品。他是一个特别迷信的老卡菲尔人，同时还是一个大坏蛋。

处置好多出来的工具后，我们再次准备了我们五个人——亨利爵士、古德、我、乌姆宝帕和文特沃格乐——在旅途中随身携带的东西。这些物件既要小，还要保障我们路上的需要，每个人承载的重量要限制在 40 磅之内。这些东西有：

3 支快步枪和两百发子弹。

给乌姆宝帕和文特沃格乐支配的两支温切斯特机关枪和两百发弹药。

5 只考克恩水瓶，每瓶容量 4 品脱。

5 条毛毯。

25 磅肉干。

10 磅很棒的混珠礼物。

精挑细选的药物，包括一盎司奎宁、一两小件外科手术刀具。

刀子和几样生活必须品，例如指南针、火柴、一件小的过滤器、烟叶、一把泥铲、一瓶白兰地，还有服装。

这就是我们的全部设备。关于这样一场探险来说，这些东西确实不多了，可是我们不希望带太多东西。由于穿越炎热的沙漠，每添加一盎司重量对于每个人而言都是不小的累赘。然而我们不可以再减少东西了。除去必需品外，我们没有带其它别的东西。

我费了好大力气，答应给每人赠送一把好猎刀，才成功说动村里三个老实巴交的当地人和我们走第一个目的地——20 英里，他们每人帮我们拿一只装满一加仑水的大水瓶。我的第一站是在经过头天晚上的穿越后，将我们的水瓶装满，因为我们定下来在凉快的夜晚出发。我告诉三个当地人我们决定去打驼鸟，由于这个沙漠出产驼鸟。他们叽叽喳喳地交流了一阵，耸了耸肩，说我们傻了，这样会渴死的。说老实话，的确有这种可能。然而因为他们特别想得到那几乎不可预知的宝贝——刀子，就答应和我们一起过去，毕竟，我们将来的生死与他们没有关系。

第二天，我们都睡觉休息，太阳落山时享受了一顿新鲜肉排，喝了点茶。最后，古德伤心地说，我们很长时间没有喝点酒了。做完最后的准备，我们躺下来等候月亮升起。后来，大概九点，月亮终于升起来了，皎洁的月光照在空阔的荒野上，给我们面前无边无际的沙漠投下了奇异的色彩。我们起身，做了几分钟的准备，但是又犹豫了一会儿。因为人类的天性总是在走出不能取消的一步时容易左右为难。我们三个白人站在一块，乌姆宝帕手拿长矛、肩挎步枪，站我们前方几步远的地方，丝毫不动地注视着远方。雇来的三个本地人背着水葫芦和文特沃格乐站在一起，站在后面。

“先生们，”一会儿，亨利爵士低落地说道，“我们马上就要动身了，这也许是这个世界上不曾有过的一次怪异的旅行，不知道我们可不可以成功。不过不论成功与否，我们三人都会同甘共苦，坚持到底。在启程前，让我们向决定人类命运的上帝进行祷告吧，他会遵照他的意愿给我们引导道路的。”

他摘下帽子，双手捂脸，祈祷了大概一分种。我和古德也和他一样祈祷了一会。

我必须说，我不是一个很会祈祷的人，极少有猎手在这方面做得好。至于亨利爵士，以前我从来没有听他说过这样的话，唯有这一次，我可以感觉出他内心十分的虔诚。虽然古德老是愿意诅咒，可是这次也非常虔诚。总之，在我一辈子中，我从来不记得自己还有比这一时的祈祷更为真诚的时候。不知道为什么，我感觉非常开心。我们的未来完全是不可预见的，我感觉面对未知和恐惧，人们总是会更靠近造物主。

“此刻，”亨利爵士说，“前进！”

于是，我们就启程了。

除了很远地方的群山和老约西·达·西尔维斯特拉的地图外，绝无任何东西为我们引路。但因为这张地图是三个世纪前由一个垂死的、处于半疯狂状况的人在一块亚麻布碎片上画的，所以，它或许并不是一件非常完善的作品。但是，我们成功的希望就寄托在它的身上。假如我们不能找到老多姆标志的位于沙漠中间、距离出发点大约60英里的臭水池，我们极有可能会悲惨地渴死在沙漠中。依我的观点，在布满卡罗矮树丛的无边无际的沙漠中找到水池的可能性几乎没有。如果达·西尔维斯特拉标记的水池的位置不错的话，历经了这么多年，水池也许早就被太阳晒干了，或者被动物践踏，又或者被流沙掩盖了呢？

我们像幽灵一样在深夜安静地穿过一望无际沙漠。卡罗矮树丛常常会绊住我们的脚，阻碍前进的步伐，沙子也会钻进生皮短靴和古德的猎靴，所以，每走几英里我们就不得不停下来，倒一倒沙子。虽然天气阴暗，空气中还有一种黏绸绸的感觉，但因为夜里气候比较冷，我们前进得还算比较顺利。在沙漠中，人感到寂静和孤独，准确地说，感到非常压抑。古德察感觉到了这一点儿，开始吹起了《抛在身后的女孩》的曲子。然而在空阔的沙漠里，这个曲子听起来很凄凉，所以他就不再吹了。

不一会儿，发生了点小事儿。一开始我们很惊讶，可很快大伙爆发出一阵笑声。因为古德以前是水手，对指南针的使用简直了然于胸，所以他拿着指南针走在最前面，我们许多人走在他的后边。突然，我们听见了一声叫喊，他消失得不见踪影。瞬时间，我们附近响起了特别奇特的叫喊声、喷鼻声、呻吟声和使劲的蹬脚声。在黑暗的光线中，我们也能远远地看见在沙堆上，有一个若隐若现的奔跑的模糊身影。那几位当地人扔下东西就想要跑，但想到没有什么地方可跑，都趴在地上乱叫着“有鬼有鬼”。至于亨利爵士和我，则吃惊地站在那里。即使当我们意识那是古德向山那边飞奔而去时，我们仍然感到十分的吃惊。显然，他是骑在马背上像发狂一般叫喊着。然后，他举起双臂，我们听见他砰地一声摔在了地上。

此时，我才明白发生了什么事情。我们刚好碰到一群睡着的斑驴，古德恰巧绊倒在一只驴背上，那头斑驴本能地站起来，驮着他跑了。我朝其他人打了声招呼，朝古德跑去，十分害怕他会受伤。但幸好是，我发现他坐在沙子中，眼镜依然紧紧地戴着，虽然非常害怕，有点颤抖，但他没有受一丝伤，这让我放松了不少。

这然后，我们继续前进，一点之前再也没有发生什么特殊情况。所以，我们停了下来，喝了水，喝得不多，由于水太可贵了。我们歇息了将近半小时，又继续前进。

我们走啊走，直到东方像女孩的脸一样泛起了红晕。然后，东方出现了微细的淡黄色的光线，瞬间又变成了金色的光束，透过黎明，越过沙漠。星星逐渐变得暗淡了，最后消失在空中；金色的月亮漫漫变得苍白，在浅浅的月光下，群山的影子时隐时现，就像将死之人的颧骨。然后，璀璨的光芒从远处射过来，穿过广褒无垠的荒野，穿透雾霭，将其点燃，直至沙漠披上了闪耀的金光，天亮了。

我们依然没有停步，现在我们也十分愿意继续前进，因为我们明白，一旦太阳全部升起来，完全不可能再在沙漠里前进了。终于，大概一小时后，我们看见平地里起来了一小堆石头，我们费力地走到这堆岩石旁。走运的是，我们发现了一块悬挂的石板，下面是平整的沙子，这为我们提供了一个避热乘凉的最好地方。我们趴在下面，每人喝了点水，吃了一些肉干，躺下来，马上就睡着了。

下午三点左右，我们才醒来，看到三个雇工正要回去。他们再也不能忍受了，给他们再多的刀也不愿意再向前走一步了。我们喝足了水，把他们背的水葫芦里的水倒到空水瓶里，接着看着他们踏上了20英里的回家的路。

四点半时，我们又启程了，在沙漠里旅行真是孤独悲凉啊，因为除了有时见到的鸵鸟外，无边无际的大沙漠里完全不可能看见一个生物。很显然，对于动物来讲，沙漠实在太干旱了，除了一两条没有生机的眼镜蛇，再也看不见其它的爬行动物。但是，这里有一种昆虫数目很多，那就是常见的苍蝇。我想起了《旧约全书》中曾讲过，有一种特别的昆虫，那就是家蝇，不伦走到哪里，你都能看见它们的踪迹。这样说来，它已经存在很长时间了。我以前看见过在琥珀里的苍蝇，有人告诉我说，那肯定有50万年了，看起来它和现在的子孙几乎一个样子。我一点不怀疑，即使是地球上最后一个人死了，假如是在夏天的话，它还会绕着尸体嗡嗡乱叫，寻找机会在他的鼻子里安家。

太阳落下去的时候，我们停下来休息，静候月亮升起。终于，月亮升起来了，和平常一样美丽宁静。凌晨两点前后，我们休息了一小段时间。整个晚上，我们都在疲劳地赶路，直至受欢迎的太阳升起来，我们才了解了吃力的旅行。我们喝了一点水，身心交瘁地倒在沙地上，很快就睡过去了。在这里没有必要放哨，由于在广阔的不毛之地的沙漠中，没有什么人或东西让你害怕。唯独的敌人就是酷热、干渴和苍蝇，这三者远比来自人类或动物的威胁要大得多。此时，我们没有那么有运气可以找到一个可以遮阳的岩石来躲过炙热的阳光，最后，到七点钟醒来时，我们感觉自己似乎被放在烤架上的牛排一样，几乎快被烤透了。太阳仿佛火一样，几乎要把我们的血都能够吸出来了，我们坐起来，热得急急地喘着气。

“呸，”我伸手去抓那些在我头顶上嗡嗡乱转的苍蝇，躁热似乎丝毫没有影响到它们。

“天呐!”亨利爵士说。

“天气太热了！”古德跟着道。

天的确很热，我们找不到一丝可以遮挡阳光的东西。向周围看看，除了无止境的灿烂的阳光外什么也没有，没有岩石，还没有树，阳光照射下，热气在沙漠上空飘舞着，仿佛在火红的炉子上一样。

“怎么办？”亨利爵士问，“我们不能始终这样呆着呀。”

我们茫然地彼此看着对方。

“我想到一个点子，”古德说，“我们挖个洞，钻进去，然后用卡罗矮树丛盖上，能够挡一下阳光。”

这个看上去似乎不是一个很有吸引力的提议，但有总比没有强，然后我们用随身携带泥铲，借助于双手开始劳作起来。一小时后，我们挖了一块长 10 英尺、宽 12 英尺、深 2 英尺的洞。接下来，我们用猎刀割了一些矮灌木，平放在洞上，把自己盖住。只有文特沃格乐例外，因为热仿佛对霍屯督人没有什么特殊的影响。这样做或多或少为我们遮挡了一点儿阳光，然而在这个临时坑穴里的热度实在无法描述，和它比起来，加尔各答的黑洞也许只够算是个玩笑，的确，在这一刻，我不知道我们可不可以撑过这一天。我们就这么躺着，喘着粗气，时而用已经剩得不多的水来湿润一下嘴唇。假如由着性子喝的话，也许在最先的两个小时内我们就会喝光带的水，可是我们不可以这样做，我们强迫自己十分谨慎地分配水。假如喝光了，我们清楚用不了多长时间，我们就会凄惨地死去。

不过，只要你可以活得足够长，无论什么事情都有结束的一天，到夜晚时，看上去恐怖的一天终于过去了。大概下午三点，我们决策不能再如此般呆下去了。走着死去也比在这恐怖的洞中被炙热和饥渴慢慢杀死要好过百倍。现在，水已经快速地减少了，每个人喝了一点。这个时候的空气温度大约和血液的温度一般，我们摇摇晃晃的又上路了。

我们又在荒野中步行了 50 英里。假如读者查阅一下老达·西尔维斯特拉的简略的地图副本和译文的话，就会看见所标记的沙漠直径为 40 里格，“盆地臭水”大概在沙漠中间。40 里格等于当今的 120 英里，所以，假如水洼真的存在的话，现在距离我们最多应该有 12 或 15 英里。

整整一个下午，我们都慢慢且痛苦地缓缓爬行着，一个时辰不足 1.5 英里。太阳下山时，我们再一次歇息了一段时间，等待月亮升起来，接着喝点水，硬逼自己睡会儿。

还没有等我们躺下，乌姆宝帕让我们朝远方看，大概 8 英里外，平整的沙漠上有一个起伏不大、勾痕不清的小丘。从远方看，它好似一座蚁山。我倒头躺下睡觉的时候，还都在想那究竟是什么玩意。

月亮升起来以后，我们开始前进。现在，我们早已精神涣散，同时还要煎熬着饥渴和刺肤的炙热。没有亲身经历过的人永远无法想象我们那时的感觉。我们早已动弹不了了，还拖着沉重的步子，摇摇晃晃，偶尔因为疲惫而摔倒在地，没有办法不大概每一个小时就必须停下来歇息会儿。我们几乎没有力气说话了。至于古德，他一直就是个乐天派，喜欢讲讲笑话，可是如今他一个笑话也讲不出来了。

终于，大概两点钟，我们的身体和精神都快解散时，终于抵达了这个怪异的小山，或是说沙丘的脚下，这座看上去似庞大蚁山的沙丘大概有 100 英尺高，占地将近两英亩。

在这里，我们停下了脚步，由于实在是太渴了，我们把仅有的一滴水也喝下去了。我们每个人仅有半品脱水，而现在，我们最起码能喝一品脱水。

接着，我们全躺下了。正在我倒头想睡时，我听见乌姆宝帕用祖鲁语自言自语说：

“假如找不到水，明天月亮升起之前我们全部都得死。”

听了这些话，即使天很热，我还是打了个冷战。这般接近死亡不是一件让人开心的事儿，不过即使想到了死，还是不能阻止我进入梦乡。

第六章　水！水！

两个钟头以后，也便是大概四点钟，我睡醒。即使非常疲惫的身体得到了补充，可是非常的饥渴还是让我没有办法睡觉了。我不断梦见自己在一条奔流的小溪里洗澡，绿色的堤岸上长着郁郁葱葱的树木。当我醒来时，还发现自己躺在干涸的沙漠荒野中。此时，我想起了乌姆宝帕说的话，假如今天找不到水的话，我们一定会凄惨地渴死在沙漠中。在如此的高温下，假如没有水，没有人能活很久。我坐起来，用枯燥粗糙的手擦了擦污秽的脸。因为嘴唇和眼皮都粘在了一起，只能通过一些磨擦我方能睁开眼、张开嘴。马上就要天亮了，可是空中还没有一点曙光，只能看见我无法描述的沉重的热雾。其他人依然在睡觉。

很快，天亮了起来，可以看清字了，我从口袋里取出了随身携带的一本小口袋书《印戈耳支比家传故事集》，开始读《兰斯的寒鸦》那一节。当我读到：

“一个乖男孩怀抱一个雕花金色大水罐，罐里面装满了清纯的水，就像在兰斯和阿穆尔河中流淌的水一样清纯。”

我读一个字就咂吧一下干枯嘴唇，或者更确切地说，尝试咂一下嘴唇。一想到那罐纯静的水，我简直发疯。假如红衣主教拿着铃、《圣经》和蜡烛站在我身旁的话，我也会赶走他，把他的水喝了。确实，即使他那儿装满了给罗马教皇洗手的肥皂水我也不会。我知道假如我这样做的话，天主教堂所有圣洁的诅咒都会降临在我的头上。我想，我肯定是由于干渴、缺少食物头脑发晕，我逐渐想到红衣主教、乖男孩和寒鸦即将看到一个将要燃烧的、褐色眼睛、灰色头发的小猎象人猛地出现在他们当中，直接把脸伸到水池里，喝下每一滴可贵的水。这个想法让我非常欢喜，导致自己大声地笑了起来，我的笑声吵醒了其他人，他们也开始揉他们污秽的脸，张开粘住的嘴唇，睁开粘着的眼睛。

所有人都醒后，我们就开始讨论现在的情况，很明显，情况非常严重，目前一滴水也没有了。我们把瓶子倒过来，舔了舔瓶口，但于事无补，它们干得就像一根骨头。古德还有一瓶白兰地，他把它取出来，目不转睛地看着它；但亨利爵士立刻把它夺了下来，因为现在喝纯酒只会加速死亡。

“假如找不到水的话，我们就一定会死。”他说。

“要是我们相信老多姆的地图的话，这儿右方有些水，”我说，然而看上去没有人听信于这个话。很显然，大家对于这个地图没有很大的信心。目前，天逐渐亮起来了，我们坐在那儿大眼瞪着小眼。我看到霍屯顿人文特沃格乐站了起来，眼睛看着地上，走了起来。不一会儿，他停了下来，指着地上，嗓门里发出一声惊叹。

“发生什么事了?”我们大声叫道，马上站了起来，向着他站着注视着的地方走了过去。

“噢，”我说，“这是跳羚刚留下的痕迹，这又怎么样?”

“跳羚是不可能远离水的，”他用荷兰语说道。

“确实，”我回答说，“我差点忘了，感谢上帝。”

这个小小的发现给我们带来了生命的活力。当一个人陷入困境时，即便只有极微小的希望，也会感到欣喜若狂。在漆黑的夜空中，只有一颗星星起码比什么都没有好一点。

突然，文特沃格乐昂起了他的塌鼻子，闻了闻热空气，就像一只老黑斑羚嗅到了危急的气息一样。一会儿，他又说话了。

“我闻到水了，”他说。

一听到这话，我们欢呼雀跃，因为我们明白这些从小生长在野外的人拥有多么特别的直觉。

就在这时，太阳升起来了，光芒万丈，将我们由于惊喜而发光的眼神照得清清楚楚，一时间，我们忘记了干渴。

距离我们不足四五十英里的地方，在清晨的阳光下像银子一样闪闪发光的便是示巴女王山峰，两旁绵延数百英里的就是又高又大的所罗门群山。此时我坐在这里简直无法用言语来形容这种非凡而秀丽的景象。屹立在我们面前的是两座高大的山峰，我相信即便确实世界上其它地方有这样的山，但在非洲别的地方绝对看不到相似的山。每座山峰最少有1．5万英尺高，两座间距不足12英里，险峻的石崖把两座山连在一起，奇形怪状白色山峰直入云霄。这些山峰像巨门的柱子一样矗立在那里，形状就像一个女人的胸部。偶尔，山下的薄雾和阴影像躺下的女人，用面纱遮盖着睡觉。它们的底座从平原慢慢上升上升，从远处看十分平滑丰满，每个上面都有一个覆盖着白雪的巨大圆丘，很像一个女人的乳头。中间相连的那段悬崖看上去有几千英尺高，十分陡峭。我们可以看到每一边都伸出悬崖的轮廓线，只不过视线常常被平坦的平顶山打断，顺便说一下，平项山这种构造在非洲屡见不鲜。

这种包容万物的雄伟景象我绝对无法全面地描述出来。所罗门群山有一种无法表达的庄重，远远超过了那些庞大的火山——因为毋庸置疑它们都是死火山——因此让我们瞠目结舌。一小段时间过后，晨光照射到了白雪上以及白雪下面突起的褐色群山上。接着，我们充满好奇的眼上似乎被蒙上了面纱，怪异的云雾聚集在一起，愈来愈浓，这壮观的景象只能通过羊毛似的外层幽灵般鼓起的完美巨大的轮廓来体现。事实上，后来我们才明白，它们常常都被这种奇异的薄雾环绕着。

在干渴持续侵袭我们，令我们无法忍耐的时候，示巴女王乳峰基本全部消失在浓雾中了。

这就是文特沃格乐所讲的他所嗅到的水，可是我们却没有看见水的影子。视力所及之处，只有干涸滚烫的沙地和卡罗灌木丛，看不见任何其它的东西。我们急躁地绕过小丘到另一边去寻觅水，但依然没有看一滴水，也没有一点盆地、水池或泉水的痕迹。

“你简直就是一个傻瓜，”我愤怒地对文特沃格乐说，“一点都没有水。”

可是他依然抬起不好看的塌鼻子不断地嗅着。

“主人，我闻到水了，”他回答说，“在空中的某个地方。”

“确实，”我说，“毋庸置疑那是在云彩里，或许两个月后它会飘落下来冲洗我们的骨头。”

亨利爵士略带思考地捋着胡子，“也许水在山顶上吧，”他接着说。

“瞎说，”古德说，“有谁说过水在山顶上。”

“我们上去看看吧，”我说道。我们失望地爬上了山丘另一边的沙地，乌姆宝帕在前面领路。不一会，他忽然停了下来，似乎呆了一样儿。

“水！水！这里有水！”他使劲叫道。

我们全都朝他冲过去，不出所料，就在沙丘的最顶上有一个深坑，或者叫缺口，里面果真有水。我们丝毫没有时间去研究怎么会在这样一个奇特的地方形成这么一个水池，大家都无暇自顾地冲向这个黑黑的、肮脏的水池。这是水，或者说水的仿造物，无论是什么，这对于我们来说已经知足了。我们又蹦又跳地冲了过去，下一刻我们全部趴在水池边狂喝这带有气味的液体，好似上帝的琼浆玉液一般。天呐，我们是怎么喝下肚的呀！喝完后，我们脱掉衣服，泡在池子里，让炙热的肌肤吸受一丁点水的滋润。海瑞，我的孩子，你或许无法想象，现在，在一个令人厌恶的、温热的水洼中打滚儿是一件多么奢侈的事儿。

过了一段时间，我们站了起来，的确感觉到精神恢复了很多，接着就吃了点干肉。在过去24小时内，我们几乎不能吃一口干肉，由于实在是太渴了，此时我们可以饱饱地吃一顿了。接着我们抽了支烟，在神圣水池边的突起的池岸阴影下躺下，一觉睡到中午才醒来。

全天，我们都在河边歇息，感谢苍天，我们有幸寻到了这个水池。虽然水很脏，但不能忘记感谢很久之前就早已逝世的达·西尔维斯特拉，便是他在衬衫的下摆上明确地标注了这个位置。对于我们而言，这个池子能够持续这么久没有干涸真是天大的一件好事情，我想它之所以这么久依然存在或许是在沙地深处有一些泉水滋养着。

我们喝饱了肚子，接着尽最大努力地把水瓶灌满水，神采奕奕地在月光下又启程了。那天夜里，我们走了将近25英里，不用说，一路上再也没有发现到水。但是，可喜的是，第二天我们发现了一些蚁山后面的一小块阴凉地。太阳升起来了，没多久，阳光赶走了神秘的薄雾，此时离所罗门群山和两座雄伟的乳峰仅有大概20英里了，它们刚好矗立在我们头顶，看起来比以往要雄伟得多。到夜里，我们再次启程了，捡重要的说，到第二天早上，我们发觉早已经上了示巴女王左乳峰上最矮的一个斜坡。现在，水又被用光了，我们又得忍受着干渴的严厉考验。的确，看起来没有更好的机会来缓解这种困境，直到我们抵达了远在头顶的雪峰上。歇息了一两个小时，在干渴的刺激下，我们再次顶着酷热继续前进，痛苦地涉足在火山岩坡上。我们发觉，这座山体的底端全都是火山岩，也许是很久很久之前，因为火山喷发而形成的。

到11点的时候，我们已经筋疲力竭了。总之，情况的确极其糟糕。我们不得不在火山岩的渣块上尽力地前进，虽然这比起我以前听说过的，例如说阿森松岛的表面要相对光滑，但是踩在上面后，我们的脚依然感到刺心的痛，再加上干渴饥饿等痛苦，简直要了我们的性命。在我们上方几百码的地方有一些巨大块的火山岩，我们向这些大火山岩块走去，心想在它们的阴影下躺着休息一下。抵达那里后，我们惊讶地发现，在一个小高地或小山脊上的火山岩上覆盖着一层浓密的绿色植物。很明显，火山岩风化分解形成土壤后堆积在那里，刚好成为了鸟儿存放种子的好地方。但是我们对于绿色植物并没有多大的兴趣，因为人总不能像尼布甲尼撒二世那样依靠草生活，这需要上帝特别的照顾，也需要特别的消化器官。

所以，我们只能坐在石头下呻吟，现在，我真希望我们从来就没有开始这趟愚蠢的旅行。正当我们坐着无计可施时，我看到乌姆宝帕站起来，举步维艰地向那一块绿地走去。令我极其惊讶的是，这个平时十分严肃的人竟然像疯子一样兴高采烈、又蹦又跳，手里还挥动着些许绿色的东西。我们手脚合用，拖着疲劳的身躯尽快向他爬去，渴望他已经找到了水。

“这是什么东西，乌姆宝帕，傻孩子?”我用祖鲁语对他叫道。

“这是食物和水，马楚马乍恩，”他又甩了甩手中绿色的东西。

接着，我看了看他手里拿的东西，那是一只西瓜。我们居然发现了一块野瓜地，这个地方有几千个已经熟透了的西瓜。

“西瓜!”我对紧随在身后的古德说，但是我发现他早就在用假牙啃西瓜了。

我感觉每个人大概吃了六个西瓜，这些西瓜真是不幸，我们感觉从前从来没有吃过这么可口的东西。

可是西瓜并没有很多营养，它只有多汁的果肉能够让我们解渴。我们摘了一点瓜，把它们切成两半，放在太阳下，让它们蒸发变冷，这时，我们感到了非常的饥饿。我们还有一些干肉片，可是吃得已经开始反胃了，另外我们不得不省着吃，因为说不定什么时候才可以找到更多的食物。就在此时，幸运的事情发生了。我们看见，沙漠上空一群大概 10 只左右的大鸟正朝我们飞来。

“主人，鸟！鸟！赶紧打，赶紧打!”霍屯督人趴在地上，悄声地说。我们都像他一样一个接一个趴在地上。

然后，我看明白了，原来这是一群大鸨，正要从离头顶 50 码的上空飞过。我拿起一支温切斯特连发步枪，待它们快飞到我们头顶的时候，一起飞起来。一看到我，这群大鸨就使劲全身解数挤成一群，这就是我所希望的，我朝它们中间最拥挤的地方放了两枪，极其走运，打到了一只，果然是个大家伙，足足有20磅重。半个钟头后，我们用干西瓜秧支起一堆火，在火上烤了走来。我们早已有一星期没有吃东西了，所以这次痛痛快快地吃了一顿。除了骨头和嘴，我们把那只大鸨吃得一干二净。从那以后，我们再也没有吃过比这更好的东西。

当天晚上，我们尽最大可能带上更多的西瓜，又在月光下继续前进了。我们不断地往上爬，感觉空气越来越凉爽，这让我们觉得十分舒服。刚破晓的时候，我们判断目前的位置离雪线大概不到12英里了。在这里，我们发现了越来越多的西瓜，不必再担心水的问题了，因为我们明白过会就会出现雪了。可是山坡却变得十分险峻，前进非常缓慢，一小时还走不到一英里。

当天晚上，我们把最后一点干肉吃光了，可是，到现在为止，除了那只大鸨之前我们在山上没有看见任何生物，也没有看见一眼泉水或一条溪流。山上都是积雪，总会有一些融化，但现在却看不见水，真是十分古怪。然而后来我们发现，因为一些无法解释的原因，全部的泉水都从山的北面淌了下去。

此时，我们开始为食物而担心忧虑了。逃过了渴死的危险，我们似乎又陷入了饿死的危机了。接下来的三天发生的凄惨事情，那时我在自己的笔记本里作了具体的描述，现在就在这里抄写下来。

“5月21日——上午11点开始动身，目前天气已经凉爽许多，能够在白天赶路了，我们随身带了一些西瓜。挣扎了一整天，我们再也没有看到西瓜，很显然这个地方已经不是长西瓜的区域了。我们也没有看见任何其他猎物。太阳落下去的时候，我们停了下来，到现在已经有很长时间没有吃东西了。夜里，天气极其冷。”

“22 日——太阳升起来后又启程了。此刻，我们感到身体极其虚弱，一天只走了大概 5 英里，路上看到了一些雪块，我们吃了一些，可是再也没有别的东西能够吃了。晚上，我们在庞大高地的边缘下宿营，我们喝了一些白兰地，每人围上一条毯子，蜷缩在一块保持体温，保持着生命。此时，大家又饿又累，都觉得文特沃格乐会在那天晚上死去。”

“23 日——太阳一升起来，四肢温暖了一点，我们又开始挣扎着向前走。目前大家的状况极度恶化，我害怕假如再找不到食物的话，这或许会是我们最后一天的旅行。然而还有一小点儿白兰地。古德、亨利爵士和乌姆宝帕还能撑下去，可文特沃格乐似乎快撑不住了。像大多数霍屯督人一样，他无法忍受寒冷。目前饥饿感有点弱了，可是我的胃已经麻木了，其他人也都是如此。我们目前处在连接两个乳峰的陡峭山脉或火山岩壁上，景色十分秀丽。我们身后，灿烂眩目的广袤无垠沙漠向地平线延伸过去。我们身前是数英里又硬又滑的雪层，从雪层中央缓缓起伏向上，大约 400 英尺高的山顶直入云霄。在这里，看不见一个有生命的东西，上帝保佑，我感觉我们的末日可能要到了。”

现在我不想再看日志了，个别原因是这些东西读起来一点意思都没有，还是因为后面的内容也许需要更确切的叙述。

5 月 23 日全天，我们就这样慢慢地在雪坡上挣扎着，时而停下来休息一小段时间。我们看上去肯定十分奇怪、非常颓废，身负着重物，拖着疲劳的四肢在旷野中前进，饥饿的眼神不停地向周围寻找着猎物。然而看也没有用，因为周围没有能吃的东西。那一天，我们走了不足 7 英里。就在太阳落山之前，我们发现已经站到了示巴女王峰左乳峰的乳头下。它是一个庞大光滑的冻雪，有几千英尺高，高耸入云。虽然我们非常虚弱，但依然忍不住赞叹起这北美的景色。在夕阳余光的照射下，这里景色愈加美妙，山上的雪都被染成了血红色，为上端的山峰戴上了一顶辉煌的王冠。

“我说，”很快，古德气喘如牛地说，“我们应当到了老先生所描述的那个洞穴周围了吧?”

“的确,”我说,“假如真的有那个洞穴的话应当就要到了。”

“等一下,夸特曼,”亨利爵士呻吟着说,“别这么说,我对多姆十分信任,不要忘记他告诉我们的水洼!我们应该马上就会找到那个地方。”

“假如在天黑前不能找到的话,我们绝对会死掉,这就是我想要讲的。”我接着说。

接下来大概十分钟,我们都不讲话,继续前进。忽然,在我身旁的乌姆宝帕裹起毛毯,抓住我的胳膊。他的腰上用腰带单单地扎着,他说这样能够减少饥饿感,这让他的腰看起来仿佛女孩子的腰一般。

“看,”他指着山顶上一个突起的斜坡说。

我按照他的目光看云,在200码外的雪中似乎有一个洞。

“那是洞穴,”乌姆宝帕接着说。

我们立马赶了过去,发现那个洞真的是一个洞穴的入口,毋庸置疑,这里的确就是达·西尔维斯特拉描述的那个洞穴。我们走得不是很快,由于到达这个避身所时,太阳早就迅速落下山去,全部洞穴里黑暗一片。因为海拔很高,这里的光线极其微弱。我们钻进洞穴,发现这个洞穴似乎并不大。我们喝完了最后的一点酒,每人还不足一口,接着挤在一起取暖,试图在睡梦中忘记自己的悲痛。可是天气真的是太冷了,我们怎么也不能入睡。我相信,在这个海拔高度,温度最少有零下十四五度。对于我们这些身体劳累虚弱、缺乏食物、经历过沙漠炙热的人来说,这个温度代表着什么,相信读者可以想象得到。基本可以说,这是我到现在为止最接近死亡的感觉。我们就这样安静地一小时一小时地承受着寒夜,逐渐感觉着四周的霜冻不时刺进我们的手指,不时刺进我们的脚、不时刺到我们的脸。我们拼命地往一块挤,但依然不起一点作用,饥寒交迫的身躯感受不到一丝温暖。偶尔,我们中的一个人会间歇不安地睡上几分钟,可是睡不多,但是或许这是幸运的,因为假如我们睡多了,我怀疑我们能否还可以再醒过来。的确，我认为我们就是靠着强力在坚持着，才使自己保持着生命。

黎明前没有多长时间，我听见一晚上牙齿都在像响板一般打着寒颤的霍屯督人文特沃格乐深深地叹了一口气，然后他的牙齿便不再打颤了。那时，我其实没有多想什么，只是觉得他睡过去了，我们背对着背，我觉得他的身体似乎慢慢变凉，最终变得像冰一样冷。

终于，光线逐渐来了，天空变得发灰了，此后，金色的阳光通过雪原，最后照到了火山岩洞壁上，照到我们早就半僵的身体上，同时也照到了文特沃格乐身上。他早已不在人世了，跟石头一般又冷又硬。难怪我感觉到他的背那么冷，这个不幸的家伙呀。当我听见他叹气后，他就死了。我们极其震惊地从尸体上挪开自己的身子，现在，他正坐在那里，胳膊围在膝盖上。

此时，寒冷的阳光射进洞穴口。忽然，我听见一声可怕的惊叫，便转头向洞里看去。

在不足20英尺的洞穴的尽头，又有另外一个人体，头耷拉在胸前，长臂垂了下来。我注视着它，看出这也是一个死人，而且还是一个白人。

其余人也看见了。看见的一切对我们震惊太大了，我们的神经再也承受不了了，接二连三拖着半僵的身体从洞里边滚边爬地跑了出来。

第七章 所罗门大道

跑到洞外，我们停住，觉得非常愚蠢。

“我要返回，”亨利爵士说。

“原因呢？”古德问道。

“由于这使我想到——我们看见的——也许是我弟弟。”

这是一个新想法，我们又重回洞穴去验证。因为习惯了外面光亮的光线，我们的眼睛一时难以适应里面的光线。但是，很快，它们渐渐适应了里面半黑的状况，我们朝那个死人走去。

亨利爵士跪下来，细心地观察着他的脸。

“感激上帝，”他放松地叹了口气，“不是我弟弟。”

我也靠过去望了望，这是一个中年男子的尸体，个子高高的，鼻子尖尖的，白花花的头发、胡子长又黑。皮肤昏黄，死死包在骨头上。除了一条毛料紧身裤子外，其余的衣服都被脱光了，露出赤裸的骨架。脖子上佩带一个黄色的象牙十字架，尸体早就全部僵硬了。

“它到底是谁？”我问道。

“你真的猜不出来？”古德接着问。

我不停的摇头。

“天呐，这肯定是老多姆了，约西·达·西尔维斯特拉，除了他没有其他人？”

“不会的，”我上气不接下气地说，“他300年前就已经死了啊！”

“我非常想知道，这儿有什么可以让他的尸体保持300年不腐烂?”古德说，“只要气候充分冷，肉体一直会像新西兰羊肉那样新鲜。鬼晓得这里有多么冷，阳光不能照进来，也没有动物进来撕扯和破坏。毋庸置疑，他在地图上提起的那个人，便是他的仆人脱掉了他的衣服，把他遗留在了这里。他独自一人绝对埋不了他。看!”他弯腰拾起一根形状奇特、一头被削尖的骨头，然后说，“这是他拿来划地图的裂骨。”

我们惊讶地看了一段时间，完全忘记了自己的痛苦，这对我们来讲，简直是太无法想象了。

“唉，”亨利爵士说，“他是从这里搞到墨水的。”他指着多姆左臂上的一个小伤口说：“谁以前曾经见过这样一件东西呀?”

对于这件事情，大伙已经不再觉得疑惑了，我明白这件事情让我觉得非常的惊讶。那个死人，在大概十代前写下的指示把我们指引到了这个地方，此时，他就坐在这里。我的手里拿着他写那些东西的骨笔，他的脖子上挂着他即将死亡前吻过的十字架。我注视着他，想象着最后时刻情形。

这位旅行者死于严寒和饥饿，但是仍然用尽全力把他发现的巨大秘密告之世人：依据坐在我们前面的姿态来看，他死得十分孤独寂寞。而且在我看来，从他有棱有角的脸上可以看出我不幸的朋友——他的后代，也蜂拥20年前死在了我怀抱里的西尔维斯特拉的模样。可是这些仅是想象，不论怎么说，他此时就坐在这里，成为了那些蜂拥着探索未知世界的人的悲哀命运的纪念品。当然他还会戴着死亡的至高王冠，仍然坐在这里不晓得多少年，让像我们一样的流浪者震撼不已，假如还有人入侵他的领地的话。这件事情给了因饥寒交迫而岌岌可危的我们沉痛的打击。

“我们动身吧，”亨利爵士悄声说，“我们把一个同伴送给他陪伴着他。”他抬起霍屯督人文特沃格乐的尸体，放在老姆尸体旁边，接着弯下腰，拉断了老多姆脖子上的十字架的烂绳子。由于他的手指真的是太冷了，丝毫没有办法解开这个绳子。我相信他目前还留着这个十字架。我带走了那支骨笔。我写这本书时，就把它摆在面前，偶尔我还拿它签名字。

然而，我们离开了两个人——那个在当时的年代很有名望的白人和不幸的文特沃格乐，将他们永远留在了永远的白雪中。我们爬出洞穴，走到舒适的阳光下，继续我们的行程。现在大家心中忐忑不安，始终在想还有多少个钟头我们也可能像他们一样。

我们走了大概半英里，就到了高原边缘。因为晨雾围绕，看不见下面有什么。但是，马上，较高的雾层仿佛稀疏了一些，我们看清楚了脚下大概500码的地方，是一个很长的雪坡，最底头有一块绿草地，一条溪流从中流淌而过。还不仅这些，在溪流旁边，有一群大羚羊，有站有躺地沉浸在晨光下，大概有10至15只左右。因为距离比较远，我们看不清是什么品种的羚羊。这一情景让我们感到一种无法名状的快乐，假如我们能得到它，就会获得充分的食物了，可是问题是怎样得到它。这些羚羊距离我们有600码，远在射程之外，我们的生命就看可不可以捕获到一只羚羊了。

我们快速而理智地讨论了一下怎样捕猎这些动物，可是最后我们还是很不情愿地放弃了。首先，风向不利。然后，我们要想抓到它们，不得不穿过眩目的雪地，而且不管我们怎么注意，都会被它们感觉到。

"唉，我们不得不从这里试一下，"亨利爵士问道，"夸特曼，用哪种枪好，连发步枪还是快枪？"

现在又出现一个问题。我们拥有两支温切斯特步枪了，就是乌姆宝帕的枪和文特沃格乐使用的枪，那时也背在他身上，这种枪射程达1000码，快枪的射程有350码。不管使用哪种枪多多少少都要估计着来射击。此外，假如击中了，快枪的子弹会急速膨胀，更有机会打死猎物，这是一个很难的问题，但我决定冒一次险，使用快枪来射击。

"我们每个人都瞄准前方的那只公羚羊。要准确地瞄准，肩膀往上一点儿，"我说，"乌姆宝帕，你来发布命令，我们同时射击。"

然后，大家停顿了一下，每个人皆瞄准各自的猎物。当一个人清楚自己的身家性命维系在这一枪上时，他八九不离十会这么做。

“开枪！”乌姆宝帕用祖鲁语叫道，三支步枪可以说是同时响起：一瞬间，我们前面形成了三股烟雾，宁静的雪地上响起了上百声回声。很快，烟雾消失了，露出——啊，太棒了！——一只大公羚羊躺在地上，非常痛苦地剧烈地踢着。我们发出胜利的呼喊——我们获救了——不会被饿死了。虽然身体极度虚弱，可是我们还是冲上了中间的雪坡。十分钟后，那只大羚羊的心脏和肝脏已经放在我们面前了。此时又有一个新的困难，我们毫无燃料，没有办法生火来烤它们。我们悲伤地相互看了看。

“即将饿死的人不应当空想，”古德说，“我们不得不生吃。”

想要走出困境，别无他选。噬骨的饥饿让在平常看起来非常恶心的生肉居然没有那么恐怖了，所以我们把心脏和肝脏埋在一块雪下冷却一下，接着用溪流里的冷水洗了洗，贪心地吃了下去。听起来十分恐怖，可是说实话，我从来没有吃过像生肉这样美味的东西。大约十五分钟后，我们完全换了个人，又变得精神抖擞了，我们微弱的脉搏再次强烈地跳动起来，血液在血管里也奔跑起来。但想到饥饿的胃吃得过于饱所带来的严重后果，我们十分谨慎，没有多吃，只吃了一些就停下来，这时，我们还是感觉有点饿。

“感谢上帝！”亨利爵士说，“这些动物拯救了我们的命。这是什么东西，夸特曼？”

我起身，上下打量了这个羚羊，连我自己也不非常确定这究竟是什么。它有驴子那般大，有大弯角。我以往从来没有看见过这种动物，对我而言这是一个新物种。皮肤是灰色的，斑纹是浅红的，皮毛厚厚的。之后，我发现这里的人把这些称作是“英客”。它们极其稀罕，只有在高海拔的地方才可以发现，而其它的动物在这样的海拔上根本没有办法存活。子弹刚好射入了羚羊的肩膀上面，自然我们不清楚是谁射中的。因为古德以往在射击长颈鹿时呈现出了精准的枪法，我相信他私底下把这功劳记到了自己名下，但是我们没有和他去争辩。

刚刚我们只顾忙于填饱自己的肚子，无瑕顾及情况。此时吃饱后，我们派乌姆宝帕去割下最好的肉，尽最大努力带上，接着开始观察四周的情况。此时八点了，太阳升起来了，雾早已消散，所以我们可以看到前面的一切情景。我不知道怎样用语言形容展现在我们面前的壮丽景色，之前从来没有看见过这种情景，我想将来也不会再看到。

在我们后面和上面，是直入云霄的示巴女王冰雪覆盖的乳峰；脚下，大概5000英尺的地方是峰峦叠嶂的最秀丽的原野；面前是茂盛庞大的森林，还有一条大河泛着银光蜿转其中；左边是一片广阔无边的被远山环绕的肥美草原，上面有数不尽的猎物或牛群，相距太远了，我们不能看清到底是哪种动物；右边多多少少也有一些山，换句话说，一个一个的山从平地竖起，中间有一块块耕地，还有成群的圆顶小屋。眼前的景色如诗如画，一条条河流像银蛇一样闪闪发亮，就像阿尔卑斯山的峰顶狂雪乱舞、威严肃重，而在这一切之上，就是令人喜悦的灿烂阳光和大自然欢喜的气息。

四处张望时，有两件奇特的事情引起了我们的在意。一是我们眼前的这个乡村一定比我们通过的沙漠起码高出5000英尺；二，所有的河流都从南往北流。我们惊讶地发现，脚下广阔高原的南面一点水都没有，但是在北面却有许多河流，都和一条大河聚合在一起，这条大河弯曲前行，远远超过了我们的视野。

我们坐了一小段时间，安静地看着这片秀丽的景色。过了一会儿，亨利爵士讲话了。

“地图上是不是没有所罗门大道呀？”他问道。

我点头称是，依然眺望着远处的乡村。

“嗯，看，那儿!”他指了指我右边。

于是，我和古德顺着他指的方向看了过去，那里，只见仿佛有一条广阔的公路向平原弯曲而去。一开始刚到平原时，我们还没有看见它。我们什么都没有说，起码说得不多，逐渐失去了惊讶的感觉。不知道什么原因，在这么奇特的土地上看到这样一条罗马道路总是感觉非常不自然，但是我们接受了这个现实，这就是全部。

“好的，”古德说，“假如我们从右边插过去，它离得肯定非常近，我们是不是马上应该启程？”

这是一个很好的建议，我们在溪流里洗了洗脸和手，就行动开始。越过大概一英里左右的大石头，走过一块块雪地，最终突然走到了一个小高地顶上，我们看见那条路就在我们脚下。这条路是从又坚又硬的石头上开辟出来的宽敞大道，最起码有50英尺宽，保存得极其完好，可是在我们后面标示巴女王山峰方向仅有一百步远，路就不见了，整个山的表面处处都是一块块石头和雪堆。

“夸特曼，你看这究竟是怎么回事？”亨利爵士问。

我摇摇头，也说不清这是怎么回事。

“我明白怎么回事！”古德说，“这条路肯定刚好穿过另一面的山脉和沙漠，不过沙子把路覆盖了，在我们上方的路又被火山爆发形成的熔岩淹没了。”

这听上去是一个不错的解释，起码，我们接受了这样的解释，接着继续朝山下走去。这验证了吃饱喝足行走在宽敞的大道上下山和饥寒交迫爬雪山简直是两种概念。事实上，回想起可怜的文特沃格乐的凄惨命运、回想起在那个阴森的洞穴里与老多姆作伴的情景，我们现在感觉很开心，即使前面还有很多不明的危险在迎接着我们。每走一英里，气温就升高一点儿，气候也愈来愈温和，风景也愈来愈美丽。至于那条大道，即使亨利爵士说在瑞士有和这相像的大道，可我第一次见过这样的工程。可以想象得出，在古时候建造这样一条大道有多么高的难度。继续往前走，我们看见了一条300英尺宽、起码有100英尺深的大峡谷。这条大峡谷下装满了加工过的大石头，在底部掏出一个拱形当作是排水沟，大道便从上面跨过。在另一个地方，大道是从 500 英尺深的悬崖边上开辟出来的，呈 Z 字型。在第三个地方，大路直接通过了山脊中挖出的隧道，这条隧道有 30 码宽，或许更宽。

在这儿，我们发现隧道两边均是披着盔甲、开着战车的精致雕塑，其中有一座雕塑特别漂亮，描述了一场完整战斗的所有画面，远处还有押解俘虏的队伍在前行。

"哇，"欣赏完这个古时候的艺术作品后，亨利爵士说，"这儿称为所罗门大道简直太恰当不过了，可在我看来，在所罗门的人抵达这里之前，埃及人早已来过了。假使这不是埃及人或腓尼基人的艺术作品，我还是会说它们太相似了。"

中午时候，我们早已向山下走了非常远，到了山林交替的地带。第一，我们来到了愈来愈多的分散的矮树丛里，直到最终我们发现这条路弯弯曲曲穿过一大片泛着银光的树木，这片树木和开普的平顶山斜坡上看到的树木极其相象。只有在开普，我在之前的旅行中根本没有看见过，它们在这里的外景让我吃惊不已。

"啊！"古德用满怀热情观察着这些树叶发光的树木说，"这里有这么多树，我们休息一下做顿饭吧。那个生心脏早就消化完毕了。"

没有人反对这个建议，所以我们离开大路，来到了不远地方的一条小河边，马上就用干树枝生起了一堆旺火。我们把随身携带的羚羊肉切成几大块，马上像卡菲尔人那样穿在削尖的树枝上烤了烤，接着有滋有味地吃了起来。肚子吃饱后，我们点了支烟，舒服地享受了一下。与最近体验的那些坎坷不平比起来，这会儿看上去完全就是天堂一样的生活。

小溪岩上遮盖着茂密的巨型铁线蕨，中间还缀饰着一团团野文竹，河水在我们身旁湲湲流动着，柔软的空气穿过银色的树叶发出潺潺的声音，鸽子在四周咕咕叫着，翅膀光亮的鸟儿像活宝石一般从一个树枝飞到另一个树枝。这里可以说就是天堂。

危险感从心中消失了，目的地终于也到了，这个地方仿佛具备魔力一样，死死地把我们吸引住了。亨利爵士和乌姆宝帕坐在那儿小声用不熟悉的英语和祖鲁语说着话，看上去十分诚恳，我躺在蕨类植物形成的芳香的床上，半闭着眼睛望着他们。

很快，我想到了古德，想看看他是什么模样。只看到他正坐在河岸上洗澡呢。除了法兰绒衬衫之外，他什么也不穿。他生性爱干净的性格持续地得到验证，他正进行着一次最细致的洗漱。他洗了洗古塔胶衣领、抖开了裤子、帽子和外套，此时正把它们细心地叠起来，准备好过会儿穿。当发现衣物在这次恐怖的旅行中造成的无数裂缝和破洞时，他伤心地摇了摇头。接着脱下鞋，用一把蕨类植物擦了擦，后来又用一块从“英格”肉上小心存留下的油脂擦拭了一番，直至看起来差距不大才停下。他透过眼镜细心地检查着鞋，接着穿上，开始了一个新工作。他从一个小袋里拿出一把梳子和一个小镜子，细致地打量着自己。很显然，他不是很满意，因为他开始小心翼翼整理自己的头发，接着停下来，看看效果如何，依然不是很满意。他摸了一下下巴，胡子起码有十天没有刮了，现在长得非常绸密。

我想：“他一定不会现在刮胡子吧”。可是他却真有想法要刮。他取出了一片装在靴子里的肥皂，在河里完整地洗了洗，接着又从袋子里取出了一把剃刀。事实表明，这是一个伤心的过程，由于在刮的过程中他不断地呻吟着。看到他用力地剃又粗又短的胡子，我笑得肚子都疼了。一个人在这种情境下，在这种地方，仅用一片香皂来刮胡子，看上去的确是一件十分奇怪的事情。最终，他很好地将右边的脸和下巴刮干净了。就在此时，我看见一道闪光忽然飞过他的头边。

古德惊叫着一跃而起。假如拿的不是一把保险剃刀的话，他绝对会割断自己的喉咙。我也跳了起来，可是没有惊叫，我看见在离我不足 20 步、离古德不足10步远的地方，站着一伙人。他们个子高大，古铜色的皮肤，其中有一部分人穿着宽广的黑色羽毛编织的羽衣和豹皮做的短短的披风。站在前边的那个年轻人，大概有17岁，手还在举着，身体向前斜，一副希腊雕塑标枪手的姿态。很显然，那道闪光是他投掷的武器。

我看见一个老兵模样的人走出队伍，抓住那个年轻人的胳膊朝他说了些什么，接着向我们走过来。

此时，亨利爵士、古德和乌姆宝帕拿起了他们的步枪，威逼着向他们举起来。这群当地人依然向前逼近，我忽然意识到他们肯定不知道步枪是什么，换句话说他们对于枪基本就不足挂齿。

“放下枪!”我对他们说。我知道惟有和解才是保险的方式。他们放下了枪，我走到前面，朝着那个抓着年轻人的老人说。

“你好，”我也不晓得该用什么语言表达，就用祖鲁语问了声好。让我惊讶的是，他听出来了。

“你好，”这个老人接着说，不，事实上他用的是相同的语言，是一种十分接近的方言，我和乌姆宝帕都能不费神儿地听明白。实际上，后来我明白，这个人说的这种语言是一种老式的祖鲁语，和我们说的语言不属于同一语系，那联系就像乔叟的英语和19世纪的英语之间的关系。

“你们从哪儿来?”他接着说，“你们到底是什么人?为什么你们三个人脸是白色的，第四个人的脸像我们母亲的儿子?”他用手指着乌姆宝帕。他说这话的时候，我望了望乌姆宝帕，他说得不错，乌姆宝帕十分像我们面前的这些人，高大的身材也非常像，可是我没有时间来深想这些巧合。

“我们是陌生人，是为和平而来，”我回答道，为了让他听明白，我说话非常慢，“这个人是我们的仆人。”

“你说话，”他然后说，“没有陌生人可以穿守寸草不生的大山，然而你们撒谎也没有什么紧要。假如你们是陌生人，就一定得死，没有陌生人可以生活在库库安纳人的领土上，这是国王的法律，陌生人，就等着受死吧!”

听到这话，我有点吓了一跳，特别是当我看见他们中有一些人把手慢慢地伸向腰间笨重的大刀时，我愈加吃惊了。这儿似乎每个人都挂着一把笨重大刀。

“那个乞丐都说什么了?”古德问。

“他说要杀掉我们，”我冷言冷语地说。

“噢，上帝，”古德低声叫着，同时，他像往常无所适从时一样，用手把假牙取了下来，又把它们吧嗒一声迅速地安到下巴上。这是最为幸运的一个动作，然后，神气十足的库库安纳人群中发出一声可怕的尖叫，人群迅速地向后退了几码。

“发生什么了?”我说。

“是他的牙，”亨利爵士激动地说，“他活动了一下牙齿。把它们取出来，古德，取出来!”

他顺从地把牙套取下来，塞进了法兰绒衬衫的袖子里。

然后，好奇心战胜了恐惧，人们逐渐向前走过来。很显然，他们此时早已忘记了要杀我们。

“这是怎么回事，陌生人?”这个老人指着丝毫没穿别的东西，只穿着法兰绒衬衫和靴子，只刮了半边脸的古德，全神贯注地问，“那个人穿着衣服但是却光着腿，灰白的脸上一侧长着毛发一侧却没有长，戴着一只熠熠生辉透亮的眼睛，还能把牙齿从嘴里取出来，接着再随心所欲地放回去?这究竟是怎么回事?”

“张开嘴，”我对古德说，古德立即卷起嘴唇，像一只气愤的狗一般对那个老绅士裂了一下嘴，冒出了两道浅红色的牙床，就似乎是刚长得像的牙齿一般。那些人看得瞠目结舌。

“他的牙呢?”他们大声叫道，“我们刚刚明明看见了。”

他缓缓地转过头，做了一个避讳的、不足挂齿的手势，一只手迅速地放进嘴里。接着，他转过来，咧了一下嘴，看，嘴里又现出了两排可亲的牙齿。

刚刚向古德掷刀的那个年轻人猛地坐到了草地上，开始因害怕而发出长长的叫喊。而那个老人，则被吓得两腿发抖。

“我清楚你们是神灵，”他口齿不清地说，“女人生育的人会一边脸上有毛发，一边脸上却没有吗，或者有一个圆圆的透明的眼睛吗，或者可以把牙移动，融解后再马上长出来吗？宽恕我们吧，我的主。”

真的太有运气了，不必说，我迅速地利用了这个机会。

“好的，”我随带帝王般的微笑说，“而且你们应当知道现实，我们从另一个世界来，即便我们和你们同样是人。”我又说：“我们来自晚上闪闪发光的那颗最大的星星。”

“噢！噢！”那些吃惊的土著人齐声惊叫着。

“的确，”我接着说，“我们真的从那里来，”当我说着让人奇异的谎言时，又一次露出亲近的微笑。“我们到这儿和你们生活一小段儿时间，为你们送福。朋友们，为了这次行程，我做了十足准备，早就掌握了你们的语言。”

“对的，对的，”他们一同说。

“我的主，但是你学得真的是太不好了。”老人插话说。

我气愤地盯了他一眼，他吓得直哆嗦。

“现在，朋友们，”我接着说，“你们也许认为，通过跋山涉水后，我们应当为遭到这样的待遇而进行报复，或许应该扭断那只不尊敬的手，说的简单点，就是向那个牙齿能够移动的人的头上掷刀子的那只手。”

“我的主，饶恕他吧，”老人请求道，“他是国王的儿子，我是他的叔叔，假如他发生了什么事儿，我不得不为他负责。”

“是的，的确这样，”那个年轻人跟着说。

“我看你们是在置疑我们的能力吧，”我接着说，丝毫不去留意他们的一唱一和，“稍等一下，我会让你们瞧瞧我的能力。到这里，你这个狗，把那个可以说话的魔管递给我。”我用粗放的语气对乌姆宝帕说，接着歪头向我的快枪使了个眼色。

乌姆宝帕立即反应过来，把枪传给了我。

“尊敬的主，给你，”他向我鞠了一躬。

就在索要步枪之前，我早就看到了在大概 70 码的地方有一只小羚羊立在一块岩石上，这时，我决定冒险去打它。

“你们看见那只羚羊了吧，”我向前面的人提示了一下，“跟我说，女人生的人能够从这里用声音杀死它吗?”

“那是不可能的事实，我的主。”老人回答说。

“然而我能够杀了它，”我冷静地说。

这个老人笑了，“这是我的主不可能完成的，”他回答说。

我举起步枪，仔细瞄准那只羚羊，这只羚羊很小，不能射中也可以理解，但我深知这次一定不可以失手。

我深深地吸了一口气，缓缓地举起步枪，那只羚羊就像石头一样站在那儿闻丝不动。

“砰！扑通！”羚羊向空中跃起，接着像门钉一样掉在岩石上。

前面的人群中发出恐怖的叫喊声。

“假如你们想要肉的话，”我不带表情地说，“就去把那只羚羊抓过来。”

那个老人做了一个手势，一个跟班的跑过去，没多久就把那只羚羊扛回来了。我注意到这次射击非常成功，刚好击中了羚羊的肩后。他们在动物的尸体旁围成了一圈，诧异地看着子弹孔。

“你们瞧，”我说，“我没有说大话吧。”

没有人作声。

“假如你们仍旧不相信我们的能力，”我接着说，“你们其中出来一个，去那块岩石上站着，拿他的身体来测试一下，就像那只羚羊一般。”

看起来没有一个人想接受这种挑战，后来，国王的儿子脱口说话了。

“这是个好提议，那你——我的叔叔——去岩石上站着试试吧。魔法只可以杀羚羊，一定不会杀死人的。”

这个老人明摆着不愿意接受这个建议，事实上，他看上去受到了伤害。

“不！不！”他迫切地说，“我的老眼早已看明白了。这的确是魔法，我们把他们献给国王吧。假如还有谁想更进一层的验证，谁就站到那块岩石上，听听魔管给他说什么吧。”

人群中传来急迫的反对声。

“不可以把魔法消耗在我们自己人身上吧，”有个人说，“我们早已满意了，我们的魔法都做不到这样的事儿。”

“是的，”那个老人语气温和了很多，说道，“的确不能。听着，星星上面的孩子们，眼睛发光、牙齿可以移动的孩子们，可以发出雷鸣声音杀死距离很远的动物的孩子们，我是因法杜斯，库库安纳前国王卡法的儿子，这位小伙子叫斯克拉卡。”

“他差点杀了我，”古德低沉地说道。

“斯克拉卡是尊敬的特瓦拉国王的儿子。特瓦拉国王有1000个妻子，是库库安纳民族最高的首领和统治者，是所罗门大道的守护者，是敌人的惧怕克星，是黑魔法的继承人，是成千上万勇士的领导者。只有一只眼睛的特瓦拉，象征着恐怖和黑暗。”

“这样，”我很自大地说，“带我们去见特瓦拉吧，我们不愿意与底层人和下属谈话。”

“可以，我的主，我们会带你们去，可是路途遥远，我们出来狩猎，走了三天才走到这里。假如我的主有耐心，我们愿意带路的。”

“可以，就这么办，”我无所谓地说，“我们站在时间前面，凶为我们不会死。我们一切准备妥当，前面带路吧。只是因法杜斯，还有你，斯克拉卡，注意点，不要跟我们要计谋，不要想法给我们设陷阱，因为在你们还没有想出招来，我们早就知道得一清二楚，就等着我们的回报吧。那个透明眼睛、光腿和半边头发的人会毁了你们，越过你们的土地。他忽然消失的牙齿会不自觉地进入你们身体，吃掉你们、你们的妻子和孩子。魔管也会和你们大闹一场，把你们整得像筛子一样，注意点！”

这番宏篇大论收到了该有的效应，实际上，差不多是多此一举，由于我们的朋友们对我们的力量早已熟记于心了。

老人鞠了个躬，用低沉的声音叫喊着“库姆，库姆”。不久之后，我才明白原来这是他们最崇敬的称谓，在祖鲁语中相当于“陛下万岁”。他转身对跟人们叮嘱句什么，这些人马上去拿我们携带的杂物，只是那些枪支他们连碰的想法也没有。他们甚至揪住了古德衣服，大家也许记得，古德把那些衣物整整齐齐地叠起放在了身边。

古德立刻冲了过去，大声地吵起来。

“千万别让有透明眼睛和融化牙齿的主去接触他们，”老人说，“他的奴隶必定会自然而然地携带这些东西的。”

“但是我确实想穿上，”古德用英语紧张地喊道。

乌姆宝帕对他的回答作了翻译。

“不，我的主，”因法杜斯不慌不忙地回答道，“我的主会在他的仆人眼前遮掩住他漂亮的白腿吗？由于我们冒犯了我们的主，他才这样的么？”古德尽管脸黑，但身上的皮肤却很白。

听到这儿，我快要忍不住要笑出来，这时，一个人拿起了他的衣物。

“该死！”古德大声而焦急地吼道，“那个黑鬼拿起了我的裤子。”

“瞧这儿，古德，”亨利爵士半开玩笑地说，“你在这个国家已经具有了某种声誉，你务必要努力地坚持下去，不能再穿裤子了。今后，你得一直戴单片眼镜，穿着靴子和法兰绒衬衫。”

“是的，”我也接着说，“你必须一面留着胡子一面剃掉，如果你不保持此形象的话，这儿的人会把我们当成骗子。对此我很抱歉，但你必须这样做。要是他们怀疑我们，那我们就危在旦夕。”

“你真的觉得需要这样吗?”古德沮丧地说。“我的确这样认为，你‘美丽的白腿’和眼镜现在是我们这些人的特征了，就像亨利爵士所说，你必须坚持下去。侥幸的是你已经穿上靴子，幸好天气已经暖和了。”

古德无奈地叹了口气，不再说什么了，可是他花了长达两周时间才习惯了他的新装束。

第八章 进入库库安纳王国

一个下午，我们一直沿着雄伟的大道行走了整整一下午，这条大道一直通向西北方向。因法杜斯、斯克拉卡和我们一起走，他们的随从在距离我们100步远的前方行进着。

“因法杜斯，”后来，我说，“谁修建的这条路?”

“我的主，这是很多年前修的路，没有人清楚怎么修的，以及什么时候修的，甚至已经活了好几代人的聪明女人卡古尔也不清楚更何况不够老的我们。现在没有人能建这样的路，还好国王精心地维护着它，上面连一根杂草也没有。”

“我们路途中看到的岩洞壁上的那些东西是谁刻的呀?”我指着刚才看到的那些具有埃及风格的雕塑问道。

“我的主，这些都是那些修路的人留下的奇妙作品，我们不知道是谁写的。”

“库库安纳族人是什么时候入住这的?”

“我的主，我们族人是在很久以前从外边的大陆蜂拥至此，”他指着北方说，“由于这里四周都是大山，他们无法再继续走了，我们就世世代代地生活在此。聪明的巫婆卡古尔也这么说。”

他又指向白雪皑皑的山顶说：“这个地方很好，所以他们就定居下来，逐渐变得兴胜起来。现在我们的人丁兴旺，像海里的沙子一样，特瓦拉集结军队时，他们头上的羽毛遍布着视力所及的整个草原。”

“这块土地四面都是大山，这些部队还要跟谁打仗呀？”

“不，我的主，这块土地非常广阔，一直延伸到很远的北方，经常有武士从我们不知道的土地上神出鬼没似的拥过来袭击我们，我们就杀死他们。自打上次战争发生时间隔现在已经有三代了。成千上万人在战争中牺牲，但我们消灭了那些企图吞掉我们的人。所以从那以后，再也没有发生战争。”

“你们的武士肯定已经厌倦了天天与长矛为伍的生活了吧，因法杜斯？”

“我的主，自从我们消灭了可恶的敌人之后，还发生过一场貌似狗咬狗的内战。”

“为什么？”

“我们的国王，也就是我同父异母的兄长，其实曾经有一个孪生兄弟。我的主，只是在我们这里有一个习俗，孪生子只能活其一，弱小的那一个孩子一定要死。但是国王的母亲把生下来的那个弱小的孩子藏了起来，因为她很不忍心，那孩子就是特瓦拉国王。我是国王同父异母的弟弟。”

“什么？”

“我们长大成人后，我们的父王卡法就离开了人世。我的兄长伊穆图成为了国王，他最喜欢的妻子为他生了一个儿子。孩子三岁时，也就是那场伟大的灭敌战争之后，因为没有人耕种土地，引起了严重的饥荒，人们怨声载道，像饿狮一样到处寻找可以争夺的东西。就在这时，那个充满智慧而可怕的女人卡古尔，已经很老了，却还没有死，她神秘地向人们宣称‘伊穆图国王绝不是真正的国王’。那时，伊穆图国王因伤躺在营帐里不能动弹。”

“后来，卡古尔走进一间小屋，领出了那个曾经被藏的孪生子特瓦拉。特瓦拉一出生就被她藏在山洞里。她不慌不忙地解下特瓦拉腰上的围腰布，让库库安纳人民看他盘绕腰间的神圣的蛇形标记，这个标记是国王的长子出生时特有的标记。她大声说道：‘这就是我为你们保护到现在的国王！’”

“此时，人们已经因为饥饿而疯狂，变得头脑不清、是非不分，就跟着她高呼：‘国王！国王！’可我知道事实并不是这样，因为我的哥哥伊穆图是双胞胎里大的那个，是真正合法的国王。就在骚乱达到白热化时，疾病缠身的伊穆图国王牵着妻子的手从小屋里吃力地爬了出来，后面跟着小儿子伊格诺希，名字的意思是闪电。”

“‘为何这么吵？’他问，‘你们为什么不停地高呼国王！国王！’？”

“这时，他的孪生弟弟特瓦拉朝他冲了过去，用手抓住他的头发，用刀子刺进了他的心脏。人生总是风云无常，曾经准备着继承王位的伊格诺希，现在却拍着手说道，‘特瓦拉是国王！现在我们清楚特瓦拉才是国王！’”

“那伊穆图的妻子和儿子伊格诺希难道也被特瓦拉杀了吗？”

“不，我的主，当知道自己的领主死了，王后带着孩子大哭着逃了。两天后，她饥肠辘辘地来到了一个小村庄，没有一个人给她可吃的或食物，因为她的领主国王死了，她成为了一个相当不幸的人，而所有的人都讨厌不幸的人。值得庆幸的是晚上，一个小女孩偷偷地溜出来，给了她一些玉米吃，她十分感谢这个女孩。随后，天亮后，她又带着孩子朝大山走去，她一定是死了，因为那以后没人见过她，也没有见过那个孩子伊格诺希。”

“那假如这个孩子伊格诺希幸存，他定会是库库安纳王国的真正国王吧？”

“是的，我的主，他的腰间有神圣的蛇形标记，如果他还侥幸活着，他就是国王！可是，唉！他没准早就死了。”

“看，我的主，”因法杜斯指向我们脚下平原上的一大溜用篱笆围起来的小屋，那些小屋四周环绕着一条大沟。“那就是最后人们看到伊穆图的妻子和儿子伊格诺希的小村庄，我们今晚可能就睡在那儿，如果，”他含糊不清地补充道，“我的主们确实想睡在这个世界上的话。”

“我的好朋友因法杜斯，我们现在在库库安纳王国内，肯定会入乡随俗的。”我威严地说，接着转回头和古德说话。他相当郁闷地走在后面，因为老是不会让法兰绒衬衫在晚风中停止飘动，现在满脑袋里装的都是这个。令我惊奇的是，乌姆宝帕紧跟在我身后，很显然，他对我和因法杜斯的谈论的话题相当感兴趣。他的面部表情十分古怪，让我感觉他好像是绞尽脑汁才想起了以前的一些什么事情。

这时，我们一直朝着小村庄加快前进。刚刚翻过的那座山现在赫然耸立在我们头顶上，示巴女王乳峰被笼罩在朦胧的薄雾之中。随着我们渐渐地走近，这个小山村变得越发可爱，树木繁茂浓密、阳光温暖明媚，微风柔柔地从山坡上吹来，香气扑鼻。的确，这片新土地简直就是人间仙境，我从没看到过这样美丽的景色、如此丰富的物产和这么宜人的气候。虽然德兰士瓦是个好地方，但根本不能与库库安纳相提并论。

我们一出发，因法杜斯就下令让人跑去将我们到来的消息告知了村里的人，稍提下，他有军事指挥权。那人跑的速度快得让我们不敢相信自己的眼睛，因法杜斯解释说，这个人会一直跑完全程，由于在库库安纳王国，跑步是一项训练有素的全民运动。

现在，我们获得了这个通知的结果。距这个村庄还有两英里时，我们就能看到村民一簇一簇地涌出来热烈地迎接我们。

亨利爵士把手放在我的肩上，说看这种情况我们要受到热烈欢迎了。他说这句话的语调引起了因法杜斯的注意。

“我的主，不要紧张，”他赶紧说，“因为我并没有诡计，这些人全是我手下，是我命令让他们出来欢迎你们的。”

我轻松地点了点头，但是心里根本没那么轻松。

离村庄应该还有半英里远时，那些人突然排成一行站在大路的斜坡上，场面很有气势。每队大约有300人，每人手拿着闪光的长矛，挥动着羽毛，飞快地冲到斜坡上，站到指定位置。等我们到达斜坡时，12支这样的队伍，换种说法是总共3600人已经走过去，站在各自的位置上。

一会儿，我们来到了第一队前，可以清晰而惊奇地看到不曾见过的最健壮的人。他们都正值壮年，大部分是40岁左右的老兵，他们的身高没有一个人低于六英尺，很多人有六英尺三四英寸高。他们头上戴着沉重的黑尾雀羽毛做成的黑色羽冠，和我们的向导的着装一样。他们的腰间和右膝下面都缠着白色牛尾，左手拿着直径约为20英寸的圆盾牌。这些盾牌相当奇特，在一张薄铁盘上蒙了一些乳白色牛皮。

每个人的武器似乎都很简单，但十分有效，当中有一个很短很重的木杆双刃矛，刀身最宽的地方有大概6英寸。这种矛作用可不是用来投掷的，却是像祖鲁人的“长矛”，只能用来近距离作战，要是被这种武器不慎伤着，后果很可怕。除了长矛外，每人身带三把又大又重的刀，每把大约两磅。一把刀插在牛尾腰带里，另外两把刀放在圆盾牌后面。库库安纳人把这些刀称作“托勒斯”，用它更替了祖鲁人投掷用的长矛。库库安纳士兵能够精确无误地把它投到50码远的地方，一般情况下是接近敌人时用来众人齐发的。

当我们来到队伍对面时，每队人都像青铜雕塑一样站着纹丝不动，身穿豹皮斗篷的指挥官站在队伍前下达命令后，他们把长矛都举向空中，300多人一起欢呼“库姆”。我们刚过去，队伍就在我们身后排成一排，跟着我们向村庄正步走去，最后，全部的库库安纳人的精锐部队“灰军”（因白色的盾牌而得名）跟在我们身后，整个场面声势浩大。

不久，我们离开了所罗门大道，来到了环绕着整个村庄的那条宽大的壕沟边，壕沟有方圆一英里，四周围绕着结实的树干做成的栅栏。壕沟入口处有一座历史悠久的吊桥，走到桥前，有人把吊桥放了下来让我们通过。村庄整体设计得非常好，一条全通村庄中心的道路和另外几条小路成直角交叉，这种布局把村里的小屋分成了几个方形小区，一队人住一个区。所有的房子是圆顶屋，和祖鲁人相同，用荆条编成，屋顶上的茅草非常漂亮。但是和祖鲁人小屋有区别的是，他们有可以穿过的门口，并且房子也很大，四周还有六尺宽的走廊，垫着踩实的石灰粉，看上去相当别致。

顺着宽阔的大道，站着几百名女人，她们都由于好奇而出来看我们。在土著人眼里，这些女人都十分漂亮，高个子，姿态优雅，身材很棒。头发虽然短，但却比羊毛还卷曲，面部轮廓长得像鹰那样，嘴唇像非洲人那样很厚，但并不影响整个面容。而给我们印象最深的是，她们身上具有那种娴静高贵的气质，每个人都像经常出入上流社会宴会厅的人那样有教养，这一点与祖鲁妇女以及居住在桑给巴尔岛的马赛人不大相同。她们虽然是非常好奇地出来看我们，可当我们疲倦地从她们眼前经过时，她们却没有因为好奇而发出粗鲁的评论或批评。甚至当老因法杜斯悄悄地示意指了指可怜的古德“漂亮的白腿”时，她们也并没表现出强烈的惊奇或羡慕的表情，她们仅仅只是盯着新鲜雪白的皮肤。我想我必须解释下，古德的皮肤实在是太白了。可这对古德来说已经很难受了，因为他天生就十分羞怯。

当我们来到村子中心时，因法杜斯在一座大房子前停下了脚步，房子远处环围一圈小一点的房子。

“快进吧，星星上的孩子们，”他用比较夸张的语气说，“请委屈在寒舍里歇息一下，待会吃点东西，这样就不必由于饥饿而勒紧腰带了。这儿有一些蜂蜜、牛奶、一两只牛和几只绵羊，东西不怎么的，我的主，就一点点儿食物。”

“太好了，”我说，“因法杜斯，穿越时空的旅行让我们相当的劳累，现在让我们静下来歇会吧。”

于是，我们步入小屋，发现为了让我们住得舒适一点，他们做好了足够的准备，已经铺好了休息用的鞣皮床，甚至准备好了洗澡水。

一会后，我们听到外面有喊声，出去一看，发现有一排年轻女人托着一罐牛奶、烤玉米和蜂蜜站在外面，后面是一群小伙子，赶着一头小肥牛。我们领情收下了这些赠品，接着一名小伙子从腰间抽出刀，敏捷地割断了牛的喉咙。没用十分钟，牛就断气而死了，之后，他们把牛剥皮、肢解，切下了牛身上最好的肉给我们，我把剩下的肉给了四周的勇士，他们从意识里和行动上都接受了“白人主的礼物”。

在一个非常可爱的少女的帮助下，乌姆宝帕在屋外生起炉火，用一口大陶瓷锅为我们煮肉。美食快好时，我们给因法杜斯送了个信，邀请他与国王的儿子斯克拉卡共进晚餐。

片刻之后，他们就来了，在小凳子上坐下。在这里每个屋里都有几个小凳子，由于库库安纳人不像祖鲁人那样喜欢蹲着。那位老先生十分和蔼可亲、彬彬有礼，但令人印象深刻的还是那个年轻人，他用疑惑的目光看着我们，和随行的人相同也是被我们白皮肤和魔法道具给吓住了。可是在当他们发现我们吃的、喝的、睡觉都和别的人类一样，他的敬畏感就渐渐消失了，慢慢变成猜疑，这让我们感到很不惬意。

吃饭时，亨利爵士要求我设法打听一下他们是否清楚他弟弟的命运，或者他们是否曾经见过或听说过他，但按现在的情况而言，我想现在不适合说这件事情，因为我们根本没有办法向他们解释怎么会从“另外一个星球”上失去了一个亲戚。

晚饭过后，我们装上烟斗开始抽烟，这一举动让因法杜斯和斯克拉卡充满了惊讶，很显然，库库安纳人知道烟草带来的快感。在这里也有很多这种药草，但像祖鲁人那样，他们只用鼻吸，并且没有什么新的享用方法。

过了一会儿，我问因法杜斯何时出发，他告诉我们已经准备好了，明天就出发，他早已派信使给国王送信去了。

看来特瓦拉刚好在一个叫鲁欧的要地为六月第一周的盛大年宴做准备。这个年宴上，除了一些分队留下守卫外，剩下的军团全要前来接受国王的检阅。过后，要举行盛大的一年一度的巫师大追捕的活动。

我们打算在天亮时出发，因法杜斯将和我们一起走，要是没有意外或者没有遇到河水上涨的话，我们也许能在第二天晚上抵达鲁欧。

说完后，客人们向我们一一道了晚安。随后，我们安排了轮流警戒，三个人一头倒在床上。因为非常劳累，我们睡得很香很沉。可乌姆宝帕却坐着警戒，防止任何有可能发生的背叛行为。

第九章 特瓦拉国王

这儿，没有必要详细地叙述我们在去鲁欧途中发生的意外。我们顺着所罗门大道走了整整两天，才到达库库安纳国的中心。经过这个国家时，我们发现此处越来越富有，村庄附近的耕地也越来越多。这些耕地建得与我们刚到时所见的那些耕地一样，而且有大量驻军守卫着。实际上，在库库安纳国，像德国人、祖鲁人和马赛人一样，每个强壮的人都是士兵，所以，一遇到战事，不管是防卫性的还是进攻性的，全都是民兵。我们向前走时，看到几千名战士从身边路过。匆匆赶往鲁欧参加检阅和庆祝，我从来没有见过如此壮观的军队。

第二天黄昏，我们在一处高地的大道上停下来歇息了一会儿，向下看去，展现在我们面前的就是美丽富饶的鲁欧平原了。这个地方面积非常大，方圆有五公里左右，从这里一看，周围的村庄向远方展开。往北走两英里左右，有一座像马蹄状的古怪的山，此处注定要成为我们比较熟悉的地方。鲁欧所处的地理位置非常好，一条河流从镇中穿过，将其一分为二，河上有几座桥，这些桥和我们在示巴女王山峰看到的桥完全相同。在六七十英里外有三座冰雪覆盖的山，就像三角形的三个点，从平地拔地而起。这儿的山的整个列表不像示巴女王山峰那样光滑圆润，而是非常陡峭险峻。

因法杜斯看到我们都注视着这些山，便主动给我们介绍起来。

“这条路就在那里终止，”他指向库库安纳人称为“三女巫”的山介绍道。

“为什么路到那里就到尽头了呢?”我问。

“谁清楚呢?”他耸耸肩答道,“山上全部是岩洞,中间还有一个巨大的深渊,古时候的聪明人经常去那里找寻一些他们想要的什么东西,如今我们的国王们就埋在那儿的灵地中。”

“他们想得到什么?”我迫不及待地问道。

“不,我不清楚,从星星上来的主们应该清楚,”他迅速地瞟了我们一眼说,不难看出,他并没有把所知道的都讲出来。

“是的,”我接着说,“你说得没错,我们知道很多事。例如我以前就听传过古时的智者来到这些大山中寻找发光的石头,可爱的玩具和黄铁。”

“我主英明,”他冷冷地回答道,“我只是个孩子,不能与我主讨论这个话题。我主应该和在国王那儿的老卡古尔讨论这个问题,她和我主一样是智者。”说完,他就走开了。

他一走开,我就指着那些大山说,“那就是所罗门王的钻石宝藏所在地。”

在他们中间的乌姆宝帕接过了我的话。

“是的,马楚马乍恩,”他用祖鲁语打插道,“钻石肯定就在那儿,你们白人这样喜欢玩具和金钱,那么你们会得到它们的。”

“你是如何知道的,乌姆宝帕?”我厉声质问道,因为我并不满意他这种神秘兮兮的样子。

他笑了:“我晚上梦到的,白人。”然后他也转身离开了。

“嗯,”亨利爵士说,“我们的黑人朋友说什么?他一定没有道出他知道的一切。夸特曼,再帮我问问,他听说过——我弟弟的什么事儿吗?”

“还没有,他向每一个友好的人都问过了,不幸的是他们都说这个国家以前根本没有来过白人。”

“你觉得他曾经到过这儿吗?”古德说，“我们也只是凭着奇迹才到了这里，他没有地图，有可能到这儿吗?”

“我不清楚，”亨利爵士沮丧地说，“但是不知为什么，我有一种预感觉着我会找到他。”

天色开始暗下来，紧接着黑暗像有形的东西一样突然降临到了这块土地上。在黑夜和白天之间没有喘息的时间，也没有缓慢转化的景色，由于在这个高度不存在什么黎明。从白天到黑夜的更替十分迅速，就像由生至死一样绝对。太阳下山后，世界笼罩在阴影里。但稍后，西方开始发光，然后是一弯银光，最后整个月亮从天际升了起来，发出箭一般的暗淡光芒，照在了整个平原上空。

我们站在那儿，看着迷人的景色，星星慢慢变得暗淡下来。看着美景，我的心中充满了一种没法言喻的快感。我一直过着野外生活，极少有事情能让我感谢生命的赐予，可是此时看到月亮在库库安纳国上空升起时，我突然升起了感激生命的冲动。

片刻后，礼貌的朋友因法杜斯打断了我们沉静的深思。

“要是主们休息好了，我们就接着赶路到鲁欧吧。那儿今晚为主们已经准备了房间。月亮很亮，因此在路上根本不怕会跌倒。”

我们同意他的建议了，一小时后，我们就来到镇边上，这里，我们能见到城里成千上万的营火，好像永无止境一样。实际上，却总喜欢恶作剧的古德叫它为“无限鲁欧”。接着，我们到达了挂着吊桥的城壕边，岗哨上的士兵卡嗒一声向我们拿起武器，并且嘲我们吼了一声。因法杜斯说了一个我听不懂的口令，然后那个士兵敬了个礼，让我们过去了。我们走过了大草城的中央街道，走了大概半小时，穿过了好多排小屋，最后到了一个围着石灰石小院子的几个小屋的大门前，因法杜斯停下的脚步，告诉我们这将是我们可怜的“住处”。

来到里面后，我们发现每个人分别都分了一间小屋，这些小屋比我们开始见到的那些小屋条件要好许多，每个房间里都配有一张非常舒服的糅皮床，上面垫着香草垫。他们还细心地准备好了食物，我们用附近陶罐里的水擦洗了一下身体，忽然一些漂亮的年轻女人走了过来，帮我拿来了烤肉和玉米小圆饼，这些东西都十分讲究地放在木盘上。随后她们向我们很有礼貌地深深鞠了一躬。

吃完后，我们要求把这些床搬到一个屋子里去。那些和蔼的少女们对于我们的这个防护措施笑了笑。因为长途跋涉，我们已经累得不行，一躺下就睡着了。

醒来时，我们发现太阳已经高挂天空，那些女侍者被派来帮助我们"准备"洗漱，她们已经大大方方地走入到屋子里，并没有表现出丝毫虚假的害羞。

"准备，真是的，"古德咆哮道，"一个人只穿着法兰绒和靴子，还有什么好准备。我希望你让他们把我的裤子弄来，夸特曼。"

于是，我就去要了，但她们对我说那个神圣的礼物已经被带给国王了，国王下午要见我们。

即使那些年轻女士惊讶和失望，但我们还是要求这些年轻的女士出去，随后才继续在已有的条件下做最好的梳洗。古德立即又刮起了右边的胡子，左边如今已经长得非常茂盛了。我们一度向他强调他必须得一直保持住，不能动它。关于我们，都饶有心情地好好洗漱了一番。亨利爵士黄头发如今已经垂到了肩上，看上去比以前更像古丹麦人了。我灰白的短发现在已经留有一英寸长了，以前我最多也只留半英寸。

饭后，我们抽了一袋烟，一个地位不次于因法杜斯的人到这儿送信说，要是我们愿意的话，国王准备接见我们。

我们说想等一会再去见国王，由于我们的旅行太劳累了。对于未开化的人，其实不要太着急，这样做肯定没错。他们一直把礼貌误认为敬畏或奴态。所以，尽管我们很急于见到特瓦拉，反之就像特瓦拉急于见我们一样，我们仍然耐心地坐下来等了将近一个小时，利用这个短暂的时间从我们准备不够充分的礼物中挑选一些礼物。我们打算把可怜兮兮的文特沃格乐以前用过的温切斯特连发步枪和弹药送给国王当作礼物，把珠子献给他的妻子和朝臣们。因为我们曾经给过因法杜斯和斯克拉卡，他们十分喜欢，而且他们从来没有见过这样珍贵的东西。最后，我们说准备就绪，因法杜斯带着我们去见国王，乌姆宝帕带着步枪和珠子紧跟其后。

走完几百码之后，我们来到一个围场边，里面的小屋构造和分配给我们的小屋很像，可是比我们那个要大50倍，面积大概不会少于六七英亩。围栏外也有一排小屋，那儿是国王妻妾们的房间。正对着门口，再往前的宽广地带上高高耸立着一座很大的屋子，是高高在上的国王居住的地方。其它的地方都是空地，也就是说，要不是那里站着七八千的士兵的话，那也许是一片宽广的空地。我们路上遇见的那些士兵都正好在这里集合。我们被迫从他们中间穿过，他们像朽在那里的雕塑一样儿一动不动地站在那里。很难想象这些土头土脑戴着羽毛、拿着闪光的长矛和铁架牛皮的盾牌站在那儿，是多么壮观的景象。

大屋前是一片荒地，可是前面摆了几张凳子，我们坐在了当中的三张凳子上，乌姆宝帕严肃地站在我们身后。因法杜斯坐在了屋门边。这儿一片死寂，我们在寂静中等了大概十多分钟，这时我们察觉到自身成了大约8000双眼睛盯着的目标。尽管让人难以接受，但我们依然尽可能地保持镇定。最后，屋门被打开了，一个身着漂亮虎皮斗篷的高大魁梧身影走了进来，后面紧随那个男孩斯克拉卡，还有一个在我们看来像是外表裹着毛皮斗篷的身材干枯的猴子。这个巨人坐在了一张凳子上，斯克拉卡站在他后边，那只干枯的猴子则爬到屋子的阴影处蹲了下来观看着它视野范围内。

这时仍然是一片死寂。

然后，巨人脱掉身上地斗篷，在我们面前突然站了起来。一看到他的样子，我们感到十分的吃惊。这个巨人有着我们所见到的最令人讨厌的面孔，他的嘴唇和黑人一样厚，鼻子扁平，唯独一只闪着微光的黑眼睛，另外一只眼睛是一个窟窿，整个面目表情看起来十分残忍淫荡。他的头顶上顶着白色鸵鸟毛做的漂亮羽冠，身上穿有闪闪发亮的护胸甲，腰间和右膝裹着平常装饰用的白色牛尾。他的右手拿着一把巨大而锋利的长矛，脖子上绕有一条很粗的金脖项，前额上系着一颗硕大的没有精雕细琢的大钻石。我们猜测到这应该就是国王。

此时仍然是一片寂静，然而这种寂静没有持续太久。不久之后，那个巨人举起了手中的大长矛，8000 支长矛迅速地举起来响应，8000 个人齐声高喊“库姆”。这样连续重复了三次，每一次都伴随着地动山摇似的雄伟气势，这个阵势可能只有最响的雷声才可以与之相提并论。

“臣民们，卑躬屈膝，”仔细听来好像从阴影中的那个干枯的猴子那里发出一声尖细的声音，“这是我们的国王。”

“这是我们的国王，”8000 个人一起回应道，“卑躬屈膝，臣民们，这是国王。”

随后，局面又陷入一片沉寂——死一般安静。然而，没多久寂静被打破了。我们左边的一个士兵一时失手把盾牌掉在了石灰地面上，发出哐当一声儿。

特瓦拉的独眼冷冷地向发出声音的方向眺望。

“你，过来，”他面目狰狞地说。

一个身材魁梧的年轻人走出队列，站到了他跟前。

“是你把盾牌掉了吗，蠢材？你是想让我在从星星上来的陌生人前丢脸吗？你还有什么话可以辩解吗？”

我们似乎能看到那个可怜的年轻人黝黑的皮肤变得苍白了。

“这仅仅是意外。”他咕哝道。

“你必须为这个意外付出沉重的代价，你现在让我出了丑，去死吧。”

“我是国王的牛，”那人又低声咕哝道。

“斯克拉卡，”国王吼道，“让我看看你怎样使用你锋锐地长矛，杀了这个愚笨的傻瓜。”

斯克拉卡来到前面，举起手中的长矛，露出了阴险的坏笑。那个可怜的人用双手遮住了自己的双眼，站在那里一动不动。以至于我们，也被吓呆了。

“一，二，”他挥动着种地长矛，残忍地刺了下去。这一刺正中心脏，长矛穿过士兵那健壮的身体，在背后露了出来，鲜血直流。那个士兵扬起双手，倒地身亡。人群中发出了低低的咕哝声，一圈圈传达过去，然后消失在人群中。惨剧就这样结束了，尸体安静地躺在那里，没等我们反应过来，事情已经发生了。亨利爵士一跃而起，咒骂了几句，随后，在寂静压抑的气氛中，他又坐了下来。

“刺得好！”国王说，“把尸体抬走。”

从队伍中走出四个人，把尸体抬了出去。

“把血迹盖上，盖上，”那个面目狰狞，猴子模样的人又尖叫道，“国王的旨意，赶紧执行国王的法令！”

于是，一个瘦弱的女孩从屋子后面走了出来，拿着一个装满石灰粉的罐子。走近尸体然后她把石灰粉撒在血迹上，将血迹盖住。

与此同时，看到发生的一切，亨利爵士心中充满了愤慨，确实，我们很难让此事平静下来。

“坐下，看在上帝的份上，”我低声咕哝道，“我们的生死就靠他了。”

他只能屈服，安静了下来。

特瓦拉心神不安地坐在那里，直到惨剧的痕迹被清除干净，他才开始对我们说话。

“白人们，”他说，“无论你们是谁，不管你们从那儿来，也不管你们来此有什么事，我们都热烈地欢迎你们来到这里。”

“你好，库库安纳国王特瓦拉，”我诚恳回答道。

“白人们，你们从哪里来，来此的目的是什么？”

“我们从星星上来，不要追究这是怎么回事，我们来就是为了认识一下这片土地。”

“你从很远的地方来就是为了看这点小东西，那个和你们在一起的人，”他指着乌姆宝帕，“他同样从星星上来的吗？”

“是的，我们那儿也有你们这种肤色的人，但别问对你特瓦拉国王来说太复杂的事儿。”

“星星上的人，你说话的声音太大了，”特瓦拉用一种我不喜欢的语调回答道，“记住，星星离我们太远了，你现在可是处于我的地盘上，希望我把你们也像他一样抬出去吗？”

我大笑起来，尽管心里感到不快。

“尊敬的国王，”我说，“小心，在热石头上行走要小心，不要烫了自己的脚；手里拿着长矛也要小心，别挥舞间砍了自己的手。假如你敢动我们一根头发，灾难会立马降临在你们头上。如何，是不是让这些人告诉你我们是什么样的人？你们曾经遇见过像我们这样的人吗？”我前后指了下因法杜斯和斯克拉卡，这个人年纪不大可是相当的坏，此时正处理着长矛上的血迹。我又指了指古德，我敢确定国王以前从来没有见过像古德当时那个外型的人。

“我的确没有见过，”国王颇有兴趣地看着古德说。

“他们没有告诉你我们是如何从远处杀死动物的吗？”我接着说。

“他们早已告诉我了，但是我并不认为那具有真实感，让我看看你们如何杀人吧。给我把站在那儿人群中的一个人杀了，”他指着围栏另一边说，“真能如此我才能相信你们。”

“不，”我回答道，“除非是正义的惩罚，我们不想滥杀无辜，如果你真想看，就让佣人把一头牛赶出围栏，不出20步，我就会结果这头牛的生命。”

“不,”国王诡异地笑道,“杀一个人,我才会相信你们。”

“好,尊敬的国王,就这样吧,”我镇静地说,“你往远处走吧,你走不到门边,我就可以把你杀死:要是你不愿意,派你的儿子斯克拉卡去也可以。”当时,如果真能杀他的话我们都会十分愿意。

听到我的建议,斯克拉卡嚎叫一声,然后箭似的溜进了屋里。

特瓦拉威严地紧锁眉头,很明显我的说法让他感到很不快。

“把一头小牛弄出来,”他说。

立即有两个人飞快地跑出去。

“现在,亨利爵士,”我说,“你来射吧。我想让这些恶棍看清楚咱们中并不仅仅我是魔法师。”

然后,亨利爵士取出一只快枪,做好了充分的准备。

“我希望能够射中。”他呢喃道。

“你一定要射中,”我回答说,“如果你第一枪没有打中,继续射击第二枪。看着牛到150码远的地方瞄准,等到那畜生转过身来再开枪。”

接下来停了一阵,没多久,我们看到一只公牛向围栏门迅猛地直冲过来,它穿过门后依旧向前冲,看到这一大群人,然后就呆呆地停了下来,转过身去,哞哞地叫了起来。

“看你的了,”我小声对亨利爵士说。

他镇定地举起步枪。

砰!噗!子弹到了牛背,打进了牛肋,牛踢腾着倒在地。这颗子弹取得了非常好的效果,当场的几千人发出了一阵阵惊叹声。

我沉着地转过身。

“尊敬的国王,现在开始相信了吗?”

“没有,白人,这是事实。”国王开始有点敬畏地说。

“听着,特瓦拉,”我接着说,“你已经见到了,现在也应该明白我们是为和平而来，不是为战争而来。看，”我举起这个温切斯特连发步枪，“给你一个空管，它可以帮你像我们一样杀人，却只有我给它施了魔法才行，不然你谁也杀不死。稍后，我演示给你看。派一个人走出40步，然后把长矛杆立在地上，扁平的刀刃朝着我们这个方面。”

几秒钟后，一切就绪。

“现在，仔细看好了，我要打碎那支长矛。”

我仔细地瞄准然后开火。子弹击中长矛的刃，把刀片打成了碎片。

人群中又一次发出惊叹声。

“如今，特瓦拉，我们把这根魔管送给你，以后我会教你如何使用它，但是要切忌用星星上的魔法来对付你们地球上的人。”说完，我把步枪递给了他。

国王小心翼翼地接了过去，把它安置在脚下。此时，我发现那个瘦得跟猴一样的人正从屋子的阴影中爬出来。那人匍匐着向前爬，爬到了国王坐的地方，站了起来，把脸上的毛皮弄到一边，露出了一张最特别、怪异的脸。很明显地看出，这个女人因为年纪太大，身材萎缩，所以看上去脸并不比一岁小孩的脸大，只是满脸都是又深又黄的皱纹。在皱纹中有条凹陷的裂缝，依稀地看出那是她的嘴，嘴下面的下巴向外突出变成了一个点。值得注意的是，她没有鼻子。事实上，如果没有那双又大又黑的眼睛还闪着智慧和光芒的话，那张面容就如同一具晒干的死尸的脸。头颅已经全部秃顶，并且泛着黄色，皱缩的头皮运动和收缩时，貌似眼镜蛇的头盖。

当见到这张可怕的脸时，一阵恐怖的颤栗袭遍了我们全身。那人在那里呆呆地站立片刻后，突然拿出一只皮包骨头的手，手指甲竟然可怕的有一英寸长，弄在了特瓦拉国王的肩上，渐渐用细小而刺耳的声音说话：

“听，敬爱的国王！听，臣民们！听，山脉、平原与河流，库库安纳族的家乡！听，天空与太阳，雨雾与风暴！听，男人与女人，青年与少女，婴儿与孩童！听，所有的曾经活着的东西一定会死亡，所有死了的东西一定会再生，接着又会再次死去！听，神灵在我体内，我预言！我预言！我预言！”

话音在微弱的哀号中逐渐消失，恐惧撞击着刚才听到这话的所有的人，也指我们。这个老女人太可怕了。

“血！血！血！血流成河，我见到了，我也闻到了，我甚至尝到了，是咸的！地上血流成河，血从天降。”

“脚步声！脚步声！脚步声！白人从远方传来震耳欲聋的脚步声。它震撼了大地，大地在主人面前颤抖。”

“血液好，红血明亮，什么味道也比不过刚流出的鲜血的味道好。狮子舔着血，不停地大声吼叫，秃鹰在血里洗着翅膀，欢呼雀跃着。”

“我老了！我老了！我看到了如此多血。哈哈！更可怕的是我死之前会看到更多，我很开心。我太老了，你们想我有多大了？你们的父亲知道我，你们的祖父认识我，你们的曾祖父也认识我。我看见过白人，也了解他的欲望。我老了，可山比我还老。谁修了这条伟大的路，诉说给我？谁在岩石上刻了这些画，告诉我？谁立起了远方的三座山峰，谁知道过深渊那边有啥子，告诉我？”她指向我们前天晚上曾经讨论过的那三座陡峭的山峰。

“你们不清楚，可是我知道。在你们之前，有白人曾经来过这儿，那些白人会吃掉你们、吞噬这里，是的！是的！是的！”

“那些白人，可怕的白人，会魔法、懂知识、身体强壮、意志坚定，他们来这里有什么目的？尊敬的国王，你额头的明亮的石头又是什么？敬爱的国王，是谁创造了你胸前的铁衣？你不明白，可是我知道。我是老人，是智慧的老人，是伊萨努希，是女巫。”

接着她转过身来朝向我们。

“你们在找什么，星星上的白人，啊，是的，星星上的？你们就是在找一个失踪的白人吗？你在这里不会找到他，他不在这里。已经有很多年没有白人踏上这里了，从来没有，除了一次，他离开了这儿，但肯定会死的。你们来此的目的是为了找到亮石，我清楚，我清楚：血干时，你们便会找到它们。可是你们是要回到你们来的地方，还是留下来？哈！哈！哈！”

“还有你，黑皮肤的、丝毫没有礼貌的家伙，”她用干枯的手指着乌姆宝帕说，“你是谁？你在寻找什么？不是找亮石，也不是找发光的黄色金属，你会离别‘星星来的白人’。我想我见过你，我能闻出来，我能闻出你心脏的血液的味道，解开你的腰带。”

这时，那个奇怪的人突然不停地抽搐起来，跌倒在地，症状就如癫痫病人，口吐白沫，被人抬进了屋里。

国王全身发抖地站了起来，挥了挥手，这些士兵立即开始撤离。没到十分钟的时间，除了我们、国王和几个随从，整个场地变得空空如野。

“白人，”他说，“我突然之间有了杀你们的念头。卡古尔刚才说了这样多怪话，你们还有什么要解释的吗？”

我笑了起来。“敬爱的国王，你可是要当心，我们可不想滥杀无辜，你看到公牛的命运了，你也想跟这牛一样吗？”

国王紧锁眉头：“威胁国王可没有什么好处。”

“这不是威胁，我们说的是事实，敬爱的国王，要不你试试就知道了。”

这个巨人把手放在额头上，沉思了一会。

“静静地走吧，”最后他无奈地说，“今晚有一场盛大的舞会，你们可以去参加，不用担心我给你们设陷阱，明天再说吧。”

“这样的结果很好，尊敬的国王，”我漫不经心地应道，然后在因法杜斯的陪同下，返回了驻地。

第十章 巫师大搜捕

抵达小屋时，我示意因法杜斯与我们一起进去。

“现在，因法杜斯，”我友好地说，“我们想和你谈谈。”

“我主请讲。”

“因法杜斯，刚才发生的一切让我们看出，特瓦拉国王是个暴君。”

“是的，我的主们。唉！他的残暴统治让人们怨声载道，如今你们就会看到巫师大搜捕，有很多巫师都难逃此劫。在这里，没有人是绝对安全的。如果国王看中谁的牛，或者谁的妻子，或者他担心哪个人会造反，卡古尔，就是你们今天看到的那人，她教出来的那些女巫，会找出其他行巫的人，并将其处死。今晚月亮发白以前，会有很多人死去，就是因为这个原因。也许我也会被杀。但是我擅长作战，所以受士兵的爱戴，因些这才曾被赦免，但我不清楚自己会活多久。特瓦拉国王的残暴统治让人们怨声载道，人们开始厌倦了他和他的血腥统治。”

“那么，因法杜斯，为何人们不去推翻他的统治呢?”

“不，不能，我的主们，他是国王，如果他死了，斯克拉卡便会继承王位，斯克拉卡的心可是要比他的父亲特瓦拉还黑。假如斯克拉卡成为国王，他将给我们的脖子上戴的枷锁比他父亲施加的还要重。假如伊穆图没有被杀死的话，或者伊格诺希还活着的话，情况也许就不一样了，遗憾的是他们都死了。”

“你是如何知道伊格诺希真的死了?”一个声音在我们身后传来，我们惊奇地发现，原来是乌姆宝帕在说话。

“你这句话是什么意思，孩子?”因法杜斯问，“是哪个让你说的?”

“听着，因法杜斯，”乌姆宝帕接着说，“我给你讲个故事。很久以前，伊穆图国王在这个国家被杀，他的妻子带着孩子伊格诺希逃跑了，这些没错吧?”

“没错。”

“你们也只是听说这个女人和孩子死在了山上，是不是这样?”

“确实如此。”

“嗯，实际上母亲和孩子伊格诺希在大山中并没有死，他们穿过大山，遇到了一群游牧的沙漠民族，被带走了远处的沙漠，后来来到了一个有泉水、有花草、有树木的地方生活下来。”

“你是如何知道这些?”

“听着，他们接着走啊走，经历了好多个月，最终来到了一个被称为阿玛祖鲁族人居住的地方。阿玛祖鲁人的祖先曾也是库库安纳血统，主要靠战争生存。母子俩跟他们在一起居住很多年，后来母亲去世了，儿子伊格诺希变成了一个流浪者，漂泊到了一片神奇的土地，在白人生活的地方居住了很久，学习了白人的知识。”

“真的是一个美妙的故事。”因法杜斯满腹怀疑地说。

“他在那里一直居住了很多年，当过仆人、士兵，但是他心中没有忘记过母亲曾经告诉过他的家乡，所以他一直想怎么在死之前回到家乡去看看他的人民和父亲的宫殿。他就这样等了好多年，一直到遇到了一些想追寻这片未知土地的白人，就和他们在一起。为了寻找一个失踪的人，白人于是就出发了。他们穿过了火一样的沙漠，爬完了冰雪覆盖的山峰，最终历尽千辛万苦到达了库库安纳国的土地，在这里，他们认识了你，尊敬的因法杜斯。”

“你是不是疯了。”这个老士兵有些吃惊地说。

“你可以有这样的想法，看，我给你看，尊敬的叔叔。”

“我是伊格诺希，我才是库库安纳国真正的国王!”说着，乌姆宝帕褪去他腰间的短围裙，赤裸地站在我们面前。

“看,”他说,“这是什么?”他指着腰间纹的一个巨大的蛇形象征性标记，蛇尾被蛇张开的嘴含着。

因法杜斯瞅了瞅，眼睛差不多要瞪出来了，随后，他跪倒在地。

“库姆！库姆!”他脱口大喊，“这真的是我哥哥的儿子，这是国王。”

“我没告诉过你吗，叔叔?站起来，我还不是国王，但是如果有你的帮助，再加上我的朋友、这些勇敢的白人的帮助，我肯定会成为国王的。可是老巫婆卡古尔所说的是对的，这片土地首先会血流成河，她也会由此而流血，所以她用预言杀死了我的父亲，赶走了我的母亲。如今，因法杜斯，你考虑一下再作个选择吧。”

“你希望把手放在我的手中成为我的人吗?你愿意和我一同分担即将面临的危险，帮助我推翻这个暴君和谋杀者吗，你愿意还是不愿意?请您好好作个选择吧。”

老人用手摸着脑袋，考虑了半会。随后他站起来，向乌姆宝帕走过去，不对应该说伊格诺希，激动地跪在他面前，握起他的手。

“伊格诺希，你是库库安纳真正的国王，我把手放在你手上，变成你的人，至死不渝。你还是婴儿时，我就曾把你放在膝上逗你玩，现在我虽然老了，但仍愿意为你与自由而奋斗。”

“很好，因法杜斯，假如我胜利了，你就会一人之下万人之上。但是我失败了，你将会因此丢掉性命，死随时缠绕着你。起来吧，叔叔。”

“还有你们，白人，你们希望帮助我吗?我会为你们提供一切！例如闪光的石头！要是我胜利了，我能找到它们，你们想拿多少就拿多少，你们认为我的建议如何?”

我一个不漏地翻译了这些话。

“告诉他，”亨利爵士回答道，“他太不了解我们英国人了。财富很好，要是它是依照我们的方式来，我们就会接受，可是绅士不会为了财富出卖自己的灵魂。我就说这些，我一路上就很喜欢乌姆宝帕，就我而言，在这件事上，我会全力支持他。我很愿意跟那个残暴的魔鬼特瓦拉斗一斗，你认为怎么样，古德？还有你，夸特曼？”

“嗯，”古德说，“夸张点说，这儿的人看上去都很骄纵傲慢，你可以告诉他，就我而言，我仅有的要求就是让我穿上裤子。”

我把大家的回答翻译给乌姆宝帕。

“很好，我的朋友，”伊格诺希，在那之前的乌姆宝帕感激地说，“你呢，马楚马乍恩，你也支持我吗，比受伤的野牛聪明许多的老猎人？”

我挠了挠头，仔细地想了一会儿。

“乌姆宝帕，或者伊格诺希，”我说，“我不喜爱革命，我是一个爱好和平的人，并有点小胆儿”——说到这儿，乌姆宝帕笑了——“不过再者，我支持我的朋友伊格诺希。你给我们留下了深刻印象，的确是个人物，我真心地支持你。但你也要清楚，我是个生意人，得考虑生计，因此我接受你说的那些钻石的条件，因为有了它，我们可以改善自己的地位和生活。另外一件事，你清楚我们来此间目的是为了寻找因楚布（亨利爵士）失踪的弟弟，你务必帮助我们找到他。”

“我会的，”伊格诺希回答道，“稍等，因法杜斯，你已经见到我腰上的那个象征性的蛇形标志了，你告诉我实话，据你所知，到底有白人曾经踏上这片土地吗？”

“我敢肯定一个也没有，尊敬的伊格诺希。”

“假如有人看到或者听闻到任何白人的消息，你会知道吗？”

“我想我肯定会知道。”

“你听到了吧，因楚布，”伊格诺希诚恳地对亨利爵士说，“他根本就没有到过这里。”

“嗯，嗯，”亨利爵士叹气道，“好了，我猜想他一直没有到过如此远的地方。可怜的兄弟，可怜的兄弟！一无所获，上帝肯定会原谅的。”

“现在说正事吧，”我急忙摆脱这个伤心的话题，当即插话道，“成为一个国王的确是好事，可是伊格诺希，你如何计划成为一个真正的国王啊？”

“我也不清楚，因法杜斯，你有计划吗？”

“伊格诺希，闪电之子，”他的叔叔回答道，“今晚不正是有盛大的舞会和巫师大搜捕，许多人都会被搜捕出来杀掉。因此会有许多人都会感到悲伤和痛苦，并且对特瓦拉国王心生怨恨。舞会完后，我会与那些悲恨的人一个个谈话，如果我能说服他们，也就说动了他们的军团。我会渐渐引出话题，让他们确定你是真正的国王。我认为到明天黎明时，你的手下会有2万士兵供你指挥。现在我须得走了，好好规划一下，做做准备。舞会结束后，要是我还活着，甚至是我们都活着，我会到这里见你，再商讨这事，最多再发生一场战争。”

这时，国王派来的信使中断了我们的讨论。我们来到屋门边，让他们起来。一会儿，走进了三个人，每个人手握一件闪闪发光的护胸甲，举着一把华丽的战斧。

“这是国王送给从星星来的白人的礼物。”一个与他们一起进来的传令官礼貌地说道。

“谢谢国王，”我高兴地回答道，“回去吧。”

这些人走了，我们兴致勃勃地欣赏着护胸甲。它们的做工相当精致，我们以前一直都没有见过这样精美的盔甲。

“这是你们国家自己制造的武器吗，因法杜斯？”我问，“真的太漂亮了。”

“不，我的主，都是从我们的祖先传下来的，制造者是谁不太清楚，只传下来很少几件。只有皇室成员，才有资格穿上它。这些衣服上有魔法，长矛刺不透，在战斗中可以保护穿着它的人。国王要不是龙颜大悦或许是胆战心惊，否则的话他绝不会把这些护胸甲送人的。今晚穿上它们吧，我的主。”

白天剩下的时间我们会好好地休息、讨论局势，这让我们非常兴奋。最后，天黑了，开阔地上点起了上千堆营火。当军团路过指定位置为盛大的宴会做准备时，我们能够清楚地听到黑暗中好多人的脚步声和千百只长矛的搏斗声。后来，满月升起来了，发出迷人的光芒。当我们站在那儿欣赏月光时，因法杜斯穿着战衣，在 20 个随从陪同下，来接我们到舞会现场。在他的一度劝说中，我们穿上了国王送的护胸甲，上面还套上了我们平常穿的衣服。让我们十分意外的是，护胸甲既不重并没让人感觉自在。这些铁衬衫很显然是为那些身材高大的人量身订做的，所此我和古德穿在身上松松垮垮的，可穿在亨利爵士高大健美的身材上，就像戴手套一样合适。接着，我们把左轮手枪绑在腰间，手上拿着国王送的战斧和盔甲，就去赴宴了。

到达那天早上国王接见我们的大场院时，我们才知道这里被大约 2 万人的军团将此处围得水泄不通。这些军团依次被井然有序分成一队一队，每队中间留出一条小道让巫师搜捕者可以走动。最令人称奇的景象就是那些人数众多、井然有序的精锐队伍，他们一动不动地站在那儿，月光落在他们举起的长矛丛中、伟岸的身躯上、飘动的羽毛上、五颜六色的盾牌上，塑造了一种和谐的色调。不管我们看向哪儿，见到的都是一行行、一排排纹丝不动的面孔以及那些闪闪发光的长矛。

“你敢确定，”我对因法杜斯说，“全部的队伍都出现在这里吗？”

“不，马楚马乍恩，”他说，“只有三分之一的队伍聚集在此处而已。每年有三分之一的军队来参加这场舞会，另外三分之一在外面集合，主要是用来镇压在屠杀时鲁欧可能会产生的暴乱，在鲁欧外围前哨还有 1 万人的军队，别的军队仍然留守在国家的各个村庄。你们看这个民族是真真切切的人数众多。”

“他们都很安静。”古德说。不过还真是这样，这么多的活人站在一起还这么安静，完全让人感到震惊。

“布格万，他刚才说什么?”因法杜斯问。

我接着就翻译了。

“死亡阴影笼罩下的人都很安静。”他满怀惆怅地回答道。

“每次宴会都会杀很多人吗?”

“对，很多。”

“按这种情形，我们将是我们在援助一场不惜一切代价的角斗表演。”我对别的人说。

亨利爵士打了个冷颤，古德说他希望我们能够结束这个即将发生的战役。

“请如实告诉我，”我问因法杜斯，“我们会有危险吗?”

“我不清楚，我的主，我不希望你们有危险，但是大家也没必要害怕。要是你们活过今天晚上，一切都可能变好。那些士兵对国王怨声载道。”

就在这会儿，我们已经稳步走到了开阔地的中心，正中间放着几个凳子。我们到后，知道了另外一小队人正从王室的方向朝我们这边走过来。

“那是特瓦拉国王、他的儿子斯克拉卡、老卡古尔。看，与他们一起来的还有那些刽子手。”因法杜斯指出一队大约12个身材魁梧、长相恶毒的人，他们一手拿着长矛，一手举着沉重的大棒。

国王坐在了中间华丽的凳子上，卡古尔蹲在他的脚边，剩下的站在国王的后面。

“你们好，白色的主们，”我们到后，特瓦拉不带表情地大喊道，“坐下吧，不要浪费宝贵的时间——我们有许多事情要做，今晚时间很短，我们必须抓紧时间。你们来的刚好是时候，将看到一场盛大的表演。看看四周，白色的主们，认真看看，”他那只邪恶的独眼从一只队伍瞟向另一只队伍。“你们在星星上看过如此盛大的场面吗？仔细看看那些心里有鬼、恐慌‘上天’审判的人怎么因为自己的恶毒而发抖。”

“开始！开始！”卡古尔用刺耳的声音声嚷嚷，“鬣狗饿了，它们嗷嗷待食。开始！开始！”

接下来又死一般安静，这是恐怖来临前的预兆。

国王举起长矛，2万士兵忽然好像一个人似的哗啦抬起脚来，接着极猛地跺在地上。这样重复了三次，坚实的大地都为之颤抖了。接着从远处传来一个人的悲歌，当中的副歌是这样唱得：

“女人生的男人的命运到底会怎样？”

庞大的队伍中，每个士兵都大声地回答道：

“死亡！”

接着，一队一队的人慢慢地唱了起来，最后整支队伍都唱起来。我听不明白歌词，只能感觉到他们表现出来的人类的激情、恐惧与快乐。它一会儿像温柔细腻的情歌，时而又像庄严澎湃的战歌，最后却像一曲悲凉哀怨的挽歌。接着，队伍中出现了一声悲伤到极点的哀嚎，在令人毛骨悚然的回声中，歌声戛然而止。

场地中再次恢复了寂静，国王举起的手再次将平静打破。片刻之后，我们听见了轻快的脚步声，从一大群士兵中出现一群奇怪、可怕的人，面目狰狞地向我们跑过来。靠近时，我们才知道是一群女人，加起来有10个，大部分都上了年纪，头发布满银丝，后边还飘着一串装饰用的小鱼鳔。她们的脸上涂了黄一道白一道，背上挂着蛇皮，腰间悬着一小圈人骨，每只干枯的手中都紧紧地拿着一柄叉状小杖。到我们面前后，她们停下了脚步，其中一个用杖指着弄成一团的巫婆卡古尔，喊道：“妈妈，老妈妈，我们来了。”

“好！好！好！”那个邪恶的人冷冷地回答道，“伊萨努希（女巫），你们每一个人的眼睛在黑暗中敏锐吗?”

“妈妈，相当的敏锐。”

“好！好！好！你们的耳朵张开了吗，伊萨努希，听到我下达的命令吗?”

“妈妈，张开了，也清楚地听到了。”

“好！好！好！伊萨努希，你们的知觉清醒了吗？你们能闻到血腥吗？你们能完全清除反对国王的邪恶力量吗？你们有没有充分地做好为‘上天’伸张正义的准备？哪个是我教出来的？哪个吃了我的智慧、喝了我的魔水?”

“妈妈，您放心吧，我们能。”

“那就去吧！别停下来，你们那些贪婪的人，看，那些刽子手”——她用那只干枯的手指了指后面那些代表着不详的刽子手——“磨利他们的长矛，远方来的白人等着看好戏呢，去吧!”

跟着一声狂叫，卡古尔那些可怕的怪人似炮弹的碎片一样向各个方向极速散开，直飞稠密的人群，跑起来时腰间的干骨响起卡嗒卡嗒的声音。我们根本没有办法看清所有的人，因此就盯着离我们最近的一个伊萨努希。当走到离士兵几步远的时候，这个女巫停了狂奔，开始疯狂舞动，用令人难以相信的速度一圈圈地转着，并发出各种刺耳的尖叫声，就像“我闻到他了，恶人!”“他就在这儿，他毒死了他的母亲!”“我听见了他对国王的邪恶想法!”

她跳得越来越快，奇怪的是口中吐出白沫，眼珠好像将要蹦出来了，肌肉也在不停地抖动。忽然她停了下来，蚊丝不动，全身像僵了一般，神似一条狗闻到了猎物的气味一样，拿出手杖，开始悄悄地朝着面前的士兵爬去。我们见到，她往前走时，士兵们都噤若寒蝉，害怕地向后退着。而我们却像着魔一样跟着她的动作而移动视线。一会儿后，她仍像狗一样蜷缩着向前爬，跟着就到了他们面前。然后她停止爬行并一指，又向前爬了一两步。

突然就停止了。随着一声尖叫，她一跃而起，用叉杖指着一个高个子士兵。站在他左右的两个同伴马上一人一只胳膊，抓住了这个十分倒霉的家伙，把他带到了国王面前。

他没有任何的反抗，可我们看到他拖着四肢，好似瘫痪一样，他的手指此时也变得软弱无力，就像刚死去的人一样，手中的长矛也掉在了地上。

两个凶残的刽子手朝他走去，在他前边停下来，然后转向国王，等待国王下达的命令。

“杀！”国王下令道。

“杀！”卡古尔大喊道。

“杀！”斯克拉卡冷冷地干笑了一声，回应道。

话一出口，可怕的任务就结束了。一个人把长矛进入了受害者的心脏，为保证无误，另一个人又用大棒猛地打向他的脑袋。

“一个，”特瓦拉国王数着，然后尸体被无情地拖出几步远，扔在那儿。

这个刚杀完，另外一个无辜的受害者被带上来了，如牛一样被屠杀。很明显，这次是一个穿着豹皮斗篷的小头目。可怕的命令再一次下达了，这个受害者倒地身亡。

“两个，”国王数道。

然而这场可怕的活动还在继续着，一直到有大约100个尸体排在我们身后。我曾经听说过凯撒的角斗表演和西班牙的斗牛表演，可哪种也没有这次库库安纳的巫师大搜捕可怕，也许连这次的一半都无法比拟。

我曾经站起来想要抗议，但被特瓦拉强制性地制止了。

“让法律按常规进行，白人。这些狗是术士和恶人，他们死得其所。”这是他赐予我们的唯一箴言。

大约十点半左右，屠杀稍停了一会儿。巫师搜捕者聚集在一起，很明显他们对类似于这种血腥的工作有些疲惫了。我们以为这场所谓的“表演”可以结束了，但是并非如此。片刻之后，让我们吃惊的是，那个老女人卡古尔站了起来，在手杖的支撑下，摇摇晃晃地走到了围场。这个可怕的老怪物看上去举止相当怪异，直到最后敏锐地冲向不吉的人。她来来回回地跑着，自言自语地唱着，一下冲到了一个军团前的一个高个子跟前，用手指向他。此时此刻，队伍里传出一阵叹息声，勿庸置疑这个人是他们的统帅。可是两个同伴还是抓住他不放，把他带去处决。过后我们了解到他是一个腰缠万贯、有身份、有地位的人，实际上是国王的堂兄弟。

他无情地被杀了，国王数到了103。跟着卡古尔又来来回回地走着，渐渐地离我们靠拢。

“要是她不是冲我们来的话，就绞死我。”古德恐慌地脱口而出。

“瞎扯！”亨利爵士道。

看到老魔鬼舞动着离我们渐渐近时，我的心跌落到了极点。我斜眼瞟了身后一长排的尸体，不由地打了一个冷颤。

卡古尔离我们渐渐近了，像一个蠕动的弯曲的手杖或者像一个逗号标记物一样，在寻找着什么。她那可怕的眼睛里闪着最为邪恶的白光。

她离我们越来越近了，集会中的每个人面目都异常焦虑地看着她的动作。最后，她停住脚步，手指指了出来。

“你指谁?”亨利爵士对她说。

一会儿，全部的疑问都解答了，因为这个老女巫迅速地冲过去抓住了乌姆宝帕，也就是伊格诺希的肩膀。

“我找到他了，”她尖叫，“杀了他，杀了他，他是个可怕而该死的恶魔。杀了他，在流血之前，杀了那个陌生人。杀了他，我们一直尊敬的国王。”

她等了一会儿，我连忙抓住了这个机会。

“尊敬的国王，”我从座位上焦虑地站起来说，“这个人是客人的佣人，是他们的狗，让我们的狗流血就是让我们流血。依照待客的神圣法则，我宣布对他实施保护。”

“卡古尔早已把他嗅出来了，他一定要死，白人们。”他愤怒地答道。

“不，他不能死，”我辩解道，“谁想碰他谁就会死。”

“抓住他！”特瓦拉向刽子手大叫着。那些杀人不眨眼的刽子手就站在边上。

他们缓慢地我们走来，随后又犹豫了。至于伊格诺希，他紧握着长矛，举了起来，好像打算与之决一死战。

“你们这群狗，往后站！”我大叫道，“要是你们想看到明天的太阳照常升起的话，就往后站。你们敢碰他一根发丝，你们的国王就因此付出代价。”我把左轮手枪对准了特瓦拉。亨利爵士和古德也拿出手枪，亨利爵士指向了为首的那个正在准备执行命令的刽子手，然古德则故意瞄准了卡古尔。

当察觉到我们魔法筒指向他的胸膛，特瓦拉却退缩了。

“唔，”我说，“特瓦拉，你到底会怎样对待他？”

然后他冷冷地说话了。

“把你的魔管拿开，”他道，“你曾以待客的名义请求我，仅仅是由于这个原因，却不是因为对你做的事儿害怕，我饶了他，让他平平安安地离开。”

“很好，”我若无其事地回答道，“我们已讨厌屠杀，想休息了，舞会结束了吗？”

“结束了，”特瓦拉阴沉着脸，指向一长排尸体说，“把这些死狗扔给那些鬣狗和秃鹰。”随后，他举起了长矛。

立刻，军队开始列队又鸦雀无声地离开场院门，只剩下一些杂役在处理那些尸体。

随后我们也站起来，向不肯屈尊的国王道别，来到了小屋。

我们坐下后，先点了一盏库库安纳用的灯，这些灯的灯芯主要是用一种棕榈树叶纤维做成的，油是澄清的河马油脂。“噢，”亨利爵士说，“噢，我觉得想吐，我这种感觉不常有。”

“假如说以前我对帮助乌姆宝帕抵抗那个恶魔还心存疑惑的话，”古德插话，“那样的话现在这些怀疑都不存在了。屠杀开始时，我尽量地闭上眼睛，一动不动坐在那里，但我的眼睛总是在关键时刻睁开。我想知道因法杜斯此刻在什么地方。乌姆宝帕，我的朋友，你应当感谢我们，你险一险就被穿了个洞儿。”

“布格万，非常感谢，”乌姆宝帕说，“我无论如何都不会忘记。而因法杜斯，他一会儿就会到这儿，我们一定要耐心等待。”我翻译道。

然后，我们抽着烟等着因法杜斯。

第十一章　通月显灵

很久——我感觉有两个小时——我们就那样静静地坐在那里，还没有从那些惊恐、残暴的情景中走出来，所有人都沉默不语。最后，天马上快亮了，外面鸦雀无声，就在要休息时，我们听到了一阵脚步声。然后听见了围场门口的卫兵查问口令的声音，没听见任何口令，但明显是对上了。因为不久，传来了脚步声，然后因法杜斯走进小屋，身后跟着六个威风凛凛的首领。

“我的主们，”他指着那几个首领说，“我来实现自己的承诺了。我的主们、库库安纳真正的国王伊格诺希，我已经把他们带来了。这些人全部是我们军队中的重要人物，他们每人带领有3000士兵，他们的话和权力只在国王之下。我已经把我看见的和听到的都告诉他们了，那么也让他们见一下你腰上神圣的蛇形记号、听听你的经历吧，之后他们才能决定是否要和你统一战线，一起反抗特瓦拉国王。”

伊格诺希什么也没说，再一次解开了腰带，给大家看了纹在腰间的蛇纹。所有首领依次走上前去，在昏暗的灯光下审视着这个标记，看完后一言不发又站到了一旁。

然后，伊格诺希把短围裙穿上，把早上说过的经历又叙述了一遍，他是如何随母逃亡，千辛万苦，又如何趁机返回库库安纳的。

“既然你们已经听到了，首领们，”因法杜斯道，“你们还有什么要说的吗？你们是否支持这个人，帮他夺回父亲的皇冠？全国上下都对特瓦拉不满，人民横尸街头，你们今晚也都看到了，本来我也打算跟另外两个首领说的，可是现在他们在什么地方？野狗在他们的尸体上嚎叫。如果不反抗，过不了多长时间你们也会跟他们没什么两样。选择吧，兄弟们。”

一个体形矮小，头发全白的人，向前走了一步。他是他们几个中最老的，说：

“你说的很对，因法杜斯，全国上下都怨声载道。我的亲兄弟今晚被杀了，但这不是一件小事，这事儿让人不敢相信。我们如何知道自己如何在为一个小偷或骗子卖命呢？这是一件大事，我说，谁也不能看到结果。即便是真的，事情还没发生会血流成河，多数人还会支持国王，总之只要太阳还升起，人们就会崇拜它，除非太阳不再没光。这些从星星来的白人，会伟大的魔法，伊格诺希在这些人的羽翼保护下，让他们给我们一个让大家都能看到的预兆，如此一来人们便会支持我们，知道白人的魔法和所有人同在。”

“大家刚看过了他的蛇形标记，”我说。

“我的主，这还太少。一个人刚出生时就能印上蛇形标记，给我们一个预兆，那更能让大家信服。没有征兆，我们谁也不会行动。”

另外的人也坚定地表示赞同，我困惑地看向亨利爵士和古德，向他们翻译了一下这些人的意思。

“我认为我有办法，”古德高兴地说，“你跟他们翻译，让我们考虑一下。”

我说完后，首领们都走了，他们刚出去，古德向他装药的小盒子走去，打开它，取出一个笔记本，在衬页上有一个历书。“快看这里，兄弟们，明天是 6 月 4 日对吧？”他说。

“我们天天都在仔细地写日记，当然对于时间特别清楚。”

“好极了。这样我们有救了——6 月 4 日，全月食会在格林尼治时间 8 点 15 分开始，在南非的这里能看到，如此一来就能通灵神意，给他们一个预兆，而且展示了我们的魔法了。通知他们，我们明晚要把月亮变黑。”

这真是一个极好的办法，事实上，只有一样让人担心的是古德的历书是否会有错误。假如我们在此事上发生预言有错的话，那我们就会威信全无，伊格诺希将无论何时都不会登上库库安纳国的王位了。

“如果历书错了，会如何?”亨利爵士对正在弄笔记本空白页上污物的古德说。

“我想没有道理怀疑这种事情，”他说，“月食总是如期发生，至少这是我对它们的理解，尤其是这回能在南非观测到。我都算好了看月食的准确如期，在这里，月食会从明晚十点开始，一直持续到十一点半，大概一个半小时，这期间这里将全部处于黑暗之中。”

“嗯，”亨利爵士说，“我觉得我们最好冒一次险，赌一赌。”

虽然不完全相信，但我还是勉强通过了，因为月食不容易把握，例如明天也许是阴天，又或许我们的日期会不对。我让乌姆宝帕把首领们叫进屋来。很快，他们进来了，我向他们道：

“库库安纳的首领们，还有你，因法杜斯，听我说，我们向来不喜欢展示自己的魔力，因为这将破坏自然界的规律，带来世界的恐惧和混乱。可是因为此事非同小可，我们目睹了屠杀，看到了伊萨努希卡古尔的行为，卡古尔还差点儿把我们的朋友伊格诺希杀死。我们刚刚决定打破规律，显示我们的魔法，让大家看看征兆。请到这边来，”我让他们来到屋门口，指着像红球一样的月亮，“你们看见什么?”

“我们看见快要落下去的月亮，”他们的代言人回答说。

“正确，那么告诉你，有人可以把正在升起的月亮熄灭，为这片大地的黑夜装上窗帘吗?”

听了此问题，大人们微微笑了笑。“谁都不能，我的主，任何人都不能做到。人类没有月亮强大，她不会更改她的路线。”

“你们如此认为，可是我告诉你们，明晚，在午夜前大概两个多小时，我们会使月亮熄灭大约一个半小时，那时，黑暗将遮住整个大地，这就是伊格诺希是真正的库库安纳国王的预兆。假如我们真如此做，诸位会满意吗?”

“会的，我的主们，”这个老首领笑着说，其他首领交头接耳地笑了，“要是你们能做到，我们一定会满意。”

“我们会那么做的，我们三个，因楚布、布格万和马楚马乍恩都这样说过，并且将会做到。因法杜斯，你听见了吗?”

“我听见了，我的主。可是你许诺的不是一件普通的事，熄灭月亮，地球的母亲，在她满月时。”

“可是我们会做到的，因法杜斯。”

“非常好，我的主们。今天太阳下山后两小时，特瓦拉会让你们各位去欣赏少女舞会。舞会开始一小时后，王子斯克拉卡会处死国王认为最漂亮的女孩，用女孩祭祀守卫那些山的沉默山神。”他指着所罗门大道终端的三座看上去很怪异的山峰说，“接下来我主就让月亮变黑，解救那个女孩的性命，人们就会完全相信。”

“唉，”老首领只是微微笑着说，“大家才会完全相信。”

“在鲁欧两英里外，”因法杜斯接着道，“有一座弯曲得像新月的小山，我的军团就驻扎在那里，另外几个首领领导的另外三个军团也驻扎在那里。今天上午，我们商量让其他两三个军团也转移到那里。如此一来，如果我的主们真能把月亮变黑，我则从黑暗中把大家从鲁欧带走，带到那里，在那里不会有危险，接着我们可以向特瓦拉国王发起战争。”

“好，”我说，“让我们休息休息，为我们的施法做准备。”

因法杜斯起身，举手向我们行了礼，和首领们走了。

“我的伙伴们，”他们刚离开，伊格诺希说，“你们真能做这件奇异的事儿吗？还是在应付那些首领?”

“我们相信自己能做到，乌姆宝帕，我的意思是伊格诺希。”

“真神奇，”他说，“你若不是英国人，我不会相信你的，但我知道英国绅士说话算数。假如我们能通过这一关，成功以后，我肯定会好好回报你们。”

“伊格诺希，”亨利爵士道，“有件事情你要答应。”

“因楚布，我的伙伴，无论什么事我都能答应，”这个高大的人笑着说，“什么事？”

“是这样：假如你成为了国王，要撤掉像昨天晚上我们所见的巫师大屠杀。这个国家不应当再有没有审判就无故杀人的事儿了。”

我给他翻译了一下，伊格诺希沉思片刻，说：

“黑人和白人的思维习惯与生活方式不一样，我们视生命轻如鸿毛，但是我会答应你，只要我有这个权力，我不会让这件事发生，从此不再有巫师大搜捕，再也不会有人没经审判就被处死。”

“就这么说好了，”亨利爵士说，“那么我们休息片刻吧。”

折腾了一夜，我们特别累，碰到枕头就睡着了，直到上午差不多11点伊格诺希把我们叫醒。接着我们起床，洗漱，吃了些丰盛的早餐。然后我们走出小屋走了一下，巡视一下库库安纳房屋的构造，看看妇女的生活习惯，放松放松。

“我期盼月食能够出现。”亨利爵士说。

“要是不发生的话，我们就死定了，”我难过地说，“因为就拿我们还活着那样肯定，他们会把所有事告诉国王，接下来会有其他形式的月食，并且是我们一定不喜欢的月食。”

回到小屋，我们吃了晚饭，接下来进行洗漱打扮，为接受特别的参观而精心准备着。末了，太阳下山了，我们安静地呆了两个小时，我们等着征兆的发生。八点半，特瓦拉捎来话，让我们去参加快要举行的“少女舞会”。

听取因法杜斯的提议，我们马上穿上国王送给我们的铠甲，拿上枪支弹药，以防万一必须逃跑时使用。虽然心存恐惧和战栗，我们仍旧提起勇气出发了。国王围场前的那块大空地的情况和前一天晚上一点也不一样。在士兵列队的地方站着很多库库安纳女孩，穿着朴素，衣服非常少，所有人头上都戴着花环，一手拿着一片棕榈叶，另一只则拿着长枝白色百合花。特瓦拉国王坐在开阔地的中间，老卡古尔在他脚下蜷缩着，因法杜斯、斯克拉卡和12个士兵在他身后立着。来看舞会的还有20个大人，其中个别的那夜见过面。

特瓦拉很正式地迎接我们，然而我看见他那只独眼恶毒地瞪着乌姆宝帕。

“欢迎，从星星来的白人们，”他说，“今天的情形和你们昨晚在月光下看到的可不一样，比不上昨天的精彩。女人是让人高兴的，没有女人就没有今天的我们，然而男人更好。女人的亲吻和甜蜜的话虽然好，可是武士们长矛的撞击声与男人血液的味道比这更甜蜜！白人，你会挑选我们的女人当妻子吗？如果愿意，可以挑这里最好看的，你能拥有她们，多少随你要，”他不说了等我们说话。

这个前景好像对古德应该有吸引力，他和大多数水手没什么两样，很难不动情，至于我则人过中年，更理智些，可以想象到这类事情会有太多的麻烦，因为女人带来的麻烦总是不断，所以我赶紧说：

“万分感谢，尊敬的陛下，可是我们白人只和与我们一样的白人姑娘结婚，你们的女人非常不错，但不适合我们。”

国王大笑：“好，我们有句谚语：‘无论是何颜色，女人的眼睛永远是明亮的。’还有另一个谚语：‘喜欢现在的她，因为原来那个对你的感情一定不是真的。’可是也许在星星上和这不一样，在白人生活的地方，任何都不是不可能的。其实也好，白人，姑娘不会去乞求的。再一次地欢迎你们，同样也欢迎你的黑人，假设卡古尔以她的方式来做的话，你现在已经僵硬了。还好你同样是从星星上来的，哈哈！”

“尊敬的国王，在你杀我之前我会先杀你，”伊格诺希冷静地说，“在我的四肢僵硬之前，你就会先死。”

特瓦拉吃惊地站起来，“你说话实在太莽撞了，小伙子！”他生气地说，“不要太自大了。”

“他是太大胆了，但说的都不假。事实犹如一把锋利的长矛，总是会正中要害，任何时候都不落空，这是从星星得来的消息，尊敬的国王。”

特瓦拉怒瞪，独眼里满是凶残，但他什么也没再说。

“舞会现在开始，”他大声说。然后戴花冠的女孩翩翩起舞，一边唱着动听的歌，一边舞动着纤细的棕榈叶和白色的百合花。她们舞姿优美，体态轻盈，面容娇艳，有时不停地旋转，时而模仿战争，不停摇摆晃动，有时前进，有时后退，特别好看。后来，她们不跳了，一个美丽的的年轻姑娘走出队列，开始在我们面前翩翩起舞，体态轻盈，活力充沛，很多跳芭蕾舞的女孩都不如她。后来，她累得不行了，不跳了，返回队中，接着下一个少女取代了她的位置，又跳起来，之后逐个上台。但不论体态、舞姿还是相貌，她们都不能和第一个女孩相提并论。

每个姑娘都跳完一遍后，国王举手。

“你们认为谁最漂亮，白人们？”他问。

“第一个，”我脱口而出。马上我就后悔了，这时我记得因法杜斯跟我们说过，最漂亮的少女会被杀死来当祭品。

“正如我所想，咱们的眼光完全相同，没有人再比她漂亮！但她没有别人幸运，她必须被杀死。”

“没错，必须死！”卡古尔大声说，朝那个可怜的姑娘迅速地瞟了一眼，可是那个姑娘依旧站在10码外女孩们的队伍中，不安地从花环上摘下一朵花，摘下所有的花瓣，对快要到来的恐怖命运一无所知。

“怎么这样，尊敬的国王？”我尽力控制住愤怒说，“这个女孩跳得相当不错，我们看得如此开心，并且她也很美丽，为何要用死来奖赏她。”

特瓦拉笑着说：

“我们的习俗就这样，”他指向远处三座山峰道，“那个地方的石像一定要得到该是他们的东西。要是今天我不杀死最好看的姑娘来祭奠它们的话，灾难会发生在我以及我的房子上。所以，我的百姓都预言说：‘要是国王不能把舞会中最好看的女孩祭奠给站在那里的祖先们，不幸就会发生在国王以及他的房子上。’你们看，我的兄弟，国家的前一任国主，因为女人的眼泪而没有杀死它们来祭奠，最后他和他的房子遭到不幸，我当上了国王。全部都完了，她一定得死！”接着他对士兵说，“带她过来，斯克拉卡，磨快你的长矛，杀了他！”

两个士兵走出队列，走向那个姑娘，此刻她才知道到危难当头，惊叫一声，转身逃跑。可是强壮的手很快把她抓了回来，她一边挣扎一边哭喊，泪流满面，泪水湿了衣襟，可是她依旧被拖到了我们面前。

“说说你的名字，姑娘？”卡古尔大声说，“什么！不想说？要王子立刻杀了你吗？”

听到暗示，斯克拉卡看起来比平时更加邪恶，向前走了一步，高举大大的长矛，与此同时我看到古德的手正准备出手枪。那个可怜的姑娘泪眼蒙蒙地看着闪烁的铁光的长矛，这倒是使她安静下来，不再挣扎，两只手紧张地紧紧握着，站在那里全身都在发抖。

“瞧，”斯克拉卡兴奋地叫道，“她看到我的小东西儿，都没有试过就害怕了。”他轻叩了一下长矛的宽刀刃。

“要是有机会，你一定会付出代价，你这个恶魔！”我听见古德自言自语说。

“既然你不闹腾了，就告诉我们你叫什么吧，亲爱的。来，告诉我们吧，别害怕。”卡古尔嘲笑道。

“噢，妈妈，”女孩颤声地说，“我的名字是福乐塔，苏克家的。噢，妈妈，为何我一定得死？我没做错任何事！”

“安静点，”这个老女人接着用令人讨厌的声音嘲笑说，“你一定得死，实际上是要把你祭奠给站在远处的祖先们。”她指着远处的山峰，接着说：“可是晚上睡觉要比白天辛苦，活着不如死了，这是你的荣幸，能被高贵的王子杀死。”

女孩福乐塔伤心地绞着两只手，大声叫：“噢，实在是残忍！我这么年轻！我再也看不到日出，看不见晚上满天的繁星了，我永远都不能采集沾满露水的花朵，再也无法听到潺潺水流欢快的笑声了，我到底做了什么？我真的很不幸啊，我再也不能看到父亲的小屋，再感受不到母亲的亲吻，再也照顾不了生病的羊羔了！我真是非常不幸啊！我现在还没有被情人拥抱过，还从来没有生儿育女！噢，苍天啊，你怎么如此残忍！太残忍了！”

然后，她又一次绞起两只手，抬起满脸泪痕、戴着花环的脸，面对苍天，她那绝望的眼神看上去让人心动，因为她确实是一个美丽的姑娘，相信没人能不被她的眼光打动，但不包括我们面前三个心肠恶毒的恶魔。亚瑟王子都会请求把他的眼睛弄瞎的人不要再碰这个可怜的姑娘。

然而，这没有打动卡古尔、特瓦拉的心，即使我看到了后面的士兵和大人们的脸上表现出了同情；而古德，他愤怒的喘着气，仿佛要冲上去帮助那个女孩。那个不幸运的好像大概也看出了他的想法，突然跑到他面前，两只手紧紧地抱着古德那“漂亮的白腿”。

“噢，从星星来的白人父亲，”她大声道，“让我到你的庇荫下吧，把我放到你力量的保护中吧，那样就救了我了。噢，让我远离这些邪恶的人吧，远离卡古尔的掌控吧！”

“没事的，姑娘，我会保护你的，我肯定救你，”古德展现出撒克逊人的强大的气势，大声地说，“姑娘，快起来吧。”然后，他扶起了姑娘。

特瓦拉非常生气，转身对儿子做了个手势，斯克拉卡高举长矛，向这边冲来。

“该你表现了，”亨利爵士对我说，“还等什么呢你？”

“我等月食呢，”我回答道，“我一直看着月亮，还有半个小时的时间，它看起来没什么变化，不像会发生月食。”

“嗯，你这会不得不冒险，要不然姑娘就会要死了，特瓦拉早就没有耐心了。”

我当然明白这话有多重，绝望地看了一眼明亮的月亮。我想就算是最热心的天文学家也没人像我这样急切地等待那样一个天文现象的出现，我尽力不失尊严地来到趴在地的姑娘和斯克拉卡伸出的长矛中间。

“国王，”我说，“且慢，女孩不能杀，我们忍受不了这种事情，让这个姑娘安全地离开吧。”

特瓦拉生气而惊讶地离开座位站了起来，大人们和渐渐靠拢在我们周围观看悲剧的女孩们传出了轻轻的惊讶声。

“不可以杀！你们这些在狮子门口乱叫的白狗。不可以杀！你们是不是疯了？注意，弄不好你也会死掉像这只小鸡一样。你们如何救她或自救？快让开，斯克拉卡，杀了那个姑娘！来人，把他们都抓起来！”

听了这个命令后，武装的士兵们从屋子后面快速跑出来，显然，他们早就藏在了屋子后面。

我们几个并排站在一起，高举步枪。

“停下！”我鼓起勇气大喊，即使这时我已心灰意冷，“停下！我们，从星星来的白人，说杀不得你们再往前走一步，我们就像熄灭灯光一样的把月亮熄灭，因为我们这些在月亮房子里生活的人可以让这块土地充满黑暗。假如你们不听话，就会让他们尝尝魔法的味道。”

我威胁的话产生了效果，他们都停了下来，斯克拉卡站在我们的面前没有动，举着长矛。

“都听到了吧！都听到了吧！”卡古尔尖叫着说，“听见他们这些骗子说可以把月亮像灯光一样熄灭。要是他们能做到，不杀这个姑娘。就是这样，假如他们能做到，不然的话就把他们和这个姑娘一起杀掉。”

我绝望地向月亮瞥了一眼，此刻让我感到万分惊喜的是，我知道我们，或者说历书，对了。在月亮边缘上开始有了淡淡的阴影，也有了烟雾的颜色，这些烟雾慢慢地覆盖了月亮明亮的表面。我心里的石头放了下来，感到特别轻松，我想以后再也不会有比这还轻松的时候了。

接着，我庄严地把手举向天空，亨利爵士和古德和我一样把手举起来。我全力地用我能发出的最感人的声音背诵了《印戈耳支比家传故事集》里的几行句子。亨利爵士边背了《旧约全书》里的一句韵文，古德则背了《昼王》里他所记住的一系列最经典的骂人的话。

渐渐地，阴影遮住了月亮明亮的表面，这时我听到恐慌的人们，发出了重重的喘息声，人们左顾右盼，不知道该怎么办。

“看，尊敬的国王！”我大声道，“看，卡古尔！看，所有的人们！来自星星的白人实践了他们的承诺，他们没有说空话骗你们！”

“月亮慢慢地在你们眼前不见了，很快就会到处是黑暗，唉，黑暗会盖住整个月亮。你们要的预兆，要的迹象，这就给你们。变黑吧，月亮！把你的光收回，你圣洁的光，把谋权夺位的谋杀犯的心丢到尘埃中，让黑暗把整个世界吞没吧。”

到处都是旁观者恐惧的呻吟声，有些因为害怕楞在原地，另外一些人则纷纷跪下，大声叫喊。而国王，他在座位上一动不动，黑黝黝的皮肤开始暗淡苍白。唯独卡古尔非常镇定，没有一点的灰心丧气。

“没事的，”她大喊，“我曾经常看到这种景象，谁都不能够把月亮熄灭，别灰心，安静地坐着，阴影会没有的。”

“过一会，让你看看，”我兴奋地跳起来，说道，“月亮！月亮！月亮！为何你如此冷酷无情，如此变化无常？”这是我最近无意中在一篇旅行的冒险故事中看到的句子，可是说罢，我突然觉得如此辱骂月亮是不好的，因为她对我们非常友好，我们竟然辱骂她，真是太不领情了。接着我又说："继续骂，古德，我会的诗有限，继续骂下去吧，真是个好样的。"

古德痛快地接下了这个重要的任务，一直不停地骂了十分钟，并且没有重复一句。以前我不是很了解海军军官骂人能力的程度如何，这会儿我了解了。

此刻，阴影没有停止爬行，大家都在看天上，奇怪的寂静在人群发生。怪异的、可怕的阴影吞食着月光，这里被可怕的寂静包围着，所有的一切都像死了一样，在这最庄严的寂静中，时间慢慢地逝去，就在这时，满月被地球的阴影盖住了，巨大苍白的月亮越来越近，越来越大了，变成了铜色，露在外面的部分变得灰白了，最后，全食发生了，透过红色光线，山脉和平原看起来都在变红。

渐渐地，黑环没有停止爬行，这会儿多半都变成血红了。空气慢慢变得低沉阴暗，到处都深红的。黑环不停地爬，我们快要看不清眼前那群满脸凶恶的人，人群中鸦雀无声，古德也不诅咒了，周围寂静得像死了一样。

"月亮要死了——月亮被白人男巫杀了，"忽的，斯克拉卡王子大喊，"大家都会在黑暗中不见。"也许是太恐惧，也许是太愤怒，可能都是，他用长矛竭尽全力刺向亨利爵士的胸膛。然而他忘了我们衣服里面早就穿上了国王给的护胸甲，所以长矛尖不仅没有刺到亨利爵士反而被弹回去了。他都没能再次举起长矛，亨利爵士趁机抢走他手里的长矛反刺了他一枪。

斯克拉卡立刻死了。

看到这一幕，那些被渐渐扩大的黑暗吓坏的姑娘觉得这是邪恶的阴影，个个惊惶失措，尖叫着向门口冲去，四下逃离。然而恐慌才刚开始，国王自己，后面跟着士兵、部分大人和一瘸一拐的卡古尔，动作快的跑向屋子。很快，就剩下我们几个、福乐塔、因法杜斯还有昨天夜里见过的那几个大人。这些人都还留在斯克拉卡王子的尸体旁。

“好了，大人们，”我说，“征兆我都给你们了，要是你们满意，那就赶快到你们说的地方去吧。魔法这会儿不会立刻停止，还有一个半小时才消失，能够让我们完成接下来的事儿，我们快趁着天黑离开吧。”

“走吧，”因法杜斯说着，马上转身离开，恐慌的大人们和我们跟在后面，古德领着姑娘福乐塔在后面走。

我们来到围场门口的同时，月亮彻底不见了，漆黑的天空中只有闪闪发光的星星。

我们一个拉一个，磕磕绊绊地穿过黑暗。

第十二章 备战

我们非常幸运，因法杜斯和大人们熟悉鲁欧的所有道路，所以虽然到处都漆黑，我们依旧走得特别顺利，即没碰到什么困难，而且也没有迷路。

大概过了一个多小时，月食结束了，最先不见的月亮边缘又开始发光。我们向上看时，月亮忽然发出银光，带着让人惊愕的光芒，悬挂在漆黑的天空中，犹如天上的灯光，这景象真是有趣呀。又过了五分钟，星星渐渐不亮了，光线充足，我们能够看见自己的方位了。其实我们早就离开了鲁欧镇，正往一个方圆两英里左右的大平顶山走去。在南非，经常看见这种构造的山，都不是很高，实际上大概超不过200英尺。这座山长得像马蹄，四周特别陡，到处都是大石头。在山顶的平草地上有一个很开阔的营地，这里的军营肯定不是一般的军队。通常一个团的驻军为3000士兵，可是当我们在重现的月光下站在陡峭的山坡时，才发现上面的驻扎的士兵比这里少多了。

最后登上山顶时，我们发现不少人刚刚睡醒，看到了先才那会的自然景象，害怕地挤在一起，瑟瑟发抖。我们什么都没有，走过人群，在营地中间的一个小屋前停下。在那里，我们吃惊地看见两个人背着些什么在等我们，很明显是我们刚刚匆匆逃离时不得不留在那里的东西。

“是我叫人把东西拿来的，”因法杜斯解释说，“以及这个。”然后，他举起了古德很早就丢了的裤子。

古德惊喜地大叫，马上起来，拿起裤子穿上了。

“我的主真不应该把他漂亮的白腿盖起来!”因法杜斯惋惜地说。

可是古德非得穿上，所以库库安纳人只能最后一次看到他漂亮的白腿了。今后，他们只能看到有半边的胡须、透明的眼睛以及能动的牙齿的古德了。

因法杜斯还意犹未尽看着古德的裤子，接着他对我们说，他已经命令军队亮天就集合，向他们完全说明这次由大人决定的谋反的理由和成功的条件，还要向他们介绍新的国王伊格诺希。

天亮后，估计2万库库安纳的精锐军队集合到了一个又大又宽空地，我们也来到此处。军队从三面聚集过来，合成了紧密的正方形，场面特别宏大。我们刚在正方形敞开的一面站住，全部的首领和军官把我们围起来。

大家安静后，因法杜斯开始讲话。因法杜斯跟很多高层社会的库库安纳人没什么两样，是一个演说天才。他用非常动情和优美动听的话语向他们描述了伊格诺希父亲的故事，说他怎样被特瓦拉国王谋害，他的妻子和孩子怎么样被驱逐，差点被饿死。接着他说道，在特瓦拉的暴虐统治下，百姓们非常不满，而且列举了昨天晚上的事例。说当时国王借口那些高贵的人作恶多端，把他们拖到前面残忍处死。然后他接着说，来自星星的白人主们俯视这块土地，看见了我们的疾苦，不嫌麻烦，来减轻这里人民的困难，他们为此把库库安纳国真正的国王伊格诺希带来了，他在流亡时受很多磨难，可是精神力量使他穿越了高山峻岭，最终到达了这里。他们看到了特瓦拉做的一些坏事，用神奇的魔法，让下不了决心的人们看到了征兆，拯救了姑娘福乐塔的性命，把月亮熄灭了，杀死了王子斯克拉卡。我们将支持白人，与他们去反抗特瓦拉，拥立真正的国王伊格诺希当上国王。

他在大家的认可声中演讲完了，随后，伊格诺希走上前，发表演讲。他又说了一遍他的叔叔因法杜斯的话，用下面的话结束了漂亮的演讲：

“尊敬的大人们、将军们、战士们，你们已经听到了我的话，那么大家在我和特不拉之间作个选择吧。他谋夺了我的王位、杀害了他的兄长，我的父亲、还想在寒冷的夜里逼死我。我才是这个国家合法的国王，”他指着那些大人说，“他们能告诉大家，因为他们都已经亲眼见到过我腰间的蛇形标记。假如我不是国王，这些会魔法的白人和我同一战线，而且使用魔法帮助我吗？所有人都行动吧！他们为了反抗特瓦拉，把我掩护出城，让大地暂时的黑暗，所以我才能在你们面前出现。”

“对，”士兵们回答说。

“国王是我，我对你们说，我是国王，”伊格诺希接着道，并挺起伟岸的身躯，把大大的战斧举过头顶。“要是你们大家有哪个不相信的话，那就出来和我决斗，我会用他的血给你们证明我说的都是真的。站出来，我说，”他挥动着那把宽刃战斧，斧头在阳光下闪闪发光。

伊格诺希看起来没有人回应这英雄说：“好，好，来受死吧”，继续说：

“我是真正的国王，如果大家和我共进退，成功那天，我们会一起享受胜利和荣耀，我将给大家牛和妻子，让你们领导所有的军队，要是你们没成功，我们大家一起失败。”

“是的，这是我向你们作出的承诺，我坐在我父亲的国王座位上，这片土地上将不再流血，不再会因为正义被杀害，不会再因为搜捕巫师者把你们抓走，不管对错就杀死。只要不犯法，任何人都不会被杀死。每个人都能安居乐业，不会有侵扰，正义将会出现在这片土地的各个地方。你们选好了吗，大人们、将军们、战士们和子民们？”

“我们已经选好了，我们站在您这边，尊敬的国王，”大家回答说。

“不错，大家转身看看，特瓦拉的使者如何从鲁欧镇的各地出发，怎么样调集军队来讨伐我们、以及我的这些朋友与保护我的人。明天，或者后天，特瓦拉就会率领全部跟着他的人来攻打进攻。那时，我会知道哪个真正是站在我这边，哪个会为了事业不怕死；我让你们知道，在论功行赏时一定有他。我的话讲完了，尊敬的臣民们，那么大家回去为战争准备准备吧。”

沉默了不久后，有一个首领举起手，行了个礼，大声说“库姆”。这表示那些军队同意伊格诺希当国王，接下来他们就分头离开了。

过了半个小时，我们开了军事会议，每个军队将军都在会议上。很明显，过不了多长时间，我们将受到强烈的进攻。我们在山上地势很有利，可以看见敌人正在调集军队，送信的人正从鲁欧把信送向四面八方，一定是国王在调集军队前来支援。我们有2万战士，是这个国家精英的七支军队组成。所以因法杜斯和大人们推断，特瓦拉最少会在鲁欧集合3万至3．5万人，并且他们推断，到明天中午，他能再调集5000或更多的士兵。当然，也许会有部分士兵叛变，加入到我们军队中来，可是这仅仅是无法预料的意外事件。同样，大家很清楚，特瓦拉早就为攻打我们做了很好的准备，派了很多的武装士兵在山脚下不断地巡逻，这些都说明他们马上就会开始进攻。

可是因法杜斯和大人们认为他们今天不会进攻，正在全面准备，而且正全力为所谓的月亮被熄灭给士兵带来不好影响的做消除工作。他们认为，大概会在明天开始攻击，后来的事实证实他们的判断一点都不错。

这时，我们竭尽全力开始动手修建工事，巩固要塞。差不多所有人都被调动起来，一天的时间太少，有太多事情需要完成。上山的路说像一个堡垒，更像一个疗养地，这里本来是国家有危险时援兵的驻扎地，挡着很多石块，别的路都攻不破。成堆的石头被堆集在每个地方，时刻准备拦截上山的敌人。不同的军队被指定在各自的位置，我们把想到的准备工作都完成了。

就在天黑前，累了一天后要休息一下，我们看见一队人从鲁欧正向这边走来，带头的那个人手里拿着棕榈叶，很明显他是使者。

在他快到时，伊格诺希、我们几个人一起下山去迎接。带头的人长得一表人才，披着标准的豹皮制的斗篷。

“你们好！”他大声说，“国王向对他发起反对战争的人问候，雄师向它脚边乱叫的豺狼问候。”

“说，”我说。

“国王说，在灾难还没有在你们头上发生，向国王投降，求他原谅吧。”

“特瓦拉有何条件?”我出于好奇地问了一句。

“他的要求很仁慈，他可真是一个伟大的国王，伟大的独眼国王，他是1000个王妃的丈夫、库库安纳人的国王、所罗门大道的守护者、远处沉默山神的拥戴者、跺一下地动山摇的大象、坏蛋害怕的巨人、沙漠里行走的鸵鸟、英明神武的人、世世传承的国王，他让我转告你们：‘我会原谅你们，不会杀很多的人，每十个人中只杀一个，其余的人将会没事，可是杀死王子的白人因楚布、想夺取我王位的黑人奴仆、还有企图反抗我的兄弟因法杜斯，他们都会痛苦地死亡，送给沉默之神当祭品。’这是国王仁慈的话。”

与大家商量后，我尽可能大声对他说，好让士兵们可以听见：

“你这只狗，快滚，跟他说，我们——库库安纳正式的国王伊格诺希、能把月亮熄灭的从星星来的聪明的白人因楚布、布格万、马楚马乍恩，皇室的人因法杜斯，大人们、士兵们以及聚集在这里的所有人们说：‘我们一定不会投降，在太阳落下两次那会儿，特瓦拉僵硬的尸体会在他门口，被特瓦拉杀死父亲的伊格诺希将取代他成为国王。’快滚吧，趁我们还没鞭打你，你千万要小心。”

使者大笑道。“不要说大话来恐吓人了，”他大声说，“你们这些变黑月亮的人，打一下试试看。在你们没死之前，开心去吧。再见，也许我们会在战场上相遇。来自星星的白人，别逃走，等着我，我祈祷。”挖苦完之后，他转身就走，马上天黑了。

那个晚上很忙碌，我们都累得不行，由于借着月光我们全力地为明天的战争做准备。使者们在我们坐着开会的地方来回地忙个不停。最后，大概凌晨一点，万事俱备，不算应付突击的岗哨，营地一片寂静。亨利爵士和我还有伊格诺希在一个大人的引领下，到了山下，去观察前哨阵地。我们所到之处，长矛在月光的照耀下突然出现，在我们说出口令后，又消失不见了。我们清楚地看到站岗时没有人睡觉，接着就又回到山上，小心地越过数千名正在熟睡的士兵。也许对于多数人人来说，这是他们最后一次在人间睡觉。

月光在长矛上闪闪发亮，照在他们脸上，看上去阴森可怕。寒冷的夜风吹着插在他们头上的高高的羽毛。他们胡乱地躺在那里，有的伸着胳膊，有的蜷缩着四肢，魁梧的外形在月光下显得很怪异，好像不是人。

“你认为明天此时还活着多少人?”亨利爵士问。

我摇摇头，又看了一下沉睡的士兵，在大脑疲惫而又兴奋的我看来，死亡看上去离他们很近。我在心里想着一定会被杀的人，心里忽然有一种对人类生命的强裂神秘感，我心里涌上的是人生的无益与悲伤，我心里酸酸的。今晚，这么多的人都在健康地睡觉，明天这些人，还有另外一些人，也许还包括我们自己，都会在寒风中僵硬。他们的妻子会变成寡妇，他们的孩子也许没有爸爸，他们的家会再也没有他出没的身影。只有这古老的月亮仍在在安详地闪闪发光，夜风吹动着小草，旷野都在休息，即使一万年以前，或一万年之后，这一切都永远不变。

可是，即使一个人死了，但他在世界上还未完全消失。实际上虽然他的名字消失了，可他仍有气息吹动着山上的树木，空中依旧有他的声音在响，如今我们所继承的思想依旧是他的，我们生活的理由是他的热情，他一切的快乐和悲伤即是我们熟悉的朋友!

世界上真的到处都是鬼，不是到处飘荡的墓地里的鬼魂，而是每个人生活中消除不了的情绪，万一真有，将无法消失，即使这种情绪会混合、不断变化。

一切有关自然的反思从我的头脑穿过——随着年纪增大，我遗憾地说让人讨厌的思想习惯好像正在控制着我。

“柯蒂斯，”我说，“我正呆在可怜的恐惧中。”

亨利爵士摸了一下他的黄胡子，笑着说：

“我听你以前说过这种话，夸特曼。”

“呃，我在说现在，你知道，我想我们中是否有人活到明晚。我们会受到非常厉害的攻击，要想把阵地守住，肯定要凭运气。”

“不管怎样，我们都要让他们看看我们厉害。瞧，夸特曼，很讨人厌的一件事，严格讲，我们不应该来搅和这件事，可是如今骑虎难下，所以一定要尽力去做。就个人而言，我宁愿战斗死，也不愿死于别的方式，如今我看没有多大机会找到我可怜的弟弟了，对我来说死很容易。可是命运总是喜欢勇敢的人，我们也许会胜利。不管怎样，战争会是很无情的，我们要保住我们的声誉，就要在最危急的时候出现。”

他悲哀地说完最后一句话，可是我看到他的眼中闪闪发光，掩饰了他的忧郁。我认为亨利爵士事实上喜欢打仗。

后来，我们休息两个小时左右。

天快亮时，因法杜斯叫醒了我们，他通知我们他侦察到鲁欧有很大的动作，国王的散兵正走向我们的阵地。

我们爬起来，穿上护胸甲，这一刻我们很感谢这件衣服，亨利爵士穿上它犹如这里的勇士。“如果你在库库安纳，你就要跟从这里的习俗，”他把护胸甲穿在宽阔的胸上时说，这件衣服太合适了。他并未这样就算了，应他的要求，因法杜斯拿给他一套这地方的军服。指挥官的豹皮斗篷穿在了他身上，额头上多了黑色鸵鸟羽毛，还在腰间围上了好看的白色牛尾短围裙。浅色口套鞋穿上脚，用山羊毛做的腿饰，配带上一把带犀牛角柄的巨大战斧，包着白牛皮的圆铁盾牌，一些的飞刀，这就是他的全套武装。这身着装只有高级将领才可以穿戴。但是，他还多了一把左轮手枪。然显，整个一蛮人装扮，不一会儿我必须得说，亨利爵士的这套装束非常棒，尽可能地地展示了他的好身材，我从来没有看过他如此好看的打扮。不一会儿伊格诺希来了，他们穿着同样的装束。我心里想，以前从未看过两个如此出色的人。

而我和古德，我们不适合穿盔甲。开始，古德坚持要把刚找到的裤子穿上，他身材矮小，戴着眼镜，没刮完的脸，把一条破旧的灯芯绒裤子塞进护胸甲，与其说是说令人难忘，不如说引人注目。至于我，这个护胸甲太大了，我在所有的衣服外面套上它，很鼓，显得有些不好看。我没穿裤子，仅穿着短生皮靴，打算光着腿上战场，要是有必要，好快点撤退。盔甲、长矛、对我来说没用的盾牌，两把飞刀、一支左轮手枪外加一个大羽毛，为了达到看起来很残忍的效果，我把羽毛插到了猎帽顶上，我的全部装备就这样。除了统带东西，当然步枪是少不了的，可是已没有多少弹药了。如果冲锋，它也许用不上，我们让人带着枪在后面跟着。

整理完毕，我们快速吃了些食物，接着出去看看事情有何发展。在山顶一块平地堆着一堆跟小山似的的褐色石头，这不但能做指挥台，也能做指挥塔。我们看见因法杜斯呆在军团当中，那支灰色军队肯定是库库安纳最好的军队，和我们原来在边远村庄所看见的是同一支军队。这支军队大约有 3500 人，正在准备作战，整齐地趴在草丛中，看着国王的军队如同蚂蚁一样从鲁欧爬出来。这只军队人马众多，列成三队，好像出不完，每一队至少有 1．1 万到 1．2 万人。

他们刚离开城镇，就整理好队伍，列成三队前进。右边一队，左边一队，另一队则渐渐逼向我们。

“不好，”因法杜斯说，“敌人要从三个方向攻打我们。”

看来这个消息相当的不好，因为我们在山的最上面，方圆有一英里，尽量集中较小的防卫范围特别重要。可是因为判断不了敌人进攻的方向，我们只好充分利用这个地势。所以，我们下令给各个军队，准备分头出击。

第十三章 进攻

特瓦拉的三支军队慢条斯理地渐渐逼近我们。大概离我们500码时，作为主力的中间那队停在了山的入口处，给其他两支军队足够时间，好包围我方。山有点像马掌，两边伸向鲁欧镇，没错他们是要三面一起进行进攻。

“唉，要是有格林机关枪，”古德边看着山下的密集方阵边叹气说“我将在20分钟内扫平他们。”

“可是没有，所以别在那抱怨了。可是夸特曼，你试试打一枪，”亨利爵士说，“看你能否接近那个高个子，他显然好像是指挥官。你在5码之内会打中他的。”

我被这句话伤了自尊心，所以我把快枪的子弹装上，为了更清楚地看到他的方位，我等那个军官又近了10码，此刻只有一个勤务兵在他身边。我趴下来，把快枪倚在一块岩石上，向他瞄准。步枪与其他的快枪没什么两样，最远只射到350码，考虑到落弹点，我向他脖子的下半部分瞄准，这样一来，我想应该能打中他的胸。他站在那里没有动，这个机会可是非常的好。可是也许是因为太兴奋，再不就是风的原因，也许这个人离得还不够远，我不知道，就这样事情发生了。我自以为已经瞄准，所以扣下了板机，一阵烟雾过后，让我没想到是，那个军官没有死，可是在他左边至少三步外的那个勤务兵却躺在了地上，明显已经死了。那个被我瞄准的指挥官快速转过身，又惊又怕的跑回部队。

“真好，夸特曼，”古德大声说，“他已经被你吓坏了。”

我对这很生气，实际上本来不会有这样的失误，我最不喜欢的就是在众人面前失手。一个人会一种技术，就爱在这种技术上保持着荣誉，这是常理。稍微没了失败的情绪之后，我做了一件莽撞的事儿，快速向奔跑中的指挥官瞄准，又开了一枪，那个可怜的人伸出胳膊，仰面倒下。这回我打中了。我得说，此事证明了当别人怀疑自己的安全、荣誉或尊严时，我们一般不考虑对别人的影响。我太不仁慈了，看到如此的场面还这么高兴。

看到此景的一些军队因为白人的法术而非常高兴，他们认为这是胜利的预兆，至于那个指挥官带领的军队——我们后来证实他是个指挥官没错——对此次突袭吓了一跳，立刻乱作一团，渐渐溃退。亨利爵士和古德也开始射击，古德又用温切斯特连发步枪不停地扫射他前面密集的人群，我也开了两枪。我们推断，大概有6个到8个士兵在没来得及跑出射程时被打死。

在停止射击的同时，从右边的远处有不详的吼叫声传来，左边也有相同的厮杀声传来，其实两个军队左右两边围过来，向我们开始进攻。

这时，我们前面的人群冲破了一小块，不断地向山坡上平坦的草地上迅速前进，边跑边唱着低调的歌。每当他们靠近，我们就有规律地打几枪。伊格诺希有时也开几枪，打死几个人，可是对于气势汹汹的武装部队，我们放的这几枪根本起不了作用，一定不会有什么大的影响。

他们边喊边冲，此时他们已经到了我们山脚下岩石间的前哨地。从那会起，他们前进的速度没原来快了，因为即使我们并没有太多防备在那，但是要进攻就必须爬上山，不能快进，好节省力气。半山腰有我们的第一道防线，第二道防线在50码以上，而平原边缘则是第三道防线。

他们边爬边大声叫着战争口号，“为特瓦拉而战！为特瓦拉而战！杀啊！杀啊！”“为伊格诺希而战！为伊格诺希而战！杀啊！杀啊！”

我们的人答道。他们此时离得很近，飞刀来回穿梭，战斗随着可怕的嚎叫声越来越近了。

战斗的士兵奋力作战，倒下去的伤员犹如秋风中的片片落叶，然而不一会，敌军的优势渐渐明显起来，他们慢慢逼退了我们的第一道防线，第二道防线也进入战斗。此时，战斗非常激烈，可是我们的人打不过，敌人再一次冲了上去，最后，战斗了20分钟，我们的第三道防线也进入了战斗。

此刻，进攻的敌人都非常的累了，并且伤亡很多，企图突破我们坚固的第三道防线是不可能的了。两方战士在激烈的战争中进进退退，反反复复，暂时根本看不出结果。亨利爵士满眼怒火，看着这场激烈的战斗，什么话都没说就冲下山，古德也是如此跟着向山下冲去，加入到这场不是你死就是我亡的肉搏战中。而我，依旧站在原地没有动。

战士们看到他那高大的身影与他们一同作战，都大声叫："大象来了！大象来了！冲啊！杀啊！"

从那一刻开始，结果明显了。英勇的战士把进攻的敌人一步步逼下山，最后敌军已经溃不成军。同一时间，信号兵过来报告左边已成功地把敌人击退，我开始高兴，觉得事情到现在总算要完了。可是令人惊恐的是，右边的防线，我们的人已被迫向我们这边靠拢，紧随其后的是大批敌人，很明显敌军攻破了右侧的防线。

站在我旁边的伊格诺希，看到此景，意识到问题很严重，立刻下了一条命令，马上，我们四周的预备队灰军向周围散开，作好战斗的准备，抵挡攻破右侧的敌人。

伊格诺希又一次地下了命令，大人们听从他的指示指挥军队，这一刻，我发现我已经进入了一场对来犯敌军的猛烈进攻之中。我尽可能的躲在伊格诺希的背后，在被杀的人群中跌跌撞撞。不久，撤退的敌人在我们身后立刻整队，我想我肯定不知道发生了何事。我记着耳边传来可怕的隆隆声。突然，一个凶神恶杀的身影冲向我，那个人充血的眼睛似乎要蹦出来，手中拿着一根带血的长矛刺向我。许多人这时都会不知怎么办，可是让我自豪的是我很机灵。这一刻，要是我站在原地不动的话，我死定了，所以，就是那个可怕的身影冲过来时，说时迟，那时快，我灵敏地就地一滚，在他停下来之前在背后向他开了一枪。

没一会儿，不知道被谁猛敲了一下我的脑袋，接下来的事情我就不知道了。

我清醒的时候，发现我回到了小山，在地上躺着，古德俯下身，用葫芦喂给我水。

“感觉如何，老伙计?”他焦急地问。

我坐起来，晃了一下头，说：“还好，谢谢你。”

“感谢老天！看到你被他们抬进来那会，我差点晕倒，我以为你死了呢。”

“兄弟，没那么容易死。我想我只是被人敲了一下脑袋，我被这一下打傻了，结果如何?”

“没有多久，我们把三边的敌军都击退了，人员死伤很多，我们牺牲了2000人，他们差不多也死了3000人。看，看那边”，他向长长的四人一组的队伍指去。

每一组中，都有一个像盘子东西，库库安纳人都是携带这样两头有柄的一些盘子，即担架。很多伤员躺在这些担架上，一抬过来，医生就立刻进行检查，每个军队里通常配有十个军医。假如不是伤得很厉害，则被抬到允许的环境里接受细心的照料。然而，如果伤得很厉害，没有治好的希望，以后的事情就很残忍，可是有时也只有如此。一个医生装作要给伤员治疗，会把锋利的刀子突然插入病人的动脉，很快，伤员就一点痛苦也没有地死了。那天，这样的事情不断地发生。其实，很多伤口都是这么办的，因为库库安纳人长矛刺出的大的伤口好不了。很多时候，可怜的伤员已经失去意识的昏迷状态，另外切这种致命的动脉伤口特别快，所以他们看上去一点都不痛苦，意识还没有恢复，就死了。可是场面依旧十分可怕，每当看到有人幸免时，我们都特别高兴。其实，我不记得有比看到这些英勇的士兵被医生染血的双手送走更让我震憾的事了，对我的影响更深。不过也有例外，那就是我看到斯威士人活埋医治不好的伤员。

急忙离开这可怕的战场，我们在离小山很远那边找见了亨利爵士，他还拿着一把鲜血淋漓的战斧，伊格诺希、因法杜斯以及一两个大人正在研究下一步的作战计划。

“感谢苍天，你来了，夸特曼！我不明白伊格诺希要干嘛。虽然我们击败了敌人的进攻，但特瓦拉正调集大批的援军，看上去要包围我们，要让我在山上活活饿死。”

“那就麻烦了。”

“嗯，因法杜斯说快要没水喝了。”

“我的主啊，没错，”因法杜斯说，“泉水不够这么多人饮用，水位在快速下降，天黑之前，我们就会没水喝。听着，马楚马乍恩，你非常聪明，毫无疑问你一定见过不少战争——确切地说那是星星上的战争。你说接下来我们要做什么？特瓦拉集结不少援兵，他已经受到了教训，鹰不会去袭击准备好的苍鹭的窠。可是他的胸部已被我们的嘴刺伤了，他不会再向我们发起进攻了。我们也都受伤了，他会等着我们死去。他要包围我们，像一条蛇缠绕公羊一样，打一场只是包围而不攻击的围困战。”

“我听你的。”我说。

“好的，马楚马乍恩，你看我们这断水了，可是还有少量食物，我们有三条路可走，一定要选择一个——不是像饿狮子一样在洞穴里困死，一个是从北方突击，全力杀开一条血路，最后一个”——他站起来，指着众多的敌军队伍——“直接进攻特瓦拉的喉咙。因楚布，英勇的人，今天战场上的他像一头野牛，特瓦拉的士兵被他的战斧轻易的打倒，我亲眼目睹，因楚布大喊‘冲啊’，可是大象爱冲锋。那么说马楚马乍恩那些呢？老狐狸一样，总是爱观察，接着在敌人背后来一口。最后是伊格诺希国王，由于国王有决定战争的权力。可是让大家听听你以及那个透明眼睛的人的声音，尊敬的马楚马乍恩，那晚看得最多的是你。”

“伊格诺希，你觉得怎么样？”我问。

“不，我的主人，”我以前的仆人说，此时他身穿原始战争中勇士的衣服，似一位勇猛的国王，“你请吧，在智慧的您面前，我仅仅是一个什么都不懂的小孩子，把你的意见说给我听吧。”

然后我和古德、亨利爵士匆匆地商讨了一下，然后简要地说了说。我们的意思这样：按目前我们缺少水源的情况来看，最好的出路就是主动进攻，对特瓦拉进行出击。紧接着我建议立刻进攻，“在我们的伤口没硬前”就开始。因为让士兵看到敌军压上的话，士兵的心“会像在火炉上慢慢变小的烤肥肉”。还有，我指出，要是时间太长，部分士兵可能会换主，与特瓦拉进行议和，甚至会归顺他们。

从总体来看，这个建议好像大家都同意了，实际上，在库库安纳，我的意见得到了从来未曾有过的尊重。可是真正作最后决定的还是伊格诺希，自从大家承认他是国王，就在用王国最高的权力，当然包括重大军事在内的决定权，这会，大家看着他。

他深思一会后终于开始说话了：

“英勇的白人们因楚布、马楚马乍恩以及布格万，我的伙伴，我的叔叔因法杜斯和大人们，我决定，今天就进攻特瓦拉，这次攻击和我的命运、我的生命，以及大家的生命，咱们的命运连在一起。听着，就这么定了，今天开始进攻。你们看到这座山怎样弯成半月形吗，这个平原怎样同绿色的舌头一样伸进山里吗？”

“我们看到了，”我答道。

“好，此时是正午，大战以后，疲惫的战士需要吃饭、休息。傍晚时，我的叔叔，带领你的军队和另外一支军队去山下绿岬。那会，特瓦拉肯定会重兵进攻。可是那个绿岬很狭窄，敌军每次只能上来一个敌人，所以能把他们一一击溃。全部特瓦拉的军队都可以看见这场战斗，原来从没有人看到这样的战斗。我的叔叔和我的朋友因楚布一同去。当因楚布的战争在“灰军”的第一线上闪耀被特瓦拉看到，他的心也许会变弱。我将带上第二个军团，跟在你们后面，要是你们打不过敌人被消灭，还有一个国王在这接着战斗，我与聪明的马楚马乍恩一起去。”

“不错，国王，”因法杜斯说，可以看出他对于全军覆灭的可能表现得特别镇定。说真的，这些库库安纳人非常了不起，执行任务时，他们对死从未表现出害怕。

“特瓦拉多数士兵正目睹这场战争，”伊格诺希接着说，“看，把我们其余的战士的三分之一从右边下山，到特瓦拉左边。还有三分之一从左边下山到特瓦拉的右侧，我和最后的三分之一正面进攻特瓦拉。幸运的话白天就胜利了，天黑之前我们将平安地坐在鲁欧了。因法杜斯，快点准备吧，严格按计划执行，让我的白人父亲布格万同右侧人马下山，因为他闪光的眼睛能鼓舞士兵的士气。”

接着，完美的进攻计划马上行动起来，没用一个多小时，食物就平均发给了士兵，战士们狼吞虎咽吃完了。接下来，我们军队兵分三路，跟大人们解释了进攻策略，不算照顾伤员的人，剩下的1．8万人准备出发。

过了一会，古德向亨利爵士和我走来。

“再见，朋友们，”他说，“依照计划我到右边，因此我过来和你们告别一下，万一我们再见不到面了，你们知道，”他意味深长地说。

大家默默地握了手，没有像盎格鲁撒克逊人表现出情感。

“奇怪了，”亨利爵士说，他有点发抖地说，“我承认我从未期待我能活到明天。据我所知，我要跟从的灰军，为了可以使两翼安全地下山，并从旁边包围特瓦拉，要战斗到最后。唉，算了，人难免一死。再见，老朋友，上帝保佑你！我希望这一关你能闯过，活着戴上钻石。如果真可以这样，不要忘记我的忠告，做人要知足，不能贪心。”

然后古德紧紧地握了握我们的手，转身走了，因法杜斯带亨利爵士到了灰军最前线。这时，我也很担心地与伊格诺希分别，去了第二路进攻队伍。

第十四章 重逢

这时我们碰到了这奇异旅程中最是戏剧性的一幕，的确让我们觉得这世界真是奇妙无比。

我顺着小溪在他俩前面悄悄地走着。溪水流出绿洲，逐渐又被干涸的沙漠吞噬。此刻我猛地停了下来，用力揉了揉眼睛。在我面前不到20码开外的地方，有人用树枝和干草做了个小屋。草屋躲在一大片无花果的树荫下面，正对着溪水，惬意得很。它的形状有点像卡菲尔的窝棚，不过门洞被改成了正常尺寸。

“这种地方为何会有间草屋?”我自言自语说。话音未落，草屋的门开了，从屋里一瘸一拐地走出一个白人来。他身披兽皮，一脸浓黑的大胡子。我觉得我一定是被太阳射花了眼。这不可能，没有猎人会来到这种地方来，更别说在这长住下来了。我们大家都盯着他看了又看，此刻亨利爵士和古德走了上来。

“兄弟们，瞧那儿!”我说，“看到那个白人了吗?还是我在做梦?”

亨利爵士望着他看，古德也望着他看，突然间那个瘸腿大胡子的白人发出一声长嚎，然后跌跌撞撞地朝我们冲过来。要到跟前的时候，他仿佛晕了似的一头摔倒在地上。

亨利一步迈到他跟前。

“上帝啊!”他高声叫道，“是我弟弟乔治!”

听到这声音，从草屋里又走出个披着兽皮的人，他拿着枪冲我们奔过来。一看到我，他也大叫出来。

“马楚马乍恩，”他叫着，“你不认识我了吗，先生？我是猎人吉姆呀！我搞丢了你写给主人的信。我们困在此处都已经两年啦。”说着那家伙一下趴在我脚下，在地上兴奋得直打滚。

“你这蠢货！”我说，“应当拿皮鞭好好打你一顿！”

此刻，大胡子男人醒了，他坐起身来，双手跟亨利紧紧地握在一起，兴奋得一句话也说不出来。不管他们之前有过怎样的争执——我猜测是为了一个女人，但是我从来没问过——现在全都忘得一干二净了。

“老兄弟，”亨利终于张口说话了，“我还以为你死了。我越过了所罗门山脉来找你，到后来都已经不抱一点儿希望了，没想到还可能在这沙漠里遇见你，真是一场奇遇阿！”

“大概两年前，我本来也想要穿过所罗门山脉，”乔治回答，他好久没机会说话，说话断断续续、磕磕巴巴，“不过走到这里时被一块大石头碰断了腿，进也无法，退也不行，只好窝在这里。”

我走上前去，对他说：“你好啊，乔治，还认识我吗？”

“啊，这不是猎人夸特曼吗，呃，这是古德？等一等，兄弟们，我又开始晕了。这一切都太奇怪了，对于一个完全绝望的人来说，这是多么令人兴奋的事啊！”

那天晚上，我们围着篝火，乔治对我们讲述了他的故事。他的经历和我们相同，波澜迭荡。长话短说，大约是这么个情况：大概两年前，他离开希坦达部落，朝所罗门山进发。我让吉姆捎给他的信被弄丢了，他到现在也不知道有信这么一回事儿。不过，根据他从土著人那儿得来的消信，他没有去示巴女王乳峰，而是朝着我们刚刚下来的梯状山坡而来，这条路明显比多姆·西尔维斯特拉地图上标记的那条路要好走得多。他和吉姆在沙漠中遇到了千难万险，最后终于抵达了这片绿洲。但这时乔治·柯蒂斯却遇到了一场恐怖的意外。他们到达的那天，乔治坐在溪边歇息，而吉姆则在他上方不远处的溪边采蜂蜜。这时他踩松了一块大石头，那石头掉下来砸中了乔治，把他的右腿砸断了。从那天起乔治就变成了瘸子，既无法继续进发，也无法原路返回，最后他们打算在绿洲里住下来，因为这样好歹还有一点生机，若是返回沙漠，则必死无疑。

然后，他们倒不用发愁食物。他们来的时候带了充足的弹药，绿洲时常有大群的野生动物来寻找水源，特别是在晚上。他们开枪射杀，亦或挖陷阱捕猎。肉用来当吃的，他们的衣服穿坏后，就穿兽皮。

乔治最后说道："如此，我们在这里熬了快两年，过着鲁滨逊与星期五的生活，盼望着哪天会有土著人过来领我们离开，可是到现在没人来过。昨天我们刚作了打算，由吉姆独自去希坦达部落求助。他原定明天出发，但是我实在是没指望他能再回来。我原以为你早把我忘了，自己在英国过着舒服日子，可你竟找到这儿来了。对我来说犹如是喜从天降，你也没想到会在这儿见到我吧！这确属这世上最奇妙的事情了，可以说是奇迹啊！"

亨利接下了话茬，把我们此次冒险中的重要情节讲给他听，一直说到后半夜。

"我的天！"乔治看见我拿出的钻石惊呼了起来，"除了发现我这个一钱不值的人，你们的千难万险至少还是有所获的。"

亨利笑了起来："它们归夸特曼与古德。我们一开始就说好了，所得的钻石归他们两个人分。"

这话勾起了我的沉思。跟古德协商之后，我告诉亨利我们决定跟他一起平分这些钻石。假若他不接受，就把他的那一份交给他的弟弟乔治，毕竟乔治为了寻找这些宝藏，比我们吃了更多的苦。最后我们说服亨利接纳了这个建议，不过乔治是后来才了解这些的。

故事到这儿该结束了。我们历经艰难终于穿越沙漠返回了希坦达。一路上为了照料乔治可真是费尽了周折，他右腿的状况非常糟糕，还不停地露出些碎骨。总之我们终于是回来了，一路上的详情和之前所讲的基本上相似。

重返希坦达后，我们取回了寄存在那儿的枪枝和货物，它们仍旧安然无恙，但愿看管它们的仆人看到我们活着回来拿货，却显得十二分的不高兴。六个月后，在德班附近的伯利亚，我又在我的小窝里安静地写着这些故事。在那儿，我送走了我的朋友们，他们伴随我走过了我漫长丰富的经历中最奇妙的一段旅程。

又：我刚落笔完成最后一个字，一个土著人从邮局给我带来了一封信，是亨利写来的，这里我全文照录。

1884年10月1日

约克郡布莱雷公馆

亲爱的夸特曼：

我们三个人——乔治、古德和我都已经顺利抵达英国。我们在南安普顿下船进了城。第二天，古德剃掉了胡须，穿了一件非常合体的长大衣，又配了副新眼镜，你真该来看看他这潇洒的样子。我和他一起去了公园，在那碰见几个熟人，我马上把古德“美丽的白腿”的故事告诉了他们。

这事之后被某个好事者在报上发表出来，把古德气得暴跳如雷。

现在再说正事。我和古德依照原计划把那些钻石拿去珠宝店估价。你绝对猜不到他们出价有多高，真是太不可思议了。按照他们所知，这样高品质的钻石还一直没在市场上流通过，所以具体值多少钱他们也不清楚，只能凭猜测。别说那一两颗最大的，就连其它小钻石也都能跟最好的巴西钻石相媲美。我问了他们是否愿意购买，但他们都说买不起。他们提议我们花上几年的时间慢慢卖出去，生怕我们搅乱了市场。但是，他们倒是愿意出十八万英镑买下其中很少的一部分。

你一定得回来一趟，夸特曼，回来搞定这些事情。还有你那三分之一的馈赠，我打算把它让给我弟弟乔治，这事更要由你亲自回来搞定。古德的状况不太乐观，他整天忙于刮胡子之类修饰仪表的琐事，浪费光阴。我想他还是忘不了福乐塔。他跟我说从打回家之后从没见过哪个女人可以及得上她，不是身材不够好就是笑容不够甜。

老朋友，我还是盼望你能回来，在这旁边买幢房子。你的工作已经完成，而且也攒了不少钱了，这附近恰好有处房子要出卖，我想可能会合你的意。

你必须得回来，越快越好。你也可在来这儿的船上完成剩下的故事。你完成之前我们都没敢谈论这些冒险故事，害怕人们不相信。如果你一收到信就出发的话，圣诞节前差不多能够抵达，我一定会热情款待。古德和乔治也会过来。借此说一下，你的宝贝儿子海瑞也在这呢（也算是对你的小小贿赂）。我已经跟他打了一个礼拜的猎，我非常喜欢这孩子。他打伤了我的腿，又替我拿出了子弹，之后大肆鼓吹在狩猎的队伍里带一名医生是多么的有用！

再见，我的老朋友，信上就不多说了。请必须回来。

你真挚的朋友，

亨利·科蒂斯

又及：杀死科瓦拉的那头大象的象牙目前挂在我的客厅里，下面悬着你送给我的牛角，看起来特别气派。那柄砍下特瓦拉脑袋的斧子摆在了我写字台的上方。如果能把那身铠甲带回来就更加完美了。别把福乐塔的小篮子给搞丢了，你可是用它带回了这些钻石。

亨利·科蒂斯

今天是星期二，星期五有英国的船，我觉得我真得回去一趟，去瞧瞧我的儿子海瑞。另外还要打理本书的出版事宜，此事我可不放心让其他人办。

國家社科基金重大委托項目“《子海》整理與研究”成果

山東省社科規劃重大委托項目成果

子海精華編

主編　王承略　聶濟冬

山海經廣注

（清）吴任臣 撰　王興芬 整理

鳳凰出版社

圖書在版編目（CIP）數據

山海經廣注 / 王興芬整理. -- 南京 : 鳳凰出版社,
2018.12（2024.10重印）
（子海精華編 / 王承略，聶濟冬主編）
ISBN 978-7-5506-2916-5

Ⅰ. ①山… Ⅱ. ①王… Ⅲ. ①歷史地理－中國－古代
②《山海經》－注釋 Ⅳ. ①K928.631

中國版本圖書館CIP數據核字(2019)第039218號

書　　名	山海經廣注
著　　者	(清)吴任臣 撰　王興芬 整理
責任編輯	陳曉清
裝幀設計	徐　慧
責任監製	程明嬌
出版發行	鳳凰出版社(原江蘇古籍出版社) 發行部電話025-83223462
出版社地址	江苏省南京市中央路165號,郵編:210009
照　　排	江蘇鳳凰製版有限公司
印　　刷	唐山楠萍印務有限公司 河北省唐山市蘆臺經濟開發區場部
開　　本	890毫米×1240毫米　1/32
印　　張	10.75
字　　數	221千字
版　　次	2018年12月第1版
印　　次	2024年10月第2次印刷
標準書號	ISBN 978-7-5506-2916-5
定　　價	80.00圓

(本書凡印裝錯誤可向承印廠調换,電話:022-69381996)

國家社科基金重大委託項目“《子海》整理與研究”成果之一

《子海精華編》

工作委員會

主　　任：郭新立　樊麗明　關志鷗

副 主 任：王琪瓏　邢占軍　梁　勇　周　斌

委　　員（按姓氏筆畫排列）：

王　飛　王　偉　王君松　王學典　方　輝　杜　福

杜澤遜　李平生　吴　臻　姜小青　桑曉旻　倪培翔

孫鳳收　趙興勝　劉丕平　劉洪渭　劉森林

編纂委員會

學術顧問：安平秋　周勛初

總 編 纂：鄭傑文（首席專家）　王培源

副總編纂：王承略　劉心明

委　　員（按姓氏筆畫排列）：

于年湖　王　寧　王興芬　任增強　辛智慧　林日波

武潤婷　黄懷信　張朝富　項永琴　黑　琨　楊錦先

趙　偉　潘　超　鞏寶平　劉淑麗　魏代富

審稿專家（按姓氏筆畫排列）：

丁建軍　王洲明　吴慶峰　林開甲　周立昇　晁岳佩

唐子恒　徐有富　孫劍藝　張崇琛　鄭慶篤

執行主編：王承略　聶濟冬

執行編纂（按姓氏筆畫排列）：

王　娜　王成厚　尹思琦　曲娟娟　李　兵　李　博

宋恩來　尚　穎　柳春燕　柳湘瑜　陳肖杉　陳福盛

畢研哲　徐慧月　徐旖旎　張　偉　張雨霏　歐劍文

劉　博　劉　圓　劉迎秋　錢永棒　蘇運蕾

編　　務：張　櫻　劉　端　孫紅苑　宋曉晨　高佳蕾　李　兵

本書審稿專家：鄭慶篤

《子海精華編》出版説明

“子海”，即“子書淵海”的簡稱。“《子海》整理與研究”課題係國家社科基金重大委託項目、山東省社科規劃重大委託項目。該課題分《珍本編》、《精華編》、《研究編》、《翻譯編》四個版塊，力圖把子部珍稀文獻、精華文獻進行深層次的整理、研究和譯介，挖掘子部文獻的價值，促進子學研究的發展。

山東大學向來以文史見長。古籍整理與子學研究，是其中的傳統研究方向。“《子海》整理與研究”，是在山東大學前輩學者高亨先生積 30 年之力陸續做成的《先秦諸子研究文獻目録》的基础上，由已故著名古籍整理與研究專家董治安先生參與策劃、設計的大型綜合研究課題。課題立項後，得到了中宣部、教育部、財政部、山東省政府和山東大學的大力支持，學界同仁踴躍參與。《精華編》的整理研究團隊近 200 人，來自海内外 48 所高校和研究機構。在組織管理上，《精華編》努力探索傳統文化研究協同創新的新體制、新機制，現已呈現出活力和實效。

華夏文明是由多元文化構築而成的。中國古代子部典籍，以歷代士人個性化作品的形式，系統性地展示了華夏民族的世界觀和方法論，立體性地反映了中華民族對世界文明發展的貢獻。其中，無論是宏篇大論，還是叢殘小語，都激蕩著歷史的聲音,閃爍著智慧的光芒,構成中國古代思想、藝術、科技和生活方式的主體内容。《精華編》通過對子部最优秀的典籍的整理,一方面擷英取粹,爲華夏文明的傳播提供可靠的資源和文本;另一方面以古鑒今,爲當下社會的發展提供智力支持和精神支撑。并希望進而梳理中華傳統文化的多元結構,繼承中華優秀傳統文化的一貫文脈。

根據漢代以後子學發展和子部典籍的實際情況,參照官私目録的分類與著録,《精華編》選取先秦諸子、儒學、兵家、法家、農家、醫家、曆算、術數、藝術、雜家、小説家、譜録、釋道、類書十四個類目的要籍幾百種,編爲目録,作爲整理的依據,而在成果展現上則不出現具體的類目。爲統一體例,便於工作,《精華編》編有詳細的《整理細則》,并有簡明的《整理要則》,供整理者遵循使用。

《精華編》整理原則是,對每種子書的整理,突出學術性、資料性和創新性,力求吸納已有的整理成果,推出更具參考價值、更方便閱讀的整理文本。所採用的整理方式,大體有三種:一、部頭較大且前人未曾整理者,採用標點、校勘的方式整理;二、前人曾經標點、校勘者,或採用抽换更好或别具學術特色底本的方式整理,或採用集校、集注的方式整理,或採用校箋、疏證的方式整理,或綜合使用以上方式;三、前人已有較好的注本者,則採用集注、彙評、補正等方式整理。

《精華編》採用五次校審、遞進推動的管理程式,即:一、初校全稿。子海編纂中心組織碩、博研究生,修改文稿錯别字,規範異體字,調整格式,發現并標明校點中的不妥之處。二、初審文稿。子海編纂中心的編纂人員根據情況,解決初校時發現的問題,并判斷書稿的整體質量。三、匿名評審。聘請資深教授通審全稿,全面進行學術把關,消滅硬傷,寫出審稿意見。四、修改文稿。子海編纂中心及時把專家審稿意見反饋給整理者。整理者根據審稿意見修改,做出新文稿。五、終審文稿。待新文稿返回子海編纂中心後,總編纂作最後的學術質量把關。五步程序完成後,將文稿交付出版社。

五次校審的目的是爲了保證學術質量,提高整理水平,減少錯訛硬傷。但校書如掃塵埃落葉,隨掃隨有,《精華編》雖經多道程序嚴加把關,仍難免有錯,懇請方家不吝指教。子海編纂中心將及時總結經驗,吸取教訓,把工作做得更好,以實現課題設計的初衷。

目　録

整理説明

吴任臣是明末清初著名的學者、藏書家，他在經學、文學、史學、文字學等方面均有很高的造詣，著述頗豐。但因吴任臣生前家境清貧，又無子嗣，生前事迹、經歷、見聞、著作均無人整理刊刻，致使其生平事迹逐漸湮没不詳，著作也大多散佚不存。由於資料的不足，目前學界對吴任臣的研究成果並不很多，下面就吴任臣的生平和主要著述、《山海經廣注》的學術價值、版本等作一論述。

一

吴任臣，字志伊，一字爾器，初字徵鳴，號托園，明崇禎元年(1628)生於興化府平海衛(今福建莆田平海鎮)。吴任臣早年隨父至仁和(今浙江杭州)，此後直到康熙十八年(1679)，其主要活動以杭州爲中心。吴任臣好讀書，爲人"性和厚醇謹，不妄語，笑干謁"，[①]不喜結交權貴。在杭州生活期間，吴任臣以授徒講學爲己任，且專事著述，以文章鳴高。他的文章幽峭新雋，議論涉筆矯健，獨樹一幟，深得清"西泠

① 趙世安《仁和縣志》卷十九《人物》，清康熙二十六年(1687)刻本。

十子"之一張治的賞識。這一時期和他來往密切的除"西泠十子"之外,還有顧炎武和黄宗羲等人。據史書記載,吴任臣"志行端愨,强記博聞,爲顧炎武所推"①。顧炎武在《亭林文集》卷六《廣師》一文中就説"博聞强記,群書之府,吾不如吴任臣"。顧炎武在當時號稱淹博,与黄宗羲、王夫之並稱清初三大家,而他卻對吴任臣的博聞强記至爲傾倒,可見吴任臣學識的廣博。

吴任臣生於明代末年。清軍入關,明朝滅亡,吴任臣以明代遺民自居,摒棄科舉,以氣節砥礪。康熙在平定"三藩"之亂以後,認爲河海晏清的局面已形成,國家已基本穩定,於是決策以文理國,加强文治,推行保舉政策,招攬社會上有聲望、有地位的名儒學者和社會賢達到各級政權中。康熙十七年(1678),康熙皇帝決定開博學鴻儒,下令中央和地方"各舉所知",考選博學鴻儒。據《清史稿》卷一〇九《選舉志》記載:

> 十七年,詔曰:"自古一代之興,必有博學鴻儒,備顧問著作之選。我朝定鼎以來,崇儒重道,培養人才。四海之廣,豈無奇才碩彦、學問淵通、文藻瑰麗、追蹤前哲者?凡有學行兼優、文詞卓越之人,不論已仕、未仕,在京三品以上及科、道官,在外督、撫、布、按,各舉所知,朕親試録用。其内、外各官,果有真知灼見,在内開送吏部,在外開報督、撫,代爲題薦。"嗣膺薦人員至京,詔户部月給廪餼。

① 趙爾巽等撰《清史稿》卷四八四《文苑一》,中華書局1977年版。

康熙十八年(1679),康熙皇帝舉辦博學鴻詞科,各地都推薦人才入京應試,康熙親自考試。吴任臣作爲廪生,被推選進京,參加博學鴻儒科考試,當選,并被授以翰林院檢討。同年,康熙皇帝决定重開明史館,命鴻儒入館修明史。吴任臣因博學多才,長於天文、術數之學,通曉古文,善於算術,尤擅樂律,奉命擔任《明史》纂修官,分修《律曆志》:

> 康熙己未,《明史》開局,《曆志》爲錢塘吴任臣分修,經嘉禾徐善、北平劉獻廷、毘陵楊文言,各有增定,最後以屬黄宗羲,又以屬文鼎,摘其訛誤五十餘處,以算草、通軌補之,作《明史曆志擬稿》一卷。①

寓居京師期間,吴任臣和當時很多著名的文人學士都有過密切的來往,"吴任臣舉博學鴻儒檢討後,曾與陳維崧、毛奇齡、吴農祥、王嗣槐、徐林鴻同被邀請至大學士馮溥的府第,號稱'佳山堂六子'"②。冯溥《佳山堂诗集》中就有兩首他寫給吴任臣的贈答詩,現抄録如下:

> 涼風八月雨瀟瀟,借得蹇驢不早朝。我有銅錢三百個,與君爛醉太平橋。
>
> (《戲簡吴志伊》)

> 《十國春秋》重帝都,史才爭得似君無。三長删盡

① 《清史稿》卷五〇六《疇人一》。

② 劉文英《吴任臣生平及事迹考》,《史學史研究》2009年第3期。

龍門稿，一字矜傳西子湖。經濟從來歸博物，乾坤豈合老通儒？清時正歎冥鴻遠，廡下書成亦在吴。

（《贈六子詩·吴志伊》）

這一時期，和吴任臣有書信往來的還有曹溶。曹溶是清初著名學者，尤其通曉明史，他雖然没能參加明史的修撰，但對吴氏的史學才能甚爲推許，《靜惕堂詩集》卷四十四他寫給吴任臣的兩首詩即是明證：

博物群推晋茂先，臬分縹帛上謡天。三長在昔誰能手？四海如君尚壯年。忠佞異同璫禍日，祖宗疏密武功編。睦鄰柔遠均堪記，忌諱芟時大義全。

（《寄吴志伊二首》其一）

雪案雞窗盛網羅，況逢玉佩響鑾坡。休誇内府圖書備，乞采人間散佚多。墨海雲霞翔鐵鳳，愁山榛莽没銅駝。聖朝意在尊先烈，金石同堅字不磨。

（《寄吴志伊二首》其二）

除此之外，"清初著名學者閻若璩曾在康熙癸亥年（1683）'於京師就吴任臣志伊學曆'，師從吴任臣。閻若璩'天性好罵，於宏詞科五十人，少所許可，獨盛推吴任臣之博覽，徐勝力之強記'"①。

據《杭州府志》記載，吴任臣被授翰林院檢討后，"十年未

① 劉文英《吴任臣生平及事迹考》，《史學史研究》2009 年第 3 期。

遷”，終因操勞過度，“遇疾驟發，僵僕車中卒”①，卒年爲康熙二十八年（1689）。

二

吴任臣一生著述頗豐，在小學、史學、文學等方面均取得了很高的成就。

《字彙補》是吴任臣在小學方面的貢獻。《字彙補》成書於康熙五年（1666），卷首有康熙五年嚴沆的序以及吴任臣本人的識語。該書有康熙五年滙賢齋刻本，《續修四庫全書》經部小説類收録此刻本。

吴任臣的《字彙補》，補明代宣城梅膺祚的《字彙》，共收字12371個，是一部專門對《字彙》補遺糾誤的字書。全書共十二卷，部數、部序、注音體例均與《字彙》相同。吴任臣對《字彙》的補正包括補字、補音義、校訛三個方面。補字就是補《字彙》漏收的字。梅膺祚的《字彙》共收字33179個，吴臣遍搜典籍，增字12371個；補音義就是補《字彙》漏收的音項和義項，吴任臣鈎稽古今載籍，補其疏漏，全書增列《字彙》漏收音項、義項的單字達5525個；校訛就是糾正《字彙》的辨析之誤，吴任臣《字彙補》對《字彙》校訛的條目達269條。可以説《字彙補》在文字、音韻、訓詁方面均做出了巨大的貢獻。

當然，《字彙補》存在的欠缺也是非常明顯的。《康熙字典》凡例就批評《字彙補》説：“考校各書，補諸家之所未載，頗

---

① （清）龔嘉儁修、吴慶丘等纂《杭州府志》卷一四五《文苑二》，民國十一年（1922）印本。

稱博雅。但有《正字通》所增，仍爲補綴者，其餘則從《海篇大成》、《文房心鏡》、《五音篇海》、《龍龕手鑑》、《搜真玉鏡》等書，成字不成楷，或音義無徵，徒混心目，無當實用。”另外，《字彙補》仍然有很多漏收的字，這是因爲我國的古籍浩如烟海，以吴任臣一己之力要想把古代漢字收羅無遺當然是不可能的。除此之外，這部書在形音義的詮釋方面也存在很大的失誤。蔣禮鴻先生就説吴任臣的《字彙補》“謬誤最多”；[①]張涌泉先生在《論吴任臣〈字彙補〉》[②]一文中，把《字彙補》一書在形音義方面的缺陷概括爲六個方面，即字形之誤、注音之誤、釋義之誤、辨析失當、字義失考、正字不明。

吴任臣的史才在當時即爲人所稱道，《清史稿》卷四八四《文苑·潘耒傳》載：“當時詞科以史才稱者，朱彝尊、汪琬、吴任臣及耒爲最著。”他收集大批五代十國的史料，進行分類整理、研究，終於在康熙八年(1669)寫成了《十國春秋》。吴任臣在《十國春秋序》中對這部書的體例作了詳細的説明：“任臣以孤陋之學，思取十國人物事實而章著之，網羅典籍，爰勒一書，名曰《十國春秋》，爲本紀二十，世家二十二，列傳千二百八十二。人以國分，事以類屬。又爲《紀元》、《世系》、《地理》、《藩鎮》、《百官》五表，總一百一十四卷。雖世遠人湮，書册難考，乃鑑觀諸邦，略得而論。……書成，聊著纂述之大指如此。”這部書共計一百一十四卷，采用《舊五代史》分代成書的體例，十國各自單獨成書，是一部紀傳體的國别體史書，其中吴十四卷、南唐二十卷、前蜀十三卷、後蜀十卷、南漢九卷、

① 蔣禮鴻《懷任齋文集》，上海古籍出版社 1986 年版，第 330 頁。

② 《論吴任臣〈字彙補〉》，《中國文字研究》(第一輯)，廣西教育出版社 1999 年版。

楚十卷、吴越十三卷、閩十卷、荆南四卷、北漢五卷。各部分均有本紀、列傳，書末另有綜合十國内容的年表共五種，即十國紀元表一卷、十國世系表一卷、十國地理表二卷、十國藩鎮表一卷、十國百官表一卷。這部書在正文之外，還采用小注的形式穿插了大量的史料，這些史料有的是備異聞，資考證；有的則辯駁舊史之謬誤，對正文起到了很好的補充作用。

吴任臣的《十國春秋》，因爲能廣采博取，赢得了清代學者的高度贊許。洪吉亮在《北江詩話》卷一中説："吴任臣撰《十國春秋》，搜采極博。"紀昀《四庫全書總目提要》在《十國春秋》的提要中也説："任臣以歐陽修作《五代史》，於十國仿《晋書》例爲載記，每略而不詳，乃采諸霸史、雜史以及小説家言，並證以正史，匯成是書。"除此之外，王鳴盛《十七史商榷》卷八九云："此書（《十國春秋》）佳處在表，《地理表》與歐陽氏《職方考》參觀，則五代十國全局如見。至十國之官制，雖大抵沿唐，而一時增改，亦已紛宂不可爬梳，任臣作《百官表》甚備考覽，尤其妙者也。"以博覽群書、評論以苛刻著稱的李慈銘在他的《越縵堂讀書記》光緒癸未（1883）三月十九日的日記中也説："此書三過閲矣，丙辰（1856）讀之尤細，甚薄其體載之疏；至壬申（1872）復閲，始嘆其博不可及也。"

《十國春秋》成書於康熙八年（1669），大約在康熙年間付梓於世。乾隆五十三年（1788）四月，少霞周昂重又根據初版刻印，并對書中若干文字作了改動，同時周昂窮其平生披閲廣搜所及，隨筆札記，得到有關史事三百餘條，輯爲《拾遺》、《備考》兩卷，附於其後，作爲《十國春秋》一書的第一百一十五卷和一百一十六卷。《欽定四庫全書》和《欽定四庫全書薈要》均收録《十國春秋》。1983 年中華書局出版《十國春秋》

校點本，點校者徐敏霞、周瑩依據新舊《五代史》、《資治通鑑》、《南唐書》、《九國志》、《宋史》等史籍，對該書進行了校訂和標點，并對書中人名作了索引，便於查閱。2010年中華書局出版“中國史學基本典籍叢刊”，吴任臣的《十國春秋》也被收録其中。

吴任臣還著有《周禮大義》、《禮通》、《春秋正朔考辨》、《山海經廣注》、《托園詩文集》等。又，康熙五年嚴沆在《字彙補序》中說：“志伊於書無所不讀，所著有《禮通》、《曆原》、《律原》諸書，其《山海經廣注》、《春秋正朔考》與此最先告竣，世人觀此書，足以徵其學矣。”由此可見，吴任臣也曾著《曆原》、《律原》等。這些著述從經學、史學、考辨學、詩文等多方面體現了吴任臣淵博的學識和深厚的功底，只可惜除《字彙補》、《十國春秋》、《山海經廣注》之外，其餘均已散佚不傳。

三

《山海經》是我國第一部地理書。自成書以來，就以其獨特的神秘性，吸引着歷代學人孜孜不倦地探索研究。晉代的郭璞是第一個爲《山海經》做注的人，他著有《山海經注》（十八卷）、《山海經圖像贊》（二卷）、《山海經音》（二卷），共二十二卷。郭璞在爲《山海經》作注時，注意從文字、訓詁入手，善於考證，同時還廣泛徵引古籍來證實自己的見解。邢昺對此有很高的評價，他說：“郭氏之注，多采經紀……博觀群言。”概括而論，他徵引的古籍主要有《莊子》、《尸子》、《尚書》、《竹書紀年》、《詩含神霧》、《爾雅》、《方言》、《廣雅》等。郭璞在訓詁的過程中對一些詞義不明的地方，以“未詳”或“未聞”存疑，態度非常嚴謹，具有很高的參考價值。《四庫全書總目·山海經注提要》就説："璞時去漢未遠，……所見尚多古本，故所聞多可據，後人雖迭爲補正，然弘綱大旨，終不出其範圍。"郭璞之後，明清之前，對《山海經》注釋、解義、考據的學者不是很多。明清時期，迎來了《山海經》研究的繁榮時期。這一時期十分重視古籍的整理校勘，出現了大批學者或考據、或注釋、或校勘、或繪圖。概括而言，這一時期《山海經》的注本主要有（明）王崇慶《山海經釋義》（十八卷）、（明）楊慎《山海經補注》（一卷）、（明）胡文焕《山海經圖》（共一百三十三幅圖）、（明）吴琯校《山海經》、（清）吴任臣《山海經廣注》（十八卷）、（清）王念孫《山海經校注》、（清）畢沅《山海經新校正》（十八卷）、（清）郝懿行《山海經箋疏》（十八卷）等。

吴任臣的《山海經廣注》成書於康熙五年（1666），作爲清代第一部《山海經》注本，上承郭璞《山海經注》，下啓畢沅《山海經新校正》、郝懿行《山海經箋疏》等，具有非常重要的學術價值。紀昀在《四庫全書總目·山海經廣注提要》中説："是書因郭璞《山海經注》而補之，故曰廣注。於名物訓詁，山川道里，皆有所訂正。"由此可見，吴任臣的《廣注》繼承了郭璞以來的學術傳統，是在郭注的基礎上對《山海經》進一步擴展性的注解。具體而言，吴任臣的《廣注》有以下兩個方面的成就：

第一，吴任臣的《廣注》擴大了注釋範圍。郭注主要集中在對《山海經》的校勘、釋詞、注音、辨字以及名物注解等方面。但他對一些名物的注解較爲簡單，這一方面反映了魏晋時期古書注解追求簡明的總體特點，另一方面也是因爲郭璞生活在距離漢代較近的晋朝，《山海經》中的一些名物這一時期人們還比較容易識別,所以没必要作進一步的考辨和説明。然而經過一千多年,到吴任臣生活的清代,《山海經》中很多在晋朝人眼裏不需要注解的事物,就很難理解了。《廣注》對郭璞注的擴展性注解主要表現在以下幾個方面:

首先,吴任臣的《廣注》在郭注的基礎上,對郭璞没有考辨、注解的名物盡可能做了注解。比如《山海經》卷一在"《南山經》之首曰䧿山,其首曰招摇之山"一句中,郭璞對"䧿山"和"招摇之山"都未做注,吴任臣則一一作了注解,他在"《南山經》之首曰䧿山"下作注曰:

> 今本作鵲,《三才圖會》有鵲山之神,即此山也。又濟南汝寧、太原順德皆有鵲山。《搜神記》"仲子隱於鵲山",蓋濟南鵲山。《通鑑》:"李世民與竇建德戰,西薄汜水,南屬鵲山。"汝寧鵲山也,非此。

又比如在"苕水出於其陰,北流注於具區"兩句中,郭璞對"苕水"和"具區"也未作注,而吴任臣的《廣注》則做了詳細的注解,他在"苕水出於其陰"句下注曰:"苕水有兩源,一源出天目山,一源自獨松嶺,合浮玉山水。"在"北流注於具區"句下作注曰:

> 《水經注》曰:"謝康樂云《山海經》'浮玉之山在句餘東',便是句餘縣之東山,乃應入海。"具區今在餘姚鳥道山北,何由北望具區也?言洞庭南口有羅浮山,高三千六百丈。會稽山宜直湖南,又有山陰溪水入焉。山陰縣

西四十里有二溪，東溪廣一丈九尺，冬暖夏冷；西溪廣三丈五尺，冬冷夏暖。二溪北出行三里至徐村合成一溪，廣五丈餘，而温凉又雜。蓋《山海經》所謂茗水也。《北經》"羅浮山而下注於太湖"，故言出其陰入於具區。謝言山水微，與今時不合，未足據也。

這樣的注解，在《廣注》中隨處可見，就前文所舉卷一而言，除上文所舉幾例外，還有諸如迷穀、黄金、猨翼之山、鹿蜀、鴸、鴛鴦、郡縣、浮玉之山、彘、丹穴之山、白猿、雞山、顒、禺稾之山、南禺之山等，不再一一列舉。

其次，除對郭璞未作注的名物進行考辨注解之外，吴任臣也對郭璞注中比較簡單的注解做了進一步的補充。仍以卷一爲例，如在"又東四百里曰虖勺之山，其上多梓、枏"句下，郭注曰："梓，山楸也。枏，大木，葉似桑。今作楠，音南。《爾雅》以爲'枏'。"吴任臣作進一步補充注解説：

梓有數種，木理白者爲梓，赤者爲楸。楸之小者爲榎，梓之美者爲椅。《尸子》曰："荆有長松、文椅，又有鼠梓，一名楰，亦楸屬。"《詩》曰："北山有楰。"蓋指此也。枏木，其樹直，上若幢蓋之狀，生南方，黔蜀尤多。

又比如在"其下多荆、杞"句下，郭注曰："杞，柏杞也，子赤。"可以看出，郭注只是對"杞"字進行了注解，吴任臣的《廣注》則更爲全面：

荆有紫荆、白荆、金荆、牡荆、蔓荆之名。蘇頌云：

“有青、白二種，青者爲荆，白者爲楛。”《春秋運斗樞》云：“玉衡星散，而爲荆杞。”一名苦杞，其根名地骨皮。《爾雅》云：“杞，枸檵。”《小雅》云：“集於苞杞。”即枸杞也。或曰無刺者爲荆杞，有刺者爲枸杞。

再次，吴任臣的《廣注》還對郭注中的“未詳”或“未聞”盡可能地做了注解。如《山海經》卷二“其陽多瑶琈之玉”句下，郭注曰：“瑶琈，玉名，所未詳也。瑶浮兩音。”吴任臣的《廣注》則做注解曰：

虞汝明《古琴疏》：“鄒屠氏以瑶碧之梓爲琴，飾以瑶琈寶玉，即名曰瑶琈。”又《洪武正韻》：“瑶，音摴蒲之摴。”又楊氏《玉名詁》曰：“琈，玉采也。”

又如卷五“北五十二里曰合穀之山，是多薝棘”句下郭璞對“薝棘”作注曰：“未詳。音瞻。”吴任臣的《廣注》則曰：

薝棘，木名。一音膽。《説文》云：“金穀多薝棘。”又《篇海》引《經》作“爾穀山”。

第二，吴任臣的《廣注》堅持嚴謹的科學態度，對郭注中一些明顯的錯誤，做了明確的分析注解，如卷一“又東三百七十里曰杻陽之山，其陽多赤金”句下，郭璞注“赤金”曰：“銅也。”吴任臣《廣注》則曰：

《經》中銅自名赤銅。赤金者，紫磨金類。《爾雅》謂之鏐也。寇宗奭云："顆塊金，其色深赤。"又，外國五種，波斯紫磨金、林邑赤金。後陶氏亦以赤金爲銅，蓋本郭之誤。

又如卷二"有草焉，其葉如蕙"句下，郭璞注"蕙"曰："蕙，香草，蘭屬也。或以爲薰葉，失之。音惠。"吴任臣《廣注》認爲這一解釋有誤：

蕙草即零陵香也。亦謂之薰草。《離騷》云："余既滋蘭之九畹兮，又樹蕙之百畝。"又云："既替余以蕙纕兮，又申之以攬茝。"蓋蘭爲蘭草，蕙爲薰葉也。張揖《廣雅》云："鹵，薰也，其葉謂之蕙。"《廣志》云："蕙草緑葉紫花。魏武以爲香，燒之，葉可代香。"非今之蘭，審矣。鄭樵曰："蕙即零陵香，後人因不識蘭草、蘭花原爲二種，遂以一幹一花者爲蘭，一幹數花者爲蕙，號曰蕙蘭。"朱子《楚詞辨證》曰："今蘭蕙但花香而葉乃無氣，質弱易萎，不可刈佩。必非古人所指。"然則今似茅而花有兩種者，非古蘭蕙，明甚。郭謂蕙非薰葉，其亦誤以蕙蘭爲蕙草歟？

而對一些自己不太確定的名物，吴任臣就在注解後加上"未知孰是"、"未審是非"或"疑……"，以便後來者作進一步的考證。如卷三"其中多鯖鯖之魚"句下，郭曰："音沛。未詳，或作鯆。"吴任臣《廣注》曰：

李時珍《本草》以爲即"鯸鮐"也。與鮭同物異名。

又江豚别名鯆魚,魏武食制謂之"鮮鰤",未知孰是。

又如卷十二"蛇巫之山,上有人操杯,而東向立"句下郭璞注"杯"曰:"杯或作棓,字同。"吴任臣《廣注》則曰:

> 楊氏《古韻》曰:"杯、棓古字通,大杖也。音棒打之棒。作杯音者,非。"又林茂槐《字考》云:"璞注:'杯或作棓',乃木杖,上聲也。用修以杯作去聲,何耶?"朱晦翁曰:"《山海經》諸篇記異物飛走之類多云'東向',或作'東首',皆爲一定不易之形,疑本依圖畫而爲之,非實紀此處有此物也。"

除此之外,《廣注》也不是對郭注中"未詳"或没有注解的名物一一注解。如果這些名物在當時仍然無從考證,《廣注》不作牽強考證。如卷三"其上多松、柏,其下多棪、橿,其獸多麢羊,其鳥多蕃"句下,郭璞注"蕃"曰:"未詳。或云即鴞,音煩。"又如卷六"爰有熊羆文虎、蜼豹、離朱、視肉、籲咽"句中,"籲咽"下,郭注亦曰:"所未詳也。"這樣的例子還有很多,因爲在清初仍無法考證"蕃"、"籲咽",所以《廣注》也不再作注解。

如果將郭璞《山海經注》和吴任臣《山海經廣注》進一步對比還可以看到,郭璞與吴任臣對《山海經》的注解也深受他們所處時代學術主流思潮的影響。郭璞在釋名物、注字音、校文字的同時,他的《山海經注》也受到了魏晋時期盛行的玄學風氣的影響。比如《中山經》"帝之二女居之"句下,郭注曰:"參互其義,義即混錯,錯綜其理。理無可據,斯不然矣。"

又如《海内北經》"王子夜之尸,兩手、兩股、胸、首、齒皆斷異處"句下,郭璞注曰:"此蓋形解而神連,貌乖而氣合,合不爲密,離不爲疏。"除此之外,《海内西經》"貳負之臣曰危……系之山上木,在開題西北"句下,郭注亦曰:"意者以靈怪變化論,難以理測;物禀異氣,出於不然,不可以常運推,不可以近數揆矣。"可以看到,上述幾例注是郭璞關於義與理、形與神等的玄説;吴超《清初學術視野下的〈山海經廣注〉研究》一文對此有詳細的解釋:"晋代郭璞是最早對《山海經》進行注釋的學者。兩晋時期,玄學昌盛,郭璞受其影響,亦好五行、天文、卜筮之術,故其所注《山海經》多有神仙鬼怪之事,光怪陸離,荒誕不經。"[①]不只《山海經注》,郭璞的《山海經圖贊》也在很多地方表現了他對禀氣、義理、形神等的玄説,現舉幾例如下:

有獸無口,其名曰猏。害氣不入,厥體無間。至理之盡,出乎自然。(猏)

禀氣方殊,舛錯理微。礜石殺鼠,蠶食而肥。物性雖反,齊之一歸。(礜石)

子夜之尸,體分成七。離不爲疏,合不爲密。苟以神御,形歸於一。(王子夜之尸)

壽靡之人,靡景靡響。受氣自然,禀之無象。玄俗是微,驗之於往。(壽麻國)

① 吴超《清初學術視野下的〈山海經廣注〉研究》,《湖北民族學院學報》2012年第6期。

相比較而言,吴任臣《廣注》雖然繼承了郭璞以來的學術傳統,仍然重視對釋詞、注音、辨字以及名物的註解和考證,但由於二人所處文化背景的不同,吴任臣的《山海經廣注》則帶有明顯的清初學風的特點。"清初知識界以棄虚蹈實,注重考據爲學術風尚,這種崇實的學風規約着吴任臣在道問學的治學路徑上只能對《山海經》所涉及的'名物訓詁、山川道里'進行旁徵博引式的訂正,至於其中玄奇可怪之論,受當時學風所擯棄,自然無法再有所申發,這種校注方式實際上沿襲了郭璞開創的注釋模式,但在治學方法論上又較郭氏更趨務實。"[①]他"殫精是書,使山川方域草木禽魚,靡不考鏡同異,條貫表裏,網羅群籍,要諸明備"[②]。他的《廣注》旁徵博引,所引書目達530餘條,還在前人研究注解《山海經》的基礎上,對《山海經》進行了一次認真的輯佚工作,"所列逸文三十四條,自楊慎《丹鉛録》以下十八條,皆明代之書,所見實無別本,其爲稗販誤記,無可致疑。至應劭《漢書注》以下十四條,則或古本有異,亦頗足以廣見聞也"[③]。《山海經雜述》中所列的三十四條逸文,可以説是晋代郭璞注《山海經》後,《山海經》逸文的第一次輯佚,也可見吴任臣對明代《山海經》研究成果的繼承和發展,他的《山海經廣注》中大量引用楊慎《山海經補注》以及王崇慶《山海經釋義》的内容即是明證。

---

① 吴超《清初學術視野下的〈山海經廣注〉研究》,《湖北民族學院學報》2012年第6期。

② (清)柴紹炳撰《山海經廣注序》,乾隆五十一年(1786)金閶書業堂刻本。

③ (清)永瑢等撰《四庫全書總目》卷一四二,中華書局1965年版,第1205頁。

四

吴任臣的《山海經廣注》不僅繼承了郭璞《山海經注》的學術傳統以及明代《山海經》研究的重要成果，受清初重考據學術風氣的影響，形成了自己獨特的風格，同時還對清代學者進一步考證研究《山海經》産生了深遠影響，並直接開啓了清中葉學者考據《山海經》的新學術傳統。在吴任臣之後，畢沅的《山海經新校正》和郝懿行的《山海經箋疏》可以説是清代《山海經》研究的兩個重要的里程碑，特别是郝懿行的《山海經箋疏》，被認爲是這一時期《山海經》考證的集大成者。因此，有必要對畢沅《山海經新校正》和郝懿行《山海經箋疏》對吴任臣《廣注》的繼承與發展做一簡要論述。

畢沅的《山海經新校正》繼承了吴任臣《山海經廣注》的學術傳統，也通過大量的文獻徵引對書中的動植物産做了進一步注解，畢沅在《山海經新校正序》中説："沅不敏，役於官事，校注此書，凡閲五年，自經傳子史百家傳注類書所引無不徵也。"由此可見畢沅的用功之深，引書之廣。但與吴任臣《廣注》的長處在於徵引群書以注解動植物産不同，畢沅的《山海經新校正》則不僅廣引群書，而且更側重於對山川道里的實地考證。如《山海經》卷二《西山經》"又西六十里，曰太華之山"句下吴任臣《廣注》徵引《爾雅》、《白虎通》、《風俗通》、《河圖》、《雲笈七籤》以及《五岳圖》等來注解"太華之山"的由來；畢沅則注曰："山在今陜西華陰縣南十里。"又如"又西八十里，曰小華之山"句下吴任臣未作注，畢沅則注曰："山在今陜西華州南十里。《元和郡縣志》云：'鄭縣少華山在縣東南十里。'"對水道的注解則更顯畢沅的用功之深。孫星衍在《山海經新校正後序》中說："先生開府陝西，假節甘肅、粤，自崤函以西，玉門以外，無不親歷。又嘗勤民，灑通水利，是以《西山經》四篇、《中次五經》諸篇疏証，水道爲獨詳焉。"如《山海經》卷二"大時之山"一段中對"涔水出焉，北流注於渭。清水出焉，南流注於漢水"的注解，畢沅徵引《水經注》、《地理志》、《括地志》等書對二水的地理方位做了全面的注解，吴任臣則在"涔水"下注曰："涔水今出旱山。酈道元云：'涔水，即黄水也。'"對清水則未作注解。除此之外，畢沅在徵引群書與實地考察山川道里的過程中還補充和糾正了郭璞《山海經注》以及酈道元《水經注》的諸多不足與錯誤之處，這在他的《山海經新校正序》中有詳細的説明：

郭璞之世，所傳地理書尚多，不能遠引。今觀其注釋山水，不按道里，其有名同實異，即云今某地有某山，未知此是非。又《中山經》有牛首之山及勞澇二水，在今山西浮山縣境。而妄引長安牛首山及勞澇二水。霍山近牛首，則在平陽，而妄多引潛及羅江鞏縣之山，其疏類是。酈道元作《水經注》，乃以經傳所紀，方士舊稱，考驗此經山川名號，按其涂數，十得者六。……凡此諸條，皆郭璞所不詳，道元所未取。又沅之有功於此經者也。……以此而推，則知《山海經》非語怪之書矣。又經所言草木治疾，多足證發内經。沅雖未遠，是知非後人所及也。海外、海内經八篇，多雜劉秀校注之辭，詳求郭意，亦不能照酈道元注《水經》，多連引其文，今率細書以别之。

郝懿行的《山海經箋疏》被認爲是有清一代《山海經》注

解與考證的集大成者,成書於以小學、訓詁爲學術風尚的乾嘉時期,該書的主要成就在訓詁和考證方面。郝懿行一方面完整保留了郭璞注的内容,另一方面又兼采畢沅《新校正》和吴任臣《廣注》的長處,注釋周詳,考證嚴密,體例嚴謹。對此,郝懿行在《山海經箋疏叙》中有明確説明:“今世名家則有吴氏、畢氏。吴徵引極博、泛濫於群書;畢山水方滋,取證於耳目。二書於此經,厥功偉矣。至於辨析異同,刊正僞謬,蓋猶未暇以詳。今之所述,並采二家所長,作爲《箋疏》,箋以補注,疏以證經,卷如其舊,别爲《訂僞》一卷,附於篇末。計創通大義百餘事,是正僞文三百餘事,凡所指擿,雖頗有依據,仍用舊文,因而無改,蓋放鄭君康成注,經不敢改字之例云。”如《山海經》卷一《南山經》“有獸焉,其狀如禺而白耳”句下,吴任臣未作注,郝懿行則注曰:“《説文》云:‘猿,善援,禺屬。’又云:‘禺,猴屬。獸之愚者也。’郭注凡言‘圖’者,皆謂此經圖象然也。”又如同卷《南山經》“又東三百八十里曰猿翼之山”一段中“多蝮蟲”句下,吴任臣注曰:“《楚辭》:‘蝮蛇蓁蓁。’是也。蝮大而虺小。”郝懿行則注曰:“‘蝮,虺’,見《爾雅》及注;‘色如綬文’,見《北山經》‘大咸之山’注。《説文》云:‘蟲,一名蝮。’‘虺,以注鳴。’是蟲、虺非一字,與郭義異也。”可以看到,與吴任臣《廣注》的廣徵博引不同,郝懿行的《山海經箋疏》則更注重對名物的訓詁和考證。

綜上所述,畢沅《山海經新校正》和郝懿行《山海經箋疏》雖然在注解内容和風格方面各有側重,但二書均繼承了清初以來吴任臣《廣注》重考據的學術傳統,均采用了先郭璞注、再徵引疏證的注解體例,且二書所附山海經圖 144 幅也都是以吴任臣《山海經廣注》康熙六年(1667)圖本爲摹本的。今天看來,吴任臣的《山海經廣注》在郭璞《山海經注》的基礎上所作的一系列成就,給後世特别是清代的《山海經》研究者們提供了重要的理論依據,直接影響了畢沅《山海經新校正》和郝懿行《山海經箋疏》等的産生,在《山海經》研究史上具有非常重要的地位和學術價值。如果説以郝懿行爲代表的以考證注疏爲主的乾嘉學者們最終將清代的《山海經》研究推向一個全新的頂峰的話,那麼吴任臣及其《廣注》則是這一學術源頭的開啓者。這一時期《山海經》的其他注本,如汪紱的《山海經存》、王念孫的《山海經校注》等也都或多或少地受到吴任臣《山海經廣注》的影響,不一而舉。

當然,吴任臣《廣注》的不足也很明顯,紀昀在《四庫全書總目提要》中對此書有一個很公允的評價:

> 是書……雖嗜奇愛博,引據稍繁,如堂庭山之黄金,青邱山之鴛鴦,雖販婦傭奴,皆識其物,而旁徵典籍,未免贅疣,卷首冠雜述一篇,亦涉冗蔓。然掎摭宏富,多足爲考證之資。

紀昀之後,阮元在《山海經注序》中説:"吴氏《廣注》徵引雖博而失之蕪雜。"郝懿行在《山海經箋疏序》中也説《廣注》"徵引極博,泛濫於群書"。袁珂《山海經校注序》也説:"吴閎博而曼衍。"從上述評價可以看到,吴任臣的《廣注》很多地方存在"引據稍繁"、"贅疣"、"冗蔓"、"蕪雜"等缺陷,但作爲郭璞《山海經注》之後第一部《山海經》的注解本,對後人研究整理《山海經》具有非常深遠的意義。另據《四庫全書總目提要》記載:"舊本載圖五卷,分爲五類。曰靈祇,曰異域,曰獸族,曰羽禽，曰鱗介。”由此可見，《四庫全書》所采用的《山海經廣注》本還附有圖，之所以未録是因爲“其説影響依稀，未之敢據”，因此“惟録其注，圖則從删”。因爲我們采用的底本是《四庫全書》本，因此也只録注，圖則從略。

五

《山海經廣注》成書於清康熙五年(1666)，康熙六年(1667)初印，此後的《山海經廣注》主要有乾隆四十六年(1781)四庫全書本、乾隆五十一年(1786)金閶書業堂本、乾隆五十一年(1786)佛山舍人後街近文堂本以及咸豐五年(1855)四川順慶海清樓本。據馬昌儀先生《明清山海經圖版本述略》①一文的記述及對有關文獻資料的查閲，康熙六年(1667)本、四庫全書本以及金閶書業堂本屬書院本、官刻本，而佛山近文堂本與四川順慶海清樓本圖像較爲粗糙，且書中文字多有訛誤，屬民間刻本。除四庫全書本未録《山海經圖》外，上述其他各本均含《山海經圖》五卷共 144 幅。另外，據吴超《清初學術視野下的〈山海經廣注〉研究》一文介紹，2008 年 3 月，在北京國際飯店舉行的“嘉德四季第十三期拍賣會”上展出了吴任臣《山海經廣注》“康熙丙子”(1696)本的拍品。據賣方介紹，此書十八卷，圖五卷，另外包括《讀山海經語》一卷、引用書籍一卷、《雜述》一卷，爲康熙年間刻本，四册一函。其封面印有：“康熙丙子新鐫”、“太史吴志伊先生輯”、“增補山海經廣注”、“本衙藏板”。可惜此本不知流落何處，一時難

① 《西北民族研究》2005 年第 3 期。

以查找。

《山海經廣注》自問世以來,雖然輾轉刻印,但研究者甚少,以前未見有人點校整理過。本次點校整理,以《四庫全書》本《山海經廣注》作爲底本,以乾隆五十一年(1786)金閶書業堂刻本作爲校本,整理内容包括三項:一是文字的標點;二是文字的校勘;三是有關資料的彙編。在整理過程中,主要遵循以下原則:

(一)凡底本有訛、脱、衍、倒者,一律校改後出校,底本與校本有異但兩通者,亦出校,但不改底本;底本不誤,校本誤者,概不出校。

(二)本書以繁體排版,文字基本依據底本原貌,文中避諱字如"胡"、"夷"、"戎狄"等空缺、墨圍、墨丁者,一律補其字,不出校。另,爲避孔子諱,校本"丘"大多作"邱",底本則大多用原字,也一律維持底本原貌,不出校。

(三)書中所提及版本,校勘除第一次出現用全稱外,一律用簡稱,如"乾隆五十一年(1786)金閶書業堂刻本"簡稱"金閶書業堂本"。

(四)凡底本校本文字相同但文意不通者,參校原文出處或《山海經》其他注本改正,并出校。

(五)資料的彙編主要是自漢代劉歆以來至吴任臣《山海經廣注》有關《山海經》的序、跋、提要等,作爲"附録"附在書末,以時代先後爲序。

在點校整理本書的過程中,力求實事求是,訂訛補闕,以期更好地爲讀者所用,但由於個人學識淺陋,難免力不從心,對書中一些疑難和没有解決的問題,還有待將來補充和修改,敬請讀者和專家惠賜批評,匡其不逮!

卷一

南山經

《南山經》之首曰䧿山。任臣案:今本作"鵲",《三才圖會》有鵲山之神,即此山也。又濟南汝寧、太原順德皆有鵲山,《搜神記》:"仲子隱于鵲山。"蓋濟南鵲山。《通鑑》:"李世民與竇建德戰,西薄汜水,南屬鵲山。"汝寧鵲山也,非此。其首曰招摇之山,任臣案:王崇慶《釋義》云:"既曰鵲山,又曰其首曰招摇之山,是一山而二名,或兩山相並也。"任昉《述異記》曰:"招摇山亦名鵲山。"臨于西海之上,郭曰:"在蜀伏山山南之西頭,濱西海也。"多桂,郭曰:"桂葉似枇杷,長二尺餘,廣數寸,味辛,白花,叢生山峰,冬夏常青,間無雜木。《吕氏春秋》曰:'招摇之桂。'"任臣案:《王會解》"自深桂"注:"自深,南蠻也。"《楚辭》:"嘉南州之炎德兮,麗桂樹之冬榮。"《山海經圖贊》曰:"桂生南裔,拔萃岑嶺,廣莫熙葩,凌霜津穎,氣王百藥,森然雲挺。"多金、玉。有草焉,其狀如韭,郭曰:"璨曰:'韭,音九。'"《爾雅》云:"霍山亦多之。"而青華,其名曰祝餘,郭曰:"或作桂荼。"食之不饑。任臣案:《駢雅》曰:"祝餘,療饑草也。"徐氏《蹇修賦》云:"采石蕈以夕春兮,羞祝餘以鼉餔。"《圖贊》云:"祝荼嘉草,食之不饑。"即此。有木焉,其狀如榖而黑理,[1]郭曰:"榖,

---

① "榖",原作"穀",據乾隆五十一年金閶書業堂刊《山海經廣注》本(以下簡称"金閶書業堂本")改,下同。

楮也，皮作紙。璨曰：[1]榖亦名構。名榖者，以其食如穀也。"其華四照，郭曰："言有光焰也。若木華赤，其光照地，亦此類也，見《離騷經》。"任臣案：梁簡文帝《相宫寺碑》："四照吐芬，五衢異色。"《梁元帝集》："苣亂九衢，花含四照。"又《啓》云："昔住陽臺，雖逢四照。"李百藥《賦》："玩四照於花叢。"庾子山《啓》："花開四照，惟見其榮。"又詩："五衢開辨路，四照起文烽。"王巾《頭陀寺碑》："九衢之草千計，四照之花萬品。"《晋書》："四照開春華，萬寶成秋實。"顧野王詩："争攀四照花，競戲三條術。"王勃《乾元殿頌》："四照霏紅間，靈葩于右堿。"王氏《華平頌》："五衢四照，未數山經。"《韻府群玉》云："即若草木，其光四照。"本此。其名曰迷榖，任臣案：吴淑《木賦》："迷榖四照之異，文玉五色之奇。"《駢雅》曰："迷榖四照，楊榣七脊。"《述異記》云："迷榖出招摇山。"《事物紺珠》云："迷榖如楮而黑理。"王世貞《騷》曰："佩迷榖之璀琅兮，[2]修途向乎叢林。"吴國倫《書》云："疑網暫撤，迷榖在躬。"《圖贊》曰："爰有嘉樹，産自招摇，厥華流光，上映垂霄，佩之不惑，潛有靈標。"佩之不迷。有獸焉，其狀如禺而白耳，郭曰："禺似獼猴而大，赤目長尾。今江南山中多有，説者不了此物名禺，作牛字，圖亦作牛形，或作猴，皆失之也。禺字音遇。"伏行人走，其名曰狌狌，食之善走。郭曰："生生，禺獸，狀如猿，伏行，交足，亦此類也。見《京房易》。"任臣案：《淮南・萬畢術》曰："婦終知來，狌狌知往。"《王會解》："州靡以費費，都郭生生。"即狌狌也。《太微經》曰："狌染齒于酒，忘其努取。"《圖贊》曰："狌狌似猴，走立行伏，櫰木挺力，少辛明目，蜚廉迅足，豈食斯肉？"麗麐之水出焉，郭曰："麐音作几。"而西流，注于海，其中多育沛，郭曰："未詳。"佩之無瘕疾。郭曰："瘕，蟲病也。"任臣案：《内經》："癥瘕之疾。"

又東三百里曰堂，郭曰："一作常。"庭之山，多棪木，郭曰："棪，别名連。其子似奈而赤，可食，音剡。"任臣案：《爾雅》："棪，速其。"

---

① "璨"，金閶書業堂本作"粲"。
② "璀"，原闕，據金閶書業堂本補。

曹毗《魏都賦》:“果則谷楥山桴。”多白猿,郭曰:“今猿似獼猴而大臂,脚長便捷,色有黑有黄,鳴其聲哀。”任臣案:《圖贊》曰:“白猿肆巧,由基撫弓。應眄而號,神有先中。數如循環,其妙無窮。”多水玉,郭曰:“水玉,今水精也。相如《上林賦》曰:‘水玉磊砢。’赤松子所服,見《列仙傳》。”任臣案:庾肩吾《啓》云:“競爽雲珠,爭奇水玉。”李賀詩:“暗佩清臣敲水玉。”又,玻璃亦名水玉。《圖贊》曰:“水玉沐浴,潛映洞淵。赤松是服,靈蜕乘烟。吐納六氣,升降九天。”多黄金。任臣案:《説文》:“五金,黄爲之長。”《地鏡圖》云:“黄金之氣赤,夜有光。”或云上有薤,下有金。又黄金有沙金、麩金、橄欖、葉子、胯子之名,不可盡述,見《寶貨辨疑》。又《事物紺珠》有珄金、蔓苔、楊邁、麟趾、閻浮檀之屬,皆黄金也。

又東三百八十里曰猨翼之山,任臣案:楊慎《補注》曰:“山險難登,猨亦須翼。諺所謂‘猢孫愁’也。”又《淮南子》云:“臨蝯眩之岸。”亦此義。其中多怪獸,水多怪魚,郭曰:“凡言怪者,皆謂貌狀倔奇不常也。《尸子》曰:‘徐偃王好怪,没深水而得怪魚,入深山而得怪獸者,多列于庭。’”多白玉,多蝮虫,郭曰:“蝮虫色如綬文,鼻上有針,大者百餘斤,一名反鼻虫。古虺字。”任臣案:《楚辭》“蝮蛇蓁蓁”,是也。蝮大而虺小。多怪蛇,多怪木,不可以上。

又東三百七十里曰杻陽之山,郭曰:“音紐。”其陽多赤金,郭曰:“銅也。”任臣案:《經》中銅自名赤銅。赤金者,紫磨金類,《爾雅》謂之“鏐”也。寇宗奭云:“顆塊金,其色深赤。又外國五種,波斯紫磨金、林邑赤金。”後陶氏亦以赤金爲銅,蓋本郭之誤。其陰多白金。郭曰:“銀也。見《爾雅》。山南爲陽,山北爲陰。”任臣案:《説文》:“鋈,白金也。”梵書謂之“阿路巴”。《管子》:“上有鉛,下有銀。”《地鏡圖》曰:“上有葱,下有銀。”《寶藏論》:“銀有十七種,又外國四種。其産銀谷者,稱銀筭、銀牙。”有獸焉,其狀如馬而白首,其文如虎而赤尾,其音如謡,郭曰:“如人歌聲。”其名曰鹿蜀,任臣案:《駢雅》曰:“鹿蜀,虎文馬也。”又,《五侯鯖》云:“鹿蜀,祖陽山獸,‘杻’字之訛也。崇禎時,鹿蜀見于閩南，崇德吴爾壎作詩紀之。”佩之宜子孫。郭曰：“佩，謂带其皮尾。”任臣案：《圖贊》曰：“鹿蜀之獸，馬質虎文。攘首吟鳴，矯足騰群。佩其皮尾，子孫如雲。”怪水出焉，而東流，注于憲翼之水。其中多玄龜，其狀如龜而鳥首虺尾，郭曰：“虺，鋭尾。”其名曰旋龜，其音如判木，郭曰：“如破木聲。”佩之不聾，可以爲底。郭曰：“底，躪也。爲，猶治也。《外傳》曰：‘疾不可爲。’一作‘底’，猶病愈也。”任臣案：《本草拾遺》曰：“鶚龜生南海，狀如龜，二三尺，兩目在側，如鶚。”李時珍釋云：“《山海經》‘旋龜鳥首虺尾’，乃此類也。”又《嶺南異聞》言：“海龜，鷹首鷹吻，大者方徑丈，其形狀亦與此類。”《駢雅》曰：“旋龜鳥首，鼋龜鵝首，皆水族也。”《圖贊》云：“聲如破木，號曰旋龜。修辟似黽，厥鳴如鴟。人魚類鯑，出于洛伊。”

又東三百里柢山，郭曰：“音蔕。”任臣案：一作“祗山”。多水，無草木。有魚焉，其狀如牛，陵居，蛇尾，有翼，其羽在魼下，郭曰：“亦作脅。”其音如留牛，郭曰：“《莊子》曰：‘執犁之狗。’謂此牛也。《穆天子傳》曰：‘天子之狗執虎豹。’”其名曰鯥，郭曰：“音六。”任臣案：《圖贊》云：“魚號曰鯥，處不在水。厥狀如牛，鳥翼蛇尾。隨時隱見，倚乎生死。”又《江賦》：“鯪鯥跻躍于垠隒。”又曰：“潛鵠魚牛。”亦鯥也。陳禹謨《駢志》云：“鯥魚陵居。”明睿宗《江漢賦》：“鋭蛇尾之鯥兮。”徐應秋《談薈》云：“鮭翼在膊。”謂此。冬死而夏生，郭曰：“此亦蟄類也。謂之死者，言其蟄無所知，如死耳。”食之無腫疾。任臣案：《淮南子》云：“下氣多尰。”

又東四百里曰亶爰之山，郭曰：“音蟬。”任臣案：武林江暉著《亶爰集》，取此。多水，無草木，不可以上。郭曰：“言崇峭也。”有獸焉，其狀如狸而有髦，其名曰類，郭曰：“類或作沛，髦或作髮。”任臣案：《列子》曰：“亶爰之獸，自孕而生，曰類；河澤之鳥，視而生，曰鶂。”自爲牝牡，食者不妒。郭曰：“《莊子》亦曰：‘類自爲雌雄而化。’今貆猪亦自爲雌雄。”任臣案：陳藏器曰：“靈貓生南海山谷，狀如貍，自爲牝牡。"《異物志》云:"靈狸一體,自爲陰陽。"劉郁《西域記》云:"黑鬬丹出香狸,文似土豹。"段成式言:"香狸有四外腎,自能牝牡。"詳考諸説,則類爲靈貍無疑也。楊慎《補注》曰:"今雲南蒙化有此獸,土人謂之香髦,具兩體。"《二十八宿真形圖》:"心房二宿,皆具兩體。星禽家演房宿爲兔,心宿爲狐。"今之兔有雌無雄,①撑目而孕;狐有兩體,故能媚惑。亶爰之類,自爲牝牡,又何疑焉?再考此獸名類,蓋種無異同,雄亦類雌,雌亦類雄,類字之義,愈益可明。《圖贊》云:"類之爲獸,一體兼二。近取諸身,用不假器。窈窕是佩,不知妒忌。"程良孺《讀書考定》曰:"《楚辭》:'乘赤豹兮載文貍。'王逸注云:'神貍而不言其狀。'"考《南山經》"亶爰之山有獸名類,其狀如狸,其文如豹",疑即此物也。

又東三百里曰基山,其陽多玉,其陰多怪木。有獸焉,其狀如羊,九尾四耳,其目在背,其名曰猼訑,郭曰:"博施二音。施,一作陁。"任臣案:《元覽》作"猼㹧"。《字彙》作"猼㹱"。《讀書考定》作"縛訑"。《駢雅》曰:"羊九尾而四耳曰猼訑。"又《事物紺珠》云:"猼㹱似羊,九尾四目。"《彙雅》曰:"猼似羊四耳,無尾,目附于背。"《五侯鯖》云:"猼訑,墓山獸。"互有異同,皆誤也。《圖贊》曰:"猼訑似羊,②眼反在背。視之則奇,推之無怪。若欲不恐,厥皮可佩。"《篇海》又云:③"䍩似羊,四耳九尾,目附于背。"即此獸。佩之不畏。郭曰:"不知恐畏。"有鳥焉,其狀如雞而三首六目,六足三翼,其名曰䳓鵂,郭曰:"䳓鵂急性,䳓乎二音。"④任臣案:《駢雅》曰:"䳓鵂六足,鵃鴒三首。"《元覽》云:"䳓鵂六足而三首,或作鷩鵂。"《廣雅》曰:"南方有鳥焉,三首,六目,六足,三翼,其名曰鷩鵂。"《圖贊》云:"鳥首𩓞尾,其名旋龜。䳓鵂六足,二翅並翬。"又《事物紺珠》載:"鳺鵂三首六目,六翼六足。"與此鳥差類。食之無卧。郭曰:"使人少眠。"

---

① "兔",原作"免",據金閶書業堂本改。
② "訑",原作"訵",金閶書業堂本同,據文意改。
③ "又",原作"父",據金閶書業堂本改。
④ "䳓",金閶書業堂本作"敞"。

又東三百里曰青丘之山，郭曰："亦有青丘國，在海外。《水經》云：即《上林賦》云'秋田于青丘'。"任臣案：《淮南子》："堯繳大風于青丘之澤。"劉峻《辨命論》："大風立于青丘。"唐《昭仁寺碑》："大風之作梗青丘，有苗之稱亂丹浦。"王勃《九成宮頌》："命繳青丘，桃野見其亡之兆。"沈約詩："烟極晞丹水，月表望青丘。"許敬宗詩："青丘絢春組，丹谷耀華林。"儲光羲詩："軒后青丘埋猰㺄。"趙時春《禦敵論》云："奮青丘之神劍，還紫宮于彝庚。"即斯地也。《十洲記》曰："青丘山上有紫宮天真，仙女多游于此。"乃海外青丘山，非此。其陽多玉，其陰多青䨼。郭曰："䨼，黝屬，音瓠。"任臣案：《尚書大傳》："青丘出青䨼。"今石青，白青之屬。《六書索隱》云："善丹曰雘，从丹；善青曰䨼，从青。"有獸焉，其狀如狐而九尾，郭曰："即九尾狐。"任臣案：《孝經援神契》："德至鳥獸，則狐九尾。"《田俅子》曰："殷湯爲天子，白狐九尾。"孫氏《瑞應圖》曰："王者不傾于色，則九尾狐至。"又曰："王法修明，三才得所，見九尾狐至。"《春秋運斗樞》云："璣星得則狐九尾。"《吕氏春秋》："禹行塗山，有白狐九尾造于禹。"王褒《講德論》："昔文王應九尾狐而東國歸。"《春秋元命苞》云："天命文王以九尾狐。"《東觀漢紀》："元和二年，九尾狐見。"《古今注》："章帝時，白狐九尾見信都。"《魏略》云："文帝欲受禪，郡國奏九尾狐見于譙。"陳宋《符瑞志》："黄初元年，九尾狐又見甄城。"《北史》："天平八年，光州獲九尾狐以獻。"張協《七命》云："苑戲九尾之禽。"蓋謂狐也。又，《王會解》："青丘狐九尾。"乃青丘國也。兩青丘皆有九尾狐，此所未審。其音如嬰兒，能食人；食者不蠱。郭曰："噉其肉，令人不逢妖邪之氣。或曰：'蠱，蠱毒。'"有鳥焉，其狀如鳩，任臣案：班鳩，一名祝鳩，又名鴶鳩。其小者曰荆鳩、曰楚鳩。鳩之子曰鵓鳩、曰役鳩、曰糠鳩，名類不一。其音若呵，郭曰："如人相呵呼聲。"名曰灌灌，郭曰："或作濩濩。"任臣案：《駢雅》曰："灌灌，鳩屬也。"《圖贊》曰："厥聲如訶，厥形如鳩。佩之辨惑，出自青丘。"又陶潛詩："青丘有奇鳥，自言獨見爾。本爲迷者生，又以喻君子。"佩之不惑。英水出焉，南流注于即翼之澤，其中多赤鱬，郭曰："音懦。"其狀如魚而人面，任臣案：《圖贊》云:“赤鱬之物,魚身人頭。”劉會孟曰:“磁州亦有孩兒魚,四足長尾,聲如嬰兒啼,其膏然之不滅。”據劉所説乃鯑魚也。其音如鴛鴦,任臣案:鴛鴦,《古今注》謂之“匹鳥”。《涅槃經》謂之“婆羅迦隣提”。或曰“雄鳴曰鴛,雌鳴曰鴦”。又瀰鷘一名紫鴛鴦。食之不疥。任臣案:《説文》:“疥,搔也。”又“疥”與“痎”通,小瘧也。《左傳》:“齊侯疥遂痁。”後魏李繪説。

又東三百五十里曰箕尾之山,其尾踆于東海,多沙石。郭曰:“踆,古蹲字,言臨海上,音存。”汸水出焉,郭曰:“音芳。”而南流注于淯,郭曰:“音育。”任臣案:《水經》:“淯水出弘農盧氏縣攻離山。”《九域志》:“金州洵陽縣有淯水。晋升平三年,桓温與范汪北討,列營淯水。”其中多白玉。

凡䧿山之首,自招摇之山以至箕尾之山,凡十山,二千九百五十里,其神狀皆鳥身而龍首,其祠之禮:毛郭曰:“言擇牲取其毛色也。《周官》曰:‘陽祀用騂牲之毛。’”用一璋玉瘞,郭曰:“半圭爲璋。瘞,埋也。”糈用稌米,郭曰:“糈,祀神之米名,先吕反,今江東音所,一音壻。稌,稌稻也,他睹反。糈,或作疏,非也。”任臣案:《詩》云:“豐年多黍多稌。”《内則》:“牛宜稌。”今之糯稻。一璧,稻米、白菅爲席。郭曰:“菅,茅屬也。音間。”

《南次二經》之首曰柜山,郭曰:“音矩。”西臨流黄,北望諸毗,東望長右。郭曰:“皆山名。”英水出焉,西南流,注于赤水,其中多白玉,郭曰:“《尸子》曰:‘水方折者有玉,①員折者有珠。’”多丹粟。郭曰:“細丹沙如粟也。”任臣案:雷斆曰:“白庭砂如帝珠子許大。”②蘇頌曰:“辰砂小者如石榴子。”皆丹粟也。張衡《南都賦》:“緑碧紫英,青雘丹粟。”有獸焉,其狀如豚,有距,其音如狗吠,其名曰

① “玉”,原作“土”,據金閶書業堂本改。
② “子許”,原作“于訐”,據金閶書業堂本改。

狸力，郭曰："一作狸刀。"任臣案：《駢雅》云："狸力，距豚也。"見則其縣多土功。有鳥焉，其狀如鴟而人手，郭曰："其脚如人手。鴟，音處脂反。"任臣案：《篇海》云："鴸鳥，鴟目人首。"《事物紺珠》亦云："鴸身如鴟，人面人掌。"乙酉歲夏六月，有鳥止于杭之慶春門上三日，足如小兒面，若老人形，其鳴曰鴸。或以爲即鴸鳥也。其音如痺，郭曰："未詳。"任臣案：《字彙》："痺，音脾，鳥名，鶺鴒之雌者。"其名曰鴸，郭曰："音株。"任臣案：《五音集韻》："鴸或从隹。"其鳴自號也，見則其縣多放士。郭曰："放，放逐。或作效也。"任臣案：《圖贊》曰："彗星横天，鯨魚死浪。鴸鳴于邑，賢士見放。厥理至微，言之無況。"又陶潛《讀山海經詩》："鵃鵝見城邑，其國有放士。念彼懷王世，當時數來止。"或云"鵃鵝"當作"鵰鴸"。黄省曾詩云："宛彼鴸鳥鳴，放士真堪哀。"即此。

東南四百五十里曰長右之山，無草木，多水。有獸焉，其狀如禺而四耳，其名長右，郭曰："以山出此獸，因以名之。"任臣案：《圖贊》曰："長右四耳，厥狀如猴。實爲水祥，見則横流。彘虎其身，厥尾如牛。"《元覽》云："長右也，猼訑也，四耳之獸也。"《駢雅》云："狌狌、長右、舉父，皆禺屬也。"其音如吟，郭曰："如人呻吟聲。"見則郡縣大水。任臣案：郡縣之稱，非三代前語，此爲後人所增。

又東三百四十里曰堯光之山，其陽多玉，其陰多金。有獸焉，其狀如人而彘鬣，穴居而冬蟄，其名曰猾褢，郭曰："猾懷兩音。"任臣案：褢，古懷字。漢隸《苑鎮碑》："畏威褢德。"是也。《太平御覽》作"猸裹"，《廣博物志》作"猾裹"，皆誤。《駢雅》曰："猾褢如人而彘鬣，礋砵獸身而羊首。"汪若海《麟書》云："以燕伐燕，猾褢是游。"其音如斲木，郭曰："如人斫木聲。"見則縣有大繇。郭曰："謂作役也。或曰其縣是亂。"任臣案：《圖贊》曰："猾褢之獸，見則興役。膺政而出，匪亂不適。天下有道，幽形匿迹。"黄省曾《讀山海經詩》："國邑有大繇，康莊行猾褢。"

又東三百五十里曰羽山，郭曰："今東海祝其縣西南有羽山，即鯀所殛處，計此道里不相應，似非也。”任臣案：《禹貢注》：“羽山在郯城縣七十里。”《十道志》：“羽潭，一名羽池，東有羽山。”《郡國志》云：“鍾離泳城有羽山，其水恒清，牛羊不飲。”劉會孟曰：“淮安贛榆縣有羽山。”《經》所紀未詳是非。其下多水，其上多雨，無草木，多蝮虫。郭曰：“蚖也。”任臣案：蚖乃虮字之誤，虮即虺字，謂虺名虮，非。

又東三百七十里曰瞿父之山，郭曰：“音劬。”無草木，多金、玉。

又東四百里曰句餘之山，郭曰：“今在會稽餘姚縣南，句餘縣北。故此二縣因此爲名云。見張氏《地理志》。”任臣案：《逸周書》有“句餘”，此山以地名也。亢倉言“勾越之餘者”，非。《一統志》云：“在慈谿西南四十里。”無草木，多金、玉。

又東五百里曰浮玉之山，任臣案：楊慎《補注》曰：“浮玉，即金山也。唐明皇改浮玉爲金山。”前人詩：“天將白玉浮諸水，帝以黄金姓此山。”又，劉會孟曰：“浮玉之山有二，在歸安者爲小浮玉，在孝豐者爲大浮玉，苕水出其陰。”然《經》云：“北望具區。”則山在具區南，非金山，明矣。《一統志》：“浮玉山在湖州城南七里，玉湖中巨石如積，波不以水盈縮，故名天目山。”《志》曰：“天目一名浮玉山。見《山海經》。”疑非是。陸龜蒙詩：“入雲構浮玉，宛與昆閬匹。”注云：“太湖乃仙家浮玉之北宅也。”又，西海之西亦有浮玉山。見《拾遺記》。北望具區，郭曰：“具區，今吴縣西南太湖也。《尚書》謂之‘震澤’。”任臣案：《周禮・職方氏》：“揚州，其澤曰具區。”《爾雅・十藪》云：“吴越之間有具區。”《吕覽》云：“菜之美者具區之菁。”陸廣微《吴地記》云：“今吴縣西南太湖中有包山。”《越絶》曰：“太湖周迴三萬六千頃，亦曰五湖。”《楊州記》云：“太湖一名震澤，一名洞庭。”東望諸毗。郭曰：“水名。”有獸焉，其狀如虎而牛尾，其音如吠犬，其名曰彘，是食人。任臣案：《事物紺珠》曰：“長彘出湖州浮玉山，如猴，四耳，虎身牛尾，聲如犬吠。”即斯獸也。《異物彙苑》引《經》亦作“長彘”。苕水出于其陰，任臣案：苕水有兩源，一源出天目山，一源自獨松嶺，合浮玉山水。北流注于具區。任臣案：《水經注》曰："謝康樂云《山海經》浮玉之山在句餘東，便是句餘縣之東山，乃應入海。"具區今在餘姚鳥道山北，何由北望具區也？言洞庭南口有羅浮山，高三千六百丈。會稽山宜直湖南，又有山陰溪水入焉。山陰縣西四十里有二溪，東溪廣一丈九尺，冬暖夏冷；西溪廣三丈五尺，冬冷夏暖。二溪北出行三里至徐村合成一溪，廣五丈餘，而温凉又雜。蓋《山海經》所謂苕水也。《北經》"羅浮山而下注于太湖"，故言出其陰入于具區。謝言山水微，與今時不合，未足據也。其中多鮆魚。郭曰："鮆魚狹薄而長，頭大者尺餘。太湖中今饒之，一名刀魚，音祚啓反。"任臣案：《爾雅》："鮤，鱴刀是也，即鱭魚。"《異物志》云："是鱭鳥所化，故腹中有鳥腎二枚。魏武食制，謂之望魚。"《本草》謂之"鱭魚"。楊慎《異魚圖贊》："浮玉之山，①北望具區。苕水出焉，中多鮆魚。蝴蝶所化，列蔑長鬚。"

又東五百里曰成山，任臣案：劉會孟曰："成山今在文登縣，古不夜城。計其道里，殊爲懸絶。"劉鳳《吴郡考》云："慈谿縣西南十五里有城山渡。"或即此也。四方而三壇，郭曰："形如人筑壇相累也，成亦重耳。"其上多金、玉，其下多青雘。閿水出焉，郭曰："音涿。"而南流注于郭曰："一作'流注于西'。"虖勺，郭曰："虖音呼，勺或作多，下同。"任臣案：楊慎《補注》："虖勺即滹沱。"古今字異耳。况"多"音與"沱"相近。又曰滹沱，有南有北，此南滹沱也。其字古書所載，例無定體。《經》作"虖勺"，又作"虖多"，乃南也，作"灌池"，北滹沱也。《水經》作"滹池"，秦《詛楚文》作"亞馳"，《字林》作"滹沱"，《周禮》作"虖池"，《史記》作"嘑池"，《九州記》作"滹淹"，《禮記》作"惡池"。據此則會稽勺水，宜从沱音無疑。酈氏以爲夕水者，豈即多字之訛耶！又下虖勺山與此同名，未審何音。其中多黄金。郭曰："今永昌郡水出金如糠，在沙中。《尸子》曰：'清水出黄金、玉英。'"任臣案：《異物志》："黔南、遂府、吉州水中並産麩金。"《華陽國志》曰："蘭滄水有金沙，洗取，融爲金。"《本草拾遺》曰：

① "玉"，原作"王"，據金閶書業堂本改。

“麩金出水沙中，氈上淘取。或鵝鴨腹中得之。”《嶺表録》云：“五嶺内富州、賓州、澄州、涪縣，江溪河皆産金。”

又東五百里曰會稽之山，四方，郭曰：“今在會稽郡山陰縣南，上有禹冢及井。”任臣案：孔靈之《會稽記》：“會稽山在縣東南，其上石狀似覆釜。禹夢玄勵會蒼水，使者却，倚覆釜之山。”是也。《周禮》：“楊州之鎮山曰會稽。”《爾雅》：“東南之美者，有會稽之竹箭焉。”《水經注》：“會稽之山，古防山也。亦謂之茅山，又曰棟山。”《越絶》曰：“棟猶鎮也。故又名鎮山。”劉會孟云：“古防山有陽明洞，道書第十一洞天，唐封爲南鎮。”《吴越春秋》云：“禹巡越，大會計治國之道，更名茅山爲會計，亦曰苗山也。”《圖贊》曰：“禹徂會稽，爰朝群臣。不虔是討，乃戮長人。玉匱表夏，玄石勒秦。”其上多金、玉，任臣案：王十朋《會稽賦》：“苗山金玉。”其下多砆石。郭曰：“砆，武夫石，似玉。今長沙臨湘出之，赤地白文，色蘢葱，不分明。”任臣案：砆石，《水經注》作“玞石”。勺水出焉，而南流注于湨。郭曰：“音鵙。”任臣案：勺水，《水經注》作“夕水”，注于湨。《水經注》作“注于湖”。

又東五百里曰夷山，無草木，多沙石，湨水郭曰：“一作浿。”出焉，而南流注于列塗。

又東五百里曰僕勾郭曰：“一作夕。”之山，其上多金、玉，其下多草木，無鳥獸，無水。

又東五百里曰咸陰之山，無草木，無水。

又東四百里曰洵山，郭曰：“一作旬。”其陽多金，其陰多玉。有獸焉，其狀如羊而無口，不可殺也，郭曰：“稟氣自然。”任臣案：王氏《釋義》曰：“自人至物，未有無口，繼之曰不可殺，爲其不成物也。”其名曰䍺。郭曰：“音還，或音患。”任臣案：《獸經》曰：“蟨則比肩，䍺則無口。”《事物紺珠》云：“䍺如羊，無口，黑色。”孫愐《唐韻》曰：“䍺，獸名，似羊，黑色，無口，不可殺也。又作羦。”《圖贊》曰：“有獸無口，其名曰䍺。害氣不入，厥體無間。至理之盡，出乎自然。”洵水出焉，郭曰：“音詢”。而南流注于闕之澤，郭曰：“音遏。”其中多茈羸。郭曰：“紫色螺也。”任臣案：楊慎《補注》：“螺色白，磨之則紫文生。”

又東四百里曰虖勺之山，其上多梓、枏，郭曰：“梓，山楸也。枏，大木，葉似桑。今作楠，音南。《爾雅》以爲‘柟’。”任臣案：梓有數種，木理白者爲梓，赤者爲楸。楸之小者爲榎，梓之美者爲椅。《尸子》曰：“荆有長松文梓。①”又有鼠梓，一名楰，亦楸屬。《詩》曰：“北山有楰。”蓋指此也。枏木，其樹直，上若幢蓋之狀，生南方，黔蜀尤多。其下多荆、杞。郭曰：“杞，枸杞也，子赤。”任臣案：荆有紫荆、白荆、金荆、牡荆、蔓荆之名。蘇頌云：“有青白二種，青者爲荆，白者爲楛。”《春秋運斗樞》云：“玉衡星散，而爲荆杞。”一名苦杞，其根名地骨皮。《爾雅》云：“杞，枸檵。”《小雅》云：“集于苞杞。”即枸杞也。或曰無刺者爲荆杞，有刺者爲枸杞。滂水出焉，郭曰：“音滂沱之滂。”而東流注于海。

又東五百里曰區吴之山，無草木，多砂石。鹿水出焉，而南流注于滂水。

又東五百里曰鹿吴之山，上無草木，多金、石。澤更之水出焉，而南流注于滂水。水有獸焉，名曰蠱雕，郭曰：“蠱或作纂。”任臣案：《圖贊》曰：“纂雕有角，聲若兒號。”《駢雅》云：“蠱雕如雕而戴角。”《事物紺珠》云：“蠱雕如豹，鳥喙，一角，音如嬰兒。”其狀如雕而有角，郭曰：“雕似鷹而大尾，長翅。”任臣案：禽之似獸者，駝蹄鳥、飛生鳥；獸之似禽者，鷹背犬、蠱雕獸，皆物類絶異也。其音如嬰兒之音，是食人。

又東五百里曰漆吴之山，無草木，多博石，郭曰：“可以爲博碁石。”無玉。處于東海望丘山，其光載出載入，郭曰：“神光之所潛耀。”是惟日次。郭曰：“是日景之所次舍。”任臣案：楊氏《補注》曰：“《經》載：‘日月所出入之山，凡數十所。’”蓋峰巒隱映，壑谷層叠，所見然

① “梓”，原作“椅”，金閶書業堂本同，據《尸子》汪继培辑本改。

矣。非必日月出没，定在是也。曹孟德《樂府》："日月之行，若出其中。"孟郊《終南山詩》："日月石上生，幽谷視光明。"即此意耳。

凡《南次二經》之首，自柜山至于漆吴之山，凡十七山，七千二百里。其神狀皆龍身而鳥首。其祠，毛用一璧瘞，糈用稌。郭曰："稻穬也。"

《南次三經》之首曰天虞之山，其下多水，不可以上。

又東五百里曰禱過之山，其上多金、玉，其下多犀、兕，郭曰："犀似水牛，猪頭庳脚，脚似象，有三蹄，大腹，黑色，三角一在頂上，一在額上，一在鼻上。在鼻上者小而不墮，食角也，好噉棘，口中常灑血沫。兕亦似水牛，青色，一角重三千斤。"任臣案：《圖贊》云："犀頭似猪，形兼牛質。角則并三，分身互出。鼓鼻生風，吐氣隘溢。"又云："兕推壯獸，似牛，青黑，力無不傾，自焚以革。皮充武備，角助文德。"多象。郭曰："象，獸之最大者，長鼻，大者牙長一丈，性妒，不畜淫子。"任臣案：象膽四時在四足，象身備十二肖肉，象皮隨割隨合，象牙聞雷發花，皆物性之異者。今荆蠻山中亦有野象，①猶馬有野馬也。又楚粤象皆青黑，惟拂林大食國，乃多白象。《北户録》云："象，一名伽耶。"《圖贊》曰："象實魁梧，體巨貌詭。肉兼十牛，目不踰豕，望頭如尾，動若丘徙。"有鳥焉，其狀如鵁，郭曰："鵁似鳧而小，脚近尾。音骹箭之骹。"而白首，三足，郭曰："或作手。"人面，其名曰瞿如，郭曰："音劬。"任臣案：《元覽》云："三足之鳥，有瞿鴽焉。"其鳴自號也。浪水出焉，郭曰："音銀。"任臣案：桑欽《水經》："浪水出武陵鐔城縣北界沅水谷。"注云："浪水東别徑番禺。"即此水也。而南流注于海，其中有虎蛟，郭曰："蛟似蛇，四足，龍屬。"任臣案：景純《江賦》："水物怪錯，則有虎蛟鉤蛇。"謂此也。又《述異記》："蛟龍類眉交生，故謂之蛟。"裴淵《廣州記》云："蛟長丈餘，似蛇，頸有白嬰，尾有肉環。"《梵書》云："蛟名宫毗羅，蛟之屬復有蜃名蜄。"陸

---

① "蠻"，原作"巒"，據金閶書業堂本改。

裡云:“蜧,即蛟也。其外更有蛇頭鱉身者,名吉弔;龍身赤色,有毒者名海薑,皆龍種而蛟類也。”其狀魚身而蛇尾,其音如鴛鴦,食者不腫,可以已痔。任臣案:《拾遺記》:“漢昭帝鈞于渭水,得白蛟,命大官作鮓,甚美,骨青而肉紫。”則蛟可食也。《圖贊》曰:“瞿如三手,厥狀似鵁。魚身蛇尾,是謂虎蛟。”

又東五百里曰丹穴之山,任臣案:《爾雅》:“岠齊州以南戴日爲丹穴。”《淮南》云:“丹穴,太蒙,反踵,空同。”《梁元帝集》:“度青丘而跨丹穴。”盧柟賦:“南麗丹穴,北驱空同。”皆謂此。《玉海》云:①“通鳳穴以文軌,襲龍庭以冠带。”又云:“流沙蟠木,鳳穴龜林。”鳳穴即丹穴也。其上多金、玉。丹水出焉,而南流注于渤海。郭曰:“渤海,海岸曲崎頭也。”任臣案:丹水,今出冢嶺山。② 酈道元云:“名高猪山也。”《吕氏春秋》:“堯有丹水之戰,以服南蠻。”又,丹水南有丹崖山,赪壁,霞舉若紅雲,秀天二岫,更爲殊觀。有鳥焉,其狀如雞,五采而文,名曰鳳皇,首文曰德,翼文曰義,背文曰禮,膺文曰仁,腹文曰信。是鳥也,飲食自然,自歌自舞,見則天下安寧。郭曰:“漢時鳳鳥數出,高五六尺,五采。莊周説鳳文字與此有異。《廣雅》曰:‘鳳,雞頭、燕頷、蛇頸、龜背、魚尾,雌曰皇,雄曰鳳。’”任臣案:《樂叶圖徵》云:“五鳳皆五色,爲瑞者一,爲孽者四。其四皆似鳳,並爲妖。一鷫鸘、二發明、三焦明、四幽昌。”《元覽》云:“鳳,青曰鶡,赤曰鶉,黄曰焉,白曰鷫,紫曰鷟。”楊慎云:“西有鴳雀,東有諫珂,北有定甲,南有錦駝,皆竊鳳形而似者也。”《圖贊》云:“鳳皇靈鳥,實冠羽羣。八象其體,五德其文。羽翼來儀,應我聖君。”天老《説鳳》云:“濯羽弱水,暮宿丹穴。”陸機《七徵》云:“拾朝陽之遺卵,納丹穴之飛鳳。”安成王教云:“鶉火之禽不匿,景于丹山。”顔延之詩:“聆龍睬九淵,③聞鳳窺丹穴。”庾信《宇文憲碑》:“鳳沈丹穴,龍亡黑陂。”又詩云:“丹穴更巢

① “玉”,原作“王”,據金閶書業堂本改。
② “今”,原作“金”,據金閶書業堂本改。
③ “睬”,金閶書業堂本作“瞭”。

梧。”王勃《乾元殿頌序》:“桐珪作瑞,鳳毛曜丹穴之英。”魏徵《邢國公墓志》:“渥洼龍種,丹穴鳳雛。”吕吉父《表》云:“鳳生而五色,悵丹穴之已遥。”周邦彦《汴都賦》:“鸞鷟離丹穴而來集。”指此也。

又東五百里曰發爽郭曰:“或作喪。”之山,無草木,多水,多白猿。任臣案:猿似猴而長臂。《列子》:“貐變化爲猿。”《抱朴子》:“猴八百歲變爲猿。”王濟曰:“《詢記》云:‘猿初生,毛黑而雄,老則變黄,轉雄爲雌,數百歲黄又爲白也。’”汎水出焉,而南流注于渤海。

又東四百里,至于旄山之尾,其南有谷,曰育遺,郭曰:“或作隧。”任臣案:盧柟《泰宇賦》:“訝育遺而洗幼海。”多怪鳥,郭曰:“《廣雅》曰:‘鵷雛、鷦朋、爰居、鵾雀,皆怪鳥之屬也。’”凱風自是出。郭曰:“凱風自南。”任臣案:王叔齋《籟記》:“景風一曰凱風,又曰薰風,亦曰巨風,起自赤天之暑門,從南方來。”《圖贊》曰:“育隧之谷,爰含凱風。青陽既謝,氣應祝融。炎風是扇,以散鬱隆。”

又東四百里,至于非山之首,其上多金、玉,無水,其下多蝮虫。

又東五百里曰陽夾之山,無草木,多水。

又東五百里曰灌湘之山,上多木,無草,多怪鳥,無獸。郭曰:“一作灌湖射之山。”任臣案:《釋義》曰:“獸依草,無草,故無獸;鳥依木,多木,故多鳥。”堯夫謂:“鳥羽如木葉,獸毛如草。”

又東五百里曰雞山,任臣案:劉會孟云:“雲南雞山乃八寶所出,其瀾滄江即黑水。”張掖亦有雞山,見下注。其上多金,其下多丹臒。郭曰:“臒,赤色者。或曰:臒,美丹也。見《尚書》。音尺蠖之蠖。”任臣案:《大傳》云:“丹丘出丹臒。”《周書》:“若作梓材,惟其塗丹臒。”蓋赤石脂之類。黑水出焉,而南流注于海。任臣案:《禹貢》:“匯疏雍州,黑水有六。”入《禹貢》者則寧夏之黑水。《地志》云:“出張掖雞山,南流至燉煌。”蔡氏《書傳》云:“黑水出汾關山,在雍西北。”今計其道里,此似非張掖黑水也。劉説爲近之。樊綽曰:“西國之水入南海者四,曰區江、曰西洱河、曰麗江、曰瀰渃江。麗江，古黑水。”其中有鱄魚，郭曰：“音團扇之團。”任臣案：《吕氏春秋》：“魚之美者，洞庭之鱄。”或作“䱐”。《江賦》云：“蜦䱐鱟蝞。”其狀如鮒而彘尾，任臣案：《集韻》：“鱄魚似蛇而豕尾。”與此小異。鮒，鰿也。其音如豚，見則天下大旱。

又東四百里曰令丘之山，無草木，多火。任臣案：即熒臺火井之屬。又，火山軍，其地鋤耘深入，則有烈焰，不妨耕植，皆此類也。吴淑《火賦》：“行司爟之政令，絶令丘之草木。”本此。其南有谷焉，曰中谷，條風自是出。郭曰：“東北風爲條風。《記》曰：‘條風[①]至，出輕繫，督逋留。’”任臣案：《淮南子》云：“諸稽攝提，條風之所出也。”有鳥焉，其狀如梟，人面四目而有耳，其名曰顒，任臣案：《集韻》作“䫹”，《篇韻》作“雝”，或作“鷛”，又作“顒顒”，雙名。朱謀㙔《異林》云：“萬曆二十年，顒鳥集豫章城永寧寺，高二尺許。燕雀群噪之。是年五月至七月，酷暑異常時。”朱國禎《湧幢小品》亦云：“萬曆壬辰，顒鳥集豫章，人面四目有耳，其年夏無雨，田禾盡枯。”其鳴自號也，見則天下大旱。任臣案：《圖贊》曰：“顒鳥栖林，鱄魚處淵。俱爲旱徵，災延普天。測之無象，厥數惟玄。”顒，郭音娛。

又東三百七十里曰侖者之山，郭曰：“音論説之論，一音倫。”其上多金、玉，其下多青䨼。有木焉，其狀如穀而赤理，其汗如漆，其味如飴，食者不饑，可以釋勞，其名曰白䓘，郭曰：“或作睪蘇。睪蘇一名白䓘，見《廣雅》，音羔。”任臣案：楊氏《補注》曰：“睪，古皋字。”《春秋繁露》云：“皋蘇釋勞。”即此也。《荀子》亦有“睪芷”之文。睪，皋蘇也。芷，白芷也。《事物紺珠》云：“白䓘如穀，赤理，汗如漆，味甘。”《駢雅》曰：“白䓘、睪蘇，飴木也。”《元覽》云：“白䓘之汗如漆，芑木之汁如血。”《詞林海錯》引《經》云：“倫山有木，其名曰白䓘。”乃䓘之訛

---

① “記曰條風”，原闕，據金閶書業堂本補。

也。《圖贊》曰:"白蓉皋蘇,其汗如飴。食之辟穀,①味有餘滋。逍遥忘勞,窮生盡期。"可以血玉。郭曰:"血謂可用染玉,作光彩。"任臣案:《談薈》云:"海芋可變金,白蓉可血玉。"

又東五百八十里曰禺槁之山,任臣案:王本作"禺膏"。多怪獸,多大蛇。

又東五百八十里曰南禺之山,任臣案:郭子章曰:"今清海之屬有禺山。"其上多金、玉,其下多水。有穴焉,水春輒入,夏乃出,冬則閉。佐水出焉,而東南流注于海,有鳳皇、鵷鶵。郭曰:"亦鳳屬。"任臣案:《莊子》:"南方之鳥鵷鶵。"相如《上林賦》云:"捷鵷鶵,掩焦朋。"張衡《南都賦》:"鸞鷟鵷鶵翔其上。"

凡《南次三經》之首,自天虞之山以至南禺之山,凡一十四山,六千五百三十里。其神皆龍身而人面。② 任臣案:王延壽《夢賦》:"或龍形而似人。"注引此證之。其祠皆一白狗祈,郭曰:"祈,請禱也。"糈用稌。

右《南經》之山志,大小凡四十山,萬六千三百八十里。

① "穀",原作"穀",金閶書業堂本同,據文意改,下同。
② "神",原作"人",據金閶書業堂本改。

卷二

西山經

《西山經》華山之首曰錢來之山，其上多松，任臣案：松磊砢修聳，其葉有兩鬣、五鬣、七鬣。荆公《字説》曰：[①]"松柏爲百木之長。[②]松猶公也[③]，柏猶伯也。"故名。其下多洗石。郭曰："澡洗可以磢體，去垢圿。磢，初兩反。"任臣案：楊慎云："洗石，去[④]垢之石。"今南中有之。[⑤] 有獸焉，其狀如羊而馬尾，名曰羬羊，郭曰："今大月氏國有大羊如驢而馬尾。《爾雅》云：'羊六尺爲羬。'謂此羊也。羬，音針。"任臣案：《尸子》："大羊爲羬，六尺。"李時珍注《本草》，以羬羊爲羚羊，誤矣。《説文》："麙，山羊也。大而細角。"[⑥]麙、羬同。《圖贊》云："月氏之羊，其類在野。厥高六尺，尾赤如馬。何以審之，事見《爾雅》。"其脂可以已腊。[⑦] 郭曰："治體皴。腊，音昔。"

西四十五里曰松果之山。濩水出焉，北流注于渭，其中

---

① "鬣七鬣荆"，原闕，據金閶書業堂本補。
② 松柏爲百木之長，原作"柏爲百木"，據金閶書業堂本補。
③ "松猶"，原闕，據金閶書業堂本補。
④ "云洗石去"，原闕，據金閶書業堂本補。
⑤ "南"，原闕，據金閶書業堂本補。
⑥ "而"，原作"面"，據金閶書業堂本改。
⑦ "脂"，原作"指"，據金閶書業堂本改。

多銅。有鳥焉，其名曰螐渠，郭曰："螐，音彤弓之彤。①"任臣案：楊慎《補注》："螐音同。螐渠即鸍渠。南中通海縣有之，名曰鶲雞，舊注音彤，謬。"又，《古音略》云："鶲乃庸渠，水鳥也。"《廣韻》作"鱅鰈"，《直音》作"鷛鸈"。《韻府群玉》曰："庸渠似凫，灰色，雞脚。一名章渠，即今水雞。"明獻帝《江漢賦》："鷛鸈之行且摇兮，况兄弟之急難。"亦此也。又《通志略》引《經》作"蜼梁"，蜼，徒冬切。其狀如山雞，黑身赤足，可以已曝。郭曰："謂皮皴起也。音叵駮反。"

又西六十里曰太華之山，郭曰："即西嶽華陰山也。今在弘農華陰縣西南。"任臣案：《爾雅》："華山爲西山嶽。"《白虎通》："華之爲言穫也，言萬物成熟可得獲也。"應劭《風俗通》："華，變也。萬物成變由於西方也。"《河圖》云："華山君姓浩名鬱狩。"《雲笈七籤》云："西嶽姓浩名元倉。"《五嶽圖》云："西嶽姓姜名壘。"削成而四方，郭曰："今山形上大下小，峭峻也。"任臣案：張説《途經華岳詩》："寒空類削成。"李氏《華山記》："削成上四方，顧其中污也。"其高五千仞，其廣十里，郭曰："仞，八尺也。上有明星玉女持玉漿，得上服之，即成仙道，險僻不通。《詩含神霧》云。"②任臣案：達奚珣《華山賦序》："太華之山，前成四面。方直者，五千餘仞，蓋岳之雄也。"又辛氏《三秦記》："華山在長安東三百里，不知幾十里，③如半天之雲。"《華山記》云："山頂有池，生千葉蓮華，因名華山。"劉會孟曰：④"今華陰縣最著者，蓮花、明星、玉女三峰，而仙掌崖、日月巖、⑤蒼龍嶺，皆奇境也。"謝華《啓秀》云："華山之上，明星遠燭。"謂此。⑥《圖贊》曰："華嶽靈峻，削成四方。爰有神女，是挹玉漿。其誰游之，龍駕雲裳。"鳥獸莫居。有蛇焉，名曰肥蟥，任臣案：胡文焕《圖》

① "彤弓之彤"，原作"彤弓之彤"，據金閶書業堂本改。
② "詩"，原作"時"，據金閶書業堂本改。
③ "十"，金閶書業堂本作"千"。
④ "曰"，原闕，據金閶書業堂本補。
⑤ "巖"，原闕，據金閶書業堂本補。
⑥ "此"，原闕，據金閶書業堂本補。

作“蜚遺”,音廢。《駢雅》:“肥遺,肥蟦,皆毒蟲也。”六足四翼,見則天下大旱。郭曰:“湯時此蛇見于陽山下,復有肥遺蛇,疑是同名。”任臣案:成湯元祀,肥蟦見于陽山,後有七年之旱。《述異記》曰:“肥遺,西華山中有之,①見則大旱。”吴淑《蛇賦》:②“或號肥遺。”《旌忠廟碑》:“驅伯强兮逐肥蟦。”宋濂文:“蜚蟦一出而魚盡怖。”③《圖贊》云:“肥遺爲物,與災合契。④ 鼓翼陽山,以表亢厲。⑤ 乘林既禱,倏忽潛逝。”今華山有肥蟦穴,土人謂之老君臍。明末時大旱,肥蟦曾一見云。

又西八十里曰小華之山,郭曰:“即少華山。”其木多荆、杞,其獸多犞牛,郭曰:“今華陰山中多山牛、山羊,肉皆千斤,牛即此牛也。音昨⑥。”任臣案:犞牛即犛牛,見《中山經注》。其陰多磬石,郭曰:“可以爲樂石。”其陽多㻬琈之玉,郭曰:“㻬琈,玉名,所未詳也。㴘浮兩音。”任臣案:虞汝明《古琴疏》:“鄒屠氏以瑶碧之梓爲琴,⑦飾以㻬琈寶玉。”即名曰㻬琈。又《洪武正韻》:⑧“㻬,音摴蒲之摴。”⑨又楊氏《玉名詁》曰:“琈,玉采也。”鳥多赤鷩,郭曰:“赤鷩,山雞之屬,胸腹洞赤,冠金,皆黄頭緑尾,中有赤,毛彩鮮明。音作蔽,或作鱉。”任臣案:《爾雅翼》云:“鷩,一謂之蠍蛈,⑩又謂之鵔鸃。”《説文》:“鷩,赤雉也。”此鳥

---

① “之”,金閶書業堂本作“也”。

② “賦”,原闕,據金閶書業堂本補。

③ “魚”之上,金閶書業堂本有“潛”字。又,“而”,金閶書業堂本無此字。

④ “與災合契”,原闕,據金閶書業堂本補。

⑤ “表”,原闕,據金閶書業堂本補。

⑥ “昨”,金閶書業堂本作“胙”。

⑦ “古琴疏鄒屠氏”,原闕,據金閶書業堂本補。此句當爲“虞汝明《古琴疏》:‘鄒屠氏以瑶碧之梓爲琴。’”

⑧ “㻬琈又洪武正”,原闕,據金閶書業堂本補,此句當爲“即名曰㻬琈,《洪武正韻》”。

⑨ “摴蒲之摴”,原作“樗蒲之摴”,據金閶書業堂本改。

⑩ “蛈”,金閶書業堂本作“蛶”。

雅好高，[1]故曰蠍蛦好山栖。[2] 可以禦火。其草有萆荔，郭曰："萆荔，香草也。蔽戾兩音。"任臣案：楊慎曰："即薜荔也。"[3]舊注音"戾"，非。《六書索隱》云："《山海經》'薜荔'作'萆荔'。"《事物紺珠》曰：[4]"萆荔如韭而厚，三月開紫碧花，五月結實，生木石上，[5]一名荔挺，一名馬薤，可合香。"狀如烏韭，而生于石上，亦緣木而生，郭曰："烏韭在屋者曰昔邪，在墻者曰垣衣。"任臣案：崔融《瓦松賦》："昔邪，今之瓦松也。"《本草》云："在石曰烏韭，在屋曰瓦松，在墻曰土馬騣，在山曰卷柏，在水曰蘋。"食之已心痛。

又西八十里曰符禺之山，任臣案：《水經注》作"覩愚之山"。《緯略》引此作"將遇之山"。其陽多銅，任臣案：《鶴頂新書》云："土得紫陽之氣而生緑，緑二百年而生石，銅始生于中。"《管子》："上有陵石，下有赤銅。"其陰多鐵。任臣案：《土宿本草》云："鐵受太陽之氣，始生之初，鹵石産焉，一百五十年而成慈石，二百年孕而成鐵。"《管子》云："上有赭，下有鐵。"其上有木焉，名曰文莖，其實如棗，可以已聾。其草多條，其狀如葵，而赤華黄實，如嬰兒舌，食之使人不惑。符禺之水出焉，任臣案：《水經注》作"符愚之水"。而北流注于渭。其獸多葱聾，其狀如羊而赤鬣。任臣案：《駢雅》曰："羊之異者，一角謂之辣辣，赤鬣謂之葱聾，一角而神謂之觟䚦。"《事物紺珠》曰："葱聾如羊，黑首赤鬣。"其鳥多鴖，郭曰："音旻。"其狀如翠而赤喙，郭曰："翠似燕而紺色也。"可以禦火。郭曰："畜之辟火災也。"任臣案：《圖

---

① "雅好高"，原闕，據金閶書業堂本補。

② "蛦"，金閶書業堂本作"蛶"。

③ "慎曰即薜"，原闕，據金閶書業堂本補。此句當爲"楊慎曰：'即薜荔也。'"

④ "萆荔事物"，原闕，據金閶書業堂本補。此處當爲"《山海經》：'薜荔，作萆荔。'《事物紺珠》曰"。

⑤ "實生木石上"，原闕，據金閶書業堂本補。此句當爲"五月結實，生木石上"。

贊》曰："蝺渠已殃，赤鷩辟火。文莖愈聾，是則嘉果。鵾亦衛災，厥形唯麽。"

又西六十里曰石脆之山，其木多椶、柟，郭曰："椶樹高三丈許，無枝條，葉大而員，枝生梢頭，實皮相裹，上行一皮者爲一節，可以爲繩。一名栟櫚。音馬騣之騣。"任臣案：椶有兩種，一種有皮絲，可作繩；一種小而無絲，葉可作帚。《通志略》以爲"王篲"，非也。其草多條，其狀如韭，而白華黑實，食之已疥。其陽多㻬琈之玉，其陰多銅。灌水出焉，任臣案：《水經注》："小赤水出石脆之山。"即灌水也。而北流注于禺水。其中有流赭，郭曰："赭，赤土。"以塗牛馬，無病。郭曰："今人亦以朱塗牛角，云以辟惡。馬或作角。"任臣案：《圖贊》曰："沙則潛流，亦有運赭。于以求鐵，趨在其下。蠲牛之癘，作采于社。"

又西七十里曰英山，其上多杻、橿，郭曰："杻似棣而細葉，一名土橿，音紐橿，木中車材，音姜。"任臣案：《爾雅》："杻，檍。"陸璣云："杻葉似杏葉而尖，白色，皮正赤，爲木多曲少直，二月開花，似練而細蕊，正白。"嚴粲《詩緝》曰："杻木，今官園種之，名曰萬歲。或謂之牛筋，或謂之檍材，可爲弓弩幹。"其陰多鐵，其陽多赤金。禺水出焉，任臣案：《水經注》作"愚水"。北流注于招水，郭曰："音韶。"其中多鮭魚，郭曰："音同蚌蛤之蚌。"其狀如鱉，其音如羊。任臣案：《事物紺珠》曰："蚌魚如龜，魚尾，二足，音如羊。"又劉鳳《雜俎》作"鮭魚"。其陽多箭䉋。郭曰："今漢中郡出䉋竹，厚裏而長節，根深，筍冬生地中，人掘取食之。䉋音媚。"任臣案：《廣雅》："箭䉋，䈽也。"其獸多㸲牛、羬羊。有鳥焉，其狀如鶉，任臣案：鶉大如雞雛，頭細而無尾，毛有斑點，性醇，無常居，有常匹，隨地而安。《莊子》所謂"聖人鶉居"也。其子曰鴽，初生謂之羅鶉，至秋初謂之早秋，中秋已後謂之白唐，一物四名。《淮南萬畢術》云："蝦蟇得爪化爲鶉。"《交州記》云："南海黄魚，九月變爲鶉。"黄身而赤喙，其名曰肥遺，食之已癘，郭曰："癘，疫病也。或曰惡創。韓子曰：‘癘人憐主。’”任臣案：癘一音賴。劉會孟曰：“太華山蛇名肥𧔥，[①]見則大旱，英山鳥名肥遺，食之已癘，[②]美惡不嫌，同名。”可以殺蟲。

又西五十二里曰竹山，其上多喬木，郭曰：“枝上竦者。音橋。”其陰多鐵。有草焉，其名曰黄雚，其狀如樗，其葉如麻，白華而赤實，其狀如赭，郭曰：“紫赤色。”浴之已疥，又可以已胕。郭曰：“治胕腫也。音符。”竹水出焉，北流注于渭，其陽多竹箭，郭曰：“箭，篠也。”任臣案：《爾雅》：“會稽之竹箭。”《禹貢》：“篠簜既敷。”注云：“篠，竹箭也。”多蒼玉。任臣案：于闐，采玉之地。有緑玉河、白玉河、烏玉河。《太平御覽》載：“交州出白玉，夫餘出赤玉，挹婁出青玉，大秦出采玉，[③]西蜀出黑玉。”並不言蒼玉。然《周禮》有“蒼璧禮天之文”。意即青玉類也。丹水出焉，郭曰：“今所在有丹水。”東南流注于洛水，其中多水玉，多人魚。郭曰：“如鯑魚四脚。”任臣案：《異物志》《異魚圖》皆云：“人魚似人，長三尺，有髮，不可食。”是同名異類者也。有獸焉，其狀如豚而白毛，大如笄而黑端，郭曰：“笄，簪屬。”名曰毫彘。郭曰：“狟猪也。夾髀有麄毫，長數尺，能以脊上毫射物，亦自謂牝牡。‘狟’或作‘猳’。吴楚呼爲鸞猪，亦此類也。”任臣案：揚雄《長楊賦》：[④]“搤熊羆，拖毫猪。”注：“一名帚㺜。”《通志略》謂之“山猪”。《唐本草》謂之“蒿猪”，亦謂之“㺜貐”，或謂之“貆猪”。《星禽》云“壁水貐毫猪”也。《圖贊》曰：“剛鬣之族，號曰豪狢。毛如攢錐，中有激矢。厥體兼資，自爲牝牡。”又張師正《倦游録》：“南海有泡魚，大如斗，身有棘刺，能化毫猪。[⑤]巽爲魚，坎爲豕。豈巽變坎乎？”理或然也。

---

① “名”，原作“明”，據金閶書業堂本改。
② “癘”，原作“厲”，金閶書業堂本同，據文意改，下同。
③ “采”，原作“菜”，金閶書業堂本同，據文意改。
④ “揚”，原作“楊”，據金閶書業堂本改，下同。
⑤ “毫”，金閶書業堂本作“豪”。

又西百二十里曰浮山，任臣案：成都平陽、澤州高州、碗城豪州、廣陵松江，皆有浮山。是異地而同名者。多盼木，郭曰："音'美目盻兮'之盻。"枳葉而無傷，郭曰："枳，刺針也，能傷人，故名云。"木蟲居之。郭曰："在樹之中。"任臣案：劉會孟云："桂蠹在木之中，其味甚美，尉佗所貢。"有草焉，名曰薰郭曰："音訓。"草，任臣案：《左傳》："一薰一蕕。"《魏略》曰："大秦山出熏草。"成公綏《宣清賦》："哀熏草之見焚。"《南越志》云："土人名燕草，即今零陵香也。"嵇含《草木狀》云："薰草出南海，葉如麻，兩兩相對，其氣如蘼蕪，可以止癘。"麻葉而方莖，赤華而黑實，任臣案：屈子《天問》："靡萍九衢，枲華安居？"柳子《天對》："有萍九岐，厥圖以詭。浮山孰産？赤華伊枲。"蓋指此。臭如蘼蕪，郭曰："蘼蕪，香草。《易》曰：'其臭如蘭。'眉無兩音。"任臣案：《爾雅》作"蘼蕪"，疏云："芎藭苗也。一名蘄茝，一名薇蕪，一名江蘺。"《淮南子》曰："似蛇牀。"《古詩》："上山采蘼蕪。"言拾香草也。佩之可以已癘。

又西七十里曰羭次之山，郭曰："音臾。"任臣案：即榆次山。漆水出焉，郭曰："今漆水出岐山。"任臣案：《水經注》："漆水出扶風杜陽俞山東北，入于渭。"程大昌《雍録》曰："雍境漆水凡四出而實三派。雍州富平縣石川河一也，邠州新平縣漆水二也，鳳翔府普洱縣漆水三也，鄭白渠亦名沮漆，四也。"四水之中，唯石川河當爲《禹貢》"漆沮"。而《綿》詩之謂"自土漆沮"者，①在岐不在邠也。北流注于渭。其上多棫、橿。郭曰："棫，白桵也，音域。"任臣案：《詩·大雅》："芃芃棫樸。"陸機曰："三蒼説棫。"即柞也。其材理全白，無赤心者謂之白桵，可爲車輻，今人謂之白梂，或曰柘。《爾雅疏》："桵，小木，叢生，有刺，實如耳璫，紫赤，可啖。"二説不同，未知孰是。其下多竹箭，其陰多赤銅，其陽多嬰垣之玉。郭曰："垣或作短，或作根，或作埋，傳寫謬錯，未可得詳。"任臣案：《駢雅》曰："嬰垣、瑀玗，美玉也。"有獸焉，其狀如禺而長臂，

---

① "自"，原作"白"，據金閶書業堂本改。

善投，其名曰囂。郭曰："亦在畏獸畫中，似獮猴。投，擲也。"任臣案：《圖贊》曰："浴疾之草，厥子赭赤。肥遺似鶉，其肉已疫。囂獸長臂，爲物好擲。"有鳥焉，其狀如梟，人面而一足，曰橐𩇯，郭曰："音肥。"任臣案：《駢雅》曰："橐𩇯、瞿如、鴛鶹、鳧徯，人面鳥也。"《圖贊》曰："有鳥人面，一脚孤立。性與時反，冬出夏蟄。带其羽毛，迅雷不入。"又孫愐《唐韻》云："鴍，土精也，似雁，一足，黄色。"《廣州志》："獨足鳥，一名山蕭鳥，大如鵠，其色蒼，其聲自呼。"《臨海志》云："獨足鳥，文身赤口，晝伏夜飛，將雨轉鳴。即孔子所謂商羊也。"《河圖》曰："鳥一足，名獨立，見則主勇强。"《南史》："陳之將亡，有鳥一足，集其殿庭，以嘴畫地成文。"凡此皆一足鳥，亦橐𩇯類。冬見夏蟄，任臣案：《釋義》曰："純陽之氣，冬則出，夏則藏耳。若蟄而非蟄也。"服之不畏雷。郭曰："著其毛羽，令人不畏天雷也。或作災。"

又西百五十里曰時山，無草木。逐郭曰："或作遂。"水出焉，北流注于渭，其中多水玉。

又西百七十里曰南山，任臣案：劉氏云："南山，今按長安藍田鄠縣界。"上多丹粟。丹水出焉，北流注于渭。獸多猛豹，郭曰："猛豹似熊而小，毛淺，有光澤，能食蛇，食銅鐵，出蜀中。豹或作虎。"鳥多尸鳩。郭曰："尸鳩，布穀類也，或曰鶻鵃也。鳩或作丘。"任臣案：《爾雅》："鳲鳩，鴶鵴。"陸璣云："一名擊穀。"嚴粲云："一名桑鳩，仲春鷹所化爲鳩也。"山陰陸氏曰："一名摶黍，江東呼爲郭公，又爲穫穀。"

又西百八十里曰大時之山，任臣案：上有時山，此名大時山。猶《地志》中射的山有大射的山，勞山有大勞山。上多穀、柞，郭曰："柞，櫟。"任臣案：又鑿子木，①亦名柞。下多杻、橿，陰多銀，陽多白玉。涔水出焉，郭曰："音潛。"任臣案：涔水今出旱山。酈道元云："涔水，即黄水也。"北流注于渭；清水出焉，南流注于漢水。郭曰：

① "木"，金閶書業堂本作"本"。

“今河内修武縣縣北，黑山亦出清水。”

又西三百二十里曰嶓冢之山，郭曰：“今在武都氐道縣南，嶓音波。”任臣案：《括地象》曰：“嶓冢上爲狼星。”常璩《華陽國志》：“西岷嶓冢地稱天府。”《漢中記》云：“嶓冢以東，水皆東流；嶓冢以西，水皆西流。又嶓冢有二，一在天水，一在漢中。寧羌，漢水所出。”漢水出焉，而東流注于沔；郭曰：“至江夏安陸縣，江即沔水。”囂水出焉，北流注于湯水。① 郭曰：“或作陽。”其上多桃枝、任臣案：桃枝今名桃竹，實心多節，可以爲杖，又可爲簟。裴氏《廣州記》有“桃竹”。《魏志》：“倭國有桃枝竹。”《圖贊》曰：“嶓冢美竹，厥號桃枝。叢薄幽藹，從容鬱猗。簟以安寢，杖以扶危。”鉤端，郭曰：“鉤端，桃枝屬。”任臣案：鉤端，藤也。其色紅，可以束物。獸多犀、兕、熊、羆，郭曰：“羆似熊而黄白色，猛憨能拔樹。一云長頭高脚。”任臣案：李時珍曰：“熊羆魋三種一類也，如豕色黑者熊也，大而色黄白者羆也，小而色黄赤者魋也。”羅良願云：“熊有猪熊，形如豕；而馬熊，形如馬。”鳥多白翰、郭曰：“白翰，白鵫也。亦名鵫雉，又曰白雉。”赤鷩。有草焉，其葉如蕙，郭曰：“蕙，香草，蘭屬也。或以爲薰葉，失之。音惠。”任臣案：蕙草即零陵香也。亦謂之薰草。《離騷》云：“余既滋蘭之九畹兮，又樹蕙之百畝。”又云：“既替余以蕙纕兮，又申之以攬茝。”蓋蘭爲蘭草，蕙爲薰葉也。張揖《廣雅》云：“鹵，薰也，其葉謂之蕙。”《廣志》云：“蕙草緑葉紫花。魏武以爲香，燒之。葉可代香。”非今之蘭，審矣。鄭樵曰：“蕙即零陵香，後人因不識蘭草、蘭花原爲二種，遂以一幹一花者爲蘭，一幹數花者爲蕙，號曰蕙蘭。”朱子《楚詞辨證》曰：“今蘭蕙但花香而葉乃無氣，質弱易萎，不可刈佩。② 必非古人所指。”然則今似茅而花有兩種者，非古蘭蕙，明甚。郭謂“蕙”非“薰葉”，其亦誤以“蕙蘭”爲“蕙草”歟？其本如桔梗，郭曰：“本，根也。”任臣案：桔梗似薺苨，一名利如，一名符扈，一名房圖。《國策》云：“今求柴葫、桔梗于沮澤，

① “湯”，原作“陽”，金閶書業堂本同。袁珂《山海經校注》作“湯”，據改。
② “不”原作“之”，金閶書業堂本同，據文意改。

則累世不得一焉。及之罣黍、梁父之陰，則郄車而載耳。”黑華而不實，名曰菁蓉，任臣案：《河圖括地象》云：“嶓冢山上有異花草，名骨容，食之無子。”楊慎《補注》曰：“今名花骨空，凌霄花之類。”黃氏《紺珠》亦云：“花菁空出嶓嵱山，服之無子。”又《爾雅·釋草》：“花而不實謂之菁。”食之使人無子。

又西三百五十里曰天帝之山，上多椶、枏，下多菅、蕙。郭曰：“菅，茅類也。”有獸焉，其狀如狗，名曰谿郭曰：“或作谷。”邊，郭曰：“或作遺。”席其皮者不蠱。任臣案：熊氏《冀越集》：“木狗形如黑狗，能登木，其皮可爲衣褥，能運動血氣。”李時珍《本草》云：“川西有玄豹，大如狗，黑色，尾亦如狗，其皮作裘褥甚暖。”疑即谿邊類也。《事物紺珠》云：“谿邊如狗，席其皮辟蠱。蠱，腹病，或云蛇蠱、金蠶蠱之類。”有鳥焉，其狀如鶉，黑文而赤翁，郭曰：“翁，頭下毛，音汲甕之甕。”名曰櫟，郭曰：“音沙礫之礫。”食之已痔。任臣案：《讀書考定》曰：“肥遺已癘，雷櫟已痔。”《事物紺珠》亦曰：“雷櫟已痔，數斯已癭。”《圖贊》曰：“有華無實，菁容之樹。谿邊類狗，皮厭不蠱。① 黑文赤翁，鳥愈隱痔。”有草焉，其狀如葵，其臭如蘼蕪，名曰杜衡，郭曰：“香草也。”任臣案：《爾雅》：“杜，土鹵。”《離騷》：“雜杜衡與芳芷。”《博物志》云：“杜衡亂細辛，故一名土細辛。又其葉如馬蹄，俗名馬蹄香。”《經》謂“可以走馬”，亦因其性以爲用也。杜若亦名杜衡，《别録》所謂“杜蓮”，《廣雅》所謂“楚衡”者也。其類自别，後人多不辨。可以走馬，郭曰：“帯之令人便馬。或曰馬得之而健走。”任臣案：②《圖贊》曰：“狌狌奔人，杜衡走馬。理固須因，體亦有假。足駿在感，安事御者。”食之已癭。

西南三百八十里曰臯塗之山。薔郭曰：“音色。或作蕢，又作萺。”水出焉，西流注于諸資之水；塗水出焉，任臣案：今榆次縣有

---

① “厭”，金閶書業堂本作“猒”。

② “臣”，原作“馬”，據金閶書業堂本改。

大涂水、小涂水。南流注于集獲之水。其陽多丹粟，其陰多銀黃、金，任臣案：銀黃，楊慎以爲即黃銀也。銀黃，漢代用以爲佩。唐太宗常賜房元齡黃銀帶。① 又虞世南《書夫子廟碑》："太宗賜之王羲之黃銀印一枚。"《北史》："辛公義爲牟州刺史，山産黃銀，獲之以獻。"《春秋運斗樞》云："人君秉金德而生，則黃銀見。"熊太古《冀越集》云："黃銀絶少，道家言鬼神畏之。"方勺泊《宅編》云："黃銀出蜀中，與金無異，但上石則白色。"《丹霞子》曰："丹砂伏火化爲黃銀，能重能輕，能神能靈。"程氏《演繁露》云："銀黃主辟邪。"《元覽》云："黃銀辟鬼，金剛石辟惡毒。"或云鍮石類也，非是。庾信《羽調曲》："山不藏於紫玉，地不愛于黃銀。"一云銀與黃金二物。其上多桂木。任臣案：范成大《桂海志》云："凡木，葉心皆一縱理，獨桂有兩道，如圭形，故字从圭。"《爾雅》謂之"梫"。有白石焉，其名曰礜，可以毒鼠。郭曰："今礜石殺鼠，音豫，蠶食之而肥。"任臣案：《本草經》："礜，一名青分石，一名立志石，一名固羊石。又名鼠鄉，以其能毒鼠也。"《圖贊》曰："稟氣方殊，舛錯理微。礜石殺鼠，蠶食而肥。物性雖反，齊之一歸。"有草焉，其狀如槁茇，郭曰："槁茇，香草。"任臣案：茇，音沛，槁本也。一名鬼鄉，《别録》謂之"微莖"。其葉如葵而赤背，名曰無蓧，②可以毒鼠。任臣案：《元覽》云："無蓧毒鼠，葶藶毒魚。"有獸焉，其狀如鹿而白尾，馬足人手郭曰："前兩脚似人手。"而四角，名曰玃如。郭曰："音猳嬰之嬰。"任臣案：《埤蒼》云："皋塗之山有獸如鹿，名曰玃如。"《駢雅》曰："鹿四角爲玃如。"或作玃如。《廣雅》曰："西方有獸焉，如鹿白尾，馬足人手，四角，其名曰玃如。"亦作玃玃。《事物紺珠》曰："玃玃狀如白鹿，前兩脚似人手，後兩脚似馬蹄。"《圖贊》曰："玃如之獸，鹿狀四觡。馬足人手，其尾則白。貌兼三形，攀木緣石。"又司馬貞引《經》云："鼻塗山有獸似鹿，馬足人手，四角，名爲

---

① "元"，當爲"玄"，避上諱，下同。
② "蓧"，金閶書業堂本作"條"。

蠗。"是古本異同也。[①] 梅氏云："蠗即獮猱。"有鳥焉，其狀如鴟任臣案：鴟似鷹而稍小，尾如舵，極善高翔，類有數種。《禽經》云："善搏者曰鷂，竊玄者曰鵰，骨曰鶻，瞭曰鷂，展曰鸇，奪曰鵽。"又云："鶻生三子，一爲鴟。"《爾雅》謂之"茅鴟"，《詩疏》謂之"雀鷹"，或謂之"隼"。齊人謂之"擊正"，南謂之"題肩"。[②] 而人足，名曰數斯，任臣案：《駢雅》云："周周、大首、鴑鶙、數斯，皆人足鳥。"[③]《事物紺珠》曰："數斯如雉，人足。"食之已癭。郭曰："或作癎。"

又西百八十里曰黄山，郭曰："今始平槐里縣有黄山，上故有宫，[④]漢惠帝所起，疑非此。"任臣案：潘之恒《黄海》引此與徽州黄山爲類，非是。又濟南府南六十里亦有黄山，與此同名。無草木，多竹箭。盼水出焉，郭曰："音'美目盼兮'之盼。"西流注于赤水，其中多玉。有獸焉，其狀如牛，而蒼黑大目，其名曰𤛎。郭曰："音敏。"任臣案：即犝犎牧犍之屬。《事物紺珠》云："𤛎蒼黑色，大目。"有鳥焉，其狀如鴞，任臣案：鴞大如鳩，緑色。張華云："鴞鵩、鵂鶹，一物也。"青羽赤喙，人舌能言，名曰鸚䳇。郭曰："鸚䳇舌似小兒舌，脚趾前後各兩，扶南徼外出五色者，亦有純赤白者，大如雁也。"任臣案：《説文》："鸚䳇，能言鳥也。"《爾雅翼》曰："其足指前後各二，特爲羽族異，故字从武，又名鸚䳇。"《吴志》云："鳥名鸚䳇，未聞鸚父。"《字説》云[⑤]："嬰兒生不能言，母教之言，已而能言。"以言此鳥之能言，類是也。又鳥目下瞼眨上，惟此鳥兩瞼俱動，如人目。《内典》謂之"臊陀"。今秦中有吉了，聲差重濁，亦鸚䳇類。《元覽》云："鸚䳇人舌而語清，吉了人耳而語濁。"《圖贊》曰：

---

① "本"，原作"木"，金閶書業堂本同，據文意改。

② "正，疑當作"征"；"南"，疑當作"或"。《史記》卷四七《孔子世家》"有隼集于陳廷而死"句下《毛詩義疏》曰："鷂，齊人謂之擊徵，或謂之題肩，或曰省雁，春化爲布穀。此屬數種皆爲隼。"

③ "皆"，原闕，據金閶書業堂本補。

④ "宫"，原作"官"，金閶書業堂本同，據文意改。

⑤ "云"，原作"文"，據金閶書業堂本改。

“鸚䳇慧鳥,青羽赤喙。四指中分,行則以嘴。自貽伊籠,見幽坐趾。”

又西二百里曰翠山,其上多椶、枏,其下多竹箭,其陽多黄金、玉,其陰多旄牛、見潘侯山注。麢、麝,郭曰:“麢似羊而大角,細食,好在山崖間;麝似獐而小,有香。”任臣案:《爾雅》:“麢,大羊。”陶注《本草》云:“今出建平、宜都、諸蠻中及西域。”王安石《字説》:“鹿則比類而環角,外向以自防;麢則獨棲,懸一角以遠害,可謂靈也。故字从鹿从靈。後人作羚。”《星槎勝覽》云:“阿丹國羚羊自胸中至尾垂九塊,名九尾羊。”又安南高石山出一角羚羊,見《寰宇志》。唐傅奕以羚羊角碎金剛石,即麢羊也。麝脚似麕,有香。《爾雅·釋獸》云:“麝父,麕足。”《字林》云:“小鹿有香,其足似獐,故云麕足,俗呼爲香獐。”其鳥多鸓,郭曰:“音壘。”任臣案:《廣雅》云:“鼯鴨,飛鸓也。”即此。又《字彙》:“鸓鳥如鵲,兩手四足,可禦火。音力追切。”睿宗《江漢賦》云:“又有兩首之鸓。”以鸓爲鸓,未識所據。其狀如鵲,赤黑而兩手四足,任臣案:《博物志》:“翠山鳥兩首四足,可以禦火。”又《五侯鯖》云:“鸓鳥生翠山,狀如鵲,四足。”不云兩首,疑誤也。又《釋書》載:“其命鳥亦二首一身。”可以禦火。任臣案:劉會孟曰:“鳥可禦火者多,漢宫殿多以鳥名。”《事物紺珠》云:“鴟鸓、鴅餘俱辟火。”《圖贊》曰:“數斯人脚,厥狀似鴟。鷔獸大眼,有鳥名鸓。兩頭四足,翔若合飛。”

又西二百五十里曰騩山,郭曰:“音巍,一音隗囂之隗。”是錞于西海,郭曰:“錞,猶堤埻也。音章閏反。”無草木,多玉。淒水出焉,郭曰:“或作浽。”西流注于海,其中多采石、黄金,郭曰:“采石,石有彩色者。今雌黄、空青、绿碧之屬。”任臣案:楊慎《補注》曰:“《穆天子傳》:‘天子至于重䣛氏之黑水,爰有采石之山,凡好石之器于是乎出。’”又《水經注》“若水傍有光珠之穴,其云采石山光珠穴”者,疑即今寶山寶井,今多産寶石,其品有紅刺、紫刺、軟紅、硬紅、酒黄、祖母緑,是即《經》之“采石”也。又李東壁《本草》亦云:“采石與寶石同碧者,①唐人謂

---

① “采”,原作“米”,據金閶書業堂本改。

之瑟瑟；紅者，宋人謂之鞂䩶；黄者名木難珠；紫者名蠟子。”多丹粟。

凡《西經》之首，自錢來之山至于騩山，凡十九山，二千九百五十七里。華山冢也，郭曰：“冢者，神鬼之所舍也。”任臣案：《漢志》云：“東北神明之舍，西方神明之墓。”冢，猶墓意。其祠之禮：太牢。郭曰：“牛羊豕爲太牢。”羭山神也，祠之用燭，郭曰：“或作煬。”齋百日以百犧，郭曰：“牲純色者爲犧。”瘗用百瑜，郭曰：“瑜亦美玉名，音臾。”湯郭曰：“或作温。”其酒百樽，郭曰：“温酒令熱。”嬰以百珪百璧。郭曰：“嬰謂陳之以環祭也，或曰嬰，即古罌字，謂盂也。”徐州云：“《穆天子傳》曰‘黄金之嬰’之屬也。”其餘十七山之屬，皆毛牷用一羊祠之。郭曰：“牷，謂體全具也。《左傳》曰‘牷牲肥腯’者也。”燭者，百草之未灰，白蓆采等純之。郭曰：“純，緣也。五色純之，等差其文彩也。《周禮》：‘莞席紛純。’”

《西次二經》之首曰鈐山，郭曰：“音髡鉗之鉗，或作冷，又作塗。”任臣案：劉氏云：“屬袁州。”誤。其上多銅，其下多玉，其木多杻、橿。

西二百里曰泰郭曰：“或作秦。”冒之山，其陽多金，其陰多鐵。浴水出焉，東流注于河，其中多藻玉，郭曰：“藻玉，玉有符彩者。或作柬，音練。”多白蛇。郭曰：“水蛇。”

又西一百七十里曰數歷之山，任臣案：《太平御覽》引《經》作“數壓”。① 其上多黄金，其下多銀，其木多杻、橿，其鳥多鸚鵡。楚水出焉，而南流注于渭，其中多白珠。郭曰：“今蜀郡平澤出青珠。《尸子》曰：‘水員折者有珠。’”任臣案：左思《蜀都賦》“青珠黄環”是也。

又西百五十里曰高山，其上多銀，其下多青碧、郭曰：“碧

① “壓”，原作“歷”，據金閶書業堂本改。

亦玉類也。今越巂會稽縣東山出碧。"雄黄,郭曰:"晋太興三年,高平郡界有山崩。其中出數千斤雄黄。"其木多棕,其草多竹。涇水出焉,郭曰:"音經。"而東流注于渭,郭曰:"今涇水出安定朝那縣西井頭山,至京兆高陵縣入渭也。"任臣案:《一統志》云:"涇河自平涼府西南白巖發源,至涇州,又東南至邠州界,又東北至西安府高陵縣界,會于渭。"其中多磬石、郭曰:"《書》曰:'泗濱浮磬。'是也。"任臣案:劉會孟云:"陝西耀州石可爲磬,故名磬玉山,非泗濱浮磬也。"青碧。

西南三百里曰女牀之山,任臣案:《東京賦》注:"女牀山在華陰西六百里。"其陽多赤銅,其陰多石涅,郭曰:"即礬石也。楚人名爲涅石,秦名爲羽涅也。《本草經》亦名曰'涅石'也。"任臣案:《本草》:①"黑石脂一名石墨,一名石涅,南人謂之畫眉石。礬石,一名涅石,又名羽澤。"二名原自不同。且礬石并無石涅之名,以涅石爲石涅,是郭注之誤也。李氏注《本草》于"礬石"條下仍引《經》文,亦未察其謬耳。又石灰亦名石墨,與此不同。楊慎《補注》曰:"石涅可以染黑色。"《論語》:"涅而不淄。"即此物也。又可以書字,謂之石墨。上古用漆書,中古用石墨書,今代用烟墨,不知石墨爲何物矣。《本草》:"石涅一名玄丹,又名黑丹。"《孝經援神契》曰:"王者德至山陵而黑丹出。"《文選·東京賦》:"黑丹流淄。"《魏都賦》:"墨井鹽池。"注云:"鄴西有墨井。又宜陽縣有石墨山,汧陽縣有石墨洞,贛州興國縣上洛山皆産石墨。廣東始興縣小溪中亦産石墨。②"《水經注》:"商州黄水北有黑山,山石悉黑。"此皆石涅也。其獸多虎、豹、犀、兕。有鳥焉,其狀如翟而五彩文,郭曰:"翟似雉而大,長尾。或作鶵。鶵,雕屬也。"名曰鸞鳥,見則天下安寧。郭曰:"舊説鸞似鷄,瑞鳥也。周成王時西國獻之。"任臣案:師曠《禽經》:"鸞,瑞鳥,一曰雞趣。"顧野王《符瑞圖》曰:"雞趣,王者有德則見。"《尚書·中候》云:"周公歸政于成王,太平制禮,鸞鳥見。"《禽蟲述》曰:"鸞,赤曰丹

① "本",原作"木",據金閶書業堂本改。
② "墨",原作"黑",據金閶書業堂本改。

鳳,青曰羽翔,白曰化翼,玄曰陰翥,黄曰上符,亦名翳。"《楚詞》云:[①]"駟玉虬而乘翳。[②]"是也。張衡《東京賦》:"鳴女牀之鸞鳥,舞丹穴之鳳皇。"駱賓王《露布》:"女牀鳴鳳韻,歸昌于帝梧。"李商隱詩:"女牀無樹不棲鸞。"顧起元《幽思賦》:"羞鶩羽之差池兮,感女牀之文鸞。"指此。《圖贊》曰:"鸞翔女牀,鳳出丹穴。拊翼相和,以應聖哲。擊石靡咏,韶音其絶。"

又西二百里曰龍首之山,任臣案:《一統志》:"山在應州牝山之南,[③]跨雲中。"《三秦記》曰:"長六十里,頭入于渭,尾達樊川。云昔有黑龍從山南出,飲渭,其行道因成土山,故以名焉。"其陽多黄金,其陰多鐵。苕水出焉,東南流注于涇水,其中多美玉。

又西二百里曰鹿臺之山,郭曰:"今在上郡。"任臣案:今名麓臺山,在平遥縣南四十七里,一名蒙山。其上多白玉,其下多銀,其獸多㸲牛、羬羊、白豪。郭曰:"豪,貆猪也。"有鳥焉,其狀如雄雞而人面,名曰鳧徯,其名自叫也,見則有兵。任臣案:劉會孟曰:"鳥人面者,非大美則大惡,其美者頻伽,大惡者鳧徯。"黄省曾詩:"海内揚戈兵,鳧徯下鹿臺。"謂此也。

西南二百里曰鳥危之山,其陽多磬石,任臣案:陳暘《樂書》曰:"少華之山,其陰多磬;鳥危之山,其陽多磬;高山,涇水出焉,其中多磬。"則磬名所自,固雖不一,要之,一適陰陽之和者,泗濱所貢浮磬而已,[④]蓋取其土少而水多,其聲和且潤也。其陰多檀、任臣案:檀有黄白二種,葉皆如槐,與梓榆莢蒾相似。語云:"斫檀不諦得莢蒾,莢蒾尚可得駁馬。"楮,郭曰:"楮即穀木。"任臣案:《日華子》曰:"皮斑者爲楮,皮白者爲穀。"李時珍云:"楚人呼乳爲穀,其木白汁如乳,故以名之。"《埤雅》訓爲"惡",[⑤]誤矣。陶隱居云:"即今構樹也。"陸璣《詩疏》曰:"構,幽

① "詞",当爲"辭",下同。
② "玉",原作"至",據金閶書業堂本改。
③ "牝",金閶書業堂本作"北"。
④ "而",原闕,據金閶書業堂本補。
⑤ "惡",金閶書業堂本作"善"。

州人謂之穀桑,荆楊交廣謂之穀。"其中多女牀。郭曰:"未詳。"任臣案:王氏《釋義》曰:"女牀疑草石類。"鳥危之水出焉,西流注于赤水,其中多丹粟。

又西四百里曰小次之山,其上多白玉,其下多赤銅。有獸焉,其狀如猿而白首赤足,名曰朱厭,任臣案:《駢雅》曰:"朱厭、雍和、騰猿、獑胡、風母、前兒,皆猿屬也。"《事物紺珠》云:"朱厭如猿,白身赤足。"見則大兵。郭曰:"一作'見則有兵起焉',一作'見則爲兵'。"任臣案:《圖贊》曰:"鳧徯朱厭,見則有兵。類異感同,理不虚行。推之自然,厥數難明。"

又西三百里曰大次之山,其陽多堊,郭曰:"堊似土色甚白,音惡。"其陰多碧,其獸多㸲牛、麢羊。

又西四百里曰薰吴之山,無草木,多金、玉。

又西四百里曰底陽之山,郭曰:"音旨。"其木多稷、枏、豫章,郭曰:"稷似松,有刺,細理,音即。豫章,大木,似楸,葉冬夏青,生七年而後復可知也。"任臣案:張衡《南都賦》:"其木則檉松楔稷。"司馬相如賦云:"梗楠豫章。"顔注曰:"豫即沈木;章即樟木。二木生七年乃可分别。"觀此,則"豫"即"釣樟"也。《通志略》曰:"釣樟,亦樟類。"《爾雅》所謂"棆無疵",①是也。又縣名豫章,亦因此木得名。其獸多犀、兕、虎、犳、郭曰:"犳,音之藥反。"任臣案:《字海》云:"犳皮有虎文。"《字彙》云:"獸,豹文。又音腰。狀如狗而文首也。"㸲牛。

又西二百五十里曰衆獸之山,其上多㻬琈之玉,其下多檀、楮,多黄金,其獸多犀、兕。

又西五百里曰皇人之山,其上多金、玉,其下多青雄黄。郭曰:"即雌黄也。② 或曰空青、曾青之屬。"任臣案:雄黄生山陽,故名雄

---

① "無",原闕,據金閶書業堂本補。
② "雌",原作"雄",據金閶書業堂本改。

黄；雌黄生山陰，故名雌黄，二義自别。若爲雌黄，不當復有青雄黄之名矣。蘇頌云：[①]"階州山中，雄黄有青黑色而堅者，名曰熏黄。"[②]青雄黄意即此也。皇水出焉，西流注于赤水，其中多丹粟。

又西三百里曰中皇之山，其上多黄金，其下多蕙、棠。郭曰："彤棠之屬也。蕙或作羔。"任臣案：或以爲薰葉、棠梨二種。

又西三百五十里曰西皇之山，其陽多金，其陰多鐵，其獸多麋鹿、牸牛。郭曰："麋大如小牛，鹿屬。"任臣案：麋：牡，麔；[③]牝，麎；其子䴠。鹿：[④]牡，麚；牝，麀；其子麛。熊氏《禮記注》曰：[⑤]"鹿，山獸，屬陽，情淫而游山，夏至得陰氣而解角，從陽退之象。麋，澤獸，屬陰，情淫而游澤，冬至得陽氣而解角，從陰退之象。"

又西三百五十里曰萊山，其木多檀、楮，其鳥多羅羅，是食人。郭曰："羅羅之鳥，所未詳也。"任臣案：《宛委餘編》曰："鳥之雙名者，藥山羅羅。""萊山"作"藥山"，誤。

凡《西次二經》之首，自鈐山至于萊山，凡十七山，四千一百四十里。其十神者，皆人面而馬身。其七神皆人面牛身，四足而一臂，操杖以行：是爲飛獸之神；其祠之，毛用少牢，郭曰："羊猪爲少牢也。"白菅爲席。其十輩郭曰："音背。"神者，其祠之，毛一雄雞，鈐而不糈；郭曰："鈐，所用祭器名，所未詳也。或作思，訓祈。不糈，祠不以米。"毛采。郭曰："言用雜色雞也。[⑥]"

《西次三經》之首曰崇吾之山，在河之南，北望冢遂，郭曰："山名。"南望䍃之澤，郭曰："音遥。"西望帝之搏獸之丘，郭曰："搏

① "蘇"，原作"草"，據金閶書業堂本改。
② "熏"，原作"重"，據金閶書業堂本改。
③ "麔"，原闕，據金閶書業堂本補。
④ "鹿"，原闕，據金閶書業堂本補。
⑤ "注"，金閶書業堂本作"疏"。
⑥ "雜"，原作"雄"，金閶書業堂本同，誤。袁珂《山海經校注》作"雜"，據改。

或作簿。”東望蠕郭曰：“音於然反。”淵。有木焉，員葉而白柎，郭曰：“今江東人呼草木子房爲柎，音府。一曰柎，花下鄂，音丈夫，字或作祔，音符。”赤華而黑理，其實如枳，任臣案：《周禮》：“橘逾淮而北爲枳。又小者枳實，大者枳殼。”食之宜子孫。有獸焉，其狀如禺而文臂，豹虎任臣案：字有誤。而善投，名曰舉父。郭曰：“或作夸父。”任臣案：《本草》：“豦，音據。建平山有之，大如狗，狀如猴，黃黑色，多髯鬣，好奮頭舉石擲人。”即舉父也。又有玃父，亦豦類。徐氏《蹇修賦》云：“憋舉父之不量兮，鷩九鳥使安居。”①有鳥焉，其狀如鳧，任臣案：“鳧似鴨而小，長尾。”《爾雅》：“鸍，沈鳧。”《詩》云：“鳧鷖在涇。”《尸子》曰：“野鴨爲鳧，家鴨爲鶩。”而一翼一目，相得乃飛，名曰蠻蠻，郭曰：“比翼鳥也，色青赤，不比不能飛。《爾雅》作鶼鶼鳥也。”任臣案：《周書》：②“成王時巴人獻比翼鳥。”《瑞應圖》曰：“王者德及高遠，則比翼鳥至。”管仲曰：“西海致比翼之鳥。”《拾遺記》：“成王時然丘國獻鳥，③狀如鵠而多力。張華以爲一青一赤，在參嵎山。”《焦氏易林》云：“比目附翼，歡樂相得。”《太微經》曰：“有羽鶼鶼，而或九騎與七驂。”《博物志》云：“崇丘山有鳥，一足一翼一目，相得而飛，名曰虻，見則吉良，乘之壽千歲，皆此鳥也。”晉俞益期《與韓康伯牋》：“林邑城外，比翼鳥不比不飛，鳥名歸飛，鳴聲自呼。”疑亦此也。又《韻會》作“鸞鸞”，《通志略》引《經》又作“鸞”。《圖贊》曰：“比翼之鳥，似鳧青赤。雖云一形，氣同體隔。延頸離鳥，翻飛合翮。”見則天下大水。

西北三百里曰長沙之山，泚水出焉，郭曰：“音紫。”任臣案：《水經》：“泚水有二，④一出泚陽太湖山，一出霍山東北。”非此。北流注于泑水，郭曰：“烏交反，又音黝，水色黑也。”無草木，多青雄黃。

---

① “鷩”，金閶書業堂本作“甓”。
② “周”，原作“逸”，據金閶書業堂本改。
③ “鳥”，金閶書業堂本作“之”。
④ “水”，原作“木”，據金閶書業堂本改。

又西北三百七十里曰不周之山。郭曰:"此山形有缺不周匝處,因名云。西北不周,風自此山出。"任臣案:《淮南子》:"昆侖虚旁有四百四十門,其西北隅北門開以納不周風。"又曰:"禺强不周。"風之所生也。《拾遺記》:"員嶠多大鵲,高一丈,銜不周之粟,粟穗高三丈。"《吕氏春秋》:"粟之美者,有不周之粟。"即此山。北望諸毗之山,臨彼岳崇之山,東望泑澤,河水所潛也,其源渾渾泡泡。郭曰:"河南出昆侖,潛行地下,至葱嶺,出于闐國,復分流,岐出,合而東流,注泑澤,已復潛行,南出于積石山,而爲中國河也,名泑澤,即蒲澤,一名蒲昌海,廣三四百里,其水停,冬夏不增減,去玉門關三百餘里,即河之重源,所謂潛行也。渾渾泡泡,水濆涌之聲也,衮、咆二音。"爰有嘉果,其實如桃,其葉如棗,黄華而赤柎,食之不勞。

又西北四百二十里曰峚山。郭曰:"峚,音密。"任臣案:他書引此多作"密山"。其上多丹木,員葉而赤莖,①黄華而赤實,其味如飴,任臣案:劉熙《逸雅》:"餹之清者曰飴,稠者曰餳。"揚雄《方言》謂之"餦餭"。《楚詞》云:"粔籹蜜餌用餦餭。"食之不饑。任臣案:陶潛《讀山海經詩》:"丹木生何許,乃在峚山陽。黄華復朱實,食之奉命長。"丹水出焉,西流注于稷澤,郭曰:"后稷神所馮,因名云。"其中多白玉,是有玉膏,其源沸沸湯湯,郭曰:"玉膏涌出之貌也。《河圖玉版》曰:'少室山,其上有白玉膏,一服即仙矣。'亦此類也。沸音拂。"任臣案:玉膏即玉髓,或謂之玉液,又謂之玉脂。《十洲記》云:"瀛洲有玉膏,名曰玉醴,飲數升輒醉。"《抱朴子》云:"生玉之山有玉膏流出,鮮明如水精,以無心草木和之,須臾成水,服之長生。"《圖贊》曰:"丹木煒燁,②沸沸玉膏。黄軒是服,遂攀龍豪。渺然升遐,群下烏號。"黄帝是食是饗。郭曰:"所以得登龍于鼎湖而龍蜕也。"任臣案:陶淵明詩:"白玉凝

---

① "而",原作"不",金閶書業堂本同,误。袁珂《山海经校注》作"而",據改。
② "燁",原作"華",據金閶書業堂本改。

素液，瑾瑜發奇光。豈伊君子寶，見重我軒黄。"即此。是生玄玉。郭曰："言玉膏中又出黑玉也。"任臣案：于闐國有烏玉河。《御覽》云："西蜀出黑玉。"王逸《玉論》云："黑如純漆。"又高昌人謂玄玉爲石壂，今謂之墨玉，皆此玉也。孫興公《賦》云："挹以玄玉之膏。"玉膏所出，以灌丹木。任臣案：《事類賦》："玉膏灌丹木之根，金刀剖如何之實。"丹木五歲，五色乃清，郭曰："言光鮮也。"任臣案：吴淑《木賦》："搴弱水之九衢，玩密山之五色。"五味乃馨。郭曰："言滋香也。"黄帝乃取峚山之玉榮，郭曰："謂玉華也。《離騷》曰：'懷琬琰之華英。'又曰：'登昆侖兮食玉英。'《汲冢周書》所謂'苕華之玉'。"任臣案：《穆天子傳》："天子于是得玉策枝斯之英。"玉策即玉榮也。注引《山海經》亦作"玉策"。《尸子》曰："龍泉有玉英。"梁任昉《咏雪詩》："山經陋密榮。"謂此也。而投之鍾山之陽。郭曰："以爲玉種。"任臣案：潘氏《黄海》云："峚山玉榮，投之鍾山之陽，以爲種闕。[①]"瑾瑜之玉爲良，郭曰："言最善也。或作食。覲臾兩音。"任臣案：《圖贊》曰："鍾山之寶，爰有玉華。光彩流映，氣如紅霞。君子是佩，象德閑邪。"堅粟精密，郭曰："説玉理也。《禮記》曰：'瑱密似粟。粟或作栗。玉有粟文，所謂穀璧也。'"任臣案：陳氏《禮書》："子不足于長人，故璧瑑以穀。"是穀璧非自然之文，以此相証，非是。濁澤而有光，[②]郭曰："濁謂潤厚。"五色發作，郭曰："言符彩互映色。王子靈《符應》曰：'赤如雞冠，黄如蒸栗，白如割肪，黑如醇漆。'玉之符彩也。"以和柔剛。郭曰："言玉協九德也。"天地鬼神，是食是饗；郭曰："玉所以祈祭者，言能動天地感鬼神。"君子服之，以禦不祥。郭曰："今徼外出金剛石，石屬而似金，有光彩，可以刻玉，外國人带之，云辟惡氣，亦此類也。"自峚山至于鍾山，四百六十里，其間盡澤也。

---

① 金閶書業堂本此句無"闕"字。

② "而有"，原作"有而"，金閶書業堂本同，汪紱本、畢沅校本、《百子全書》本并作"而有"，據改。

是多奇鳥，怪獸，奇魚，皆異物焉。

又西北四百二十里曰鍾山，任臣案：《穆天子傳》："自密山以至鍾山四百六十里。"《論衡》曰："鍾山之上以玉抵鵲。"嚴忌《哀時命》云："願至昆侖之玄圃也，采鍾山之玉英。"嵇康《琴賦》："徽以鍾山之玉。"即此山也。又，應天府興國州皆有鍾山，非此。其子曰鼓，郭曰："此亦神名，名之爲鍾山之子耳。其類皆見《歸藏·啟筮》。"任臣案：《事物紺珠》作"古"，《續騷經》："鍾魑又附耳而舉佩。"注云："謂鼓也。"其狀如人面而龍身，郭曰："《啟筮》曰：'麗山之子，青羽，人面鳥身。'亦似此狀也。"任臣案：《三才圖會》曰："鍾山之子有神，名曰鼓，其狀龍身而人面。"是與欽䲹郭曰："音邳。"任臣案：王世貞《欽䲹行》云："不知鳳凰是欽䲹。"盧柟《泰宇賦》云："齒欽䲹而貔略獲。"顧起元《咏懷詩》："瑶崖有大鳥，其名爲欽䲹。"本此。殺葆江于昆侖之陽，郭曰："葆或作祖。"任臣案：張衡《思玄賦》："瞰瑶谿之赤岸兮，弔祖江之見劉。"陶潛《讀山海經詩》："巨猾肆威暴，欽䲹違帝旨。窫窳强能變，祖江遂獨死。"皆以"葆"爲"祖"也。帝乃戮之。鍾山之東曰瑶郭曰："音遥。"崖，欽䲹化爲大鶚，郭曰："鶚，雕屬也。音鄂。"任臣案：《禽經》云："王雎，魚鷹也。"即此。《詩》謂之"雎鳩"，《淮南子》謂之"沸波"。其狀如雕而黑文白首，赤喙而虎爪，其音如晨鵠，郭曰："鵠，鶚屬。猶云晨鳧耳。《説苑》曰'緤北犬，①奉晨鳧'也。"見則有大兵；鼓亦化爲鵕鳥，郭曰："音俊。"任臣案：劉會孟曰："褒君化龍，牛哀化虎，黄母化黿，徐伯化魚，何但欽䲹與鼓？"又陶潛詩："長枯固已劇，鵕鶚豈足恃！"謂此也。其狀如鴟，赤足而直喙，黄文而白首，其音如鵠，見即其邑大旱。郭曰："《穆天子傳》云：'鍾山作春。'字音同耳。穆天子北升此山，以望四野，曰鍾山。是唯天下之高山也。百獸之所聚，飛鳥之栖也。爰有赤豹、白虎、白鳥、青雕，執犬羊，食豕鹿。穆王五日觀于鍾山，乃爲銘迹于縣圃

① "緤北犬"，原作"緤吠犬比"，金閶書業堂本同，據《説苑》原文改。

之上，以詔後世。”任臣案：《圖贊》曰：“欽䲹及鼓，是殺祖江。帝乃戮之，昆侖之東。二子皆化，矯翼亦同。”

又西百八十里曰泰器之山。觀水出焉，西流注于流沙。是多文鰩魚，郭曰：“音遥。”任臣案：《吕氏春秋》：“藋水之魚名曰鰩，其狀若鯉而有翼，常從西海飛，游于東海。”《左思賦》云：“文鰩飛波而觸綸。”《庾信集》云：“文鰩夜觸，翼似青鸞。”郭璞《江賦》：“鮫鰩鰞鰱。”《酉陽雜俎》云：“洞庭之鮒，灌水之鰩。”《稽瑞録》云：“虬何以驂？鰩何以蜚？”曹植《七啓》：“膾西海之飛鱗。”李善注以爲“文鰩”也。《駢雅》云：“文鰩長尺許，有翼。”《函史·物性志》：“文鰩出南海，名飛魚，群飛水上則大風。”又《神異經》言：“東南海中有温湖，其中有鰩魚，長八尺。”不言能飛，似别爲一種。狀如鯉魚，魚身而鳥翼，蒼文而白首，赤喙，常行西海，游于東海，以夜飛。任臣案：薛道衡詩：“杉樹朝飛向洛陽，文魚夜過歷吴洲。”《白氏六帖》云：“獸爲毛群，天馬潛而在水；魚非羽族，文鰩飛以排空。”《事類賦》云：“夜飛常駭于文鰩。”其音如鸞雞，郭曰：“鸞雞，鳥名，未詳也。或作欒。”①任臣案：鸞亦名雞趣，疑即鸞也。其味酸甘，食之已狂，任臣案：《淮南子》曰：“丘氣多狂。”見則天下大穰。郭曰：“豐穰收熟也。韓子曰：‘穰歲之秋。’”任臣案：《圖贊》曰：“見則邑穰，厥名曰鰩。經營二海，矯翼閑霄。唯味之奇，寄厥伊庖。”又簡文詩：“鰩魚顯嘉瑞。”謂此也。

又西三百二十里曰槐江之山。丘時之水出焉，而北流注于泑水。其中多蠃母，郭曰：“即蟃螺也。”任臣案：螺之屬有珠螺、鸚鵡螺、梭子螺，皆蟃螺類。其上多青雄黄，多藏琅玕、黄金、玉，郭曰：“琅玕，石似珠者。藏，猶隱也。郎干兩音。”任臣案：《爾雅》：“西北之美者，有昆侖之璆琳、琅玕。”許氏《説文》云：“琅玕石似玉。②”《禹貢》：“雍州厥貢琅玕。”孔安國云：“石之似珠者。”《荀子》：“琅玕龍兹。”注亦

① “欒”，原作“欒”，據金閶書業堂本改。
② “石”，金閶書業堂本作“乃”。

云:"琅玕似珠。"又徐氏《總龜》曰:"琅玕生南海石崖間,壯如筍,質似玉。"《西域記》:"天竺國出琅玕。"《六挋》:"珊瑚、琅玕本是一類,生于海而赤者爲珊瑚,生于山而碧者爲琅玕。今回回出青珠,與碧龍相似,即琅玕所作。"或曰左思《蜀都賦》"青珠黄環",蓋指琅玕子也。又杜綰《石譜》載:"明州昌國有琅玕石,生水中,初白而後微紫。"是水中亦有琅玕矣。其陽多丹粟,其陰多采黄金、銀。實惟帝之平圃,郭曰:"即玄圃也。《穆天子傳》曰:'乃爲銘迹于玄圃之上。'謂刊石紀功德,如秦皇漢武之爲者也。"任臣案:王融《曲水詩序》載:"懷平圃乃睠芳林。"神英招司之,郭曰:"司主也。招音韶。"其狀馬身而人面,[①]虎文而鳥翼,徇于四海,郭曰:"徇,謂周行也。"任臣案:《圖贊》曰:"槐江之山,英招是主。巡游四海,撫翼雲儛。實唯帝囿,有謂玄圃。"其音如榴。郭曰:"音留。或作籀,此所未詳也。"南望昆侖,其光熊熊,其氣魂魂。郭曰:"皆光氣炎盛相焜燿之貌。"西望大澤,后稷所潛也;郭曰:"后稷生而靈智,及其終,化形遁此澤,而爲之神。亦猶傳説騎箕尾也。"任臣案:后稷有二,一爲炎帝柱,一爲舜之臣棄。其中多玉,其陰多榣木之有若。郭曰:"榣木,大木也。言其上復生若木,大木之奇靈者爲若,見《尸子》。《國語》曰:'榣木,不生花也。'"任臣案:《楚詞》:"擥榣木之橝枝兮,望閬風之板桐。"即榣木也。楊氏《補注》云:"凡木大至百圍,年歷千載,皆有奇靈,不獨扶桑得稱若木耳。"《尸子》曰:"食若木者多爲仁人。"《圖贊》曰:"榣唯靈樹,爰生若木。重根增駕,流光旁燭。食之靈化,榮名仙録。"《古音附録》曰:"《山海經》多榣木。"《列子》:"碧樹而冬生曰櫾。"蓋省作"榣"也,未審是非。北望諸毗,郭曰:"山名。"槐鬼離侖居之,郭曰:"離侖,其神名。"鷹鸇之所宅也。郭曰:"鸇亦鴟屬也。莊周曰:'鴟鴉甘鼠。'《穆天子傳》云:'鍾山上有白鳥、青雕。'皆此族類也。"東望恒山四成,郭曰:"成亦重也。《爾雅》云:'再成曰英也。'"有

① "其",原作"而",據金閶書業堂本改。

窮鬼居之，各在一摶。郭曰："摶猶脅也，言群鬼各以類聚，處山四脅，有窮其總號耳。摶一作摶。"任臣案：楊慎《補注》云："退之送窮文。"實衍此也。爰有淫水，其清洛洛，郭曰："水留下之貌也。淫音遥也。"任臣案：陶潛《讀山海經詩》："迢遞槐江嶺，是謂玄圃丘。西南望昆墟，光氣難與儔。亭亭明玕照，落落清瑶流，恨不及周穆，托乘一來游。"有天神焉，其狀如牛而八足，二首馬尾，其音如勃皇，郭曰："勃皇，未詳。"見則其邑有兵。

西南四百里曰昆侖之丘，是實惟帝之下都，郭曰："天帝都邑之在下者也。《穆天子傳》曰：'吉日辛酉，天子升于昆侖之丘，以觀黄帝之宫，而封豐隆之葬，以詔後世。'言增封于昆侖山之上。"任臣案：《十六國春秋》："馬岌言'酒泉南山即昆侖之體'也，周穆王見西王母樂而忘歸，蓋謂此山。"《禹貢》："昆侖在臨江之西。"即此，明矣。《十三州記》云："昆侖正在西海之戌地，北海之亥地，去岸十三萬里，有弱水周迴繞匝，山南接積石圃，西北接北户之堂，東北臨大活之井，西南至承淵之谷。此四角大山，實昆侖之支輔也。"《河圖始開圖》云："昆侖山北地轉下三千六百里，有八玄幽都，方二十萬里。地下有四柱，廣十萬里。地有三千六百軸，犬牙相舉。"言誕而誇，未可據也。又，《括地象》曰："昆侖之墟，下通含右；赤縣之州，是爲中則。"《赤霆經》曰："昆侖柱天，萬脈由起西北，綿亘幽寒。"《搜神記》曰："昆侖之山，是唯帝之下都。"《淮南子》云："昆侖之丘，或上倍之，是謂涼風之山；①或上倍之，是謂元圃；或上倍之，②是謂太帝之居。"《酉陽雜俎》云："昆侖之墟，帝之下都，百神所在。"《十洲記》云："上有金臺玉闕，天帝、君之居治處也。"《葛仙公傳》："昆侖一曰玄圃，一曰積石瑶房，一曰閬風臺，一曰華蓋，一曰天柱，仙人所居也。"《圖贊》曰："昆侖月精，水之靈府。唯帝下都，西邦之宇。磔然中峙，號曰天柱。"盧柟《昆侖山人賦》："崒厲萬仞，爲帝下都。"本此。神陸吾司之。郭

---

① "山"，原作"上"，金閶書業堂本同，據《淮南子・墬形訓》原文改。

② "或上倍之"，原作"或倍上之"，金閶書業堂本同，據《淮南子・墬形訓》原文改。

曰:"即肩吾也。莊周曰:'肩吾得之,以處大山也。'"任臣案:《圖贊》曰:"肩吾得一,以處昆侖。開明是對,司帝之門。吐納靈氣,熊熊魂魂。"王世貞《騷》云:"彼荃亦何爲兮,辱陸吾使不得主。"盧柟《泰宇賦》:"挫陸吾而陁驕蟲。"徐氏《謇修賦》:"令陸吾啓鑰而列圖。"謂此也。其神狀虎身而九尾,人面而虎爪。是神也,司天之九部及帝之囿時。郭曰:"主九域之部,界天帝苑囿之時節也。"任臣案:《事物紺珠》作"堅吾",虎身人面九首,司九域事。《開山圖注》:"無外之山在昆侖東南,五龍天皇皆出此中,爲十二時神也。"道里既殊,或與此神異。有獸焉,其狀如羊而四角,名曰土螻,任臣案:一作士螻。又作土螻。《篇海》云:"土羻獸似羊,四角,觸物則斃。"《元覽》曰:"土羻也,㻿羊也,四角之獸也。"《事物紺珠》云:"土螻如羊,四鋭角。"《駢雅》曰:"羊四角爲土螻。又鼫鼠,北方亦謂之土螻。見《爾雅翼》。"與此同名異物。是食人。有鳥焉,其狀如蜂,大如鴛鴦,名曰欽原,郭曰:"欽,或作爰,或作至也。"任臣案:《駢雅》云:"欽原,①蠚鳥也。"《元覽》曰:"蜚竭水,欽原蠚木。"彭儼《五侯鯖》云:"欽原,蠚鳥獸則死,②蠚木則空。"蠚鳥獸則死,蠚木則枯。任臣案:蠚,毒,蟲名,猶言毒也。《漢書》:"齊王曰:'蝮蠚手則斬手,蠚足則斬足。'"卞壺《與温嶠書》:"元規召峻,意定必縱,毒蠚以向朝廷。"《圖贊》曰:"土螻食人,四角似羊。欽原類蜂,大如鴛鴦。觸物則斃,其鋭難當。"有鳥焉,其名曰鶉鳥,是司帝之百服。郭曰:"服,器服也。一曰服事也。或作藏。"任臣案:《天文志》:"鶉首、鶉火、鶉尾,三宫當大微,軒轅之座南面,而承如在帝左右焉。且星主衣裳文繡。張主宗廟服用,皆鶉火宿也。《周禮》:"輪人鳥,旟七斿,畫南方,鶉火之象。"司服、鷩冕、褘翟諸制,皆本此,意通之。《經》云:"鶉鳥司帝百服。"或義取此也。今三式家猶以朱雀爲文章、采服之神,夫有所受之矣。有木焉,其狀如棠,郭曰:"棠,梨也。"黄華赤實,其味如李而無核,

① "欽原",金閶書業堂本作"蹾塬"。
② "蠚",原作"蠧",金閶書業堂本同,據文意改,下同。

名曰沙棠，可以禦水，[1]食之，使人不溺。郭曰："言體浮輕也。沙棠爲木不可得沉。《吕氏春秋》曰：'果之美者，沙棠之實。'《銘》曰：'安得沙棠，刻以爲舟。泛彼滄海，以遨以游。'"任臣案：《南越志》："寧鄉果多沙棠。"竺法其《羅浮山疏》："羅浮山有沙棠，華黄實赤，甘如李。"《上林賦》云："沙棠櫟櫧，華楓枰櫨。"謝朓《啓》云："帝臺妙棠，安期靈棗。"《圖贊》曰："安得沙棠，制爲龍舟。泛彼滄海，渺然遐游。聊以逍遥，在彼去留。"有草焉，名曰蘋草，郭曰："音頻。"任臣案：毛晃曰："蘋，大蘋也。與蘋同。"《本草》云："大者爲蘋，小者爲荇，葉如田字形，有水陸二種。"《左傳》："蘋蘩蕰藻之采，可薦於鬼神，可羞于王公。"則蘋有賓之義。故字从賓。其狀如葵，其味如葱，食之已勞。郭曰："《吕氏春秋》曰：'菜之美者，昆侖之蘋。'"任臣案：《圖贊》曰："司帝百服，其鳥名鶉。沙棠之實，唯果是珍。爰有奇菜，厥號曰蘋。"河水出焉郭曰："出山東北隅也。"而南流東注于無達。郭曰："山名。"赤水出焉，郭曰："出山東南隅也。"而東南流，注于氾天之水。郭曰："氾天亦山名，赤水所窮也。《穆天子傳》曰：'遂宿于昆侖之側，赤水之陽，陽水北也。'氾，浮劍反。"洋水出焉，郭曰："出山西北隅，或作清。"任臣案：《水經注》引《經》作："漾水出昆侖西北隅。"又許慎、吕忱、孔安國、常璩並以漾水出隴西，則洋水或一名漾水，未可知也。又案：《海内西經》："洋，當音翔。"而西南流注于醜塗之水。郭曰："醜塗，亦山名也。皆在南極。《穆天子傳》曰：'戊辰濟洋水。'又曰：'觴天子洋水也。'"任臣案：《水經注》作"配塗"。黑水出焉，郭曰："亦出西北隅也。"而西流于大杅。郭曰："山名也。《穆天子傳》曰：'乃封長肱于黑水之西河，是惟昆侖鴻鷺之上，以爲周室主。'杅，音于。"是多怪鳥獸。郭曰："謂有一獸九首，有一鳥六首之屬也。"

又西三百七十里曰樂游之山。桃水出焉，西流注于稷

---

① "水"，原作"火"，金閶書業堂本同，據文意改。

澤，是多白玉。其中多鰼魚，郭曰："音滑。"任臣案：《字書》："鰼魚有二：鳥翼如魚者，音滑，子桐水之鰼魚是也；如蛇四足者，音骨。"今郭音相反，疑《字書》誤。景純《江賦》云："鰼鰊鰫魮。"張融《海賦》云："鯔魞鰜鰼。"其狀如蛇而四足，是食魚。任臣案：劉會孟曰："龍蟠山潭中亦産魚，四足而有角。"西水行四百里曰流沙，二百里至于嬴母之山，神長乘司之，是天之九德也。郭曰："九德，九氣所生。"其神狀如人而犳郭曰："之藥反。"尾。任臣案：《圖贊》曰："九德之氣，是生長乘。人狀犳尾，其神則凝。妙物自潛，世無得稱。"其上多玉，其下多青石而無水。

又西三百五十里曰玉山，是西王母所居也。郭曰："此山多玉石，因以名云。《穆天子傳》謂之'群玉之山'。見其山河無險，四轍中繩，先王之所謂'策府'。寡草木，無鳥獸，穆王於是攻其玉石，取玉石版三乘，玉器服物，載玉萬隻以歸。雙玉爲瑴，半瑴爲隻。"任臣案：闞駰《十三州志》："赤水西有白玉山，山有西王母堂室。"《外國圖》曰："西王母國前弱水中，有玉山白兔。"陶潛《讀山海經詩》："玉臺凌霞秀，王母妙怡顔。"又李賀詩"忽憶周天子，驅車上玉山"，即此也。又，玉山近春山旁。東瀛子云："西王母所居，在龜山之春山，瓊華之闕，光碧之堂。所謂玉闕塈天，緑臺承霄。"《老君中經》、《集仙傳》、《諸皋記》、《書記》、《洞詮》諸書云，西王母，九靈太妙，龜山金母也，姓緱氏，名婉妗。一云姓揚名回，與東王公共理二氣，乃西華之至妙，洞陰之極尊。其説甚誕，不足據也。西王母其狀如人，豹尾虎齒而善嘯，蓬髮戴勝，郭曰："蓬頭亂髮。勝，玉勝也，音麗。"任臣案：《帝王世紀》曰："昆侖之北，玉山之神，人身虎首，豹尾蓬頭。"又《廣記》云："蓬髮戴華勝，虎齒善嘯者，此乃王母之使金方白虎之神，非王母真形也。"其説未足信。今戴鵟鳥以頭上有毛花成勝，故亦名戴勝，明此，知戴勝之義。是司天之厲及五殘。郭曰：主知灾厲五刑殘殺之氣也。《穆天子傳》曰："吉日甲子，天子賓于西王母，執玄圭白璧以見西王母，獻錦組百纓，金玉百斤，西王母再拜受之。

乙丑，天子觴西王母于瑶池之上，西王母爲天子謡曰：‘白雲在天，山陵自出，道里悠遠，山川間之，將子無死，尚復能来。’天子答之曰：‘予還東土，和理諸夏，萬民均平，吾顧見汝，比及三年，將復而野。’西王母又爲天子吟曰：‘徂彼西土，爰居其所，虎豹爲群，烏鵲與處，嘉命不遷。我爲帝女，彼何世民。又將去子，吹笙鼓簧，中心翺翔，世民之子，惟天之望。’天子遂驅升于奄山，乃紀迹于奄山之石，而樹之槐眉曰：‘西王母之山。’”奄山即崦嵫山。案《竹書》：“穆王五十七年，西王母来見，賓于昭宫。舜時，西王母遣使獻玉環，見禮三朝。”任臣案：黄帝時西王母授益地圖。《廣博物志》云：“堯教化及雕題蜀越，西見王母。”《大戴禮》云：“舜時西王母獻白玉琯”。説見《大荒經注》。《圖贊》曰：“天帝之女，蓬髪虎顔。穆王執贄，賦詩交歡。”有獸焉，其狀如犬而豹文，其角如牛，郭曰：“或作羊。”其名曰狡，其音如吠犬，見則其國大穰。郭曰：“晋太康七年，邵陵扶夷縣檻得一獸，狀如豹文，有兩角，無前兩脚。時人謂之狡，疑非此。”任臣案：盧柟《蠛蠓集》云：“狡音麗吠，豹文純擾。”有鳥焉，其狀如翟而赤，名曰胜遇，郭曰：“音姓。”任臣案：《事物紺珠》云：“胜遇如翟而赤，食魚。”《駢雅》曰：“鸞鸞胜遇，兆水鳥也。”又張華《神異經叙》：“天柱上有大鳥，名曰希有。南向，右翼覆西王母。”當與此鳥共處也。是食魚，其音如録，郭曰：“音禄，義未詳。”任臣案：《字義總略》：“碌碌”，古作“録録”，或作“鹿鹿”，是録、鹿古相通也。疑爲鹿之借字。

又西四百八十里曰軒轅之丘，郭曰：“黄帝居此丘，娶西陵氏女，因號軒轅丘。”任臣案：皇甫謐云：“黄帝受國于有熊，居軒轅之丘。”劉會孟曰：“今新鄭縣，古有熊氏之國。”曹學佺《名勝志》云：“新鄭縣城内有軒轅丘。又秦州亦有軒轅丘。”無草木。洵水出焉，郭曰：“音詢。”南流注于黑水，其中多丹粟，多青雄黄。

又西三百里曰積石之山，其下有石門，河水冒以西流。郭曰：“冒猶覆也。積石山，今在金城河門關西南，境中河水行塞外，東入塞内。”任臣案：《一統志》：“積石在西寧衛境，廢龍文縣之南。”劉辰翁曰：“積石在陝西河州。”夏氏《禹貢合注》云：“積石有二，河水經大積石山，又東北流至小積石山，一名唐述山，土人以鬼爲唐述。蓋傳其山有神人往還也。”葛洪《枕中書》曰：“舜治積石山即此，河水冒以西流。”《水經注》引此作“西南流”。是山也，萬物無不有焉。郭曰：“《水經》引《山海經》云：‘積石山在鄧林山東，河所入也。’”任臣案：《圖贊》曰：“積石之中，實生重河。夏后氏導，石門涌波。珍物斯備，比奇昆阿。”

又西二百里曰長留之山，其神白帝少昊居之。郭曰：“少昊，金天氏帝摯之號也。”任臣案：《禮斗威儀》曰：“白帝，白招拒。”《枕中書》云：“白帝治華陰山。”顔之推《家訓》曰：“《帝王世紀》：‘帝少昊崩，其神降長流之山，於祀主秋。’《周禮·秋官》：‘主刑罰’。”故今名治獄參軍爲長流，即長留也。羅苹《路史注》云：“今臨朐有祠曰治泉祠。”《廣雅》以爲金神之祠，斯少昊所降也。是少昊之主西也，久矣。又《傳》稱少昊爲西皇，亦以帝居西方故耳。其獸皆文尾，郭曰：“或作長。”其鳥皆文首。郭曰：“文或作長。”是多文玉石。實惟員任臣案：一本作“負”。神磈氏之宫。郭曰：“音隗。”任臣案：《國名記》作“隗氏”，即春秋隗氏之地。《冠編》云：“少昊青陽氏偕妃隗氏降神于長流之山。”《圖贊》曰：“少昊之帝，號曰金天。磈氏之宫，亦在此山。是司日入，其景則圓。”是神也，主司反景。郭曰：“日西入則景反東照，主司察之。”任臣案：吴淑《日賦》“長留反景，都廣無晷”，謂此。楊慎《補注》云：“日西入則景反東照，故曰反景。揚雄《賦》所謂倒景也。”《尚書·宅西》曰：“昧谷，寅餞納日，古文昧谷作柳谷。”鄭氏曰：“五色聚爲柳，日入時具五色。”《説文》：“㲃，①日入色也，音忽。”《尚書》：“餞日柳谷，屬之仲秋。”《山海經》：“司反景，亦居之白帝。”蓋倒景反照，在秋爲多，其變千狀，有作胭脂紅者，有如金縷穿射者，凡乍雨乍霽，載霞載陰，雲氣斑駁，日光穿漏其中，必有蛟龍隱見，是則所謂神司反景也。

又西二百八十里曰章莪之山，任臣案：一本作“章義”。無草木，多瑶、碧。郭曰：“碧亦玉屬。”所爲甚怪。郭曰：“多有非常之

---

① “㲃”，金閶書業堂本作“縠”。

物。”有獸焉，其狀如赤豹，任臣案：《穆天子傳》：“鍾山爰有赤豹白虎。”屈子《九歌》云：“乘赤豹兮從文貍。”《詩・大雅》：“赤豹黃羆。”鬼谷子《遺蘇秦張儀書》中云：“下有赤豹麒麟。”五尾一角，其音如擊石，其名如猙。郭曰：“《金氏易義》曰：‘音如石相擊。’音静也。”任臣案：猙又音爭，一曰似狐，有翼，見《廣韻》。黄氏《續騷經》：“梟授翼于獰猙。”注云：“似豹，一角五尾。”《圖贊》曰：“章莪之山，奇怪所宅。有獸似豹，厥色惟赤。五尾一角，鳴如擊石。”又《篇海》言：“狰如赤豹，五尾，與猙相類。”似誤也。有鳥焉，其狀如鶴，任臣案：鶴大於鵠，長喙，丹頂赤目，赤頰青脚，修頸，白羽黑翎。《相鶴經》云“飲而不食”，乃胎化也。一足，赤文青質而白喙，名曰畢方，其鳴自叫也，見則其邑有譌火。郭曰：譌亦妖，訛字。任臣案：《駢雅》：“畢方，兆火鳥也。商羊、鸜鵒，兆雨鳥也。”《淮南子》“木生畢方”注云：“狀如鳥，青色赤脚，一足，不食五穀。”《事物紺珠》云：“畢方，見者主壽。”《彙苑》云：“畢方，老鬼也。一曰南方，獨脚，鳥形，如鶴。”《尚書故實》云：“漢武帝有獻獨足鶴者，人皆以爲異。東方朔奏曰：‘《山海經》云：畢方鳥也。’驗之果是。”《華林博議》云：“孝武帝常有獻異鳥者，[1]莫識。東方朔曰：‘此畢鸞也，見《山海經》。’”“畢鸞”本爲“畢方”之訛。又《白澤圖》“火之精”曰：“必方狀如鳥，一足，以其名呼之則去，即畢方也。”《圖贊》曰：“畢方赤文，離精是炳。旱則高翔，鼓翼陽景。集乃流灾，火不炎正。”柳宗元《逐畢方文》：“元和七年夏，火灾日夜數十發，蓋類物之爲者，訛傳怪鳥，莫實其狀。《山海經》‘畢方見有訛火’，則怪鳥，其畢方與？”《興化府志》云：“嘉靖十八年九月間，莆田縣火災，是夜有鳥下火中，即子厚所云畢方鳥也。”又《續騷經》云：“俞兒駷駻而遠去兮，畢方躨跜以卜隣。”疑指此。又薛綜《文選注》：“畢方如鳥，兩足一翼，常銜火作怪灾。”與《經》文小有異同，未可據也。

又西三百里曰陰山。濁浴之水出焉，而南流注于蕃澤，其中多文貝。任臣案：《相貝經》：“貝十二等。”《書・大傳》：“大貝如車

---

① “常”，當为“嘗”。

渠。"《顧命》云:"文貝仍几。"《楚詞》:"紫貝闕兮珠官。"《詩·小雅》"成是貝錦",言其文也。《圖贊》云:"先民有作,龜貝爲貨。貴以文彩,賈以小大。簡則易資,犯而不過。"有獸焉,其狀如狸郭曰:"或作豹。"任臣案:《字林》云:"貍,狀獸,似貙,其子名隸。"而白首,名曰天狗,任臣案:大荒有赤犬曰天犬。又,太白化妖星,名天狗,窮奇獸亦名天狗,非此。《事物紺珠》云:"天狗如狸,白首,音如猫,食蛇。"其音如榴榴,郭曰:"或作猫猫。"可以禦凶。任臣案:《圖贊》云:"乾麻不長,天狗不大。厥質雖小,禳灾除害。氣之相旺,在乎食带。"

又西二百里曰符惕之山,郭曰:"音陽。"任臣案:劉子威《雜俎》作"符陽"。其上多椶、柟,下多金、玉,神江疑居之。任臣案:《郁離子》云:"江疑乘雲,列缺御雷。"即此神。是山也,多怪雨,風雲之所出也。任臣案:劉鳳《玄覽篇》:"符陽之山多怪雨。"謂此也。

又西二百二十里曰三危之山,郭曰:"今在敦煌郡。《尚書》云:'竄三苗于三危。'是也。"任臣案:三危,古字作三㞙,在陜西沙州城東南二十里,其山三峰峭絶,因名。《河圖括地象》曰:"三危山在鳥鼠之西南,與汝山相接,上爲天苑星,黑水出其南。"《河西舊事》云:"三危山有三峰,故曰三危,俗亦爲昇雨山,在縣南二十里。"又《列朝詩集》注:"麗江府羅些城北有山,即三危山。"未知是非。三青鳥居之。郭曰:"三青鳥主爲西王母取食者,别自栖息于此山也。《竹書》曰:'穆王西征,至于青鳥所解。'"任臣案:《圖贊》曰:"山名三危,青鳥所憩。往来昆仑,王母是隸。穆王西征,旅軫斯地。"陶潛《讀山海經詩》:"翩翩三青鳥,毛色實可憐。①朝爲王母使,暮歸三危山。"徐陵《天台碑》:"未去三鳥,賓游二章。"虞綽《大鳥銘》:"西王青鳥,東海赤雁。"伏知《道書》云:"玉山青鳥,仙使難通。" 本此。《留青日札》曰:"三危山有青鳥,爲王母使者。"《左傳》云:"青鳥,司啓者也。"注:"鶬鴰也。立春鳴,立夏止。故司啓因'啓',有通

① "實",金閶書業堂本作"奇"。

信問之義，故言西王母使者。”又《漢武故事》云：“七月七日西王母至，有三青鳥夾侍王母傍。”亦緣此附會之。是山也，廣員百里。其上有獸焉，其狀如牛，白身四角，其毫如披蓑。郭曰：“蓑，辟雨之衣也，音催。”其名曰傲𤞤，郭曰：“傲噎兩音。”任臣案：一作獓狠。《駢雅》曰：“牛四角而白曰獓狠。”《字彙》引此作“獒狠”，《古音略》，又作“傲狠”。是食人。有鳥焉，一首而三身，其狀如鸈，其名曰鴟。郭曰：“鸈似雕，黑文赤頸，音洛。下句或云‘扶狩則死，扶木則枯’，應在上欽原下，脱錯在此耳。〇一本作：①‘扶狩則短’。”任臣案：《圖贊》曰：“江疑所居，風雲是潛。獸有獓狠，毛如披蓑。鸈鳥一頭，厥身則兼。”

又西一百九十里曰騩山，其上多玉而無石，神耆童居之，郭曰：“耆童，老童，顓頊之子。”任臣案：《圖贊》曰：“顓頊之子，嗣作火正。鏗鏘其鳴，聲如鐘磬。處于騩山，唯靈之盛。”其音常如鐘磬，其下多積蛇。

又西三百五十里曰天山，任臣案：《河西舊事》曰：“天山高，冬夏長雪，故曰白山，山中有好木鐵，白人謂之天山。過之皆下馬拜，在蒲東一百里，即漢武師擊右賢王處也。”《九州要記》云：“涼州古武城都有天山。黃帝受金液神丹于此。”程大昌《北邊備對》云：“一名時漫羅山。”杜詩注：“天山即祁連山，在伊州。”顧氏《説略》曰：“天山、雪山、祁連山、白山，四名其實一也。”多金、玉，有青雄黃。英水出焉，而西南流注于湯谷。任臣案：《開山圖》：“麗山西北有温池。”辛氏《三秦記》、《漢武故事》並云：“驪山有湯泉”，若《南都賦》所稱“湯谷涌其後”，非此地也。有神焉，其狀如黃囊，赤如丹火，郭曰：“體色黃而精，光赤也。”六足四翼，渾敦無面目，任臣案：渾敦，古音叢目，音衮沌，與混沌同。《中天佚典》云：“渾沌蔑刳，太希其谷。”《太微經》曰：“有物齒于渾敦，莫之敢作。”又《神異經》言：“昆侖西有獸，兩目不見，兩耳不聞，有腹而無五

---

① “〇”，疑爲衍字，當删。

臟，有腸直而不旋，名曰渾沌。”是識歌舞，實惟帝江也。郭曰：“夫形無全者，則神自然靈照，精無見者，則闇與理會，其帝江之謂乎？莊生所云‘中央之帝混沌，爲儵忽所鑿七竅而死’者，蓋假此以寓言也。”任臣案：段氏《諾臯記》：“天山有神，是爲渾滶，狀如橐而光，其光如火，六足重翼，無面目，嗜音歌舞，實爲帝江。”《事物紺珠》云：“帝江出天山，識歌舞之妙。”楊慎《均藻》云：“帝江，鳥名，知歌舞之音。”王氏《彙苑》云：“天山之神鳥，名曰帝江，故能識歌舞之妙。”無如帝江一曰鼓神也。《圖贊》曰：“質則渾沌，神則旁通。自然靈照，聽不以聰。强之爲名，曰惟帝江。”王融《曲水詩序》：“傳妙靡于帝江。”盧柟《滄溟賦》云“帝江蹶左而斂翼”，謂此也。又《路史》“帝不降，是爲帝江”注云：“《山海經》帝江也。”此羅氏之誤。

又西二百九十里曰泑山，郭曰：“泑，音黝黑之黝。”神蓐收居之。郭曰：“亦金神也。人面虎爪，白尾，執鉞，見《外傳》云。”任臣案：《風俗通姓纂》云：“蓐收後有蓐國，蓋少皞之子該也。生則爲諸侯，死則爲神。”《月令》亦云：“其神蓐收。”其上多嬰短之玉，郭曰：“未詳。”任臣案：羭次山有嬰垣玉，“短”疑“垣”字之訛。其陽多瑾瑜之玉，其陰多青雄黄。是山也，西望日之所入，其氣員，郭曰：“日形員，故其氣象亦然也。”任臣案：楊慎《補注》云：“《晋天文志》：‘東海氣如圓。’寔其説，亦此類也。”神紅光之所司也。郭曰：“未聞其狀。”

西水行百里，至于翼望之山，郭曰：“或作上翠山。”無草木，多金、玉。有獸焉，其狀如狸，一目而三尾，名曰讙，郭曰：“讙音歡，或作原。”其音如奪百聲，郭曰：“言其能作百種物聲也。或曰，奪百，物名，亦所未詳。”任臣案：《太平御覽》引《經》“讙”作“讙”，“讙奪百聲”作“梟百聲”，《五侯鯖》云：“原一目三尾，①音奪衆音。”即斯獸也。是可以禦凶，服之已癉。郭曰：“黄癉病也，音旦。”有鳥焉，其狀

① “三”，金閶書業堂本作“二”。

如烏，三首六尾而善笑，名曰鵸鵌，郭曰："猗餘兩音。"任臣案：带山鳥自爲牝牡，亦名鵸鵌。《事物紺珠》云："鵸鵌如烏，九首六尾，善笑，自爲雌雄。"黄氏之誤也。又《駢雅》云："鵸鵌三首。"《元覽》云："三首之鳥有鵸余焉，九首之鳥有鶬焉，鬼車焉。"《字書》或作"鵸鵌"。服之使人不厭。郭曰："不厭，夢也。《周書》曰：'服者不眯。'音莫禮反。或曰眯，眯目也。"任臣案：程良孺曰："鵸鵌不魘，當扈不眴。"《圖贊》云："鵸鵌三頭，獂獸三尾。俱禦不祥，消凶辟眯。君子服之，不逢不韙。"又可以禦凶。

凡《西次三經》之首，崇吾之山至于翼望之山，凡二十三山，六千七百四十四里。其神狀皆羊身人面。其祠之禮，用一吉玉瘞，郭曰："玉如采色者也。《尸子》曰：'吉玉大龜。'"糈用稷米。任臣案：稷，穄也。黍之不黏者。

《西次四經》之首曰陰山，任臣案：在今寧夏。上多穀，無石，其草多茆、蕃。郭曰："茆鳧，葵也。蕃，青蕃，似莎而大。卯煩兩音。"任臣案：《詩·魯頌》："薄采其茆。"江南人謂之蓴采。① 《齊民要術》作"蓛"。陰水出焉，西流注于洛。

北五十里曰勞山，任臣案：齊地亦有大勞山、小勞山。晏謨《齊記》所謂"泰山高不如東海勞"也，是異地同名者。多茈草。郭曰："一名茈莀，中染紫也。"任臣案：即紫草。《爾雅》云："藐，茈草。"《唐本草》："一名紫丹。"弱水出焉，而西流注于洛。任臣案：《留青日札》："天下有三弱水，東海中弱水，不勝鴻毛，至則必溺。西海中弱水，在今西寧衛西三百里甘州界，昔乞伏熾磐破吐谷渾覓地于弱水南。覓地降署爲弱水，護軍是也。勞山所出疑此水。又弱水條支，去長安四萬里，似與甘州之弱水異，則又一弱水也。"《釋義》言："天地之氣，東南而升，西北而降。降則其氣沉也，氣沉水，斯弱矣。"然東海亦有弱水，則何説也？

---

① "采"，金閶書業堂本作"菜"。

西五十里曰罷父之山。任臣案：楊氏《古音》引此作"罷谷山"，罷，皮買切。洱水出焉，郭曰："音耳。"任臣案：劉會孟云："洱水，葉榆河也。中有三島，四洲九曲之勝。"朱國禎《大事記》曰："西洱河在大理府城南，一名昆瀰池，亦名瀰海，源出浪穹縣罷谷中山下，世傳黑水伏流，别派自縣西北來，匯于縣東，爲巨津，形如月生五日抱珥之狀，故又曰珥河。"又案《水經注》："清水又南，洱水注之，水出弘農郡盧氏縣之熊耳山。"《地理志》："熊耳之山出三水，洱水其一焉。"計其道里，與朱説不合，未能斷也。而西流注于洛，任臣案：李元陽云："《地理志》謂'南中山曰昆彌，水曰洛'，《山海經》'洱水西流入于洛'。蓋瀾滄江亦名洛水，言脉絡分明也。"據此，則諸洛非上洛之洛。其中多茈、碧。任臣案：紫石華、玄石英之類。

北百七十里曰申山，其上多穀、柞，其下多杻、橿，其陽多金、玉。區水出焉，而東流注于河。任臣案：《水經注》："世謂之清水。"

北二百里曰鳥山，其上多桑，其下多楮，其陰多鐵，其陽多玉。辱水出焉，而東流注于河。任臣案：《水經》："河水又南，又納辱水。"注云："俗謂之秀延水。"

又北百二十里曰上申之山，任臣案：劉鳳《雜俎》引此作"上甲"。上無草木，而多硌石，郭曰："硌，磊。硌，大石貌也。音洛。"下多榛、楛，郭曰："榛子似栗而小，味美。楛木可以爲箭。《詩》云：'榛楛濟濟。'臻怙兩音。"任臣案：陸璣《詩疏》："榛，栗屬。字或作蓁，木有二種。"《鄘風》云："樹之榛栗。"《左傳》："女贄不過榛栗棗修。"楛，木名。《書傳》云："可以爲矢。"《禹貢》："荆州厥貢，惟箘簵楛。"獸多白鹿。其鳥多當扈，郭曰："或作户。"其狀如雉，以其髯飛，郭曰："髯，咽下須毛。"任臣案：《談薈》云："飛者以翼，當扈之鳥以髯。"《圖贊》曰："鳥飛以翼，當扈則鬚。廢多任少，沛然有餘。輪運于轂，至用在無。"食之不眴目。郭曰："音眩。"湯水出焉，東流注于河。任臣案：《水經》："河水又南，湯水注之。"《一統志》："湯水在盧氏縣西南一百二十里，源出惡峪嶺。"

又北百八十里曰諸次之山，諸次之水出焉，而東流注于河。任臣案：《水經》曰："河水又南，諸次之水入焉。"是山也，多木無草，鳥獸莫居，是多衆蛇。

又北百八十里曰號山，其木多漆椶，郭曰："漆似樗也。"任臣案：韓保昇曰："漆樹高二三丈，皮白，葉似槐，子似牛李子，木心黄，六七月刻取滋汁。又一種似小榎而大，取汁漆物，黄澤如金。《唐書》所謂'黄漆'者也。"其草多藥、虈、芎藭。郭曰："藥，白芷别名。虈，香草也。芎藭，一名江離。藥，音鳥較反。"任臣案：《廣雅》："白芷葉謂之藥。"《楚詞》："桂棟兮蘭橑，辛怡媚兮藥房。"《淮南子》："秋藥被風。"吴氏《本草》曰："白芷，一名虈，一名苻離，一名澤芬，一名葩。"《説文》云："晋謂之虈，齊謂之茝，楚謂之蘺，又謂之藥，是藥、虈皆白芷也。"芎藭，《左傳》作"山鞠藭"。《本草·釋名》謂之"壺藭"，與槁本類。《淮南》云："亂人者若芎藭之與槁本。"《名山志》曰："横山諸山，草多芎藭。"又案《别録》："蘼蕪，一名江蘺，芎藭苗也。"郭以芎藭名江蘺，非是。然《上林賦》稱"被以江蘺，揉以蘼蕪"，若非一物。李氏云："大葉似芹者爲江蘺，細葉似蛇牀者爲蘼蕪，總爲芎藭，葉斷矣。"多汵石。郭曰："汵或音金，未詳。"任臣案：《水經注》引《經》作"泠石"。端水出焉，而東流注于河。任臣案：《水經》："河水又東，端水入焉。"

又北二百二十里曰盂山，郭曰："音于。"任臣案：《水經注》引郭注云"盂或作明"，今本無此文，《藝文類聚》引此作"蓋山"。其陰多鐵，其陽多銅，其獸多白狼、白虎，郭曰："《外傳》曰：'周穆王伐犬戎，得四白狼、白虎，虎名甝虪。'"任臣案：《瑞應圖》曰："白狼，王者仁德則見。"周宣王時，白狼見。西國滅，田俅子曰："商湯爲天子，有神手牽白狼，口銜金鈎而入湯庭。"《尚書·中候》曰："湯牽白狼，握禹籙。"《圖贊》云："矯矯白狼，有道則游。應符變質，乃御靈鈎。惟德是適，出殷見周。"《孝經援神契》曰："德至鳥獸，白虎見。"《春秋演義圖》曰："湯地七十，内懷聖明，白虎戲朝。"《魏略》曰："文帝欲受禪，郡國上言，白虎二十七見。"《中興徵祥説》曰："白虎狀如虎而白色，嘯則風興，皜身如雲而無雜者。"近代所謂白虎背斑，虎文，是《爾雅》之"虪虎"也。《圖贊》云："甝虪之虎，仁而有猛。其質載皓，其文載炳。應德而擾，止我交境。"其鳥多白雉、白翟。郭曰："或作白翠。"生水出焉，而東流注于河。任臣案：即奢延水也。水西出奢延縣西南赤沙阜，東北流。

西二百五十里曰白於之山，任臣案：《括地志》："白於山在慶州洛源縣。"《水經注》曰："白於山，今名女郎山，指張魯女也。"上多松、柏，任臣案：吴淑《柏賦》："擢華岳，秀白於。"下多櫟、檀，郭曰："櫟即柞。"任臣案：實名橡斗。其獸多㸲牛、羬羊，其鳥多鴞。郭曰："鴞似鳩而青色。"任臣案：鴞即梟，盛弘之《荆州記》云："有鳥如雌雞，其名爲鴞。楚人謂之鵩。"洛水出于其陽，任臣案：洛水非一，此秦中洛水也。伊洛之洛，其源出熊耳。《漢書》云："洛出重野。"而東流注于渭；夾水出于其陰，東流注于生水。

西北三百里曰申首之山，任臣案：《唐類函》作"由首"，宋濂《演連珠》亦云"山首之山曾雪常"。① 疑似誤。無草木，冬夏有雪。申水出于其上，潛于其下，是多白玉。

又西五十五里曰涇谷之山。郭曰："或無'之山'二字。"涇水出焉，郭曰："或以此爲今涇水，未詳。"東南流注于渭，任臣案：《關中記》云："涇、渭、洛，關中三川，與滻、澇、潏、澧、滈爲關中八水。"《一統志》曰："今涇河自平涼府西南白巖發源至涇州，又東南至邠州界，又東北至西安府高陵縣界，會于渭。"是多白金、白玉。

又西百二十里曰剛山，多柒木，任臣案：《廣韻》："柒與漆同。"此即榛漆之漆也。多㻬琈之玉。剛水出焉，北流注于渭。是多

---

① "山首之山"，金閶書業堂本作"由首之山"。

神䰠，郭曰："䰠，亦魑魅之類也。音恥回反，或作媿。"任臣案：《圖經》作"神魋"。《集韻》引此作"神魅"，①音熾。其狀人面獸身，一足一手，其音如欽。郭曰："欽亦吟字假音。"任臣案：劉會孟云："深山魑魅多一足，故詩曰：'山鬼獨一足。'"《圖贊》曰："其音如吟，一脚人面。鼠身鱉頭，厥號曰蠻。目如馬耳，食厭妖變。"

又西二百里至剛山之尾，洛水出焉，而北流注于河。其中多蠻蠻，其狀鼠身而鼈首，其音如吠犬。

又西三百五十里曰英鞮之山，上多漆木，下多金、玉，鳥獸盡白。任臣案：《釋義》曰："西方金屬於氣爲白，鳥獸盡白似感金氣也。然他山又不盡然，豈感者有淺深耶？"涴水出焉，郭曰："涴或作浣，音冤枉之冤。"而北注于陵羊之澤。是多冉遺之魚，任臣案：《御覽》作"無遺之魚"。《事物紺珠》作"冉鱧"。《元覽》曰："儵魚、鮒遺、鮯鮯，皆六足。"又《集韻》引《經》云："英鞮之山，碗水出焉，多鮒魚。"似誤。魚身蛇首六足，其目如馬耳，食之使人不眯，任臣案：目不明曰眯。《莊子》云："簸糠眯目。"《讀書考定》云："文鰩已狂，冉遺不眯。"可以禦凶。

又西三百里曰中曲之山，其陽多玉，其陰多雄黄、白玉及金。有獸焉，其狀如馬而白身黑尾，一角，虎牙爪，音如鼓音，其名曰駮，是食虎豹，郭曰："《爾雅》説駮，不道有角及虎爪，駮亦在畏獸畫中。"任臣案：晋平公獵，遇虎，虎伏于道，問師曠，曠曰："臣聞駮馬伏虎豹，意君所乘者駮馬乎？"又《宋史》載："順州山中有異獸如馬而食虎豹，北人不能識，問劉敞，敞曰：'此駮也。'爲説其狀且誦《山海經》、《管子》書曉之。"《汲冢瑣語》曰："駮馬能食虎豹。"邢氏《爾雅疏》曰："駮亦野馬名，《秦風》：'隰有六駮'。"嚴粲："音剥。"陸璣云："駮馬，梓榆也。以其木皮似駮馬，故名之。"《王會篇》"義渠以兹白"注："兹白一名駮，近宋廉

① "魅"，金閶書業堂本作"魅"。

憲于秦中見。駮一角虎蹄,食四虎云。"《圖贊》曰:"駮惟馬類,實畜之英。騰髦驤首,噓天雷鳴。氣無不淩,吞虎辟兵。"可以禦兵。郭曰:"養之辟兵刃也。"有木焉,其狀如棠,而員葉赤實,實大如木瓜,郭曰:"木瓜如小瓜。"任臣案:木瓜,一名楙。《詩》云:"投我以木瓜。"名曰櫰木,郭曰:"音懷。"任臣案:槐亦名櫰木,非此也。食之多力。郭曰:"《尸子》曰:'木食之人多爲仁者,名爲若木。'此之類。"任臣案:《圖贊》曰:"櫰之爲木,厥形似棣。若能長服,拔樹排山。力則有之,壽亦宜然。"

又西二百六十里曰邽山。郭曰:"音圭。"任臣案:高氏《緯略》引此作"卦山"。① 其上有獸焉,其狀如牛,蝟毛,名曰窮奇,音如嗥狗,是食人。郭曰:"或云似虎,蝟毛,有翼。《銘》曰:'窮奇之獸,厥形甚醜。馳逐妖邪,莫不奔走。是以一名,號曰神狗。'"任臣案:《緯略》云:"窮奇聞人鬥乃助不直者,文王出獵所獲。"張揖《上林賦注》:"窮奇,其音如狗嗥。"《神異經》云:"窮奇狀如牛而色貍,長尾曳地,其聲如狗,狗頭人形,鈎爪鋸牙,逢忠信之人則齧而食之,逢奸邪則捕禽獸而飼之。"《宛委餘編》云:"窮奇逐妖,一名神狗。"《駢雅》曰:"牛蝟毛謂之窮奇。"黄香《九宫賦》:"驂駿騆而挾窮奇。" 即此也。又,逐疫神亦名窮奇。《後漢志》云:"窮奇騰根共食蠱。北方天神亦名窮奇。"《淮南子》云:"窮奇,廣莫風之所生也。"《抱朴子》云:"前道十二窮奇,後從三十六辟邪。"皆非此窮奇,或作窮寄,誤。濛水出焉,郭曰:"音蒙。"南流注于洋水,其中多黄貝,郭曰:"貝,甲蟲,肉如科斗,但有頭尾耳。"任臣案:《爾雅》:"貝,陸居贆,在水者蜬。余貾黄,白文;余泉白,黄文。"《相貝經》云:"貝十二等,濯貝使人善驚,黄唇點齒是也。浮貝投水則浮也。"蠃魚,郭曰:"音螺。"魚身而鳥翼,任臣案:睿宗《江漢賦》"翼飛鰩蠃于天池",謂此與文鰩也。或作"蠃"。孫愐《唐韻》云:"蠃,落戈反,魚身鳥翼。"音如鴛鴦,見則其邑大水。

---

① "卦",金閶書業堂本作"封"。

又西二百二十里曰鳥鼠同穴之山，郭曰："今在隴西首陽縣西南，山有鳥鼠同穴，鳥名曰鵌，鼠名曰鼵鼵，如人家鼠而短尾，鵌似燕而黄色。穿地入數尺，鼠在内，鳥在外而共處。孔氏《尚書傳》曰：'共爲雌雄。'張氏《地理記》云：'不爲牝牡也。'"任臣案：山在今陝西渭原縣。《一統志》云："俗呼爲青雀山是也。"《河圖括地象》曰："鳥鼠同穴山，地之幹也。上爲搶華星。"楊衒之《伽藍記》云："赤嶺不生草木，其山有鳥鼠同穴，鳥雄，鼠雌，共爲陰陽。"段國《沙州記》云：①"寒嶺去太陽川三十里，有雀鼠同穴，雀亦如家雀，色小白。鼠亦如家鼠，色如黄𪕮，無尾。"《太康地記》曰："鳥鼠山，穴入三四尺，鼠在内，鳥在外。"《甘肅志》云："涼州之地有兀兒鼠，形狀似鼠，尾若贅疣，有鳥曰本周兒，其形似雀而色灰白，兩物同穴而處。"又《禹貢合注》："鼠名䶂鼵。"與古所傳鳥名鵌鼠名鼵者不一，蓋俗所沿也。沈約《宋書》："沙州甘谷嶺北有雀鼠同穴，或在山嶺，或在平地，雀色白，鼠色黄，地生黄紫華草，便有雀鼠穴。"杜彦達曰："同穴止宿，養子互相哺食，長大乃止，故因以名山。"袁小脩《書經考》曰："鳥鼠山鳥形，色似雀而稍大，頂出毛角，飛即厓穴，穴口有鼠，狀如常鼠，但脣缺似兔，蓬尾似鼬，與鳥狎昵，有類雌雄。"楊慎云："鳥鼠同穴，今陝西人實云有之，岳修撰正戍邊時親見之。宋人作書傳乃以鳥鼠爲一山，同穴爲一山，非也。近時宋廉憲琬亦云目擊之。"《圖贊》曰："鵌鼵二蟲，殊類同歸。聚不以方，或走或飛。不然之然，難以理推。"《玄覽》云："飛蛾匹鼠，蟲螽妻蚓，鵌鼵同居，諾龍雙處。"田氏《日札》曰："廣西潯州桂平縣有牛蛇山，犝牛與蛇同穴，牛嗜鹽，其角如玉。"亦與鳥鼠山類。其上多白虎、白玉。渭水出焉，而東流注于河。郭曰："出山東，至弘農華陰縣入河。"任臣案：《水經注》："渭水出首陽縣首陽山。渭首亭、南谷山在鳥鼠山西北，此縣有高城嶺，嶺上有城，號渭原城。"其中多鰠魚，郭曰："音騷。"任臣案：《字彙》云："鰠魚似鱣。"其狀如鱣魚，郭曰："鱣魚，大魚也。口在頷下，體有連甲也。或作鮎魚。"任臣案：《詩》："鱣鮪發

① "段"，原作"叚"，據金閶書業堂本改。

發。"今江東呼爲黄魚，似鱣。動則其邑有大兵。郭曰："或脱'無從動則'以下語者。"任臣案：《圖贊》曰："物以感應，亦不數動。壯士挺劍，氣激白虹。鰠魚潛淵，出則邑悚。"濫水出于其西，郭曰："音檻。"任臣案：《水經注》："洮水北径降水道故城。[①] 又北，隴水注之。"即《經》所謂濫水也。水出鳥鼠山，西径隴坻，其岸崩落者聲聞數百里，故揚雄稱"響若坻頹"，是也。又《小學紺珠》載："濫水爲九淵之一。"或謂即此水，未知是非。西流注于漢水。多䱻魮之魚。郭曰："如玭兩音。"其狀如覆銚，鳥首而魚翼魚尾，音如磬石之聲，是生珠玉。郭曰："亦珠母蚌類而能生出之。"任臣案：《文選》云："鳴磬孕璆。"吴淑《珠賦》云："濫水文魮，瀛洲紺翼。"睿宗《江漢賦》："轉車輪之鱟兮，覆金銚之魮。"[②]此也。《南越志》曰："海中有文魮，鳴似磬，鳥頭魚尾而生玉。"《圖贊》云："形如覆銚，包玉含珠。有而不積，涉以尾閭。闇與道會，可謂奇魚。"楊慎《異魚圖贊》："海經䱻鮆。"《江賦》："文魮孕璆。"音磬，鳥首魚尾，出鳥鼠穴，《禹貢》攸紀。

西南三百六十里曰崦嵫之山，郭曰："日没所入山也，見《離騷》，奄兹兩音。"任臣案：《穆天子傳》謂之"弇山"。《十道志》云："昧谷在秦州西南。"《堯紀》："申命和叔，宅西土，曰昧谷。"亦謂之兑山，一曰崦嵫山。《事物紺珠》云："崦嵫亦曰落棠山，日入處。"其上多丹木，其葉如穀，其實大如瓜，赤符而黑理，食之已癉，任臣案：癉音旦，惡創也。《左傳》："荀偃癉疽。"又黄病與疸同，醫家有五疸症。可以禦火。任臣案：《圖贊》曰："爰有丹木，生彼洧盤。厥實如瓜，其味甘酸。蠲痾辟火，用奇桂蘭。"今廣州有樹，可以禦火，山北謂之慎火，多種屋上以防火，亦斯類也。其陽多龜，其陰多玉。苕郭曰："或作若。"水出焉，而西流注于海，郭曰："《禹大傳》曰：'洧盤之水出崦嵫山。'"任臣案：江淹《賦》："崦嵫之泉。"疑指此。其中多砥、礪。郭曰："磨石也。精爲砥，

① "水"，金閶書業堂本爲墨丁。
② "魮"，原作"鮿"，據金閶書業堂本改。

粗爲礪也。”有獸焉，其狀馬身而鳥翼，人面蛇尾，是好舉人，郭曰：“喜抱舉人。”名曰孰湖。任臣案：《駢雅》：“馬而人面鳥翼曰孰湖。”又游氏《臆見》作“孰湘”，未知所據。《圖贊》曰：“窮奇如牛，蝟毛自表。濛水之蠃，匪魚伊鳥。孰湖之獸，見人則抱。”有鳥焉，其狀如鴞而人面，蜼身大尾，郭曰：“蜼，獮猴屬也。音贈遺之遺，一音誄，見《中山經》，尾又作毗。”其名自號也，郭曰：“或作設，設亦呼耳，疑此脱誤。”見則其邑大旱。

凡《西次四經》自陰山以下，至於崦嵫之山，凡十九山，三千六百八十里。其祠祀禮，皆用一白雞祈，糈以稻米，白菅爲席。

右《西經》之山，凡七十七山，一萬七千五百一十七里。

卷三

北山經

《北山經》之首曰單狐之山。任臣案:“單狐”一作“䍜狐”,在洛一百五十里,秦遷西周公于單狐聚,即此。多机木,郭曰:“机木似榆,可燒以糞稻田,出蜀中。音飢。”任臣案:楊愼《補注》:“机,今之榿也。”《字書》云:“榿,音溪。蜀人以榿爲薪,三年可燒。”又宋元符二年,眉山縣榿木二株,異根同幹,即此木。其上多華草。逢水出焉,郭曰:“音逢。”而西流注于泑水,其中多芘石、文石。任臣案:文石即瑪瑙。佛書謂之摩羅迦隸,見《本草·釋名》。今紫雲瑪瑙、竹葉瑪瑙多出中州、淮右、山東諸地。又《周禮·秋官》注:“嘉石,文石也。”蓋指石之有文理者。

又北二百五十里曰求如之山,其上多銅,其下多玉,無草木。滑水出焉,而西流注于諸毗之水。郭曰:“水出諸毗山也。”其中多滑魚,其狀如鱓,赤背,郭曰:“鱓魚似蛇,音善。”其音如梧,郭曰:“如人相枝梧聲,音吾子之吾。”食之已疣。郭曰:“疣,贅也。”任臣案:《字書》:“疣,音由,結肉也。”其中多水馬,其狀如馬,文臂牛尾,郭曰:“臂,前脚也。《周禮》曰:‘馬黑脊而斑臂膢。’漢武元狩四年,敦煌渥洼水出馬以爲靈瑞者,即此類也。”任臣案:漢馬出于余吾之水。又元和中,神馬四匹出鎮池河中。魏黄初間於上黨得澤馬。

晉孝武太元十四年，鎮池縣河水有神馬二匹。唐明皇時靈昌郡得異馬于河。《隨巢子》云："夏后之興方，澤出馬。"皆水馬也。又考《襄陽記》中廬山有地穴，漢時常有數百匹馬出，遂名馬穴。吴時陸遜復于此穴得數十匹馬，出土中更一異也，附記之。《圖贊》曰："馬實龍精，爰出水類。淈泩之駿，是靈是瑞。昔在夏后，亦有何騶。"其音如呼。郭曰："如人叫呼。"

又北三百里曰带山，其上多玉，其下多青碧。有獸焉，其狀如馬，一角有錯，郭曰："言角有甲錯也，或作歷。"其名曰臛疏，郭曰："音歡。"任臣案：《駢雅》曰："雖馬臛疏，一角馬也。"《五侯鯖》云："懽疏出常山，如馬一角，其性墨。"即此也。《異物彙苑》作"矔疏"，似誤。可以禦火。任臣案：《圖贊》曰："厭火之獸，厥惟臛疏。有鳥自化，號曰鵸鵌。一頭十身，何羅之魚。"有鳥焉，其狀如烏，五采而赤文，名曰鵸鵌。郭曰："上已有此鳥，疑同名。"任臣案：《學海》作"鵸鵌"。①是自爲牝牡，任臣案：《唐韻注》云："有鳥名鵸鶌，②能自爲牝牡。"疑即此鳥也。《爾雅翼》曰："《山海經》'類'有二種，獸之出亶爰山者，如狸而有髪，其名曰師類；带山之鳥如烏而五采文，其名曰奇類。"食之不疽。郭曰："無癰疽病也。"彭水出焉，而西流注于芘湖之水，其中多儵魚，郭曰："音由。"其狀如雞而赤毛，三尾、六足、四首，任臣案：《引書晶釭》云："儵，徒堯切。又市流切。似雞，赤毛，六足四目也。从魚。"睿宗《江漢賦》云："翹雞尾之儵。"其音如鵲，食之可以已憂。任臣案：《圖贊》曰："汩和損平，莫慘于憂。詩咏萱草，山經則儵。壑焉遺岱，聊以盤游。"《宛委餘編》曰："儵己憂，鰼己狂。"吴淑《事類賦》："鮒唯宜暑，儵可忘憂。"

又北四百里曰譙明之山，任臣案：《荒史·循蜚紀》有譙明氏，

---

① "鵌"，金閶書業堂本作"鵌"。
② "鶌"，金閶書業堂本作"鶌"。

蓋居于此山也。《冠編》云："譙明氏顯治譙明之山。"羅泌云："伯益之書有譙明之山、涿光之山，而俱載于《北經》。譙明、涿光信其爲繼治者，乃知邃古之事非必無據。"譙水出焉，西流注于河。任臣案：《一統志》："譙水在陝州城南三里涌出，入河，俗呼三里澗。"其中多何羅之魚，一首而十身，任臣案：張融《海賦》"何羅鱅鮨"，即此也。楊慎《補注》云："何羅魚，今八带魚也。"《異魚圖贊》曰："何羅之魚，十身一首。化而爲鳥，其名休舊。竊糈于舂，傷隕在臼。夜飛曳音，聞舂疾走。①"《玄覽》曰："何羅之魚，一首而十身。"《游氏臆見》云："冉遺六足，建同四足，②章舉八足，鰼鰼十翼。何羅一首十身，皆異魚也。"鄧元錫《物性志》云："其尤異者，曰何羅魚、曰鮨、曰鱄、曰䱇，則鱗族之生，不測也。"其音如吠犬，食之已癰。有獸焉，其狀如貆而赤豪，郭曰："貆，豪猪也。音丸。"任臣案：嚴粲："音喧。"其音如榴榴，任臣案：程良孺曰："榴榴亦獸也。"名曰孟槐，可以禦凶。郭曰："辟凶邪氣也，亦在畏獸畫中也。"任臣案：《駢雅》曰："谿邊如狗，孟槐如貆，石㲉如狢，活褥蛇如鼠。③"《圖贊》云："孟槐似貆，其豪則赤。列象畏獸，凶邪是辟。氣之相勝，莫見其迹。"又"孟槐"，《代醉編》作"孟魂"。是山也，無草木，多青雄黄。郭曰："一作青碧。"

又北三百五十里曰涿光之山，任臣案：《荒史·循蜚紀》有涿光氏，蓋居于此山也。《冠編》云："涿光氏顯治涿光之山。"《前編》引此作"作光山"。《神異經》、《事類賦》注作"凍光之山"。《緯略》引此作"緣光之山"。嚻水出焉，任臣案：《緯略》引此作"嚚水"。而西流注于河。其中多鰼鰼之魚，郭曰："音褌褶之褶。"其狀如鵲而十翼，鱗皆在羽端，其音如鵲，任臣案：《雒書靈准聽》云："鰼鰼魚狀如鵲，食之不㾬，出涿光之山。"《神異經》云："鰼鰼之魚如鵲而十翼，可以禦火。"《述異

① "舂疾走"，原闕，據金閶書業堂本補。
② "建同"，原闕，據金閶書業堂本補。
③ "蛇"，原作"地"，金閶書業堂本同，據文意改。

記》云:“涿光山下囂水多鰼鰼之魚。”《玄覽》曰:“鰼鰼之魚十翼。”《圖贊》曰:“鼓翮一揮,十翼翩翻。厥鳴如鵲,鱗在羽端。是謂怪魚,食之辟燔。”吴淑《魚賦》:“䱉則似蛇,鰼聞有翼。”可以禦火,任臣案:王氏《釋義》曰:“鰼魚禦火,意其得水氣居多,氣有相制故也。”又鄧氏《物性志》作“善銜火”,傳寫之誤也。食之不癉。其上多松、柏,其下多椶、橿,其獸多麢羊,其鳥多蕃。郭曰:“未詳。或云即鴞,音煩。”

又北三百八十里曰虢山,其上多漆,其下多桐、椐,郭曰:“桐,梧桐也。椐,樻木腫節,中杖。椐,音袪。”任臣案:桐有三種,青桐、赤桐、白桐,外又有岡桐。其名櫬者,青桐也。陸璣云:“椐節中腫,似扶老。”《詩》曰:“其檉其椐。”其陽多玉,其陰多鐵。伊水出焉,西流注于河。其獸多橐駝,郭曰:“有肉鞍,善行流沙中,日行三百里,其負千斤,知水泉所在也。”任臣案:《西域傳》:“大月氏出封駝,脊上有一峰,隆起若封土,故俗呼爲封牛。亦曰犦牛。”《穆天子傳》謂之“牥牛”;《爾雅》謂之“犦牛”。嶺南、徐聞縣、海康皆出之,羅願以爲此即橐駝也。然橐駝肉鞍肤起有二,封牛領肉肤起惟一,自是二種。橐駝善知伏泉,性惡熱,夏至退毛至盡。又駝峰爲八珍之一,古詩所稱“紫駝峰”,是也。《五侯鯖》云:“駝之聲曰圂。”《圖贊》曰:“駝惟奇畜,肉鞍是被。迅景流沙,顯功絶地。潛識泉源,微乎其智。”又《南史》:“滑國出兩脚駝。”亦異種。其鳥多寓,狀如鼠而鳥翼,其音如羊,可以禦兵。

又北四百里,至于虢山之尾,其上多玉而無石。魚水出焉,西流注于河,其中多文貝。

又北二百里曰丹熏之山,任臣案:《白帖》引此作“丹重之山”。其上多樗、柏,任臣案:蘇恭曰:“椿、樗二樹形相似,但樗木疏,椿木實,爲别。”又《山樗名栲詩》云“山有栲”,是也。其草多韭、䪥,郭曰:“皆山菜。《爾雅》有其名。”任臣案:《説文》云:“一種而久,故謂之韭,生山中者名藿,又名韱。”蘇頌云:“形性亦與家韭類,但根白,葉如燈心苗也。”䪥,《爾雅》作“䪥”,葉似韭,一名藠子,一名火葱,生山中者名葝。多丹臒。熏水出焉，而西流注于棠水。有獸焉，其狀如鼠，而菟首麋身，其音如嗥犬，以其尾飛，郭曰："或作髯飛。嗥，音豪。"名曰耳鼠，任臣案：即鼯鼠，飛生鳥也，狀如蝙蝠，暗夜行飛，其形翅聯四足及尾，與蝠同，故曰以尾飛。《神農經》謂之"飁鼠"，《禽經》謂之"鳰"，《爾雅》謂之"鼬鼠"，①《劉子》曰："飛鼯甘烟，走貘美鐵。"《别録》稱："鸓鼠，狀如蝙蝠。"《爾雅注》言："鼯鼠狀如小狐。"《經》稱："耳鼠菟首麋身。"雖所喻不同，其實一也。又《博物志》："鼠之最小者謂之耳鼠。"邢昺以爲鼷鼠也，非此。食之不脎，郭曰："脎，大腹也，見《裨倉》。音采也。"又可以禦百毒。任臣案：《圖贊》曰："蹠實以足，排虚以羽。翹尾翻飛，奇哉耳鼠。厥皮惟良，百毒是禦。"

又北二百八十里曰石者之山，其上無草木，多瑶、碧。泚水出焉，西流注于河。有獸焉，其狀如豹，而文題白身，郭曰："題，額也。"名曰孟極，是善伏，其鳴自呼。任臣案：《獸經》云："在子，其鳴也在子；孟極，其名曰孟極。"《駢雅》曰："孟極、諸犍，豹屬也。"《麟書》云："孟極是覆。"指此。

又北百一十里曰邊春之山，郭曰："或作春山。"多葱、葵、韭、郭曰："山葱，名茖，大葉。"桃、李。郭曰："山桃，榹桃，子小，不解核也。"任臣案：桃屬甚多，如緋桃、緗桃、銀桃、御桃、方桃、偏桃之類，未可枚舉，大抵山中所産。則《爾雅》所謂"榹桃"是也。《玄中記》云："積石之桃大如斗斛。"《酉陽雜俎》云："九疑有桃核，半扇可容斗一升。"亦奇矣。《爾雅》："休無實李，座接慮李，駁赤李。"《兩京記》謂之"嘉慶子"，梵書名曰"居陵迦"，其種有牛心馬肝奈李苦李之異，不能具述。吴淑《李賦》云："邊春則見於方外，員丘則載彼仙經。"杠水出焉，而西流注于泑澤。有獸焉，其狀如禺任臣案：大者爲禺，小者爲狖。而文身，善笑，見人則卧，郭曰："言佯眠也。"名曰幽頞，郭曰："或作嬻嬒。頞，音遏。"

---

① "鼬鼠"，金閶書業堂本作"夷由"。

任臣案:《事物紺珠》曰:"幽頞如禺,文身善笑。"《圖贊》曰:"幽頞似猴,俾愚作智。觸物則笑,見人佯睡。好用小慧,終是嬰累。""頞",古音餘,作"鴳"。又《太平御覽》作"幽頗",疑誤。其鳴自呼。

又北二百里曰蔓聯之山,郭曰:"萬連二音。"其上無草木。有獸焉,其狀如禺而有鬣,牛尾、文臂、馬蹄,見人則呼,名曰足訾,任臣案:《獸經》云:"足訾文臂,風狸長眉。"《五侯鯖》云:"足訾如𥝢,①有鬣。"《駢雅》云:"嬻嬒足訾。"皆禺屬也。《圖贊》曰:"鼠而傅翼,厥聲如羊。孟極似豹,或倚無良。見人則呼,號曰足訾。"其鳴自呼。有鳥焉,群居而朋飛,郭曰:"朋,猶輩也。"其毛如雌雉,名曰鵁,郭曰:"交音,或作渴也。"任臣案:鵁疑即鵁鶄也。鵁鶄一名鳽,頂有紅毛如冠,翠鬣丹嘴,頗似雉。其鳴自呼,食之已風。任臣案:《圖贊》曰:"毛如雌雉,朋翔群下。飛則籠日,集則蔽野。肉驗針石,不勞補寫。"

又北百八十里曰單張之山,其上無草木。有獸焉,其狀如豹而長尾,人首而牛耳,一目,名曰諸犍,郭曰:"音如犍牛之犍。"任臣案:顧野王《玉篇》云:"犍獸似豹,人首一目。"即此也。善吒,行則銜其尾,居則蟠其尾。有鳥焉,其狀如雉,而文首、白翼、黄足,名曰白鵺,郭曰:"音夜。"任臣案:《篇海》云:"鵺鳥似雉。"《駢雅》曰:"白鵺象蛇。"皆雉屬也。食之已嗌痛,郭曰:"嗌,咽也。《穀梁傳》曰:'嗌不容粒。'今吴人呼咽爲嗌,音隘。"可以已痸。郭曰:"痸,疑病也。"櫟水出焉,而南流注于杠水。

又北三百二十里曰灌題之山,其上多樗、柘,任臣案:《考工記》:"弓人取材,以柘爲上。"《埤雅》云:"柘宜山石,柞宜山阜。又其葉飼蠶,絲中琴瑟。"《爾雅》所謂"棘繭"是也。其下多流沙,多砥。有獸焉,其狀如牛而白尾,其音如訆,郭曰:"如人呼喚。訆,音叫。"名

① "𥝢",金閶書業堂本作"禺"。

曰那父。任臣案:《駢雅》:"獸似牛而白尾曰那父,赤尾曰領月,馬尾曰精精。"有鳥焉,其狀如雌雉而人面,見人則躍,郭曰:"躍,跳。"名曰竦斯,其鳴自呼也。① 任臣案:彭儼《五侯鯖》云:"竦斯狀如雌雉,見人則躍。"《駢雅》云:"竦斯、當扈,皆雉屬也。"《圖贊》曰:"諸犍善吒,行則銜尾。白鵺竦斯,厥狀如雉。見人則跳,頭文如繡。"匠韓之水出焉,而西流注于泑澤,其中多磁石。郭曰:"可以取鐵。《管子》曰:'山上有磁石者,下必有銅。'音慈。"任臣案:《董子》曰:"兹石取鐵,頸金取火。"羅泌曰:"兹石引針,琥珀拾芥。"《淮南・萬畢術》:"磁石,一名磁君。"《圖贊》曰:"磁石吸鐵,琥珀拾芥。氣有潛感,數有冥會。物之相投,出乎意外。"

又北二百里曰潘侯之山,其上多松、柏,其下多榛、楛,其陽多玉,其陰多鐵。有獸焉,其狀如牛,而四節生毛,名曰旄牛。郭曰:"今旄牛背膝及胡尾皆有長毛。"任臣案:《文獻通考》云:"冉駹有旄牛,無角,一名犛牛,肉重千斤,毛可爲毦。"羅氏《爾雅翼》曰:"犛,西南國髦牛也。似牛四節,腹下及肘有赤毛,長尺餘,而尾尤佳,大如斗,天子之車,左纛以此爲之。"是旄、犛一物也。又案:《上林賦》:"庸旄貘犛。"颜監注云:"庸今犎牛,旄今偏牛,犛今猫牛。"李東璧亦云:②"旄牛一名犏牛。"即《爾雅》之"犣牛若犛牛"。則《爾雅》之"犘牛",明爲二種矣。《圖贊》曰:"牛充兵機,兼之者旄。冠于旌鼓,爲軍之標。匪肉致灾,亦毛之招。"邊水出焉,而南流注于櫟澤。

又北二百三十里曰小咸之山,任臣案:《藝文類聚》引此作"小威之山"。無草木,冬夏有雪。

北二百八十里曰大咸之山,任臣案:《事類賦》注引此作"大同之山",疑誤。無草木,其下多玉。是山也,四方,不可以上。有

---

① "也",金間書業堂本闕。
② "東",金間書業堂本作"東"。

蛇名曰長蛇，其毛如彘豪，郭曰："説者云長百尋。今蝮蛇色似艾綬文，文間有毛如猪鬐。此其類也。常山亦有長蛇，與此形不同。"任臣案：《豫章記》："永嘉末有大蛇，長十餘丈。"亦此類。《圖贊》曰："長蛇百尋，厥鬣如彘。飛群走類，靡不吞噬。極物之惡，盡毒之厲。"又吴淑《蛇賦》云："毛若彘豪。"本此也。其音如鼓柝。郭曰："如人行夜敲木柝聲，音託。"

又北三百二十里曰敦薨之山，其上多椶、枏，其下多茈草。敦薨之水出焉，任臣案：《水經注》："敦薨之水出焉耆之北敦薨之山，在北邊之西，烏孫之東。"而西流注于泑澤。出于昆侖之東北隅，實惟河源。郭曰：①"即河水出昆侖之虚。"任臣案：漢張騫、元都實俱窮河源。河源名火敦脑兒；華言星宿海也，在吐蕃西鄙。其中多赤鮭，郭曰："今名鯸鮐，爲鮭魚，音圭。"任臣案：左思《吴都賦》："魟鮪鯸鮐。②"即鮭魚也。王充《論衡》云："鮭肝死人，鯵鰍螫人。"《雷公炮炙論》："鮭魚插樹，立便枯乾。一名鯢魚，一名嗔魚。"《日華子》謂之"鶘夷"，③今謂之河豚，無鱗無腮，無膽有聲，目能眨。《漢書・貨殖傳》："鮐鮆千尺。"桓寬《鹽鐵論》："萊黄之鮐。"其獸多兕、旄牛，郭曰："或作撲牛，撲牛見《離騷》、《天問》，所未詳。"其鳥多鳲鳩。

又北二百里曰少咸之山，無草木，多青碧。有獸焉，其狀如牛，而赤身、人面、馬足，名曰窫窳，郭曰："《爾雅》云：'窫窳似貙，虎爪。'與此錯。軋愈二音。"任臣案：《爾雅》："猰貐類，豸食人，④迅走。"《淮南子》："堯時窫窳爲民害，乃使羿殺之。"《海内經》："窫窳龍首，是食人。"《海内西經》："窫窳蛇身人面。"《駢雅》："牛人面而馬足曰窫窳。"或爲猰貐，或爲猰窳，形狀不同，所傳亦異，實未詳也。其音如嬰

① "郭"，原作"敦"，據金閶書業堂本改。
② "魟"，金閶書業堂本作"王"。
③ "鶘夷"，金閶書業堂本作"鯯魚"。
④ "豸"，金閶書業堂本作"貙"。

兒，是食人。敦水出焉，任臣案：《水經注》："敦水導源西北少咸之山南麓，東流徑參合縣故城南。"東流注于鴈門之水，郭曰："水出鴈門山間。"其中多䱋䱋之魚，郭曰："音沛。未詳，或作鯆。"任臣案：李時珍《本草》以爲即鯸鮐也。與鮭同物異名。又江豚别名鯆魚，魏武食制謂之"鯙鰤"，未知孰是。食之殺人。

又北二百里曰獄法之山。瀤澤之水出焉，郭曰："音懷。"而東北流注于泰澤。其中多鱳魚，郭曰："音藻。"其狀如鯉而雞足，任臣案：《圖贊》曰："鱳之爲狀，半鳥半鱗。形如雞鯉，食之已疣。"又《南齊書》載張融《海賦》云："鯈魞鰊鯖。"疑"鰊"即"鱳"之誤。食之已疣。有獸焉，其狀如犬而人面，善投，見人則笑，其名山𤟤，郭曰："音暉。"任臣案：《爾雅翼》曰："䲧䲧亦作費，一名揮揮，一名梟羊，一名山𤟤，俗謂之山都，北方謂之土螻。周成王時，州靡國獻之。竊謂狒狒者，梟羊也。山𤟤者，山都、山丈類。"《吴都賦》："𤟤子長嘯。"是也。又狒狒人形，山𤟤獸狀，故有差别。羅氏誤矣。璞注梟陽國，以山都即狒狒，亦非是。其行如風，郭曰："言疾。"見則天下大風。任臣案：《獸經》云："風獸兆風。"《圖贊》曰："山𤟤之獸，見人歡謔。厥性善投，行如矢激。是惟氣精，出則風作。"

又北二百里曰北嶽之山，任臣案：劉會孟曰："恒山渾源。"即北嶽。相傳飛至曲陽縣，歷代怯升者，就祠于曲陽。多枳、棘、剛木。郭曰："檀柘之屬。"有獸焉，其狀如牛，而四角、人目、彘耳，其名曰諸懷，任臣案：《駢雅》曰："牛四角人目曰諸懷。"又《篇海》、《字彙》作"犪"，通作"犪"。《事物紺珠》曰："獂似牛，三足；犪似牛，四角。"《玄覽》云："諸懷也，䮸䮸也，四角之獸也。"其音如鳴雁，任臣案：《獸經》曰："窮奇之音嗥狗，諸懷之音鳴雁。"是食人。諸懷之水出焉，任臣案：水以獸名，猶蜮山贛水之義。而西流注于嚻水，其中多鮨魚，郭曰："音詣。"魚身而犬首，任臣案：《物性志》作"人首"。其音如嬰兒，郭曰："今海中有虎鹿魚及海狶，體皆如魚，而頭似虎鹿猪，此其類也。"任臣案：張融《海賦》云："何㦬鱅鮨。"即斯魚。食之已狂。

又北百八十里曰渾夕之山，無草木，多銅、玉。嚻水出焉，任臣案：《爾雅翼》引《經》作"嚻水"。而西北流注于海。有蛇，一首兩身，名曰肥遺，見則其國大旱。郭曰："《管子》曰：'涸水之精，名曰蟡，一頭而兩身，其狀如蛇，長八尺，以其名呼之，可使取魚龜。'亦此類。"任臣案：《搜神記》曰："涸小水精生蚳。蚳者，一頭而兩身，其狀若蛇。"即《管子》之所記也。又《五音集韻》云："蜰蟦神蛇，二身同首。六足四羽，見則不雨。"是合兩肥蟦爲一矣，疑誤。《圖贊》云："窫窳諸懷，是則害人。鰈之爲狀，羊鱗黑文。肥遺之蛇，一頭兩身。"王世貞詩："狸力見距山，渾夕出肥遺。"蓋指此也。

又北五十里曰北單之山，無草木，多葱、韭。

又北百里曰羆差之山，無草木，多馬。郭曰："野馬也，似馬而小。"

又北百八十里曰北鮮之山，是多馬。鮮水出焉，而西北流注于涂吾之水。郭曰："漢元狩二年，馬出涂吾水中也。"任臣案：涂吾與余吾同。揚雄《長楊賦》：①"髓余吾。"又漢得馬于余吾，是也。王氏《釋義》曰："水亦生馬，如所謂渥洼水。"

又北百七十里曰隄山，郭曰："或作院，古字耳。"多馬。有獸焉，其狀如豹而文首，名曰狕。郭曰："音么。"任臣案：《事物紺珠》云："狕如豹，文首。"隄水出焉，而東流注于泰澤，其中多龍龜。任臣案：《殊域周咨録》："滿剌加海有龍龜，高四尺，四足有鱗甲，露長牙嚙人立死。②"王氏《釋義》曰："龍龜，蓋龜之大者，亦謂既有龍而又有

---

① "楊"，原作"揚"，金閶書業堂本同，據文意改。
② "嚙"，原作"齒"，據金閶書業堂本改。

黿也。"

凡《北山經》之首，自單狐之山至于隄山，凡二十五山，五千四百九十里，其神皆人面蛇身。其祠之，毛用一雄雞、彘瘞，吉玉用一珪，瘞而不糈。郭曰："言祭不用米，皆埋其所用牲玉。"其山北人，皆生食不火之物。郭曰："或作皆生食而不火。"

《北次二經》之首，在河之東，其首枕汾，郭曰："臨汾水上也。音墳。"任臣案：《山海經》例先書山，此獨變文。其名曰管涔之山。郭曰："今在太原郡故汾陽縣北秀容山。涔，音岑。"任臣案：管涔山，土人亦曰箕管山。又爲菅字，見多菅草，或以爲名。《十六國春秋》："劉曜弱冠，隱居菅涔山。菅涔王以神劍獻之。"劉會孟云："管涔山今屬靜樂縣。"又劉子威《雜俎》引此作"官涔山"，誤。其上無木而多草，其下多玉。汾水出焉，任臣案：《十三州記》："汾水出武州燕京山。"亦管涔之異名也。李維禎《五臺山記》云："燕京山一名管涔，即五臺之一。"而西流注于河。郭曰："至汾陽縣北，西入河。"

又西二百五十里曰少陽之山，任臣案：《名勝志》："少陽山在交城縣西北四十里。"其上多玉，其下多赤銀。郭曰："銀之精也。"任臣案：《寶藏論》云："銀牙生銀坑内石縫中，狀如亂絲，紅色者上。"即赤銀也。唐立大通監于此取鐵礦烹煉，亦以此故。酸水出焉，而東流注于汾水，任臣案：《名勝志》："酸水其味微酸，流入文谷水。"其中多美赭。郭曰："《管子》曰：'山上有赭者，其下有鐵。'"任臣案：赭，赤土。晋張華嘗以赤土拭寶劍。《本草别録》曰："出代郡者名代赭，出姑幕者名須九，一名血師。"

又北五十里曰縣雍之山，郭曰："今在晋陽縣西，名汲甕。雍，音甕。"任臣案：《郡國志》曰："懸罋山一名龍山，亦名結絀。"《一統志》云："因山腹有巨石如瓮，故名。"其上多玉，其下多銅，其獸多閭、麋，郭曰："閭即羭也，似驢而岐蹄，角如麢羊，一名山驢。《周書》曰：'北唐以閭。'亦見鄉射禮。"任臣案：《禮》曰："君國中射則皮樹中，于郊則閭中。"

陳祥道《禮書》云："閭如驢，一角。"《廣志》云："驢羊似驢。"《南史》云："滑國出野驢，有角。"皆閭也。或曰《歸臧·齊母經》"兩壺兩羭"即此。其鳥多白翟、白鵫。郭曰："即白鵫也，音于六反。"任臣案：《爾雅》："鸐，山雉。"《注疏》云："俗呼山雞也。白鵫一名鵫雉，江東人亦呼爲白雉。"又《字林》云："鳭郁似鶴，出懸雍山。"蓋指此鳥也。然與郭注不同，未詳是非。晋水出焉，而東南流注于汾水。郭曰："東過晋陽南，又東入汾。"任臣案：《水經》："晋水出晋陽縣西縣壅山，又東入于汾水。"其中多鮆魚，其狀如儵而赤麟，郭曰："小魚曰儵。"其音如叱，任臣案：一本作吡。食之不驕。郭曰："或作騷。騷，臭也。"任臣案：即蕴羝之疾。《圖贊》曰："陽鱎動日，①土蛇致宵。微哉鮆魚，食則不驕。物在所感，其用無標。"

又北二百里曰狐岐之山，任臣案：《禹貢》："治梁及岐。"即此山也。在汾州介休縣東南二十五里，孝義縣西八十里。一名薛頡山，勝水所出，又名洪山。《三易洞璣》曰："鳥鼠、朱圉、岷嶓，爲艮之太陰。其井出于龍洞隔谷，其合入于狐岐。"無草木，多青碧。勝水出焉，而東北流注于汾水，其中多蒼玉。

又北三百五十里曰白沙山，廣員三百里，盡沙也，無草木鳥獸。鮪水出于其上，潛于其下，郭曰："出山之頂，停其宂也。②"任臣案：武王師渡鮪水，疑非此。是多白玉。

又北四百里曰爾是之山，無草木，無水。

又北三百八十里曰狂山，無草木。是山也，冬夏有雪。狂水出焉，而西流注于浮水，任臣案：《國名記》云："狂水徑綸氏城，在陽城。"其中多美玉。

又北三百八十里曰諸餘之山，其上多銅、玉，其下多松、

① "鱎"，金閶書業堂本作"鑒"。
② "宂也"，原爲空格，據金閶書業堂本補。

柏。諸餘之水出焉，而東流注于旄水。

又北三百五十里曰敦頭之山，其上多金、玉，無草木。旄水出焉，而東流注于印澤。其中多騂馬，郭曰："音勃。"牛尾而白身，一角，其音如呼。任臣案：馬一角者名驥。元康八年，九真郡曾獵得之。《王會解》云："俞人雖馬。"雖馬亦一角，皆斯類也。郭璞《江賦》："騂馬騰坡以噓蹀。"《駢雅》曰："白而一角謂之騂馬。"明睿宗《江漢賦》："水狗騂馬，厥類孔多。"《圖贊》云："有獸如豹，厥文惟縟。閒善躍嶮，騂馬一角。"又吴從仙《别記》作"施水出騂馬"，"旄"字之誤也。

又北三百五十里曰鉤吾之山，其上多玉，其下多銅。有獸焉，其狀如羊身人面，其目在腋下，虎齒人爪，其音如嬰兒，名曰狍鴞，任臣案：《駢雅》云："羊人面腋目曰狍鴞。"《談薈》云："猼訑目在背上，狍鴞目在腋下。"是食人。郭曰："爲物貪惏，食人未盡。還害其身，像在夏鼎。《左傳》所謂饕餮是也。狍音咆。"任臣案：《宣和博古圖》："古器多篆，雲雷、饕餮之形。"《吕氏春秋》曰："饕餮有首無身，食人未咽，害及其身。"黄伯思《東觀餘論》曰："饕餮之爲物，食人未盡，還嚙其軀。又其目在腋下，《山經》所謂狍鴞者，故多以飾器之腋腹象其本形，①示爲食戒。"彭儼《五侯鯖》云："鉤吾山獸名饕餮，能食人。"《圖贊》曰："狍鴞貪惏，其目在腋。食人未盡，還自齦割。圖形妙鼎，是謂不若。"

又北三百里曰北囂之山，無石，其陽多碧，其陰多玉。有獸焉，其狀如虎，而白身犬首，馬尾彘鬣，名曰獨狢。郭曰："音谷。"任臣案：《圖贊》云："虎狀馬尾，號曰獨狢。"《説文》云："北囂山有獨狢獸如虎，白身豕鬣，尾如馬。余蜀切。"《駢雅》曰："獨狢如虎而馬尾，猬裹如人而彘鬣。"《事物紺珠》云："獨狢如虎，白身犬首，馬足豕鬣。"有鳥焉，其狀如烏，②人面，名鴦鶌，郭曰："般冒兩音。或作夏也。"任

① "腋"，金閶書業堂本作"掖"。
② "烏"，原作"鳥"，金閶書業堂本同，袁珂《山海經校注》作"烏"，據改。

臣案:孫愐《唐韻》:"鵹鶘,異鳥,人面。"《圖贊》曰:"禦暍之鳥,厥名鵹鶘。昏明是互,晝隱夜覿。物貴應用,安事鸞鵠。"《釋義》云:"鵹鶘,一作斑貓。"宵飛而晝伏,郭曰:"鵂鶹之屬。"食之已暍。郭曰:"中熱也,音謁。"任臣案:程良孺曰:"鵹鶘已渴,鵁鶄無臥。"涔水出焉,而東流注于邛澤。

又北三百五十里曰梁渠之山,無草木,多金、玉。脩水出焉,而東流注于鴈門,郭曰:"水名。"任臣案:脩水即于延水也。《水經注》云:"《地理志》有于延水,而無鴈門脩水之名。《山海經》有鴈門之目,而無説于延河,自下亦通,謂之于延河矣。"其獸多居暨,其狀如彙而赤尾,郭曰:"彙似鼠,赤毛如刺猬。彙,音渭。"任臣案:彙,古猬字,即蝟鼠。《廣韻》云:"似蝟而赤尾者名居暨,或作居豎。"《集韻》曰:"居豎獸似蝟,毛赤。"其音如豚。有鳥焉,其狀如夸父,郭曰:"或作舉父。"四翼、一目、犬尾,名曰囂,其音如鵲,食之已腹痛,可以止衕。郭曰:"治洞下也。音洞。"

又北四百里曰姑灌之山,無草木,是山也,冬夏有雪。

又北三百八十里曰湖灌之山,其陽多玉,其陰多碧,多馬。湖灌之水出焉,而東流注于海,其中多䱇。郭曰:"亦鱓魚字。"任臣案:《字苑》作"黄䱇",云黄疸之名取此,音旦。有木焉,①其葉如柳而赤理。任臣案:今檉柳似柳而赤色,未審是非。

又北水行五百里,流沙三百里,至于洹山,其上多金、玉。三桑生之,其樹皆無枝,其高百仞,任臣案:《圖贊》曰:"居暨豚鳴,如彙赤毛。四翼一目,其名曰囂。三桑無枝,厥樹惟高。"百果樹生之。其下多怪蛇。任臣案:嶺表之蛇,人面;雲南之蛇,岐尾;活褥之蛇,似鼠而捕鼠;苟印之蛇,②如蛇而四足;古都之蛇,角號曰碧犀;千歲之蝮精

---

① "木",原作"水",據金閶書業堂本改。
② "印",金閶書業堂本作"卬"。

呼曰博叔，凡皆蛇類絶怪者，附記之。

又北三百里曰敦題之山，無草木，多金、玉。是錞于北海。任臣案：《釋義》曰："錞于北海，謂依附于海也。"

凡《北次二經》之首，自管涔之山至于敦題之山，凡十七山，五千六百九十里。其神皆蛇身人面。其祠，毛用一雄雞、彘瘞；郭曰："埋之。"用一璧一珪，投而不糈。郭曰："擿玉于山中以禮神，不埋之也。"

《北次三經》之首曰太行之山。郭曰："今在河内野王縣西北。行，音户剛反。"任臣案：《丹鉛録》曰："太行山一名五行山。《列子》作'大形'，則行本音也。"《河圖括地象》云："太行，天下之脊。"郭緣生《述征記》："太行首始河内，自河内至幽州凡有八陘。"崔伯陽《感山賦》："上正樞星，下開冀方，起爲名丘，妥爲平岡。巍乎！甚尊其名。"太行蓋趁韻之誤耳。《博物志》曰："太行山北不知山所限極，亦如東海不知所窮。"《尸子》曰："龍門，魚之難也。太行，牛之難也。"《一統志》云："山勢綿亘數千里，雖各因地立名，其實皆名太行山。"魏武帝《苦寒行》："北上太行山，艱哉何巍巍！羊腸坂詰曲，車輪爲之摧。"其首曰歸山，其上有金、玉，其下有碧。有獸焉，其狀如麢羊而四角，馬尾而有距，其名曰驒，善還，郭曰："還，旋，旋舞也。驒，音暉。"任臣案：李氏《本草》："驒，山驢之類。"《圖贊》云："驒獸四角，馬尾有距。涉歷歸山，騰險躍岨。厥貌惟奇，如是旋舞。"其鳴自叫。有鳥焉，其狀如鵲，白身、赤尾、六足，其名曰鷶，郭曰："音犇。"任臣案：《玄覽》云："鸓四足，鷶六足。"顧起元《帝京賦》曰："三目之鷶，五工之鵒。"蓋謂此也。是善驚，其鳴自詨。郭曰："今吴人謂呼爲詨，音呼交反。"

又東北二百里曰龍侯之山，無草木，多金、玉。決決之水出焉，郭曰："音訣。"而東流注于河。其中多人魚，任臣案：《史記》："始皇之葬也，以人魚爲燭。"又《稽神録》言："人魚上身如婦人，腰以下皆魚。"《臨海異物志》云："人魚長三尺餘，不可食。"此更名同而異物者。其狀如鯑魚，四足，其音如嬰兒，郭曰："鯑見《中山經》，或曰人魚，即鯢也。似鮎而四足，聲如小兒啼，今亦呼鮎爲鯑，音啼。"任臣案：鯑魚、鯢魚皆名人魚，此則鯢魚也。李時珍謂其聲如小兒，故名。蓋即鯑魚之能上樹者，與海中鯨同名。陳藏器云："鯢生溪中似鮎，有四足，長尾，能上樹。"《廣志》云："鯢四足，形如鱧，可以治牛。"《爾雅》："鯢大者謂之鰕，又一名孩兒魚。秦人名鰨，蜀人名鰟。"《益部方物略記》："鰟魚出溪谷及雅江，有足，能緣木，其聲如兒啼。"是也。《一統志》："興安縣龍蟠山水中有魚，四足而有角，人不敢傷，恐致風雨。"亦其類。食之無癡疾。任臣案：《酉陽雜俎》："峽中人食鯢魚，縛樹上鞭，至白汁出如構汁方可食，不爾有毒也。"《本草》云："食之已疫疾。"

又東北二百里曰馬成之山，其山多文石，其陰多金、玉。有獸焉，其狀如白犬而黑頭，見人則飛，郭曰："言肉翅飛行自在。"其名曰天馬，任臣案：《韻寶》云："飛虡，天上神獸，鹿頭龍身，在天爲勾陳，在地爲天馬。"即其獸也。文人用"天馬行空"之語，亦指此爾。《圖贊》曰："龍憑雲游，騰蛇假霧。未若天馬，自然凌翥。有理懸運，天機潛御。"吴淑《錦賦》："辟邪天馬之奇。"《名山藏》載："永樂十八年，忽魯謨斯進天馬。"即此獸也。又徐陵云："天馬龍媒。"梁簡文云："天馬半漢。"疑指漢之天馬，非此。其鳴自叫。有鳥焉，其狀如烏，首白而身青、足黃，是名曰鶌鶋，郭曰："屈居二音，或作鳴。"任臣案：《駢雅》曰："鶌鳩、鶌鶋，皆烏屬也。"其鳴自詨，食之不飢，可以已寓。郭曰："未詳。或曰寓，猶誤也。"任臣案：《圖贊》曰："鶌鶋如烏，青身黃足。食之不飢，可以辟穀。内厥惟珍，配彼丹木。"

又東北七十里曰咸山，其上有玉，其下多銅，是多松、柏，草多茈草。條菅之水出焉，郭曰："菅，音間。"而西南流注于長澤。其中多器酸，三歲一成，郭曰："所未詳也。"任臣案：《釋義》曰："器酸，疑物之可食而酸者，如解州鹽池出鹽之類，蓋澤水止而不流，積久或酸，理所有也，故曰三年一成。"食之已癘。

又東北二百里曰天池之山，任臣案：劉會孟曰："天池山今河内鄉，一名高前。"疑非。其上無草木，多文石。有獸焉，其狀如兔而鼠首，以其背飛，郭曰："用其背上毛飛，飛則仰也。"其名曰飛鼠。任臣案：《宛委餘編》："飛鼠斷猿，狼虱嚙鶴。"楊慎《補注》云："飛鼠，即《文選》所謂飛蠝。雲南姚安蒙化有之，其肉可食，其皮治難産。"《談薈》云："飛者以翼，而天池之山飛兔以背。"又《方言》云："鼸鼠自關而東謂之飛鼠。"蓋所指服翼也，非此。《圖贊》曰："或以尾翔，或以髯凌。飛鼠鼓翰，儵然皆騰。因無常所，惟神是馮。"天啓三年十月，鳳縣有大鼠，肉翅無足，毛黄黑，豐尾若貂，首若兔，飛食黍粟，疑即斯類也。澠水出焉，潛于其下，郭曰："停山底也。"任臣案：河南澠池縣與此近，戰國澠池之會，是其地也。若易牙辨淄澠之水。《左傳》："有酒如澠。"則又臨淄之澠水，同字而異音。其中多黄堊。郭曰："堊土也。"

又東三百里曰陽山，其上多玉，其下多金、銅。有獸焉，其狀如牛而赤尾，其頸腎，其狀如勾瞿，郭曰："言頸上有肉腎。勾瞿，斗也。音劬。"其名曰領胡，任臣案：《駢雅》曰："獸似牛而赤尾，曰領胡。"其鳴自詨，食之已狂。有鳥焉，其狀如雌雉，而五彩以文，是自爲牝牡，名曰象蛇，任臣案：鳥獸自爲雌雄者，亶爰之類、䳇鷗之禽、①带山鵸鵌、竹山豪彘、陽山象蛇，以至火眼狻猊，一首兩身，相爲牝牡。而人類傀異，亦有婆羅門半釋迦之屬，兩體畢具。内典列于五種黄門，是皆天地不正之氣，陰陽變異之事也。其鳴自詨。留水出焉，而南流注于河。其中有䱻父之魚，郭曰："音陷。"任臣案：《五音集韻》引《經》作"䱎文之魚"。音兼。《圖贊》曰："有鳥善驚，名曰鶼鶼，象蛇似雉。自生子孫，䱻父魚首，厥體如豚。"其狀如鮒魚，魚首而彘身，任臣案：《廣雅》："鮒，鰿也。"《莊子》："鮒魚涸轍。"《易》曰："井谷射鮒。"《吕氏春秋》："魚之美者洞庭之鮒。"音附。食之已嘔。

---

① "鷗"，金閶書業堂本作"鶹"。

又東三百五十里曰賁聞之山，其上多蒼玉，其下多黄堊，多涅石。任臣案：涅石，礬石也。與石涅不同，辨見"女牀山"注。

又北百里曰王屋之山，郭曰："今在河東東垣縣北。《書》曰：'至于王屋也。'"任臣案：劉會孟曰："在今山西澤州。"晁氏曰："山形如屋，故名。"李石《續博物志》曰："中國有洞天三十六所，第一王屋山洞天，周迴萬里，名小有清虚天。"《王君内傳》曰："王屋山有小天，號曰小有天。"《真誥》曰："王屋山仙之别天，①所謂陽臺是也。"又王屋山有二，一在山西之垣曲，一在河南之濟源，實一山也。是多石。瀨水出焉，郭曰："瀨，音輦。"而西北流注于泰澤。郭曰："《地理志》：'王屋山，沇水所出。'瀨沇聲相近，殆一水耳。沇則濟也。"任臣案：《水經注》引《經》"瀨水"作"聯水"，"泰澤"作"秦澤"。

又東北三百里曰教山，任臣案：楊慎《補注》曰："教即殽也。秦晉戰于殽，即此地，兩山則殽之南北兩嶔也。夏后皋墓，文王避雨陵在焉，見《公羊傳》。"又案《水經》曰："河之右則崤水注之。"注云："出河南盤崤山，西北流。"又曰："河水又東與教水合。"注云："出垣縣教山，是二山實相近。"然以爲教即殽也，非是。《名勝志》云："教山，今名効山，亦名罩山，在絳縣東南八十里入垣曲界。"其上多玉而無石。教水出焉，西流注于河，是水冬乾而夏流，實惟乾河。郭曰："今河東聞喜縣東北有乾河口，因名乾河里。但有故溝處無復水，即是也。"任臣案：酈道元云："是水冬乾夏流，今世人猶謂之乾澗。"楊慎曰："乾河在陜州，唐名石壕。杜子美有《石壕吏歌》，今名石壕鋪。"其中有兩山。是山也，廣員三百步，其名曰發丸之山，其上有金、玉。

又南三百里曰景山，郭曰："《外傳》曰：'景霍以爲城。'"任臣案：《寰宇記》："山在聞喜縣東南十八里。"非《毛詩》景山。南望鹽販之澤，郭曰："即鹽池也。今在河南猗氏縣，或無'販'字。"任臣案：《地理

① "山"，金閶書業堂本作"出"。

志》曰:“鹽池在安邑西南。許慎謂之‘鹽鹽’,長五十一里,廣六里,周一百一十四里。”吕宿云:“河東鹽池謂之解鹽,今池水東西七十里,南北十七里,紫色澄渟,渾而不流,水出石鹽,自然印成。西又一池名女鹽澤。”朱廷立《鹽政志》曰:“安邑一池謂之女鹽澤,東西二十五里,南北二十里,在猗氏故城南。大曆間生乳鹽,賜名寳應靈慶池。”《本草》云:“解州安邑兩池取鹽,于池旁耕地,沃川池水,每得南風,急則宿夕成鹽滿畦。”北望少澤,其上多草、藷萸,郭曰:“根似羊蹄,可食,曙豫二音。今江南單呼爲藷,音儲,語有輕重耳。”任臣案:藷萸有二種,此草藷萸也。《中山經》“其木多藷萸”,蓋木藷萸也。又“藷萸”或音“儲余”。計然曰:“儲萸本出三輔,白色者善。”是也。或音署預。《本草》:“薯蕷,味甘温。”是也。其草多秦椒,郭曰:“子似椒而細葉,草也。”任臣案:楊氏云:“秦椒今名地椒,夠羠羊食之,①故尾比他羊爲美。”計然云:“秦椒出隴西天水,粒細者善。”又《本草》以“大椒”爲“秦椒”,即《爾雅》“椴”也,地椒别爲一種。其陰多赭,其陽多玉。有鳥焉,其狀如蛇,而四翼、六目、三足,名曰酸與,任臣案:《駢雅》曰:“酸與三足。”《玄覽》云:“三足之鳥有酸鵸焉。”即此也。《事物紺珠》云:“酸與如蛇,四翼,六目三足。”程良孺曰:“善芳令人不寐,酸與令人不醉。”《圖贊》曰:“景山有鳥,禀形殊類。厥狀如蛇,脚三翼四。見則邑恐,食之不醉。”其鳴自詨,見則其邑有恐。郭曰:“或曰食之不醉。”

又東南三百二十里曰孟門之山,郭曰:“《尸子》曰:‘龍門未闢,②吕梁未鑿,河出于孟門之上,大溢逆流,無有丘陵高阜,滅之,名曰洪水。’《穆天子傳》曰:‘北升孟門九河之隥。’”任臣案:辛氏《三秦記》曰:“河津,一名龍門,巨靈迹猶在,去長安九百里。孟門與龍門相對,即龍門之上口也,實爲河巨厄兼。孟門,津之門也。”《名勝志》云:“今在山西平陽府吉州西七十里界,離風山四十里。”其上多蒼玉,多金,其下多

---

① “食”,原作“肉”,據金閶書業堂本改。
② “未”,原作“木”,據金閶書業堂本改。

黄堊，多涅石。

又東南三百二十里曰平山。任臣案：《水經注》："輔山疑即平山也。山頂周員五六里，少草木。"《隋圖經》曰："平山在平陽，一名壺口山。"《尚書》："既載壺口。"是也。今名姑射山，平水出其下。又《一統志》："平山在平陽府西南二十五里，姑射山之支也。"《圖經》以爲即姑射山，非。姑射山在府西五十里。平水出于其上，潛于其下，是多美玉。

又東三百里曰京山，有美玉，多漆木，多竹，其陽有赤銅，其陰有玄礵。郭曰："黑砥石也。《尸子》曰：'如玄黄砥。'明色非一也。礵，音竹篠之篠。"高水出焉，南流注于河。

又東二百里曰蟲尾之山，其上多金、玉，其下多竹，多青碧。丹水出焉，南流注于河。薄水出焉，郭曰：《淮南子》曰："薄水出鮮于山。"而東南流注于黄澤。

又東三百里曰彭毗之山，其上無草木，多金、玉，其下多水。蚤林之水出焉，郭曰："音早。"東南流注于河。肥水出焉，任臣案：今鎮原縣西北有肥水，疑即此。劉會孟曰："昔黄帝誅百魅，膏流成泉，故有肥泉之水。"而南流注于牀水，其中多肥遺之蛇。

又東百八十里曰小侯之山。明漳之水出焉，南流注于黄澤。有鳥焉，其狀如烏而白文，名曰鴣鸐，郭曰："姑習二音。①"任臣案：《駢雅》曰："鶻鵃、鵩鴡、鴣鸐、精衛，皆烏屬也。"食之不㵣。郭曰："不瞧目也。或作噍，音醮。"

又東三百七十里曰泰頭之山。共水出焉，郭曰："音恭。"南注于虖池。郭曰："呼佗二音，下同。"其上多金、玉，其下多竹、箭。

又東北二百里曰軒轅之山，任臣案：《路史·禪通紀》有"軒轅

① "姑習"，原作"鴣鸐"，據金閶書業堂本改。

氏作于空桑之北”，注引此爲據，非黄帝軒轅也。其上多銅，其下多竹。有鳥焉，其狀如梟而白首，其名曰黄鳥，其鳴自詨，食之不妒。任臣案：倉庚亦名黄鳥，倉庚即鸎也。李氏《本草》于“鸎”條下云：“食之不妒。”且引《經》文爲證。又楊夔《止妒論》云：“梁武帝郄氏性妒。或言倉庚爲膳，療忌，遂令治之，妒果減半。”合觀二説，明以此鳥爲倉庚矣。然《經》云：“狀如梟，白首，與倉庚不甚類。”疑亦同名異物者也。《圖贊》曰：“鵃鸜之鳥，食之不瞧。爰有黄鳥，其鳴自叫。婦人是服，矯情易操。”

又北二百里曰謁戾之山，郭曰：“今在上黨郡涅縣。”任臣案：劉會孟云：“今在澤州高平縣。”其上多松、柏，有金、玉。沁水出焉，南流注于河。郭曰：“至滎陽縣東北入河，或出穀述縣羊頭山也。”任臣案：《水經》“沁水出上黨沮縣謁戾山”，注云：“沁水，即洎水也。”其東有林焉，名曰丹林。丹林之水出焉，任臣案：鄭世子《律學新説》：“羊頭山西二十里曰丹朱嶺，意古之丹林也。蓋年久伐盡，不復有林矣，遂訛爲丹嶺。而朱乃後人妄加者。”楊慎《補注》曰：“丹林，今之懷慶清化鎮柿林百里，故曰丹林。實北地之上腴，太行之穠秀也。丹水在懷慶賓带府城。”《水經注》云：“丹水出上黨高都縣故城東北阜下，俗謂之源源水。”《地理志》云：“高都縣有莞谷，丹水所出，東南入絶水。①”《竹書紀年》：“晋出公五年，丹水三日絶不流；幽公九年，丹水出，相反擊，皆丹水也。”南流注于河。嬰侯之水出焉，北流注于氾水。任臣案：《水經注》：“濶水，又會嬰侯之水，北流注于氾水。亂流径中都縣，俗又謂之中都水。”《一統志》曰：“嬰澗水，今在平遥縣東三十里，即嬰侯水也。”

東三百里曰沮洳之山，郭曰：“《詩》云：‘彼汾沮洳。’”任臣案：劉會孟曰：“今山西太原，叔虞封此。”無草木，有金、石。② 濝水出焉，郭曰：“音其。”任臣案：郝敬《讀書通》曰：“文字附合增減，悉由人作，

---

① “入”，原作“人”，據金閶書業堂本改。
② “石”，金閶書業堂本作“玉”。

如《山海經》'沮洳之山，濝水出焉'增'系海内西南'，'陬有鴾'，增'鳥'。"南流注于河。郭曰："今淇水出汲郡隆慮縣大號山，東過河内縣，南爲白溝。"任臣案：清淇自魏郡朝歌縣界入，分爲二派，一在郡東，一在郡西，俱南流入河。漢建武二年，遣司空王梁守此關，①即濝水地也。《水經》"河西會濝水"注云："水出汲縣王屋西山。②"

又北三百里曰神囷之山，郭曰："音如倉囷之囷。"其上有文石，其下有白蛇，有飛蟲，黄水出焉，任臣案：劉鳳《雜俎》云："隆慮縣黄水出于神囷之山，黄華谷山高十七里，水出木門帶，直瀉巖下，狀若雞翹，故謂之雞翹洪。③"而東流注于洹。郭曰："洹水出汲郡林慮縣東北，至魏郡長樂入清水。洹，音丸。"任臣案：《隋圖經》云："洹水出隆慮縣西北，俗謂安陽河，即聲伯夢涉之所。"滏水出焉，任臣案：楊慎云："滏水在今磁州。"而東流注于歐水。郭曰："滏水今出臨水縣西釜口山，經鄴西北至列人縣，入于漳。其水熱。"任臣案：《水經注》："滏水發源出石鼓山南岩下，泉奮涌，滏水之陽矣。其水冬温夏冷，水上有祠，能興雲雨。又東流注于漳，謂之合河。"

又北二百里曰發鳩之山，郭曰："今在上黨郡長子縣西。"任臣案：劉會孟云："今屬山西潞安府。"《一統志》云："在長子縣西五十里。"《律學新説》曰："繖蓋山西北三十里曰發鳩山，山下有泉，泉上有廟，濁漳水之源也。廟有象神女三人，女侍手擎白鳩，俗言漳水欲漲，則白鳩先見，蓋以精衛之事而傅會之也。"王鏊《禹貢考》云："發鳩山，又名鹿谷山。"其上多柘木。有鳥焉，其狀如烏，文首、白喙、赤足，名曰精衛，其鳴自詨。是炎帝之少女，名曰女娃，郭曰："炎帝，神農也。娃，惡佳反。語誤，或作階。"女娃遊于東海，溺而不返，故爲精衛，常銜西山之木石，以堙于東海。郭曰："堙，塞也。音因。"任

---

① "此"，金閶書業堂本作"濝"。

② "汲"，金閶書業堂本作"垣"。

③ "洪"，原闕，據金閶書業堂本補。

臣案:《述異記》:"炎帝女溺死東海中,化爲精衛,一名誓鳥,一名涴禽,①一名志鳥,俗名帝女雀。"《學海》注云:"赤帝之女姜姓,爲精衛,在上黨發鳩山。"《博物志》云:"有鳥如烏,文首白喙,赤足,曰精衛。精衛常取西山之木石以填東海。"《五侯鯖》曰:"精衛無雄,偶海燕而生。"《抱朴子》曰:"精衛填海,玄讓遞生。"左思《魏都賦》:"㹳㹳精衛,銜木償怨。"《吴都賦》:"精衛銜石而遇繳,文鰩飛波而觸綸。"庾信《連珠》云:"精衛何禽,欲銜石而塞海。"又《哀江南賦》:"豈冤禽之能塞海,非愚叟之可移山。"颜之推《賦》:"既銜石以填海,終荷戟以從秦。②"崔融《嵩山碑》:"精衛銜木而償冤,女尸化草而成嫃。"李白詩:"西飛精衛鳥,東海何由填。"又云:"精衛費木石,黿鼉無所憑。"又《大鵬賦》:"精衛殷勤於銜木,鶢鶋悲愁乎薦觴。"《白氏六帖》:"婦化石以望夫,鳥銜木而填海。"胡斗南詩:"千年木石勞精衛。"邊貢詩:"柳邊精衛浙江潮。"豐坊《鳴鳳行》:"精衛一小鳥,銜石翻飛東海頭。"文翔鳳《後湖行》:"銜木非馮精衛填。"徐光啓《曆書表》:"精衛填海有求成之望,愚叟移山論可爲之理。"黄氏《續騷經》云:"娥宛轉于水濱兮,精衛舞于江渚。"《圖贊》曰:"炎帝之女,化爲精衛。沉形東海,靈爽西邁。乃銜木石,以填波害。"陶潛《讀山海經詩》:"精衛銜微木,將以填滄海。刑天舞干戚,猛志故常在。同物既無慮,化去不復悔。徒設在昔心,良晨詎可待。③"王氏《釋義》云:"炎帝少女化精衛,猶蜀帝化杜鵑也。"漳水出焉,郭曰:"濁漳,音章。"任臣案:《一統志》:"濁漳在潞州西五十里。④"《名勝志》曰:"發鳩山上有靈湫泉,即濁漳之源。⑤"而東流注于河。⑥ 郭曰:"或曰出長子縣鹿谷山,而東至鄴,入清漳。"

又東北百二十里曰少山,郭曰:"今在樂平郡沾縣。沾縣故屬上黨。"任臣案:《晋地記》云:"少山,即太谷也。在太谷縣西南十里有咸

---

① "涴",金閶書業堂本作"宛"。
② "從",金閶書業堂本作"入"。
③ "晨",原作"農",據金閶書業堂本改。
④ "五",金閶書業堂本作"南",且"南"下有"二"字。
⑤ "源"下,金閶書業堂本有"也"字。
⑥ "而",金閶書業堂本闕。

陽故城，亦名咸陽谷。"王鑑《禹貢考》云："山在太原府樂平縣西南二十里。"《福地記》曰："其高八百丈，可以避兵，恒山之佐命也，清漳水出此，又名沾嶺。"其上有金、玉，其下有銅。清漳之水出焉，東流于濁漳之水。郭曰："清漳出少山大繩谷至武安縣南暴宫邑，入于濁漳。或曰東北至邑城，入于大河也。"任臣案：《禹貢合注》："漳水有二，出大黽谷爲清漳，出鹿谷山爲濁漳。"

又東北二百里曰錫山，任臣案：王氏云："今無錫亦有錫山。"其上多玉，其下多砥。任臣案：《禹貢》云："礪砥砮丹。"牛首之水出焉，而東流注于滏水。

又北二百里曰景山，有美玉。景水出焉，東南流注于海澤。

又北百里曰題首之山，有玉焉，多石，無水。

又北百里曰繡山，其上有玉、青碧，其木多栒，郭曰："木中枚也。音荀。"其草多芍藥、芎藭。郭曰："芍藥一名辛怡，亦香草屬。"任臣案：辛怡乃辛雉，今謂之木筆。揚雄《甘泉賦》："列辛雉于林薄。"服虔注云："即辛怡。"雉、怡聲相近耳。《楚詞》有'辛怡車'，亦不謂芍藥也。郭注非是。又《毛傳》以芍藥爲香草。陸璣云："今藥草芍藥無香氣。"未審今何草。芍或作勺。《鄭風》云："伊其相謔，贈之以勺藥。"《董子》云："勺藥一名將離，故將别贈之。"《韓詩外傳》云："勺藥，離草也。"李瀕湖曰："芍藥，猶綽約也。此草花容綽約，故以爲名。"《爾雅翼》云："制食之毒，莫良于勺，故得藥名。又赤者名金芍藥，白者名木芍藥。"洧水出焉，任臣案：《水經》云："洧水出河南密縣馬領山。"而東流，注于河，其中有鱯郭曰："鱯似鮎而大，白色也。"黽。郭曰："鼃黽似蝦蟇，小而青。或曰螻黽，一物名耳。"任臣案：《爾雅疏》："蟾諸在水者名黽，①一名耿黽，一名土鴨。"鄭樵云："黽，水雞也，音猛。"

① "者"，金閶書業堂本作"有"。

又北百二十里曰松山，陽水出焉，東北流注于河。

又北百二十里曰敦與之山，任臣案：《名勝志》作"敦輿山"，在今直隸趙州臨城縣南七十里。其上無草木，有金、玉。溹水出于其陽，郭曰："音悉各反。"任臣案：今索水源出滎陽小陘山，北流入京水。而東流注于泰陸之水；郭曰："大陸水，今鉅鹿北廣平澤即其水。"任臣案："泰陸"，一本作"泰陛"，誤。泜水出于其陰，郭曰："音抵，肆也。"而東流注于彭水。郭曰："今泜水出中丘縣西窮泉谷東，注于堂陽縣，入于漳水。"任臣案：《一統志》："泜水在臨城縣西北，源發元氏縣。"《史記》："韓信斬成安君于泜水上。"槐水出焉而東流注于泜。任臣案：《釋義》曰："此謂泜水出于其陰，指泰陸之南。而言曰東流注于彭水，亦泜水也。曰槐水出焉，則出于彭水也。三水委折，必分别始悉。"

又北百七十里曰柘山，其陽有金、玉，其陰有鐵。歷聚之水出焉，而北流，注于洧水。

又北三百里曰維龍之山，其上有碧玉，其陽有金，其陰有鐵。肥水出焉，任臣案：成德亦有肥水，出良餘山，非此。而東流注于皋澤，其中多礨石。郭曰："未詳也，音雷。或作壘硊。壘，大石貌。或曰石名。"敞鐵之水出焉，而北流注于大澤。

又北百八十里曰白馬之山，其陽多石、玉，其陰多鐵，多赤銅。木馬之水出焉，而東北流注于虖沱。郭曰："呼佗二音。"任臣案：曹學佺《名勝志》："白馬山在盂縣東北四十里，有白馬關。相傳後魏時築其水，俗謂之牧馬河，源有二，一出當縣，①一出忻州，俱名白馬山，②至三交村之牛尾莊合流，經城南七里，東北入定襄界，注于滹沱。"

又北二百里曰空桑之山，郭曰："上已有此山，疑同名也。"任臣案：空桑有二，《路史》云："共工振滔鴻水，以薄空桑。"其地在莘、陝之間。

---

① "一"，原作"十"，據金閶書業堂本改。

② "名"，金閶書業堂本作"君"。

伊尹，莘人，故《吕氏春秋》、《古史考》俱言“尹産空桑”。空桑故城在今陳留三十里。又有空桑澗。史稱“帝榆罔居空桑”。《歸藏·啓筮》云：“蚩尤伐空桑。”帝所居也，即此空桑也。兖地亦有空桑，其地廣絶，高陽氏所嘗居。皇甫謐所謂“廣桑之野”。上古有空桑氏。又《春秋演孔圖》及干寶所記孔子生于空桑，皆魯之空桑也，見《東山經》。無草木，冬夏有雪。任臣案：吴淑《雪賦》云：“怪空桑于四時。”本此。空桑之水出焉，東流注于虖池。郭曰：“音佗。”

又北三百里曰泰戲之山，任臣案：一作“秦戲”。《一統志》云：“秦戲山在繁峙縣東北，俗名小孤山。”《寰宇記》云：“一名武夫山，亦曰氏天山，今名孤山。”王鑑《禹貢考》引此亦作“秦戲。”無草木，多金、玉。有獸焉，其狀如羊，一角一目，目在耳後，其名曰辣辣，郭曰：“音屋棟之棟。”任臣案：《獸經》曰：“辣辣一目，從從六足。”《玄覽》曰：“解廌猙，駮臒疏。辣辣，一角之獸也。”《駢雅》曰：“羊一角謂之辣辣。”楊慎《奇字韻》云：“辣辣，今産于代州鴈門谷口，俗呼爲耩子，見則歲豐，音東，見《晋志》。”曹學佺《名勝志》曰：“代州谷中常産獸，其名曰辣，狀如羊，一目一角，目生耳後，鳴則自呼。”《河源志》云：“昆侖以西，獸有髦牛、野馬、狼狍、辣羊之類。”又《字彙》引此作“狭”。又《集韻》：“音陳，别有獸，名豷，似豕，目出于耳，亦與此類，見《事物紺珠》。”其鳴自叫。虖沱之水出焉，郭曰：“今虖池水出鴈門鹵成縣南武夫山。”任臣案：《地理通釋》云：“虖沱在今代州繁畤縣東，流經定州深澤縣東南，即光武所渡處，俗謂之危渡口。”《名勝志》：“滹沱水列如品字，又名三白水。古本作濩池。虖沱，後人改也。”而東流注于漊水。郭曰：“音樓。”液女之水出于其陽，南流注于沁水。郭曰：“液，音悦懌之懌。”任臣案：劉會孟曰：“竇憲奪公主田處。”

又北三百里曰石山，多藏金、玉。濩濩之水出焉，郭曰：“濩，音尺蠖之蠖。”而東流注于虖池；鮮于之水出焉，而西南流注于虖池。

又北二百里曰童戎之山。皋涂之水出焉,而東流注于溇液水。

又北三百里曰高是之山。郭曰:"今在北地靈邱縣。"任臣案:《一統志》:"高是山在蔚州西北七十里。"滋水出焉,郭曰:"音慈。"任臣案:《一統志》云:"在靈邱西南枚迴嶺,懸流五丈,湍激之聲震動山谷。"《名勝志》云:"滋水在蔚州西南三十里之南馬庄,名流水泉。"而南流注于虖沱,其木多椶,其草多條。滱水出焉,郭曰:"音寇。"任臣案:滱水今在渾源州恒山南。《水經》:"滱水出代州靈邱縣高氏山。"注云:"即温彝之水也,今名纏河,亦名温彛河。"東流注于河。郭曰:"過博陵縣南,又東北入于易水。"

又北三百里曰陸山,多美玉。鄚水出焉,郭曰:"或作郯水。"而東流注于河。

又北二百里曰沂山。郭曰:"音祈。"般水出焉,郭曰:"音盤。"而東流注于河。

北百二十里曰燕山,任臣案:《一統志》:"燕山在玉田縣西北,自西山一带迤逦東,其延袤數百里。北平立燕山三衛,因此山而名。"多嬰石。郭曰:"言石似玉,有符彩嬰带,所謂燕石者。"任臣案:劉會孟云:"今此石出保定滿城縣。語云:'魚目混珠,燕石亂玉。'"燕水出焉,東流注于河。

又北山行五百里,水行五百里,至于饒山。是無草木,多瑶、碧,其獸多橐駝,其鳥多鶹。郭曰:"未詳。或曰鶹,鵂鶹也。"任臣案:《廣雅》曰:"鶹鳩,飛鸓也。"疑即是。歷虢之水出焉,而東流注于河。其中有師魚,食之殺人。郭曰:"未詳。或作鯢"。任臣案:《本草綱目》有"魚師"之名。陳藏器《本草拾遺》云:"魚師大者有毒,殺人。"疑即此魚也。《唐韻》云:"鰤,老魚。"《事物紺珠》云:"鰤魚,青黄色,腮下有横骨如鋸。"

又北四百里曰乾山，無草木，其陽有金、玉，其陰有鐵而無水。有獸焉，其狀如牛而三足，其名曰獂，郭曰："音元。"任臣案：《玄覽》曰："從從六足，獂三足。"其鳴自詨。

又北五百里曰倫山。倫水出焉，而東流注于河。有獸焉，其狀如麋，其川在尾上，郭曰："川，竅也。"任臣案：楊慎《補注》曰："伯樂《相馬經》：'有馬白州。'當是川字，以此可証。"姚旅《露書》云："倫山獸，川在尾上，則川可爲穿也。"其名曰羆。任臣案：《圖贊》本作"羆九獸"，《贊》曰："辣辣似羊，眼在耳後。竅生尾上，號曰羆九。幽都之山，大蛇牛呴。"《談薈》云："羆有二種，如麋與如熊者別也。"

又北五百里曰碣石之山。郭曰："《水經》曰：'碣石山今在遼西臨榆縣南水中。或曰在右北平驪城縣海邊山。'"任臣案：《水經注》："碣石在驪城縣西南，漢武帝常登之以望海。"杜佑曰："碣石在樂浪郡，長城起于此，東截遼水而入高麗。"《禹貢》："右碣石在平州，有三十餘里，則高麗中爲左碣石也。"或曰碣石一在廣東海口，一在冀州北海口。北碣石在海中，如河中砥柱，迨天造也。繩水出焉，而東流于河。任臣案：澠水亦謂之繩水。《水經注》："繩水又西北入時水。"是也，非此。其中多蒲夷之魚。郭曰："未詳。"其上有玉，其下多青碧。

又北水行五百里至于鴈門之山，無草木。郭曰："鴈門山即北陵西隃，雁之所出，因以名云。在高柳北。"任臣案：《釋義》曰："今三晋代州有鴈門山，遂以是名關。然其上草木多生，此曰無草木。又曰水行五百里，所未詳也。"

又北水行四百里至于泰澤。其中有山焉，曰帝都之山，廣員百里，無草木，有金、玉。任臣案：《釋義》曰："凡此皆在晋地。夫環晋皆山，恐無水行四百里者，然鴈門山亦曰水行五百里，豈禹治水時事與？"

又北五百里曰錞于母逢之山，北望雞號之山，任臣案：《通志略》作"惟號之山"。其風如飈。郭曰："飈，急風貌也。音戾。或云飄風也。”任臣案：一本作颷。又《説文》引《經》云：“惟號之山，其風若劦，何頰切。”西望幽都之山，任臣案：《爾雅》：“北方之美者，有幽都之筋角焉。”《一統志》：“山在昌平縣西北，古幽州蓋因山爲名。”浴水出焉。郭曰：“浴，即黑水也。”任臣案：今黑水在定州界，未審是非。是有大蛇，其音如牛，見則其邑大旱。

凡《北次三經》之首，自太行之山以至于無逢之山，凡四十六山，萬二千三百五十里。其神狀皆馬身而人面者二十神。任臣案：一本作廿神。其祠之，皆用一藻、茝瘞之。郭曰：“藻，聚藻。茝，香草，蘭之類。音昌代反。”其十四神狀皆彘身而載玉。其祠之，皆玉，不瘞。郭曰：“不埋所用玉也。”其十神狀皆彘身而八足蛇尾。其祠之，皆用一璧瘞之。大凡四十四神，皆用稌糈米祠之，此皆不火食。

右《北經》之山志，凡八十七山，二萬三千二百三十里。

卷四

東山經

《東山經》之首曰樕螽之山，郭曰："速、株二音。"任臣案：《五音集韻》引《經》作"獥蠡"。《廣博物志》引《經》作"樕蛛"。江暉《亶爰集》云："申搴樕螽之璧英。"謂此也。北臨乾昧，郭曰："亦山名也。音妹。"食水出焉，而東北流注于海。其中多鱅鱅之魚，郭曰："音容。"任臣案：《楚辭・大招》曰："鱅鱅短狐。"《篇海》云："鱅與鰫同，似牛，音如豕。"《説文長箋》云："海魚肉如彘曰鱅。"其狀如犁牛，郭曰："牛似虎文者。"任臣案：《莊子》云："執犁之狗。"犁即此牛。其音如彘鳴。

又南三百里曰藟山，郭曰："音誄。"任臣案：《釋義》曰："此紀東山而皆曰南何？豈北山徧歷之後，自北而南，遂紀東方之山與？"其上有玉，其下有金。湖水出焉，東流注于食水，其中多活師。郭曰："科斗也。《爾雅》謂之'活東'。"任臣案：陳藏器曰："活師即蝦蟇兒，生水中有尾，如鯰魚，漸大則脚生尾脱。"陸農師云："活師月大盡則生前兩足，月小盡則生後兩足。"崔豹《古今注》："一名懸針，一名玄魚。"朱謀㙔曰："活東、活師，鼀黽子也。"

又東三百里曰栒狀之山，其上多金、玉，其下多青碧石。有獸焉，其狀如犬，六足，其名曰從從，任臣案：《獸經》云："從從六足。"《駢雅》曰："從從，六足犬也。一作猣，又作㹐"。《事物紺珠》云：

“猣猣如犬，六足，尾長丈餘。”《宋書》：“六足獸，王者謀及衆庶則至。”其鳴自詨。有鳥焉，其狀如雞而鼠毛，其名曰𪀏鼠，郭曰：“音咨。”任臣案：《駢雅》曰：“𪀏鼠，雞屬也。”《事物紺珠》云：“𪀏鼠如雞，鼠尾。”《篇韻》作“鶿”。《字彙》作“鸀”。《圖贊》曰：“魚號鱅鱅，如牛虎駮。從從之狀，似狗六脚。𪀏鼠如雞，見則旱涸。”見則其邑大旱。汈水出焉，郭曰：“音枳。”而北流注于湖水。其中多箴魚，其狀如儵，其喙如箴，郭曰：“出東海。今江東水中亦有之。”任臣案：鱵魚大小形狀與鱠殘魚相似，但喙尖，有一細黑骨如針爲異耳。《臨海志》謂之“銅哾魚”，俗名姜公魚。食之無疫疾。

又南三百里曰勃亝之山，任臣案：林茂槐《字考》曰：“勃亝，山亝。與齊同。”《釋義》本作“齋”。無草木，無水。

又南三百里曰番條之山，無草木，多沙。減水出焉，郭曰：“音同減損之減。”北流注于海，其中多鳡魚。郭曰：“一名黄頰，音感。”任臣案：鳡魚即鮨魚，一名鰥魚。《異苑》云：“諸魚欲産，鮨以頭衝其腹，世謂之衆魚生母。”李時珍曰：“鳡，敢也。鮨，䏰也，食而無厭也。又其性獨行，故曰鰥。”

又南四百里曰姑兒之山，其上多漆，其下多桑、柘。姑兒之水出焉，北流注于海，其中多鳡魚。

又南四百里曰高氏之山，其上多玉，其下多箴石。郭曰：“可以爲砥針治癰腫者。”任臣案：《素問》：“東方之域，其病爲瘡瘍，其治宜砭石，故砭石亦從東方來。”程良孺曰：“或云金剛鑽即其物也。”《南史》：“金元起訪王僧孺以砭石，僧孺對曰：‘古人當以石爲針。’”《東山經》：“高氏之山多針石。”璞云：“可以爲砭針。”季世無嘉石，故以鐵代之耳。諸繩之水出焉，東流注于澤，其中多金、玉。

又南三百里曰嶽山，其上多桑，其下多樗，濼水出焉，郭曰：“音樂。”任臣案：濼水，即魯桓公會齊襄公地。東流注于澤，其中多金、玉。

又南三百里曰犲山，其上無草木，其下多水，其中多堪孖之魚。郭曰："未詳。音序。"任臣案：《字彙》云："堪孖，一本作孖。"又《篇海》云："孖亦魚子。"非此也。其狀如夸父而彘毛，其音如呼，見則天下大水。

又南三百里曰獨山，任臣案：平樂府亦有獨山。良餘山亦名獨山，非此。其上多金、玉，其下多美石。末塗之水出焉，而東南流注于沔，其中多偹𧍘，郭曰："條容二音。"任臣案：《駢雅》曰："蝺蝫、偹𧍘、睩聽鬵人，皆毒蟲也。"楊慎《奇字韻》云："偹𧍘，色如黄蛇，有羽。"景純《江賦》云："偹𧍘拂翼而掣耀。"《字彙》作"鯈𧍘"。其狀如黄蛇，魚翼，出入有光，見則其邑大旱。任臣案：《圖贊》曰："偹𧍘蛇狀，振翼灑光。憑波騰逝，出入江湘。見則歲旱，是惟火祥。"

又南三百里曰泰山，郭曰："即東嶽岱宗也。今在泰山奉高縣西北，從山下至頂四十八里三百步也。"任臣案：劉會孟云："山屬山東泰安州，又名天孫，高四十餘里。凡十八盤。"馬第伯《封禪記》曰："泰山石壁窅窱，鬱鬱蒼蒼，仰視天門如從穴中視天矣。"《五嶽真形圖》："東嶽姓岌名𡼏。"《雲笈七籤》云："東嶽姓玄丘，名目陸。"《河圖》云："東方泰山君姓圓名常龍。"《枕中書》云："太昊氏爲青帝，治岱宗山。"其上多玉，其下多金。有獸焉，其狀如豚而有珠，名曰狪狪，郭曰："音如吟恫之恫。"任臣案：《駢雅》曰："狪狪，珠豚也。"《亶爰子》云："召𧍘狪使先驅。"謂此。又彭氏《五侯鯖》作"侗侗"，亦作"狪"。孫愐《唐韻》曰："狪獸似豕，出泰山。"《圖贊》曰："蚌則含珠，獸何不可。狪狪如豚，被褐懷禍。患難無由，招之自我。"蓋物有珠者，瀛洲之紺翼、濫水之鴽魚與。夫珠母、文魮、龍虵、蛛蟞之屬，爲種不一，最異者狪狪，以獸而孕珠，殆猶之羊哀、馬墨、鹿璚、狐媚珠也。又顧氏《説略》載："易定之水馬吐珠。"劉鋹之"苑羊吐珠"，更爲物類之變矣。其名自訆。任臣案：《釋義》本作"訆"。環水出焉，任臣案：環水，古引水，爲璧雍處基瀆存焉，世謂之石汶也。但璧雍爲禹以後事，未審是非。東流注于江，郭曰："一作海。"其中多水玉。任臣案：今水晶也。《玄覽》云："北産偏黑，南産偏白，信州産濁而不清，倭産者爲上。"

又南三百里曰竹山，[①]錞于江，郭曰："一作涯。"任臣案：或言江形如錞于。然《西山經》："錞于西海。"《北山經》："錞于北海。"解難互通，注見"騩山"。無草木，多瑶、碧。任臣案：瑶，美玉。《禹貢》："瑶琨篠簜。"《衛風》："報之以瓊瑶。"《説文》云："碧，石之青美者。"激水出焉，而東南流注于娶檀之水。其中多茈羸。任臣案：即茈蠃也。誤作"羸"。《釋義》曰："疑亦草蟲屬。"

凡《東山經》之首，自樕蟲之山以至于竹山，凡十二山，三千六百里。其神狀皆人身龍首。祠：毛用一犬祈，衈用魚。郭曰："以血塗祭爲衈也。《公羊傳》云：'蓋扣其鼻以衈社。'音釣餌之餌。"

《東次二經》之首曰空桑之山，郭曰："此山出琴瑟材，見《周禮》也"。任臣案：此魯之空桑也。説見《北山經注》。《歸藏·啓筮》云："空桑之蒼蒼，八極之既張。"謂斯地也。《述異記》曰："空桑生大野山中，爲琴瑟之最者，空桑也，山以産此桑而名。"北臨食水，任臣案：即樕蟲山食水。東望沮吴，南望沙陵，任臣案：即下流沙界。西望涽澤。郭曰："音旻。"有獸焉，其狀如牛而虎文，其音如欽，郭曰："或作吟。"其名曰軨軨，郭曰："音靈。"其鳴自叫，任臣案：《駢雅》曰："牛而虎文曰軨軨。"《亶爰集》云："命軨貖，使奔騍。"王世貞詩"軨軨娱空桑，鹿臺嘯鳧徯"，即此也。見則天下大水。任臣案：《圖贊》曰："堪抒軨軨，殊氣同占。見則洪水，天下昏墊。豈伊妄降，亦應圖讖。"《談薈》云："水獸兆水，軨軨之獸。見則天下大水也。"

又南六百里曰曹夕之山，其下多穀而無水，多鳥獸。

---

① "竹"，原作"北"，金閶書業堂本同，據下文"自樕蟲之山以至于竹山"句中"竹山"改。

又西南四百里曰嶧皋之山，郭曰："音亦。"其上多金、玉，其下多白堊。嶧皋之水出焉，東流注于激女之水，任臣案：《爾雅疏》引《經》作"激汝之水"。多蜃珧郭曰："蜃，蚌也。珧，玉珧，亦蚌屬。腎遥兩音。"任臣案：蜃，大蛤也。一名蚌，一名含漿。小者名珧，可飾佩刀鞘。《詩傳》："天子玉琫而珧珌。"楊氏云："珧，宋人謂之江瑶柱。"今登、萊、閩、廣皆有之。萬震《南州志》云："江瑶柱厥甲美，肉柱膚寸，名江瑶柱。"

又南水行五百里，流沙三百里，至于葛山之尾，無草木，多砥、礪。

又南三百八十里曰葛山之首，無草木。澧水出焉，郭曰："音禮。"東流注于余澤，其中多珠蟞魚，郭曰："音鱉。"其狀如肺而有目，六足有珠，其味酸甘，食之無癘。郭曰："無時氣病也。《吕氏春秋》曰：'澧水之魚，名曰朱蟞，六足有珠，魚之美也。'"任臣案：蟞通作鼈。《淮南子》："蛤蟹珠鼈，與月盛衰。"《傳》曰："舜攝天子，有鈹耳貫胸之民來獻珠蝦、珠鼈。"《埤雅》云："鼈珠在足，蚌珠在腹。"《玄覽》亦云："魚之珠在目，鼈之珠在足。"《一統志》："珠鼈生高州海中，狀如肺，四目，六足吐珠。"《寰宇記》云："高州府海中出珠鼈，六眼四脚而吐珠。"景純《江賦》："赬蟞胏躍而吐璣。①"謂此也。又"珠"或作"朱"。阮藉《咏懷詩》："朱鼈躍飛泉，夜飛過吴洲。"《庾信集》云："澧水朝浮光。"疑朱鼈。然朱鼈生南海，大如錢，腹赤如血。《鴻烈解》云："朱鼈浮波，必有風雨，自爲一種。"非珠鼈也。《圖贊》曰："澧水之鱗，狀如浮肺。體兼三才，以貨賈害。厥用既多，何以自衛。"

又南三百八十里曰餘峩之山，其上多梓、柟，其下多荆、芑。雜余之水出焉，東流注于黄水。有獸焉，其狀如菟而鳥喙，鴟目蛇尾，見人則眠，郭曰："言佯死也。"名曰犰狳，郭曰："仇

---

① "胏"，金閶書業堂本作"肺"。

餘二音。”任臣案:《篇海》曰:“狳獸似兔,鳥喙鴟目。”《獸經》云:“山都見人則走,犰狳見人則眠。”《駢雅》曰:“狢即如膜,犰狳鳥喙。”《圖贊》曰:“犰狳之獸,見人佯眠。與灾協氣,出則無年。此豈能爲,歸之于天。”《事物紺珠》作“犰狳”。其鳴自訆,見則螽蝗爲敗。郭曰:“螽,蝗類也。言傷敗田苗,音終。”任臣案:《春秋書螽傳》云:“蝗也。”《詩經》“螽斯羽”。嚴粲注云:“螽即蝗;斯,助語也。”是螽、蝗明爲一物,《經》以二名連文。或古之方言然也。若《豳風》“五月斯螽動股”。此爲蚱蜢之名,即阜螽也,似蝗而亦能害稼。《爾雅》謂之“蜙蝑”,與螽不同。中郎以斯螽、螽斯皆爲蝗。時珍以螽斯、斯螽皆爲蚱蜢,與郭氏以螽爲蝗類,均非。

又南三百里曰杜父之山,無草木,多水。

又南三百里曰耿山,無草木,多水碧,郭曰:“亦水玉類。”任臣案:即青雘、石緑之屬。今畫家染采,猶有天水碧之色。謝靈運詩:“水碧輟流溫。”注云:“水玉也。”江淹詩:“水碧驗未黷。”又云:“凌波采水碧。”李白《過彭蠡》詩:“水碧或可采。”李賀詩:“采玉采玉須水碧。”《西溪叢語》云:“常見《墨子》、道書,石藥中有水脂碧者,當是。”楊慎《謝華啓秀》曰:“耿山饒水碧,龍淵多玉英。”多大蛇。有獸焉,其狀如狐而魚翼,其名曰朱獳,郭曰:“音儒。”任臣案:《駢雅》曰:“朱獳、乘黄,狐屬也。”《事物紺珠》曰:“朱獳似狐,魚翼。”《亶爰集》云:“率獳貋而來御。”本此。其鳴自叫,見則其國有恐。任臣案:《圖贊》曰:“朱獳無奇,見則邑駭。通感靡誠,維數所在。因事而作,未始無待。”

又南三百里曰盧其之山,無草木,多沙石。沙水出焉,任臣案:《水經注》:“逢澤,其水東北流爲新溝。新溝又東北流,徑牛首鄉北,又東北注渠。”即沙水也。又《左傳》:“楚令尹子常以舟師及沙汭而還。”杜預曰:“沙,水名也。”是此水之末流入淮者。南流注于涔水,其中多鴷鶘,郭曰:“音黎。”其狀如鴛鴦而人足,其鳴自訆,見則其國多土功。郭曰:“今鵜鶘足頗有似人脚形狀也。”任臣案:鵜鶘,一名鴮鸅,又名淘河,江南甚多。俗以夏至前來,謂之犁湖,主水;夏至後來,謂之犁塗,主旱。以其嘴之形狀似犁,故云犁湖。轉聲爲鵜鶘,又訛爲駝鶴。《駢雅》曰:"周周、大首、鴽鶘、數斯,皆人足也。"《圖贊》曰:"狸力鴽鶘,或飛或伏。是惟土祥,出其功築。長城之役,同集秦域。"

又南三百八十里曰姑射之山,任臣案:山在平陽城西,有姑射、蓮花二洞,神人所居。無草木,多水。

又南水行三百里,流沙百里,曰北姑射之山,任臣案:《括地志》有南姑射山、北姑射山,即此。猶語有南語、北語;潞有東潞、西潞。無草木,多石。

又南三百里曰南姑射之山,無草木,多水。

又南五百里曰碧山,無草木,多大蛇,多碧、水玉。任臣案:《本草拾遺》:"玻璃,一名水玉,與水精同名。"《梁四公記》:"扶南人來賣碧頗黎鏡、碧水玉。"疑即是也。然玻璃今出南番西國,内地絶少,此非。一云靛子石類,或曰碧水玉,爲二物。

又南五百里曰緱氏之山,郭曰:"一曰俠氏之山。任臣案:即偃師地也。"《道書》七十二福地有緱氏,今本或作"維氏之山"。無草木,多金、玉。原水出焉,東流注于沙澤。

又南三百里曰姑逢之山,無草木,多金、玉。有獸焉,其狀如狐而有翼,其音如鴻鴈,其名曰獙獙,郭曰:"音毙。"任臣案:《駢雅》曰:"獙獙鳥翼,狐屬也。"盧柟《蠛蠓集》云:"窮怪異獸,猎猎獙獙。"見則天下大旱。

又南五百里曰鳧麗之山,其上多金、玉,其下多箴石。有獸焉,其狀如狐而九尾、九首、虎爪,名曰蠪姪,郭曰:"龍蛭二音。"任臣案:《駢雅》曰:"灌灌,九尾狐也。蠪姪,九首狐也。皆食人。"然灌灌、青丘,鳥名。朱氏以爲狐,誤矣。《亶爰集》云:"蠪㟆翼其修軶兮,率獳㺊而來御。"《玄覽》云:"蠪狌九首,蔡茂兩頭。"皆指此。或作蠪蛭。《唐韻》云:"蠪蛭如狐,九尾虎爪,呼如小兒,食人。一名蛴蛭。"《廣博物志》又作"龔姪"。獸九首者,别有開明九首。又阿羊九頭而更食,國亂乃出，見《淮南·萬畢術》其音如嬰兒，是食人。

又南五百里曰𥓪山，郭曰："音一真反。"南臨𥓪水，東望湖澤。有獸焉，其狀如馬，而羊目、四角、牛尾，其音如獆狗，其名曰峳峳，郭曰："音攸。"任臣案：《駢雅》："馬四角牛尾曰峳峳。"《玄覽》云："土螻也，嗛羊也，諸犪也，𩥕𩥕也。夫䵂也，四角之獸也。"見則其國多狡客。郭曰："狡，狡猾也。"任臣案：狡客，姦人也。《麟書》曰：①"狡客用，乃有攸攸。"《五侯鯖》云："峳峳見，其國多狡猾。"《圖贊》曰："治則得賢，亡由失人。峳峳之來，乃致狡賓。歸之冥應，誰見其津。"有鳥焉，其狀如鳧而鼠尾，善登木，其名曰絜鉤，見則其國多疫。任臣案：《圖贊》曰："獙獙如狐，有翼不飛。九尾虎爪，號曰龍蚳。絜鉤似鳧，見則民悲。"劉會孟曰："海鳧毛見則天下大亂，斯鳥亦海鳧類。"

凡《東次二經》之首，自空桑之山至于𥓪山，凡十七山，六千六百四十里。其神狀皆獸身人面戴觡。郭曰："麋鹿屬，角爲觡，音格。"其祠：毛用一雞祈，嬰用一璧瘞。

又《東次三經》之首曰尸胡之山，北望𡿧山，郭曰："音詳。"其上多金、玉，其下多棘。有獸焉，其狀如麋而魚目，名曰妴胡，郭曰："音婉。"任臣案：《駢雅》云："麋而魚目爲妴胡。"其鳴自訆。

又南水行八百里曰岐山，其木多桃、李，其獸多虎。

又南水行五百里曰諸鉤之山，無草木，多沙石。是山也，廣員百里，多寐魚。郭曰："即鮇魚，音味。"任臣案：鮇魚，嘉魚也。一名拙魚，一名丙穴魚。

---

①"曰"，金閶書業堂本作"云"。

又南水行七百里曰中父之山，無草木，多沙。

又東水行千里曰胡射之山，無草木，多沙石。

又南水行七百里曰孟子之山，其木多梓、桐，多桃、李，其草多菌蒲，郭曰："未詳。音睏眙之睏。"任臣案：菌蒲或曰二種。菌，地菌。《爾雅》："中馗，菌，小者菌。"蒲，蒲草。《羅浮記》云："山菖蒲也。"其獸多麋鹿。是山也，廣員百里。其上有水出焉，名曰碧陽，其中多鱣鮪。郭曰："鮪，即鱏也。似鱣而長鼻，體無鱗甲，别名魱䱭，一名鱑也。"任臣案：鱣即鱑，似鱏而短鼻，口在頷下，大者長二三尺，江南呼爲黄魚，俗亦謂之玉板。鮪形似鱣而色青黑，頭小而尖似鐵兜鍪，口亦在頷下，今謂之鱏魚，一作鱘魚，一名王鮪。小者名鮥子。郭謂"鮪，一名鱑"，誤矣。魱䱭，李奇《漢書注》作"䱡䱭"。

又南水行五百里曰流沙，行五百里有山焉，曰跂踵之山，郭曰："跂，音企。"廣員二百里，無草木，有大蛇，其上多玉。有水焉，廣員四十里皆涌，郭曰："今河東汾陰縣有瀵水，源在地底，濆沸涌出，其深無限，即此類也。"任臣案：神瀵是也。宋寶鼎縣瀵泉有光如燭焰，其聲如雷。其名曰深澤，其中多蠵龜。郭曰："蠵，觜蠵，大龜也，甲有文彩，似瑇瑁而薄，音遺知反。"任臣案：應劭《漢書注》："靈蠵，大龜也。雄曰瑇瑁，雌曰蟕蠵。"《臨海水土記》云："其甲黄點有光，彼人以亂瑇瑁。"《日華子》曰："蟕蠵，即龜鼊也，皮可寶裝飾物。或曰蠵龜大者爲蟕蠵、屓贔，小者爲龜鼊。"段成式《酉陽雜俎》："係臂狀如龜，生南海。"劉欣《交州記》："蚼蠏似瑇瑁，其甲有黑珠文彩，斑似錦文。"皆是物也。《圖贊》曰："水圓四十，潛源溢沸。靈龜爰處，掉尾養氣。莊生是感，揮竿傲貴。"有魚焉，其狀如鯉，而六足鳥尾，名曰鮯鮯之魚，郭曰："音蛤。"任臣案：《廣雅》曰："東方有魚焉，如鯉，六足鳥尾，其名曰鮯。"《事物紺珠》云："鮯如鯉，六足鳥尾，出東方深澤中。"《駢雅》曰："冉遺、鮯鮯、建同、浮瑚，皆異魚也。"睿宗《江漢賦》曰："曳六足之鮯兮，戴八極之蹭神鰲。"楊慎《異魚贊》云："東方有魚，其形如鯉。其名爲鮯，六足鳥尾。鱅爲之母，胎育厥子。"《圖贊》曰："孾胡之狀，似麋魚眼。① 精精似牛，以尾自辨。鮯鮯所潛，厥深無限。"其鳴自叫。

又南水行九百里曰踇隅之山，郭曰："音敏字。"其上有草木，多金、玉，多赭。有獸焉，其狀如牛而馬尾，名曰精精，任臣案：《駢雅》曰："獸似牛而馬尾曰精精。"萬歷二十五年，括蒼得異獸，其角雙，身作鹿文，馬尾牛蹄。董斯、張吹景《録》引此爲證。或又云乃辟邪也。其鳴自叫。

又南水行五百里，流沙三百里，至于無皋之山，南望幼海，郭曰："即少海也。《淮南子》曰：'東方大渚曰少海。'"任臣案：周弘正《啓》："色華少海，用寶叢臺。"庾信詩："黿橋浮少海，鵠蓋上中峰。"《徐陵集》云："叢臺之璧，少海之珠。"盧柟《賦》云："跨渚毗，弄少海。"又云："訝育遺而洗幼海。"指此也。東望榑木，郭曰："扶桑二音。"任臣案：《六書正譌》"扶桑"作"榑桒"。嚴忌《哀時命》云："左袪挂于榑桑。"《吕覽》云："夏禹東至榑木之地。"即此也。無草木，多風。是山也，廣員百里。

凡《東次三經》之首，自尸胡之山至于無皋任臣案：一本作睪，古睪、皋通。之山，凡十九山，六千九百里。其神狀皆人身而羊角，其祠：用一牡羊，米用黍。是神也，見則風雨水爲敗。

又《東次四經》之首曰北號之山，臨于北海。有木焉，其狀如楊，赤華，其實如棗而無核，任臣案：《異物類苑》有無核棗，② 即此也。其味酸甘，食之不瘧。食水出焉，而東北流注于海。有獸焉，其狀如狼，赤首而鼠目，其音如豚，名曰猲狚，郭曰："葛苴二音。"任臣案：楊慎《古音略》引《經》云："有獸赤眉鼠目，名曰獦

① "魚"，原作"之"，據金閶書業堂本改。
② "類"，金閶書業堂本作"彙"。

狙。"與此文異。是食人。有鳥焉，其狀如雞而白首，鼠足而虎爪，其名曰鬿郭曰："音祈。"雀，亦食人。任臣案：《天問》云："鬿堆焉處？"王逸注："鬿堆，奇獸也。"柳子《天對》云："鬿雀在北號，惟人是食。"楊萬里注："堆當爲雀。"王逸注誤也。① 王世貞《續九辨》云："鬿堆侁侁而鼓翼。"謂此。《駢雅》曰："鬿雀，食人鳥也。"《篇海》、《字彙》引此復作"鬿雈"，音桓，非是。《圖贊》曰："猲狚狡獸，鬿雀惡鳥。或狼其體。或虎其爪。安用甲兵，擾之以道。"又李給諫《筆記》云："崇禎甲戌，鳳陽出惡鳥數萬，兔頭雞身，鼠足，味甚美，犯其骨立死。"稽其形狀，疑即此鳥也。

又南三百里曰旄山，無草木。蒼體之水出焉，而西流注于展水，其中多鱃魚，郭曰："今蝦鰌字，亦作鱃，秋音。"任臣案：鱃魚，《本草拾遺》以爲即"鱅魚"。李時珍曰："此魚中之下品，蓋魚之庸，常以供饈食者，故曰鱅、曰鱃。"鄭氏作"溶魚"。其狀如鯉任臣案：鯉三十六鱗，應老陰之數。又鱗有十字文理，故名。交州人呼赤鯉爲玄駒。而大首，食者不疣。

又南三百二十里曰東始之山，上多蒼玉。有木焉，其狀如楊而赤理，其汁如血，不實，其名曰芑，郭曰："音起。"任臣案：《玄覽》曰："芑木之汁如血。"可以服馬。郭曰："以汁塗之則馬調良。"任臣案：《圖贊》曰："馬惟剛峻，塗之芑汁。不勞孫陽，自然閒習。厥術無方，理有潛執。"泚水出焉，而東北流注于海，其中多美貝，多茈魚，其狀如鮒，一首而十身，任臣案：與何羅魚類。其臭如麋蕪，食之不糟。郭曰："孚謂反，止失氣也。②"任臣案：糟氣下泄也。譬費二音。《圖贊》曰："有魚十身，③蘪蕪其臭。食之和體，氣不下溜。薄之躍淵，是惟災俟。"

又東南三百里曰女烝之山，其上無草木。石膏水出焉，

---

① "逸"，原作"柳"，據金閶書業堂本改。
② "止"，金閶書業堂本作"魚"。
③ "魚"，金閶書業堂本作"止"。

而西注于鬲水，其中多薄魚，其狀如鱣魚而一目，其音如歐，郭曰："如人嘔吐聲也。"任臣案：歐與嘔同。《太玄經》："歐鳴之疾至。"見則天下大旱。任臣案：《物異志》作"見則天下大水"。

又東南二百里曰欽山，多金、玉而無石。師水出焉，任臣案：今信陽縣有浉水，疑即此水。而北流注于皐澤，其中多鱃魚，多文貝。有獸焉，其狀如豚而有牙，其名曰當康，任臣案：《駢雅》云："當康，牙豚也。"《事物紺珠》"當"作"庚"，誤。其鳴自叫，見則天下大穰。

又東南二百里曰子桐之山，子桐之水出焉，而西流注于餘如之澤。其中多䱻魚，郭曰："音骨。"任臣案：《太平御覽》曰："子桐之水，其中澤多鮹魚。"疑鮹即䱻也。其狀如魚而鳥翼，出入有光，其音如鴛鴦，見則天下大旱。任臣案：《圖贊》曰："當康如豚，見則歲穰。䱻魚鳥翼，飛乃流光。同出殊應，或灾或祥。"

又東北二百里曰剡山，多金、玉。有獸焉，其狀如彘而人面，黄身而赤尾，其名曰合窳，郭曰："音庾。"其音如嬰兒。是獸也，食人，亦食蟲蛇，見則天下大水。任臣案：《事物紺珠》曰："合窳如猪，人面，血食。"《駢雅》曰："皮樹、在子、合窳，皆人面獸也。"《圖贊》曰："猪身人面，號曰合窳。厥性貪殘，物爲不咀。至陰之精，見則水雨。"

又東二百里曰太山，上多金、玉、楨木。郭曰："女楨也。葉冬不凋。"任臣案：女貞亦名冬青，負霜葱翠，振柯凌風。《琴操》載"魯有處女，見女貞木而作歌"。乃此木也。《駢雅》云："思儡不腐，女貞不凋。"《上林賦》："豫章女貞。"張揖曰："女貞，冬青。"有獸焉，其狀如牛而白首，一目而蛇尾，其名曰蜚，郭曰："音如翡翠之翡。"行水則竭，行草則死，見則天下大疫。郭曰："言其體含灾氣也。其《銘》曰：'蜚之爲名，體似無害。所經枯竭，甚於鴆厲。萬物斯懼，思爾遐逝。'"任臣案：《春秋》："莊二十五年秋，有蜚。"劉侍《讀春秋解》引此謂"蜚狀若牛，一目虬尾"。江休復《雜志》亦云："唐彦猷有舊本《山海經》，説'蜚處淵則涸，行木則枯’。”《春秋》所書，似即此物。若是“負蠜”，不當云有，謂之多可也。未審是非。又《字彙》：“犕似牛，白首一目。”疑爲此獸。《篇海》引《經》又作“蜚”。《五侯鯖》云：“蜚生太山，行水水竭，行草草枯。”《圖贊》云：“蜚則灾獸，跂踵厲深。會所經涉，竭水槁林。禀氣自然，體此殃淫。”鈎水出焉，而北流注于勞水，其中多鱔魚。

凡《東次四經》之首，自北號之山至于太山，凡八山，一千七百二十里。

右《東經》之山志，凡四十六山，萬八千八百六十里。

卷五

中山經

《中山經》薄山之首任臣案:《封禪書》:"華山以西名山七,薄山其一焉。薄山即襄山也。"徐廣曰:"蒲坂縣有襄山。"應劭云:"在潼關北十餘里。"曰甘棗之山。任臣案:《括地志》云:"蒲州河東縣雷首山,一名中條,一名歷山,亦名首陽山,亦名蒲山,亦名襄山,一名甘棗山,亦名猪山。"又《水經注》引《經》"薄山"作"蒲山","甘棗"作"甘桑"。共水出焉,郭曰:"音恭。"而西流注于河。其上多杻木,其下有草焉,葵本而杏葉,郭曰:"或作楛葉。"黄華而莢實,任臣案:如莢蒈之實。《周禮》:"莢物是也。"名曰籜,郭曰:"他落反。"可以已瞢。郭曰:"音盲。"任臣案:瞢,目不明也。瞽瞍號天瞢。有獸焉,其狀如猷鼠而文題,郭曰:"猷鼠所未詳,音虺,字亦或作虺。"任臣案:猷鼠,《集韻》作"猷",注云:"獸名。"其名曰難,郭曰:"音那。或作熊也。"任臣案:《群書鈎玄》云:"古熊字,作難,與難字相近。"《古音略》曰:"難又音熊。"食之已瘻。任臣案:《集韻》曰:"難獸似鼠,斑頭,食之明目。"與此略異。《草木子》云:"阻氣多瘻。"

又東二十里曰歷兒之山,其上多橿,多櫔木,郭曰:"音厲。"是木也,方莖而員葉,黄華而毛,其實如揀,郭曰:"揀,木名,子如指頭,白而粘,可以浣衣也。音練。或作簡。"任臣案:《爾雅翼》曰:"揀實名金鈴子。"服之不忘。

又東十五里曰渠豬之山，其上多竹。渠豬之水出焉，而南流注于河，其中是多豪魚，狀如鮪，郭曰："鮪似鱣也。"赤喙尾赤羽，可以已白癬。

又東三十五里曰葱聾之山，其中多大谷，是多白堊，任臣案：《本草》："白堊，白善土也。邯鄲者爲上。"黑、青、黄堊。郭曰："言有雜色堊也。"

又東十五里曰涹山，郭曰："音倭。"其上多赤銅，其陰多鐵。

又東七十里曰脱扈之山。有草焉，其狀如葵葉而赤花、莢實，實如椶莢，郭曰："今椶木，莢似皂莢也。"任臣案：《事物紺珠》云："植楮實如棕莢，椶棕同。"名曰植楮，可以已癙，郭曰："癙，病也。《淮南子》曰：'狸頭已癙也。'"任臣案：《正韻》云："癙，憂病。"《詩》云："癙憂以痒。"食之不眯。

又東二十里曰金星之山，多天嬰，其狀如龍骨，任臣案：龍骨出晋地川谷及太山巖。雷斆曰："細文廣者雌骨，粗文狹者雄骨。"可以已痤。郭曰："癰痤也。"任臣案：《説文》云："小腫也。一曰癤也。才何反。"

又東七十里曰泰威之山，其中有谷，曰梟谷，其中多鐵。郭曰："或無谷字。"

又東十五里曰橿谷之山，其中多赤銅。郭曰："或作檀谷之山。"

又東百二十里曰吴林之山，其中多葌草。郭曰："亦菅字。"任臣案：《爾雅》："白華野菅。"《説文》云："菅，茅也。"《左傳》："雖有絲麻，無棄菅蒯。"《詩經》："東門之池，可以漚菅。"陸璣曰："似茅而滑澤，無毛，柔韌，宜爲索。"葌、菅古字通。

又北三十里曰牛首之山。郭曰："今長安西南有牛首山，上有館，下有水。未知此是非。"任臣案：金陵亦有牛首山。徐陵《表》："南望牛頭,方稱天闕。”是同名者也。有草焉,名曰鬼草,其葉如葵而赤莖,其秀如禾,服之不憂。任臣案:合歡蠲忿,萱草忘憂,此其類也。《圖贊》曰:“焉得鬼草,是樹是蓺。服之不憂,樂天儀世。如彼滾舟,任波流滯。”勞水出焉,任臣案:《説文》:“澇水如扶風鄠北入渭。”《一統志》:“澇水源出浮山縣西,入汾河。”而西流注于潏水。郭曰:“音如譎詐之譎。”任臣案:《水經注》:“潏水即巢山之水也。水源東南出巢山東谷,北徑浮山東,又西北流,與勞水合。”《一統志》:“潏水源出龍角山。”《字林》曰:“潏水出杜陵縣。”是多飛魚,其狀如鮒魚,食之已痔衕。任臣案:屠本峻《海錯疏》:“飛魚頭大尾小,有肉翅,一躍十餘丈。”《林邑圖記》曰:“飛魚身圓,長丈餘,羽重沓,翼如山蟬,出入群飛,游翔翳會。”張駿《飛魚贊》:“飛魚如鮒,登雲游波。”楊慎《異魚贊》曰:“飛魚身圓長丈餘,登雲游波形如鮒,翼如輕蟬翔泳俱,仙人寧封曾餌諸,著藻灼灼千載舒。”《酉陽雜俎》云:“朗山浪魚長一尺,能飛,飛則凌雲,息歸潭底。”《一統志》:“陜西鄠縣澇水出飛魚,狀如鮒,食之已痔疾也。”

又北四十里曰霍山,郭曰:“今平陽永縣、廬江灊縣、晉安羅江縣、河南鞏縣皆有霍山,明山以霍爲名者,非一矣。案:①《爾雅》:‘大山繞小山爲霍。’”任臣案:霍山甚多,最大者衡山,一名霍山。《白虎通》云:“霍之爲言護也。太陽用事,護養萬物也。”漢武帝移南岳于天柱山,遂以天柱山爲霍山,廬江之霍山也。《爾雅》:“北方之美,有霍山之珠玉焉。”平陽之霍山也。《經》所紀疑是此山。《水經注》:“霍太山上有飛廉,冢山上有廟,甚虚,鳥雀不栖其林,猛虎常守其庭。”劉會孟云:“山西霍州霍山,今爲中鎮,固《禹貢》之岳陽也。”其木多穀。有獸焉,其狀如狸,而白尾有鬣,名曰朏朏,養之可以已憂。郭曰:“謂畜養之也。普昧反。”任臣案:《駢雅》曰:“朏朏、蒙頌,皆貍屬也。”《麟書》云:“安得朏朏與之游而釋我之憂。”

又北五十二里曰合谷之山,是多薝棘。郭曰:“未詳。音

① “案”,金閶書業堂本作“按”。

瞻。"任臣案：蒼棘，木名。一音膽。《説文》云："金谷多蒼棘。"又《篇海》引《經》作"爾谷山"。

又北三十五里曰陰山，郭曰："亦曰險山。"多礪石、文石。郭曰："礪石，石中磨者。"少水出焉，其中多彫棠，其葉如榆葉而方，其實如赤菽，郭曰："菽豆。"任臣案：《通志略》："海棠子名海紅，其狀如梨大如櫻桃。"亦此類也。赤菽，赤小豆。食之已聾。任臣案：《草木子》曰："風氣多聾。"

又東北四百里曰鼓鐙之山，多赤銅。有草焉，名曰榮草，其葉如柳，其本如雞卵，任臣案：揚雄《解嘲》云："四皓采榮於南山。"食之已風。

凡薄山之首，自甘棗之山至于鼓鐙之山，凡十五山，六千六百七十里。歷兒，冢也，其祠禮：毛，太牢之具，縣以吉玉。郭曰："縣，祭山之名也，見《爾雅》。"任臣案：祭山曰庪縣，或庪、或縣，置之于山。其餘十三山者，毛用一羊，縣嬰用桑封，瘞而不糈。桑封者，桑主也，方其下而鋭其上，而中穿之加金。郭曰："言作神主而祭，以金銀飾之也。《公羊傳》曰：'虞主用桑。'或作玉。"

《中次二經》濟山之首曰輝諸之山，其上多桑，其獸多閭麋，其鳥多鶡。郭曰："似雉而大，青色，有毛，勇健，鬥死乃止。音曷。出上黨也。"任臣案：鶡似雉而大，或以爲黄黑色，鷙鳥之暴疏者也。每所攫撮，應爪摧衄，同類有被侵者，輒往赴救之，一死乃止。曹植《賦》："雙戰不隻僵。"是也。《爾雅翼》曰："黄帝之戰，以雕鶡鳶爲旗幟。"趙武靈王製鶡冠以表武士。《東都賦》云："武夫皆戴鶡。"又《鶡冠子》："居山以鶡爲冠，漢世常用之。"顔師古云："俗爲鶡鶏，黄覇乃以爲鳳凰。故張敞譏之。"《圖贊》曰："鶡之爲鳥，同群相爲。畸類彼侵，雖死不避。毛飾武士，兼厲以義。"

又西南二百里曰發視之山，其上多金、玉，其下多砥、礪。即魚之水出焉，而西流注于伊水。

又西三百里曰豪山，其上多金、玉，而無草木。

又西三百里曰鮮山，任臣案：《事類賦》注引此作“鱗山”。多金、玉，無草木。鮮水出焉，而北流注于伊水。其中多鳴蛇，其狀如蛇而四翼，其音如磬，見則其邑大旱。任臣案：張衡《南都賦》：“其水蟲則有蠳龜鳴蛇。”吴淑《蛇賦》：“音如磬聲。”即此也。《圖贊》曰：“鳴化二蛇，同類異狀。拂翼俱游，騰波漂浪。見則並災，或淫或亢。”

又西三百里曰陽山，多石，無草木。陽水出焉，任臣案：《水經注》：“陽水出陽山陽谿，世人謂之太陽谷水。”而北流注于伊水。其中多化蛇，其狀如人面而豺身，任臣案：豺，狼屬。《爾雅》：“豺，狗足。”《月令》：“仲秋豺祭獸。”鳥翼而蛇行，任臣案：《廣雅》曰：“中央有蛇焉，人面豺身，鳥翼蛇行，其名曰化蛇。”其音如叱呼，見則其邑大水。

又西二百里曰昆吾之山，其上多赤銅。郭曰：“此山出名銅，色赤如火，以之作刀，切玉如割泥也。周穆王時西域獻之。《尸子》所謂昆吾之劍也。《越絶書》曰：‘赤堇之山破而出錫，若耶之谷涸而出銅，歐冶子因以爲純鈎之劍。’汲郡冢中得銅劍一枚，長三尺五寸，乃今所名爲干將劍。汲郡亦皆非鐵也。明古者通以錫雜銅爲兵器也。”任臣案：相如《子虛賦》：“其石則琳瑉昆吾。”楊慎曰：“流州多積石，其名曰昆吾，鍊之成鐵以作劍，光明成水精，石蓋鐵卝也。”應即此。又《十洲記》：“昆吾，割玉刀。周穆王時西域所獻。”《列子》：“穆王得昆吾之劍，切玉如泥。”《六帖》云：“穆王征西土得昆吾劍。”疑所稱非内地，郭以爲即斯山，所未詳也。《拾遺記》云：“昆吾山，其下多赤金，色如火，黄帝於此煉石爲銅，越王采金鑄之，以成八劍之精。”《圖贊》曰：“昆吾之山，名銅所在。切玉如泥，炙有光彩。《尸子》所嘆，驗之彼宰。”有獸焉，其狀如彘而有角，其音如號，郭曰：“如人號哭。”名曰蠪蚳，郭曰：“上已有此獸，疑同名。”任臣案：《五侯鯖》云：“蠪蚳似九尾狐，見而年豐。”又《事物紺珠》云：“龍蚳獸似狐，九首九尾，見則豐稔十年。”是合蠪姪爲一物也。誤矣。

《駢雅》曰:"蠪蚳,角彘也。"食之不眯。任臣案:程良孺曰:"耳鼠不睬,蠪蚳不眯。"

又西百二十里曰蔞山,郭曰:"音間。"蔞水出焉,而北流注于伊水,其上多金、玉,其下多青雄黄。有木焉,其狀如棠任臣案:《爾雅》:"杜赤棠,白者棠。"而赤葉,名曰芒草,郭曰:"音忘。"任臣案:即莽草,俗名菵草。可以毒魚。

又西一百五十里曰獨蘇之山,無草木而多水。

又西二百里曰蔓渠之山,任臣案:《水經》:"蔓渠山在南陽縣西。"其上多金、玉,其下多竹箭。伊水出焉,而東流注于洛。郭曰:"今伊水出上洛盧氏縣熊耳山東北,至河南洛陽縣入洛。"任臣案:《淮南子》云:"伊水出上魏山。"《禹貢合注》云:"伊水出陸渾山。"《一統志》曰:"伊水源出盧氏縣悶頓嶺,流經嵩縣、洛陽偃師縣界,入於洛。"有獸焉,其名曰馬腹,其狀如人面虎身,任臣案:《駢雅》:"虎而人面曰馬腹。①"其音如嬰兒,是食人。任臣案:陶弘景《刀劍録》:"漢章帝建初八年,鑄一金劍投伊水中,壓人膝之怪。"《水經注》:"中廬縣疎水中有物如三四歲小兒,鱗甲如鯪鯉,膝頭似虎掌,爪常没水中,出膝頭,小兒不知,欲取戲弄,便殺人,名爲水唐,形狀與馬腹頗類。"又《襄沔記》:"中廬有涑水注于沔,此水有物啖人,名水虎。"盛氏《荆州記》云:"生得者摘其鼻,厭可小小,便名曰水盧。"合諸書觀之,水唐、水盧、水虎,其爲馬腹異名。審矣。今《恒星經緯圖》:"大火宫有馬腹星,豈此獸亦應列宿耶!"然復有馬尾星,②疑非謂此。又《睽車志》言:"峽江水中有物,頭似狻猊而無足,自頸以下如疋練,喜食馬,土人謂之馬皮婆。"名與此小類,附記之。

凡濟山經之首,自輝諸之山至于蔓渠之山,凡九山,一千六百七十里。其神皆人面而鳥身。祠用毛,郭曰:"擇用毛色。"

① "腹",金閶書業堂本作"復"。
② "復",金閶書業堂本作"後"。

用一吉玉，投而不糈。

《中次三經》萯山之首曰敖岸之山，郭曰："或作獻。萯，音倍。"其陽多㻬琈之玉，其陰多赭、黄金，神熏池居之。任臣案：《圖贊》云："泰逢虎尾，武羅人面。熏池之神，厥狀不見。爰有美玉，河林如蒨。"盧柟《蠛蠓集》云："熏池訶虓。"謂此也。是常出美玉。郭曰："或作石。"北望河林，任臣案：張衡《思玄賦》："忸河林之蓁蓁兮。"即此。其狀如蒨如舉。郭曰："説者云：'蒨、舉，皆木名也。'未詳。蒨，音倩。"任臣案：蒨，染絳草也，紫赤色。舉，櫸柳，大者連抱，數仞。"如蒨如舉"言其一望蔚葱，有如丹青樹然。有獸焉，其狀如白鹿而四角，名曰夫諸，任臣案：《駢雅》曰："鹿四角而白爲夫諸。"《麟書》云："夫諸横流，天戒罔憂。"《玄覽》作"夫䰄"。見則其邑大水。

又東十里曰青要之山，任臣案：《十道志》："青要山名强山。"劉會孟云："在河南府新安縣西北二十里。"實維帝之密都。郭曰："天帝曲密之邑。"北望河曲，郭曰："河千里，一曲一直也。"是多駕鳥。郭曰："未詳也。或曰駕宜爲鴐。鴐，鵝也。音加。"任臣案：相如《上林賦》："鴐鳥屬玉。"《子虚賦》："弋白鵠，連鴐鵝。"《玄覽》云："海東青食鴐鵝。"後世鴐鵝遂取此名之。① 蓋即野鵝也。《爾雅》謂之"鴚鵝"。"鴐"亦有作"駕"者，見陶氏《本草注》。《左傳》："榮成伯名駕鵝。"駕，平聲。又《名勝志》作"青要山多駕鳥"。南望墠渚，郭曰："水中小洲名渚。墠，音填也。"任臣案：楊慎《奇字韻》引此作"墠陼"。《古音略》又作"禪諸"，或作"禪渚"。《水經注》云："渚水上承陸渾縣東禪渚，渚左原上，陂方十里，佳饒魚葦，世謂此澤爲慎望陂。"禹父之所化，郭曰："鯀化於羽淵爲黄熊。今復云在此，然則一已有變怪之性者，②亦無往而不化也。"任臣案：竆凡

① "遂"，原作"隊"，金閶書業堂本同，殊不通，或形似而誤，據文意改。
② "怪"，金閶書業堂本作"化"。

云："人之化者：鯀化黄熊，望帝化杜鵑，褒君化龍，牛哀化虎，黄母化黿，徐君化魚。"《路史注》云："今陸渾東有禪渚，即縣化之所。河南密縣亦有羽山，鮌化羽淵一或在此，神則無不在也。"是多僕纍、蒲盧。郭曰："僕纍，蝸牛也。《爾雅》曰：'蒲盧者，螟蛉也。'"任臣案：蝸牛一名蚹嬴，一名螔蝓，形似蛞蝓，但頭皆負殼爾。蒲盧，細腰蟲，俗呼蠮螉，取桑上之螟蛉爲子。《爾雅》故分二種，非即螟蛉也。鄭玄注《中庸》復以爲"土蜂"，更非。䰠武羅司之，郭曰："武羅，神名也。䰠，即神字。"任臣案：《世本》："夏有武羅國。"《琴志》有"夏臣武羅"，與神同名。盧柟《滄溟賦》云："武羅屏首以蝹身，帝江蹴足而斂翼。"其狀人面而豹文，小腰而白齒，郭曰："或作首。"而穿耳以鐻，郭曰："鐻，金銀器之名，未詳也。音渠。"任臣案：《五音集韻》云："鐻，耳環。與璩同。"左思《魏都賦》："髽首之豪，鐻耳之傑。"其鳴如鳴玉。郭曰："如人鳴玉佩聲。"任臣案：《圖贊》曰："有神武羅，細腰白齒。聲如鳴珮，以鐻貫耳。司帝密都，是宜女子。"是山也，宜女子。任臣案：《淮南子》："青要玉女，降霜神也。"本此傅會之。畛水出焉，郭曰："音軫。"任臣案：《水經注》："畛水出新安縣青要山，今謂之彊山。"而北流注于河。其中有鳥焉，名曰鴢，郭曰："音窈窕之窈。"任臣案：《爾雅》："鴢，頭鵁。一作投鵁。"即此也。江東謂之魚鵁。張萱《彙雅》曰："鴢鳥類鴨而有文彩，不能行，多溷野鴨群中浮游。"其狀如鳧，青身而朱目，赤尾，食之宜子。郭曰："朱，淺赤也。"任臣案：《文獻通考》："建炎二十七年，鄱陽有妖鳥，鳧身，雞尾，長喙，方足，赤目，止于民屋。"疑是此鳥，不知者以爲妖也。《圖贊》曰："鴢鳥似鳧，翠羽朱目。既麗其形，亦奇其肉。婦女是食，子孫繁育。"有草焉，其狀如葌，郭曰："菅似茅也。"任臣案：《詩》："露彼菅茅。"即葌。而方莖黄華赤實，其本如槁本，郭曰："根似槁本，亦香草。"任臣案：槁本似芎藭。《淮南》云："亂人者若槁本之于芎藭。"名曰荀草，郭曰："或作苞草。"服之美人色。郭曰："令人更美艷。"任臣案：《一統志》："青要山有草，黄華赤實，服之益人色。"徐炬《事物原始》云:"美顔多食青要草。"即此也。《圖贊》曰:"荀草赤實,厥狀如菅。① 婦人服之,練色易顔。夏姬是艷,厥媚三遷。"

又東十里曰騩山,郭曰:"音巍。"任臣案:《水經注》:"强山東阜即騩山。"其上有美棗,任臣案:《爾雅》:"紀壺棗以下十一種。"又郭義恭《廣志》有"狗牙、鷄心、羊角、獼猴、赤心、三星、骈白"諸名,復有"氐棗、夕棗、虚棗、棠棗"之類,不能悉舉。其陰有㻬琈之玉。正回之水出焉,任臣案:俗謂之彊川水。而北流注于河。其中多飛魚,其狀如豚而赤文,服之不畏雷,任臣案:劉會孟云:"雷之形亦如彘形。"可以禦兵。任臣案:《圖贊》曰:"馬腹之物,人面似虎。飛魚如豚,赤文無羽。食之辟兵,不畏雷鼓。"

又東四十里曰宜蘇之山,其上多金、玉,其下多蔓居之木。郭曰:"未詳。"任臣案:木居蔓草之中。非木名也。滽滽之水出焉,郭曰:"音容。"任臣案:《水經》作"庸庸",出河南垣縣,俗謂之長川水。而北流注于河,是多黄貝。

又東二十里曰和山,其上無草木,而多瑶、碧,實惟河之九都。郭曰:"九水所潛,故曰九都。"是山也五曲,郭曰:"曲回五重。"任臣案:《帝王世紀》云:"即東首陽山也。"五曲,《水經注》作"五典",誤。九水出焉,合而北流注于河,任臣案:酈道元云:"今首陽東山無水以應之,當是今古世懸川域改狀。"其中多蒼玉。吉神泰逢司之,郭曰:"吉,猶善也。"任臣案:《三才圖會》作"泰襏"。《事物紺珠》云:"泰襏,司吉善之神。"《緯書》云:"襏,黄萯山之神,能動天地。"《冠編・二十二姓紀》有"泰逢氏",注云:"和山爲河之九都,吉神泰逢寄精之所。"馮氏《雜録》曰:"泰逢,吉神也,居和山五曲。"王文禄《補衍》云:"泰逢出萯山。"《郁離子》曰:"泰逢起風,蓴號行雨。"②指此也。其狀如人而虎

---

① "菅",原作"營",據金閶書業堂本改。

② "蓴",金閶書業堂本作"薄"。

尾，郭曰："或作雀尾。"是好居于萯山之陽，任臣案：《學海》曰："今東陽有萯山，一云倍尾山。"《世紀》云："即東首陽山。"出入有光。泰逢神動天地氣也。郭曰："言其有靈爽能興雲雨也。夏后孔甲田于萯山之下，天大風晦冥，孔甲迷惑，入于民室。見《吕氏春秋》。"任臣案：《通鑑・循蜚紀》："泰逢氏没，爲河神司之于萯山之陽，出入有光。"《路史》："夏后氏游畋黄萯之顔，天風晦冥，遇神䙶而迷。"《文心雕龍》云："夏甲嘆于東陽，①東音以發。"謂此事耳。《圖贊》曰："神號泰逢，好游山陽。濯足九州，出入流光。天氣是動，孔甲迷惶。"《釋義》曰："今深山有磷火，夜中望之，明滅倏忽，出入有光，無乃類是。"

凡萯山之首，自敖岸之山至于和山，凡五山，四百四十里。其祠：泰逢、熏池、武羅皆一牡羊副，郭曰："副，謂破羊骨磔之以祭也。見《周禮》，音悃愊之愊。"任臣案：《周禮》："大宗伯以疈辜祭四方。"何注云："披牲胸中分曰疈。"《詩經》："不坼不副。""副"訓"劈"；"副"、"疈"古字通也。嬰用吉玉。其二神用一雄雞瘞之，糈用稌。

《中次四經》釐山之首郭曰："音狸。"曰鹿蹄之山，任臣案：《寰宇記》云："鹿蹄山在宜陽縣西南三十里，俗名非山，亦名縱山。"《水經注》云："其山陰則峻絶百仞，陽則原阜隆平。"其上多玉，其下多金。任臣案：《寰宇記》云："上多美玉，下多黄金。"甘水出焉，任臣案：《水經》："甘水出南山甘谷北，徑秦文王萯陽宫，又北徑甘亭，昔夏啟伐扈，作誓于是亭。"酈道元注云："甘水發于鹿蹄山東麓。"而北流注于洛，任臣案：《一統志》："今甘水在河南府西南四十里，下流入澗水，味最甘美。"其中多泠石。郭曰："泠石未聞也。泠或作涂。"任臣案："泠"當作"汵"。滑石，小青黄者也。又作"涂"者，以下有"涂石"，誤移此。

西五十里曰扶豬之山，其上多礝石。郭曰："音耎。今鴈門

① "嘆"，原作"畋"，據金閶書業堂本改。

山中出礝石，白者如水，水中有赤色者。"任臣案：《禮記》："士佩瓀玟。"相如《子虛賦》："碝石武夫。"即此。有獸焉，其狀如貉而人目，郭曰："貉或作貘，古字。"任臣案：《爾雅》："貈子貆。"注云："雌者名貍，今江東呼貉爲豽貏也。"貈即貉。其名曰麐。郭曰："音銀。或作麖。"任臣案：黄氏《紺珠》云："麐如貉，人目。"虢水出焉，而北流注于海，任臣案：《水經注》："洛水又與虢水會，水出林褚之山。"疑此扶豬之訛。其中多礝石。郭曰："言亦在水中。"

又西一百二十里曰釐山，任臣案：《名勝志》："釐山在嵩縣西。"其陽多玉，其陰多蒐。郭曰："音搜。茅蒐，今之蒨草也。"任臣案：《爾雅》："茹藘，茅蒐。"李巡云："一名茜，可以染絳。"《鄭風》："縞衣茹藘。"又曰："茹藘在阪。"即此草。有獸焉，其狀如牛，蒼身，其音如嬰兒，是食人，其名曰犀渠。任臣案：《駢雅》："牛音如嬰兒曰犀渠。"滽滽之水出焉，①而南流注于伊水。任臣案：《水經注》云："即今之王母澗也，出陸渾縣西南。"有獸焉，名曰獬，郭曰："音蒼頡之頡。"任臣案：水鳥、龍骨、豽之類。其狀如獳犬而有鱗，其毛如彘鬣。郭曰："生鱗間也。"任臣案：獳犬，怒犬也。范榆《蜀都賦》云："叫窱之獳。"

又西二百里曰箕尾之山，多穀，多涂石，其上多㻬琈之玉。

又西二百五十里曰柄山，其上多玉，其下多銅。滔雕之水出焉，而北流注于洛。其中多羬羊。有木焉，其狀如樗，其葉如桐而莢實，其名曰茇，任臣案：《事物紺珠》曰："茇木如樗，葉如桐，莢實。"可以毒魚。郭曰："茇一作艾。"

又西二百里曰白邊之山，其上多金、玉，其下多青雄黄。

---

① "水"，原闕，據金閶書業堂本補。

又西二百里曰熊耳之山，郭曰："今在上洛縣南。"任臣案：《河圖括地象》曰："熊耳山，地門也。其精上爲畢附耳星。"盛弘之《荆州記》："南修縣北有熊耳山，山東西各一峰，傍疎南北，望之若熊耳。"《開山圖》曰："地皇興于熊耳山。"《山書》云："上有丹青之樹，服之可成仙。"《禹貢合注》曰："熊耳山有三，一在陜州東；一在宜陽，漢光武破赤眉積甲與熊耳山，齊者也；一在盧州，兩峰相並如耳，《禹貢》導洛處也。"又眉州亦有熊耳山。《蜀志》："望帝以褒斜爲前門，熊耳靈關爲後户。"蓋指眉州之熊耳。其上多漆，其下多椶。浮濠之水出焉，而西流注于洛，其中多水玉，多人魚。有草焉，其狀如蘇而赤華，任臣案：蘇，一名桂荏，生池中者爲水蘇，一名鷄蘇；無紫色不香者，名野蘇。名曰葶薷，郭曰："亭寧、盯矃二音。"可以毒魚。任臣案：《駢雅》曰："植楮可以已癙，葶薷可以毒魚。"又南方有醉魚草，莖如黄荆，七八月開花，成穗，紅紫色，漁人采以毒魚，亦葶薷類也，一名榹木。

又西三百里曰牡山，其上多文石，其下多竹箭、竹䉋，其獸多㸲牛、羬羊，鳥多赤鷩。郭曰："音閉。即鷩雉也。"任臣案：《周禮注》："音鼈。"

又西三百五十里曰讙舉之山。雒水出焉，任臣案：魚豢云："漢火行，忌水，去洛水而加隹。①"疑雒非古本。考《左傳》，楚子伐陸渾之戎，②遂至于雒。《周禮·職方氏》："其川滎雒。"則古有其文矣。不自漢昉也。而東北流注于玄扈之水，任臣案：顓頊得河圖于玄扈之水。《一統志》："玄扈水在永寧縣西五十里。"其中多馬腸之物。任臣案：蔓渠山馬腹，一本作馬腸。又《事物紺珠》云："馬腸人面虎身，音如嬰兒。"豈即一物耶！又馬腸亦草名，葉似桑，但非在水者，疑非是。此二山者，洛間也。郭曰："洛水今出上洛縣冢嶺山。《河圖》曰：'玄扈洛

① "隹"，原作"佳"，據金閶書業堂本改。
② "戎"，原作"日"，據金閶書業堂本改。

汭。’謂此間也。”任臣案：冢嶺即讙舉。

凡鳌山之首，自鹿蹄之山至于玄扈之山，凡九山，千六百七十里。其神狀皆人面獸身。其祠之，毛用一白雞，祈而不糈，郭曰：“言直祈禱。”以彩衣之。郭曰：“以彩飾雞。”

《中次五經》薄山之首曰苟牀之山，郭曰：“或作苟林山。”無草木，多怪石。郭曰：“怪石似玉也。《書》曰：‘鉛松，怪石也。’”

東三百里曰首山，任臣案：山在襄城縣南五里。《史記》：“申公曰：天下名山八，而三在外域，五在中國，皆黄帝所游。首山其一也。”《名勝志》云：“縣西諸山直接嵩華，①而實起于此，故名首山，有聖泉出山上。”其陰多榖、柞，草多茮、芫，郭曰：“茮，山薊也。芫，華，中藥。”任臣案：《本草》：“术，一名山薑，一名山連。”②陶隱居云有兩種，白术葉大有毛，赤术葉細小苦。其生平地而肥大者名楊。抱薊今呼爲馬薊。芫花一名赤芫，一名杜芫，根名黄大戟。《玉篇》謂之“杬木”。其陽多㻬琈之玉，木多槐。其陰有谷，曰机谷，多䳋鳥，郭曰：“音如鉗釱之釱。”其狀如梟而三目，有耳，其音如録，食之已墊。郭曰：“未聞。”任臣案：《字彙》引《經》云：“䳋鳥狀如皃，音地，从犬从鳥。”又曰：“䳋似烏，三目，有耳，音如豕，食之亡熱，音代，从鳥从大。”彼此互有異同，未識所據也。明獻帝《江漢賦》：“鵞一足而䳋三目兮。”本此。

又東三百里曰縣斸之山，郭曰：“音如斤斸之斸。”無草木，多文石。

又東三百里曰葱聾之山，任臣案：《中山經》岐山、騩山、豐山、女几山、葱聾山各二，皆異地同名。無草木，多摩石。郭曰：“未詳。”

東北五百里曰條谷之山，其木多槐、桐，其草多芍藥、虋冬。郭曰：“《本草經》曰：‘虋冬，一名滿冬，今作門，俗作耳。’”任臣案：

① “西”，金閶書業堂本作“南”。

② “术”，原作“木”，據金閶書業堂本改。

《爾雅》:"蘠靡,虋冬。"李時珍曰:"蘠靡乃營實苗。《爾雅》指爲門冬,蓋錯簡也。"《博物志》:"天門冬曰郄休,一名顛棘。"《抱朴子》云:"或名地門冬,或名筳門冬,在東岳名淫羊藿,在中岳名天門冬,在西岳名菅松,在北岳名無不愈,在南岳名百部。又麥門冬,秦名羊韭,齊名愛韭,楚名馬韭,越名羊蓍,一名忍冬。"二種無名滿冬者,景純不知何據而云。

又北十里曰超山,其陰多蒼玉,其陽有井,冬有水而夏竭。任臣案:《釋義》曰:"冬有水氣,專藏也。夏反竭,氣他泄也,是恒而失恒。"

又東五百里曰成侯之山,其上多櫄木,郭曰:"似樗樹,材中車轅。吴人呼櫄音輴車,或曰輴車。"任臣案:《集韻》:"櫄,即椿也。"《禹貢》作"杶";《左傳》作"橁"。語云:"椿樗栲漆,相似如一。"其草多芃。任臣案:《詩》"芃芃其麥","芃芃其苗"。注:"長大也。"又《正韻》:"芃,草盛貌。"都不言爲草名。考《本草》,雷斅云:"秦芃取左文列爲秦,①治疾;右文列爲芃,②發足氣。"則'芃'疑'艽'字之訛也,未詳是非。"艽"音"交"。

又東五百里曰朝歌之山,谷多美堊。

又東五百里曰槐山,谷多金、錫。

又東十里曰歷山,任臣案:濟南有歷山,蒲州有歷山,舜耕之處。《漢志》兖縣亦有歷山。其木多槐,任臣案:蘇頌云:"槐有數種,葉大而黑,名櫰槐;晝合夜開名守宫槐;葉細而青緑但謂之槐。"《别録》曰:"槐實生河南平澤。"其陽多玉。

又東十里曰尸山,多蒼玉,其獸多麖。郭曰:"似鹿而小,黑色。"任臣案:蘇頌曰:"類麃而大者名麖。"《一統志》云:"梧州有靈麖,三足。"尸水出焉,南流注于洛水,其中多美玉。

又東十里曰良餘之山,其上多穀、柞,無石。餘水出于其

---

① "芃",金閶書業堂本作"艽"。

② "芃",金閶書業堂本作"艽"。

陰，而北流注于河。乳水出于其陽，而東南流注于洛。任臣案：《水經·洛水》："又東得乳水。"注云："水北出良餘山南，南注于洛。"

又東南十里曰蟲尾之山，任臣案：《水經注》作"蟲尾"。多礪石、赤銅。龍餘之水出焉而東南流，注于洛。任臣案：《水經》："洛水又東會于龍餘之水。"

又東北二十里曰升山，其木多穀、柞、棘，其草多藷藇、任臣案：即薯蕷。吴普《本草》云："一名藷署，一名兒草，一名修脆。齊魯曰山芋，鄭越曰土藷，秦楚曰玉延。"蘇頌云："江閩人單呼爲藷，音若殊，亦曰山藷。稱名不同，語有輕重耳，後以唐代宗名預改爲署藥，又以宋英宗諱署更名山藥。"蕙，郭曰："蕙，香草也。"多寇脱。郭曰："寇脱草生南方，高丈許，似荷葉而莖中有瓤，正白，零桂人植而日灌之以爲樹也。"任臣案：《爾雅疏》引此作"冠脱"，蓋離南草也。一名活莌。嘉謨曰："白瓤中藏脱木。"故亦名通脱。蘇頌云："又名倚商。"陳氏云："俗名通草。"黄酸之水出焉，而北流注于河，其中多琁玉。郭曰："石次玉者也。荀卿曰：'琁玉瑶珠不知佩。'音旋。"任臣案：《韻譜本義》："琁與璿同，美玉也。"《漢安帝紀》："琁璣玉衡。"

又東十二里曰陽虚之山，多金，臨于玄扈之水。郭曰："《河圖》曰：'蒼頡爲帝巡狩，登陽虚之山，臨于玄扈、洛汭，靈龜負書丹甲青文以授之。'出此水中也。"任臣案：《一統志》："陽虚山在河南永寧縣西五十里，一名陽峪。"曹學佺《名勝志》云："玄扈水出永寧之陽虚山。"

凡薄山之首，自苟林之山至于陽虚之山，凡十六山，二千九百八十二里。升山冢也。其祠禮：太牢，嬰用吉玉。首山䰠也。其祠用稌、黑犧、太牢之具、蘖釀；郭曰："以蘖作醴酒也。"干儛，郭曰："干儛，萬儛。干，楯也。"置鼓；郭曰："擊之以儛。"嬰用一璧。尸水，合天也，郭曰："天神之所馮也。"肥牲祠之：用一黑犬于上，用一雌雞于下，刉一牝羊，獻血。郭曰："以血祭也。刉，猶刲也。《周禮》曰：'刉珥奉犬牲。'"嬰用吉玉，彩之，郭曰："又加以繒綵之飾也。”饗之。郭曰：“勸强之也。《特牲饋食禮》曰：‘執奠，祝饗。’是也。”

《中次六經》縞羝山之首曰平逢之山，任臣案：《圖經》：“郟山在河南郡西南，逶邐至城北二里，曰芒山，一名北邙，一名平逢山。”又別本作“平蓬”。南望伊洛，東望穀城之山，郭曰：“在濟北穀城縣西，黄石公石在此山下，張良取以合葬耳。”任臣案：《一統志》：“穀城山在河南府西北五十里連孟津縣界，舊名替亭山，瀍水出此。”無草木，無水，多沙石。有神焉，其狀如人而二首，名曰驕蟲，是爲螫蟲，郭曰：“爲螫蟲之長。”任臣案：《聞見彙考》作“蟜蟲”。①《事類賦》注引《經》云：“嬌蟲是長螫蟲。”盧柟《泰宇賦》：“挫陸吾而阤驕蟲。”謂此也。實惟蜂蜜之廬。郭曰：“言群蜂之所舍集。蜜，赤蜂名。”任臣案：蜜，蠟蜂，《禮記》謂之“螽”，最小者爲石蜜，凡三種。王元之《蜂記》：“蜂廬始營，必造臺，擁王居臺上，言有君臣之禮也。”吴淑《蜂賦》云：“結廬于逢山之側。”本此。其祠之，用一雄雞，禳而勿殺。郭曰：“禳，亦祭名，謂禳却惡氣也。”

西十里曰縞羝之山，無草木，多金、玉。

又西十里曰廆山，郭曰：“音如瓌偉之瓌。”其陰多㻬琈之玉。其西有谷焉，名曰雚谷，其木多柳、楮。其中有鳥焉，狀如山雞而長尾，赤如丹火而青喙，名曰鴒䴏，郭曰：“鈴要二音。”任臣案：《駢雅》曰：“鳪渠、鴒䴏，山雞屬也。”睿宗《江漢賦》云：“鱵似魚而䴏似雞兮，鱉入泇而爲蛤。”其鳴自呼，服之不眯。交觴之水出于其陽，而南流注于洛；俞隨之水出于其陰，而北流注于穀水。任臣案：俞隨水，世謂之孝水。潘岳《西征賦》：“澡孝水以濯纓，嘉美名之在兹。”酈道元云：“是水在河南城西十餘里，故吕忱曰：‘孝水在河南也。’”

又西三十里曰瞻諸之山，任臣案：《一統志》引《經》作“瞻渚之山”。《名勝志》引《經》作“擔堵之山”。其陽多金，其陰多文石。㴬

① “聞”，金閶書業堂本作“臆”。

水出焉，郭曰："音謝。"任臣案：《水經注》作"謝水"。而東南流注于洛；少水出其陰，而東流注于穀水。郭曰："世謂之慈澗。"任臣案：少水，今在河南新安縣東一十二里，東流入澗。《名勝志》云："金水發源新安縣東，南流與少水同入澗水。"

又西三十里曰婁涿之山，無草木，多金、玉。瞻水出于其陽，而東流注于洛；任臣案：《水經注》："惠水東南流與瞻水合。"即此水也。陂水出于其陰，郭曰："世謂之百荅水。"任臣案：《水經注》及蔡沈《書傳》引此作"波水"。《周禮》："豫州其浸波溠。"《禹貢》："滎波既豬。"而北流注于穀水，其中多茈石、文石。

又西四十里曰白石之山。任臣案：《一統志》："白石山在澠池縣東北二十三里。"《龜山白玉經》云："白石山瓊秀，長明之天是三十六洞天之一。"又《事物紺珠》云："白石山周七十里，在和州。"孔曄《會稽記》：①"剡縣七十里亦有白石山。"是異地同名者也。惠水出于其陽，而南流注于洛，任臣案：《水經注》："洛水自枝瀆又東出關，惠水右注之，世謂之八關水。"其中多水玉。澗水出于其陰，郭曰："《書》曰：'伊洛瀍澗。'"任臣案：《水經》："澗水出新安縣白石山。"蔡氏《書傳》云："新安之東，澗水出焉，至南而入于洛。"西北流注于穀水，其中多麋石、櫨丹。郭曰："皆未聞。"任臣案："眉""麋"古字通。"麋石"疑石之列文如眉者，猶嬰石以嬰帶文而名也。"櫨丹"亦疑丹臒、丹粟類。

又西五十里曰穀山，其上多穀，其下多桑。爽水出焉，郭曰："世謂之紵麻澗。"任臣案：《水經注》："穀水又東北徑函谷關城東，右合桑爽之水。"孫汝《箋》云："本爲爽水，曰桑爽水者，誤矣。"而西北流，注于穀水，其下多碧緑。任臣案：亦石緑類。

又西七十二里曰密山，郭曰："今滎陽密縣亦有密山，疑非也。"

---

① "曄"，金閶書業堂本作"華"。

其陽多玉，其陰多鐵。豪水出焉，而南流注于洛，任臣案：《水經注》："斷神水又東北經神迹亭東，又北，謂之豪水。"其中多旋龜，其狀鳥首而鱉尾，其音如判木。任臣案：《圖贊》曰："聲如破木，號曰旋龜。修辟似黽，厥鳴如鴟。人魚類鯑，出于洛伊。"無草木。

又西百里曰長石之山，任臣案：《一統志》云："即南寧府鳴石山也。"計道里甚遠，乃《志》之誤。無草木，多金、玉。其西有谷焉，名曰共谷，多竹。共水出焉，任臣案：《水經注》："洛水又東，共水入焉。"西南流注于洛，其中多鳴石。郭曰："晋永康元年，襄陽郡上鳴石，似玉，色青，撞之聲聞七八里。今零陵泉陵縣永正鄉有鳴石二所，其一狀如鼓，俗因名爲石鼓，即此類也。"任臣案：景純《江賦》云："鳴石列于陽渚，浮磬肆乎陰濱。"劉會孟曰："歸德有鼓山，鼓鳴則起兵。"《齊地記》云："城東祠山有石鼓，將有寇難則鳴。"《後秦記》曰："天水冀地石鼓鳴野。"《吴興記》曰："長城有夏架山，石鼓盤石爲足，聲如金鼓，鳴則三吴有兵。"《一統志》："城固縣有石鼓在褒水中，擊之有聲。又，成都石磬山，擊之聲聞數里。東昌高唐山，巖高百餘仞，扣之聲甚清越，號鳴石山。"《述異記》曰："洞庭山東有石樓，樓下有兩石，扣之清越，所謂神鉦者。"凡此皆鳴石之屬也。《圖贊》曰："金石同類，潛響是韞。擊之雷駭，厥聲遠聞。苟以數通，氣無不運。"

又西一百四十里曰傳山，無草木，多瑶、碧。厭染之水出于其陽，而南流注于洛，其中多人魚。任臣案：《水經注》："伊水又東北流，注于洛水。"鯢魚有四足，出伊水也。司馬遷謂之人魚，徐廣曰："人魚似魚而四足，即鯢魚。"朱謀㙔《箋》云："《山海經》：'厭染之水多人魚。'不云伊水，豈古今相沿，并厭染之水名伊水乎？"其西有林焉，名曰墦冢。郭曰："音番。"谷水出焉，而東流注于洛，郭曰："今穀水出穀陽谷東北至穀城縣，入洛河。"任臣案：《水經》："穀水出弘農黽池縣南墦冢林穀陽谷。"《一統志》："穀水在永寧縣北七十里。"楊衒之《伽藍記》云："扶桑海石竇流于地下，西通穀水。"即此水也。其中多珚玉。

郭曰："未聞也。"任臣案：《水經注》作"珉玉"。《一統志》引《經》作"琱玉"。

又西五十里曰橐山，任臣案：今在陝州東五十里。多樗，多構木，郭曰："今蜀中有構木，七八月吐穗，穗成，如有鹽粉著狀，可以酢羹。音備。"任臣案：構木即膚木，木狀如椿，葉兩兩對生，七月結子，如細豆，其核淡緑，核外皮有薄鹽，其葉上蟲結成五構子，今訛爲五倍。《後魏書》："勿吉國水氣鹹凝，鹽生樹上。"謂此木也。蜀人謂之酸桶，吴人謂之鹽麸，西人謂之木鹽。劉會孟曰："構木可以酢羹，蔞葉可以作醬。"又案：構木外，如林榔木有麵，文欀木有粉，都勾木有屑，羊刺草有蜜，椰子核、頓遜樹有酒。又女國産鹽草，雲南生酸角，波斯有齊墩果，西域出摩厨子，真臘種咸平樹，汁可調羹，皆構木類也。《太平御覽》引《經》作"構"，音謾。其陽多金、玉，其陰多鐵，多蕭。郭曰："蕭，蒿。見《爾雅》。"任臣案：陸璣云："今人所謂荻蒿是也。"可作燭，有香氣。《郊特牲》："既奠，然後焫蕭合馨香。"橐水出焉，而北流注于河。任臣案：《一統志》："橐水在陝州城南，一名永定澗水，漫流，故又名漫澗。"《寰宇記》云："橐水，即魯水也。"其中多脩辟之魚，任臣案：《駢雅》曰："浮湖章舉、脩辟、鱕鯌、横公、王餘，皆異魚也。"狀如黽郭曰："黽，蛙屬也。"而白喙，其音如鴟，食之已白癬。任臣案：《宛委餘編》曰："何羅已癰，脩辟已白癬。"

又西九十里曰常烝之山，無草木，多堊。潐水出焉，郭曰："音譙。"任臣案：《西征記》曰："北臨焦水，西倚大河。"《名勝志》曰："譙水在陝州城南三里，平地涌出，與橐水並流入河，俗呼三里澗。"焦水、譙水，即潐水也。而東北流注于河，其中多蒼玉。菑水出焉，而北流注于河。任臣案：《水經注》："菑水出常烝之山，經曲沃村西北流入河。"

又西九十里曰夸父之山，任臣案：《寰宇記》："夸父山一名秦山，在閿鄉縣東南二十五里。"諺云："秦爲頭，虢爲尾。"與太華山相連。

其木多椶、柟，任臣案：《通鑑》："大業元年，廢二崤道，開葼册道。"胡三省注云："《山海經》：'夸父山在湖縣西九里，其山多椶柟。'或椶柟，字後訛爲葼册，遂爲葼册道與。"多竹、箭。其獸多㸲牛、羬羊，其鳥多鷩，其陽多玉，其陰多鐵。其北有林焉，名曰桃林，郭曰："桃林，今弘農湖縣閿鄉南谷中是也。① 饒野馬山羊山牛也。"任臣案：《三秦記》："桃林塞在長安東四百里。"《左傳》："文公十三年，晋侯使詹嘉守桃林之塞以備秦。"《名勝志》云："自閿鄉已西至潼關皆是也。"《魏志》："恒農縣有桃林。"《隋志》："河南郡立桃林縣，因桃林而名也。"劉會孟云："今閿鄉下有桃林，武王放牛桃林之野。"即此。程大昌《雍録》曰："桃林，一以爲潼關，一以爲閿鄉，一以爲靈寶。"《元和志》則又該爲之説曰："靈寶縣西至潼關，俱爲桃林塞。"《圖贊》曰："桃林之谷，實惟塞野。武王克商，休牛風馬。阨越三塗，作嶮西夏。"是廣員三百里，其中多馬。任臣案：《史記·趙世家》："造父取桃林盜驪、驊騮、騄耳，獻之繆王。"此以知桃林多馬也。湖水出焉，而北流注于河，任臣案：《括地志》："湖水出湖城縣南夸父山。"又《樂史》云："大谷關在夸父山，谷中湖水所出，與盤澗水、百姆水、玉澗水同流入河。"其中多珚玉。

又西九十里曰陽華之山，其陽多金、玉，其陰多青雄黄，其草多藷藇，多苦辛，任臣案：《圖贊》作"若華"，②字之誤也。《駢雅》云："苦辛可以已瘧焉，酸可以療毒。"其狀如橚，郭曰："即楸字也。"其實如瓜，其味酸甘，食之已瘧。楊水出焉，而西南流注于洛，其中多人魚。門水出焉，而東北流注于河，任臣案：《一統志》："門水在靈寶縣西南。"《水經注》："門水即洛水之枝流者也。洛水出自上洛縣東北，于拒城之西北，分爲二水，枝渠東北出，爲門水也。門水又東

---

① "閿"，原作"闋"，金閶書業堂本同，據上下文《名勝志》、《元和志》等引文改。

② "贊"，原作"讃"，金閶書業堂本同，據文意改。

北，歷陽華之山。”其中多玄䃋。郭曰：“黑砥石生水中。”緒姑之水出于其陰，郭曰：“緒，音藉。”任臣案：《水經注》引《經》作“緒茹之水”，即今燭水。而東流注于門水，其上多銅。門水至于河，七百九十里入雒水。

凡縞羝山之首，自平逢之山至于陽華之山，凡十四山，七百九十里。嶽在其中，以六月祭之，郭曰：“六月亦歲之中。”如諸嶽之祠法，則天下安寧。

《中次七經》苦山之首曰休與之山。郭曰：“與或作輿，下同。”任臣案：《女紅餘志》：“仙蜂出休與山，其形如貓。”即此山。其上有石焉，名曰帝臺之棋，郭曰：“帝臺，神人名；棋謂博棋也。”任臣案：《仙傳拾遺》曰：“玉女投壺，天帝爲之唘噓。”説與帝臺棋類。又《水經注》言：“湘水底石如樗蒲。”亦此義也。顏延之《赭白馬賦》：“要帝臺于宣嶽。”吴淑《石賦》云：“或以布帝臺之棋。”本此。五色而文，其狀如鶉卵，任臣案：《博物志》曰：“桃林休牛之山有石焉，曰帝臺之棋也，五色而文，狀如鶉卵。”《事物紺珠》云：“帝臺棋出湖城縣休馬山，如雞卵，五色文。”《圖贊》曰：“茫茫帝臺，維靈之貴。爰有石棋，五彩焕蔚。觴禱百神，以和天氣。”帝臺之石，所以禱百神者也，郭曰：“禱祀百神，則用此石。”服之不蠱。有草焉，其狀如蓍，任臣案：蘇頌曰：“蓍草生如蒿，作叢，高五六尺，一本一二十莖，多者五十莖，生便條直，異于衆蒿。”《埤雅》曰：“草之多壽者，故字從耆，其莖可爲筮。”赤葉而本叢生，名曰夙條，可以爲簳。郭曰：“中箭笴也。”

東三百里曰鼓鍾之山，任臣案：今名鍾山，在陸渾縣西南三十里，有鼓鍾上峽，鼓鍾下峽。《水經注》云：“垣曲縣鼓鍾川，世人謂之鼓鍾城。《山海經》‘鼓鍾之山’也。”王氏《地理通釋》有“鼓鍾鎮”，亦其地。《名勝志》曰：“鼓鍾城在垣曲縣東北。”帝臺之所以觴百神也。郭曰：“舉觴燕會，則於此山，因名爲鼓鍾也。”任臣案：《事類賦》云：“觴百神者帝臺。”謂此也。有草焉，方莖而黄華，員葉而三成，郭曰：“葉三重也。”其名曰焉酸，可以爲毒。郭曰：“爲，治。”任臣案：《騈雅》曰：“焉酸可以療毒，嘉榮令人不霆。”一本作烏酸。《圖贊》云：“療虐之草，厥實如瓜。烏酸之葉，三成黄華。可以爲毒，不畏蚖蛇。”其上多礪，其下多砥。

又東二百里曰姑媱之山。郭曰：“音遥。或無‘之山’字。”帝女死焉，其名曰女尸，化爲䔄草，其葉胥成，郭曰：“言葉相重也，亦音遥。”任臣案：江淹《别賦》：“惜瑶草兮徒芳。”“瑶”、“䔄”通。崔融《啓母碑》：“女尸化草而成嬪。”本此。又《韻府雜編》載：“瑶草，仙家用以合丹。”乃珊瑚之類。又，泰室山有䔄草，其狀如茱，是同名而異物者。或曰䔄草，一名懷夢草，然《洞冥記》云：“夢草似蒲，色紅，亦名懷夢，武帝懷之，以夢李夫人。”此非是。其華黄，其實如菟丘，郭曰：“菟丘，菟絲也。見《爾雅》。”任臣案：孫炎云：“唐蒙、女蘿、菟絲，一物四名。”陸佃曰：“在木爲女蘿，在草爲菟絲，二物殊别。其子如碎黍米粒。”《庚辛玉册》云：“火焰草即菟絲子、陽草，結實如粃豆，惟懷孟多有之。”服之媚於人。郭曰：“爲人所愛也。《傳》曰：‘人服媚之。’如是，一名荒夫草。”任臣案：《搜神記》曰：“舌埵山帝之女死，化爲怪草，其葉鬱茂，其華黄色，其實如菟絲，故服怪草者恒媚于人焉。”《圖贊》曰：“䔄草黄華，實如菟絲。君子是佩，人服媚之。帝女所化，其理難思。”又《楚國先賢傳》云：“帝之季女名曰瑶姬，精魂化草，實爲靈芝。”亦此類也。李時珍曰：“嶺南無風，獨摇草頭若彈子，尾若鳥尾，兩片開合，見人自動。”陳藏器云：“带之令夫相愛。”此與䔄草有類，豈即一物耶？

又東二十里曰苦山。有獸焉，名曰山膏，其狀如逐，郭曰：“即豚字。”赤若丹火，善詈。郭曰：“好駡人。”任臣案：《騈雅》曰：“山膏善詈，贛互善笑，蒲牢善鳴，山爍善語。”《五侯鯖》曰：“山膏生苦山，善駡。”《事物紺珠》曰：“山膏如豚，赤若火。”其上有木焉，名曰黄棘，黄華而員葉，其實如蘭，服之不字。郭曰：“字，生也。《易》曰：‘女子貞不字。'"任臣案:《駢雅》曰:"黄棘員葉,播移虚中。"《圖贊》曰:"山膏如豚,厥性好駡。華棘是食,匪子匪化。雖無貞操,理同不嫁。"有草焉,員葉而無莖,赤華而不實,名曰無條,服之不癭。

又東二十七里曰堵山,神天愚居之,是多怪風雨。其上有木,名曰天楄,郭曰:"音鞭。"方莖而葵狀,任臣案:《玄覽》曰:"荆木内方,天楄、羊桃外方。"《駢雅》云:"天楄方莖,六駮多癬。"服者不噎。郭曰:"食不噎也。"任臣案:《古音略》云:"即咽字。"

又東五十二里曰放臯之山。郭曰:"放或作效,又作牧"。任臣案:《水經注》舊本作"放睪","睪"即古"臯"字。明水出焉,南流注于伊水,其中多蒼玉。有木焉,其葉如槐,任臣案:槐葉大而黑,晝聶夜炕。又其生也,季春五日而兔目,十日而鼠耳,經旬而成規。黄華而不實,其名曰蒙木,服之不惑。有獸焉,其狀如蜂,枝尾而反舌,善呼,郭曰:"好呼唤也。"任臣案:王氏《釋義》曰:"今嶺海有異蛇,亦善呼人之名。"其名曰文文。任臣案:《駢雅》曰:"蠱雕如雕而戴角,文文如蜂而反舌。"《獸經》云:"文文善呼。"《古音複字》云:"文文,獸名,音問。"

又東五十七里曰大䔾之山,任臣案:"䔾"同"苦"。《寰宇記》云:"大苦山倚箔山、太谷山,俱在舊潁陽境。"多㻬琈之玉,任臣案:《水經注》引《經》作"瑭琈"。多麋玉。有草焉,其狀葉如榆,方莖而蒼傷,其名曰牛傷,郭曰:"猶言牛棘。"任臣案:《圖贊》曰:"牛傷鎮氣,天楄弭噎。文獸如蜂,枝尾反舌。螣魚赤斑,處于逵穴。"其根蒼文,服者不厥,郭曰:"厥,逆氣病。"可以禦兵。其陽狂水出焉,西南流注于伊水,任臣案:《水經注》:"伊水又徑西北當階城西,大狂水入焉,水東出陽之大䔾口。"即大䔾山也。《國名記》云:"狂水徑綸氏城,在今南陽。"其中多三足龜,郭曰:"今吴興陽羡縣有君山,山上有池,水中有三足六眼龜鱉。龜三足者名賁,出《爾雅》。"任臣案:吴淑《龜賦》

云："大苦三足，君山六眸。"彭氏《五侯鯖》云："砦山多三足賁。"賁，龜也，疑是賁字之訛。又《唐書》："江州獻六眼龜。"《大明會典》：①"暹羅國獻六足龜。"《宋史》："趙霆獻兩頭龜。"皆異種也，附記之。《圖贊》曰："造物維均，靡偏靡頗。少不爲短，長不爲多。賁能三足，何異黿鼉。"食者無大疾，可以已腫。任臣案：《本草》："食之辟時疾，消腫。"

又東七十里曰半石之山，任臣案：《御覽》："半石山在緱氏南十五里。今之偃師縣地也。"其上有草焉，生而秀，其高丈餘，赤葉赤華，華而不實，郭曰："初生先作穗，却著葉，花生穗間。"任臣案：《名勝志》引此作"華莖皆赤，不實"。其名曰嘉榮，服之者不霆。郭曰："不畏雷霆辟礰也。音廷搏之廷。"任臣案：《御覽》作"服者不遷怒"。劉鳳《玄覽篇》云："服之不畏霆。"《圖贊》曰："霆惟天精，動心駭目。曷以禦之，嘉榮是服。所正者神，用口腸腹。"来需之水出于其陽，而西流注于伊水，任臣案：《水經注》曰："来需之水，又西南径赤眉城南，又西至高都城東，西入伊水，謂之曲水也。"其中多鯩魚，郭曰："音倫。"任臣案：景純《江賦》云："鮟鰩鯩鰱。"黑文，其狀如鮒，食者不睡。任臣案：王氏《釋義》曰："魚目不閉，故謂無妻曰鰥，食之不睡或取此也。"合水出于其陰，而北流注于洛，多鰧魚，郭曰："音騰。"任臣案：《本草》："鰧形狀、居止、功用與鱖略同。"《日華子》謂"鱖爲水豚"者，意即鰧也。《篇海》云："鰧魚蒼身赤尾，亦作螣。又云似蝦，赤文，或作鰧。"狀如鱖，居逵，郭曰："鱖魚大口大目，細鱗，有斑彩；逵，水中之穴道交通者。鱖音劌。"任臣案：鱖，蹶也。其體不能屈曲，如僵蹶也。味似豚，又名鱖豚。李廷飛《延壽書》曰："鱖鬐刺凡十二，以應十二月月令。"《廣義》云："鱖魚脊有二骨，每月一骨，有毒。"《開寶本草》名爲石桂魚。蒼文赤尾，食者不癰，可以爲瘻。郭曰："瘻，癰屬也，中多有蟲。《淮南子》曰：'雞頭已瘻。'音漏。"

---

① "大"，金閶書業堂本闕字。

又東五十里曰少室之山，郭曰："今在河南陽城西，俗名泰室。"任臣案：少室爲七十二福地之一。劉會孟曰："少室在河南懷慶府登封縣，嵩山乃中嶽也。東曰泰室，西曰少室，有三華。"百草木成囷。郭曰："未詳。"任臣案：囷如倉囷之囷，言草木屯聚也。朱氏《玄覽》云："少室有壽榮草，服之可通百神。"其上有木焉，其名曰帝休，葉狀如楊，其枝五衢，郭曰："言樹枝交錯，相重五出，有象衢路也。《離騷》曰：'靡萍九衢。'"任臣案：劉鳳《雜俎》曰："帝休之葉，又曰五衢。"謂此也。黄華黑實，任臣案：楊炯《少室山碑》："考於含神紐，白玉猶存。驗于《山海經》，黄花不落。"服者不怒。任臣案：《駢雅》曰："帝休觸忿，文莖已聾。"《事類賦》云："服帝休而不怒，食員丘而無死。"《宛委餘編》曰："屈軼指佞，帝休不愁。"陳藏器曰："主帶之愁自銷，生少室山、嵩高山，亦如萱草之忘憂也。"《事物紺珠》云："帝休，服之不愁，又名不愁木。"《圖贊》云："帝休之樹，厥枝交對。竦本少室，曾陰雲霨。君子服之，匪怒伊愛。"其上多玉，郭曰："此山巔亦有白玉膏，得服之，即得仙道，世人不能上也，《詩含神霧》云。"其下多鐵。休水出焉，而北流注于洛，其中多鯑魚，狀如盩蜼郭曰："未詳，盩音侜。"任臣案：蜼最小者名蒙頌，紫黑色，説者以鯑魚類獺而紫色，意盩蜼之爲物，即蒙頌異名也。未審是非。而長距，足白而對，郭曰："未詳。"任臣案：《釋義》曰："言其足白皙，趾相向也。"食者無蠱疾，可以禦兵。任臣案：鯑魚一名人魚。陶隱居云："人魚，荆州臨沮青谿多有之，其膏然之不消耗。"《史記》："始皇以人魚膏爲燭。"是也。寇宗奭曰："鯑魚似獺，四足，腹重墜如囊，身微紫色，無鱗，與鮎鮠類，剖視之，嘗有小蟹、小魚、小石數枚也。"《全蜀·藝文志》："鯤魚一名魶，一名鯑，大首長尾，四足。"又《本草》："與鯢魚同，名孩兒魚。然鯑生江湖，鯢生溪澗，能上樹。"此所以異也。睿宗《江漢賦》："文屋瓦之蚶兮，聲嬰兒之鯑。"即此。

又東三十里曰泰室之山。郭曰："即中嶽嵩高山也，今在陽城縣西。"任臣案：戴延之《西征記》曰："中嶽東謂之泰室，西謂之少室，相去十七里，嵩其總名也，以其下各有室焉，故謂之室。”葛洪《枕中書》云：“軒轅爲黄帝，治嵩高山。”《五嶽真形圖》云：“中嶽姓惲，名㷼。”《圖贊》曰：“嵩維嶽宗，華岱恒衡。氣通天漢，神洞幽明。巍然中立，衆山之英。”其上有木焉，葉狀如梨而赤理，其名曰栯木，郭曰：“音郁。”任臣案：栯木，李時珍謂即“郁李”。其注《本草》云：“郁，《山海經》作“栯”，馥郁也，花實俱香，故名之。”又案：韓保昇云：“郁李，樹葉似大李。”又，蘇子容言：“汴洛一種，枝莖作長條，花極繁密而多葉者，亦謂之郁李。”二説無所謂梨葉赤理者，李以爲即栯木，未審何據也。服者不妒。任臣案：《圖贊》曰：“爰有嘉樹，厥名曰栯。薄言采之，窈窕是服。君子維歡，家無反目。”楊慎曰：“栯，禹九切。婦人服之不妒。”有草焉，其狀如荣，郭曰：“荣似薊也。”白華黑實，澤如蘡薁，郭曰：“言子滑澤。”任臣案：《詩》：“六月食鬱及薁。”《廣雅》云：“一名嬰舌。”蘇恭以爲千歲虆，誤也。其名曰䔄草，服之不昧。上多美石。郭曰：“次玉者也。啟母化爲石而生啟，在此山，見《淮南子》。”

又北三十里曰講山，其上多玉、多柘、多柏。有木焉，名曰帝屋，葉狀如椒，任臣案：《爾雅》：“椴，大椒。”《唐風》云：“椒聊之實。”蓋今秦椒也。又欓子亦名越椒，古謂之藙。或謂之椴。外此有吴茱萸、昧履支、蜀椒、崖椒、蔓椒、地椴，其類不一。①《圖贊》云：“椒之灌植，實繁有倫。拂頤沾霜，朱實芬辛。服之不已，洞見通神。”反傷赤實，郭曰：“反傷，刺下勾也。”任臣案：《駢雅》曰：“平仲銀實，帝屋赤實，君遷瓠實，毗野楮實，羅望刀實。”可以禦凶。

又北三十里曰嬰梁之山，上多蒼玉，錞于玄石。郭曰：“言蒼玉依黑石而生也。或曰錞于，樂器名，形似椎頭。”任臣案：鄭康成云：“錞于圜如碓頭。”杜佑云：“圜若筩。”“錞于玄石”者，一云“玄石之形類錞于”也。但《經》中“錞于”之文，凡數見，作“依附”解者，似亦爲允。

---

① “茱”，原作“萊”，據金閶書業堂本改。

又東三十里曰浮戲之山。任臣案:《水經注》:“綏水出方山綏谿。”綏谿,亦浮戲山之異名也。是斯山所出,不止汜水。有木焉,葉狀如樗而赤實,名曰亢木,食之不蠱。汜水出焉,任臣案:《史記正義》:“汜,音似。”汜水在成皋故城東。《水經注》:“汜水南出浮戲山,世謂之方山。”盧諶《征艱賦》云:“步汜口之芳草,弔周襄之鄙館。”《通鑑·唐紀》:“西薄汜水,南屬鵲山。”即此水。而北流注于河。其東有谷,名曰蛇谷,郭曰:“因此中出蛇,故以名之。”上多少辛。郭曰:“細辛也。”任臣案:《管子》:“五沃之土群藥生少辛。”蓋細辛,根細而味極辛,故名細辛,又名小辛、少辛,亦此義也。李當之曰:“細辛如葵,一根一葉相連。”沈括《筆談》曰:“東南所用細辛,皆杜衡也。”《博物志》有云:“杜衡亂細辛。”自古已然矣。

又東四十里曰少陘之山。任臣案:《名勝志》:“滎陽縣嵩渚山一名小陘山,俗名周山。”即斯山。有草焉,名曰𦬸草,郭曰:“音剛。”葉狀如葵,而赤莖白華,任臣案:葵有戊葵、露葵、龍葵、菟葵、終葵之異名,①皆葵屬。實如蘡薁,任臣案:《丹鉛録》引此作“赤莖白葉,如顛冬”。與本文異。食之不愚。郭曰:“言益人智。”任臣案:《圖贊》曰:“𦬸草赤莖,實如蘡薁。食之益智,忽不自覺。殆齊生知,功奇于學。”器難之水出焉,郭曰:“或作嚚。”而北流注于役水。郭曰:“一作侵。”任臣案:《水經注》引《經》“役水”作“侵水”,酈氏以“侵水”即古旃水也。

又東南十里曰泰山。郭曰:“別有東小泰山,今在朱虛縣,汝水所出,疑此非也。”有草焉,名曰梨,其葉狀如荻郭曰:“荻亦蒿也。”而赤華,可以已疽。太水出于其陽,任臣案:《水經注》:“太水出太山東平也。”而東南流注于没水;郭曰:“世謂之禮水。”任臣案:《水經注》引此作“注于役水”。承水出于其陰,而東北流注于没。郭曰:“世謂之靖澗水。”任臣案:《水經注》:“白溝水有二源,北水出密之梅山,

---

① “戊”,金閶書業堂本作“戎”。

而東徑靖城南，與南水合。北水即承水也。”

又東二十里曰末山，上多赤金。末水出焉，北流注于没。郭曰：“《水經》作‘沬’。”任臣案：《水經注》曰：“今是水出中牟城西南。”又永州亦有末水，見《一統志》。非此。

又東二十五里曰役山，上多白金，多鐵。役水出焉，北注于河。任臣案：《水經注》：“役水出菀陵縣西隟侯亭東中平陂，世名之泥泉也。”

又東三十五里曰敏山。上有木焉，其狀如荆，白華而赤實，名曰葪郭曰：“音計。”柏，服者不寒。郭曰：“令人耐寒。”任臣案：《駢雅》曰：“沙棠不沈，思儡不腐，女貞不凋，葪柏耐寒。”《圖贊》曰：“葪柏白華，厥子如丹。實肥變氣，食之忘寒。物隨所染，墨子所嘆。”其陽多瑀玗之玉。

又東三十里曰大騩之山，郭曰：“今滎陽密縣有大騩山，騩固溝水所出。音歸。”任臣案：即具茨山也，在新鄭縣西南四十里。《字彙》作“具湙山”。《抱朴子》云：“黄帝上具茨，見大騩君黄蓋童子，受神芝圖。”今其山有軒轅避暑洞。《水經》：“潩水出大騩山。”《荒史·循蜚紀》：“大騩氏出于河南密縣泰騩山。”《前編》云：“新鄭有大騩之迹。”皆指此。其陰多鐵、美玉、青堊。有草焉，其狀如蓍而毛，青華而白實，其名曰蒗，郭曰：“音狼戾。”服之不夭，郭曰：“言盡壽也。或作芺。”任臣案：劉會孟曰：“柳州有不死草如茅，食之令人多壽。”即蒗類也。《圖贊》曰：“大騩之山，爰有苹草。青華白實，食之無夭。雖不增齡，可以窮老。”可以爲腹病。郭曰：“爲，治也。一作已。”

凡苦山之首，自休與之山至于大騩之山，凡十有九山，千一百八十四里。其十六神者，皆豕身而人面。其祠，毛牷用一羊羞，郭曰：“言以羊爲羞。”嬰用一藻玉瘞。郭曰：“藻玉，玉有五彩者也。或曰，所以盛玉藻藉也。”苦山、少室、泰室，皆冢也。其祠之：太牢之具，嬰以吉玉。其神狀皆人面而三首，其餘屬皆豕身人面也。

《中次八經》荆山之首曰景山，郭曰："今在南郡界中。"任臣案：盛弘之《荆州記》："景山在上洛縣西南三百里，其上一名鴈浮山。雁南翔北歸，編經其上，土人由兹改名焉。"《一統志》云："在房縣西南二百里，又名馬塞山。"其上多金、玉，其木多杼、檀。郭曰："杼，音椽柱之柱。"任臣案：《爾雅》："栩，杼。"疏云："栩，一名杼也。"《詩·唐風》："集于苞栩。"陸璣云："今柞櫟也。其子爲皁，或言皁斗。"睢水出焉，郭曰："睢，音癰疽之疽。"東南流注于江，郭曰："今睢水出新城魏昌縣東南，發阿山東南，至南郡枝江縣入江也。"任臣案：睢水有二，一在陳留，一在夏邑，此非是。蓋即楚之沮水也，在襄陽府房縣。《傳》曰："江漢沮漳。"是也。其中多丹粟，多文魚。郭曰："有斑彩也。"

東北百里曰荆山，郭曰："今在新城沭鄉縣南。"任臣案：荆山在荆門、南漳二縣，青谿之北，卞璞所出，三面絶險，惟西南一隅通人行，非雍州"荆岐既旅"之荆也。《括地象》曰："荆山爲地雌，上爲軒轅星。"其陰多鐵，其陽多赤金，任臣案：盧照隣文云："質謝南金，徒辨荆蓬之妙。"以荆、蓬二山皆出金也。其中多犛牛，①郭曰："旄，牛屬也，黑色，出西南徼外也，音狸，一音来。"任臣案：犛牛，《廣志》謂之"毛犀"，顔師古《漢書注》作"貓牛"，《爾雅》謂之"犘牛"，《經》又謂之"牲牛"，《昨夢録》謂之"竹牛"，《本草》謂之"犨牛"。《丹鉛録》曰："毛犀即象也，狀如犀而角小，善知吉凶，古人呼爲美猪。"《交廣》稱之"猪神"。多豹虎，其木多松、柏，其草多竹，多橘、櫾。郭曰："櫾似橘而大也，皮厚味酸。"任臣案：《列子》："吴越之間有木焉，其名爲櫾。"《桂海志》云："廣西臭柚大如瓜。"《爾雅》謂之"櫠"，《廣志》謂之"鍤柚"，②皆櫾名也。《圖贊》曰："厥苞橘櫾，奇者維甘。朱實金鮮，葉蒨翠藍。靈均是咏，以爲美談。"漳

---

① "牛"，原闕，據金閶書業堂本補。
② "鍤"，金閶書業堂本作"鐳"。

水出焉，而東南流注于睢，郭曰：“出荆山，至南郡當陽縣入沮水。”任臣案：《一統志》：“漳江在當陽縣北，源出臨沮縣，南至當陽，與沮水合，流入大江。”王粲《賦》：“夾清漳之通浦，倚曲沮之長洲。”指此水也。胡三省《釋文辨誤》曰：“荆山漳水今在襄陽南漳縣界。《左傳》所謂‘江漢沮漳楚之望’者，是也。非上黨漳水。”其中多黄金，多鮫魚。郭曰：“鮫，鮒魚類也，皮有珠文而堅，尾長三四尺，未有毒，螫人，皮可飾刀劍，口錯治材角，今臨海郡亦有之，音交。”任臣案：鮫皮有沙，古曰鮫，今曰沙，其實一也。或曰本名鮫，訛爲鮫。其類數種，有鹿沙、虎沙之别。《述異記》云：“魚虎老變爲鮫魚。虎沙者，魚虎所化也。”《南越志》曰：“環雷魚長丈許，一腹容二子，子朝從口中出，暮還入腹，鱗皮有珠，可飾刀劍，一名鯌魚。”此即鮫魚也。又，石決明亦名鮫，與此同名異物。楊孚《交州異物贊》：“鮫之爲魚，其子既育。驚必歸母，還入其腹。小則如之，大則不復。”楊慎《異魚贊》曰：“天淵魚虎，老化爲鮫。其皮朱文，可飾弓刀。”《圖贊》曰：“魚之别屬，厥號曰鮫。珠皮毒尾，匪鱗匪毛。可以錯角，兼飾劍刀。”其獸多閭、麋。郭曰：“似鹿而大也。”

又東北百五十里曰驕山，其上多玉，其下多青雘。其木多松、柏，多桃枝、鈎端。神蟲圍處之，郭曰：“蟲，音鼉魚之鼉。”任臣案：盧柟《蠛蠓集》云：“檻環狗而踐蟲圍。①”即此也。其狀如人面，羊角虎爪，恒游于睢漳之淵，②郭曰：“淵，水之府奥也。”出入有光。

又東北百二十里曰女几之山，任臣案：《枕中書》曰：“左仙公治蓋竹山，又在女几山，常駕乘虎騎。”疑即此山也。今宜陽亦有女几山。《前凉録》：“張軌與皇甫謐初隱宜陽女几山。”劉會孟云：“神女上升遺几處也。”又《元和郡縣志》：“女几山在福昌縣西南。”非此。其上多玉，其

① “檻環”二字，原闕，據金閶書業堂本補。
② “淵”上，原作“之之”，衍“之”字，據金閶書業堂本删。

下多黄金。其獸多豹、虎，多閭、麋、麖、麂，郭曰："麂似獐面大，[1]俍毛，豹脚。音几。"任臣案：《爾雅》："麂，大麢，旄尾狗足。"《字説》曰："山中有虎麂，必鳴以告其聲，几几然，故名。"其鳥多白鷮，郭曰："鷮似雉而長尾，走且鳴。音驕。"任臣案：鷮鷮，雞也。《説文》云："長尾雉，乘轝以鷮尾爲防釳著馬頭上。"《詩·小雅》"有集維鷮"，陸璣《疏》云："鷮微小於鸐，肉甚美。語曰：'四足之美有麃，兩足之美有鷮。'"多翟，多鴆。郭曰："鴆大如鵰，紫緑色，長頸赤喙，食蝮蛇頭。雄名運日，雌名陰諧也。"任臣案：《爾雅翼》曰："鴆似鷹而大，食蛇及橡實，知木石有蛇，即爲禹步以禁之，須臾木倒石崩，而蛇出也。"《圖贊》曰："蝮維毒魁，鴆鳥是噉。拂翼鳴林，草瘁木慘。羽行隱戮，厥罰難犯。"其雄者運日，運日鳴則晴；雌者陰諧，陰諧鳴則雨。《楊維楨集》云："鴆出蘄州黄梅山，狀類訓狐，聲如擊鼓，今交廣人謂之同力鳥。"又運日一作䲹日。陶貞白云："䲹日與鴆是兩種。"蓋陶之誤也。

又東北二百里曰宜諸之山，其上多金、玉，其下多青雘。洈水出焉，郭曰："音詭。"而南流注于漳，郭曰："今洈水出南郡東洈山，至華容縣入江也。"任臣案：《水經》："漳水又南，洈水注之。"其中多白玉。

又東北三百五十里曰綸山，郭曰："音倫。"其木多梓、柟，多桃枝，多柤、栗、郭曰："柤似梨而酢濇。"任臣案：柤，榠樝也。《詩》謂之"木李"。《通志略》謂之"蠻樝"。《埤雅》謂之"木梨"。李時珍曰："榠樝乃木瓜之大者，担栗乃木瓜之小者。[2] 榅桲則樝類之生于北方者也，[3]三物與木瓜一類。""栗"古文作"㮚"，梵書名"篤迦"，今有吴栗、[4]

① "面"，金閶書業堂本作"而"。
② "担栗"，金閶書業堂本作"樝子"。
③ "榅桲則樝類"，原"榅桲"和"樝類"均闕，據金閶書業堂本補。
④ "吴"，金閶書業堂本作"奥"。

板栗、西栗、天師栗、莘栗諸名。蘇頌云：[①]"倭韓國諸島，栗大如雞子。"橘、櫾，任臣案：《本草綱目》："橘、柚、柑三者相類而不同，橘實小，其瓣味微酢；柑大于橘，其瓣味甘，皮稍厚；柚大皆如橙，瓣味酢，皮最厚而黄。"《韓氏橘譜》云："柑橘南出閩廣，西出荆州。"斯山與荆山銅山所産，[②]皆荆州種也。其獸多閭、麈、任臣案：《名苑》云："鹿大者曰麈，小鹿隨之，[③]視其尾爲準，其尾能辟麈拂氈則不蠹。"《急就篇》注云："似鹿尾大而一角。談説者飾其尾執之，以爲儀。"《逸周書》："武王狩，禽麈十有六。"《華陽國志》云："郪縣宜春山，[④]出麈尾。"《恩平郡譜》曰："麈謂之荒，鹿謂之擢。"麢、㚟。郭曰："㚟似莬而鹿脚，青色，音綽。"任臣案：《六書正譌》："㚟作龟。"注云："青色似兔而大頭，足似鹿。"《説文》曰："㚟獸青色而大頭，與兔同，足與鹿同。"

又東北二百里曰陸䣢之山，郭曰："音如跪對之跪。"其上多㻬琈之玉，其下多堊，其木多杻、橿。

又東百三十里曰光山，任臣案：《續通考》引此作"日光山"，[⑤]誤。其上多碧，其下多木。神計蒙處之，其狀人身而龍首，恒游于漳淵，出入必有飄風暴雨。任臣案：盧柟《泰宇賦》云：[⑥]"虔山鼓而摺計蒙。"蓋此神也。《圖贊》云："涉𩵩三脚，𩵩圍虎爪。計蒙之神[⑦]，獨稟異表。升降風雨，茫茫渺渺。"

又東百五十里曰岐山，其陽多赤金，其陰多白珉，郭曰："石似玉者，音芰。"任臣案：《玉書》云："石似玉者，琙、玞、琨、珉、瑂、瓔也。"其上多金、玉，其下多青雘，其木多樗。神涉𩵩處之，郭

① "蘇"，原闕，據金閶書業堂本補。
② "荆"，原闕，據金閶書業堂本補。
③ "小"，金閶書業堂本作"群"。
④ "春"，金閶書業堂本作"君"。
⑤ "日"，原作"曰"，據金閶書業堂本改。
⑥ "宇"，原作"字"，據金閶書業堂本改。
⑦ "之神"，金閶書業堂本作"龍首"。

曰:"徒何切,一作𧎪,笑游切。"任臣案:《宛委餘編》作"涉鼉"。"𧎪",古"鼉"字。《談薈》云:"驕山神名𧎪圍,[①]岐山神名涉𧎪。"其狀人身而方面三足。

又東百三十里曰銅山,其上多金、銀、鐵,其木多穀、柞、柤、栗、橘、櫾,其獸多豹。

又東北一百里曰美山,其獸多兕牛,多閭、麈,多豕、鹿,其上多金,其下多青雘。

又東北百里曰大堯之山,其木多松、柏,多梓、桑,多机,其草多竹,其獸多豹、虎、麢、㚟。

又東北三百里曰靈山,其上多金、玉,其下多青雘,其木多桃、李、梅、杏。郭曰:"梅似杏而酢也。"任臣案:陸璣云:"梅,杏類也。華葉皆略似杏,[②]其外有鴛鴦梅,一蒂雙實,見范成大《梅譜》。[③]"又有槲梅,乃槲樹而梅實者。邢氏《爾雅疏》:"荆州人呼柟木,[④]亦爲梅杏,有數種:沙杏、梅杏、柰杏、金杏。"《西京雜記》云:"蓬萊杏花五色六出,是仙人所食。"[⑤]

又東北七十里曰龍山,上多寓木,郭曰:"寄生也。一名宛童,見《爾雅》。"任臣案:陸璣《草木疏》:"葉似當盧,[⑥]子如覆盆,一名蔦。"《小雅》云:"蔦與女蘿。"是也。《東方朔傳》云:"在樹爲寄生,在地爲寠藪。"其上多碧,其下多赤錫,任臣案:赤錫,疑即鉛丹、砂錫之屬。其草多桃枝、鉤端。

又東南五十里曰衡山,上多寓木、穀、柞,多黄堊、白堊。

---

① "驕",原作"騆",據金閶書業堂本改。

② "華",金閶書業堂本作"樹"。

③ "譜",原闕,據金閶書業堂本補。

④ "柟",原闕,據金閶書業堂本補。

⑤ "蓬萊杏花五色六出,是仙人所食",金閶書業堂本作"蓬萊杏花五色,亦種之絕異矣"。

⑥ "當盧"二字,原闕,據金閶書業堂本補。

又東南七十里曰石山，其上多金，其下多青雘，多寓木。

又南百二十里曰若山，其上多㻌琈之玉，多赭，郭曰："赤土。"多邽石，郭曰："未詳。"多寓木，多柘。郭曰："若或作前。"

又東南一百二十里曰彘山，多美石，多柘。

又東南一百五十里曰玉山，其上多金、玉，其下多碧鐵，其木多柏。郭曰："一作楢。"

又東南七十里曰讙山，其木多檀，多邽石，多白錫。郭曰："今白鑞也。"任臣案：《本草》："錫，謂之賀。"《爾雅》："錫，謂之釾。"郁水出于其上，潛于其下，其中多砥、礪。

又東北百五十里曰仁舉之山，其木多穀、柞，其陽多赤金，其陰多赭。

又東五十里曰師每之山，其陽多砥、礪，其陰多青雘，其木多柏，多檀，多柘，其草多竹。

又東南二百里曰琴鼓之山，其木多穀、柞、椒、柘，郭曰："椒爲樹，小而叢生，下有草木則蠚死。"其上多白珉，其下多洗石，其獸多豕、鹿，任臣案：野豕形似豬而大，牙出口外，如象牙，能與虎鬥。多白犀，任臣案：犀有山犀、水犀、兕犀三種，白者絶少，此與辟寒、觸忿、辟塵、辟暑諸犀，皆異種也。其鳥多鴆。

凡荆山之首，自景山至琴鼓之山，凡二十三山，二千八百九十里。其神狀皆鳥身而人面。其祠：用一雄雞祈瘞，郭曰："禱請已，埋之也。"用一藻圭，糈用稌。驕山，冢也。其祠：用羞酒少牢祈瘞，嬰毛一璧。

《中次九經》岷山之首，曰女几之山，其上多石涅，其木多杻、橿，其草多菊、茮。任臣案：菊，苦薏也，莖如馬蘭花。茮，山薊也，有赤白二種。洛水出焉，東注于江，其中多雄黃，郭曰："雄黄亦出水中。"任臣案：蘇頌曰："階州出水窟，雄黄生于山岩中有水流處。"

其獸多虎、豹。任臣案:豹有金錢、艾葉、金綫文之異。又《本經》有玄豹,《詩經》有赤豹,《爾雅》有白豹,種類不同。沈括《筆談》云:"秦人謂豹爲程,東國謂之失刺孫。"

又東北三百里曰岷山,江水出焉,郭曰:"岷山,今在汶山郡廣陽縣西,大江所出。"任臣案:岷山即瀆山也,亦謂文汶阜山。《緯書》曰:"岷山之精,上爲井絡,帝以會昌神以建福。"劉會孟云:"岷山,今四川茂州,即隴山之南。"《四川總志》曰:"岷山在茂州之列鵝村,一名鴻濛,爲隴山之南首,又名沃焦山,江水所出也。"《水利志》云:"蜀諸江咸出岷江,江源在羊膊嶺,分爲二派,一西南流爲大渡河,一正南流謂之南江。"《益州記》曰:"大江泉源始發羊膊嶺下,緣崖散漫小大百數,殆未濫觴。"《圖贊》曰:"岷山之精,上絡東井。始出一勺,終致淼溟。作紀南夏,天清地静。"又《全蜀·藝文志》云:"蜀山在左皆名岷,在右皆名嶓,不獨茂州之汶山爲岷,金牛之嶓冢爲嶓也。"東北流注于海,郭曰:"至廣陽縣入海。"其中多良龜,郭曰:"良善。"任臣案:《禹貢》:"九江納錫大龜。"多鼉。郭曰:"似蜥蜴,大者長二丈,有鱗彩,皮可以冒鼓。"任臣案:《博物志》名"土龍",《本草》謂之"鮀魚",蘇頌曰:"形似守宫鯪鯉,其聲夜鳴應更,號曰鼉更。"《埤雅》云:"鼉身十二生肖肉,惟蛇肉在尾最毒。"其上多金、玉,其下多白珉,其木多梅、棠,任臣案:《爾雅》:"杜赤棠,白者棠。"蓋棠梨也,亦名椁。《丹鉛録》云:"尹伯奇采椁花以濟飢。"此也。其獸多犀、象,多夔牛,郭曰:"今蜀山中有大牛,重數千斤,名爲夔牛。晋太興元年,此牛出上庸,郡人弩射殺,得三十八擔物,即《爾雅》所謂魏。"任臣案:《本草綱目》云:"即犩牛也。"《韻會》引《經》作"犪牛"。《圖贊》曰:"西南巨牛,出自江岷。體若垂雲,肉盈千鈞。雖有逸力,難以揮輪。"其鳥多翰鷩。郭曰:"白翰赤鷩。"任臣案:鶾雉,白鵫也,今謂之白鷴。鷩雉,華蟲也,今謂之錦雞。

又東北一百四十里曰崍山,江水出焉,郭曰:"邛来山,今在漢嘉嚴道縣南,江水所自出也。山有九折坂,出貊,貊似熊而黑。白駮亦食銅鐵也。”任臣案：《華陽國志》：“崍山，邛崍山也。一曰新道山，南有九折坂，夏則凝冰，冬則毒寒，王陽按轡處也。”《水經注》：“崍山，中江所出。”劉會孟云：“崍山，崌山，今屬四川眉州彭山縣。”《寰宇記》云：“崌崍山，在彭山縣東北十二里，導江從山南合流。”王鏊《禹貢注釋》云：“今榮經縣四十里即邛崍山。”地非是。《圖贊》曰：“邛崍峻險，其坂九折。王陽逡巡，王尊逞節。殷有三仁，漢稱三哲。”又案：貊即貘，亦作貘，獸之食銅鐵者。貊之外，復有一角之豻。南方之嚙鐵，叶火羅之大獸，昆吾之狡兔，皆貊類也。附記之。東流注大江。其陽多黄金，其陰多麋、麈。其木多檀、柘，其草多薤、韭，多葯、郭曰：“即䓞。”空奪。郭曰：“即蛇皮脱也。”

又東一百五十里曰崌山，郭曰：“音居。”江水出焉，郭曰：“北江。”任臣案：《水經注》：“崌山，北江所出。”景純《江賦》云：“流二江于崌崍。”①東流注于大江。其中多怪蛇，郭曰：“今永昌郡有鉤蛇，長數丈，尾岐，在水中鉤取岸上人、牛、馬啖之，又呼馬絆蛇，謂此類也。”任臣案：張文仲云：“鉤蛇尾如鉤，能鉤人、獸入水食之。又，南方有呴蛇，人若傷之不死，終身伺其主。”多鰲魚，郭曰：“音贄，未聞。”其木多楢、杻，郭曰：“楢，剛木也。中車材。音秋。”多梅、梓，其獸多夔牛、麢、㚖、犀、兕。有鳥焉，狀如鴞而赤身白首，其名曰竊脂，郭曰：“今呼小青雀曲嘴肉食者爲竊脂，疑此非也。”任臣案：竊脂有三種，九扈中竊玄、竊黄、竊脂。竊訓淺，言淺白色也。《小雅》：“交交桑扈。”乃今青雀好竊脂肉者，若此之赤身白首，自與二種迥别，不得以名之，偶同混爲一也。可以禦火。

又東三百里曰高梁之山，其上多堊，其下多砥、礪，其木多桃枝、鉤端。有草焉，狀如葵而赤華、莢實、白柎，可以走馬。

① “于”，原作“干”，據金閶書業堂本改。

又東四百里曰蛇山，其上多黄金，其下多堊，其木多栒，多豫樟，其草多嘉榮，少辛。有獸焉，其狀如狐而白尾長耳，名㸺狼，郭曰："音郎。①"見則國内有兵。郭曰："一作'國有亂'。"任臣案：《駢雅》曰："㸺狼、獙獙，狐屬也。"《圖贊》云："㸺狼之出，兵不外擊。雍和作恐，猨乃流疫。同惡殊災，氣各有適。"

又東五百里曰鬲山，其陽多金，其陰多白珉。蒲鸏郭曰："音甍。"之水出焉，而東流注于江，其中多白玉。其獸多犀、象、熊、羆，多猿、蜼。郭曰："蜼似獼猴，鼻露上向，尾四五尺，頭有岐，蒼黄色，雨則自縣樹，以尾塞鼻孔，或以兩指塞之。"任臣案：獼猴有數種，總名禺屬。小而尾短者，猴也；似猴而多髯者，豦也；小于猴文彩蔚然者，果下豹也；似猴而大者，玃也；大而尾長赤目者，禺也；小而尾長仰鼻者，狖也，狖即蜼也，南人名仙猴。似狖而大者，果然也；似狖而小者，蒙頌也；似狖而善躍越者，獑猢也；似猴而長臂者，猿也；似猿而狗首，以猿爲雌者，猵狚也，猵狚一名獦牂；似猿而金尾者，狨也；似猿而大能食猿者，獨也；食猴者，㹶也。《圖贊》曰："禺屬之才，莫過于蜼。雨則自縣，塞鼻以尾。厥形雖随，列象宗彝。"

又東北三百里曰隅陽之山，其上多金、玉，其下多青雘，其木多梓、桑，其草多茈。徐之水出焉，東流注于江，其中多丹粟。

又東二百五十里曰岐山，郭曰："今在扶風美陽縣西。"其上多白金，其下多鐵，其木多梅、梓，郭曰："梅或作𦺇。"多杻、楢。減水出焉，東南流注于江。

又東三百里曰勾檷之山，郭曰："音絡椐之椐。"其上多玉，其下多黄金，其木多櫟、柘，任臣案：嚴粲《詩緝》曰："櫟，柞櫟也，橡斗也。"又栩亦謂之"柞櫟"。故陸璣云："秦人謂柞櫟爲櫟，河内人謂木蓼爲

---

① "郎"，原闕，據金閶書業堂本補。

櫟。”木蓼即橡斗。其草多芍藥。

又東一百五十里曰風雨之山，其上多白金，其下多白涅，其木多椒、樿，郭曰：“椒木，未詳也。樿木白理，中節。騶、善二音。”任臣案：《説文》：“椒，木薪也。”《博雅校》：“椒，紫也。又初九切。樿，白木之有文理者。《禮器》：‘樿杓。’《玉藻》：‘櫛用樿櫛。’亦音展。”多楊。任臣案：楊有蒲柳、白楊、移楊數種，與柳不同。陳藏器曰：“楊樹枝葉短，柳樹枝葉長。”宣余之水出焉，東流注于江，其中多蛇，其獸多閭、麋，多麈、豹、虎，其鳥多白鷮。

又東北二百里曰玉山，其陽多銅，其陰多赤金，任臣案：郭以赤金爲銅，則一物何以叠見？即此足証前注之謬。其木多豫樟、楢、杻，其獸多豕、鹿、麢、㚟，其鳥多鴆。

又東一百五十里曰熊山。有穴焉，熊之穴，恒出神人。夏啓而冬閉，任臣案：《天問》云：“焉有非虬，負熊以游。”周拱辰注：“虬龍與熊絶不相類，而相負以游，蓋神熊也。”《山海經》：“熊穴恒出神人。”即此也。又熊穴一謂之熊館。《説文》云：“熊以豕山居，冬蟄。”《圖贊》曰：“熊山有穴，神人是出。與彼石鼓，象殊應一。祥雖先見，厥事非吉。”冬啓乃必有兵。郭曰：“今鄴西北有鼓山，下有石鼓象懸著山旁，鳴則有軍事。與此穴殊象而同應。”其上多白玉，其下多赤金，其木多樗、柳，其草多寇脱。

又東一百四十里曰騩山，其陽多美玉、赤金，其陰多鐵，其木多桃枝、荆芭任臣案：荆，牡荆也。或謂之楚芭，疑“芑”字之訛，卷中多以“荆芑”連文。

又東二百里曰葛山，其上多赤金，其下多瑊石，郭曰：“瑊石，①勁石似玉也，②音緘。”其木多柤、栗、橘、櫾、楢、杻，其獸多

① “瑊”，原作“碱”，據金閶書業堂本改。
② “玉”，原作“王”，據金閶書業堂本改。

麢、㚟，其草多嘉榮。任臣案：《駢雅》曰："嘉榮之草不霆。"

又東一百七十里曰賈超之山，其陽多黄堊，其陰多美赭，其木多柤、栗、橘、櫾，其中多龍脩。郭曰："龍須也；似莞而細，生山石穴中，莖倒垂，可以爲席。"任臣案：鄭緝之《東陽記》："仙姥巖下，盡出龍須。"即此草也。《廣志》云："龍脩，一名西王母簪。"《述異記》："周穆王東海島中養八駿處，有草名龍芻。龍芻，亦龍脩也。"古語云："一束龍芻化爲龍駒。"謂此耳。

凡岷山之首，自女几山至于賈超之山，凡十六山，三千五百里。其神狀皆馬身而龍首。任臣案：范榊《蜀都賦》："馬首之神何其烈。"江鎣注云："《山海經》：'江有神生汶州，馬首龍身，禹導江，神實佐乂。'"與本文小異。其祠：毛用一雄雞瘞，糈用稌。文山、勾檷、風雨、䲺之山，任臣案：文山即岷山。《史記》"汶"、"岷"通。是皆冢也，其祠之，羞酒，郭曰："先進酒以酹神。"少牢具，嬰毛一吉玉。熊山，席也，郭曰："席者，神之所憑止也。"其祠：羞酒，太牢具，①嬰毛一璧。干儛，用兵以禳。郭曰："禳，祓除之祭名；儛者，持盾武儛也。"祈，璆冕舞。郭曰："祈，求福祥也，祭用玉；儛者冕服也。美玉曰璆，已求反。"

《中次十經》之首曰首陽之山，任臣案：劉會孟曰："首陽山有二：一屬山西蒲州，一屬河南偃師。"其上多金、玉，無草木。

又西五十里曰虎尾之山，其木多椒、椐，多封石，任臣案：《别録》曰：封石味甘，無毒，主消渴，生常山及少室。"其陽多赤金，其陰多鐵。

又西南五十里曰繁繢之山，郭曰："音潰。"其木多楢、杻，其草多枝勾。郭曰："今山中有此草。"

---

① "太"，原作"大"，據金閶書業堂本改。

又西南二十里曰勇石之山，無草木，多白金，多水。

又西二十里曰復州之山，其木多檀，其陽多黄金。有鳥焉，其狀如鴞，而一足彘尾，其名曰跂踵，郭曰："音企。"見則其國大疫。郭曰："《銘》曰：'跂踵之鳥，一足似夔。不爲樂興，反以来悲。'"任臣案：《玄覽》曰：一足之鳥有橐𩇯焉，有跂踵焉，有畢方焉，有商羊焉。《駢雅》曰："絜鈎、跂踵、兆疫，鳥也。"《圖贊》云："青耕禦疫，跂踵降災，物之相反，各以氣來。見則民咨，實爲病媒。"

又西三十里曰楮山，多寓木，多椒、椐，多柘，多堊。郭曰："一作渚州之山。"

又西二十里曰又原之山，其陽多青雘，其陰多鐵，其鳥多鸜鵒。郭曰："鴝鵒也。《傳》曰：'鴝鵒来巢。'音臞。"任臣案：《考工記》："鴝鵒不踰，濟地氣使然也。一名哵哵鳥，一名寒皐。"《讀書考定》云："乾睪，鴝鵒也。"又云："鵁鶄睛交，鴝鵒足交。"師曠《禽經》曰："鸜鵒摩背而瘖，鴝鵒剔舌而語。"張華注云："《山海經》謂之'䳢鵒'，以'鸜'作'䳢'，①似誤。"

又西五十里曰涿山，其木多穀、柞、杻，②其陽多㻬琈之玉。

又西七十里曰丙山，其木多梓、檀，多弞杻。郭曰："弞，義所未詳。"任臣案：弞，音哂。

凡首陽山之首，自首山至于丙山，凡九山，二百六十七里。其神狀皆龍身而人面。任臣案：《汲冢瑣語》曰："晋平公至于澮，見人乘白驂八駟以来，狸身而狐尾。問師曠，師曠曰：'其名首陽之神，飲酒霍太山而歸，見之甚善。'"所言形狀與此不同。其祠之：毛用一雄雞瘞，糈用五種之糈。堵山，冢也，任臣案：即楮山。其祠

---

① "作"，原作"鵒"，據金閶書業堂本改。

② "柞"，原作"作"，金閶書業堂本同，據袁珂《山海經校注》改。

之：少牢具，羞酒祠，嬰毛一璧瘞。䰠山，帝也。其祠，羞酒，大牢具，①合巫祝二人儛，嬰一璧。任臣案：此亦祠䰠山者，明有統也。祭以大牢者，詘于所同而伸于所獨也。

《中次一十一山經》荆山之首，曰翼望乂山。湍水出焉，郭曰："鹿摶反。"任臣案：《水經》："湍水出酈縣北芬山。"注云："湍水出弘農翼望山，水甚清澈，東南流徑南酈縣故城東。"《一統志》云："今湍水在鄧州城北三里，源出熊耳山鎗竿嶺。"東流注于濟；郭曰："今湍水徑南陽穰縣而入清水。"贶水出焉，郭曰："音況。"東南流注于漢，其中多蛟。郭曰："似蛇而四脚，小頭細頸，頸有白癭，大者十數圍，卵如一二石瓮，能吞人。"任臣案：龍類無角曰螭龍，有角曰虬龍，有翼曰應龍，有鱗曰蛟龍。《圖贊》曰："匪蛇匪龍，鱗彩炳焕。騰躍波濤，蜿蜒江漢。漢武飲羽，佽飛疊斷。"其上多松、柏，其下多漆梓，其陽多赤金，其陰多珉。

又東北一百五十里曰朝歌之山。任臣案：《淮南子》云："墨子非樂，不入朝歌。②"鄒陽《獄中書》云：③"邑號朝歌，墨子迴車。"《論語撰考讖》曰："邑名朝歌，顔淵不舍。"即此地也。《路史》云："今衛之黎陽衛鎮西二十里有朝歌城。"潕水出焉，郭曰："潕水今在南陽舞陽縣，音武。"任臣案：劉會孟云："今之衛輝也。"《水經》："潕水出潕陰縣西北扶予山東，過其縣南。"不云朝歌者，豈山之異名耶？東流注于滎，其中多人魚，其上多梓、柟，其獸多麢、麋。有草焉，名曰莽草，可以毒魚。郭曰："今用之殺魚。"任臣案：《周禮》："翦氏掌除蠹物，以莽草熏之。"鄭注："莽草，藥物殺蟲者。"《玄覽》云："莽草熏庶蠱，蜃炭攻貍蟲。"李氏謂："即芒草也。一名茵草，山人以毒鼠，故又謂之鼠莽。"《别録》云：

---

① "具"，原作"其"，金閶書業堂本同，郝懿行云："其當爲具字之訛。"據改。
② "入"，原作"飲"，金閶書業堂本同，據《淮南子》原文改。
③ "獄"，原作"嶽"，金閶書業堂本同，據文意改。

"一名葞，一名春草。"沈括《筆談》補曰："世人用莽草，多是謬誤。"《本草》云："若石南而葉稀，無花實。"亦誤也。今莽草，蜀道、襄漢、浙江湖間山中有，枝葉稠密，團欒可愛，葉光厚而香烈，花紅色，大小如杏花，六出，反卷向上，中心有新紅蕊，倒垂下，漢間漁人競采以搗飯飴魚，皆翻上，乃撈取之。南人謂之石桂，唐人謂之紅桂。李德裕《詩序》："龍門敬善寺有紅桂樹，故是蜀道莽草，徒得佳名耳。"古用此毒魚，有驗。《本草》"木部"所收，不審何緣謂之草。

又東南二百里曰帝囷之山，郭曰："去倫反。"任臣案：盧柟《泰宇賦》："頸帝囷而俘太逢。"指此山之神。其陽多㻬琈之玉，其陰多鐵。帝囷之水出于其上，潛于其下，多鳴蛇。

又東南五十里曰視山，其上多韭。有井焉，名曰天井，任臣案：《爾雅》："井一有水，一無水，爲瀱汋。"注云："即天井類也。"邢昺疏曰："非人爲之者曰天井。"《荆州記》云："江陵縣有天井臺，東臨天井，井周二里許，中有潛室，人時見之，輒有兵疫。"魚豢《典略》曰："浪井者勿鑿而成。"皆斯類。又《孫子·地滔》曰："天井。"此兵法家言也，非此。夏有水，冬竭，其上多桑，多美堊、金、玉。

又東南二百里曰前山，其木多櫧，郭曰："音諸。似柞子，可食，冬夏生，作屋柱難腐。或作儲。"任臣案：櫧子有苦甜二種，甜櫧子粒小，木文細白，俗名麵櫧；苦櫧子粒大，木文粗赤，俗名血櫧。其色黑者名鐵櫧。多柏，其陽多金，其陰多赭。

又東南三百里曰豐山。任臣案：《名勝志》："紫川又東北五里曰豐山。"《一統志》云："豐山在南陽東北三十里。"元好問詩："豐山一何高，古屋蒼烟重。"謂此。有獸焉，其狀如蝯，任臣案：蝯即猿。《爾雅》："猱蝯善援。"揚雄《賦》："蝯狖擬而不敢下。"赤目、赤喙、黄身，名曰雍和，見則國有大恐。任臣案：《麟書》云："天狗雹落，不恐雍和。"本此。神耕父處之，任臣案：《駢雅》曰："耕父、野仲、語忘、敬遺，皆鬼名也。"《麟書》云："耕父凌波。"《歲華紀麗》云："囚耕父，殲淤光。"《文選注》曰："耕父，旱鬼。"常游清泠之淵，出入有光，郭曰："清泠水在西號郊縣山上，神來時水赤有光耀，①今有屋祠之。"任臣案：張衡《東京賦》："囚耕父于清泠，溺女魃于神潢。②"《南都賦》："耕父揚光于清泠之淵。"黄省曾《讀山海經詩》："耕父爾何神，常游清泠淵。"馮氏《雜録》曰："耕父居清泠之淵，見則其國敗。"《事物紺珠》云："南陽府東北豐山下有清泠泉，神耕父處之，神来則水赤。"《説苑》云："白龍下清泠之淵。"《真誥》云："務光入清泠之淵。"《淮南子》："北人無擇非舜，自投清泠之淵。"夏竦《賦》："湛清泠之素液。"即斯水。《圖贊》曰："清泠之水，在平山頂。③ 耕父是游，流光灑景。黔首祀禜，以弭灾眚。"見則其國爲敗。有九鐘焉，是知霜鳴，郭曰："霜降則鐘鳴，故言知也。物有自然感應而不可爲也。"任臣案：《文苑英華》："南陽有豐山，山有鐘，霜降則鳴。于是喬潭作《霜鐘賦》。"《五行記》云："豐山有鐘，霜降則鳴；黄河有鐘，陰雨則鳴。"李那《答徐陵書》："繁霜應管，能響豐山之鐘。"王褒詩："律改三秋節，氣應九鐘霜。"王勃《淨惠寺碑》："九乳仙鐘，獨鳴霜雪。"楊炯《渾天賦》："鐘何鳴兮動霜氣。"駱賓王《啓》："雲浮礎潤，霜落鐘鳴。"昌黎子曰："豐山有鐘，感而自鳴。"沈亞之《乞巧文》："咽吟夢語之漣漣，感霜鐘之流越。"吴淑《霜賦》："覆員嶠之寒鼉，振豐山之洪鐘。"黄省曾詩："九鐘知霜鳴。"宋濂文："霜鐘初動，巢鳥咸憂。"《釋義》曰："霜降鳴金，氣應也。"《盧柟集》："豐山有九鐘焉，不知夫霜降氣凝，轟闐雷觸，天然自鳴于大荒之野。"蓋自況也。《白帖》引《經》云："豐山有鐘九耳，霜降則鳴。"與本文小異。《圖贊》曰："嶢崩涇竭，麟鬥日薄。九鐘將鳴，凌霜乃落。氣之相應，觸感而作。"其上多金，其下多穀、柞、杻、橿。

又東北八百里曰兔牀之山，其陽多鐵，其木多藷薁，任臣案：此木藷薁也。其草多雞穀，其本如雞卵，④其味酸，其食者利

① "赤"，原作"出"，據金閶書業堂本改。
② "于"，原作"干"，據金閶書業堂本改。
③ "平"，金閶書業堂本作"乎"。
④ "本"，原作"木"，金閶書業堂本同，據袁珂《山海经校注》改。

于人。

又東六十里曰皮山，多堊，多赭，其木多松、柏。

又東六十里曰瑶碧之山，其木多梓、柟，其陰多青雘，其陽多白金。有鳥焉，其狀如雉，恒食蜚，名曰鴆。郭曰："蜚，負盤也。音翡。此更一種鳥，非食蛇之鴆也。"任臣案：蜚一名蠦蜰，《本草》謂之"蜚廉"。《春秋經》云："有蜚似此也，音費。漢中人食之，名爲石薑。"或以爲即"蜚厲蟲"，非是。

又東四十里曰支離之山。濟水出焉，南流注于漢。郭曰："今濟水出酈縣西北山中，南入漢。酈，離音，字亦同。"有鳥焉，其名曰嬰勺，其狀如鵲，任臣案：鵲大如雅，長尾，尖嘴，黑爪。《淮南子》云："乾鵲知来。"《禽經》謂之"喜鵲。"《内典》謂之"芻尼"。赤目、赤喙、白身，其尾若勺，郭曰："似酒勺形。"任臣案：《事物紺珠》云："嬰勺如鵲，目喙赤，身白，尾若勺。"《駢雅》曰："嬰勺，鵲屬也。"《圖贊》曰："支離之山，有鳥似鵲。白身赤眼，厥尾如勺。維彼有斗，不可以酌。"其鳴自呼。多㸲牛，多羬羊。

又東北五十里曰袟筒之山，郭曰："音彫。"任臣案：《五音集韻》："作袜筒。"其上多松、柏、机柏。郭曰："柏葉似柳，皮黄不措，子似楝，着酒中飲之，辟惡氣。浣衣去垢，核堅正黑，可以間香纓。一名括樓也。"任臣案：柏有數種，松葉柏身者樅；柏葉松身者檜，亦謂之栝葉。扁而側生者名曰側柏。

又西北一百里曰堇理之山，其上多松、柏，多美梓，其陰多丹雘，多金，其獸多豹、虎。有鳥焉，其狀如鵲，青身白喙，白目白尾，名曰青耕，可以禦疫，任臣案：《事物紺珠》曰："青耕如鵲，青身，喙、首、尾皆白。"《駢雅》曰："青耕、肥遺，禦癘鳥也。"《讀書考定》云："寓辟兵，青耕辟疫。"其鳴自叫。

又東南三十里曰依軲之山，郭曰："音枯。"其上多杻、橿，多苴。郭曰："未詳，音菹。"任臣案：雌麻謂之苴。又粤西不死草亦名苴，未審孰是。有獸焉，其狀如犬，虎爪，有甲，其名曰獜，郭曰："言體有鱗甲，音吝。"善駚犁，郭曰："跳躍自撲也，鞅、奮兩音。"食者不風。郭曰："不畏天風。"任臣案：《圖贊》曰："有獸虎爪，厥號曰獜。好自跳撲，鼓甲振奮。若食其肉，不覺風迅。"

又東南三十五里曰即谷之山，多美玉，多玄豹，郭曰："黑豹也。即今荆州山中出黑虎也。"多閭、麈，多麢、㚟。其陽多珉，其陰多青雘。

又東南四十里曰雞山，其上多美梓，多桑，其草多韭。

又東南五十里曰高前之山。任臣案：高前山今在南陽府内鄉縣東南五十里，亦名天池山。其上有水焉，甚寒而清，郭曰："或作潛。"帝臺之漿也，郭曰："今河東解縣檀首山上有水潛出，停不流，俗名爲盎漿，即此類也。"任臣案：《名勝志》："天池山有水，甚寒而冽，比于帝臺之漿。"又《鹽池録》曰："檀道山謂之百梯山，山東嶺出水，噴流如雪，澄渟爲池，呼曰天池，俗名止渴泉。故老傳有玉女得道于此，亦名玉女溪，云即此處。"疑非也。吴淑《事類賦》云："天池之泉，帝臺之漿。"夏竦《河清賦》："帝臺之漿映日。"盧柟《滄溟賦》："飲帝臺之漿。"徐氏《謇修賦》云："漱帝臺之膏漿。"劉會孟云："帝臺之漿，所謂神瀵也。亦泰山醴泉、虞淵甜水之屬。"《釋義》曰："前有帝臺之石，此有帝臺之漿。"蓋氣清無如水天一之所生也。飲之者不心痛。任臣案：《圖贊》曰："帝臺之水，飲蠲心病。靈府是滌，和神養性。食可逍遥，濯髪浴泳。"其上有金，其下有赭。

又東南三十里曰游戲之山，多杻、橿、穀，多玉，多封石。

又東南三十里曰從山，其上多松、柏，其下多竹。從水出于其上，潛于其下，其中多三足鼈、枝尾，郭曰："三足鼈者能，見《爾雅》。"任臣案：羅良願《爾雅翼》云："能，鼈之三足者。"今陽羡縣君山有池，出三足鼈，蓋自是一種，故魁下六星，兩兩而比者曰三能，取此象也。或以爲鯀化黄熊即此。又《説文》稱："蜮似鱉三足，以气射害人。"豈亦能之類耶？束晳《發蒙記》曰："鱉，三足熊。"《論衡》曰："鱉三足爲能。"《韻通》云："能，乃来翻。"《左傳》："黄能入寢。"今本"熊"，誤也。《玄覽》云："伊水有三足之龜，從水有三足之鼈。"《兩京賦》云："王鮪岫居，能鱉三趾。"景純《江賦》云："有鱉三足，有龜六眸。"又《白澤圖》載："一足鱉，池精，名髮項。"更異也。食之無蠱疫。任臣案：《庚巳編》："太倉民得三足鱉，烹食畢，[①]形化爲血水。"蘇頌云："三足鱉，食之殺人。"《經》謂"食之無蠱疫"。[②] 而李時珍亦云"近有誤食無恙者"。説都不同，兩記之。

又東南三十里曰嬰硜之山，郭曰："音真。"其上多松、柏，其下多梓、櫄。

又東南三十里曰畢山。帝苑之水出焉，東北流注于視，其中多水玉，多蛟。其上多㻬琈之玉。

又東南二十里曰樂馬之山。有獸焉，其狀如彙，任臣案：彙，蝟鼠也。赤如丹火，其名曰㺇，郭曰："音戾。"任臣案：《十六國春秋》："南燕太上四年，燕主超祀南郊，有獸類鼠而色赤，集于圜丘之側。"疑即此獸，但其大如馬，未審是非。見則其國大疫。

又東南二十五里曰葴山。親水出焉，郭曰："或曰視宜爲瀙。[③] 瀙水今在南陽也。"任臣案：《水經》作"瀙水出無陰縣東上界山"。許慎云："出中陽山。"皆山之殊目也。東流注于汝水，其中多人魚，多蛟，多頡。郭曰："如青狗。"

又東四十里曰嬰山，其下多青雘，其上多金、玉。

又東三十里曰虎首之山，多苴、椆、椐。郭曰："椆，未詳也。音彫。"

---

① "畢"，金閶書業堂本闕。
② "蠱"，金閶書業堂本闕。
③ "瀙"，原作"親"，據金閶書業堂本改。

又東二十里曰嬰侯之山,其上多封石,其下多赤錫。

又東五十里曰大孰之山。殺水出焉,東北流注于視水,其中多白堊。

又東四十里曰卑山,其上多桃、李、苴、梓,多纍。郭曰:"今虎豆貍豆之屬。纍,一名縢,音誄。"任臣案:《本草》謂之"黎豆"。

又東三十里曰倚帝之山,任臣案:《荒史·循蜚紀》:"倚帝氏都南陽倚帝山。"《前編》云:"南陽有倚帝之山。唐吴筠下第,遂居南陽倚帝山。"即此。竇子野云:"今内鄉東三十里踦立山也。"其上多玉,其下多金。有獸焉,其狀如鼣鼠,郭曰:"《爾雅》説鼠有十三種,中有此鼠,形所未詳也。音狗吠之吠。"任臣案:《本草綱目》作"鼣"。《廣博物志》作"鼣"。白耳白喙,名曰狙如,郭曰:"音即蛆。"任臣案:《事物紺珠》云:"狙如鼠耳,白喙,"見則其國大兵。任臣案:《圖贊》曰:"狙如微蟲,厥體無害。見則師興,兩陣交會。物之所感,焉有小大。"

又東三十里曰鯢山,郭曰:"音倪。"鯢水出于其上,潛于其下,其中多美堊。其上多金,其下多青雘。

又東三十里曰雅山。澧水出焉,郭曰:"音禮。今澧水出南陽。"任臣案:南陽府今有澧水,其源與淮水同出于桐柏山,而别流西注。故亦謂是水爲派水。又蒼梧九疑間亦有澧水。漢《地理志》:"充縣歷山澧水出焉。"王仲宣《贈孫文始詩》:"悠悠澹澧。"非此水也。東流注于視水,其中多大魚。其上多美桑,其下多苴,多赤金。

又東五十里曰宣山。任臣案:顔延之《賦》:"要帝臺于宣嶽。"宣嶽,即斯山也。淪水出焉,東南流注于視水,其中多蛟。其上有桑焉,大五十尺,郭曰:"圍五丈也。"其枝四衢,郭曰:"言枝交互四出。"其葉大尺餘,赤理,黄華,青柎,名曰帝女之桑。郭曰:"婦女主蠶,故以名桑。"任臣案:張衡《南都賦》:"楓柙櫨櫪,帝女之桑。"昭明太子《錦帶書》:"依依聳蓋,俱臨帝女之桑。"《庾信集》云:"春則帝女采桑。"吴淑《桑賦》:"狀鳳闕之萬桷,擢帝女之四衢。"本此。《圖贊》曰:"爰有洪桑，生濱淪潭。厥圍五丈，枝相交參。園客是采，帝女所蠶。"

又東四十五里曰衡山，郭曰："今衡山在衡陽湘南縣，南嶽也，俗謂之岣嶁山。"任臣案：《寰宇記》云："宿當翼軫，度應璣衡。"衡者，北斗第二星玉衡也，故名衡。盛弘之《荆州記》："南嶽衡山，朱陵之靈臺，太虚之寶洞。"《五嶽真形圖》云："灊、廬、洏、麻、玉笥、洞陽、小潙、九疑、羅浮等十山爲之佐命，①復有神山聖境，曰朱陵洞天。"盡指衡山也。又云："南嶽，姓崇名蝭。"《河圖》云："南嶽衡山君神，姓丹名靈峙。"《雲笈七籤》云："南嶽姓爛名洋光。"葛洪《枕中書》："祝融氏爲赤帝治衡霍山。"楊慎云："衡山，一名芝岡。"其上多青雘，多桑，其鳥多鸜鵒。

又東四十里曰豐山，其上多封石，其木多桑，多羊桃，狀如桃而方莖，郭曰："一名鬼桃。"任臣案：羊桃莖大如指，似樹而弱。《爾雅》："長楚銚芅。"《詩》曰："隰有萇楚。"是也。《本草》："一名羊腸，一名細子。"可以爲皮張。郭曰："治皮腫。②"

又東七十里曰嫗山，其上多美玉，其下多金，其草多雞穀。

又東三十里曰鮮山，其木多楢、杻、苴，其草多虋冬，其陽多金，其陰多鐵。有獸焉，其狀如膜大，赤喙、赤目、白尾，任臣案：膜即貘。《南中志》云："貘大如驢，狀似熊，蒼白色，多力，舐鐵，消十斤，③其皮温暖。"《五侯鯖》云："食鐵之獸貘也；食烟之鼠鼫也。"又曰："貘糞可以切玉，貘溺可以消鐵成水。"見則邑有火，名曰狢即。郭曰："音移。"任臣案：《駢雅》曰："狢即如膜。"《事物紺珠》云："狢即如犬，目喙赤，尾白，見則大火。"《談薈》曰："火獸兆火，狢即火獸，見則邑有火災也。"

---

① （唐）李沖昭《南嶽小録》引《五嶽真形圖》此句爲"潛、霍、廬、麻、玉笥、洞陽、小潙、九疑、羅浮等十山爲之佐命"。

② "腫"下，金閶書業堂本有"起"字。

③ "十"，金閶書業堂本作"千"。

又東三十里曰章山，郭曰："或作童山。"任臣案：《尚書日記》云："章山在江夏竟陵縣東北，古文以爲内方山。"疑即斯山。又《四川總志》："成都西六十里亦有章山，一名洛通山。"非此也。其陽多金，其陰多美石。臯水出焉，東流注于澧水，其中多脆石。郭曰："未聞，魚脆反。"

又東二十五里曰大支之山，其陽多金，其木多穀、柞，無草木。

又東五十里曰區吴之山，其木多苴。

又東五十里曰聲匈之山，其木多穀，多玉，上多封石。

又東五十里曰大騩之山，郭曰："上已有此山，疑同名。"其陽多赤金，其陰多砥石。

又東十里曰踵臼之山，無草木。

又東北七十里曰歷郭曰："或作磨。"石之山，其木多荆、芑，其陽多黄金，其陰多砥石。有獸焉，其狀如貍，而白首虎爪，名曰梁渠，見則其國有大兵。任臣案：《駢雅》曰："梁渠、朏朏、蒙頌，皆貍屬也。"《圖贊》曰："梁渠致兵，狢即起災。䳶鵌辟火，物各有能。聞獜之見，大風乃來。"

又東南一百里曰求山。求水出于其上，潛于其下，中有美赭。其木多苴，多䉋。郭曰："篠屬。"其陽多金，其陰多鐵。

又東二百里曰丑陽之山，其上多椆、椐。有鳥焉，其狀如烏而赤足，名曰䳶鵌，郭曰："音如枳柑之枳。"任臣案：《駢雅》曰："䳶鵌，禦火鳥也。"可以禦火。

又東三百里曰奥山，其上多柏、杻、橿，其陽多㻬琈之玉。奥水出焉，東流注于視水。任臣案：《水經注》作"澳水、泚水"，又"西澳水注之。"

又東三十五里曰服山，其木多苴，其上多封石，其下多赤錫。

又東三百里曰杳山，任臣案：《釋義》："本作'查山'。①"其上多嘉榮草，多金、玉。

又東三百五十里曰几山，其木多楢、檀、杻，其草多香。有獸焉，其狀如彘，黄身、白頭、白尾，名曰聞䝏，郭曰："音隣。"見則天下大風。郭曰："䝏，一作豲，音瓴。"任臣案：《駢雅》曰："聞䝏，黄彘也。"《事物紺珠》云："聞䝏如猪，黄身，頭尾白。"又云："豨如彘，黄身，首尾白。"亦斯獸也。《談薈》云："風獸兆風，聞䝏之獸，見則天下大風也。"《集韻》作"豲"，又作"豼"，音吝。

凡荆山之首，自翼望之山至于几山，凡四十八山，三千七百三十二里。其神狀皆彘身人首。其祠：毛用一雄雞祈瘞，用一珪，糈用五種之精。郭曰："備五穀之美者。"禾山，帝也，任臣案：禾山，疑即帝囷山。其祠：太牢之具，羞瘞，倒毛；郭曰："薦羞反倒牲埋之也。"用一璧，牛無常。堵山、玉山，冢也。皆倒祠，羞毛少牢，嬰毛吉玉。

《中次十二經》洞庭山之首，曰篇遇之山，郭曰："或作肩。"無草木，多黄金。

又東南五十里曰雲山，無草木。有桂竹，甚毒，傷人必死。郭曰："今始興郡桂陽縣出筀竹，大者圍二尺，長四丈。又交趾有篥竹，實中勁强，有毒，鋭以刺虎，中之則死，亦此類也。"任臣案：《竹譜》云："棘竹一名芀竹，芒棘森然，②大者圍二尺，可禦盗賊。"亦桂竹之屬。其上多黄金，其下多瑻琈之玉。

又東南一百三十里曰龜山，其木多穀、柞、椆、椐，其上多黄金，其下多青雄黄，多扶竹。郭曰："邛竹也。高節實中，中杖也，

---

① "本"，原作"木"，據金閶書業堂本改。
② "芒"，金閶書業堂本作"扶"。

名之扶老竹。"任臣案:《竹譜》:"卭竹,[1]剡俗謂之扶老。"《廣志》云:"出南康卭都縣。"陶潛《歸去来辭》:"策扶老以憩息。"謂此竹也。

又東七十里曰丙山,多筀竹,任臣案:筀竹出桂陽,見"雲山"注。多黄金、銅、鐵,無木。

又東南五十里曰風伯之山,任臣案:《事類賦》注引《經》作"鳳伯之山"。其上多金、玉,其下多痠石、文石,郭曰:"未詳痠石之義。"任臣案:痠,蘇官反,音酸。多鐵,其木多柳、杻、檀、楮,其東有林焉,名曰莽浮之林,任臣案:王崇慶曰:"今廬山有東林寺。"疑即此。多美木、鳥、獸。

又東一百五十里曰夫夫之山,任臣案:《釋義》:"本作'大夫之山'。"《續通考》引此亦作"大夫山"。又案:《泰繹山碑》及漢印篆文"大夫"都作"夫夫",則二字古相通也。其上多黄金,其下多雄黄,其木多桑、楮,其草多竹、雞鼓。任臣案:草類有雞涅、雞腸、雞蓊、雞脚、雞冠、莧之名,無所爲"雞鼓"者,疑即"雞榖"之訛。神于兒居之,其狀人身,而身操兩蛇,常游于江淵,出入有光。任臣案:《圖贊》曰:"于兒如人,蛇頭有兩。常游江淵,見于洞廣。乍潛乍出,神光惚恍。"

又東南一百二十里曰洞庭之山,郭曰:"今長沙巴陵縣西又有洞庭陂,潛伏通江。《離騷》曰'邅吾道兮洞庭'、'洞庭波兮木葉下',皆謂此也。字或作'銅',宜從水。"任臣案:劉會孟曰:"今屬湖廣德安府應山縣,中有一穴,深不可測。或云洞庭山浮于水上也。"《事物紺珠》曰:"君山在洞庭湖中,亦名洞庭山,狀如十二螺髻。"其上多黄金,其下多銀、鐵,其木多柤、梨、橘、櫾,任臣案:《圖贊》曰:"厥色橘櫾,奇者維甘。朱實金鮮,葉蒨翠藍。靈均是咏,以爲美談。"其草多荾、蘪蕪、芍藥、芎藭。[2] 郭曰:"蘪蕪,似蛇牀而香也。"帝之二女居之,郭曰:"天

---

① "卭",金閶書業堂本作"節"。

② "藭",金閶書業堂本作"藭"。

帝之二女而處江爲神，即《列仙傳》'江妃二女'也。《離騷·九歌》所謂'湘夫人'稱'帝子'者是也。而《河圖玉版》曰：'湘夫人者，帝堯女也。'秦始皇浮江至湘山，逢大風而問博士：'湘君何神？'博士曰：'聞之堯二女，舜妃也，死而葬此。'《列女傳》曰：'二女死于江湘之間，俗謂爲湘君。'鄭司農亦以舜妃爲湘君。説者皆以舜陟方而死，二妃從之，俱溺死于湘江，①遂號爲湘夫人。按《九歌》'湘君'、'湘夫人'自是二神，江湘之有夫人，猶河洛之有虙妃也，此之爲靈，與天地並矣，安得謂之堯女？且既謂之堯女，安得復總云湘君哉？何以考之？《禮記》曰：'舜葬蒼梧，二妃不從。'明二妃生不從征，死不從葬，義可知矣。即令從之，二女靈達，鑒通無方，尚能以鳥工龍裳救井廩之難，豈當不能自免于風波而有雙淪之患乎？假復如此，《傳》曰：'生爲上公，死爲貴神。禮，五嶽比三公，四瀆比諸侯。'今湘川不及四瀆，無秩於命祀，而二女，帝者之后，配靈神祇，無緣當復下降小水而爲夫人也。参互其義，義既混錯，錯綜其理，理無可據，斯不然矣。原其致謬之由，由乎俱以帝女爲名，名實相亂，莫矯其失，習非勝是，終古不悟，可悲矣！"任臣案：高似孫《緯略》曰："劉向《列女傳》：帝堯之二女，長曰娥皇，次曰女英，堯以妻舜于潙汭，舜既爲天子，娥皇爲后，女英爲妃，舜死于蒼梧，二妃死于江湘之間，俗謂之湘君。"羅含《湘中記》："舜二妃死爲湘水神，故曰湘妃。"韓愈《黄陵碑》："秦博士對始皇帝云：'湘君者，堯之二女，舜妃者也。'"劉向、康成皆以二妃爲湘君，而《離騷·九歌》既有湘君，又有湘夫人。王逸注以湘君爲正妃之稱，則次妃自宜降曰夫人也，故《九歌》謂娥皇爲君，女英爲帝子。而《山海經》亦言帝之二女者，其稱謂審矣。陳氏《江漢叢譚》曰："沈存中云：舜陟方時，二妃皆百餘歲，豈得俱存，猶稱二女？"其説誠是，但未考黄陵舜妃墓及瀟湘二女之故，惟《路史·發揮》則以黄陵爲癸比之墓，瀟湘二女乃帝舜女也，癸比氏，帝舜第三妃，而二女皆癸比氏所生，一曰宵明，一曰燭光。《帝王世紀》云："舜三妃，娥皇無子，女英生商均，今女英墓在商州，蓋舜崩之後，女英随子均徙于封所，故其卒葬在焉，而癸比氏則亦從二女徙于瀟湘之

① "于"，原作"而"，據金閶書業堂本改。

間，故其卒葬在此。《山海經》所謂‘洞庭之山，帝之二女居之’，是也。若《九歌》之‘湘君’、‘湘夫人’，則又洞庭山神，豈謂帝女之靈耶！①”《博物志》云：②“洞庭君山，帝一女居之，曰湘夫人。”《荆州圖經》又曰：“洞庭，湘君所游，故曰君山。”則更合爲一矣。是常游于江淵。澧沅之風，交瀟湘之淵，郭曰：“此言二女游戲江之淵府，則能鼓三江，令風波之氣共相交通，言其靈響之意也。江湘沅水，皆共會也陵頭，③故號爲三江之口。澧又去之七八十里而入江焉。《淮南子》曰：‘弋釣瀟湘。’今所在未詳也。瀟音肖。”任臣案：《圖贊》曰：“神之二女，爰宅洞庭。游化五江，惚恍窈冥。號曰夫人，是維湘靈。”又《王子年拾遺記》曰：“洞庭之山，其下金臺數百間，④帝女居之，四時匏管之清音，金石之凄唳，徹于山抄。”張鷟《龍筋鳳髓判》云：“瀟湘帝子，乘洞浦而揚波。”本此。是在九江之間，郭曰：“《地理志》：‘九江今在潯陽，南江自潯陽而分爲九，皆東會于大江。’《書》曰：‘九江孔殷’是也。”任臣案：《書傳》云：“九江，即今之洞庭也。今沅水、漸水、元水、辰水、叙水、酉水、澧水、資水、湘水皆合于洞庭，意以是名九江也。”出入必以飄風暴雨。任臣案：北齊李騊駼聘陳，問陸士秀：⑤“江南有孟婆，是何神？”士秀曰：“《山海經》：‘帝之女游于江中，出入必以風雨自随。’以帝女，故曰孟婆，猶《郊祀志》以地神爲泰媪。”陸言似謬也。是多怪神，狀如人而載蛇，左右手操蛇。多怪鳥。

又東南一百八十里曰暴山，其木多椶、柟、荆、芑、竹、箭、䉋、箘，郭曰：“箘亦篠類，中箭，見《禹貢》。”其上多黄金、玉，其下多文石、鐵，其獸多麋、鹿、麢、就。郭曰：“就，雕也，見《廣雅》。”任臣案：麢，即麂也。就，即鷲也。《本草》：“麢，古麂字，麂味甘旨，故字从

① “豈謂帝女之靈耶”，金閶書業堂本作“豈謂帝女哉”。
② “博”上，金閶書業堂本有“然案”二字。
③ “也”，原作“也”，金閶書業堂本同，似誤，疑當爲“巴”。
④ “臺”，金閶書業堂本作“堂”。
⑤ “問”，原作“門”，據金閶書業堂本改。

旨。鷲一名鷻。"《禽經》云:"雕以周之,鷲以就之,鷻以搏之。"《梵書》謂之"揭羅闍"。

又東南二百里曰即公之山,其上多黃金,其下多㻬琈之玉,其木多柳、杻、檀、桑。有獸焉,其狀如龜,而白身赤首,名曰蛫,郭曰:"音詭。"是可以禦火。任臣案:《事物紺珠》云:"蛫狀如龜,白身赤首。"又相如《上林賦》:①"蟖胡豰蛫,栖息乎其間。"②

又東南一百五十九里曰堯山,任臣案:今真定府唐山縣亦有堯山,以堯始封名。南陽府魯山縣亦有堯山,非此。其陰多黃堊,其陽多黃金,其木多荆、芑、柳、檀,其草多藷藇、茱。

又東南一百里曰江浮之山,其上多銀、砥、礪,無草木,其獸多豕、鹿。

又東二百里曰真陵之山,任臣案:吴淑《事類賦注》作"直陵之山",其《柳賦》云:"復有直陵鳳伯。"謂此。其上多黃金,其下多玉,其木多穀、柞、柳、杻,其草多榮草。

又東南一百二十里曰陽帝之山,多美銅,其木多檀、杻、檿楮,郭曰:"檿,山桑也。"任臣案:《禹貢》:"厥篚檿絲。"《詩經》:"其檿其柘。"《國語》:"檿弧箕箙。"《考工記》:"凡爲幹之道,檿桑次之。"檿,於檢反,音掩。其獸多麢、麝。

又南九十里曰柴桑之山,郭曰:"今在潯陽柴桑縣南,共廬山相連也。"其上多銀,其下多碧,多汵石、赭,任臣案:汵石,滑石類,見《别録》。其木多柳、芑、楮、桑,其獸多麋、鹿,多白蛇、飛蛇。郭曰:"音騰。蛇乘霧而飛者。"任臣案:《爾雅疏》:"螣蛇能興雲霧而游其中。或以爲奔蛇。"許慎云:"奔蛇,馳蛇也。或呼爲莽蛇。"《荀子》云:"螣蛇無足而飛。"《慎子》云:"螣蛇游霧,飛雲乘龍。"《淮南子》云:"螣蛇雄鳴

---

① "賦",金閶書業堂本闕。
② "棲息乎其間"下,金閶書業堂本有"意即此獸"四字。

于上風，雌鳴于下風。”《圖贊》曰：“螣蛇配龍，因霧而躍。雖欲登天，雲罷陸莫。材非所任，難以久托。”

又東二百三十里曰榮余之山，其上多銅，其下多銀，其木多柳、芑，其蟲多怪蛇、怪蟲。

凡洞庭山之首，自篇遇之山至于榮余之山，凡十五山，二千八百里。其神狀皆鳥身而龍首。其祠：毛用一雄雞、一牝豚刉，郭曰：“刉亦割刺之名。”糈用稌。凡夫夫之山、即公之山、堯山、陽帝之山皆冢也。其祠：皆肆瘞，郭曰：“肆，陳之也。陳牲、玉而後埋藏之。”祈用酒，毛用少牢，嬰毛一吉玉。洞庭、榮余山神也。其祠：[①]皆肆瘞，郭曰：“肆竟然後依前埋之也。”祈酒太牢祠，嬰用圭璧十五，五彩惠之。郭曰：“惠，猶飾也。方言也。[②]”

右中經之大志，大凡百九十七山，二萬一千三百七十一里。大凡天下名山五千三百七十，居地，大凡六萬四千五十六里。

禹曰：天下名山，經五千三百七十山，六萬四千五十六里，居地也。言其五臧，任臣案：臧與藏同，才浪切。《漢志》曰：“山海天地之藏。”蓋其餘小山甚衆，不足記云。天地之東西二萬八千里，南北二萬六千里，出水之山者八千里，受水者八千里，出銅之山四百六十七，出鐵之山三千六百九十。此天地之所分壤樹穀也，戈矛之所發也，刀鎩之所起也，能者有餘，拙者不足。封於太山，禪於梁父，七十二家，得失之數，皆在此内，是謂國用。郭曰：“《管子・地數》云：‘封禪之王，七十二家也。’”

右《五臧山經》五篇，大凡一萬五千五百三字。[③]

---

① “祠”，原作“神”，金閶書業堂本同，據上下文意改。
② “方言也”，金閶書業堂本作“方言之也也”。
③ “字”，原作“里”，據金閶書業堂本改。

卷六

海外南經

地之所載，六合之間，郭曰："四方上下爲六合也。"四海之内，照之以日月，經之以星辰，紀之以四時，要之以太歲，神靈所生，其物異形，或夭或壽，唯聖人能通其道。郭曰："言自非窮理盡性者，則不能原極其情變。"

海外自西南陬至東南陬者。郭曰："陬，猶隅也。音騶。"

結匈國在其西南，其爲人結匈。郭曰："臆前胅出，如人結喉也。"任臣案：《淮南子》："海外三十六國，自西南至東南方有結胸民、羽民。"《博物志》云："結胸國有滅蒙鳥。"江淹《遂古篇》："結匈反舌。"南山在其東南。自此山來，蟲爲蛇，蛇號爲魚。郭曰："以蟲爲蛇，以蛇爲魚。"任臣案：楊氏《補注》："今嶺南呼蛇爲訛，或爲茅鱓。"《圖贊》曰："賤無定貢，貴無常珍。物不自物，自物由人。萬事皆然，豈伊蛇鱗。"一曰南山在結匈東南。比翼鳥在其東，其爲鳥青赤，郭曰："似鳧。"兩鳥比翼。任臣案：即蠻蠻也。一曰在南山東。

羽民國在其東南，其爲人長頭，身生羽。郭曰："能飛不能遠，卵生，畫似仙人也。"任臣案：《博物志》："羽民國民，有翼，飛不遠，多鸞鳥，民食其卵。去九疑四萬三千里。"《異林》云："羽民長頰鳥喙，赤目白首，身有羽毛，不能遠飛。”《事物紺珠》云：“羽民國在海東南崖巇間，長頰鳥喙，身生羽毛，似人而卵生。”《淮南·原道訓》曰：“理三苗，朝羽民。”注云：“南方羽國之民。”《金樓子》云：“舜時羽民獻火浣布。”顧氏《説略》曰：“舜時瑞事尤多，羽民等獻黄布、火浣之類。”《楚辭》：“仍羽人于丹邱兮。”王逸注：“即羽人國也。”高叔嗣詩：“宅並羽人邱。”孫綽《賦》：“仍羽人于丹邱，尋不死之福庭。”江淹《遂古篇》：“跂踵交脛與羽人兮。”《圖贊》曰：“鳥喙長頰，羽生則卵。矯翼而翔，龍飛不遠。人維倮屬，何狀之反。”一曰在比翼鳥東南，其爲人長頰。郭曰：“《啟筮》曰：‘羽民之狀，鳥喙赤目而白首。’”有神人二八，連臂，爲帝司夜於此野。郭曰：“晝隱夜見。”任臣案：《淮南子》：“有神人連臂，爲帝候夜。”注云：“連臂大呼夜行。”《圖贊》曰：“羽民之東，有神司夜。二八連臂，自相羈駕。晝隱宵出，詭時淪化。”楊慎《補注》云：“南中蠻方或有之，夜行逢之，土人謂之夜游神，亦不怪也。”在羽民東。其爲人小頰赤肩。郭曰：“當脾上正赤色。”盡十六人。郭曰：“疑此後人所增益語耳。”

畢方鳥在其東，青水西，其爲鳥人面一脚。任臣案：《抱朴子》云：“枯灌化形，山夔前跟，石脩九首，畢方人面。”即斯鳥也。又《韓子》載：“師曠曰：‘黄帝合鬼神于泰山之上，駕象車而六蛟龍，畢方並轄。’”《淮南子》云：“水出罔象，木生畢方。”《意林》曰：“木精畢方，火精游光。”《廣雅》曰：“土神謂之羵羊，木神謂之畢方。”揚雄《蜀都賦》：“獸則猶㲉畢方。”疑非此。劉會孟曰：“佛國鳥頻伽亦人面，羽山之北有善鳴之禽亦人面，鳥喙一足，名曰青鸐，其聲似鐘、磬、笙、竽。又鵸鳥、鶖鳥、橐𩇯、鳧徯皆人面禽也。”與此類。一曰在二八神東。

讙頭國在其南，其爲人人面有翼，鳥喙，方捕魚。郭曰：“讙兜，堯臣，有罪，自投南海而死。帝憐之，使其子居南海而祠之。畫亦似仙人也。”任臣案：《神異經》曰：“驩兜民鳥足，[1]仗翼而行，食魚，不畏

① “民”，原作“氏”，據金閶書業堂本改。

風雨，有所觸，死乃已。”《博物志》曰：“驩兜國，其民盡是仙人，帝堯司徒。驩兜民常捕海島中，人面鳥口。去南國萬六千里。”《吕氏春秋》云：“縛婁、陽禺、驩兜之國，①多無君。”《圖贊》曰：“讙國鳥喙，行則仗羽。潛于海濱，維食杞秬。實維嘉穀，所謂濡黍。”一曰在畢方東。或曰讙朱國。

厭火國在其國南，獸身黑色，生火出其口中。郭曰：“言能吐火，畫似獼猴而黑色也。”任臣案：《博物志》曰：“厭光國民，光出口中。”《事物紺珠》云：“厭光民形如猿猴，光出口中。”又云：“厭虎獸似獼猴黑身，口出火。”即此也。《本草集解》曰：“南方有厭火之民，食火之獸。”注云：“國近黑昆侖，人能食火炭，食火獸名禍斗也。”《圖贊》曰：“有人獸體，厥狀怪譎。吐納炎精，火隨氣烈。推之無奇，理有不熱。”又大秦國俗多奇幻，口中出火。漢安帝永寧元年，復有撣國來朝，獻樂及幻人，能變化吐火。此魚龍曼衍之術，非自然者也。一曰在讙朱東。

三株樹在厭火北，生赤水上，其爲樹如柏，葉皆爲珠。任臣案：“三株”通作“三珠”。《淮南子》云：“三珠樹在其東北方。”《博物志》云：“三珠樹生赤水之上。”吴淑《事類賦》：“見三珠于赤水，植五柞於漢宫。”《圖贊》曰：“三珠所生，赤水之際。翹葉柏竦，美壯若彗。濯彩丹波，自相霞映。”陶潛《讀山海經詩》：“粲粲三珠樹，寄生赤水陰。亭亭凌風桂，八幹共成林。”吴筠詩：“安得昆侖山，偃蹇三珠樹。”褚禋詩：“誰謂重三珠，終焉競八桂。”張九齡詩：“側見雙翠鳥，巢在三珠樹。”李白詩：“蒼蒼三珠樹。”王世貞詩：“赤水三珠樹。”《高士廉集序》：“獲十城之珍，搴三珠之樹。”又唐人號王勔兄弟爲三珠樹，皆本此。《留青日札》云：“嶺南珠子樹，其珠生蚌中，蚌生于樹上，綴着不解，而樹乃生海中石，蜑户鮫人往往泅水中鑿石得樹。”蓋亦珊瑚琅玕樹之類，比三珠樹較奇也。王崇慶《釋義》曰：“皆爲珠，謂其葉生如珠，非真有所謂珠也。”一曰其爲樹若彗。郭曰：“如彗星狀。”

---

① “婁”下，原有“之”字，金閶書業堂本同，據《吕氏春秋》卷二十原文改。

三苗國在赤水東,任臣案:《淮南子》:"海外三十六國有三苗民。"《路史》作"三饒"。其爲人相隨。郭曰:"昔堯以天下讓舜,三苗之君非之,帝殺之,有苗之民,叛入南海,爲三苗國。"任臣案:劉會孟云:"猶陸渾之族遷于伊州,尚曰陸渾。"一曰三毛國。

𢧢國在其東,郭曰:"音秩,亦音替。"任臣案:《國名記》云:"《經》有'巫人𢧢民',𢧢民肦姓,帝俊後。"《廣韻》有"𢧢國",即此也。其爲人黄,能操弓射蛇。郭曰:"《大荒經》云:'此國自然有五穀衣服。'"一曰𢧢國在三毛東。任臣案:《圖贊》曰:"不蠶不絲,不稼不穡。百獸率儛,群鳥拊翼。① 是號𢧢民,自然衣食。"

貫匈國在其東,其爲人匈有竅。郭曰:"《尸子》曰:'四夷之民有貫匈者,②有深目者,有長股者,③黄帝之德嘗致之。'《異物志》曰:'穿匈之國去其衣則無自然者。'蓋似效此貫匈人也。"任臣案:《河圖玉版》曰:"防風之二臣以刃自貫其心而死,禹哀之,乃拔其刃,療以不死之草,是爲穿匈民。"然《金樓子》云:"帝舜九載,貫匈民獻珠鰕。"《竹書》:"黄帝五十九年,貫匈氏來賓。"前此已有其國矣。《墨子》:"蠻之類八,穿匈在其中。"《羸蟲録》云:④"穿匈國在盛海東。"駱賓王《露布》:"反衝穿匈之域,襲官带以來王;奇肱儋耳之民,奉正朔而請吏。"一曰在𢧢國東。

交脛國在其東,其爲人交脛。郭曰:"言脚脛曲戾相交,所謂雕題、交趾者也。或作'頸',其爲人交頸而行也。"任臣案:《淮南子》作"交股",今名"交趾"。《東漢書》:"男女同川而浴,故曰交趾。"《禮三朝記》云:"北發渠搜,南撫交趾。"范氏《桂海虞衡志》:"安南有播流山,環數百里,皆如鐵圍,不可攀躋,中有土國,惟一竅可入,而常自窒之,人物詭怪,不與外人通。"疑此即古交趾地,若今之交趾,其人百骸,與華無異。

---

① "拊",金閶書業堂本作"推"。
② "夷",金閶書業堂本作"方"。
③ "股",金閶書業堂本作"肱"。
④ "羸",原作"嬴",金閶書業堂本同,據文意改。

又李氏《筆記》云:“交趾人足趾皆重起。”又張鏡心《馭交記》引《經》曰:“交阯其人交脛。”與本文略異。一曰在穿匈東。任臣案:《博物志》云:“交趾民在穿胸東。”沈佺期《渡海詩》:“嘗聞交趾郡,南與貫匈連。”

不死民在其東,任臣案:《楚辭》:“何所不死? 長人何守?”《淮南子》:“海外三十六國,有不死民。”又云:“飲氣之民,不死之野。”即此也。江淹《遂古篇》云:“不死之國,皆何因兮?”其爲人黑色,壽,不死。郭曰:“有員邱山,上有不死樹,食之乃壽;亦有赤泉,飲之不老。”任臣案:《括地圖》曰:“員邱之山,上有赤泉,飲之不死。”《博物志》云:“員邱山有不死樹,食之乃壽。”景純《游仙詩》:“圓邱有奇草,鍾山出靈液。”《洛陽宫殿簿》云:“明光殿前長生樹二株。晋華林園長生樹二株。”即不死樹也。又廣西柳州産苴草,亦名不死草。《周髀算經》曰:“中衡左右,冬有不死之草。”李石《續博物志》曰:“支國有活人草,人死者將草覆面即活。”皆不死樹類。《圖贊》曰:“有人爰處,員邱之上。赤泉駐年,神木養命。禀此遐齡,悠悠無竟。”陶潛《讀山海經詩》:“自古皆有没,何人得靈長? 不死復不老。萬歲如平常。赤泉給我飲,員邱是我糧。方與三辰游,壽考豈渠央。”一曰在穿匈國東。

岐舌國在其東。郭曰:“其人舌皆岐,或云支舌也。”任臣案:《淮南子》:“東南方有反舌民。”注云:“語不可知而自相曉。”《吕覽》云:“反舌殊鄉之國。”《東京賦》:“重舌之人九譯,僉稽首而來王。”王氏《彙苑》云:“反舌之國其人反舌。”即此也。《拾遺記》曰:“因霄之國,人舌尖處倒向喉内,亦曰兩舌重沓。”《玄覽》云:“軒渠之西,其民四舌而三瞳。”《通考》謂之“三童國”,亦此類。又案:《物理論》:“舌主心苗,①火旺于巳,巳爲蛇,故蛇岐舌。”南方岐舌之民,其亦火旺之象與。《路史》:“天皇頎嬴而三舌。”是中國亦有岐舌者。《圖贊》曰:“鑠金洪鑪,灑成萬品。造物無私,各任所禀。歸於曲成,是見兆朕。”一曰在不死民東。

昆侖墟在其東,墟四方。郭曰:“墟,山下基也。”任臣案:劉會

---

① “苗”,原作“由”,據金閶書業堂本改。

盂云:"在烏思藏山。"一曰在岐舌東,爲墟四方。羿與鑿齒戰於壽華之野,羿射殺之。任臣案:《鴻烈解》有"鑿齒民",即此。高誘云:"鑿齒,獸名,齒長三尺,其狀如鑿,下徹頷下,羿射殺之。"《博物志》曰:"羿與鑿齒戰於疇華之野,羿持弓,鑿齒持矛,羿殺之。"《路史》云:"堯誅鑿齒于疇華之野,①戮九嬰於凶水之上。""疇華"即"壽華"也。《青邱記》:"東方澤疇華,南方澤凶水。"《圖贊》曰:"鑿齒人類,實有傑牙。猛越九嬰,害過長蛇。堯乃命羿,斃之壽華。"《金薤琳琅》載《昭仁寺碑》云:"殄暴壽華之澤,戮凶絶轡之野。"本此也。在昆侖墟東。羿持弓矢,鑿齒持盾。郭曰:"鑿齒亦人也,齒如鑿,長五六足,因以名云。"任臣案:《宛委餘編》引《經》云"鑿齒作楯",誤。一曰戈。郭曰:"未詳。"任臣案:一云鑿齒持戈也。

三首國在其東,其爲人一身三首。任臣案:《抱朴子》曰:"巢居野處,獨目三首。"《南華經》云:"有人三頭,伺琅玕。"與玕琪子同此類。李時珍《人傀論》:"人具四肢七竅,常理也。而荒裔有三首、比肩、飛頭、垂尾之民。"《淮南子》云:"自西南至東南方爲三頭民。"《圖贊》曰:"雖云一氣,呼吸異道。觀則俱見,食則皆飽。物形自周,造化非巧。"又《博物志》載:"蒙雙民二頭四手。"亦三首之屬也。一曰在鑿齒東。

周饒國在其東,其爲人短小,冠帶。郭曰:"其人長三尺,穴居,能爲機巧,有五穀食也。"一曰焦僥國在三首東。郭曰:"《外傳》云:'焦僥民長三尺,短之至也。'《詩含神霧》曰:'從中州以東西四十萬里,得焦僥國人,長一尺五寸也。'"任臣案:《通考》云:"焦僥人長三尺,穴居,善游,鳥獸懼焉,其地草木冬落夏生。"《竹書紀年》:"堯二十九載,焦僥氏貢没羽。"《帝王世紀》:"舜時焦僥氏來貢没羽。"馬融《廣成頌》云:"納焦僥之珍羽。"謂此也。漢明帝時,西南國焦僥來貢;獻安帝永初中,焦僥種類陸賴等舉種内附。《淮南子》云:"焦僥曰炎土。"②林希逸《列子

---

① "誅",原作"殊",金閶書業堂本同,據文意改。

② "土",原作"上",金閶書業堂本同,據《淮南子》原文改。

注》:"焦僥之尺五,静人之九寸。"《圖贊》曰:"群籟舛吹,氣有萬殊。大人三丈,焦僥尺餘。混之一歸,此亦僑如。"又人之短者,廣延國人長二尺;張仲師長一尺二寸;鵠國男女長七寸。陳章與齊桓公所言,是也。鶴民國人長三寸,日行千里,見《窮神秘苑》。木多國長四寸,①李子敖長三寸三分,黄帝時務光長七寸。《西京雜記》云:"東都獻短人五寸。"或云:"東郡送人長七寸,名曰巨靈。"《神異經》曰:"西北荒中有小人,長一寸,朱衣玄冠。"較焦僥更異也。又案:《拾遺記》:"遺池國、陀移國人皆長三尺,壽萬歲。"《後漢書》:"朱儒國人長三四尺。"《洞冥記》云:"勒畢國人長三尺,有翼。或云三寸。"《朝野僉載》云:"留仇國人長三尺二三寸。"《職方外紀》曰:"歐羅巴西海有小人國,高不二尺,跨鹿而行,鸛鳥嘗欲食之。"馬端臨云:"大秦有小人國,軀纔三尺,耕稼之時,懼鸛所食,大秦每衛助之。"《北域本末記》曰:"自狄山北馬行一月爲短人國,②長者不踰三尺,北方呼爲羊胞頭國。"然則人長三尺,不獨焦僥也。又焦僥或作僬僥。《酉陽雜俎》云:"李章武有人腊,長三寸餘,頭項中骨筋成就,是僬僥國人。"

長臂國在其東,捕魚水中,兩手各操一魚。郭曰:"舊説云:'其人手下垂至地。'魏黄初中,玄菟太守王頎討高句麗王宫,窮追之,過沃沮國,其東界臨大海,近日之所出。問其耆老,海東復有人否?曰:'常在海中得一布褶,③身如中人,衣兩袖長三尺。'即此長臂人衣也。"任臣案:《淮南子》:"海外三十六國有修臂民。"《抱朴子》云:"修臂交股。"江淹《遂古篇》云:"長臂兩面。"即此也。牛衷《埤雅廣要》曰:"長臂國在海之東,其人垂手至地。又有長脚人,常負之入海捕魚。"又《博物志》載:"一布衣從海浮出,其身如中國人,衣兩袖長二丈。"朱謀㙔《異林》云:"長臂之國臂長丈餘,身如中人。"《圖贊》曰:"雙肱三尺,體如中人。彼曷爲者,長臂之民。修脚是負,捕魚海濱。"梁簡文《菩提樹頌》:"穿胸鏤臆之首,

① "木",金閶書業堂本作"未"。
② "自狄山",金閶書業堂本闕。又"北"上,金閶書業堂本有"窟"字。
③ "褶",金閶書業堂本作"褐"。

短身長臂之師。”一曰在焦僥東,捕魚海中。

狄山,帝堯葬于陽,郭曰:“《吕氏春秋》曰:‘堯葬穀林。’今陽城縣西,東阿縣城次鄉中,赭陽縣湘亭南,皆有堯冢。”任臣案:《帝王世紀》:“堯葬濟陰成陽西北四十里,是爲穀林。”《墨子》云:“堯葬蛩山之陰。”《山陵考》云:“堯陵在東平州。王充乃云葬崇山。”《郡國志》言:“濟陰郡成陽縣有堯冢。”《皇覽·冢墓記》云:“堯冢在濟陰成陽。”《續述征記》云:“小成陽在陽城西南半里許。俗云:‘囚堯城。’”合諸説,觀之要,以爲小成陽者近是,餘皆儀墓爾。帝嚳葬于陰。郭曰:“嚳,堯父,號高辛,今冢在頓邱縣城南臺陰野中也。音酷。”任臣案:《山陵雜紀》云:“嚳葬頓邱。”《宜陽山陵考》云:“帝嚳陵在滑縣東北七十里。”《廣輿記》:“大名府清豐縣有秋山,帝嚳葬此山之陰。”《圖贊》曰:“聖德廣被,物無不懷。爰乃殂落,封墓表哀。異類猶然,况乃華黎。”爰有熊、羆、文虎、郭曰:“雕虎也。《尸子》曰:‘中黄伯,余左執大行之玃而右搏雕虎也。’”蜼、豹、郭曰:“蜼,獼猴類。”任臣案:《爾雅》:“蜼卬鼻而長尾。”離朱、郭曰:“木名也,見《莊子》,今圖作赤鳥。”視肉。郭曰:“聚肉,形如牛肝,有兩目也,食之無盡,尋復更生如故。”任臣案:謝肇淛《五雜俎》曰:“《太平廣記》載:‘蕭静之掘地得物如人手,臛而食之,甚美,遇一道士,曰此肉芝也。’”《江鄰幾雜志》云:“徐稹于廬州河次得一小兒手,無指,懼而棄之。”亦肉芝也。狄山視肉蓋此類。又案:《白澤圖》:“物如小兒手無指者,名封,食之多力。”《本草綱目》云:“海中一種土肉,正黑,長五寸,大如小兒臂,有腹,無口目,有三十足,可炙食。”《文獻通考》云:“公孫淵時,襄平北市生肉各數尺,有頭目口喙,無手足而動摇。”《西湖志》:“董表儀撤屋掘土,得一肉塊,術士云,太歲也,棄之。”又飛廉、地囊形皆視肉類也。附記之以廣聞見。劉會孟曰:“視肉,猶南方無損獸。”《南華逸篇》云:“人而不學謂之視肉,學而不行謂之撮囊。”李斯云:“禽鹿視肉,人面而能强行。”《圖贊》曰:“聚肉有眼,而無腸胃。與彼馬勃,頗相髣髴。奇在不盡,食人薄味。”吁咽、郭曰:“所未詳也。”文王皆葬其所。郭曰:“今文王墓在長安鄗聚社中。按帝王冢墓皆有定處,而《山海經》往往復見之者,蓋以聖人久於其位，仁化廣及，恩洽鳥獸，至于殂亡，四海若喪考妣，無思不哀。故絕域殊俗之人，聞天子崩，各有立坐而祭醊哭位，起土爲冢，是以所在有焉。亦猶漢氏諸遠郡國皆有天子廟，此其遺象也。"任臣案：今咸陽縣有周文王陵。一曰湯山。一曰爰有熊、羆、文虎、蜼、豹、離朱、鴟久、郭曰："鴟久，鵂鶹之屬。"任臣案：鴟久，即鵂鶹，古字通，見《字義總略》。視肉、虖交。郭曰："所未詳也。"其范林方三百里。郭曰："言林泛濫布衍也。"任臣案："范"、"泛"通。

南方祝融，獸身人面，乘兩龍。郭曰："火神也。"任臣案：《太公金匱》："南海神名祝融。"《越絕》云："祝融治南方，僕程佐之。"《楚辭·九嘆》云："絕廣都以直指兮，歷祝融於朱冥。"相如《大人賦》："祝融驚而蹕御兮，清雰氣而後行。"揚雄《河東賦》："服玄冥及祝融。①"《史記正義》云："南方炎帝之佐，獸身人面，乘兩龍，應火正也。"《圖贊》曰："祝融火神，雲駕龍驂。氣御朱明，正陽是含。作配炎帝，列位于南。②"

---

① "玄"，金閶書業堂本作"元"，避上諱。

② "列位"，金閶書業堂本作"位立"。

卷七

海外西經

海外自西南陬至西北陬者。

滅蒙鳥在結匈國北，爲鳥青，赤尾。任臣案：張華《博物志》："結匈有滅蒙鳥。"

大運山高三百仞，在滅蒙鳥北。任臣案：《路史注》作"大連山"。

大樂之野，夏后啟於此儛九代，郭曰："九代，馬名。儛謂盤作之令儛也。"任臣案：楊氏《補注》云："盤作之謂舉盤，起之令馬舞其上。杜詩：'舞馬更登牀。'唐世猶有此戲。"又案：蕭子範《求昭明集表》："夏后之風，載傳樂野。"梁簡文《頌》："張樂大野，夏有慚德。"盧柟《滄溟賦》："玩弄乎夏后氏之儛。"本此。乘兩龍，任臣案：王融《曲水詩序》："夏后兩龍，載驅璿臺之上。"江淹《赤虹賦》："集傳説之一星，①乘夏后之兩龍。"又《遂古篇》："夏開乘龍何因緣兮？"又《效阮體詩》："夏后乘兩龍，高會在帝臺。"李商隱《九成宫詩》："雲隨夏后雙龍尾。"謂此也。雲蓋三層。郭曰："層，猶重也。"左手操翳，郭曰："羽葆幢也。"右手操環，郭曰："玉空邊等爲環。"佩玉璜。郭曰："半璧曰璜。"在大運山北。郭曰："《歸藏·鄭母經》曰：'夏后啟筮：御飛龍登於天，

---

① "集"，金閶書業堂本作"稟"。

吉。'明啟亦仙也。"任臣案:《路史·夏啟紀》:"登擯抃馬,秉翳執環而聲九辨。"《圖贊》曰:"筮御飛龍,果儛九代。雲融是揮,玉璜是佩。對揚帝德,禀天靈誨。"一曰大遺之野。郭曰:"《大荒》云:'大穆之野。'"

三身國在夏后啟北,一首而三身。任臣案:《淮南子》:"自西北至西南方有三身民。"注云:"三身民一頭三身。"江淹《遂古篇》:"丈夫女子,至三身兮。"《玄覽》云:"鑿齒之東,其民一首而三身。"《荒史·因提紀》曰:"庸成氏實有季子,其性喜淫,帝放之於西南,季子儀馬而産子,身人而尾蹄馬,是爲三身之國。"

一臂國在其北,一臂一目一鼻孔。有黄馬,虎文,一目而一手。任臣案:《淮南子》:"海外三十六國西南方有一臂民。"《吕氏春秋》云:"共肱一臂之鄉。"《爾雅》:"北方有比肩民焉,迭食而迭望。"注云:"此即半體之人,各有一目、一鼻孔、一臂、一脚。"《異域志》云:"半體國,其人一目一手一足。"《交州記》曰:"儋耳國東有一臂國,人皆一臂也。"江淹《遂古篇》:"一臂人兮。"本此。《三才圖會》曰:"一臂國在西海之北,半體比肩,猶魚鳥相合。"王融《曲水詩序》:"離身反踵之君,髽首貫胸之長。""離身"亦斯類也。《圖贊》曰:"品物流行,以散混沌。增不爲多,减不爲損。厥變難原,請尋其本。"

奇肱之國郭曰:"或作弘,奇音羇。"在其北,其人一臂三目,有陰有陽,乘文馬。郭曰:"陰在上,陽在下;文馬即吉良也。"有鳥焉,兩頭,赤黄色,在其旁。郭曰:"其人善爲機巧,以取百禽;能作飛車,從風遠行。湯時得之於豫州界中,即壞之,不以示人。後十年西風至,復作遣之。"任臣案:《河圖括地象》曰:"奇肱氏能爲飛車,從風遠行。"《博物志》云:"奇肱國去玉門西四萬里,善爲拭扛飛車。"《述異記》曰:"湯時西風吹,奇肱人垂車東至豫州界,俟十年而風後至,使遣歸國。"《冠編》亦云:"成湯十祀,遣奇肱氏歸其國。"沈思永《文苑·豹班》云:"奇肱氏能爲飛車,乘風而飛,禹時曾至。"《黄帝祠額解》云:"儋耳、奇肱、長股、貫胸莫不來賓。"吴淑《風賦》云:"飛車初駭于奇肱,曲蓋始因于周武。"又《車賦》云:"然邱則剛金爲輞,奇肱則從風以飛。"《玄覽》曰:"奇肱有兩頭之鳥，互人有六首之䠱。”《圖贊》曰：“妙哉工巧，奇肱之人。因風構思，制爲飛輪。凌頹遂軌，①帝湯是賓。”形天與帝至此爭神，帝斷其首，葬之常羊之山。乃以乳爲目，以臍爲口，操干戚以舞。郭曰：“干、盾、戚，斧也。是爲無首之民。”任臣案：《抱朴子》謂“無首之體”，即此也。《圖贊》曰：“爭神不勝，爲帝所戮。遂厥形天，臍口乳目。仍揮干戚，雖化不服。”“形天”或作“刑天”。陶詩云：“精衛銜微木，將以填滄海。刑天舞干戚，猛志故常在。”亦作“形夭”。段成式《諾皋記》云：“形夭與帝爭神，帝斷其首，②葬之常羊山。乃以乳爲目，臍爲口，操干戚而舞焉。”劉會孟曰：“律陀有天眼，形天有天口。”洪容齋曰：“舊本淵明《讀山海經詩》‘刑天無千歲’，疑上下文義不貫，遂取經文參校。形天，獸名也。好銜干戚而舞，乃知是‘形夭舞干戚’五字皆訛，此與臨漢曾紘之説同也。”而《二老堂詩話》復云：“靖節玆題十三篇，大概篇指一事，此恐專説精衛填海，無千歲之壽，而猛志常在，化去不悔。若并指形天，似不相續，其辭甚辨，而要以曾洪之解爲得之。”邢凱《坦齋通編》云：“天山有神名刑夭，操干戚而舞不止。”張氏《代醉編》曰：“《山海經》：‘形天與帝爭神。’‘形’、‘刑’、‘天’、‘夭’四字當再考善本。”又吴淑《事類賦》：“駭操干之刑大。”以形天爲刑大，更誤矣。來斯行《策》云：“晋史莫窺，空詑渡河之三豕。山經未諳，終迷舞戚之刑天。”謂此。又青藤山人《路史》曰：③“刑天即渾敦。”

女祭、女戚在其北，居兩水間，戚操魚䱇，郭曰：“䱇，魚屬。”任臣案：《王會篇》：“甌人䱇蛇。”即䱇也。《物性志》云：“䱇似蛇，亦善緣樹。”《食藤花語》曰：“䱇則似蛇，鰼聞有翼。”祭操俎。郭曰：“肉几。”任臣案：《圖贊》曰：“彼姝者子，誰氏二女。曷爲水間，操魚持俎。厥儷安在，離群逸處。”䳢鳥、鶬鳥，郭曰：“次瞻兩音。”其色青黄，所經國亡。郭曰：“此應禍之鳥，即今梟、鵂鶹之類。”任臣案：《圖贊》曰：“有鳥

① “軌”，金閶書業堂本作“輓”。
② “首”，金閶書業堂本作“日”。
③ “藤”，原闕，據金閶書業堂本補。

青黄，號曰鶬鵹。與妖會合，所集會至。類則梟鶹，厥狀難媚。”在女祭北。鵹鳥人面，居山上。任臣案：《篇海》云：“鵹鳥，鶬鶹别名。”今云人面似不類。一曰維鳥，青鳥、黄鳥所集。

丈夫國在維鳥北，其爲人衣冠带劍。郭曰：“殷帝太戊使王孟采藥，從西王母至此，絶粮，不能進，食木實，衣木皮，終身無妻，而生二子，從形中出，其父即死，是爲丈夫民。”任臣案：《玄中記》云：“子從背脅中出。”王孟，一作王英。江淹《遂古篇》：“丈夫女子。”徐陵《陳公九錫文》：“北洎丈夫之鄉，南踰女子之國。”陳氏《吴問》云：“丈夫北極，女子南方。”謂此也。《淮南子》：“自西北至西南方有丈夫民。”《事物紺珠》云：“丈夫民去玉門關二萬里。”《圖贊》曰：“陰有偏化，陽無産理。丈夫之國，王孟是始。感靈所通，桑石無子。”

女丑之尸，生而十日炙殺之。任臣案：《冠編》云：“羲和爲黄帝日官，錫土扶桑，扶桑後君生十子，皆以日名，號十日。而九日爲凶，號九嬰，分扶桑之國爲十，用兵不止，求實無已，炙殺女丑，同惡相濟，故曰叢枝胥敖。”在丈夫北。以右手鄣其面。郭曰：“蔽面。”任臣案：王世貞《沈慅》云：“鑿齒齞齞擬談余兮，女丑蒙顱以相蠱。”盧柟《放招賦》：“魂兮無西，女丑之尸，蒙面奇怪。”指此也。《圖贊》曰：“十日並熯，女丑以毙。暴于山阿，揮袖自翳。彼美誰子，逢天之厲。”十日居上，女丑居山之上。

巫咸國在女丑北，右手操青蛇，左手操赤蛇，在登葆山，群巫所從上下也。郭曰：“采藥往來。”任臣案：《國名記》：“巫咸國，故巫縣，今夔之巫山。”又陝之夏縣有巫咸山，計其道里，非此也。《淮南子》云：“巫咸在其北方。”董逌《廣川書跋》曰：“巫咸河在女丑北，其神威靈震耀，得在祀典。”《世圖》：“其象右手摻青蛇，左手摻赤蛇，在保登山，群巫所以上下，故安邑有巫咸祠祀之。”江淹《赤虹賦序》：“自非巫咸采藥，群帝上下者，皆斂意焉。”用此。《圖贊》曰：“群有十巫，巫咸所統。經枝是搜，術藝是綜。采藥靈山，隨時登降。”

并封在巫咸東，其狀如彘，前後皆有首，黑。郭曰："今弩弦蛇亦此類也。"任臣案：《游氏臆見》云："西區陽有鱉封，謂之兩頭鹿。"朱氏《駢雅》曰："鱉封兩首，彘也。"鱉封、并封、屏蓬似是一物。胡應麟《三墳補逸》曰："王會稱區陽以鱉封。鱉封者，若彘前後有首。"王伯厚《補注》云："盛弘之《記》：'武陵郡西有獸如鹿，前後有頭，常以一頭食，一頭行。'然不言名鱉封。考以《山海經》所載：'并封在巫咸東，其狀如彘，前後皆有首。'蓋斯物也。"任臣又案：《後漢書》："雲陽有神鹿，兩頭，能食毒草。"《華陽國志》云："此鹿出雲陽南郡熊舍山，即余義也。"《酉陽雜俎》云："雙頭鹿矢名耶希耶鹿名也。"①張華《博物志》云："荼首機出永昌郡。"②音蔡。茂机是兩頭鹿名。弘之所記即此耳。《圖贊》曰："龍過無頭，并封連載。物狀相乖，如驥分背。數得自通，尋之愈閡。"又《史訂》云："神功元年，安國獻兩首犬，亦并封類。"附記之。

女子國在巫咸北，兩女子居，水周之。郭曰："有黄池，婦人入浴，出，即懷妊矣。若生男子，三歲輒死。周猶繞也。《離騷》曰：'水周於堂下也。'"任臣案：《金樓子》云："女國有潢池，浴之而孕。"《抱朴子》云："黄池無男，③穿胸旁口。"《隋書》云："女國在葱嶺南。"《職方外紀》曰："直北方之西有女國，曰亞瑪作搦。"疑即此也。《梁四公記》："杰公曰：'今女國有六，北海之東方外之國有女國，④天女下降爲其君；西南域板楯之西有女國，女爲人君，以貴男爲夫，置男爲妾媵；昆明東南絶徼之外有女國，以猿爲夫，生男類父而入山谷，晝伏夜游，生女則巢居穴處；南海東南有女國，舉國惟以鬼爲夫，夫致飲食，禽獸以養之；勃律山之西有女國，山出台虺之水，女子浴之而有孕，其女舉國無夫；西海西北有女國，以蛇爲夫，男則爲蛇，不噬人而穴處，女則臣妾官長，而居宫室。'"《唐書・西域傳》云："東女國一曰蘇伐，刺拏、瞿咀、羅國，皆别種也。西海有

① 此句疑有誤，《酉陽雜俎》卷十六《廣動植之一》此句爲："耶希，有鹿兩頭，食毒草，是其胎矢也。夷謂鹿爲耶，矢爲希。"

② "首"，金閶書業堂本作"苩"。

③ "男"，原作"另"，據金閶書業堂本改。

④ "外"，原闕，據金閶書業堂本補。

女國，故稱東别之，女主號賓。”就是西方亦不止一女國也。又《通考》曰："扶桑東千里有女國，其人容貌端正，身體有毛，至二三月競入水則妊娠，六七月産子。”《埤雅廣要》曰："女人國與奚部小如者部抵界，其國無男，每視井即生。”蓋東女國也，非此。《圖贊》曰："簡狄有吞，姜嫄有履。女子之國，浴於黄水。乃娠乃字，生男則死。”一曰居一門中。

軒轅之國在此窮山之際，其不壽者八百歲。郭曰："其國在山南邊也。《大荒經》曰：'岷山之南。'”任臣案：《博物志》："西北有軒轅國，在窮山之際，其不壽者八百歲。”張衡《思玄賦》云："超軒轅于西海兮。”謂此。《圖贊》曰："軒轅之人，承天之祐。冬不襲衣，夏不扇暑。猶氣之和，家爲彭祖。”潘之恒《黄海》云："天帝賜算聖人有加焉，軒轅之國不壽者八百歲。”是即以軒轅爲黄帝也，未詳是非。在女子國北。人面蛇身，尾交首上。窮山在其北，不敢西射，畏軒轅之邱。郭曰："言敬畏黄帝威靈，故不敢向西而射也。”任臣案：《禪通紀》有"軒轅氏"，或曰"居軒轅之邱以爲名"，疑非是。羅泌曰："軒轅所迹，後人因以名邱，非因邱而爲號，且其邱在昆侖之下，世以爲黄帝之所避風雨者，非所居也。”

在軒轅國北。其邱方，四蛇相繞。郭曰："繚繞樛纆。”此諸夭之野，郭曰："夭，音妖。”任臣案：《博物志》作"渚沃"。《事類賦》作"諸沃"。又《篇海》引此。"夭"音"沃"。鸞鳥自歌，鳳鳥自舞；鳳凰卵，民食之；甘露，民飲之，所欲自從也。郭曰："言滋味無所不有，所願得自在，此謂夭野也。”任臣案：《博物志》："軒轅國鸞自舞，民食鳳卵，飲甘露。”《述異記》云："海中有軒軒邱，鸞自歌，鳳自舞，古云天帝樂也。”昭明太子《七召》云："拾卵鳳巢，剖胎豹約。”李氏《演連珠》云："渚沃之野，食鳳卵而棄餘。”崔融《賀甘露表》："嘗之則甘，似降軒轅之國。”俱本此。又吴淑《露賦》"亨遐壽于摇山"注引《經》云："諸沃之山，摇山之民，甘露是飲，不壽者八百歲。”與今本略異。百獸相與群居，在四蛇北。其人兩手操卵食之，兩鳥居前導之。

龍魚陵居在其北，狀如狸。郭曰："或曰：龍魚似狸，一角。"任臣案：《淮南子》："硥魚在其南。"即此。張衡《思玄賦》云："跨汪氏之龍魚。"景純《江賦》云："龍鯉一角，奇鶬九頭。"又云："或虎狀龍顏。"吴淑《魚賦》云："陵處亦驚于龍鯉。"劉賡《稽瑞録》云："具區文蜃，陵居角鯉。"《駢志》云："龍魚陵居。"皆指此也。又《成陽靈臺碑》有龍魚，疑亦斯魚也。見洪适《漢隸釋》。又《文選注》、《事類賦注》引《經》通作"龍鯉"。一曰鰕。郭曰："音遐。"任臣案：虞荔《鼎録》曰："宋文帝得鰕魚，遂作鼎，曰鰕魚四足。"又《爾雅》："鯢大者亦謂之鰕。"皆同名異物。即有神聖乘此以行九野。郭曰："九域之野。"任臣案：《拾地圖》曰："龍魚一名鰕魚，狀如龍，而有神聖乘此而行九野。"高誘《淮南注》："硥魚如鯉魚，有神靈者乘行九野。"《圖贊》曰："龍魚一角，似狸處陵。俟時而出，神聖攸乘。飛鶩九域，乘雲上升。"楊慎《異魚贊》曰："龍魚之川，在汧之瑛。河圖授羲，實此出焉。神行九野，如馬行天。"一曰鱉魚，在夭野北，其爲魚也如鯉。白民之國在龍魚北，任臣案：《吕氏春秋注》："白民之國在海外，極南。"《淮南子》："自西北至西南方有白民。"注云："白民白身。"《天寶軍録》云："日南厩山，連接不知幾千里，裸人所居，白民之後也。刺其胸前作花以爲美飾。"《路史》："白民進藥獸。"《黄帝祠額解》云："師白民、藥獸而知醫。"劉鳳《雜俎》曰："赤頸白民。"謂此也。又《大荒東經》亦有"白民國"，計其道里，疑爲二國。又《雲南通志》云："白飯王之後仁果，居白崖爲白人之國。"亦非此也。白身被髮。郭曰："言其人體洞白。"任臣案：《湘烟録》云："白民國人白如玉，①國中無五穀，惟種玉食之。"疑即白民。有乘黄，其狀如狐，其背上有角，乘之壽二千歲。郭曰："《周書》曰：'白民乘黄，似狐，背上有兩角。'即飛黄也。"《淮南子》曰："天下有道，飛黄伏皂。"任臣案：《博物志》："白民國有乘黄，乘之壽三千歲。"《稽瑞録》云："成王時白民獻乘黄。"《游氏臆見》曰："乘黄一名訾黄，龍翼馬身，黄帝乘之而仙。漢武欲得之，郊祀，歌曰：'訾黄何

---

① "民"，原作"氏"，據金閶書業堂本改。

不徠下。'"《文選·赭白馬賦》:"黄帝陟位,飛黄伏皂。"《輟耕録》云:"軒轅獲飛黄而獨角。"高誘《淮南注》云:"飛黄出西方,狀如狐,①背上有角,乘之壽三千歲。"宋《符瑞志》:"舜時地出乘黄之馬。"李長吉詩:"暫繫騰黄馬。"吴正子注云:"騰黄,神黄也。一曰乘黄、②飛黄,或作古黄、翠黄,狀如狐,背有兩角,乘之壽千歲。"《抱朴子》云:"騰黄之馬、吉光之獸,皆壽三千歲。"即斯獸也。《圖贊》曰:"飛黄奇駿,乘之難老。揣角輕騰,忽若龍矯。實鑒有德,乃集厥皂。"

肅慎之國在白民北,任臣案:《淮南子》:"海外三十六國有肅慎民。"有樹名曰雄郭曰:"或作雒。"常,先入代帝,於此取之。郭曰:"其俗無衣服,中國有聖帝代立者,則此木生皮可衣也。"任臣案:《異物彙苑》云:"雒常木無皮,出肅慎之國。聖人在位則木生皮可爲衣,其國東朝中國,成王時一生。"《晋書·列傳》云:"肅慎有樹名曰雒常,若中國有聖帝代立,則其木生皮可衣。周武王及成王時遣使入貢。"《事物紺珠》云:"雒常出肅慎。"《談薈》云:"挹婁國雒常樹,其皮可衣。"顧野王《進玉篇啓》:"取衣雒樹,則肅慎識受命之興;平波海水,則越裳知聖人之德。"《駢雅》曰:"雒常之皮可衣,吉貝之花可績。"《稽瑞録》云:"房户澗達,肅慎雒常。"《圖贊》曰:"青質赤尾,號曰滅蒙。大運之山,百仞三重。雄常之樹,應德而通。"又朱謀㙔《異林》作"雒裳樹"。

長股之國在雄常北,被髪。郭曰:"國在赤水東也。長臂人身如中人而臂長二丈,以類推之,則此人脚過三丈矣。黄帝時至。或曰,長脚人常負長臂人入海中捕魚也。"任臣案:《竹書紀年》:"黄帝五十九年,長股氏來賓。"《穆天子傳》:"天子乃封長肱於黑水之西河,是曰留骨之邦。"即長股也。《淮南子》:"海外三十六國有修股民。"又《泛論訓》曰:"奇肱修股之民,是非各異,習俗相反。"江淹《遂古篇》云:"長股深目,豈君臣兮?"《埤雅廣要》云:"長脚人與長臂國相連。"一曰長脚。郭曰:

---

① "狐",金閶書業堂本作"乘"。

② "乘",金閶書業堂本作"狐"。

“或曰有喬國，今伎家喬人，蓋象此身。”任臣案：喬人，雙木續足之戲，今曰躧蹻。

西方蓐收，左耳有蛇，乘兩龍。郭曰：“金神也；人面、虎爪、白毛，執鉞。見《外傳》。”任臣案：《月令》：“秋月，其神蓐收。”《明義》云：“少皞金天氏，其子該爲蓐收也。”《左傳》：“金正曰‘蓐收’。”《楚辭·遠遊》云：“鳳凰翼其承旂兮，遇蓐收乎西皇。”柳子《晋問》云：“出太白，徵蓐收。”《亶爰子》云：“召蓐收以奔屬兮，馴威虓迴踆烏。”《國語》：“虢公所夢，史嚚所對。”均此神也。《圖贊》曰：“蓐收金神，白毛虎爪。珥蛇執鉞，專司無道。立號西阿，恭行天討。”

卷八

海外北經

海外自東北陬至西北陬者。

無𦜈之國郭曰："音啓，或作綮。"任臣案：一名無啓，又名無繼。《淮南·墜形訓》："海外三十六國，西北方有無繼民。"在長股東，爲人無𦜈。郭曰："𦜈，肥腸也。其人穴居，食土，無男女，死即埋之，其心不朽，死百廿歲乃復更生。"任臣案：《博物志》："無啓民居穴食土，死埋之，其心不朽，百年還化爲人。"《酉陽雜俎》曰："無啓人食土，其人死，其心不朽，埋之，百年化爲人；録民膝不朽，埋之，百二十年化爲人；細民肝不朽，埋之，八年化爲人。"《抱朴子》云："乘雲壐産之國，肝心不朽之民。"盧柟《蠛蠓集》云："登巫咸，歷無𦜈。"劉鳳《雜俎》云："無𦜈無骨。"皆此也。《圖贊》曰："萬物相傳，非子則根。無𦜈因心，搆肉生魂。所以能然，尊形者存。"又《三才圖會》云："三蠻國民食土，死者埋之，心肺肝皆不朽，百年復化爲人。"與無𦜈國相類。

鍾山之神，任臣案：《十洲記》曰："北海外有鍾山，自生千芝及神草。"又云："鍾山在北海子地，仙家數十萬，耕田種芝草，課計頃畝。"《酉陽雜俎》云："仙藥有鍾山白膠。"《魯女生列傳》曰："鍾山之棗，其大如瓶。"景純《游仙詩》："鍾山出靈液。"注云："北海外山。"即此山也。名曰燭陰，郭曰："燭龍也。是燭九陰，因名云。"任臣案：盧柟《泰宇賦》前引"壽華後，蟠燭陰"。視爲晝，瞑爲夜，吹爲冬，呼爲夏，不飲，不食，不息，息爲風，郭曰："息，氣息也。"身長千里。在無䏿之東。其爲物，人面，蛇身，赤色，居鍾山下。郭曰："《淮南子》曰：'龍身一足。'"任臣案：《括地圖》曰："鍾山之神名曰燭龍，視爲晝，眠爲夜，吹爲冬，吁爲夏，息爲風。"《楚辭》："日安不到，①燭龍何照？"王逸注云："天之西北有幽冥無日之國，有龍銜燭而照之。"柳宗元《天對》曰："修龍旦燎，爰北其首。九陰極冥，厥朔以炳。"楊萬里《解》云："旦燎，謂銜燭也。"盧柟《放招賦》："軼鍾山之幽鷇兮，令照之以燭龍。"②《龍池賦》："蔚兮銜燭，照鍾山之野。"《圖贊》曰："天缺西北，龍銜火精。氣爲寒暑，眼作昏明。身長千里，可謂至神。"張憲《燭龍行》云："蛇身人面，髮如赭，銜珠光吐照天下。"指此也。

一目國在其東，一目中其面而居。一曰有手足。任臣案：《淮南子》："海外三十六國有一目民。"《抱朴子》所謂"獨目"也。《事物紺珠》云："西北一目，少廣，爲八紘之地，在八埏外。"《三才圖會》曰："一目國在北海外，其人一目當其面，而手足皆具。"《圖贊》曰："蒼四不多，此一不少。于野冥瞽，洞見無表。形游逆旅，所貴維眇。"今亞細亞之西北歐羅巴之東有一目國，見《兩儀玄覽圖》。

柔利國在一目東，爲人一手一足，反膝，曲足居上。郭曰："一脚一手反卷曲也。"任臣案：《博物志》："子利國人一手二足，拳反曲。"與此國類。第云二足，疑非此也。《淮南子》："海外三十六國有柔利民。"《異林》云："柔利國，其人曲膝向前，一手一足。"《三才圖會》云："柔利國，國人曲膝，一手一足。"《圖贊》曰："柔利之人，曲脚反肘。干求之容，③方此無醜。所貴者神，形于何有。"一云留利之國，人足反折。

共工之臣曰相柳氏，郭曰："共工，霸九州者。"九首，以食于九山。郭曰："頭各自食一山之物，言貪暴難饜。"任臣案：相柳，《蛙螢

---

① "日"，原作"曰"，據金閶書業堂本改。
② "令"，原作"今"，據金閶書業堂本改。
③ "干"，金閶書業堂本作"子"。

子》、《三才圖會》俱作“相抑”，先是共工姜之異，爲太昊黑龍氏，主水職，共工薨，子康回襲黑龍氏，亦曰共工。太昊崩，女媧立，以上相不下女主，伯九有而朝同列，僭黑帝輔以相抑，竊保冀方。亦作“相繇”，見張揖《廣雅》及《大荒經》。《圖贊》曰：“共工之臣，號曰相柳。稟此奇表，蛇身九首。恃力炋暴，終禽夏后。”又案：神九首者，相柳之外，九鳳九首，木夫九首。駱賓王《露布》云：“雄虺九頭。”蓋謂此也。相柳之所抵，厥爲澤谿。郭曰：“抵，觸。厥，掘也，音撅。”禹殺相柳，其血腥，不可以樹五穀種。禹厥之，三仞三沮，郭曰：掘塞之而土三沮滔，言其血膏浸潤壞地。任臣案：陳一中曰：“共工夾輔太昊，太昊在位，則相抑爲陪臣。太昊既陟，則相抑於共工君臣之分既定，義不可絶，嗣主縱無道，死所事，以報先君人臣之義也。彼各爲其主，精英未泯，死，化九首之虺，所抵爲淵澤水孽，憤戾之氣，理不盡無，故禹不得不殺。一曰禹戮之虺，非真相抑氏，杜宇、螃蟣是也。”王世貞詩：“相柳食九州，膏血彌川坻。”本此。乃以爲衆帝之臺。郭曰：“言地潤濕，唯可積土以爲臺觀。”在昆侖之北，郭曰：“此昆侖山在海外者。”柔利之東。相柳者，九首人面，蛇身而青。不敢北射，畏共工之臺。臺在其東。臺四方，隅有一蛇，虎色，首衝南方。郭曰：“衝，猶向。”任臣案：楊慎《補注》云：“首衝南方者，紀鼎上所鑄之象；虎色者，蛇斑如虎，蓋鼎上之象，又以彩色點染别之。”

深目國在其東，爲人舉一手一目，郭曰：“一作曰。”在共工臺東。任臣案：《淮南子》：“自東北至西北方有深目民。”《路史》曰：“北海深目之國，盼姓，近南地。”《冠編》云：“黄帝五十九歷，貫胸、長股、深目、儋耳莫不來賓。”《圖贊》曰：“深目類戎，但覺絶縮。軒轅道降，欵塞歸服。穿胸長脚，同會異族。”

無腸之國在深目東，郭曰：“一作南。”其爲人長而無腸。郭曰：“爲人長大，腹内無腸，所食之物直通過。”任臣案：《淮南子》：“自東北至西北方有無腸民。”《路史》云：“無腸蜚頭，厭火流鬼。”《圖贊》曰：“無腸之人，厥體維洞。心實靈府，餘則外用。得一自全，理無不共。”《埤雅廣要》作“無腹國”。

聶耳之國在無腸國東，使兩文虎，爲人兩手聶其耳。郭曰：“言耳長，行則以手攝持之也。聶，諾夾反。”任臣案：牛衷《埤雅廣要》云：“聶耳在無腹東，其人虎文，兩手聶耳而行，耳長及頰，行則手捧之。”朱謀㙔《異林》云：“聶耳之國，耳垂至腰，兩手捧耳而行。”《圖贊》曰：“聶耳之國，海渚是縣。雕虎斯使，奇物畢見。形有相須，手不離面。”長源羅氏曰：“四海之下，半體聶耳。”即此。又大耳國，①以一耳爲席，一耳爲衾。較此更奇也。縣居海水中，郭曰：“縣，猶邑也。”及水所出入奇物。郭曰：“言盡規有之。”兩虎在其東。

夸父與日逐走，入日。郭曰：“言及日於將入也。逐，音胄。”任臣案：《列子》：“夸父不量力，欲追日影，逐之於隅谷之際林。”注云：“夸父，龍伯之類。”《鴻烈解》：“夸父在其北方。”又曰：“臣雷公役夸父。”注云：“夸父，神獸也。”《廣輿記》云：“今涇州有振履堆，相傳夸父逐日振履于此。”《歲華紀麗·日類》云：“逐有夸父，送有泰皇。”《吴國倫集》：“北山愚公，東海夸父。”《續騷經》云：“攙飛輿以夸父兮，徐吾起而爲助。”《冠編》云：“句龍生垂及信，信生夸父。”又蜀《觀井碑》：“成湯自上而臨下，夸父處中而見受。”疑謂此人。②渴，欲得飲，飲於河渭，任臣案：何諷《夢渴賦》云：“辨夸父于渭上。”河渭不足，北飲大澤。任臣案：王勃《九成宫頌》：“前旌逐日，夸父斷洪河之流。”盧柟《蠛蠓集》：“飲夸父於後澨。”本此。未至，道渴而死。棄其杖，化爲鄧林。郭曰：“夸父者，蓋神人之名也；其能及日景而傾河渭，豈以走飲哉，寄用於走飲耳。幾乎不疾而速，不行而至者矣。此以一體爲萬殊，存亡代謝，寄鄧林而遁形，惡得尋其靈化哉！”任臣案：《淮南子》：“夸父棄其策，是爲鄧林。”《博物志》云：“海水西，夸父與日相逐，棄其策杖，化爲鄧林。”阮籍《咏懷詩》：

---

① “國”下，金閶書業堂本有“人”字。

② “此”，金閶書業堂本作“北”。

“夏后乘靈輿，夸父爲鄧林。”江淹《遂古篇》：“夸父鄧林義亦艱兮。”庾信《竹林賦》：“一傳大夏，空成鄧林。”又《羽調曲》：“群材既聚，故能成鄧林。”《詩品》云：“篇章之珠澤，文彩之鄧林。”李邕《日賦》：“夸父棄策，崩走何益？”《初學記》云：“夸父棄杖，魯陽揮戈。”《隋書》云：“鄧林之一枝，昆山之片玉。”《後周書》云：“挺棟幹于鄧林。”駱賓王《露布》：“鄧林萬里，交影甘泉之樹。”楊炯《渾天賦》：“夸父棄策，無以方其駿奔。”李白《大獵賦》：“大章按步以往來，夸父振策而奔走。”《文苑英華》云：“卑沃焦於尺土，微鄧林以秋毫。”吴淑《日賦》：“棄杖復聞於夸父。”又《杖賦》：“棄鄧林而自茂。”盧柟賦：“慨夸父之鄧林，吊燭龍於昆侖。”皆指此也。又襄州南鳳林山亦名鄧林，是古鄧祁侯國。《荀子》云：“鄧地之山林是也。”非此。《圖贊》曰：“神哉夸父，難以理尋。傾沙逐日，遁形鄧林。觸類而化，應無常心。”陶潛《讀山海經詩》：“夸父誕宏志，乃與日競走。俱至虞淵下，似若無勝負。神力既殊妙，傾河焉足有。餘迹寄鄧林，功竟在身後。”

博父國在聶耳東，其爲人大，右手操青蛇，左手操黄蛇。鄧林圈其東，二樹木。一曰悙父。禹所積石之山在其東，河水所入。郭曰：“河出昆侖而潛行地下，至葱嶺復出，注鹽澤，從鹽澤復行南，出於此山，而爲中國河，遂注海也。《書》曰：‘導河積石。’言時有壅塞，故導利以通之。”

拘纓之國在其東，一手把纓。郭曰：“言其人常以一手持冠纓也。或曰纓宜作癭。”任臣案：《淮南子》作“句嬰民”，注云：“讀爲九嬰。”劉氏《類山》云：“跂踵句癭，是爲海外三十六國。”句癭，即拘纓也。一曰利纓之國。尋木長千里，在拘纓南，生河上西北。任臣案：尋木，即《穆天子傳》“姑繇之木”之類也。郭璞《游仙詩》：“縱酒濛汜濱，結駕尋木末。”成公綏詩：“扶桑高萬仞，尋木長千里。”《圖贊》曰：“渺渺尋木，生于河邊。竦枝千里，上于雲天。垂陰四極，下蓋虞淵。”又李善《文選注》引此作“樳木”。

跂踵國在拘纓東，郭曰：“跂，音企。”其爲人大，兩足亦大。郭曰：“其人行，脚跟不着地也。《孝經鈎命訣》曰：‘焦僥跂踵，重譯欵塞’

也。”任臣案:《淮南子》:“自東北至西北方有跂踵民。”注云:“跂踵,踵不至地,以五指行。”《竹書紀年》:“夏帝癸二年,跂踵民來賓。”《吕氏春秋》云:“桀染于羊辛、跂踵夷。”即此國人也。李巡《爾雅注》曰:“蠻類有八:天竺、咳首、焦僥、跂踵、穿胸、儋耳、狗軹、旁春。”《論衡》曰:“周時若穿胸、儋耳、焦僥、跂踵之輩,不能三千。”江淹《遂古篇》:“跂踵交脛與羽民兮。”又《墨子》、《禮記疏》、《古音餘》俱作“跛踵”。①《圖贊》曰:“厥形雖大,斯脚則企。跳步雀踊,踵不閡地。應德而臻,欵塞歸義。”一曰大踵。

歐絲之野在大踵東,一女子跪,據樹歐絲。郭曰:“言噉桑而吐絲,蓋蠶類也。”任臣案:《博物志》曰:“嘔絲之野有女子方跪,據樹而嘔絲。”此海外也。《太平廣記》曰:“歐絲之野,女子據樹歐絲。”楊慎《補注》云:“世傳絲神爲女子,謂之馬頭娘。”《後漢志》曰:“宛窳。”蓋此類也。《圖贊》云:“女子鮫人,體近蠶蚌。出珠匪甲,吐絲匪蛹。化出無方,物豈有種。”梁蕭恪《進世祖牋》:“野蠶自績,何謝歐絲。”《白氏六帖》云:“跪樹歐絲,生桑得繭。”吴淑《絲賦》云:“或吐之而成錦,或歐之而跪樹。”《談薈》云:“織綃之鮫人泣珠,據樹之女子歐絲。”本此。又因祇園女子内五色絲口中,則成文錦。沈約:“見女子亦吐絲,織成冰紈。”與斯類。三桑無枝,在歐絲東,其木長百仞,無枝。郭曰:“言皆長百仞也。”任臣案:《淮南子》云:“和邱在其東北陬。三桑無枝在其西。”吴淑《桑賦》:“圓邱傳北海之名。”謂三桑也。

范林方三百里,在三桑東,洲環其下。郭曰:“洲水中可居者;環,繞也。”

務隅之山,帝顓頊葬于陽,郭曰:“顓頊,號爲高陽,冢今在濮陽,故帝邱也。一曰頓邱縣城門外廣陽里中。”任臣案:《冠編》云:“顓頊葬廣陽里務鯛之陽。”劉會孟曰:“此招魂葬衣冠之所,非濮陽帝邱也。”九嬪葬于陰。郭曰:“嬪,婦。”一曰爰有熊、羆、文虎、離朱、鴟

---

① “古”,原作“吉”,據金閶書業堂本改。

久、視肉。任臣案：王氏《釋義》曰："離朱而下皆異物，或以爲殉葬之具。"

平邱在三桑東，爰有遺玉、郭曰："遺玉，玉石。"任臣案：遺玉，即瑿玉。松枝千年爲伏苓，又千年爲琥珀，又千年爲瑿。《字書》云："瑿，遺玉也。"是其解也。高昌人名爲木瑿，謂玄玉爲石瑿。《梁四公記》云："交河之間平磧中，掘地深一丈，下有瑿珀。"此瑿玉耳。徐氏《謇修賦》云："按予轡于平邱兮，弄遺玉于三桑。"謂此也。青鳥、視肉、楊柳、甘柤、郭曰："其樹枝幹皆赤，黄花，白葉，黑實。《吕氏春秋》曰：'其山之東，有甘柤焉。'音如柤梨之柤。"甘華，郭曰："亦赤枝幹，黄華。"任臣案：楊慎《補注》云："甘華即枳枸，一云木蜜，俗云蜜瓜。"百果所生，任臣案《淮南子》"平邱"作"華邱"，"青鳥"作"青馬"，"楊柳"作"楊桃"，"甘柤"作"甘樝"，與《經》文大同小異。有兩山夾上谷，二大邱居中，名曰平邱。任臣案：《圖贊》曰："兩山之間，邱號曰平。爰有遺玉，駿馬維青。視肉甘華，奇果所生。"

北海内有獸，其狀如馬，名曰騊駼。郭曰："陶塗兩音。見《爾雅》。"任臣案：《字林》云："北方良馬也，一名野馬。"《王會解》："成王時禺氏來獻騊駼。"又《伊尹四方令》："正北以野馬、騊駼爲獻。"《史記》："北域奇畜則騊駼。"邢昺《爾雅疏》："騊駼幽隱之獸，有明王在位則至。"熊氏《瑞應圖》云："王者德感，則騊駼至。"孫氏《瑞應圖》曰："有賢王則騊駼來，爲時辟除灾害。"劉賡《稽瑞録》云："觸邪獬豸，除害騊駼。"張説《監牧頌》："舉其神異，則騊駼、騕褭、乘黄、兹白。"顔氏《漢書注》云："陶塗國出此馬，因以爲名。"《圖贊》曰："騊駼野駿，産自北域。交頸相摩，分背翹陸。雖有孫陽，終不能服。""駼"，《宋書》作"駼"。張萱《彙雅》曰："駼，又獸名。狀如黄牛，虎文。"非此。有獸焉，其名曰駮，狀如白馬，鋸牙，食虎豹。郭曰："《周書》曰：'義渠兹白。若白馬，①鋸牙，食虎

① "若"上，金閶書業堂本復有"兹白"二字，疑爲衍字。

豹。'按此二説與《爾雅》同。"任臣案：《説苑》："師曠云：駮驩食豹，豹食駮，駮食虎。"又獸之食虎豹者，復有渠搜、䑕鼠、㲉、青腰、狻猊、𪕮耳、虎鷹。渠搜即鼩犬，一名露犬；㲉，一名黄腰。有素獸焉，狀如馬，名曰蛩蛩。郭曰："即蛩蛩、鉅虚也。一走百里，見《穆天子傳》；音邛。"任臣案：《爾雅翼》云："蟨，鼠前而兔後，趨則頓，走則顛，故常與邛邛、距虚比，爲邛邛、距虚囓甘草；即有難，邛邛、距虚負之，號比肩獸。"《宛委餘編》云："東有魚比目曰鰈；南有鳥比翼曰鶼；西有獸比肩曰邛邛、距虚。"《玄覽》曰："東海之鰈，比目而後達；北方之貜，更食更視而後飽；西方之蟨，得蛩蛩、距虚而後行；南方之鶼，比翼而後舉。"《王會篇》："獨鹿國獻蛩蛩、距虚。"《瑞應圖》云："比肩獸，王者德及幽隱，則至。"劉孝標《啓》："蛩蛩之謀，止于善草。周周之計，利在銜翼。"《圖贊》曰："蟨與岠虚，乍兔乍鼠。長短相濟，彼我俱舉。有若自然，同心共膂。"相如《子虚賦》："蹵蛩蛩，轔距虚。"張揖注云："蛩蛩，青獸，狀如馬；距虚，似贏而小。"李善《章句》云："蛩蛩即距虚，變文互言耳。"是邛邛、距虚爲一獸也。有青獸焉，狀如虎，名曰羅羅。任臣案：《駢雅》曰："青虎謂之羅羅。"今雲南蠻人呼虎亦爲羅羅，見《天中記》。

北方禺彊，人面鳥身，珥兩青蛇，踐兩青蛇。郭曰："字玄冥，水神也。莊周曰：'禺彊立于北極。'一曰禺京，一本云：北方禺彊，黑身手足，乘兩龍。"任臣案：《太公金匱》："北海神名玄冥。"《越絶》云："玄冥治北方，白辯佐之。"《五嶽真形圖》云："北海神名帳餘里，又名禺彊。"江淹《遂古篇》："北極禺强爲常存兮。"《圖贊》曰："禺彊水神，面色黧黑。乘龍踐蛇，凌雲附翼。靈一玄冥，立于北極。"

卷九

海外東經

海外自東南陬至東北陬者。

䑏丘，郭曰："音嗟。或作髮。"任臣案：《續文獻通考》引此作"差丘"。盧柟《滄溟賦》云："偃轡䑏丘，弭節甘淵。"爰有遺玉、青馬、視肉、楊柳、甘柤、甘華。任臣案：《亶爰集》云："鵜甘華于髽邱。"甘果所生，在東海。兩山夾丘，上有樹木。一曰嗟丘。一曰百果所在，在堯葬東。

大人國在其北，爲人大，坐而削船。任臣案：《淮南子》云："自碣石山過朝鮮，貫大人之國。"注曰："朝鮮樂浪縣大人國在其東。"《博物志》曰："大人國，其人孕三十六年生，白頭。其兒則長大，能乘雲而不能走，蓋龍類，去會稽四萬六千里。"劉會孟云："穆滿升巨人之臺，古有此國。"《太平廣記》曰："新羅國東與長人國接，身三丈，鋸牙鈎爪，不火食。"或謂即此也。一曰在䑏丘北。任臣案：一本作"蹉邱北"。

奢比任臣案：①《三才圖會》作"奢北"。之尸在其北，郭曰："亦神名也。"任臣案：奢比，黄帝七輔之一。《冠編》云："黄帝友奢比、友地典。"《路史》："奢比辯乎東，以爲土師。"是也。《國名記》有"奢比國"。盧柟《滄溟賦》云："獻奢比，游無垠。"獸身、人面、大耳，珥兩青蛇。郭

---

① "案"字，原脱，金閶書業堂本同，據文意補。

曰:"珥,以蛇貫耳也,音釣餌之餌。"任臣案:《釋義》曰:"青蛇以象木也,類也。"一曰肝榆之尸在大人北。任臣案:《釋義》曰:"既曰奢比,又曰肝榆。肝亦木屬。"盧柟《放招賦》云:"左蔭肝榆,右儆鄧林。"謂此也。

君子國在其北,衣冠带劍,食獸,使二大虎在旁,其人好讓不爭。任臣案:《淮南子》云:"東方有君子之國。①"注曰:"東方木德,仁,故有君子之國,其人衣冠带劍,食獸,使二文虎也。②"天老曰:"鳳五色備舉,出于君子之國。"京房亦云:"鳳皇高丈二,出于東方君子之國。"《博物志》云:"君子國好禮讓不爭,土千里,③民多疾,故人不蕃息,好讓,故爲君子國。"《後漢書・列傳》:"東方曰:'夷天性柔順,易以道御,④至有君子、不死之國焉。'"廬陵羅氏曰:"北方有不釋之冰,南方有不死之草,東方有君子之域,西方有殘刑之尸。"《圖贊》曰:"東方氣仁,國有君子。薰華是食,雕虎是使。雅好禮讓,委蛇論理。"有薰郭曰:"或作堇。"任臣案:一本作董,誤。華草,朝生夕死。任臣案:《爾雅》:"椵木槿,櫬木槿。"《逸書》云:"仲夏之月木槿榮。"《詩》云:"顔如蕣華。"即堇也。《本草》謂之"朝開暮落花。""薰"爲"堇"之訛無疑。《博物志》亦云:"多薰華之草。"似猶緣此,誤也。一曰在肝榆之尸北。

虹虹在其北,郭曰:"音虹。"任臣案:《古音略》云:"虹,音臬。義與霓、蜺、蛪同。"又案:漢《天文志》:"抱珥虹蜺。"則"虹""虹"古字通也。各有兩首。郭曰:"虹,螮蝀也。"任臣案:《春秋運斗樞》:"樞星散爲虹蜺。"《河圖》曰:"鎮星散爲虹蜺。又吐金化玉。所見不一。"是"虹虹"亦豐霳、列缺類也。一曰在君子國北。

朝陽之谷,任臣案:江淹《賦》:"朝陽之谷,崦嵫之泉。"神曰天吴,任臣案:天吴,水伯名。嵇康《琴賦》:"天吴踊躍於重淵。"木華《海

① "國",金閶書業堂本作"邱"。
② "文",原作"丈",據金閶書業堂本改。
③ "土",原作"士",據金閶書業堂本改。
④ "易",金閶書業堂本作"日"。

賦》:"天吴乍見而髣髴。"庾闡詩:"天吴踊靈壑,將駕奔霄冥。"謝靈運詩:"川石時安流,天吴静不發。"王勃《乾元殿頌序》:"控風伯于詞林,詔天吴于筆海。"沈雲卿詩:"飀颱滎海若,霹靂耿天吴。"李賀《浩歌》云:"帝遣天吴移海水。"《亶爰子》云:"天吴吸重霾,鼉鱷來侁侁。"王世貞《沈慅》云:"天吴紛隮其來下。"《談藪》曰:"李大異常誦杜'天吴紫鳳'之句,顧坐客云:'吴,音華,見《山海經》,未知復見何書。'王仲行對云:'《後漢書》:戴就被收,獄吏燒鋘斧,使就挾之。'注引何承天《纂文》。鋘,音華。"又《詩》:"不吴不敖,不吴不揚。"亦皆音"華"。據此則"天吴"从"華"音矣。是爲水伯。在𧈧𧈧北兩水間。其爲獸也,八首人面,八足八尾,皆青黄。郭曰:"《大荒東經》云:'十尾。'"任臣案:《圖贊》云:"耽耽水伯,號曰谷神。八頭十尾,人面虎身。龍據兩川,威無不震。"《郁離子》曰:"天吴八首八足,而相抑九頭,實佐之。"蓋指此也。

青邱國在其北,[1]郭曰:"其人食五穀,衣絲帛。"任臣案:《抱朴子》云:"黄帝東至青邱,過風山,見紫府先生,授以三皇内文。"《吕覽》云:"禹至鳥谷青邱之鄉。"王會注:"青邱,海東地名。服虔曰:'青邱國在海東三百里。'"相如《賦》云:"秋田乎青邱,彷徨乎海外。"梁元帝《職貢圖序》:"度青邱而跨丹穴。"庾信《羽調曲》:"青邱還擾圃,丹穴更巢梧。"王勃《爲趙長史表》:"西窮赤水之源,東究青邱之境。"又《乾元殿頌》:"青邱畫野,不踰征賦之鄉。"顧起元《壯游歌》:"左望青邱渚,右眄白雲鄉。"《宋史·天文志》:"青邱七星,在軫東南,海東之國號也。"其狐四足九尾。一曰在朝陽北。郭曰:"《汲郡竹書》曰:'柏杼子征于東海及王壽,得一狐九尾。'即此類也。"任臣案:《瑞應圖》:"九尾狐六合一同則見,文王時東方歸之。"《吕氏春秋》云:"禹行塗山,乃有白狐九尾造於禹,塗山人歌曰:'綏綏白狐,九尾龐龐。'"成王時青邱貢九尾狐,見《逸周書》。《圖贊》曰:"青邱奇獸,九尾之狐。有道翔見,出則銜書。作瑞周文,以標靈符。"

---

① "邱",金閶書業堂本作"立"。

帝命豎亥郭曰:"豎亥健行人。"任臣案:羅泌作"豎晐"。《吴越春秋》作"孺亥",曰:"禹使大章步東西,孺亥度南北。"《玉海》云:"章亥所步,禹契所書。"顧起元《帝京賦》:"測霄之圭,步以豎亥。"王氏《釋義》曰:"此所謂帝,或當爲禹,天豈有命豎亥步地之理!"又黄帝臣亦名豎亥。《路史》:"黄帝使豎亥通道路。"非此。步,自東極至于西極,五億十選郭曰:"選,萬也。"任臣案:楊氏《補注》云:"選與萬古音相通,遂借其字。"九千八百步。任臣案:《淮南子》云:"禹乃使大章步自東極,至於西極,二億三萬三千五百里,七十五步;使豎步自北極至於南極,二億三萬三千五百里,七十五步。"豎亥右手把算,左手指青邱北。任臣案:楊慎云:"右手把算,左手指青邱,亦言鑄象也。"盧柟《滄溟賦》云:"便旋豎亥之浦。"謂此。《圖贊》曰:"禹命豎亥,青邱之北。東盡泰遠,西窮邠國。步履宇宙,以明靈德。"一曰禹令豎亥。一曰五億十萬九千八百步。郭曰:"《詩含神霧》曰:'天地東西二億三萬三千里,南北二億一千五百里。天地相去一億五萬里。'"任臣案:《春秋命歷序》曰:"有神人始立地形,甄度四海,遠近所至,東西九十萬里,南北八十一萬里。"《天文録》曰:"天地廣,南北二億三萬三千五百里,七十五步;東西短,減四步。"《吕氏春秋》云:"四極之内,東西五億有九萬七千里,南北亦五億九萬七千里。"《括地象》曰:"八極之廣,東西二億三萬三千里,南北二億三萬一千五百里。"張衡《靈憲經》云:"八極之維,徑二億三萬二千三百里。南北則短,減千里,東西則廣,增千里。"言人人殊,由鳥迹、人迹之曲直不同,古今之里法、步法不一也。

黑齒國在其北,郭曰:"《東夷傳》曰:'倭國東四十餘里有裸國,裸國東南有黑齒國,船行一年可至也。'《異物志》云:'西屠染齒,亦以放此人。'"任臣案:《吕氏春秋》:"禹東至黑齒之國。"《淮南子》:"自東南至東北有黑齒民。"又云:"堯立西教沃民,東至黑齒。"木華《海賦》云:"或汎汎悠悠於黑齒之邦。"江淹《遂古篇》:"其外黑齒,次裸民兮。"《後漢書》云:"自侏儒東南至黑齒國。"《三國志》云:"去女王四千餘里,黑齒國復在其東南。"柳子《招海賈文》:"黑齒戲髟鱗文肌。"木史言:"漢東道黑齒。"皆此也。又屠移在海外，以草染齒，亦號黑齒。《王會篇》："黑齒白鹿白馬。"《伊尹四方令》云："正西漆齒。"左思《吴都賦》："儋耳黑齒之長。"《管子》："雕題黑齒。"《南土志》："黑齒蠻在永昌關南，以漆漆其齒，見人，以此爲飾，寢食則去之。"百濟西部有黑齒氏，唐黑齒常之其種族也，非此國。爲人黑，食稻啖蛇，一赤一青，郭曰："一作一青蛇。"在其旁。一曰：在豎亥北，爲人黑首，食稻使蛇，其一蛇赤。下有湯谷。郭曰："谷中水熱也。"湯谷上有扶桑，郭曰："扶桑，木也。"任臣案：兩幹同根，相爲依倚，故名扶桑。猶之扶荔、扶竹、扶筍，皆取斯義。《神異經》云："東方有樹焉，高八十丈，敷張自輔，葉長一丈，廣六尺，名曰扶桑，椹長三尺五寸。"《十洲記》曰："扶桑在東海之東岸一萬里碧海之中，樹長數千丈，大二千圍。"今南中有佛桑，亦名扶桑。非此也。又案：戴埴《鼠璞》曰："《離騷》云：'飲馬咸池，總轡扶桑。'"《東京賦》："登天光於扶桑。"謝莊《月賦》："擅扶桑於東沼。"張衡《思玄賦》："憑雲遐逝，夕宿扶桑。"楊炯《渾天賦》："扶桑臨於大海。"《淮南子》曰："日出暘谷，拂於扶桑。"注云："東方之野。"《山海經》曰："暘谷有扶桑，十日所浴。"如此則扶桑在泬寥之表。及觀《南齊·扶桑傳》，沙門慧深來，説云："扶桑在大漢東二萬里，土多扶桑木，葉似桐，初生如筍，國人食之，實如梨，績其皮爲布錦及紙，其地乃在中國東。"或謂"日出扶桑"，以日自東方出耳，猶倭自謂"日出處天子"也。《山海經》多誕，不足爲據也。其言甚辨，附記之。十日所浴，任臣案：《楚辭》："十日代出，流金爍石。"唐董思恭詩："滄海十枝暉，玄圃重輪慶。"謂此。《路史餘論》云："天有十日，居於暘谷，次以甲乙，迭運中土，君有失道，則兩日並鬬，三日出争，以至十日並出，大亂之道。"在黑齒北。居水中，有大木，九日居下枝，任臣案：《仲長統傳》云："九陽代燭。"即此。一日居上枝。郭曰："莊周云：'昔者十日並出，草木焦枯。'《淮南子》亦云：'堯乃令羿射十日，中其九日，日中烏盡死。'《離騷》所謂'羿焉畢日，烏焉落羽'者也。《歸藏·鄭母經》云：'昔者羿善射，畢十日，果畢之。'《汲郡竹書》曰：'允甲即位，居西河，有妖孽，十日並出。'明此自然之異，有自來矣。傳曰：天有十日，日之數十。此云九日居下枝,一日居上枝。《大荒經》又曰:'一日方至,一日方出。'明天地雖有十日,自使以次第迭出運照,而今俱見,爲天下妖災,故羿禀堯之命,洞其精誠,仰天控弦,而九日潛退也。假令器用可以激水烈火,精威可以降霜回景,然則羿之鑠明離而斃陽烏,未足爲難也。若搜之常情,則無理矣。然推之以數,則無往不通。達觀之客,宜領其玄致,歸之冥會,則逸義無滯,言奇不廢矣。"任臣案:羅長源、陳一中諸子,以十日爲扶桑君十子,九日爲凶,號曰九嬰,羿所射者,謂此十日也。今觀經文所載,景純所注,似《南華》、《鴻寶》之言,果不誣者,理有或然,存而不論。《圖贊》曰:"十日並出,草木焦枯。羿乃控弦,仰落陽烏。可謂洞感,天人懸符。"王充《論衡》曰:"日者,大火也,察火在地,一氣也;地無十火,天安得十日?然則所謂十日者,殆更自有他物,光質如日之狀,居湯谷中水,時緣據扶桑,禹、益見之,則紀十日。天地之間,物氣相類,其實非者多,海外西南有珠樹焉,察之是珠,然非魚中之珠也。夫十日之日,猶珠樹之珠也。珠樹似珠非真珠;十日似日非實日也。淮南見《山海經》,則虚言真人燭十日,妄紀堯時十日並出。且日,火也;湯谷,水也。水火相賊,則十日浴於湯谷,當滅敗焉。火燃木,扶桑,木也。十日處其上,宜焦枯焉,今浴湯谷而光不滅,登扶桑而枝不焦不枯,與今日出同,不驗於五行,故知十日非真日也。"

雨師妾在其北,郭曰:"雨師,謂屏翳也。"任臣案:雨師,《遁甲開山圖》作"宂芾"。又云:"雲師似蠶,雨師似蛹。"《雲笈七籤》云:"雨師名馮修,號曰樹德。"《搜神記》曰:"雨師,畢星也。一曰號屏,一曰玄冥。"《事物别名》云:"雨師名陳華夫。"《列仙傳》曰:"赤松子,神農時雨師。"《金樓子》云:"虞吏,虎也;雨師,龍也。"雨師蓋龍伯,癡龍之類。楊慎《補注》曰:"雨師有妾如姮娥、織女、宓妃等耳。"焦贛《易林》亦云:"雨師娶婦。"要皆寓言也。其爲人黑,兩手各操一蛇,左耳有青蛇,右耳有赤蛇。一曰在十日北,爲人黑身人面,各操一龜。

玄股之國在其北,郭曰:"髀以下盡黑,故云。"任臣案:《楚辭》:"黑水玄趾。"周氏注云:"玄股之國。"是也。《淮南子》:"海外三十六國有玄股民。"高誘注曰:"玄股,其股黑,兩鳥夾之。"盧柟《滄溟賦》:"略玄股,兼離耳,延雕題,覽黑齒。"其爲人衣魚郭曰:"以魚皮爲衣。"食驅,郭曰:"水鳥也。音憂。"任臣案:楊慎《補注》曰:"驅即鷗,衣魚食鷗,蓋水中國也。"《均藻》云:"玄股之國,衣魚食鷗。"使兩鳥夾之。一曰在雨師妾北。

毛民之國在其北,爲人身生毛,郭曰:"今去臨海郡東南二千里,有毛人在大海洲島上,爲人短小,面體盡有毛,如猪能,穴居,無衣服。晋永嘉四年,吴郡司鹽都尉戴逢在海邊得一船,上有男女四人,狀皆如此,言語不通,送詣丞相府,未至,道死,惟有一人在。上賜之婦,生子,出入市井,漸曉人語,自説其所在,是毛民也。《大荒經》云'毛民食黍'者,是矣。"任臣案:《職方外紀》:"南亞墨利加之南爲智加人,遍體生毛。"《洞冥記》云:"泥離國人長四尺,自乳以下有靈毛自蔽。"又烏萇國,其人三爪,號三爪蠻,身生長毛,皆毛民類也。《神異經》:"八荒之中有毛人曰髯麗。"《異苑》云:"吴孫皓時,臨海得毛人。"《淮南子》:"東北方有毛民。"注云:"體半生毛若矢鏃。"羅泌《國名記》作"髦民"。《圖贊》曰:"牢悲海鳥,西子駭麋。或貴穴倮,或尊裳衣。物我相傾,孰了是非。"王充《論衡》曰:"海外三十五國,有毛民、羽民。毛羽之民,土形所出,非言爲道身生毛羽也。"一曰在玄股北。

勞民國在其北,其爲人黑。郭曰:"食果草實也。有一鳥兩頭。"任臣案:《淮南子》:"海外三十六國,自東南至東北方有勞民。"注云:"勞民躁擾不定。"《圖贊》曰:"陽谷之山,國號黑齒。雨師之妾,以蛇挂耳。玄人食驅,勞民黑趾。"或曰教民。一曰在毛民北,爲人面目手足盡黑。東方勾芒,鳥身人面,乘兩龍。郭曰:"木神也;方面素服。《墨子》曰:'昔秦穆公有明德,上帝使勾芒賜之壽十九年。'"任臣案:《月令》:"春月其神勾芒。"注云:"少皞之子重也。"《左傳》:"木正曰句芒。"劉安云:"東方之帝大皞,其佐勾芒。"《白虎通》曰:"芒之爲言萌,物始生也。"東方義取此。司馬《大人賦》:"使勾芒其將行兮,吾欲往乎南嬉。"《史記正義》云:"勾芒東方,青帝之佐也。"劉會孟云:"東方青龍也,故人乘兩龍；然西南之神皆乘兩龍，不獨東方也。”唐閻朝隱詩：“勾芒人面乘兩龍。”指此。《圖贊》曰：“有神人面，身鳥素服。銜帝之命，錫齡秦穆。皇天無親，行善有福。”

建平元年四月丙戌，任臣案：哀帝乙卯歲也。待詔太常屬臣望任臣案：太常初名奉常，景帝六年改，其屬有六太、六令等官。“望”疑是丁望。校治，侍中光禄勳臣龔、任臣案：侍中加官也。光禄勳初爲郎中令，武帝太初元年更名。龔，王龔也。侍中奉車都尉光禄大夫臣秀任臣案：奉車都尉武帝時置，秩比二千石。光禄大夫初爲中大夫，亦太初元年改。秀，劉歆也。領主省。

卷十

海内南經

海内東南陬以西者。郭曰："從南頭起之也。"

甌居海中。郭曰："今臨海永寧縣，即東甌，在岐海中也，音嘔。"任臣案：劉會孟云："甌，今温州府城北，東至磐石村，會于海洋，是曰甌海。"王應麟、王會注曰："漢以東甌地立回浦縣，後漢以章安縣之東甌鄉置永寧縣。章安即回浦。"又楊慎云："郭注'岐海'，海之岐流也。猶云裨海。"

閩在海中，郭曰："閩越即西甌，今建安郡是也，亦在岐海中。"任臣案：羅泌曰："郭璞以建安爲西甌，非是。"《寰宇記》："鬱林廢黨州經善勞縣乃古西甌居，非閩也。"今建寧有東甌城，相傳吴王濞發兵圍東甌在此，然閩中實不得謂之甌也。其西北有山。一曰閩中山，在海中。任臣案：《周禮》："職方氏掌八蠻七閩之人民。"《史記索隱》曰："閩，東越蛇種也，故字从虫。"何喬遠《閩書》曰："按謂之海中者，今閩中地有穿井闢地，多得螺蚌殼、敗槎，知洪荒之世，其山盡在海中，後人乃先後填築之也。"

三天子鄣山郭曰："音章。"在閩西海北。郭曰："今在新安歙縣東，今謂之三王山，浙江出其邊也。張氏《土地記》曰：'東陽永康縣南四里有石城山，上有小石城，云黄帝曾游此，即三天子都也。'"任臣案：今屬徽州績溪。黄省曾《廬山吟》："少讀神禹經，昔爲天子都。"以匡廬爲天子都，黄氏之誤也。一曰在海中。

桂林八樹在番隅東。郭曰："八樹而成林，言其大也。番隅，今番隅縣。"任臣案：《百粵風土記》云："桂林八樹，《山海經》在番隅東，番隅即桂州，今粵西地最宜桂，大者十圍，終年葱蒨，秋風時起，四遠聞香，至冬，枝端結子累累，如小蓮子，中空有漿。"魏禹卿《西事珥》曰："《海内南經》載：'桂林八樹在番隅東。'番隅即今桂州，則番隅東在何處？予讀《路史》'桂國'引《伊尹四方令》，蓋桂陽也。然則八桂乃桂陽，以桂林爲八桂者誤，兹以二書証之。地理則番禺古屬南海，①今在粵東，而二書皆以爲桂州地，誠所不解也。又臨桂今有桂山，三峰鼎峙，山多桂樹。"《丹鉛録》云："桂林之山，玉笋瑶篸，森列無際。"《經》之所指必此。然當云在番隅西，而云在其東者，豈亦有誤文耶？高氏《緯略》："台州亦有八桂。"《廣志》云："臨海白石山，八桂所植，金鵝所集。"似非此。"番隅"，《水經注》、《後漢書》注引此皆作"賁禺"。又《海録碎事》引《經》"八樹"作"八桂"。

伯慮國、郭曰："未詳。"離耳國、郭曰："鎪離其耳，分令下垂以爲飾，即儋耳也。在朱崖海渚中。不食五穀，但啖蚌及藷薁也。"任臣案：《林邑記》云："漢置九郡，儋耳與焉。"《交廣春秋》云："儋耳與交州俱開南裔。"《異物志》曰："儋耳俱在朱崖，分爲東藩。"應劭曰："儋耳者種大耳，渠率自謂王者耳尤緩，下肩三寸。"張晏曰："儋耳鏤其頰皮，上連耳，分爲數支，狀似雞腸，累耳下垂。"臣讚曰："《茂林書》：'儋耳去長安七千三百六十八里。'"又《廣東志》："周武王十有八年，儋耳入貢。"是儋耳之名至周始見，其先固爲離耳也。《伊尹四方令》云："離耳漆齒。"劉鳳《雜俎》曰："離耳、雕題之俗。"盧柟《賦》云："兼離耳。"皆指此也。又其國以黑爲美，故《離騷》亦謂之"玄國"。雕題國、郭曰："點涅其面，畫體爲鱗采，即鮫人也。"任臣案：《伊尹四方令》曰："貫匈雕題。"《王制》曰："南方曰蠻，雕題交趾，有不火食者矣。"《楚辭・大招》："雕題黑齒，得人肉以祀些。"梁簡文《大法頌》："題雕臆鏤，舌紫支黄。"庾子山："文雕題鑿齒，識

① "理"，金閶書業堂本作"里"。

海水以來王。”許敬宗《賀慶雲表》:“雕題鏤齒之類,氈裘板屋之朋。”皆謂此。或作“雕踶”,見《白虎通》。馬端臨曰:“自嶺而南,當唐虞三代,是百越之地。”亦謂之“南越”,古謂之“雕題”。王會《補注》云:“題額也,刻其肌以丹青涅之。”北朐國郭曰:“未詳,音劬。”皆在鬱水南。鬱水出湘陵南山。一曰相慮。

梟陽國在北朐之西,任臣案:“梟”,或作“嘄”,又作㺒。《羽獵賦》云:“蹈飛豹,羂嘄陽。”《續騷經》云:“魖魋群逐而索賴兮,過㺒陽以反脣。”“陽”亦作“羊”。《吴都賦》:“其上則猨子長嘯,其下則梟羊麢狼。”《淮南子》云:“山出梟羊,水出罔象。”今交廣謂之狒狒,北方謂之吐嘍。李賀詩:“鸎鸎題深竹。”吴正子注:“即梟羊也。又作楊。”王氏《彙苑》云:“狒狒仗梟楊先導。”“北朐西”①,《爾雅疏》引《經》作“北煦西”。其爲人人面長脣,黑身有毛,反踵,見人笑亦笑;左手操管。郭曰:“《周書》曰:‘州靡髳鬃者,人身反踵,自笑,笑則上脣掩其面。’《爾雅》云‘鬃鬃’。《大傳》曰:“《周書》:‘成王時州靡國獻之。’”《海内經》謂之‘贛巨人’。今交州南康郡深山中皆有此物也。長丈許,脚跟反向,健走,被髪,好笑;雌者能作汁,灑人即病,土俗呼爲山都。南康今有贛水,以有此人,因以名水。猶《大荒》説地有蜮人,人因號其山爲蜮山,亦此類也。”任臣案:《酉陽雜俎》:“狒狒力負千斤,作人言如鳥聲,能知生死,笑輒上吻插額,血可染緋,髪可爲髲,飲其血可見鬼。宋建武時高郡城進雌雄二頭。”《圖贊》曰:“狒狒怪獸,被髪操竹。獲人則笑,脣蔽其目。終亦號咷,反爲我戮。”

兕在舜葬東,湘水南,任臣案:《釋義》曰:“今廣西。”其狀如牛,蒼黑,一角。任臣案:《爾雅》:“兕似牛”。注云:“一角,青色,重千斤。”《説文》:“兕如野牛,皮堅厚,可制鎧。”《交州記》曰:“兕出九德,有角,角長三尺餘,形如馬鞭柄。”

蒼梧之山,任臣案:劉會孟曰:“蒼梧,今屬湖廣永州府寧遠縣,其

---

① “北”,原作“此”,據金閶書業堂本改。

山九磔相似。"帝舜葬于陽，郭曰："即九疑山也。《禮記》亦曰：'舜葬蒼梧之野也。'"任臣案：《傳》曰："舜葬蒼梧九疑之山。"《拾遺記》曰："舜葬蒼梧，有鳥如雀，來蒼梧之野，銜青砂珠，積成壟阜，名曰珠邱。"《竇櫝記》云："舜葬蒼梧，有鳥名馮霄，能銜土成墳邱。兼能返形變色，登木則成禽，行地則爲獸。"《吕覽》云："舜葬紀市，不變其肆。"蓋九疑山下亦有紀邑也。或云："紀在河中府皮氏。"又王應麟《困學紀聞》曰："舜葬蒼梧之野。"薛氏云："孟子以爲卒于鳴條。"《吕氏春秋》云："舜葬于紀。"蒼梧山在海州界，近莒之紀城；鳴條亭在陳留之平邱。今考《九域志》，海州東海縣有蒼梧山，始存其説以傳疑云。帝丹朱葬于陰。郭曰："今丹陽復有丹朱冢也。《竹書》亦曰：'后稷放帝朱于丹水。'與此義符。丹朱稱帝者，猶漢山陽公死加獻帝之謚也。"任臣案：《九域志》："鄧今有丹朱冢。"《郡縣釋名》云："丹朱陵乃在相之永和鎮。"王在晋《山陵考》曰："丹朱冢在南陽府内鄉縣西北七里。"《一統志》亦云："在内鄉縣廢淅川縣西北。"未知孰是。又丹朱稱帝，猶象封有鼻而稱鼻天子也。上世朴略，不以此稱爲嫌，故不帝。而帝者如魁臺、青陽、乾荒、儒帝、玄嚻、商均，皆帝稱，不獨一朱也。郭以漢獻事例之，非其倫矣。

汜林方三百里，在狌狌東。郭曰："或作猩猩，字同耳。"狌狌知人名，任臣案：《淮南子》："猩猩知往而不知來，乾鵠知來而不知往。"其爲獸如豕而人面，郭曰："《周書》曰：'鄭郭狌狌者，狀如黄狗而人面。頭如雄雞，食之不眯。'今交趾封溪出狌狌，土俗人説云，狀如豚而腹似狗，①聲如小兒啼也。"任臣案：《獸經》云："狒狒人面而善笑，猩猩人面而善啼。"《水經注》云："葉榆有猩猩獸，形若黄狗，又狀貆豘。人面，頭顔端正，善與人言，音聲麗妙，如婦人好女。"《圖贊》曰："狌狌之狀，形乍如犬。厥性識往，爲物警辨。以酒招災，自治纓罥。"在舜葬西。

狌狌西北有犀牛，其狀如牛而黑。郭曰："犀牛似水牛，猪頭，在狌狌知人名之西北，庳脚，三角。"任臣案：犀牛三角，一在頂上，一在額

---

① "腹"，原作"後"，據金閶書業堂本改。

上,一在鼻上,所謂食角也。劉欣期《交州記》云:"犀出九德,毛如豕,蹄有甲,頭似馬。"吴録《地理志》云:"武陵沅陵縣以南皆有犀。"

夏后啓之臣曰孟涂,是司神于巴人。郭曰:"聽其獄訟,爲之神主。"任臣案:《冠編》:"夏禹二歲,命孟涂爲理。"《竹書紀年》:"帝啓八歲,使孟涂爲巴莅訟。"《路史》云:"孟涂敬職而能理神爰,封于丹。"《水經注》引此作"血涂"。請訟于孟涂之所,郭曰:"令斷之也。"其衣有血者乃執之,郭曰:"不直者則血見于衣。"是請生。郭曰:"言好生也。"任臣案:《圖贊》曰:"孟涂司巴,聽訟是非。厥理有此,血乃見衣。所請靈斷,嗚呼神微。"居山上,在丹山西。丹山在丹陽南,丹陽居屬也。郭曰:"今建平郡丹陽城秭歸縣東七里,即孟涂所居也。"任臣案:羅苹云:"丹山之西即孟涂之所理也。"丹山乃今巫山。窫窳龍首,居弱水中,在狌狌知人名之西,其狀如龍首,食人。郭曰:"窫窳,本蛇身人面,爲貳負臣所殺,復化而成此物也。"有木,其狀如牛,郭曰:"《河圖玉版》説,芝草樹生,或如車馬,或如龍蛇之狀,亦此類也。"引之有皮,若纓、黄蛇。郭曰:"言牽之皮剥如人冠纓及黄蛇狀也。"其葉如羅,郭曰:"如綾羅也。"任臣案:羅,木名也。楊檖,一名羅,見《爾雅》。其實如欒,郭曰:"欒,木名,黄木,赤枝,青葉,生雲雨山;或作卵,或作麻,音鑾。"任臣案:《藻林》云:"欒,即木蘭,凡冢皆樹之。"又《本草》:"木欒子形如豌豆,堪爲數珠。"則木之名欒者不一也。楊慎《補注》云:"欒借作丸,謂圓如鳥彈也。"《抱朴子》曰:"建木芝生於都廣,其皮如纓,其實如鸞。"是以建木爲木芝,且謂其實如飛鳥狀。數説未知孰是。其木若蓲,郭曰:"蓲亦木名,未詳。"任臣案:《字彙》:"音謳,刺榆也。"其名曰建木,任臣案:《淮南子》云:"建木在廣都。"張衡《思玄賦》:"躔建木于廣都兮,摭若華而躊躇。"馬融《廣成頌》:"珍林嘉樹,建木叢生。"孫綽《天台山賦》:"建木滅景於千尋,琪樹璀璨而垂珠。"江淹《遂古篇》:"建木千里,鳥易論兮。"庾信《趙將軍墓銘》:"波分建木,派流玄滬。"敬括《建木賦》:"廣都有建木焉,大五千圍,生不知始,高八千尺,仰不見巔。"在窫窳西弱水上。郭曰："建木青葉，紫莖，黑花，黄實，其下聲無響，立無影也。"任臣案：《圖贊》曰："爰有建木，黄實紫柯。皮如蛇纓，葉有素羅。絶蔭弱水，異人則過。"

氐人國郭曰："氐，音觸抵之抵。"在建木西，其爲人人面而魚身，無足。郭曰："盡胸以上人，胸以下魚也。"任臣案：即《大荒》"互人國"也。羅泌云："互人宜作氐人。"徐鉉《稽神録》云："謝仲玉者，見婦人出没水中，腰以下皆魚。"《徂異記》曰："查道奉使高麗，見海沙中一婦人，肘後有紅鬣，問之，曰：人魚也。"《職方外紀》云："海中有海女，上體爲女人，下體則魚形。"又禹治洪水，觀于河，見白面長人魚身出，曰："吾河精也。"形狀與此同。

巴蛇食象，三歲而出其骨，君子服之，無心腹之疾。郭曰："今南方蚺蛇吞鹿，鹿已爛，自絞于樹，腹中骨皆穿鱗甲間出，此其類也。《楚辭》曰：'有蛇吞象，厥大何如？'説者云蛇長千尋。"任臣案：《函史·物性志》："巴蛇長十尋，備青黄赤黑色，食象，三歲而出其骨。"庾仲雍《江記》曰："羿屠巴蛇于洞庭，其骨若陵。"《文心雕龍注》："巴邱山一名巴蛇冢。"是其地也。《一統志》："巴蛇冢在岳州府城南。"《長沙風土記》云："巴蛇吞象，空見于圖書；鵩鳥似鴞，但聞于詞賦。"左思《三都賦》："屠巴蛇，出象骼。"虞世南《師子賦》："碎隨兕于斷齶，握巴蛇于指掌。"李白詩："修蛇横洞庭，吞象臨江島。"柳宗元《天對》云："巴蛇腹象，足覿厥大。三歲遺骨，其修已號。"吴淑《蛇賦》云："或乘彼龍星，或出夫象骼。"謂此也。《圖贊》曰："象實巨獸，有蛇吞之。越出其骨，三年爲期。厥大何如，屈生是疑。"羅良願曰："説巴陵者，以爲巴蛇之死，其骨若陵。又有象骨山，以爲象暴骨之所。"今倭國有獸如牛，名山鼠，彼有大蛇亦吞此獸，皮堅不可斫，蓋巴蛇類也。《聞奇録》曰："番陽有書生，經山中，①見氣高丈餘如煙，鄉人言：此岡子蛇吞象也。遂集衆振譟，已而蛇退入谷中。經宿，鄉人各持缶瓮往，見一象尚立，而肌骨已化爲水，咸鍼破取水，云：過海，置

① "山"，原作"出"，據金閶書業堂本改。

此舟中，能辟去蛟龍。”又《南裔志·蚺蛇贊》：①“蚺維大蛇，既洪且長。采色駮映，其文錦章。食灰貪鹿，腴成養瘠。賓饗嘉食，是豆是觴。”審此，則吞獸者，不獨巴蛇也。其爲蛇青黄赤黑。一曰黑蛇青首，在犀牛西。

旄馬，其狀如馬，四節有毛。郭曰：“《穆天子傳》所謂毫馬者，亦有旄牛。”任臣案：《穆天子傳》注引《經》作“髦馬”。《事物紺珠》云：“旄馬，足可四節，垂毛，出南海外。”在巴蛇西北高山南。

匈奴、郭曰：“一曰玁狁。”開題之國、郭曰：“音提。”列人之國並在西北。郭曰：“三國並在旄馬西北。”

---

① “南”，金閶書業堂本作“曰”。

卷十一

海内西經

海内西南陬以北者。

貳負之臣曰危,危與貳負殺窫窳。帝乃梏之疏屬之山,郭曰:"梏,猶繫縛也。古沃切。"任臣案:《文中子》云:"疏屬之南,汾水之曲。"即斯山也。劉會孟曰:"疏屬山,今陝西延安府綏德縣。"左思《賦》:"亦猶帝之解懸,而與夫桎梏疏屬也。"張協《七命》云:"解疏屬之拘。"王世貞《寓言詩》:"貳負殺窫窳,帝討羈石室。桀拳錮其形,千載鬱如腊。"謂此。桎其右足,郭曰:"桎,械也。"反縛兩手與髮,郭曰:"并髮合縛之也。"繫之山上木。在開題西北。郭曰:"漢宣帝使人上郡發盤石,石室中得一人,跣裸被髮,反縛,械一足,以問群臣,莫能知。劉子政按此言對之,宣帝大驚,於是時人争學《山海經》矣。論者多以謂是其尸象,非真體也。意者以靈怪變化論,難以理測;物禀異氣,出于不然,不可以常運推,不可以近數揆矣。魏時有人發故周王冢者,得殉女子,不死不生,數日時有氣,數月而能語,狀如廿許人。送詣京師,郭太后愛養之,恒在左右。十餘年,太后崩,此女哀思哭泣,一年餘而死。即此類也。"任臣案:《圖贊》曰:"漢擊盤石,其中則危。劉生是識,群臣莫知。可謂博物,山海乃奇。"王充《論衡》云:"董仲舒睹重常之鳥,劉子政曉貳負之尸。"李商隱《啓》:"共工、蚩尤之輩,與貳負同袍。"王世貞《類雋序》:"貳負見表于中山,三觴流迹于洛水。"盧柟《放招賦》:"貳負反縛,石室圜且。"又《酬德賦》:"緩貳負之虐械,啓華表之靈思。"又詩:"貳負縛暝間,石室梏兩足。”指此也。又《獨異志》載劉歆司疏屬之尸，須七歲女子以乳之，即變爲人。帝如其言，遂能應對。故《慱物策》云：“取女乳而疏屬之尸可語。”辭亦誕矣。《宛委餘編》云：“劉向識貳負桎梏之尸。蓋僵尸數千年不朽者也。今鄠溪水側有重人穴，穴中有僵尸，不知年載。”又記云：“人以五月五日生者，尸不腐。”皆此之類。

大澤方百里，群鳥所生及所解。郭曰：“百鳥於此生乳，解之毛羽。”任臣案：《竹書紀年》：“王北征流沙，積羽千里。”即此。《圖贊》曰：“地號積羽，厥方百里。群鳥雲集，鼓翅雷起。穆王旋軫，爰策騄耳。”在鴈門北。鴈門山，鴈出其間。在高柳北。任臣案：江淹《别賦》：“遼水無極，鴈山參雲。”吴淑《鴈賦》：“入梁州而逾塞，過高柳而知門。”《一統志》：“鴈門山在代州北三十五里，鴈出其門故名。一名鴈門塞。”今有鴈門關，隋有鴈門縣。

高柳在代北。任臣案：《水經注》：“高柳在代中，其山重巒叠巘，霞舉雲高，連山隱隱，東出遼塞。”徐陵《勸進元帝表》：“高柳生風，扶桑銜日。”庾信《宿國公碑》：“名雄高柳。”又《趙廣碑》：“南臨高柳。”楊炯《孔子碑》：“映高柳而對扶桑。”即斯地也。后稷之葬，山水環之。郭曰：“在廣都之野。”在氐國西。

流黄酆氏之國，任臣案：一本作豐。中方三百里，郭曰：“言國城内。”任臣案：《淮南子》：“流黄沃民在其北，方三百里。”羅泌《國名記》云：“流黄辛姓，在三巴之東。”有塗四方，郭曰：“塗，道。”任臣案：《圖贊》曰：“城圍三百，連河此戎。① 動是塵昏，蒸氣霧重。焉得游之，以遨以縱。”中有山，在后稷葬西。任臣案：劉會孟云：“太昊初，國于此。”

流沙出鍾山，任臣案：流沙，即鳴沙界，其地，人馬踐之有聲。《括地象》曰：“水有懸泉之神，山有鳴沙之異。”《王制》：“西不盡流沙。”《禹貢》：“西被于流沙。”宋玉《招魂篇》：“西方之害，流沙千里。”《晉書》曰：

① “此戎”，金閶書業堂本作“北棟”。

“弱水出流沙。流沙與水同行也，在西海郡北。”《雍大記》曰：“鳴沙山在河州衛城南七里，一名沙角山，沙如乾糠，天氣清朗時沙鳴聞于城内。”《水經》：“流沙地在張掖居延縣東北。”《五代史》云：“瓜州南十里有鳴沙山，冬夏殷殷，有聲如雷。”蔡沈《書傳》曰：“河州西八十里，其沙隨風而行，故曰流沙。”方勻云：“西安州即唐鹽州，西至流沙六日，沙深細，没馬脛，無水源，即乾沙耳。二日至西海。”沈括《記》：“鄜延西北有范河，即淖沙也。北人謂之活沙，人馬履之，外皆動如人行，幙上其下，足處甚堅。若遇其一陷，則人馬駝車應時皆没。或謂此即流沙也。”《路史》亦謂之“神沙”。《圖贊》曰：“天限内外，分以流沙。經带西極，頽塘委蛇。注於黑水，永溺餘波。”又《嶺海異聞》云：“萬里長沙在萬里石塘東南，即流沙河也。”疑此爲流沙之下流。西行又南行昆侖之墟，西南入海黑水之山。郭曰：“今西海居延澤。《尚書》所謂‘流沙’者，形如月生五日也。”任臣案：杨慎云：“謂形如半月也。”唐詩：“江畔洲如月。”闕

東胡在大澤東。

夷人在東胡東。

貊國在漢水東北。地近於燕，滅之。

孟鳥郭曰：“亦鳥名也。”在貊國東北，其鳥文赤黄青，東鄉。任臣案：《釋義》云：“孟鳥上無所因，而獨當紀事之一意，其群聚，若犬國與。”

海内昆侖之墟，在西北，郭曰：“言海内者，明海外復有昆侖山。”任臣案：王崇慶云：“疑其重出，恐非有二昆侖。”帝之下都，昆侖之墟，方八百里，高萬仞。郭曰：“皆謂其墟基廣輪之高庳耳。自此以上二千五百餘里，上有醴泉、華池，去嵩高五萬里，蓋天地之中也。見《禹本紀》。”任臣案：《十洲記》云①：“昆侖有三角，正北曰閬風巔，正西曰玄圃臺，正東曰昆侖宫。”《神異經》曰：“昆侖有銅柱焉，其高入天，所謂天柱也。圍三千里，圓如削。”江淹《遂古篇》云：“昆侖之墟海此間兮，去彼

① “十”，原作“下”，據金閶書業堂本改。

宗周萬二千兮。"上有木禾，長五尋，大五圍。郭曰："木禾，穀類也。生黑水之阿，可食，見《穆天子傳》。"任臣案：《淮南子》："昆侖，其高萬一千里，百一十四步，三尺六寸，上有木禾，其修五尋。"李善云："禾，木生而王，木衰而死，故曰木禾。"《抱朴子》云："昆侖上有木禾，高四丈九尺。"《事物紺珠》云："木禾二月生，八月熟。"張衡《思玄賦》："發昔夢於木禾兮，穀昆侖之高岡。"張景陽《七命》云："大梁之黍，瓊山之禾。"注云："瓊山禾，即昆侖木禾也。"亶爰子《齊山賦》云："澹容與以邅迴兮，仰木禾焉是襄。"柳宗元詩："披山窮木禾，駕海踰蟠桃。"《圖贊》曰："昆侖之陽，鴻鷺之阿。爰有嘉穀，號曰木禾。匪植匪藝，自然靈播。"王圻《續通考》云："明始興令楊應隆言，①其遠祖掘地得石甕，發之，有物數百枚，長三寸餘，上下膚如穀形，去膚熟之，直是大米，後食者皆百二三十歲。"嘗讀《圖經》，稱昆侖有木禾，食者得上壽，豈其餘粒耶？又飛廉草亦名木禾，食之身輕延壽。與此同名異實。面有九井，以玉爲檻。郭曰："檻，欄。"任臣案：《淮南子》："昆侖旁有九井，玉横維其西北之隅。"《吕氏春秋》云"昆侖之井。"面有九門，門有開明獸守之，百神之所在，在八隅之巖，郭曰："在巖間也。"任臣案：《靈寶經》曰："五山安鎮，玄岳高峙，昆侖閬風，黄老爲治。"葛洪《枕中書》云："昆侖玄圃，金爲墉城，四方千里，城上安金臺五所，玉樓十二，瓊華之屋、紫翠丹房、七寶金玉積之連天，巨獸萬尋，靈香億千，西王母九光所治，群仙無量也。"赤水之際，非仁羿莫能上岡之巖。郭曰："言非仁人及有才藝如羿者不能得登此山之岡嶺巉巖也。羿嘗請藥西王母，亦言其得道也。羿，一或作聖。"任臣案：《路史》："堯命羿去下地之難，號仁羿。"楊慎《補注》云："古謂有才藝者爲羿，非必指有窮之君也。"

赤水出東南隅，以行其東北。西南流注南海厭火東。任臣案：《郡縣釋名》曰："赤水衛城南有赤水河，一名赤虺河，源出芒郭。"

河水出東北隅，以行其北，西南又入渤海，又出海外，即

---

①"楊"，原作"甘"，據金閶書業堂本改。

西而北，入禹所導積石山。郭曰："禹治水復決疏出之，故云'導河積石'。"任臣案：《漢書·西域傳》："河有兩源，一出葱嶺，一出于闐。于闐在南山下，其河北流，與葱嶺河合，東注蒲昌海。蒲昌海一名鹽澤，即泑澤也。又復潛行地下，南出積石，爲中國河。"蔡沈云："積石在金城郡河關縣。"又古之言"河源"者不一，元都實以河出火敦腦兒，明宗泐親至其地，復云出赤拔必列山。要皆昆仑之異名也。《爾雅注》引《經》云"河出昆仑西北隅"。

洋水、郭曰："音翔。"任臣案：《穆天子傳》："庚辰，濟于洋水。"即斯水。高誘《淮南注》云："洋水經隴西氐道東至武都爲漢陽。"黑水出西北隅，以東，東行，又東北，南入海，羽民南。

弱水、青水出西南隅，以東，又北，又西南，過畢方鳥東。郭曰："《西域傳》：'烏弋國去長安萬五千餘里，西行可百餘日，至條枝國，臨西海。長老傳聞，有弱水西王母云。'《東夷傳》亦曰，長城外數千里，亦有弱水。皆所未見也。《淮南子》云：'弱水出窮石。'窮石，今之西郡那冉，蓋其派別之源耳。"任臣案：今溜山四面濱海，小溜無慮三千，舟行遇風，入溜即溺，土人曰此弱水三千也。

昆侖南淵深三百仞。郭曰："靈淵。"開明獸身大類虎而九首，皆人面，東嚮立昆侖上。郭曰："天獸也。《銘》曰：'開明爲獸。禀資乾精，瞪視昆侖，威振百靈。'"任臣案：《駢雅》云："虎大而長尾曰酋耳，長尾而五采曰騶吾，九首而人面曰開明。"《圖贊》云："開明天獸，禀兹乾精。虎身人面，表此傑形。瞪視昆山，威慑百靈。"劉基《樂府》曰："指揮開明闢帝關。"又《抱朴子》稱：昆侖有神獸，獅子、辟邪、天鹿、焦羊之屬，五城十二樓下有青龍、白虎、蜲蛇，明不獨開明也。

開明西有鳳凰、鸞鳥，皆戴蛇踐蛇，膺有赤蛇。

開明北有視肉、珠樹、任臣案：《淮南子》："增城九重，珠樹在其西。"《列子》："蓬萊之山，珠玕之樹叢生。"李時珍以爲"珠樹即琅玕樹"也。蓋古人謂石之美者多謂之珠。《廣雅》稱："琉璃、珊瑚皆爲珠。"是已。然下文復有琅玕樹，不應前後異稱，且更叠見，所未敢信也。又案：

熊大古《冀越集》云:"嘗見蜑人得珠子樹數擔。"田藝衡《日札》亦以嶺南有珠子樹。又《海外經》有三珠樹。則珠樹當自是一種,豈即王子年所謂珍林者歟?吴淑《珠賦》云:"曾城列樹,開明廣植。"梁簡文《南郊頌序》:"珠樹素禽,越火枝之地。"王勃《九成宫頌》:"沼分瑶水,花跨珠林。"顧起元《壯游歌》:"金芝何翩翩,珠樹何扶疏。"張仲素《晏瑶池賦》:"翩翩三鳥,拂珠樹以相隨。"楊維禎《小游仙詩》:"錦駝鳥鳴珠樹林。"黄道周詩:"珊瑚生海中,珠樹出危嶺。"許景樊《望仙謡》:"三花珠樹春雲香。"本此。又王充《論衡》云:"珠樹似珠,非真珠也。"文玉樹、郭曰:"五采玉樹。"任臣案:王嘉《拾遺記》曰:"昆仑山第六層有五色玉樹,蔭翳五百里,夜至水上,其光如燭。"《括地象》曰:"昆仑墟北有玉樹。"《淮南子》云:"有玉樹在赤水之上。"《抱朴子》云:"昆仑有珠玉樹,沙棠、琅玕、碧瑰之樹,玉李、玉瓜、玉桃,每風起,珠玉之樹枝條花葉互相扣擊,自成五音。"又揚雄《甘泉賦》:"翠玉樹之青葱。"師古注云:"玉樹集衆寶爲之。"《漢武故事》云:"上起甲帳、乙帳,前庭種玉樹。"《三輔黄圖》云:"甘泉宫北有槐樹,今謂玉樹。"紀少瑜詩:"玉樹起千層。"曹植詩:"緑蘿緣玉樹。"庾闡詩:"玉樹標雲翠蔚。"梁劉七舉亦曰:"玉樹青葱。"所説不同,未知所指也。又《黄氣陽精經》曰:"諸天人悉采珠玉之華,以拂日月之光。"《雲笈七籤》云:"真人星圍七百七十里,玄冥星圍八百里,中有玉樹,赤實金翅之所栖。"復云:"流汨之池廣千里,中有玉樹。"其説似近誕也。玗琪樹、郭曰:"玗琪,赤玉屬也。吴天璽元年,臨海郡吏伍曜在海水際得石樹,高二尺餘,莖葉紫色,詰曲傾靡,有光彩,即玉樹之類也。于、其兩音。"任臣案:《爾雅》:"東方之美者,有醫無閭之珣玗琪焉。"《説文》:"玗琪,石之似玉者。"《穆天子傳》云:"重䲨氏之所守,曰玗琪、璬尾。"《駢雅》曰:"長瓃、玗琪,美玉也。"《神異經》曰:"瀛洲之山有琪樹瑶草。"武伯奮詩:"琪樹年年玉葉新。"黄姬水《職貢圖箴》:"苕華玗琪。"王氏《大和山賦》:"旡瓚玗琪。"盧柟《賦》:"瑶碧之草,玗琪之樹。"《圖贊》曰:"文玉玗琪,方以類叢。翠葉猗萎,丹柯玲瓏。玉光争焕,彩艶火龍。"楊慎《補注》云:"玗琪,即珊瑚樹。"未審是非也。又孫綽《賦》:"琪樹璀璨而垂珠。"《明皇歌》云:"庭前琪樹已堪攀。"此蓋泛指雜樹也。又《六朝事迹》言:"寳林寺前有琪樹。"疑亦同名而異物者。不死樹。郭曰:"言長生也。"任臣案:《鴻烈解》:"玉樹、璇樹、不死樹,在昆侖西。"《洛陽記》云:"明光殿前長生木樹二枝。"《林中記》云:"金華殿後有長生樹,世謂之西王母長生樹。"皆不死樹也。張衡《思玄賦》:"登閬風之層城兮,搆不死而爲牀。"徐陵《天台碑》:"不死之草,猶稱南裔;長生之樹,尚挺西昆。"謂此。《圖贊》曰:"萬物暫見,人生如寄。不死之樹,壽蔽天地。請藥西姥,烏得如羿。"鳳皇、鸞鳥皆戴瞂。郭曰:"音戈盾也。"又有離朱、任臣案:一名離俞。木禾、柏樹、甘水、郭曰:"即醴泉也。"聖木、郭曰:"食之令人智聖也。"任臣案:《圖贊》曰:"醴泉睿木,養靈盡性。增氣之和,祛神之冥。何必生知,然後爲聖。"曼兑,郭曰:"未詳。"一曰挺木牙交。郭曰:"《淮南》作'旋樹'。旋,玉類也。"

開明東有巫彭、巫抵、巫陽、巫履、巫凡、巫相,郭曰:"皆神醫也。《世本》曰:'巫彭作醫。'《楚辭》曰:'帝告巫陽。'"任臣案:《中天佚典》:"巫彭問沈淵格天之道。"又云:"帝偕巫彭,造濟之陽。"《吕氏春秋》、許慎《説文》、張季明《醫説》皆云"巫彭初作醫"。盧柟《放招賦》云:"太卜巫彭。"《路史》云:"黄帝命巫陽主筮。"蘇軾《文公碑》:"謳吟下遣招巫陽。"王世貞《挽歌》:"仰問巫陽師,安能爲我權。"又《離閔》云:"招徐吾使獄余兮,巫陽據而見逮。"顧起元《賦》:"帝閽狺狺在鬱蕭兮,孰召歲祟與巫陽。"《蠛蠓集》云:"緘悲歸來兮卜巫陽。"又《彙苑》:"巫陽,天帝之女也,主巫。"余寅《同姓名録》曰:"《海内西經》:'開明東有六巫',皆神醫也。《大荒西經》:'豐沮玉門有十巫,升降靈山中。'有兩巫彭、兩巫抵,疑非一人。是以疊見而各處一山。"夾窫窳之尸,皆操不死之藥以距之。郭曰:"爲距却死氣,求更生。"窫窳者,蛇身人面,貳負臣所殺也。任臣案:《圖贊》曰:"窫窳無罪,見害貳負。帝命群巫,操藥夾守。遂淪溺淵,變爲龍首。"

服常樹,郭曰:"服常木,未詳。"任臣案:《淮南子》:"沙棠琅玕在昆侖東。"服常疑是沙棠。其上有三頭人，伺琅玕樹。郭曰："琅玕子似珠。《爾雅》曰：'西北之美者，有昆侖之琅玕焉。'莊周曰：'有人三頭，遞卧遞起，以伺琅玕與玗琪子。'謂此人也。"任臣案：《淮南子》云："南方有鳥名爲鳳，①天爲生食。其樹名瓊枝，②以璆琳琅玕爲實。天又爲生離珠，③一人三頭，遞卧遞起，以伺琅玕也。"黄道周《表》："大臣近而小臣親，即伺鳳凰琅玕之實。④"《稽瑞録》云："人伺琅玕，龜送《洪範》。⑤"本此。《圖贊》曰："服常琅玕，昆山奇樹。丹實珠離，緑葉碧布。三頭是伺，遞望遞顧。"《拾遺記》云："昆侖有璆琳琅玕之玉。"荀子注："昆侖山有琅玕樹。琅玕，蓋石似珠者，可爲冠冕之飾。"《禹貢》："雍州厥貢，惟璆琳琅玕。"張衡《四愁詩》："美人贈我金琅玕。"傅玄《西長安詩》："羽爵翠琅玕。"李白詩："鳳凰不啄粟，所食在琅玕。"《本草》謂之"青珠"。《别録》謂之"石珠"，或謂之"石闌干"。

開明南有樹任臣案：《淮南子》："絳樹在昆侖南。"鳥，六首；蛟、郭曰："蛟似蛇，四脚，龍類也。"蝮、蛇、任臣案：《爾雅》："蝮、蛇博三丈，首大如擘。"疏云："江淮以南曰蝮，江淮以北曰虺。"《本草序》云："鱗屬卵生，而蝮、蛇胎産。"蜼、豹、鳥秩樹，郭曰："木名，未詳。"于表池樹木，郭曰："言列樹以表池，即華池也。"誦鳥、郭曰："鳥名，形未詳也。"鶽、郭曰："雕也。《穆天子傳》曰：'爰有白鶽、青雕。'音竹筍之筍。"任臣案：字或去"鳥"，《易》："射隼于高墉。"視肉。

---

① "鳳"，原闕，據金閶書業堂本補。
② "其"，原闕，據金閶書業堂本補。
③ "爲"，原闕，據金閶書業堂本補。
④ "實"，金閶書業堂本作"寶"。
⑤ "龜"，原闕，據金閶書業堂本補。

卷十二

海内北經

海内西北陬以東者。

蛇巫之山，上有人操杯，而東向立，一曰龜山。郭曰："杯或作棓，字同。"任臣案：楊氏《古韻》曰："杯、棓古字通，大杖也。音棒打之棒。作'杯'音者，非。"又林茂槐《字考》云："璞注：'杯或作棓'，乃木杖，上聲也。用修以杯作去聲，何耶？"朱晦翁曰："《山海經》諸篇記異物飛走之類多云'東向'，或作'東首'，皆爲一定不易之形，疑本依圖畫而爲之，非實紀此處有此物也。"

西王母梯几而戴勝杖，郭曰："梯謂凴也。"其南有三青鳥，爲西王母取食。郭曰："又有三足鳥主給使。"在昆侖墟北。有人曰大行伯，把戈。其東有犬封國。郭曰："昔盤瓠殺戎王，高辛以美女妻之，不可以訓，乃浮之會稽東南海中，得三百里地封之，生男爲狗，女爲美人，是爲狗封之民也。"任臣案：劉會孟云："今長沙武陵蠻是瓠犬之後。"游扑《諸苗考》曰："麻陽民土著者，皆槃瓠種，與苗同祖。一村有石名槃瓠石，民共祀焉。有犵猪，其先亦同姓。"貳負之尸，在大行伯東。

犬封國曰犬戎國，郭曰："黄帝之後卞明生白犬二頭，[1]自相牝

---

① "卞"原作"十"，據金閶書業堂本改。

牡,遂爲此國。”狀如犬。郭曰:“言狗國也。”任臣案:《淮南子》:“狗國在其東。”《事物紺珠》云:“狗國人身狗首,長毛不衣,語若嗥,其妻皆人,能漢語,穴居食生。”有一女子,方跪進杯食。郭曰:“與狗食也。”有文馬,縞身朱鬣,郭曰:“色白如縞。”任臣案:李賀《馬詩》:“鬣焦朱色落。”謂此。目若黄金,名曰吉量,郭曰:“一作良。”乘之壽千歲。郭曰:“《周書》曰:‘犬戎文馬,赤鬣白身,目若黄金,名曰吉黄之乘。成王時獻之。’《六韜》曰:‘文身朱鬣,眼若黄金,項若雞尾,名曰雞斯之乘。’《大傳》曰:‘駮身朱鬣雞目。’《山海經》亦有‘吉黄之乘,壽千歲’者,惟名有不同,説有小錯,其實一物耳。今博舉之以廣異聞也。”任臣案:《公羊注疏》:“文王得白馬朱鬣、大貝、元龜。”《禮斗威儀》云:“白馬朱鬣,瑞於文王。”王應麟《王會注》云:“吉黄之乘,周文王時西土獻之。”《書大傳》:“散宜生之犬戎氏取美馬,駮身朱鬣雞目者,取九六焉。”《瑞應圖》云:“騰黄,神馬。一名吉光。”《説文》:“馬赤鬣縞身,目若黄金,名曰媽。”《字彙》作“駇”。《淮南子》云:“澤馬曰吉良。”《博物志》曰:“文馬赤鬣,身白,名古黄之乘。”又《五音集韻》引《經》云:“犬封國有文馬,縞身朱驪,名曰古駺。”《藝文類聚》引《經》云:“犬封之國有文馬,縞身朱鬤,名曰吉彊。”稱名各别,是古本之殊也。《圖贊》曰:“金精朱鬣,龍行駿跱。拾節鴻鶩,塵不及起。是謂吉皇,釋聖牖里。”

鬼國在貳負之尸北,爲物人面而一目。一曰貳負神在其東,爲物人面蛇身。任臣案:《論衡》:“北方有鬼國。”《玄覽》云:“毗舍那有鳥語鬼形之民。”楊氏《裔乘》云:“鬼國在駮馬國西。”或曰:“易稱伐鬼方。”即此也。利瑪竇《輿圖志》云:“鬼國之人噉鹿與蛇,耳、目、鼻與人同,惟口在頂上。”此與《經》説全異,當别爲一種耳。又劉會孟曰:“羅施鬼國,今貴州。”然貴竹地屬西南,其説未是。《談薈》云:“鬼國人面蛇身而一目。”蓋謂此。

蜪犬郭曰:“音陶。或作蚼,音鉤。”如犬,青,食人從首始。任臣案:《談薈》云:“蜪犬如犬,嶌狗如莵。”盧柟《昆侖山人賦》:“誇畢方使先驅兮,走蜪犬之狺狺。”又《放招賦》:“蜪犬狺狺,從首是食。”且本此也。

王氏《釋義》曰："凡獸相食，視朔望爲準，朔以後食首，望以後食下體。"此食人從首，其尤異者與。

窮奇狀如虎，有翼，郭曰："毛如蝟。"任臣案：《吕氏春秋》："鴈門北，饕餮、窮奇之地。"《太平御覽》："北方有獸，狀如虎，有翼，名窮奇。"即此。又窮奇、渾敦、檮杌、饕餮，是爲四凶，取此義也。盧柟《滄溟賦》："邀余於泰皇之坂，以觀乎窮奇之民。"食人從首始，所食被髮，在蜪犬北。一曰從足。

帝堯臺、帝嚳臺、帝丹朱臺、帝舜臺，各二臺，臺四方，在昆侖東北。郭曰："此蓋天子廵狩所經過，①夷狄慕聖人恩德，輒其爲築立臺觀，以標顯其遺迹也。一本云：所殺相柳地腥臊不可種五穀，以爲衆帝之臺。"任臣案：《九域志》："翼之唐陽有堯臺。"《郡國志》云："信都、堂陽古臺二，並號堯臺。"《城塜記》云："堯臺二所。"羅泌《餘論》曰："《海内北經》有'帝堯臺、帝嚳臺、帝舜臺'之類，非一。夫帝王之冢曰陵，亦謂之臺。"《傳》言："禹殺相柳，其血腥，不可以植，乃以爲衆帝之臺。'故帝嚳曰頓邱臺，堯母冢曰靈臺，②鄴有魏文、武、甄后三陵臺。張賓進所謂'三臺險固'者也。"顧起元《説略》曰："古聖久於其位，赴格之日，殊方異域無不爲位而墳土以致其哀敬。顓、嚳、堯、湯之陵臺，皆傳數出。漢遠郡國皆起國廟，亦若是也。"

大𧒂其狀如螽。朱蛾其狀如蛾。郭曰："蛾，蚍蜉也。《楚辭》曰：'玄蜂如壺，赤蛾如象。'謂此也。"任臣案：《爾雅》："土蜂，即馬蜂也。荆楚間呼爲蟺。"《方言》曰："蜂大有蜜謂之壺蜂。"《嶺表録異》曰："唐劉恂見大蜂結房山林間，大如巨鐘。"彭儼《五侯鯖》云："大蜂出昆侖，長一丈，其毒殺象。"杜陽《雜編》曰："唐德宗時，吴明國貢碧蜜蜂，聲如鸞鳳，大者重十餘斤，蜜色翠碧。"亦斯類也。"蛾""蟻"通，《五行記》："後魏時兖州有赤蟻與黑蟻鬥，長六七步，廣四寸。"《玄覽》云："潮州有盈尺之

① "過"下，金閭書業堂本有"之地"二字。
② "母"，原作"丹"，據金閭書業堂本改。

蟻。"則《離騷》所謂"如象"，非寓言矣。吴淑《蟻賦》云："處欄錡之石，出昆侖之墟。"本此。《圖贊》曰："蛇巫之山，有人操杯。鬼神蚼犬，主爲妖灾。大蜂朱蛾，群帝之臺。"

蟜，其爲人虎文，脛有膂。郭曰："言脚有膞腸也。音橋。"在窮奇東。一曰，狀如人。昆侖虚北所有。郭曰："此同上物事也。"

闒非，人面而獸身，青色。郭曰："音榻。"任臣案：《伊尹四方令》云："正西鬼親，枳已闒耳。"闒非，疑即闒耳。

據比郭曰："一云掾比。"之尸，其爲人折頸被髮，無一手。任臣案：盧柟《賦》："劈巷溏而撍據比。"又云："問據比之尸。"指此也。《談薈》云："據比之尸，其人無一手。"

環狗，其爲人獸首人身。一曰蝟狀如狗，黄色。任臣案：《五代史》云："牛蹄國之北有狗國，人身狗首，長毛不衣，手搏猛獸，語爲犬嗥。"意即此也。盧柟《泰宇賦》云："檻環狗而踐蠶圍。①"又《伊尹四方令》曰："南有昆侖狗國。"《易林》云："穿胸狗邦，僵離旁春。"計其道里，似别爲一種。

袾，其爲物人身黑首從目。郭曰："袾，即魅也。"任臣案："從"、"縱"通，言其目縱生也。古人亦有縱目者。蜀侯蠶叢，其目縱，死作石棺、石椁，俗以爲縱目人冢，見《華陽國志》。

戎，其爲人人首三角。任臣案：《圖贊》曰："人面獸身，是謂闒非。被髮折頸，據比之尸。戎三其角，袾竪其眉。"

林氏國任臣案：《雜録》："碧芬出林氏國，乃騶虞與豹交而生，大如犬，毛可爲裘。"即此國也。又《汲冢書》："林氏、上衡氏爭權，林氏再戰勿勝。上衡氏僞義勿克，俱身死國亡。"亦斯國也。《國名記》云："林氏國出騶虞，與葛鼠近。"有珍獸，大若虎，五彩畢具、尾長于身，名曰騶

---

① "環"，原作"黄"，金閶書業堂本同，據盧柟《泰宇賦》原文改。

吾,任臣案:《字學指南》引《經》作"騶吾"。賈氏《周禮疏》引《經》作"鄒吾"。乘之日行千里。郭曰:"紂囚文王,閎夭之徒詣林氏國求得此獸獻之,紂大悦,乃釋之。《周書》曰:'夾林酋耳若虎,①尾參於身,食虎豹。'《大傳》謂之'侄獸','吾'亦作'虞'也。"任臣案:陸佃《埤雅》云:"騶虞尾參于身,白虎黑文,西方之獸也。王者有至信之德則應,不踐生草,食自然之肉。"《中興徵祥説》曰:"天下太平則騶虞見。"毛萇《詩傳》云:"騶虞白虎黑文,不食生物。"孫柔之《瑞應圖》云:"王者不暴,及行葦則見。"《括地象》曰:"令訾野中有玉虎晨鳴,雷聲,聖人感應之期。"司馬相如《賦》:"囿騶虞之珍群。"又曰:"般般之獸樂我君囿,白質黑章其儀可喜。"曹丕《典引》云:"擾緇文皓,質于郊獸。"《經》云:"騶虞義獸。"《説文系傳》曰:"騶虞,林氏國之珍獸也。"張衡《東京賦》:"圉林氏之騶虞。"徐氏《謇修賦》云:"駕林氏之騶吾。"謂此也。《圖贊》曰:"怪獸五彩,尾參于身。矯足千里,倏忽若神。是謂騶虞,詩嘆其仁。"劉會孟曰:"五色爛然爲婆羅花,五色畢具爲騶虞獸,皆禀五行之精者,唐太和元年有白虎入重峰觀,即騶虞也。又永樂二年,周王畋鈞州,獲騶虞。宣德四年,滁州來安石固山獲二騶虞,獻之朝,群臣皆賦咏之。"夏原吉《賦序》云:"猊目虎身,白質黑章,修尾逾目,不食生,不踐草。"與《埤雅》所載同。昆侖虚南所,有氾林方三百里。任臣案:《事物紺珠》曰:"西北海泛林浮生,②廣三百里,隨波上下。"盧柟《賦》云:"蹇將游乎泛林。"③指此。

從極之淵任臣案:《路史注》作"縱極"。《水經注》作"中極"。深三百仞,維冰夷恒都焉。郭曰:"冰夷,馮夷也。《淮南》云:'馮夷得道,以潛大川。'即河伯也。《穆天子傳》所謂'河伯無夷'者,《竹書》作'馮夷',字或作'冰'也。"任臣案:《太公金匱》:"河伯名馮循。"《太公伏陰謀》云:"名馮修。"又《河圖》曰:"姓吕名夷。"《鴻烈解》云:"一名馮遲。"名號

① "夾",金閶書業堂本作"英"。
② "泛",原闕,據金閶書業堂本補。
③ "泛",原闕,據金閶書業堂本補。

不同，彼此各異。《聖賢記》曰："馮夷服八石得水仙。"江淹《賦》云："冰夷倚浪以傲睨。"即此也。冰夷人面，乘兩龍。郭曰："畫四面各乘靈車，駕二龍。"任臣案：《括地圖》曰："馮夷恒乘雲車，駕二龍。"《鴻烈解》云："馮夷，大丙之御也。乘雲車入雲蜺。"《酉陽雜俎》云："冰夷人面魚身。"《圖贊》曰："禀華之精，練食八石。乘龍隱淪，往來海若。是謂水仙，號曰河伯。"又曰："水土冰鱗，①潛映洞川。赤松是服，靈蜕乘烟。吐納六極，升降九天。"一曰忠極之淵。陽汙之山，河出其中。郭曰："皆河之枝源所出之處也。"任臣案：陽汙即陽紆。《水經注》："河水又出于陽紆凌門之山，而注于馮逸之山。"《穆天子傳》："天子西征至陽紆之山，河伯馮夷之所都居，是惟河宗氏。"《淮南》曰："禹治洪水，具禱陽紆。"蓋于此也。《括地象》云："河又出于陽紆陵門之山。"《路史·禹紀》："身解陓之河。"注云："陽紆也。"

王子夜之尸，兩首、兩股、胸、首、齒，皆斷異處。郭曰："此蓋形解而神連，貌乖而氣合，合不爲密，離不爲疏。"任臣案：《西京雜記》："因墀國有解形之民，頭飛南海，左手飛東海，右手飛西澤，至暮頭還肩。"又占城國有飛頭婦，韓翕國有飛骸獸，亦然。《圖贊》曰："子夜之尸，體分成七。離不爲疏，合不爲密。苟以神御，形歸於一。"

舜妻登比氏生宵明、燭光，郭曰："即二女字也，以能光照，因名云。"任臣案：《漂粟手牘》曰："娥皇夜寢，夢升于天，無日而明，光芒射目，覺乃燭也。于是變生二女，名曰宵明、燭光。"以二女爲娥皇所出，疑非是。《初學記》云："舜妹有敤手，舜女有宵明、燭光，並未有封邑之號。"處河大澤，郭曰："澤，河邊溢漫處。"二女之靈能照此所方百里。郭曰："言二女神光所燭及者方百里。"任臣案：《淮南子》："宵明、燭光在河洲，所照方千里。"《路史》云："舜次妃癸比氏生二女，曰宵明、曰燭光，處河大澤，靈照百里，是爲湘之神。"顧起元《説略》曰："大澤者，洞庭之謂；而光照者，威靈之所暨也。迄今湘神所賓靈正百里，然則湘祠爲虞帝

① "土"，金閶書業堂本作"上"。

之二女，復何疑耶？”《圖贊》曰：“水有佳人，宵明燭光。流耀河湄，禀此奇祥。維舜二女，别處一方。”江淹《遂古篇》：“帝之二女游湘沅兮，宵明燭光何焜煌兮。”又《清思詩》：“帝女在河洲，晦映西海側。”又《效阮體詩》：“宵明輝西極，女圭映東海。”謝靈運《緩歌》：“蛾皇發湘浦，宵明出河洲。”温子昇《常山公主碑》：“令淑之至，比光明於宵燭。”蘇頲《凉國公主碑》：“我則有祥，宵明燭光。”張説《鄎國公主碑》：“舜有宵燭，動百里之光耀。”本此也。一名登北氏。任臣案：登北，《書》多作“癸北”。《姓纂》又作“癸比”。舜之第三妃也。《冠編》云：“禹封癸比氏之出于巴陵。”《蛙螢子》又云：“癸比氏從子封巴陵，生二女，是謂湘神。《楚辭》所稱‘湘夫人’者，指宵明燭光也。”《説略》曰：“湘陰黄陵爲癸比之墓，而臨桂縣城北十餘里有雙女冢，特舜女也。”程良孺云：“舜三妃亦名少匽。”

蓋國在鉅燕南，倭北。倭屬燕。郭曰：“倭國在带方東大海内，以女爲主，其俗露紒，衣服無針功，以丹朱塗身，不妒忌，一男子數十婦也。”任臣案：鄭樵《都邑略》：“東沃沮在蓋馬大山之東。”注云：“蓋馬縣名疑即蓋國。”又《路史》云：“登北國在鉅燕之南，倭之北，屬燕。”似二國同一地也。

朝鮮在列陽東，海北山南。列陽屬燕。郭曰：“朝鮮今樂浪縣，箕子所封也。列亦水名也，今在带方，带方有列口縣。”任臣案：《名山藏》曰：“朝鮮近日本，日之所出，朝景鮮明也。”《世法録》云：“朝鮮直遼東南，以日東出鮮潤，故名。”陳士元《譯語音義》曰：“國有汕水，汕、鮮同音，因名朝鮮。”黄洪憲《輶軒録》云：“堯戊辰歲有神降太伯山檀木下，朝鮮人君之謂之檀君，此朝鮮立國之始。”鄭樵《通志略》曰：“朝鮮都王險。”漢樂浪郡茅氏《象胥録》曰：“檀君、箕子並都王。”《壤史》稱：“衛滿都王險。”王險亦平壤也。劉會孟云：“朝鮮地分八道，又名三韓。”楊一葵《裔乘》云：“朝鮮至今凡三四易姓。”《圖贊》曰：“箕子避商，自竄朝鮮。善者所在，豈有隱顯。”

列姑射在海河洲中。郭曰：“山名也。山有神人。河洲在海中，河水所經者。《莊子》所謂‘藐姑射之山’也。”任臣案：《東山經》有“北姑射”、“南姑射”二山，皆在中國，此則藐姑射，蓋遠在海中者。

姑射國在海中，屬列姑射，西南，山環之。大蟹在海中。郭曰：“蓋千里之蟹也。”任臣案：《王會篇》：“海陽大蟹注海水之陽，一蟹盈車。”此云千里則更異已。《嶺南異志》云：“昔有海商海中行，遇沙渚林木茂甚，乃維舟登岸，爨于水傍，半炊而林没，詳視之，大蟹也。”《玄中記》云：“北海之蟹舉一螯能加於山，身故在水中。”亦此類也。

陵魚人面，手足，魚身，在海中。任臣案：屈子《天問》云：“鯪魚何所？”柳宗元《天對》云：“鯪魚人面，邇列姑射。”《嶺海異聞》曰：“人魚長四尺許，體髮牝牡人也，惟背有短鬣，微紅。”注云：“西海陵魚。”即此。又《吕氏春秋》：“大解、陵魚、大人之居，多無君。”亦謂斯也。《圖贊》曰：“姑射之山，實栖神人。大蟹千里，亦有陵鱗。曠哉溟海，含怪藏珍。”鄧元錫《物性志》：“近列姑射山有鯪魚，人面、人手，魚身，見則風濤起。”柳子《招海賈文》注曰：“《山海經》：‘鯪魚有刺如三角。’”皆與《經》文異，似誤。

大鯾居海中。郭曰：“鯾，即魴也。音鞭。”任臣案：《爾雅》“魴魾”注云：“東江呼魴爲鯿，一名魾，音毗。”

明組邑居海中。郭曰：“音祖。”任臣案：楊氏《補注》云：“《爾雅》：‘綸似綸，組似組，東海有之。’注：‘海苔之類。’即此也。邑，猶言聚也。蓋綸爲青苔紫菜之屬，組乃海中昆布。”陳藏器云：“昆布葉如手，大似薄葦，紫赤色。”李時珍曰：“昆布生登萊者，槎如繩索之狀；出閩浙者，大葉似菜。”又吴普《本草》云：“綸布一名昆布，是更以昆布爲綸也。”所説不同，如此。孫綽《望海賦》：“華組依波而錦披，翠綸扇風而繡舉。”

蓬萊山在海中。郭曰：“上有仙人宫室，皆以金玉爲之，鳥獸盡白，望之如雲，在渤海中也。”任臣案：《列子》：“渤海之東，其中有山，一曰岱輿、二曰員嶠、三曰方壺、四曰瀛洲、五曰蓬萊。”《玄中記》云：“東南之大者有巨鼇，以背負蓬萊山。”《十洲記》云：“蓬萊山周迴五千里，外别負海之溟海，無風而洪波百丈，有九氣丈人，九天真君，宫則蓬萊，固在海之中也。”又云：“蓬邱，即蓬萊山。”《拾遺記》曰：“亦名防邱，亦名雲來，高二萬里，廣七萬里。"王氏《釋義》曰："今登州海中有大小竹山及田横諸島，且其屬邑曰蓬萊。"即此也。《圖贊》曰："蓬萊之山，玉碧構林。金臺雲館，皓哉獸禽。實維靈府，玉主甘心。"

大人之市在海中。任臣案：楊慎《補注》云："今登州海市也。登州四面皆海，春夏時遥見，水面有城郭，市肆人馬往來，若交易狀，土人謂之海市。"

卷十三

海内東經

海内東北陬以南者。

鉅燕在東北陬。

國在流沙中者埻端、郭曰:“音敦。”璽㬇,郭曰:“音唤。或作繭𡁜。”任臣案:《抱朴子》有“璽𡿃之國”,疑即此也。又《字義總略》作“璽映”。在昆侖墟東南。一曰海内之郡,不爲郡縣,在流沙中。任臣案:王氏《釋義》曰:“不爲郡縣,猶今所謂無爲州。”

國在流沙外者,大夏、郭曰:“大夏國城方二三百里,分爲數十國,地和温,宜五穀。”任臣案:《伊尹四方令》曰:“正北大夏。”《淮南子》云:“空同大夏。”《管子》云:“桓公西伐大夏,涉流沙。”《王會篇》:“大夏兹白牛。”注:“西北國也。”《史記》:“大夏在大宛西南二千餘里。”豎沙、居繇、郭曰:“音遥。”任臣案:《魏略》云:“流沙西有大夏國、豎沙國、屬繇國。”月支之國。郭曰:“月支國多好馬、美果,有大尾羊如驢尾,即羬羊也。小月支、天竺國皆附庸云。”任臣案:支亦作氏,闞駰《十三州志》:“西平、張掖之間,大月氏之别小月氏之國。”《内典》云:“薄佉羅,即月支也。”鄭曉吾《學編》云:“赤斤、蒙古,古月氏地。”《圖贊》曰:“豎沙居繇,埻端璽㬇。沙漠之鄉,絶地之館。或羈于秦,或賓于漢。”劉會孟云:“此博望所通,所謂城郭諸國。”

西胡白玉山在大夏東,任臣案:赤水西亦有白玉山,非此。蒼梧在白玉山西南，皆在流沙西，昆侖墟東南。昆侖山在西胡西，皆在西北。郭曰："《地里志》①：'昆侖山在臨羌西，又有西王母祠也。'"任臣案：王崇慶曰："昆侖墟以其餘地而言；昆侖山方指本山而言。"

雷澤中有雷神，龍身而人頭，鼓其腹。在吴西。郭曰："今城陽有堯冢靈臺。雷澤在北也。《河圖》曰：'大迹在雷澤，華胥履之而生伏羲。'"任臣案：雷澤在濟陽城陽縣西北。②《禹貢》作"雷夏"。《周禮》作"廬維"。鄭玄作"雷雍"。昔舜漁于雷澤，即此地。金氏曰："今濮州雷澤縣西北雷夏陂東西二十里，南北十五里。"蓋古雷澤也。《淮南子》云："雷澤有神，龍身人頭，鼓其腹而熙。"《奚囊橘柚》云："軒轅游于陰浦，有物焉，龍身而人頭，鼓腹而遨游。問于常伯，常伯曰：'此雷神也，有道則見。'"又李肇《國史補》云："雷秋日伏蟄，狀如彘。"《月令廣義》云："雷公形猪首，手足各兩，指執一赤蛇嚙之。"且《雷書》載雷碪、雷環、雷楔諸物甚詳，據此則雷神果有形之物矣。

都州在海中，一曰郁州。郭曰："今在東海朐縣界，世傳此山自蒼梧從南徙来，上皆有南方物也。郁音鬱。"任臣案：《郡縣釋名》曰："郁州即臨朐之朐山也。一名覆釜山。"《後漢志》："東海郡有朐縣。"注："實齊之駢邑，随之逢山。"又案：《一統志》云："朐山東北海中有大洲，謂之鬱洲。又名郁州，一名郁鬱山，一名蒼梧山。或言昔從蒼梧飛来。"然則郁州近朐山東北，非即朐山也。《圖贊》曰："南極之山，越處東海。不行而至，不動而改。維神所運，物無常在。"

琅琊臺任臣案：一本作瑘。在渤海間，瑯琊之東。郭曰："今瑯琊在海邊，有山嶕嶢特起，狀如高臺，此即瑯琊臺也。瑯琊者，越王勾踐入霸中國之所都。"任臣案：《括地志》："密州諸城縣東南有瑯邪臺，越王勾踐觀臺也。"《越絶》曰："勾踐徙琅邪，起觀臺，臺周七里，以望東海。"《水經注》："琅邪臺在城東南十里。"《郡國十道記》云："瑯琊臺上有始皇

① "里"，金閶書業堂本作"理"。
② "陽"，金閶書業堂本作"陰"。

碑,碑上有六百字可識。"又云:"臺上有神泉,人或汲之,[1]立竭。"《齊乘》曰:"秦始皇廿八年,南登琅邪,大樂之,留三月,徙黔首三萬户于臺下,漢于此置琅邪縣,武帝亦嘗登焉。今山下井邑遺迹猶存,登山石道如故,土人名曰御路。"謝眺詩:"東限瑯琊臺,西距孟諸陸。"其北有山,一曰在海間。韓鴈在海中,都州南。任臣案:《釋義》曰:"疑即今之遼東。"

始鳩在海中,轅厲南。郭曰:"國名。或曰鳥名也。"任臣案:《釋義》曰:"據文會理上通書列國,豈至此獨以一鳥參乎?以國爲近是。"《圖贊》曰:"韓鴈始鳩,在海之州。雷澤之神,鼓腹優游。瑯琊嶕嶢,邈若雲樓。"

會稽山在大楚南。岷三江首。

大江出汶山,郭曰:"今江出汶山郡升遷縣岷山,東南經蜀郡犍爲至江陽,東北經巴東建平宜都南郡江夏弋陽安豐至廬江南界,東北經淮南下邳至廣陵郡入海。"任臣案:明末時,江陰人徐弘祖出關至昆侖山歸,作《溯江紀源》一書,言《禹貢》岷山導江,特泛濫中國之始。按其發源,河自昆侖之北,江亦自昆侖之南,其龍脉與金沙江相並南下,環滇池以達五嶺,江之所以大于河也。其説亦足補前人之未及矣。北江出曼山,南江出高山。高山在城都西。入海,在長州南。

浙江出三天子都,在其東。郭曰:"按《地理志》浙江出新安黟縣南蠻中,[2]東入海,今錢塘浙江是。黟即歙也。浙音折。"任臣案:浙江之名前此未有,實始于《山海經》"浙江出三天子都"。《水經》:"漸江出三天子都。"漸江即浙江也。《吴越春秋》:"越王至浙江之上,望見大越山川重秀,天地再清。"《史記》云:"水至會稽山陰爲浙江。"又云:"秦始皇至越唐,臨浙江。"盧肇曰:"浙者折也,蓋取其潮出海屈折而倒流也。一名羅刹江,亦名浙河。"《莊子》所謂"浙河之水有吞天沃日之勢"。謝康樂云:"浙河之外,栖遲山澤。"是也。郭子章《郡縣釋名》云:"又名曲江。"《七

---

① "汲",金閶書業堂本作"汗"。

② "黟",原作"縣",據金閶書業堂本改。

發》曰："將以八月之望，觀濤于廣陵之曲江。"曲乃折之謂也。然《南齊書》言："南兗州刺史每以秋月出海陵觀濤。"則曲江自在廣陵，非浙江明矣。又《一統志》引《經》云："三天子山在率東率山，今在休寧縣，俗名張公山。"何喬遠《輿地記》云："休寧縣山曰率山，水曰率水。"《山海經》："浙江出三都山，在率東。"蓋此山也，今本無此文。在閩西北，入海，餘暨南。郭曰："餘暨縣屬會稽，今爲永興縣。"任臣案：今之蕭山。

廬江出三天子都，入江，彭澤西。郭曰："彭澤，今彭蠡也。在尋陽彭澤縣。"任臣案：《水經》："廬江水出三天子都，北過彭澤縣西，北入于海。"一曰天子鄣。任臣案：汪循《率山記》曰："或以績之大鄣山，爲《山海經》所稱三天子都。"非也。《水經》："漸江出三天子都，在率東；廬江出三天子都，入彭蠡。"今維率山之水，山陰山陽，一東一西而流入于江者，與古吻合。嘗游率山，見巨石上鐫"三天子都"，字筆畫摹索可驗，其處有仙人跨澗石、清風嶺、獨枕山。近三天子石，有圓土岡，東西有擂鼓尖、振衣岡，中擁小石岡。竊謂兩巨中小，以小爲尊，此即三天子都也。又錢氏《黄山記》載，新安吴時憲曰："黄山有最高峰，曰三天子都，東西南北皆有鄣，婺有三天子鄣，南都也；匡廬亦稱天子鄣，西鄣也；績溪有大鄣，東北鄣也。天都爲天子都，率山、匡廬、大鄣，爲天子都之鄣。"其説似爲允云。

淮水出餘山，餘山在朝陽東，義鄉西，入海，淮浦北。郭曰："今淮水出義陽平氏縣桐柏山，山東北經汝南汝陰淮南譙國下邳至廣陵縣入海。① 朝陽縣今属新野。"任臣案：《水經》："淮水出南陽平氏縣胎簪山，東北過桐柏山。禹獲水怪無支祈在此地，見《古岳瀆經》。"

湘水出舜葬東南陬，西環之。郭曰："環，繞也。今湘水出零陵營道縣陽湖山，入江。"任臣案：《水經》："湘水出零陵始安縣陽海山。"注云："即陽朔山也。"《尚書日記》云："湘江出靜江府興安縣陽山東北名鏵嘴，東北至潭州，入洞庭。"入洞庭下。郭曰："洞庭，地穴也，在長沙

① "山"字，疑爲衍字。

巴陵。今吴縣南太湖中有包山，下有洞庭，穴道潛行水底，云無所不通，號爲地脉。”任臣案：劉會孟曰：“南潯之國有洞穴陰源，其下通地脉。”同此。唐張説《洞庭詩》：“地穴穿東武，江流下西蜀。”《梁四公記》曰：“洞庭穴有四支，一通洞庭湖西岸，一通蜀道青衣浦北岸，一通羅浮兩山間大豁，一通枯桑島東岭。”《述異記》云：“洞庭山有穴，五門，東通林屋，西達峨眉，南接羅浮，北連岱嶽。”楊慎《補注》曰：“《河圖絳象注》云：‘太湖洞庭山林屋洞天。’即禹藏真文之所，一名包山。吴王闔閭命龍威丈人入包山，得書一卷，凡一百七十四字。”湘水所入蓋楚洞庭也。或云與包山通。一曰東南西澤。

漢水出鮒魚之山，郭曰：“《書》曰：‘嶓冢導漾，東流爲漢。’按《水經》，漢水出武都沮縣東狼谷，經漢中魏興至南鄉，東經襄陽至江夏安陸縣入江。别爲沔水，又爲滄浪之水。”任臣案：劉會孟云：“今嘉定州犍爲縣，漢成帝得石磬十六枚于水濱。”乃此也。帝顓頊葬于陽，九嬪葬于陰，任臣案：《一統志》：“鮒鰅山在開州舊頓丘縣西北二十里，顓頊葬其陽，一名廣陽山，今滑縣有顓頊陵，是其地也。”《郡國志》云：“顓頊所葬，俗名青冢山。”《皇覽・冢墓記》云：“在濮陽縣頓邱門外廣陽里中。”崔鴻《前趙録》曰：“顓頊葬廣陽，下不及泩。”《十道志》云：“鮒鰅即廣陽山之别名也。”計其道里與漢水絶不相蒙，當在傳疑。又《寰宇記》：“顓頊廟臨河東九里。”《九域志》：“順安高陽縣有顓頊陵。”顔真卿《吴地記》云：“烏程有顓頊陵。”是顔之誤也。“鮒魚”或作“鮒隅”。謝眺《宋后哀册文》：“陋蒼梧之不從兮，遵鮒隅以同壤。”又《路史》作“務隅之陽。”四蛇衛之。郭曰：“言有四蛇衛守山下。”任臣案：羅苹曰：“上郡石穿，貳負乃見。漢陽索出，支祈始聞。四蛇衛之，何足深怪。”昔漢下姬與臨江王之葬，皆有燕數千銜土投壙中，亦此類也。

濛水出漢陽西，入江，聶陽西。郭曰：“漢陽縣属朱提。”任臣案：峨眉山有濛水，即大渡水也，水發濛漢，東南流，與涐水合聶陽。《水經注》引此作“灄陽”。

温水出崆峒山，在臨汾南，入河，華陽北。郭曰：“今温水在京兆陰盤縣，水常温也。臨汾縣属平陽。”任臣案：《一統志》：“温水谷在寶雞縣東南四十里渭水之南。”郭氏所指者此也，與經似不相應。又牂柯亦有温水，岷山亦有温水，非此。

潁水出少室，少室山在雍氏南，入淮西鄢北。郭曰：“今潁水出河南陽城縣乾山，東南經潁水汝陰至淮南下蔡，①入淮。鄢今鄢陵縣，属潁川。”任臣案：《一統志》：“潁水源出河南府登封縣潁谷。”《地里志》云：②“出陽乾山，東經鄭州至襄城縣爲渚河。又東經臨潁縣，西合沙河，入淮。”《臨潁志》云：“潁水俗名褚河。”《宋史·河梁志》亦随俗目爲褚河，而潁水之名遂湮。一曰緱氏。郭曰：“縣属河南，音鉤。”任臣案：劉會孟云：“今河南登封縣，禹避陽城即此也。”

汝水出天息山，在梁勉鄉西南，入淮極西北。郭曰：“今汝水出南陽魯陽縣大盂山，東北至河南梁縣，東南經襄城潁川汝南至汝陰褒信縣入淮。淮極，地名。”任臣案：劉會孟云：“今出河南汝寧府，由上蔡西平汝陽入淮。”《玄覽》云：“汝出燕泉，是謂八流之一。”《水經注》云：“《地理志》言‘出高陵山’。”即猛山也。亦言“出南陽魯陽縣之大盂山”，又言“出弘農盧氏縣還歸山”。《博物志》曰：“汝出燕泉山。”皆異名也。一曰淮在期思北郭曰：“期思縣属弋陽。”

涇水出長城北山，山在郁郅長垣北，郭曰：“皆縣名也，郅音桎。”北入渭，戲北。郭曰：“今涇水出安定朝那縣西笄頭山，東南經新平扶風至京兆高陵縣入渭。戲，地名，今新豐縣也。”任臣案：劉會孟云：“涇水，今陝西西安府涇陽縣。”

渭水出鳥鼠同穴山，東注河，入華陰北。郭曰：“鳥鼠同穴山今在隴西首陽縣，渭水出其東，經南安、天水、略陽、扶風、始平、京兆、弘農、華陰縣入河。”

白水出蜀，而東南注江，郭曰：“色微白濁，今在梓橦白水縣，源

① “水”，金閶書業堂本作“川”。
② “里”，金閶書業堂本作“理”。

從臨洮之西西傾山来，經沓中，東流通陰平至漢壽縣入潛。”任臣案：段國《沙州記》：“洮水與墊江水俱出嵹臺山。”墊江水即白水，嵹臺則西傾之異名也。楊慎云“即《水經》所謂‘天池白水’者”，是。入江州城下。郭曰：“江州縣屬巴郡。”

沅水出象郡鐔城西，郭曰：“象郡，今日南也。鐔城縣今属武陵，音尋。”任臣案：《尚書日記》：“楚中九江，五曰沅江，出沅州西蠻界中，至辰州與西江合。又初出爲旁溝水，至鐔城爲沅水。”《楚辭》云：“沅有芷兮澧有蘭。”指此水也。又秦置郡縣，始有日南象郡之名，此故後人增益無疑。入東注江，入下雋西，郭曰：“下雋縣今属長沙，音昨兖反。”合洞庭中。郭曰：“《水經》曰：‘沅水牂牁且蘭縣，又東北至鐔城縣，爲沅水。又東過臨沅縣南，又東至長沙下雋縣。’”

贛水出聶都東山，郭曰：“今贛水出南康南野縣西北，音感。”任臣案：郭紹孔《正誤》曰：“灨，轉音感，水名，出豫章，以章水貢水合而名贛水也。”《説文·从目》：“贛，省聲，豫章人稱紺。蓋一字二音耳。”《一統志》曰：“贛水在吉安府東，章貢二水至贛縣北，合爲贛江，下流一百里，凡二十四灘。”《廣輿記》：“聶都山在南安府崇義縣。”東北注江，入彭澤西。泗水出吴東北，而南，西南過湖陵西，而東南注東海，入淮陰北。郭曰：“今泗水出魯國下縣，西南至高平胡陸縣，東南經沛國彭城、下邳，至臨淮下相縣入淮。”任臣案：《水經注》云：“水出下縣故城東南，桃墟西北。”金氏曰：“泗水縣桃墟西北陪尾山，泗水所出。”又贛水泗水絶不相蒙，古本連文疑有錯簡。

鬱水出象郡，而西南注南海，入須陵東南。任臣案：《一統志》：“鬱江在海州城南，[1]源出交阯界，經邕州至此合黔江。”又應劭云：“鬱水出廣信東入海。”酈氏云：“言始則可終，則非矣，不足據也。”

肄水出臨晋西南，郭曰：“音如肄習之肄。”而東南注海，入番

[1] “海”，金閶書業堂本作“潯”。

禺西。郭曰："番禺属南海，越之城下也。"任臣案：即溱水也。《水經》："溱水出桂陽臨武縣南，繞城西北屈東流。或作肄水。"酈氏引《經》曰："肄水出臨武西南，注于海，入番禺西。"

潢水出桂陽西北山，東南注肄水，入敦浦西。任臣案：《水經注》引《經》作"湟水"。徐廣曰："湟水一名洭水，出桂陽，通四會，亦曰灌水也。漢元鼎元年，路博德爲伏波將軍，征南越，出桂陽，下湟水。"即此水矣。《水經》又謂之"桂水"。

洛水出洛水山，東北注河，入成皋之西。郭曰："《書》云：'道洛自熊耳。'按《水經》洛水今出上洛冢嶺山，東北經弘農至河南鞏縣入河。成皋縣亦属河南也。"

汾水出上窳北，郭曰："音愈。"而西南注河，入皮氏南。郭曰："今汾水出太原晋陽故汾縣，東南經晋陽，西南經西河平陽，至河東汾陰入河。皮氏縣属平陽。"任臣案：《禹貢》："既修太原，至于岳陽。"蔡注云："修太原者所以導汾水之源，修岳陽者所以導汾水之流。則汾水在禹時故出太原也。"

沁水出井陘山東，東南注河，入懷東南。郭曰："懷縣属河内，河内北有井陘山。"任臣案：劉鳳《雜俎》云："沁水，春秋之少水也。"《郡縣釋名》曰："沁河源出沁源縣，有二，一自縣西北綿山東谷南流，一自縣東北馬圈溝南流，俱至交口村，合流入黄河。"王氏《通漕類編》曰："沁水出山西沁源縣綿山東谷，今由太行山麓至河南原武縣黑陽山，與河汴合。"

濟水出共山南東丘，郭曰："共與恭同。"絶鉅鹿澤，郭曰："絶，猶截渡也。鉅鹿今在高平。"注渤海，入齊琅槐東北。郭曰："今濟水自滎陽卷縣，東經陳留至潜陰北，東北至高平，東北經濟南至樂安博昌縣入海，今碣石也。諸水所出，又與《水經》違錯。以爲凡山川或有同名而異實，或同實而異名，或一實而數名，似是而非，似非而是，且歷代久遠，古今變易，語有楚夏，名號不同，未得詳也。"任臣案：濟水出王屋山，至河南濟源縣二源合流，其水或伏或見，東出于陶丘北，又東北會于汶，今濟河在汶上縣北，一名大清河。

潦水任臣案：即遼水。出衛皋東，郭曰："出塞外衛皋山，玄菟高句驪縣有潦山，小潦水所出。西河注大潦。音僚。"東南注渤海，入潦陽。郭曰："潦陽縣屬潦東。"任臣案：《水經注》："遼水亦言出砥石山，自海外東流，①又東北入廣成縣東，注白狼水。"魏氏《土地記》曰："白狼水下入遼也。"王鑑《禹貢考》云："遼水源出塞外白平山。"虖沲水出晋陽城南，而西至陽曲北，而東注渤海，郭曰："經河間樂城，東北注渤海也。晋陽陽曲縣皆屬太原。"入越章武北。郭曰："章武，郡名。"任臣案：劉會孟云："水自真定府城南来，自鴈門經靈壽、平山、晋州、衛水、武邑。"

漳水出山陽東，東注渤海，入章武南。郭曰："新城汴陰縣亦有漳水。"任臣案：蔡氏《書傳》："漳水有二，一出上黨沾縣大黽谷，名清漳；一出上黨長子縣鹿谷山，名濁漳。二漳異源而下流相合。"《圖贊》曰："川瀆交錯，渙瀾流带。通胡潤下，②經營華外。殊出同歸，混夷東會。"③

建平元年四月丙戌，待詔太常属臣望校治，侍中光禄勳臣龔、侍中奉車都尉光禄大夫臣秀領主省。

---

① "海"，金閶書業堂本作"塞"。
② "胡潤"，金閶書業堂本作"潛瀾"。
③ "夷"，金閶書業堂本作"之"。

卷十四

大荒東經。李商隱《寄盧司空詩》："盡入大荒經。"即謂此也。

東海之外大壑，郭曰："《詩含神霧》曰：'東注無底之谷。'謂此壑也。《離騷》曰：'降望大壑。'"任臣案：《列子》："渤海之東，不知幾億萬里，有大壑，實惟無底之谷。"《莊子》："諄芒東之大壑，遇苑風于東海。"景純《江賦》："淙大壑與沃焦。"指此也。《圖贊》曰："寫溢洞穴，�龍燭。爰有大壑，號爲無底。"梁簡文《大壑賦》云："渤海之東，不知幾億，大壑在焉，其深無極。"少昊之國。郭曰："少昊金天氏，帝摯之號也。"任臣案：少昊青陽氏，已姓名質，其父曰清，黃帝第五子，方傫氏之生也。又曰金天氏，亦名摯。郯子曰："我祖少昊摯之立。"是已。少昊孺帝顓頊於此，郭曰："孺義未詳。"任臣案：楊慎《補注》曰："孺謂長育之也。"棄其琴瑟。郭曰："言其壑中有琴瑟也。"任臣案：《路史》："顓頊取鄒屠氏，入夢而生八子，一曰蒼野，即孺帝也。顓頊崩而元子立，襲高陽氏，是爲孺帝。"陳一中曰："孺帝高陽氏元子駱明，其出爲帝，後秉其琴瑟者，用其禮樂也。秉訛爲棄，是豕亥之誤。"吳淑《琴賦》云："孺帝棄之大壑。"謂此也。又《冠編》："顓頊三十載，帝元子孺産駱明，居天穆之陽。"《續文獻通考》云："顓頊長子孺帝之後有孺氏。"是孺帝爲人名斷已。有甘山者，甘水出焉，生甘淵。郭曰："水積則成淵也。"任臣案：即羲和浴日之所。

大荒東南隅有山，名皮母地丘。

東海之外，大荒之中，有山名曰大言，日月所出。任臣案：楊氏《補注》云："《山海經》紀日月之出者七，日月所入五，日月所出入一。其紀日月之出也，曰大言山、曰合虚山、曰明星山、曰鞠陵山、曰湯谷扶木、曰猗天蘇門山、曰壑明俊疾山，皆在《大荒東經》；其紀日月之入，曰豐沮玉門山，曰日月山，天樞也，曰鏊鏖鉅山，曰常陽山，曰大荒山，①皆在《大荒西經》；曰浴日一，在《大荒南經》之甘淵；曰浴月一，在《大荒西經》之玄丹山。其紀日月所出入一，在《大荒西經》之方山，柜格之松焉。"考之，《淮南子》日所出入，又多不同，存而不論。有波谷山者，有大人之國。郭曰："晋永嘉二年，有鶖鳥集于始安縣南廿里之鶖陂中，民周虎張得之，木矢貫之鐵鏃，其長六尺有半，以箭計之，其射者人身應長一丈五六尺也。又平州别駕高會語云：'倭國人嘗行，遭風吹度大海外，見一國人皆長丈餘，形狀似胡，蓋是長翟别種。'箭殆將從此國来也。《外傳》曰：'焦僥人長三尺，短之至也，長者不過十丈，數之極也。'按《河圖玉版》曰：'從昆侖以北九萬里，得龍伯國人，長三十丈，生萬八千歲而死。從昆侖以東得大秦人，長十丈，皆衣帛。從此以東十萬里，得佻人國，長三十丈五尺。從此以東十萬里，得中秦國人，長一丈。'《穀梁傳》曰：'長翟身横九畝，載其頭，眉見於軾。'即長數丈人也。秦時大人見臨洮，身長五丈，脚迹六尺。準斯以言，則此大人之長短，未可得限度也。"任臣案：《職方外紀》曰："智加國人長一丈許，遍體皆毛。"《洞冥記》云："支提國人長三丈二尺。"《嶺海異聞》云："河池州近山地有人長二丈，面横三尺，背有雙肉翅。"《駢雅》曰："西南荒有人長丈，名曰先通。天竺車隣之國，男女皆長丈八尺。"《雲笈七籤》云："東方銘呵羅提之國人長二丈，南方銘伊沙陁之國人長二丈四尺。"《依立世經》云："鬱單越人長三十二肘。"《通考》云："長人國在新羅之東，其人長三丈，鋸牙駒爪，黑毛覆身。"《混元真録》："長引國人長四十尺。"劉杳云："毗騫國王，其長數丈。"《博物志》曰：②"東北極人長九尺。"《華陽國志》："始皇時有長人二十五丈，見宕

---

① "山"，原作"曰"，據金閶書業堂本改。

② "曰"，原作"日"，金閶書業堂本同，據文意改。

渠。”《東方類語》云：“東方有人長七丈，名黄父，又名尺郭。”《事物紺珠》云：“金犀長五丈，在西方日官外金山。”《拾遺記》曰：“宛渠之民，其國人長十丈。”又《楚大招》曰：“長人千仞，維魂是索些。”《涼州異物志》：“有大人在丁零北，偃卧于野，其高如山，頓脚成谷，横身塞川，長萬餘里。”《神異經》云：“西北海有人焉，長二千里，名曰無路，腹圍二千六百里，日飲天酒五斗。東南隅大荒中有林父焉，其高千里，腹圍百輔，一曰朴父。”皆大人類也，語亦誕矣。

有大人之市，名曰大人之堂。郭曰：“亦山名，形狀如堂室耳。大人時集會其上作市肆也。”有一大人踆其上，張其兩耳。郭曰：“踆或作俊，古蹲字。《莊子》曰‘踆于會稽’也。”

有小人國，名靖人。郭曰：“《詩含神霧》曰：‘東北極有人長九寸。’殆謂此小人也。或作竫，音同。”任臣案：《列子》云：“東北極有人名曰諍人，長九寸。”《淮南子》云：“南人有竫人，長九寸。”即靖人也。王鏊《短解》云：“有國于海之西者曰龍伯，東曰竫人。”《駢雅》曰：“竫人、巨靈，短小人也。”《博物志》云：“東方有螗螂沃焦防風氏，長三丈，短人處，九寸。”柳宗元詩：“竫人長九寸。”皆此也。《輟耕録》：“正田時見人腊，長六寸許。”意即靖人也。《留青日札》曰：“嘉靖三十四年，衢商胡秀擕一小人，至長可一尺，眉目鬚髪畢具，乃男子也。云至海東洋泊岸時，忽得此。”此即竫人國人。又靖人或作淨身。《圖贊》曰：“焦僥極麽，靖人唯小。四體具足，鬚眉才了。”有神，人面獸身，名曰犁䰢之尸。郭曰：“䰢，音靈。”任臣案：古靈字。或从巫，或从玉，或从鬼，或从弜。《通鑑·循蜚紀》云：“黎靈氏其没也，尸在東荒，久而不壞。”《路史》云：“《東荒經》有‘黎靈之尸’，犁靈氏之尸也。”《冠編》曰：“犁靈氏精凝魄定，尸以不壞。犁靈，古帝名。”盧柟《滄溟賦》：“後枉矢而轄犁䰢。”謂此。又《篇海》作“靈”，注云：“人面獸身。”有潏山，楊水出焉。郭曰：“音如譎詐之譎。”

有蒍國，黍食，郭曰：“言此國中惟有黍穀也。蒍，音口僞反。”任臣案：《國名記》“有蒍國”注云：“東周大夫子國，食邑非此。”使四鳥：

虎、豹、熊、羆。

大荒之中，有山名曰合虛，日月所出。任臣案：王崇慶曰："山名合虛，正類後世所謂子虛烏有耳。不然日月有幾，既于大言，乃又於合虛出乎？"王言誠辯，非《經》指也。有中容之國。帝俊生中容，郭曰："俊亦舜字假借音也。"任臣案：《路史》云："中容之國，舜之所生。"或云即"諸馮"。《穆天子傳》有'容氏國'，或是《吕覽》云'指姑之東，中容之國'。即此。崔希裕《略古》云："古文俊舜同音，故帝舜作帝俊。"《説文先訓》云："古文舜上从庶下从土，即英俊字，故《山海經》舜作俊也。"中容人食獸、木實，郭曰："此國中有赤木玄木，其華實美，見《吕氏春秋》。"使四鳥：豹、虎、熊、羆。

有東口之山。有君子之國，其人衣冠带劍。郭曰："亦使虎豹，好謙讓也。"有司幽之國，帝俊生晏龍，任臣案：晏龍事虞，爲納言，是主琴瑟，封于龍。王符曰："偃姓。"盧柟《滄溟賦》："淸洌晏龍之川。"晏龍生司幽，司幽生思士，不妻；思女，不夫。郭曰："言其人直思感而氣通，無配合而生子，此莊生所謂白鵠相視，①眸子不運而感風化之類也。"任臣案：《路史》："晏龍生司幽，是爲司幽之國。"有龍氏一曰思幽。《列子》云："思幽之國，思士不妻而感，思女不夫而孕。"是也。《翰墨書》云："思男之國不夫，思女之國不婦，而亦自能生生。"《博物志》曰："思士不妻而感，思女不夫而孕，后稷生乎巨迹，伊尹生乎空桑。"李時珍《人傀論》曰："孤陽不生，獨陰不長，常理也。而有思士不妻，思女不夫之異。"王氏《釋義》云："不妻不夫，亦恐言其失配合云爾。"食黍食獸，是使四鳥。任臣案："凡言使者，言鳥獸聽其馴擾。"有大阿之山者。大荒中有山名曰明星，日月所出。

---

① "此"，原作"芘"，金閶書業堂本同。郭璞《山海經校注》此句作"此《莊子》所謂白鵠相視"，據改。

有白民之國，帝俊生帝鴻，任臣案：《經》稱帝俊或爲帝嚳，或爲黄帝，或爲帝舜，疑有錯簡。《路史·後紀》引《經》云："帝律生帝鴻。"律，黄帝之字也，與本文異。帝鴻生白民，白民銷姓，任臣案：《冠編》："帝初爲南岳時，娶州山氏女曰女虔，生季格及白民，降居于東，是爲白民之祖。銷姓，賜姓也。"《國名記》云："白民銷姓國。"《博物志》云："今之白州。"又《談薈》云："飲一升，醉三年始醒者，白民國之玉屑酒也。"疑即此國。黍食，使四鳥：虎、豹、熊、羆。郭曰："又有乘黄獸，乘之以致壽考也。"

有青丘之國，有狐，九尾。郭曰："太平則出而爲瑞也。"有柔僕民，是維嬴土之國。郭曰："嬴猶沃衍也；音盈。"任臣案：嬴一作羸，土音杜。《路史·高辛紀》云："柔僕嬴土，亦帝之裔未也。"又《國名記》："高辛氏後有柔僕國，一曰嬴土之國。"有黑齒之國。郭曰："齒如漆也。"帝俊生黑齒，郭曰："聖人神化無方，故其後世所降育，多有殊類異狀之人，諸言生者，多謂其苗裔，未必是親所產。"任臣案：《國名記》曰："黑齒姜姓，帝俊生其中。"楊慎曰："凡言生者未必爲其親產。"《尚書》："舜別生分類。"生之爲言姓也。蓋賜之姓而别其種類，相傳既久，後世自謂舜帝之苗裔，如今雲南木邦孟養之人云天皇我兄，元魏誇天嗣自謂天女所生之類。姜姓，黍食，使四鳥。有夏州之國。有蓋余之國。有神人，八首人面，虎身十尾，名曰天吴。郭曰："水伯。"任臣案：《駢雅》曰："天吴，馬銜海中神也。"《初學記》："水神曰天吴，大波之神曰陽侯，濤之神曰靈胥。"柳宗元《招海賈文》："天吴八首兮，更笑迭怒。"盧柟《滄溟賦》云："天吴呾欱，馮遲颮飌。"《放招賦》云："天吴八首，壺鬣血斷且。"

大荒之中，有山名曰鞠陵于天、郭曰："音菊。"任臣案：盧柟《滄溟賦》云："带以鞠陵之阻，浸以禺貔之州。"東極、離瞀、郭曰："三山名也。音穀瞀。"日月所出。名曰折丹。郭曰："神人。"東方曰折，郭曰："單吁之。"来風曰俊，郭曰："未詳来風所在也。"任臣案：《夏小正》云:“時有俊風。”俊風,春月之風也。春令主東方,意或取此。處東極以出入風。郭曰:“言此人能節宣風氣,時其出入。”東海之渚中,郭曰:“渚島。”有神,人面鳥身,珥兩黄蛇,郭曰:“以蛇貫耳。”踐兩黄蛇,名曰禺虢。[①] 黄帝生禺虢。任臣案:《黄帝紀》:“嫫母生蒼林。”“禺陽”即“禺虢”也,此又作“禺虢”。禺虢生禺京,郭曰:“即禺彊也。”任臣案:《宛委餘編》作“虢子偶京”。《續通考》亦作“偶京”。禺京處北海,禺虢處東海,是惟海神。郭曰:“言分治一海而爲神也。虢,一本作號。”任臣案:楊慎《補注》曰:“虢即魑。”《説文》云:“夔,神魑也。”黄帝以夔皮鞔鼓,聲聞五百里,因刻夔形爲鼓簴,故《穆天子傳》有‘黄蛇翼鼓’之文。

有招摇山,融水出焉。有國曰玄股,郭曰:“自髀以下如漆。”食黍,使四鳥。有困民國,勾姓而食。有人曰王亥,兩手操鳥,方食其頭。王亥托于有易、河伯僕牛。郭曰:“河伯、僕牛皆人姓名。托,寄也。見《汲郡竹書》。”任臣案:有易、河伯皆夏諸侯,河伯至殷猶存。或以爲治河之官。《龜藏》云:“昔者,河伯筮與洛戰,而枚卜。昆吾占之,不吉。”有易殺王亥,取僕牛。郭曰:“《竹書》曰:‘殷王子亥賓于有易而淫焉,有易之君綿臣殺而放之。是故殷主甲微假師于河伯以伐有易,滅之,遂殺其君綿臣也。’”任臣案:殷侯子亥事在夏帝泄十二歲。河念有易,有易潛出,爲國於獸,方食之,名曰摇民。郭曰:“言有易本與河伯友善,上甲微殷之賢王,假師以義伐罪,故河伯不得不助滅之。暨而哀念有易,使得潛化而出,化爲摇民國。”任臣案:《筆叢》云:“經文附會王亥有易事,非《竹書》有此文,後世莫能覺其僞。”然胡氏之言亦非實録。

帝舜生戲,戲生摇民。任臣案:舜當爲嚳。《國名記》云:“摇民,

---

① “虢”,金閶書業堂本均作“號”,下同。

帝嚳子,國即搖民也。"又《路史》:"叔戲生搖民,搖民居越,生女且爲搖氏。漢海陽侯搖無餘,世以爲越後,未悉爾。"楊慎《補注》曰:"今廣西有搖民,豈此類耶?"叔戲即叔獻,八元之一,高辛氏嗣也。海内有兩人,郭曰:"此乃有易所化者也。"名曰女丑。郭曰:"即女丑之尸,言其變化無常也。然則一以涉化津而遁神域者,亦無往而不之,觸感而寄迹矣。范蠡之倫,亦聞其風者也。"任臣案:《抱朴子·釋滯篇》:"女仞倚枯,貳負抱柱。""女仞"即"女丑"也。女丑有大蟹。郭曰:"廣千里也。"任臣案:《玄覽》云:"海陽有專車之蟹,女丑有千里之蟹。"《異魚圖贊》曰:"女丑大蟹,其廣千里。海陽專車,曷云其比。"楊慎《補注》云:"天文有巨蟹宫,蓋應此也。"又海中有飛蟹善苑國,有百足蟹,長九尺,四螯,皆異種也。附記之。

大荒之中,有山名曰孽搖頵羝,上有扶木,柱三百里,其葉如芥。郭曰:"柱猶起高也。葉如芥菜。"任臣案:《合璧事類》曰:"扶桑一名浮桑,生碧海,高數千丈,大一十餘圍,兩幹同根,更相依倚。"謝華《啓秀》曰:"扶桑若薺,鬱島若萍。"又《南史·外國傳》言:"扶桑葉似桐,初生如筍,其實如梨而赤,績其皮爲布,亦爲錦。"與此異。有谷曰温源谷。郭曰:"温源,即湯谷也。"任臣案:《温泉詩》、《華清宫記》、《湯泉志》諸所稱驪山、尉氏、駱谷、汝水、黄山、佛迹、匡廬、閩中温泉數十餘處,未能悉載,此則扶桑之湯谷也。湯谷上有扶木。郭曰:"扶桑在上。"任臣案:《天問》云:"出自湯谷,次于濛汜。"《淮南》云:"日出于暘谷。"即湯谷也。《吴都賦》:"經扶桑之中林,包湯谷之滂沛。"注云:"湯音陽。"陶潛《讀山海經詩》:"逍遥蕪皋上,杳然望扶木。洪河百萬尋,森散覆暘谷。靈人侍丹池,朝朝爲日浴。神景一登天,何幽不見燭。"一日方至,一日方出,郭曰:"言交會相代也。"任臣案:《淮南子》曰:"日登于扶桑。"《括地象》曰:"扶桑日所陳,吴泉月所登。"《楚辭》曰:"照吾檻兮扶桑。"注言:"其光自扶桑来也。"皆載于烏。郭曰:"中有三足烏。"任臣案:《春秋元命苞》曰:

“陽數起于一，成于三，故日中有三足烏。”《靈憲論》曰：“日者陽精之宗，積而成烏，①象烏而有三趾。”《黄帝占書》：“日中三足烏見者，有白衣會。”《物類相感志》：“凡日無光則日烏不見，日烏不見則飛烏隱竄。”《易林》曰：“三足孤烏，靈明爲御。”梁簡文《大法頌序》云：“陰兔兩重，陽烏三足。”有神，人面、犬耳、獸身，珥兩青蛇，名曰奢比尸。有五彩之鳥，相鄉棄沙。郭曰：“未聞沙義。”惟帝俊下友。郭曰：“亦未聞也。”帝下兩壇，彩鳥是司。郭曰：“言山下有舜二壇，五彩鳥主之。”任臣案：沙、莎通，鳥羽婆莎也。“相鄉棄沙”，言五彩之鳥相對斂羽，猶云仰伏而秣羽也。“惟帝俊下友”，言五彩鳥實司帝壇，如帝下馴撫之也。此古文倒貫語也。

大荒之中，有山名曰猗天蘇門，任臣案：盧柟《滄溟賦》：“觀乎猗天之闕。”謂此山也。日月所生。有壎民之國。郭曰：“音如諠譁之諠。”有綦山。郭曰：“音忌。”又有摇山。有䰝山。郭曰：“音如釜甑之甑。”又有門户山。又有盛山。又有待山。有五彩之鳥。

東荒之中，有山名曰壑明俊疾，日月所出。有中容之國。東北海外，又有三青馬、三騅、郭曰：“馬蒼白雜毛爲騅。”甘華。爰有遺玉、三青鳥、三騅、視肉、郭曰：“聚肉有眼。”甘華、甘柤，百穀所在。郭曰：“言自生也。”

有女和月母之國。有人名曰鳧。郭曰：“音婉。”任臣案：《篇海》引《經》作“鳧”。北方曰鳧，来之風曰狻，郭曰：“言亦有兩名也，音剡。”是處東極隅以止日月，使無相間出没，司其短長。郭曰：“言鳧主察日月出入，不令得相無間錯，②知景之長短。”任臣案：《詞林海錯》曰：“有人名曰鳧，亦曰狻，處東極隅以止日月。”馮氏《山齋雜録》曰：

① “鳥”，原作“烏”，據金閶書業堂本改。
② “無”，金閶書業堂本闕。

"蘇利邪,日神也;魳摩,月神也。①曰鳧,曰猤,二人處東極隅以止日月,使無相間。"

大荒東北隅中,有山名曰凶犂土丘。應龍處南極,郭曰:"應龍,龍有翼者也。"任臣案:《玉堂叢語》:"景陵常閲畫,見飛龍有翼者,遣問三楊輩,不能具對。陳繼時在下列,出應曰:'龍有翅而飛曰應龍。'"又虬龍千年謂之應龍。《述異記》亦云:"龍千年爲應龍。"《酉陽雜俎》曰:"應龍生建鳥,建鳥生麒麟,麒麟生庶獸。"《淮南》云:"女媧乘雷車,服應龍。"又《黄海》曰:"黄帝工師名蒼龍,將名應龍。"《嶽瀆經》曰:"堯九年,巫支祈爲孽,應龍驅之淮陽龜山足下,其後水平,禹乃放應龍于東海之區。"《楚辭》云:"應龍何畫?河海何歷?"漢《周憬碑》"應龍之畫"謂此。班固《賓戲》云:"泥蟠而天飛者,應龍之神也。"晋華譚《書》:"枯澤非應龍之淵,棘林非鸞鳳之窟。"吴粲《赤牘》云:"應龍以屈伸爲神,鳳皇以嘉鳴爲貴。"《十六國春秋》:"應龍以屈伸爲靈,聖人以知機爲貴。"唐上官儀《勸封禪表》:"銷伏鼇而綴上玄,剪應龍而清下瀆。"常衮《表》云:"莫測應龍之外,潜復踆烏之次。"應从平聲讀,見《文選注》。又《古樂苑》有《應龍篇》。又徐陵《上庸路碑》:"河出應龍,乃私周易。"此特龍馬假用之詞,非此。殺蚩尤與夸父,郭曰:"蚩尤作兵者。"任臣案:《史注》云:"黄帝使應龍殺蚩尤于凶梨之谷。"不得復上。郭曰:"應龍遂住地下。"故下數旱,郭曰:"上無復下雨者故也。"旱而爲應龍之狀,乃得大雨。郭曰:"今之土龍本此。氣應自然冥感,非人所能爲也。"任臣案:張衡《應間》云:"女魃北而應龍翔。"李密《移郡縣檄》:"雕虎嘯而谷風生,應龍驤而景雲起。"朱子《楚辭注》引《經》云:"禹治水而有應龍,以尾畫地,即水泉通流。"與本文異。

東海中有流波山,入海七千里。其上有獸,狀如牛,蒼身而無角,一足,出入水則必風雨,其光如日月,其聲如雷,其名曰夔。任臣案:薛綜《東京賦注》:"夔如龍,有角,鱗甲光如日月。"《博

① "魳摩月神也",原闕,據金閶書業堂本補。

物志》云："夔形如鼓而知禮。"《玄覽》云："山之精名曰夔，狀如鼓，一足而行，以名呼之，可使取虎豹。"《説文先訓》曰："夔如龍，一足。象有角、手，人面之形。"諸所稱説名同實異，非此也。《六帖》曰："夔一足，踸踔而行。"孟康曰："夔似牛，一足，無角，其音如雷。"《事物紺珠》曰："靈夔生東海似牛，蒼身一足，無角，出入必有風雨。"即斯獸耳。黄帝得之，以其皮爲鼓，橛以雷獸之骨，郭曰："雷獸即雷神也。人面龍身，鼓其腹者。橛猶擊也。"任臣案：陳暘《樂書》有"夔鼓"。[①] 唐《撾鼓》有"靈夔吼之曲"。皆本此而作。《黄帝祠額解》云："雷獸之骨，以橛夔鼓。"《麟書》云："徒橛雷骨，夔鼓張勢。"盧柟《賦》："突以凌雲之臺，建以靈夔之鼓。"謂此也。干寶《搜神記》云："楊道和田中，值霹靂下擊，道和以鉏格其肱，墜地不得去。色如丹，目如鏡，毛角長三尺餘，狀如六畜，頭如獼猴。"李肇《國史補》曰："雷州春夏多雷，秋日則伏地中，其狀如彘，人多取食之。"此爲雷獸也。聲聞五百里，以威天下。任臣案：黄省曾《讀山海經詩》："髴鬱流波山，流波浮東海。黄帝得蒼夔，爲鼓幾千載。振橛威四方，焕然生風采。"蓋指此云。

① "暘"，原作"暘"，據金閶書業堂本改。

卷十五

大荒南經

南海之外，赤水之西，流沙之東，郭曰："赤水出昆侖山，流沙出鍾山也。"有獸，左右有首，名曰跊踢。郭曰："出狻名國。黜惕兩音。"任臣案：《駢雅》曰："跊惕、屏蓬，兩首獸也。"《事物紺珠》云："跊踢左右有首。"又《佩觿》作"跡踢"，《續騷經》作"痳踢"，皆此。有三青獸相并，名曰雙雙。郭曰："言體合爲一也。《公羊傳》所云'雙雙而俱至'者，蓋謂此也。"任臣案：《獸經》曰："文文善呼，雙雙善行。"《駢志》云："雙雙合體，蛩蛩假足。"《麟書》曰："雙雙俱来，孟極是覆。"《五侯鯖》云："雙雙在南海外，三青獸合爲一體。"《駢雅》曰："流沙之東，三獸相并曰雙雙。"徐氏《賓遠賦》："獸則摩伽招賢，獨步雙雙。"又雙雙亦鳥名，見《讀書考定》。

有阿山者。南海之中，有氾天之山，赤水窮焉。郭曰："流極于此山也。"任臣案：《離騷》曰："遵赤水而容與。"又黄帝失玄珠於赤水，皆此水也。赤水之東，有蒼梧之野，舜與叔均之所葬也。郭曰："叔均，商均也。舜巡狩，死於蒼梧而葬之。商均因留，死亦葬焉。基今在九疑之中。"任臣案：顧起元《説略》曰："《孟子》：'舜生于諸馮，遷於負夏，卒于鳴條。'諸馮、負夏、鳴條皆在河南北，故葬于紀，所謂紀市也。今帝墓在安邑，而安邑有鳴條陌，去紀才兩舍。《竹書》、《郡國志》等皆言帝葬蒼梧，則自漢失之，《禮記》是也。至鄭康成，遂以鳴條爲南蠻之地。"《大荒南經》云："蒼梧之野，舜子叔均之所葬。"《九疑山記》亦謂商均窆其陰，豈非商均徙此因葬之，後世遂以爲虞帝墳耶！若《海内經》云舜之所葬在長沙零陵界中，後人所增長沙零陵，名出秦漢，非古明也。又《困學記聞》其説與顧類，見《海内南經》注。此云："舜與叔均所葬。"而顧云："舜子叔均所葬"。豈别有古本？爰有文貝、郭曰："即紫貝也。"離俞、郭曰："即離朱。"鴟久、郭曰："即鵂鶹也。"任臣案：《博物志》："鵂鶹鸛鵲，其抱以聒。"李時珍曰："鴞鵬、鵂鶹、梟，皆惡鳥也。"鷹、賈、郭曰："賈亦鷹属。"任臣案：《莊子》有"雅賈"。馬融亦曰"賈烏"。烏類也。委維、郭曰："即委蛇也。"熊、羆、象、虎、豹、狼、任臣案：《爾雅》："狼牡貛牝，其子獥。"視肉。

有滎山，滎水出焉。黑水之南，有玄蛇，食麈。郭曰："今南方蚺蛇吞鹿，亦此類。"任臣案：《方輿勝覽》云："鱗蛇出安南、雲南、鎮康州、臨安、沅江、孟養諸處，長丈餘，有四足，黄黑鱗，二色，能食麋鹿。"即斯類也。

有巫山者，西有黄鳥。帝藥，八齋。郭曰："天帝神仙藥在此也。"任臣案：《真行子》云："禹駐巫山之下，大風卒至，遇雲華夫人，拜而求助。"《淮南》云："巫山之上，順風縱火，膏夏紫芝與蕭艾俱死。"即此山也。郭子章曰："巫咸以鴻術爲帝堯醫師，生爲上公，死爲貴神，封于斯山，因名巫山。"黄鳥于巫山，司此玄蛇。郭曰："言主之也。"

大荒之中，有不庭之山，滎水窮焉。有人三身，帝俊妻娥皇，生此三身之國，郭曰："蓋後裔所出也。"任臣案：《海内經》："帝俊生三身。"是也。與《海外西經》者殊。姚姓，黍食，使四鳥。郭曰："姚，舜姓也。"任臣案：楊慎云："黍食，言猶火食也。他如盈民之國，於姓，黍食；不死之國，阿姓，甘木是食；蜮民之國，桑姓，食黍；焦僥之國，幾姓，嘉穀是食。"又有鼬姓之國食黍。《大荒北經》則有毛民之國，依姓，食黍；儋耳之國，任姓，食穀；明不與之國，烈姓，食黍；深目之國，朌姓，食魚；魚山，威姓，食黍；苗民，釐姓，食肉。殊方豈有姓哉？蓋禹錫土姓而覃及四表也。《書》所謂"聲教訖四海"，此亦可証。今南蠻人有合國同一姓者，其遺俗乎！其曰食木葉、食魚、食木實。《王制》所云"不火食"者也。有淵四方，四隅皆達，郭曰："言淵四角皆旁通也。"北屬黑水，南屬大荒，郭曰："属猶連也。"北旁名曰少和之淵，南旁名曰從淵，郭曰："音驄馬之驄。"任臣案：《古音略》引此作"瑽淵"。舜之所浴也。郭曰："言舜嘗在此中澡浴也。"

又有成山，甘水窮焉。郭曰："甘水出甘山，極此中也。"任臣案：郭義恭《廣志》曰："甘水在西域之東，名曰新陶水，水甘，故曰甘水。又名新頭河。"有季禺之國，顓頊之子，食黍。郭曰："言此國人顓頊之裔子也。"有羽民之國，其民皆生毛羽。任臣案：《贏蟲録》："羽民國在海東南崖巘間，有人長頰鳥喙，赤目白首，生毛羽，似人而卵生。"是與卵民本一國也。《括地圖》曰："羽民有羽，飛不遠，去九疑四萬二千里。"《歸藏・啟筮》曰："金水之子，其名曰羽蒙，乃羽民，是生百鳥。"《金樓子》云："舜時貫胸、羽民皆至。"《路史・餘論》云："舜九載，羽民獻火浣布。"《冠編》："舜時，羽民、庭裸國、大人、反踵，咸被其澤。"劉鳳《雜俎》曰："毛人羽民之黨。"有卵民之國，其民皆生卵。郭曰："即卵生也。"任臣案：中國徐偃亦卵生。又《搜神記》："高麗之先夫餘王，常得河伯女，感日光而孕，生一卵，一男子破殼而出，名曰朱蒙。"《平攘録》云："五鳳元年，朝鮮有蘇伐公者得大卵于蘿林，有嬰兒剖卵而出，長有聖德，六村異之，立爲西於方言君也。"《廣志繹》云："黎人之先雷拇一蛇卵，中爲女子，是生黎人。故云黎姥之山。"《賢愚經》云："毗舍離懷祗，生三十二卵，卵中各出一兒，勇健非凡。"《玄應録》曰："世羅優波世羅二比丘，從鶴卵生。又彌伽羅母生三十二子，般遮羅生五百子，皆卵生。"

大荒之中，有不姜之山，黑水窮焉。郭曰："黑水出昆侖山。"任臣案：萬水皆清，斯水獨黑。今雲南闌滄江是古黑水也。柳宗元《天對》曰："黑水盈盈，窮于不姜。"又有賈山，汔水出焉。又有言山。又有登備之山。郭曰："即登葆山，群巫所從上下者也。"有恝恝之山。郭曰："音如券契之契。"又有蒲山，澧郭曰："音禮。"水出焉。

又有隗山，郭曰："音如隗囂之隗。"其西有丹，其東有玉。又南有山，漂水出焉。郭曰："音票。"有尾山。有翠山。郭曰："言此山有翠鳥也。"任臣案：劉會孟云："周時有國獻青鳥。"①疑是此鳥。

有盈民之國，於姓，黍食。又有人方食木葉。

有不死之國，阿姓，甘木是食。郭曰："甘木即不死樹，食之不老。"任臣案：劉會孟云："祖州海島産不死草，一株可活一人。"盧柟《蠛蠓集》云："瓊琬不死之芝，招岩返魂之樹。"

大荒之中，有山名曰去痓。南極果，北不成，去痓果。郭曰："音如風痓之痓。未詳。"任臣案：皆山名，二合三合語也。王崇慶《釋義》謂："去痓者，去志也。去志不果，知進而不知退也。以爲寓言謬矣。"

南海渚中，有神，人面，珥兩青蛇，踐兩赤蛇，曰不廷胡余。郭曰："一神名耳。"任臣案：《宛委餘編》作"不返胡余"。《續通考》"廷"亦作"返"。有神名曰因因乎，南方曰因乎，夸風曰乎民，郭曰："亦有二名。"處南極以出入風。

有襄山。又有重陰之山。有人食獸，曰季釐。帝俊生季釐，任臣案：舜生商均、季釐。又庶子七人。故曰季釐之國。有緡淵。郭曰："音昏。"任臣案：《路史》："季釐封于緡，後爲夏桀所克。"《國名記》云："今濟之金鄉。"未審是非。少昊生倍伐，倍伐降處緡淵。任臣案：《路史》："少昊元妃生倍伐，降處緡淵，既封蔑，爲蔑氏。"又《國名記》："少昊後有倍國。"注云："倍伐、倍宜，國也。蔑姓，夏滅之。"有水四方，名曰俊壇。郭曰："水狀似土壇，因名舜壇也。"

有臷民之國。郭曰："爲人黄色。"帝舜生無淫，任臣案：無淫疑即胡公世不淫也。然胡公曾未處南荒，意其苗裔别有分支云。降臷處，是謂巫臷民。任臣案：陳一中曰："帝倍之後有龍氏，巫人封巫爲

① "鳥"，金閶書業堂本作"鳳"。

巫氏,生戴民。"巫戴民肦姓,食穀,不績不經,服也;郭曰:"言自然有布帛也。"不稼不穡,食也。郭曰:"言五穀自生也。種之爲稼,收之爲穡。"爰有歌舞之鳥,鸞鳥自歌,鳳鳥自舞。爰有百獸,相群爰處。百穀所聚。

大荒之中,有山名曰融天,海水南入焉。有人曰鑿齒,羿殺之。郭曰:"射殺之也。"任臣案:服虔云:"鑿齒齒長五尺,以鑿食人。"《釋義》曰:"羿殺鑿齒,重出。"

有蜮山者,有蜮民之國,郭曰:"音惑。"桑姓,食黍,射蜮是食。郭曰:"蜮,短狐也。似鱉,含沙射人,中之則病死。此山出之,亦以名云。"任臣案:陸璣云:"蜮一名射影。"孫思邈云:"一名射工。"《玄中記》謂之"水狐蟲"。《酉陽雜俎》謂之"抱搶"。《五行傳》曰:"南方淫惑之氣所生,故謂之蜮。"《詩》云:"如鬼如蜮。"《楚辭》曰:"魂兮無南,蜮傷躬只。"又南中有鬼彈、沙蝨二種毒,亦等于含沙。有人方扜弓射黄蛇,郭曰:"扜,挽也。音汗。"名曰蜮人。

有宋山者,有赤蛇,名曰育蛇。有木生山上,名曰楓木。楓木,蚩尤所棄其桎梏,郭曰:"蚩尤爲黄帝所得,械而殺之,已摘棄其械,化而爲樹也。"任臣案:王瓘《軒轅本紀》云:"黄帝殺蚩尤于黎山之丘,擲其械于大荒之中,化爲楓木之林。"又齊丘化書,老楓化爲羽人。任昉《述異記》:"南中有楓子鬼木之老者,爲人形,即嶺南所謂楓人也。然則楓亦善變之物哉!"《梁元帝集》云:"斬長翟于駒門,挫蚩尤于楓木。"本此。是謂楓木。郭曰:"即今楓香樹。"有人方齒虎尾,名曰祖狀之尸。郭曰:"音如柤黎之柤。"

有小人,名曰焦僥之國,郭曰:"皆長三尺。"任臣案:《説文》云:"西南僰人、焦僥,从人,蓋在坤地,頗有順理之性。"幾姓,嘉穀是食。

大荒之中,有山名死塗之山,郭曰:"音朽。"任臣案:《升庵外集》作"死塗"。青水窮焉。郭曰:"青水出昆侖。"任臣案:楊慎曰:"《山海經》:'氾天之山,赤水窮焉;不姜之山,黑水窮焉;歹殳塗之山,青水窮焉;白水之山,白水窮焉;不庭之山,滎水窮焉;伐山,甘水窮焉。'則衆流各有窮處,至此即化氣而升也。"有雲雨之山,有水名曰欒。禹攻雲雨,郭曰:"攻謂槎伐其林木。"任臣案:劉鳳《雜俎》云:"禹攻雲雨,伐其樹木。"有赤石焉生欒,郭曰:"言山有精靈,復變生此木於赤石之上。"黄木,赤枝,青葉,群帝焉取藥。郭曰:"言樹花實皆爲神藥。"

有國曰顓頊,生伯服,任臣案:《世本》云:"顓頊生偁,偁字伯服。"食黍。有鼬姓之國。郭曰:"音如橘柚之柚。"①有苕山。又有宗山。又有姓山。又有壑山。又有陳州山。又有東州山。又有白水山,白水出焉,而生白淵,昆吾之師所浴也。郭曰:"昆吾,古王者號。《音義》曰:'昆吾,山名,溪水内出善金。'二文有異,莫知所辨測。"有人名曰張弘,在海上捕魚。海中有張弘之國,郭曰:"或曰即奇肱人。疑非。"食魚,使四鳥。有人焉,鳥喙,有翼,方捕魚于海。

大荒之中,有人名曰驩頭。任臣案:"驩頭",一作"鵃兜"。《古文尚書》又作"鵃吺"。鯀妻士敬,任臣案:《國名記》、《學海》俱作"鯀妻士敬氏"。士敬子曰炎融,生驩頭。任臣案:《路史》:"縉雲氏,帝鴻之胄也。妻士敬氏曰炎融,遺腹而生驩頭。"《蛙螢子》曰:"《山海經》:'鯀妻士敬。士敬子曰炎融,生驩頭。'又曰:'顓頊生驩頭,驩兜生三苗。'其文甚明。《路史》考信于《經》,取兜生苗,而不取鯀生兜,故推兜而納諸縉雲,合士敬、炎融爲一婦人,而爲縉雲之妻。不可通。《左傳》:'驩兜爲帝鴻之子。'又推縉雲而納諸帝鴻,凡以泥經文而左其解,故至此。夫驩兜,帝鴻之胄,士敬之孫,炎融之子,而顓頊之出也,鯀以其子妻士敬而生融,以至兜。鯀祖顓頊,是兜亦顓頊之出。故曰顓頊生驩兜,驩兜生三苗。

---

① "柚",原作"橘",金閶書業堂本同,袁珂《山海經校注》此句作"音如橘柚之柚",據改。

不然《經》顧自爲枘鑿哉!”驩頭人面鳥喙,有翼,食海中魚,杖翼而行。郭曰:“翅不可飛,[1]倚杖之用行而已。[2]”任臣案:《神異經》曰:“南方有人,人面鳥喙而有翼,手足扶翼而行,爲人狼惡,不畏風雨。”即此也。又《五音集韻》云:“鵬鴅人面烏喙,有翼不能飛。”似語此也。“鴅”,音兜。維宜芑苣,穋楊是食。郭曰:“《管子》説地所宜云:‘其種穋、杞、黑黍。’皆禾類也。苣,黑黍;今字作禾旁。起、秬、虯三音。”任臣案:《爾雅》:“芑,白苗。”穋,《正韻·音六》:“前種後熟曰穋。”楊,白楊也。嫩葉可食,老葉可作麵料。[3] 有驩頭之國。任臣案:羅泌曰:“缙雲氏妻士敬氏曰炎融,生驩頭。”驩頭者,驩兜也。弘農有地名兜志,爲驩兜之都。然意驩爲國,當如魯驩,未必兜地,其後竄之崇山,則灃之慈利也。有驩兜墓。又《嶺外驩州圖經記》以爲其竄所,《欒史》亦記驩州爲所放處。則去崇山遠矣。

帝堯、帝嚳、帝舜葬於岳山。郭曰:“即秋山也。”爰有文貝、離俞、鴟久、鷹、賈、延維、視肉、熊、羆、虎、豹;朱木,赤枝,青華,玄實。有申山者。

大荒之中,有山名曰天臺高山,海水入焉。

東南海之外,甘水之間,有羲和之國。有女子名曰羲和,方日浴於甘淵。郭曰:“羲和蓋天地始生,主日月者也。故《啓筮》曰:‘空桑之蒼蒼,八極之既張。乃有夫羲和,是主日月,職出入,以爲晦明。’又曰:‘瞻彼上天,一明一晦,有夫羲和之子,出於陽谷。’故堯因此而立羲和之官,以主四時,其後世遂爲此國。作日月之象而掌之,沐浴運轉之於甘水中,以效其出入湯谷虞淵也,所謂世不失職耳。”羲和者,帝俊之妻,任臣案:羲和,常羲有陬氏。生十日。任臣案:盧柟《放招賦》:“俊妻甘淵,十日嶤嶷。”謂此也。《宗籙子》云:“遠裔嵔嵔附神明之後,生日

---

① “可”下,金閶書業堂本有“以”字。
② “行”,金閶書業堂本作“周”。
③ “麵”,金閶書業堂本作“麴”。

生月。"蓋云生子各名以日月之數也。有蓋猶之山者,其上有甘柤,枝幹皆赤,黄葉,白華,黑實。東又有甘華,枝幹皆赤,黄葉。有青馬。有赤馬,任臣案:青馬驪,赤馬騂。名曰三騅。任臣案:《爾雅》:"蒼白雜毛騅。"《詩》:"有騅有騅。"此則良馬之異名也,疑非。有視肉。有小人名曰菌人。郭曰:"音如朝菌之菌。"任臣案:《抱朴子》云:"芝有石芝、木芝、肉芝、菌芝,凡數百種。千歲蝙蝠,萬歲蟾蜍,山中見小人,皆肉芝類也。"《南越志》曰:"銀山有女樹,天明時皆生嬰兒,日出能行,日没死,日出復然。"《事物紺珠》云:"孩兒樹出大食國,赤葉,枝生小兒,長六七寸,見人則笑。"菌人疑即此。又《嶺海異聞注》:"香山有物,如嬰孩而裸,魚貫同行,見人輒笑,至地而滅。泰泉黄佐目擊之。"又商人高氏見清遠縣山中有小兒奔走,儼如人形,惟脅下多兩翅耳。所説略同,豈亦斯類耶!有南類之山,爰有遺玉、青馬、三錐、視肉、甘華,百穀所在。

卷十六

大荒西經

西北海之外，大荒之隅，有山而不合，名曰不周負子，郭曰："《淮南子》曰：'昔者共工與顓頊爭帝，怒而觸不周之山，天維絶，地柱折。'故今此山缺壞不周匝也。"任臣案：《爾雅》："八極西北曰不周。"《中天佚典》曰："不周負亘爲乾坤翰。"《楚辭》："右袛拂於不周。"司馬《大人賦》："迴車朅来兮，絶道不周。"張衡《思玄賦》："縱余終乎不周。"楊雄《甘泉賦》："躡不周之逶蛇。"阮籍詩："日没不周西。"①盧柟《賦》："跨乾樞兮幹不周。"又云："跨不周兮騎轟雷。"江暉《賦》："羌又畢乎貐狐，鍜不周以彌昊。"皆謂此山。《通鑑前編》云："不周之巔有宣城焉。②日月之所不届，而無四時昏晝之辨，燧人氏于是視乾象而察辰心，自不周之山游於日月之都。"亦斯山也。又案《天問》云："康回憑怒，墜何故以東南傾？"《尹子·盤古篇》云："共工觸不周山，折天柱絶地維。女媧補天射十日。"江淹《遂古篇》："共王所觸不周山兮。"《劉子·兵術》曰："顓頊爭于不周。"楊炯《李少君碑》："共工則折柱傾維，崩騰于海縣。"《文心雕龍》云："康回傾地，仁羿躍日。"柳子《晋問》云："又似共工觸不周而天柱折。"即此山事也。有兩黄獸守之。有水曰寒暑之水。水西有濕山，水東有幕山。郭曰："音莫。"有禹攻共工國山。郭曰："言攻其國，

---

① "籍"，原作"藉"，金閶書業堂本同，據文意改。
② "宣"，金閶書業堂本作"宜"。

殺其臣相柳于此山。①《啟筮》曰：'共工人面，蛇身，朱髮'也。"任臣案：《荀子》云："禹伐共工。"又《神異經》："西北荒有人焉。人面，朱髮，蛇身，人手足而食五穀，禽獸頑愚，②名共工。"③即此。

有國名曰淑士，顓頊之子。郭曰："言亦出自高陽氏也。"有神十人，名曰女媧之腸，郭曰："或作女媧之腹。"化爲神，處栗廣之野，郭曰："女媧，古神女而帝者，人面蛇身，一日中七十變，其腹化爲此神。栗廣，野名。媧，音瓜。"任臣案：《冠編》："女媧百三十，歷陟化神于栗廣之野。"《真源賦》云："女媧治百有三十載而落其腸，爰化而神。"《路史》云："女媧道標萬物，神化七十。"《鴻烈解》云："上駢生耳目，桑林生臂手。女媧所以七十化也。"《仙人紫檀歌》云："三十六變世應知，七十二化處其位。"王逸《楚辭注》："女媧七十化其體，此淮南等有博土爲人爲七十化之術。"曹植《女媧贊》曰："或云二君，人首蛇形。神化七十，何德之靈？"柳宗元《天對》曰："媧軀虺號，占以類之。④何日化七十？工或詭之。"《河圖挺佐輔》云："女媧牛首，蛇身，宣髮。"《玄中記》曰："伏羲龍身，女媧蛇身。"《開山圖》曰："坤神字揚翟，王號曰女媧。"《世紀》云："女媧，一曰女希。"《均藻》云："子午谷有女媧堡，符雄屯師處。"横道而處。郭曰："言斷道也。"有人名曰石夷，来風曰韋，郭曰："来，或作本也。"處西北隅以司日月之長短。郭曰："言察日月晷度之節。"有五彩之鳥，有冠，名曰狂鳥。郭曰："《爾雅》云：'狂，夢鳥。'即此也。"任臣案：孔融《周歲論》曰："羽儀屯集，狂鳥穢之。"《宛委餘編》云："五采芝鳥有冠，似鳳，名狂鳥。"張萱《彙雅》曰："狂亦作鵟，或云鴟屬。"有大澤之長山。有白民之國。

西北海之外，赤水之東，有長脛之國。郭曰："脚長三丈。"任

① "柳"，原作"抑"，據金閶書業堂本改。
② "頑"，原作"煩"，據金閶書業堂本改。
③ "名"下，金閶書業堂本有"曰"字。
④ "占"，金閶書業堂本作"古"。

臣案:《玄覽》曰:"盛海之東,其民穿胸;赤水之東,其民長脛。"有西周之國,姬姓,任臣案:《國名記》:"高辛氏後有西周國。"蓋叔均國也。食穀。有人方耕,名曰叔均。帝俊生后稷,郭曰:"俊宜爲嚳,嚳第二妃生后稷也。"任臣案:陳一中曰:"帝偕生而神靈,自言其名曰夋。"夋,俊也,古字通。帝嚳之爲帝俊,此事之辨者,乃郭璞注《山海經》。謂爲帝舜,至帝俊生后稷,則曰宜爲嚳,不知俊即嚳,而反疑經文爲訛。經又曰帝俊有子八人,蓋八元,爲益信。任臣又案:《華陽志》:"高辛氏名夋。"《冠編》云:"帝庚,一名夋。"是帝夋已有二人,而俊生季釐,則俊又似舜也。是所未解。稷降以百穀。稷之弟曰台壐,郭曰:"音胎。"生叔均。任臣案:羅泌《同姓名辨》:"覩叔均而思稷子。"是以叔均爲稷之子也。據《海内經》:"稷之孫曰叔均。"則叔均非稷之子,并非從子明矣。經疑有誤。又商均亦曰"叔均"。非此。叔均是代其父及稷播百穀,始作耕。有赤國妻氏。有雙山。

西海之外,大荒之中,有方山者,上有青樹,名曰柜格之松,郭曰:"木名,音矩。"①日月所出入也。任臣案:《游氏臆見》曰:"柜格之松在西海外,爲日月所出入。"

西北海之外,赤水之西,有先民之國。食穀,使四鳥。有北狄之國。黄帝之孫曰始均,始均生北狄。有芒山。有桂山。有榣山。郭曰:"此山多桂及榣木,因名云耳。"任臣案:《初學記》引此作"瑶山"。其上有人,號曰太子長琴,任臣案:虞汝明《古琴疏》曰:"祝融取榣山之櫬作琴,彈之能致五色鳥。一曰皇来、二曰鸞来、三曰鳳来,故生長子即曰琴。"顓頊生老童,郭曰:"《世本》云:'顓頊娶于滕墳氏,謂之女禄,産老童也。'"任臣案:《國名記》"滕墳"作"勝濆",注云:"勝,奔也。"高陽妃勝奔氏國,或作騰隍,誤。老童生祝融,郭曰:"即重黎也。高辛氏火正,號曰祝融也。"任臣案:《氏族源流》云:"顓頊次

---

① "木",原作"水",據金閶書業堂本改。

妃勝奔氏生子三人：伯偁、卷章、季禺。卷章或作老童，季禺生叔歜，卷章娶根水氏生二子，曰黎，曰回，黎爲祝融。"祝融生太子長琴，是處榣山，始作樂風。郭曰："創制樂風曲也。"任臣案：陳士元《荒史》："祝融生二子，曰長琴，曰噎。噎處西極，長琴居榣山，樂風。"隋《元德太子哀册文》："遽瑶山之頹壤，忽桂宫之毁構。"唐睿宗《受禪制》："方流樂風之緒，宜申游靁之澤。"陳子龍《賀太子生表》："樂風誕聖，長琴著山海之經。"又《唐書》："許敬宗等勒書五百卷，名《榣山玉彩》。"又裴光庭獻《榣山往則》，明皇詔太子、諸王謝之。義皆取此也。有五彩鳥三名：一曰皇鳥，一曰鸞鳥，一曰鳳鳥。有蟲狀如菟，胸以後者裸不見，郭曰："言皮色青，故不見其裸露處。"青如猨狀。郭曰："狀又似猨。"

大荒之中，有山名曰豐沮任臣案：《冠編》作"豐阻"。玉門，日月所入。有靈山，巫咸、巫即、巫肦、巫彭、巫姑、巫真、巫禮、巫抵、巫謝、巫羅十巫，從此升降，百藥爰在。郭曰："群巫上下此山采之也。"任臣案：《酉陽雜俎》云："大荒靈山有十巫，曰咸、①即、昐、彭、姑、具、禮、抵、謝、羅，從此升降。"肦作昐，真作具。未審孰是。又《水經注》引此"巫真"作"巫貞"，"巫禮"作"巫孔"。楊慎《均藻》亦云："巫孔爲十巫之一。"又《同姓名録》云："開明有巫履，豐沮有巫禮。履、禮恐是一人。"《南華逸篇》云："黔首多疾，黄帝氏立巫咸以通九竅。"《論衡》曰："巫咸能以祝延人之疾。"郭氏《巫咸山賦序》："巫咸以鴻術爲帝堯之醫。"高似孫《緯略》云："巫咸，堯之醫者。今平陽亦有巫咸頂，云是巫咸修真處。更有巫咸山、巫咸墓、巫咸谷，在夏縣東。"又《世本》："巫咸作筮，後有神巫曰季咸者，祖其名耳。"楊雄《甘泉賦》："選巫咸兮叫帝閽。"李賀《浩歌》云："彭祖巫咸幾回死。"曾益注云："巫咸能采藥長生。"《古文苑·秦詛楚文》曰："久湫巫咸亞馳。"《歸藏》云："昔黄帝將戰，筮於巫咸。"《路史》："黄帝命巫咸、巫陽主筮。"又星家有甘石巫咸三家。又商臣亦名巫咸，見《尚書》，非此也。巫咸或作蠱咸。《亶爰集》云："召蠱咸而

① "曰咸"，原作"咸曰"，金閶書業堂本同，據《酉陽雜俎》原文改。

聘之。”“龏”,音龍。《廣雅》云:“巫也。”

西有王母之山、壑山、海山。郭曰:“皆群大靈之山。”有沃之國,郭曰:“言其土沃饒也。”沃民是處。任臣案:《淮南子》:“海外三十六國,西北方有沃民。”沃之野,鳳鳥之卵是食,任臣案:《吕氏春秋》:“流沙之西,丹山之南,有鳳之丸,沃民所食。”甘露是飲。凡其所欲,其味盡存。郭曰:“言其所願滋味,此無所不備。”爰有甘華、甘柤、白柳、任臣案:吴淑《柳賦》云:“沃民之國,汶水之傍。”謂此。視肉、三騅、璇瑰、瑶碧、郭曰:“琁瑰亦玉名。《穆天子傳》曰:‘枝斯璿瑰。’枚、回二音。”白木、琅玕、郭曰:“樹色正白。今南方有文木,亦黑木也。”任臣案:文木,即烏木。《逸周書》謂之“闟木”。張勃《吴録》云:“南宋銅縣有文木。”①嵇含《草木狀》曰:“文木樹高七八丈,其色正黑,如水牛角。”白丹、青丹,郭曰:“又有黑丹也。《孝經援神契》曰:‘王者德至山陵而黑丹出。’然則丹者别是彩色,亦猶黑白黄皆云丹也。”任臣案:《尚書大傳》:“丹丘出丹雘,青丘出青雘。”是丹與青皆名雘也,則丹爲彩色之名益信。多銀、鐵。鸞鳥自歌,鳳鳥自舞,爰有百獸,相群是處,是謂沃之野。任臣案:《鴻烈解》:“西金丘沃野爲八紘之一。”有三青鳥,赤首黑目,一名曰大鵹,一名少鵹,郭曰:“音黎。”一名曰青鳥。郭曰:“皆西王母使也。”任臣案:曹植《辨道論》:“三鳥備設,不如百官之美也。”陶弘景詩:“銜書必青鳥,嘉客信龍鑣。”江淹《陰長生贊》:“若渡西海時,致意三青鳥。”梁元帝《與劉智藏書》:“弱水難浮,猶致書于青鳥。”李長吉詩:“符因青鳥送。”皆指此也。《拾遺記》曰:“軒渠國多九色鳥,青口,緑脛,紫翼,紅膺,紺頂,丹足,碧身,緗背,玄尾,其青多紅少,謂之繡鸞。或云是西王母之禽。”疑即三青鳥類。有軒轅臺,射者不敢西嚮射,畏軒轅之臺。郭曰:“敬難黄帝之神。”任臣案:《鴻烈解》:“軒轅丘在西方。”《黄帝祠額解》云:“西至昆侖,有軒轅宫與臺,若丘,射

① “宋”,金閶書業堂本作“朱”。

者不敢西向。”湘東王詩：“寂寥千載後，誰上軒轅臺。”庾信《爾綿柱國碑》：“軒臺受氏，若水降居。”崔融《表》：“攀龍不及，顧慕軒轅之臺。”湯顯祖《表》：“郏鄏之鼎方圖，軒轅之臺已閟。”朱應登《北風行》：“軒轅臺前燭龍晦。”劉鳳《九頌》云：“吾登軒轅之臺而四顧。”本此也。《名勝志》云：“今直隸保安州西南界之喬山上亦有軒轅臺。”《廣輿記》：“岳州府君山亦有軒轅臺。”

大荒之中，有龍山，日月所入。有三澤水，名曰三淖，昆吾之所食也。郭曰：“《穆天子傳》曰：‘滔水，濁繇氏之所食。’亦此類也。”有人衣青，以袂蔽面，郭曰：“袂，袖。”名曰女丑之尸。有女子之國。郭曰：“王頎至沃沮國，盡東界，問其耆老，云：‘國人常乘船捕魚遭風，見吹數十日，東一國，在大海中，純女無男。’即此國也。”任臣案：《玄覽》曰：“葱嶺之西，西女之國產男輒不舉也。拂菻歲遣男子配焉。茂州之西，東女之國其貴人死，糅馀屑而瘞之。”①

有桃山。有宝山。有桂山。有于土山。有丈夫之國。郭曰：“其國無婦人也。”有弇州之山，任臣案：《括地象》：“正西弇州曰并土。”《隋書》作“十州”，并土爲昆侖九州之一。②《南華經》云：“大荒之中，弇州之北。”《穆天子傳》：“天子登于弇山之上。”王世貞以爲即此地也。江淹《赤虹賦》云：“帝臺北荒之際，弇山西海之濱。”五彩之鳥仰天，郭曰：“張口嘘天。”名曰鳴鳥。爰有百樂歌儛之風。郭曰：“爰有百種伎樂歌儛風曲。”任臣案：《荒史》曰：“祝融氏一曰祝誦，又曰祝和。聽弇州之鳴鳥，作屬續之樂，以通倫類。”廖道南《楚紀贊》曰：“弇州之聲，庸制樂歌。”王融《曲水詩序》：“召鳴鳥于弇州，追伶倫于嶰谷。”本此。黄氏《事物紺珠》云：“鳴鳥身五色，聲有曲度。”有軒轅之國。郭曰：“其人人面蛇身。”任臣案：《談薈》云：“尾處首上。”江山之南栖爲吉。郭曰：“即窮山之際也。山居爲栖。吉者，言無凶夭。”不壽者乃八百歲。郭

① “馀”，金閶書業堂本作“金”。
② “并”，原作“开”，據金閶書業堂本改。

曰："壽者數千歲。"西海渚中，有神人面鳥身，珥兩青蛇，踐兩赤蛇，名曰弇兹。任臣案：《冠編》六："上紀有弇兹氏，人面鳥身。"劉會孟云："海外國，神多以蛇爲珥踐。又有蛇洲。"

大荒之中，有山名曰日月山，天樞也。吴姖天門，日月所入。任臣案：蓋《天論》"須彌山爲天樞，日月行于其腰"，與此説類。盧柟《放招賦》云："吴姖晻昧，日月所翳。"即此也。有神，人面無臂，兩足反属于頭上，名曰噓。郭曰："言噓啼也。"任臣案：《圖贊》曰："脚属于頭，人面無手。厥號曰噓，重黎所處。"顓頊生老童，任臣案：《譙周古史》曰："老童即卷章。"羅苹云："卷章，史或作老章。"老童生重及黎，郭曰：《世本》云："老童娶于根水氏謂之驕福，産重及黎。"任臣案：《冠編》云："老童音如鐘磬，死爲騩山之神，娶女驕生黎回。"帝令重獻上天，令黎卬下地，郭曰："古者人神雜擾無别，顓頊乃命南正重司天以属神，命火正黎司地以属民。重實上天，黎實下地。獻、卬，義未詳也"。任臣案：《路史》作"重載上天"。下地是生噎，處于西極，以行日月星辰之行次。郭曰："主察日月星辰之度數次舍也。"

有人反臂，名曰天虞。郭曰："即尸虞也。"有女子方浴月。帝俊妻常羲，生月十有二，此始浴之。郭曰："義與羲和浴日同。"任臣案：常羲，有陬氏也。或作"常儀"，一作"尚儀"。士安作"常耳"，又作"常宜"。《路史》云："高辛氏次妃常羲生而能言，髪迨其踵，是歸高辛，生太子庢及月十二。"楊慎云："帝俊之妻生十日，自甲至癸也；生月十又二，自子至亥也。"有玄丹之山。郭曰："出黑丹。"①任臣案：《篇海》引《經》作"玄舟之山"，誤。有五色之鳥，人面有髪。爰有青鳶、郭曰："音文。"黄鷔，郭曰："音敖。"青鳥、黄鳥，其所集者其國亡。有池名孟翼之攻顓頊之池。郭曰："孟翼，人姓名。"任臣案：孟翼，

① "丹"下，金閶書業堂本有"也"字。

顓頊臣。《冠編・顓頊紀》有載“命孟翼攻池，天下人號之曰顓頊之池”，言厚養于民也。

大荒之中，有山，名曰鏖鏊鉅，郭曰：“鏊，音如敖。”日月所入者。有獸，左右有首，名曰屏蓬。郭曰：“即并封也，語有輕重耳。”任臣案：《稽瑞録》云：“鹿鳌山獸，左右有首，名并蓬。”有巫山者。任臣案：《冠編》：“望帝時巫山壅江蜀洪水，望帝令鱉令鑿之。”有壑山者。有金門之山，有人名曰黄姖之尸。有比翼之鳥。任臣案：即鶼鶼。有白鳥，青翼，黄尾，玄喙。郭曰：“奇鳥。”有赤犬，名曰天犬，其所下者有兵。郭曰：“《周書》云：‘天狗所止地盡傾，餘光燭天爲流星，長十數丈，其疾如風，其聲如雷，其光如電。’吴楚七國反時吠過梁國者是也。”任臣案：辛氏《三秦記》：“秦襄公時，白鹿原有天狗来下，其上有賊，天狗吠而護之。”《河圖稽燿鉤》曰：“太白散爲天狗，主候兵。”《元史》：“至正中，雲南玉案山下有赤犬群吠，未幾兵亂。”又唐天寶中，華清宫有天狗院，列在諸獸之上，杜甫作《賦》云：“色似狻猊，小如猿狖。”非此也。又案：李白《大獵賦》：“殪天狗。”注云：“《山海經》：‘天門山有赤犬，名天犬。’①”蓋謂此也。

西海之南，流沙之濱，赤水之後，黑水之前，有大山，名曰昆侖之丘。任臣案：化胡經曰：“昆侖山九重，重相去九千里，山有四面。”竺乾《書》曰：“阿耨山即昆侖也，一名須彌，訛呼蘇彌，在于闐國西一千三百餘里，其水分流四面。去入中國者爲黄河，入東海。其三面各入南、西、北海，如弱水、黑水之類。”有神，人面虎身，有文有尾，皆白處之。郭曰：“言其尾以白爲點駮。”其下有弱水之淵環之，郭曰：“其水不勝鴻毛。”任臣案：《十洲記》云：“昆侖山弱水周迴繞匝，東南接積石圃，西北接北户之室，東北臨大活之井，西南至承淵之谷。”《玄中記》云：“神丘有火穴，光景照千里；昆侖有弱水，鴻毛不能起。”《括地圖》曰：

① “名”下，金閶書業堂本有“曰”字。

"昆侖之弱水,非乘龍不得至。"《圖贊》曰:"弱出昆山,鴻毛是沉。北淪流沙,南暎火林。惟水之奇,莫測其深。"其外有炎火之山,投物輒然。郭曰:"今去扶南東萬里,有耆薄國;東復五千里許,有火山國,其山雖霖雨,火常然。火中有白鼠,時出山邊求食,人捕得之,以毛作布,今之火浣布是也。即此山之類。"任臣案:干寶《搜神記》:"昆侖之山,是惟下都,環以炎火之山。"酈氏《水經注》:"流沙西行,極崦嵫之山。北山有石,以兩石相打,則水潤,潤盡則火出,山石皆然,炎起數丈。"司馬相如《大人賦》:"經營炎火而浮弱水兮,抗絶浮渚而涉流沙。"張衡《思玄賦》:"躋日中于昆吾兮,憩炎火之所陶。"江淹《空青賦》:"西海之草,炎山之烟。"①即此也。景純《炎火山贊》曰:"水含陽精,氣結則焚。理其微乎,其妙不傳。"他與此類者,《神異經》言:"荒外有火山,生不燼之木。"《十洲記》言:"炎洲有火林山,山中有火光。"《金液神丹經》:"扈犁國有火山。"《裔乘》云:"西北有火州,其國有火焰山。"張匡《鄴行程記》:"高昌北庭山,至夕光燄若炬火。"《玄覽》曰:"毗騫有然火之洲。"《博物志》:"西域且彌山,晝則孔中狀如烟,夜則如燈光。"《魏書》:"盤盤國有火山,山傍皆焦。"《東西洋考》云:"蛟罩山山頭火光日夜不斷。"《一統志》:"梧州有火山,山上有火,每三五夜一見,如野燒之狀。又蜀有火井,熒臺蕭丘有自然之火,春生秋滅;羽山有文石生火,烟色随四時而改,名爲淨火;自然洲有樹生火中,②以其皮織爲火浣布。火浣布有二種,此其一也。"陸游云:"火山軍其地耘耡,深入則有烈焰。"《風俗記》云:"圁陰縣有鴻門亭火,從地出。"又海中有沃焦山,遇水則燄;復有然海木華所稱,陰火潛然是也。有人,戴勝,虎齒,有豹尾,任臣案:《穆天子傳注》云:"虎齒蓬髮。"《困學紀聞》作"狗尾蓬髮"。穴處,名曰西王母。郭曰:"《河圖玉版》亦曰:'西王母居昆侖之山。'《西山經》曰:'西王母居玉山。'《穆天子傳》曰'乃紀名迹于弇山之石,曰西王母之山'也。然則西王母雖以昆侖之宮,亦自有離宮别

① "山",金閶書業堂本作"洲"。
② "中",原闕,據金閶書業堂本補。

窟，游息之處，不專住一山也。故記事者各舉所見而言之。”任臣案：胡應麟《筆叢》曰：“《經》稱‘西王母豹尾虎齒’，當是人類殊別。考《穆天子傳》云：‘天子賓于西王母，觴于瑶池之上。西王母爲天子謡，天子執白圭玄璧及獻錦組百純，組三百，西王母再拜受之。’則西王母服食語言絶與常人無異，並無所謂豹尾虎齒之象，惟司馬《大人賦》有‘豹尾虎齒’之説，蓋據《山海經》耳。乃《山海經》，則何所據哉？”任臣竊謂西王母黄帝時乘白鹿授地圖，舜時獻白玉琯，穆王時西王母来賓，特不過西方一國，如八百媳婦名爾，若豹尾虎齒，則亦貫胸、儋耳之類，又何足怪？後世好事家以西王母等于麻姑、上元夫人之列，甚至謂漢武帝降西王母于七夕，若果有其事者，則文人附會之過也。《爾雅》：“觚竹北户西王母日下，謂之四荒。”《漢書·西域傳》云：“安息長老傳聞條支有弱水，西王母亦未嘗見也。”此山萬物盡有。

大荒之中，有山名曰常陽之山，日月所入。

有寒荒之國，有二人女祭、女薎。郭曰：“或持觶，或持俎。”

有壽麻之國。郭曰：“《吕氏春秋》曰：‘南服壽麻，北懷闟耳。’”任臣案：《爾雅》：“八極西曰邠國，曰壽靡。”即壽麻也。劉子威《雜俎》曰：“焦僥壽麻之國。”

南岳娶州山女，名曰女虔。女虔生季格，任臣案：《冠編》：“黄帝鴻初爲南岳之官，①故名南岳女虔。”《學海》作“女庈”。又《路史》曰：“帝鴻生白民及嘻，嘻生季格，季格生帝魁。”注云：“嘻其南岳也。”未審孰是。季格生壽麻。任臣案：季格妻任已感神而生魁及壽麻，見《冠編》。壽麻正立無景，疾呼無嚮。郭曰：“言其稟形氣有異于人也。《列仙傳》曰：‘玄俗無景。’”任臣案：無景者，中國時有其人。《侍兒小名録》：“周昭王時，東甌獻二女曰延娟、延娌，步塵無迹，日中無景。”《風俗通》云：“真人無景。”《白帖》云：“仙人與虚合體，日中無景，故韓終久服丹無景。”又丙吉驗老人之子無景。張元始九十七始生子，遂無景。

① “官”，原作“宜”，據金閶書業堂本改。

《南史》稱:“梁武帝映日無景。”又勃鞮之國無翼而飛,日中無景,見《拾遺記》。王明英《歷體略》云:“赤道下春秋分日中無景。”《淮南》曰:“建木在都廣,日中無景。”又曰:“馮夷,大丙之御也,照日光而無景。”此言其疾,非真無景也。爰有大暑,不可以往。郭曰:“言熱炙殺人也。”任臣案:西儒云:“地在黄道綫下者,大熱不可居。其人常晝伏水中。”宋濂《演連珠》云:“壽麻之國,大屠倍常。”本此。有人無首,操戈盾立,名曰夏耕之尸。郭曰:“亦形天尸之類。”任臣案:《經》載奢比、據比、女丑、貳負、王子夜、肝榆、犁䰠、夏耕、戎宣王之尸,①不一而足,詳其名義,大都如今人尸解不化者,土人傳以爲神。故成湯伐夏桀于章山,克之,郭曰:“于章,山名。”任臣案:章山名大沙,或云“沙丘”。郭作“于章山”,疑非。斬耕厥前。郭曰:“頭亦在前者。”耕既立,無首,走厥咎,郭曰:“逃避罪也。”乃降于巫山。郭曰:“自竄于巫山。巫山今在建平巫縣。”

有人名曰吴回,奇左,是無右臂。郭曰:“即奇肱也。吴回,祝融弟,亦爲火正也。”任臣案:《姓氏源流》:“黎卒,帝嚳以回代之,封于吴,是爲吴回。吴回生陸,終其支庶爲陸終氏。”《蛙螢子》言“祝融有七吴回”,亦祝融之一也。

有蓋山之國。有樹,赤皮支幹,青葉,名曰朱木。郭曰:“或作朱威木也。”有一臂民。郭曰:“北極下亦有一脚人,見《河圖玉版》。”任臣案:《事物紺珠》云:“一臂人,一手,一目,鼻一孔。”

大荒之中,有山名曰大荒之山,日月所入。有人焉,三面一臂,郭曰:“無左臂也。”任臣案:《路史·禹紀》云:“西過奇肱,三面。”《黄帝祠額解》曰:“三面一臂,莫非子孫。”謂此。三面之人不死,郭曰:“言人頭三邊各有面也。玄菟太守王頎至沃沮國,問其耆老,云‘復有一破船,随波出在海岸邊,上有一人,項中復有面,與語不解,了不食而

① “戎”,原闕,金閶書業堂本同,據《山海經》原文補。

死’。此是兩面人也。《吕氏春秋》曰‘一臂三面之鄉’也。”任臣案:《博物志》云:“兩面人在沃沮東大海中。”又後漢《東國傳》及《魏志》皆云“北沃沮有兩面人”。江淹《遂古篇》:“長臂兩面乘赤船兮。”是也。是謂大荒之野。任臣案:張揖《上林賦注》:“過乎泱莽之野。”《山海經》所謂“大荒之野”也。西南海之外,赤水之南,流沙之西,有人珥兩青蛇,乘兩龍,名曰夏后開。開上三嬪于天,郭曰:“嬪,婦也。言獻美人于天帝。”任臣案:吴淑《事類賦》:“夏后三嬪之獻,太康五子之須。”本此。得《九辯》與《九歌》以下。郭曰:“皆天帝樂名也。開登天而竊以下用之也。《開筮》曰:‘昔彼《九冥》,是與帝《辯》同宫之序,是爲《九歌》。’又曰:‘不得竊《辨》與《九歌》以國于下。’義具見于《歸藏》。”此天穆之野,高二千仞,郭曰:“《竹書》曰‘顓頊産伯鯀,①是維若陽,居天穆之陽’也。”開焉得始歌《九招》。郭曰:“《竹書》曰‘夏后開舞《九招》’也。”任臣案:《楚辭·天問》云:“啓棘賓商,《九辯》《九歌》。”洪興祖引此爲注,朱子斥之,審矣。以爲“啓棘賓天”當是“啓夢賓天”,然則《經》云“開上三嬪于天”者,要是夏啟三夢,上賓于天,得傳天帝之樂以下,如秦穆聽鈞天之奏,唐皇效霓裳之舞也。嬪宜作賓。《楚辭》足證其誤,謂獻三美女于天帝者,謬矣。又《九歌》與《虞書》合考,亭斷爲舜禹之樂,《九招》亦古樂名。《文心雕龍》云:“帝嚳之世,咸墨爲頌,以歌《九招》。”未審是非。又《路史注》曰:“《山海經》‘上三嬪于天,得《九辯》與《九歌》以下’,天指舜禹,尊其賜爾。謂天帝之樂,啟登天竊之以下,妄也。”劉基《樂府》曰:“天穆之野二千仞,天帝所以觴百靈。三嬪不下兩龍去,《九歌》《九辯》歸杳冥。”

有互人之國。郭曰:“人面魚身。”炎帝之孫郭曰:“炎帝神農。”名曰靈恝,郭曰:“音如券契之契。”任臣案:《路史》:“伯靈生鼓,鼓生靈恝。”靈恝生互人,是能上下于天。郭曰:“言能乘雲雨也。”任臣案:

---

①“鯀”,金閶書業堂本作“鲧”。

《國名記》曰:“炎帝孫靈羿生氐人爲氐國。”俗作“互”,非。又歐陽玄《睽車志》:“互人國有白玉城。”豈即此耶! 有魚偏枯,名曰魚婦。顓頊死即復蘇。郭曰:“言其人能變化也。”任臣案:《星槎勝覽》:“占城有飛頭婦,號尸致魚,夜飛,頭入人家,食小兒頭返,合體如故。”亦此類也。又《冠編》云:“虞幕取顓頊氏女曰魚婦,生窮蟬。”名與此同,然語不相蒙,疑非是。風道北来,天乃大水泉,郭曰:“言泉水得風暴溢出。道,猶從也。韓非曰:‘玄鶴二八,道南方而来。’”蛇乃化爲魚,是謂魚婦。顓頊死即復蘇。郭曰:“《淮南子》曰:‘后稷龍在建木西,其人死復蘇,其中爲魚。’蓋謂此也。”任臣案:高誘《淮南注》云:“人死復生,或化爲魚。”楊慎《補注》曰:“今南中諸苗,能以術咒尸爲魚而食之。”《西南國風土記》云:“邪術有卜思鬼者,婦人習之,夜化爲貓犬,遇病者攝其肉,唾水中化爲水蝦,取而貨之。”即斯術也。《圖贊》曰:“炎帝之苗,實生氐人。死則復蘇,厥身爲鱗。雲南是托,浮游天津。”有青鳥,身黄,赤足,六首,名曰鸀鳥。郭曰:“音觸。”任臣案:《玄覽》云:“互人有六首之鸀。”《五音集韻》曰:“氐人國有青鳥,赤足,六首,曰鸀。又瑀鳥亦名鸀。”《爾雅》:“鸀,山烏是也。”又《南康記》:“石室山有鳥,形色鮮潔,自愛毛羽,若隻者,則照水悲鳴,亦名鸀。”此名同而實異者,且音蜀,不音觸,似更爲一種。有大巫山。有金之山。西南,大荒之中隅,有偏勾、常羊之山。

按:夏后開即啟,避漢景帝諱云。任臣案:胡氏《四部正訛》曰:“亦有古書本不諱,後人避本朝之諱而改者,如《山海經》‘啟’皆爲‘開’之類。”

卷十七

大荒北經

東北海之外，大荒之中，河水之間，附禺之山，帝顓頊與九嬪葬焉。郭曰："此皆殊俗，義所作冢。"爰有鴟久、文貝、離俞、鸞鳥、鳳鳥、大物、小物。郭曰："言備有也。"任臣案：王氏《釋義》曰："大物小物，皆殉葬之具也。"有青鳥、琅鳥、玄鳥、黄鳥、虎、豹、熊、羆、黄蛇、視肉、璿瑰、瑶碧，皆出衛於山。郭曰："在其山邊也。"丘方圓三百里，丘南帝俊竹林在焉，大可爲舟。郭曰："言舜林中竹一節則可以爲船也。"任臣案：劉須溪説："南方荒中有涕竹長數百丈，圍三丈五六尺，厚八九寸，可以爲船。"又《南越志》："羅浮山巨竹皆七八圍，長一二丈，謂之龍鐘竹。"《通考》云："哀牢有竹，其節相去二丈，名曰濮竹。"《玄覽》云："高潘有踈節之竹，六尺而一節；黎母山有丈節之竹；溱州有通節之竹；臨賀有十抱之竹；員丘有船竹。"《王會解》云："路人大竹。"《神異經》云："南方以節竹爲船，亦作芾竹，其長百丈，圍二丈五六尺。"《湧幢小品》云："南荒有沛竹，其長百丈。"皆竹之大者。與此類。竹南有赤澤水，郭曰："水色赤也。"名曰封淵。郭曰："封，亦大也。"有三桑無枝。郭曰："皆高百仞。"丘西有沉淵，顓頊所浴。

有胡不與之國，郭曰："一國復名耳，今三合語皆通然。"烈姓，黍食。

大荒之中，有山，名曰不咸。任臣案：杜佑《通典》："挹婁在不咸山北。”鄭樵《都邑略》云：“古肅慎國都不咸山，在夫餘東北千餘里。”有肅慎氏之國。郭曰：“今肅慎國去襄平三千餘里，穴居，無衣，衣猪皮，冬以膏塗體，厚數分，用却風寒。其人皆工射，弓長四尺，勁彊。箭以楛爲之，長尺五寸，青石爲鏑，此春秋時隼集陳侯之庭所得失也。① 晋大興三年平州刺史崔毖遣别駕高會，使来献肅慎氏之弓矢，箭鏃有似銅骨作者。問云，轉與海内國，通得用此。今名之爲挹婁國，出好貂、赤玉。豈從海外轉而至此乎？《後漢書》所謂挹婁者是也。”任臣案：《史記》作“息慎”。《竹書》：“舜二十五載，息慎氏来賓。”《汲冢周書》云：“成王之時，息慎来賀，作賄息慎之命。”《王會解》謂之“稷慎”，或作“肅脅”。漢武帝《詔》：“海外肅脅。”徐陵文：“肅脅茫茫，風牛南偃。”劉會孟云：“肅慎在漢曰挹婁，魏曰勿吉，唐曰靺鞨。”《鬼谷子》云“肅慎氏饋白雉于文王。”②《魏志》云：“自唐暨周，肅慎之物皆曠世而至，青龍四年肅慎氏致楛矢。”《晋紀》：“景元三年、咸寧五年、大興二年，肅慎皆来饋楛矢石砮。”即此國也。《左傳》：“肅慎燕亳，吾北土也。”杜注云：“肅慎在玄菟北三千餘里。”江淹《遂古篇》：“沃沮肅慎東北邊兮。”有蜚蛭，四翼。郭曰：“翡、窒兩音。”任臣案：司馬《游獵賦》：“蛭蜩蠼蝚。”謂此也。有虫，獸首蛇身，名曰琴虫。郭曰：“亦蛇類也。”任臣案：《本草綱目》引此作“琴蛇”。有人名曰大人。有大人之國，釐姓，任臣案：《國名記》：“帝鴻之後也。”黍食。有大青蛇，黄頭，食麈。郭曰：“今南方蚺蛇食鹿，鹿亦麈属也。”有榆山。有鯀攻程州之山。郭曰：“皆因其事而名物也。”

大荒之中，有山名曰衡天。有先民之山。有槃木千里。郭曰：“音盤。”任臣案：後漢永平中，白狼、槃木、唐菆舉種稱臣。楊慎《閟覽集》云：“白狼槃木，今麗江姚嶲地也。”度其道里，疑非此。“槃”或作“盤”。唐《昭仁寺碑》：“苑葱山而池鹽澤，踰盤水而跨熱阪。”有叔歜國，郭曰：“音作感反，一音觸。”顓頊之子，任臣案：顓頊之妻娽生伯偁、

---

① “隼”，金閶書業堂本作“集”。

② “白”，原作“曰”，據金閶書業堂本改。

卷章、季禺，季禺是生叔歜，古謂其所出者皆爲子。黍食，使四鳥：虎、豹、熊、羆。有黑蟲如熊狀，名曰猎猎。郭曰："或作猲，音夕同。"任臣案：《篇海》引《經》云："牛氏山有黑獸，狀如熊，名曰猎猎。"與本文小異。《事物紺珠》云："猎猎如熊，黑色。"盧柟《賦》云："窮怪異獸，猎猎獭獭，猍猍狪狪。"又《彙雅》："宋良犬一名猎猎。"然宋猎之猎，音鵲，與此同字異音也，非此獸。有北齊之國，姜姓，使虎、豹、熊、羆。任臣案：《路史》："太姜之祖逄公，伯陵之後，爲商侯伯，自逄改封于北齊。"《氏族考》云："炎帝子伯陵爲黄帝臣，始封逄，改封齊。"二説不同。

大荒之中，有山名曰先檻大逢之山，河、濟所入，海北注焉。郭曰："河濟注海，已復出海外，入此山中也。"其西有山，名曰禹所積石。有陽山者。有順山者，順水出焉。

有始州之國，有丹山。郭曰："此山純出丹朱也。《竹書》曰：'和甲西征，得一丹山。'今所在亦有丹山，丹出土穴中。"

有大澤方千里，群鳥所解。郭曰："《穆天子傳》曰：'此至廣原之野，①飛鳥所解其羽，乃于此獵鳥獸，絶群，載羽百車。'《竹書》亦曰：'穆王北征，行流沙千里，積羽千里。'皆謂此澤也。"任臣案：瀚海地皆沙磧，群鳥解羽。江淹《遂古篇》："青鳥所解，路誠亶兮。"柳宗元《天對》："大澤千里，群鳥是解。"有毛民之國，郭曰："其人面體皆生毛。"任臣案：《路史注》："東毛人等五十五國。"韓昌黎文："海外雜國，若躭浮羅、流求、毛人。"②即斯國也。依姓，食黍，使四鳥。禹生均國，均國生役采，郭曰："采，一作来。"役采生修鞈，郭曰："音如單鞈之鞈。"修鞈殺綽人。郭曰："人名。"帝念之，潛爲之國，郭曰："潛密用爲之國。"任臣案：《路史》："塗山氏后趫生啓及均，均生固，固生伎来，伎来生循鞈，是殺綽。天帝念之，其裔居兜牟山北，人號爲厥賨。"③是此毛民。

---

① "此"，金閶書業堂本作"比"。
② "毛"，原作"去"，據金閶書業堂本改。
③ "爲"，金閶書業堂本爲墨丁。

有儋耳之國,任姓,郭曰:"其人耳大下儋,垂在肩上,朱崖儋耳,鏤畫其耳,亦以放之也。"任臣案:《爾雅》:"八極北曰祝栗,曰儋耳。"《吕氏春秋》云:"叔逆之所,儋耳之居,多無君。"即斯國也。《淮南子》作"耽耳"。《博物志》作"檐耳"。禺號子,食穀。北海之渚中,郭曰:"言在海島中種粟給食,謂禺彊也。"有神,人面鳥身,珥兩青蛇,踐兩赤蛇,名曰禺彊。任臣案:禺彊,《莊子注》作"禺京"。《養生雜書》曰:"東海神名阿明,南海祝融,西海臣乘,北海禺彊。"《龍魚河圖》云:"北海神姓名禹帳里,又名禺強。"《天問》云:"伯強何處?惠氣安在?"注:"伯強即隅強,天神也。"黄道周《續騷經》:"属強禺爲先容兮,乃告余以未啓。"《龜藏》曰:"昔穆王子筮卦于禺強。"疑非此。又《續通考》引《經》作"禺強櫃"。誤。

大荒之中,有山名曰北極天櫃,郭曰:"音匱。"海外北注焉。有神,九首人面,鳥身,名曰九鳳。又有神銜蛇操蛇,其狀虎首人身,四蹄長肘,名曰彊良。郭曰:"亦在畏獸畫中。"

大荒之中,有山名曰成都載天。有人珥兩黄蛇,把兩黄蛇,名曰夸父。后土生信,信生夸父。任臣案:《續通考》:"勾龍爲后土生子二人,曰垂,曰信。信生夸父,善走,爲丹朱臣,後有夸氏。"夸父不量力,欲追日景,任臣案:《冠編》曰:"夸父足追日,臂虎豹而善投,以諛臣丹朱。"逮之於禺谷。郭曰:"禺淵,日所入也。今作虞。"任臣案:"禺谷"即"虞淵",古人音義相通,字多假借。"虞淵"又作"吴泉"。將飲河而不足也,將走大澤,未至,死于此。郭曰:"渴死。"應龍已殺蚩尤,任臣案:《十三州志》:"壽張有蚩尤祠。"《皇覽》云:"蚩尤冢在東郡壽張縣,常以十月祠之,有赤氣出如絳帛,民名爲蚩尤旗。"沈括《筆談》曰:"解州鹽澤滷色正赤,在坂泉之下,俗謂之蚩尤血。"又殺夸父,郭曰:"上云夸父不量力,與日競而死,今此復云爲應龍所殺,死無定名,觸事而寄,明其變化無方,不可揆測。"乃去南方處之,故南方多雨。郭曰:"言龍水物,以類相感也。"又有無腸之國,是任姓,郭曰:

"爲人長也。"無繼子，食魚。郭曰："繼亦當作脊，謂腨腸也。"任臣案：《淮南子》作"無繼民"，即無脊也。注云："其人無嗣。"共工臣名曰相繇，郭曰："相柳也，語聲轉耳。"九首蛇身，自環，郭曰："言轉旋也。"任臣案：《廣雅》曰："北方有民焉。九首蛇身，其名曰相繇。"食于九土。郭曰："言貪殘也。"其所歍所尼，郭曰："歍，嘔，猶噴咤；尼，止也。"即爲源澤，郭曰："言多氣力。"不辛乃苦，郭曰："言氣酷烈。"百獸莫能處。郭曰："言畏之也。"禹湮洪水，殺相繇，郭曰："禹塞洪水，由以溺殺之也。"其血腥臭，不可生穀，其地多水，不可居也。郭曰："言其膏血滂流，成淵水也。"任臣案：盧柟《滄溟賦》："覩乎猗天之闕，踐乎相繇之區。"即斯也。① 禹湮之，三仞三沮，郭曰："言禹以土塞之，地陷壞也。"任臣案：王世貞《續九辨》云："虞遺腥之被原兮，厥之三仞而三沮。"本此。乃以爲池，群帝是因以爲臺。郭曰："地下宜積土，故衆帝因来在此共作臺。"在昆侖之北。有岳之山，尋竹生焉。郭曰："尋，大竹名。"

大荒之中，有山名曰不句，海水入焉。有係昆之山者，有共工之臺，射者不敢北向。郭曰："言畏之也。"任臣案：阮籍《咏懷詩》：②"共工宅玄冥，高臺造青天。"有人衣青衣，名曰黄帝女魃。郭曰："音如旱魃之魃。"蚩尤作兵伐黄帝，任臣案：應劭曰："蚩尤，古天子。"臣瓚曰："《孔子三朝記》：'蚩尤，庶人之貪者。'"《史記索隱》曰："《黄帝紀》：'諸侯相侵伐，蚩尤最爲暴。'"則蚩尤非天子也。又《管子》："蚩尤受盧山之金而作五兵。"明非庶人，蓋諸侯號也。《龍魚河圖》云："黄帝攝政，有蚩尤兄弟八十一人，並獸身人語，銅頭鐵額，食沙，造五兵，威振天下，黄帝以仁義不能禁止蚩尤。天遣玄女下授黄帝兵符，伏蚩尤。道家謂蚩尤天符之神，故行師者，禡焉。"《博古圖》謂："三代彝器多著蚩

① "也"，金閶書業堂本作"地"。
② "籍"，原作"藉"，金閶書業堂本同，據文意改。

尤之象，以爲貪虐之戒，其狀如獸，附以兩翅。”《春秋元命苞》曰：“蚩尤作霧，黄帝作指南車。”《路史》云：“蚩尤兄弟七十二人。”《通典》曰：“蚩尤即魑魅，戰于涿鹿，黄帝吹角，爲龍吟禦之。”《漢書》：“武帝時太原有蚩尤神晝見，龜足蛇首，殃其里，里人祀之。”《歸雲集》作“蚩尤阪泉氏”。《集韻》作“蚩蚘”。孔安國以“九黎君號蚩尤”，謬。《漢藝文志》：“《蚩尤》二篇。”《隋志》：“梁有《黄帝蚩尤兵法》二卷。”黄帝乃令應龍攻之冀州之野。郭曰：“冀州，中土也。黄帝亦教虎、豹、熊、羆，以與炎帝戰于阪泉之野而滅之，見《史記》。”任臣案：焦氏《易林》：“白龍赤虎，戰鬥俱怒；蚩尤敗走，死于魚口。”阮嗣宗詩：“應龍沉冀州，妖女不得眠。”李商隱《表》：“裂蚩尤之肩髀。”謂此事也。《黄帝玄女戰法》曰：“黄帝與蚩尤九戰九不勝。有婦人，人首鳥身，①是爲玄女，授黄帝戰法。”劉鳳《雜俎》曰：“黄帝與蚩尤戰涿鹿之野，蚩尤作大霧，帝乃命風后作指南車，遂擒蚩尤。”《雲笈七籤》云：“黄帝出師，伐蚩尤于絶轡之野，以榈鼓爲警。”《黄帝出軍訣》曰：“帝伐蚩尤，玄龜銜符從水中出，帝備之以征，即日擒蚩尤。”《廣成子傳》云：“蚩尤銅頭啖石，飛空走險。以馗牛皮爲鼓，九擊而止之，尤不能飛走，遂殺之。”《帝王世紀》：“黄帝使應龍殺蚩尤于凶黎之丘。”《歸藏·啟筮》曰：“蚩尤出自羊水，八肱、八趾、疏首，登九淖以伐空桑，黄帝殺之于青丘。”《寰宇記》云：“蚩尤身首異處，故壽張、鉅鹿俱有冢墓，而壽張之冢即《皇覽》所謂‘肩髀’冢也。漢宣帝立祠其上。”冀州，今保安州軒轅都涿鹿，是此州也。應龍畜水，蚩尤請風伯雨師，縱大風雨。黄帝乃下天女曰魃，雨止，遂殺蚩尤。魃不得復上，所居不雨。郭曰：“旱氣在也。”任臣案：《玄覽》曰：“旱之妖，狀如人，長三尺，袒而戴目，疾走若風，其名曰魃，亦謂之狢，所見之國，赤旱千里。”《抱朴子》云：“山精形如小兒，獨足向後，夜喜犯人，其名曰魃。”《本草注》云：“旱魃，山鬼也，所居之處天不雨。女魃入人家能竊物以出，男魃入人家能竊物以歸。”《神異經》云：“南方有魃，長二三尺，裸身，目在頂上，行走如風，見則

---

① “身”，金閶書業堂本作“形”。

大旱，一名旱母。"《説郛》云："南方有人名曰魃，所之國大旱，一名狢子。"即魃也。《魏書》載："咸平五年，晋陽得死魃，長二尺，面頂各二目。"《通考》言："永隆元年，長安獲女魃，長尺有二寸。"《洪武正韻》云："魃，鬼婦。《詩》'旱魃爲虐'，是也。亦作'妭'。"《文字指歸》云："女魃禿無髪。"叔均言之帝，後置之赤水之北。郭曰："遠徙之也。"叔均乃爲田祖。郭曰："主田之官。《詩》云：'田祖有神。'"任臣案：《魏書》："昌意之裔始均入仕堯世，逐女魃于弱水之北，民賴其勤，帝舜嘉之，命爲田祖。"魃時亡之。郭曰："畏見逐也。"所欲逐之者，令曰："神北行！"郭曰："向水位也。"先除水道，決通溝瀆。郭曰："言逐之必得雨，故見先除水道，今之逐魃是也。"

有人方食魚，名曰深目民之國，盼姓，食魚。郭曰："亦胡類，但眼絶深，黄帝時姓也。"任臣案：《國名記》作"目深國"，"盼"作"眕"。高陽氏之後也。

有鍾山者。任臣案：張平子云："過鍾山而中休。"蓋謂此山，以上有"燭龍"之句也。有女子衣青衣，名曰赤水女子獻。郭曰："神女也。"

大荒之中，有山名曰融父山，順水入焉。有人名曰犬戎。黄帝生苗龍，苗龍生融吾，融吾生弄郭曰："一作卞。"明，任臣案：《史記正義》云："融吾生并明。"弄明生白犬，白犬有牝牡，郭曰："言自相配合也。"任臣案：白犬，黄帝之曾孫，其名若後世犬子、佛狸、虎㹠，非狗犬也。又云："有牝牡，蓋若今之婆羅門半釋迦具陰陽二體者，應劭書遂以爲高辛犬名槃瓠，妻帝女，生六男六女，自相夫婦。"趙氏《説文長箋》亦云："槃瓠之種，犬也。"其説實衍于此。是爲犬戎，肉食。有赤獸，馬狀無首，名曰戎宣王尸。郭曰："犬戎之神名也。"任臣案：此神獸狀非真獸也。

有山名曰齊州之山、君山、任臣案：洞庭湖、閩海、陽羡、兖州皆有君山，此非是。鬵山、郭曰："音潜。"鮮野山、魚山。有人一目，當面中生，一曰是威姓，少昊之子，食黍。有繼無民，繼無民任姓，無骨子，食氣魚。郭曰："言有無骨人也。《尸子》曰：'徐王偃有筋無骨。'"

西北海外，流沙之東，有國曰中輪，顓頊之子，食黍。有國名曰賴丘。有犬戎國。有神，人面獸身，名曰犬戎。

西北海外，黑水之北，有人有翼，名曰苗民。郭曰："三苗之民。"任臣案：《神異經》云："苗民人形而腋翼，不能飛，爲人饕餮，淫佚而無度，居西北荒。"《述異記》云："苗氏長齒，上下相冒。"顓頊生驩頭，驩頭生苗民，苗民釐姓，食肉。任臣案：《路史》："驩頭以狐功輔繆，亡其國。生三苗氏。"注曰："《山海經》：'顓帝生驩頭。'"又云："鯀妻遺腹生驩頭，驩頭生苗民，故世以苗民顓頊之後。果爾，則驩頭爲禹之弟，而苗民其猶子也。堯試舜時，禹才十歲，何由有弟若姪暴恣爲亂？且苗民釐姓，明甚。而黄帝子姓，第七爲釐，苗民爲驩頭之子，驩頭爲帝鴻之後，則驩頭、縉雲之爲釐姓，審矣。"《傳》言："三苗爲縉雲氏之子。"蓋驩頭猶襲縉雲之號也。有山名曰章山。

大荒之中，有衡石山、九陰山、洞野之山，上有赤樹，青葉，赤華，名曰若木。郭曰："生昆侖西附西極，其華光赤下照地。"任臣案：《楚辭》："羲和之未揚，若華何光？"又曰："折若木以拂日。"《淮南子》曰："若木在建木西，末有十日，其華照下地。"注云："若木端有十日，狀如蓮，華光照其下。"《吕覽》云："菜之美者，若木之華。"揚雄《甘泉賦》云："飲若木之露英。"張平子《賦》："撫若木而躊躇。"阮籍詩："若木燿四海，扶桑翳瀛洲。"江淹詩："属我嵫景半，賞爾若光初。"沈約《游仙詩》："若華有餘照，淹留且晞髪。"王勃《南郊頌序》："登若木以照臨。"楊炯《渾天賦》："扶桑臨于海上，若木照于昆侖。"柳宗元《招海賈文》："舳艫紛霏兮梢若木。"《圖贊》曰："若木之生，昆侖是濱。[1] 朱華電照，碧葉玉津。

① "侖"，金閶書業堂本作"山"。

食之靈智，爲力爲仁。"有牛黎之國。任臣案：《國名記》云："儋今有黎姥山。"有人無骨，儋耳之子。郭曰："儋耳人生無骨子也。"

西北海之外，赤水之北，有章尾山。有神，人面蛇身而赤，郭曰："身長千里。"任臣案：《淮南》云："人面龍身而無足。"《潛確類書》云："蛇身而赤，身長千丈。"直目正乘，郭曰："直目，目從也。正乘未聞。"任臣案：正乘，言其睫不邪也。其瞑乃晦，其視乃明，郭曰："言視爲晝，瞑爲夜也。"不食不寢不息，風雨是謁。郭曰："言能請致風雨。"是燭九陰，郭曰："照九陰之幽隱也。"是謂燭龍。郭曰："《離騷》曰：'日安不到？燭龍何燿？'《詩含神霧》曰：'天不足西北，無有陰陽消息，故有龍銜精以往照天門中'云。《淮南子》曰：'蔽于委羽之山，不見天日也。'"任臣案：《八景玉録》曰："乃異天之絶祝，秘宣龍燭之女北。"①《鴻烈解》曰："燭龍在雁門北，其神人面龍身而無足。"高誘注云："龍銜燭以照太陰。蓋長千里。"張衡《思玄賦》："速燭龍令執炬兮，過鍾山而中休。"陸機《演連珠》云："蘭膏停室，不思銜燭之龍。"左思《吴都賦》："亦猶棘林螢燿，而與夫樳木龍燭也。"傅咸《燭賦》："六龍銜燭于北極，九日登曜于扶桑。"陸雲《南征賦》："超燭龍之絶景，豈比象于百華！"傅玄《燈賦》："如亢燭龍而照玄方。"司馬彪詩："冀顧神龍来，揚光以見燭。"謝惠連《雪賦》："爛兮若燭龍，銜燿照昆山。"王元長《游仙詩》："燭龍導輕鑣。"②劉孝標《啓》："蕲仙之望石髓，太陰之望龍燭。"庾信《志銘》曰："四時銜火，燭龍開照地之光。"庾闡《游仙詩》："仰盻燭龍曜，俯步朝廣庭。"又曰："玉房石撬磊砢，燭龍銜煇吐火。"梁元帝《玄覽賦》："猶然陽燧之火，尚執驪龍之燭。"楊炯《渾天賦》："龍山銜燭，不能議其光景。"李華《含元殿賦》：③"燭龍圻穹穴而臨北方。"常衮《表》云："開散皇風，龍含巨燭。"張説《賦》云："南窮火鼠之鄉，北盡燭龍之會。"李白《大鵬賦》："燭龍

---

① "女"，金閶書業堂本作"玄"。

② "鑣"，原作"鏕"，金閶書業堂本同，據王元長《游仙詩》原文改。

③ "賦"，原闕，據金閶書業堂本補。

銜光以照影，列缺施鞭而啓塗。”又《北風行》：“燭龍栖寒門，光耀猶旦開。”李邕《日賦》：“燭龍照灼以首事，踆烏奮迅而演成。”蔣防《獸炭賦》：“類火鼠兮炎丘是托，比燭龍兮昆閬斯升。”胡濟黄《柑賦》：“若菱花之繡綺井，燭龍之銜金丹。”李賀詩：“天東有若木，下置含燭龍。”①唐詩云：“燭龍之地無日光。”潘恩笠《江稿》云：“燭龍銜火倚冰柱。”《太乙經》云：“歲星爲太乙之燭龍。”王世貞《太和山賦》：“燭龍布涎，神瀵流液。”盧柟《放招賦》：“燭龍長瞑，玄豹蹲旦。”②又《泰宇賦》：“青龍銜光以燭衞，白虎擁鉞而先趋。”吴國倫《書道》言：“良于拱璧明，規耀于燭龍。”顧起元《咏懷詩》：“燭龍延日光，③九鳳暢雲柯。”祝允明詩：“燭龍奔天衢，不照雲下人。”李攀龍詩：“焚身香象泣，照鉢燭龍然。”文鳳翔《江上吟》：“兩炬雞犀代燭龍。”皆本此也。朱健治《平略》曰：“日月蟻行，《晋志》之妄。燭龍銜火，《天問》之誣。”又種火之山，日月所不照。有青龍銜燭火以照山之四極，同此類。《唐地里志》：“北庭有燭龍軍。”④亦取此義耳。⑤“燭”或作“逴”。《楚辭·大招》曰：“北有寒山，逴龍赩只。”陸時雍注云：“逴龍當是燭龍。”又《乾坤鑿度》曰：“燭龍行東時肅清，行西時嘔喚，行南時大�，行北時嚴殺。”推測其義，似不指此也。

① “含”，金閶書業堂本作“銜”。
② “旦”，金閶書業堂本作“且”。
③ “光”，金閶書業堂本作“華”。
④ “里”，金閶書業堂本作“理”。
⑤ “此”，金閶書業堂本作“斯”。

卷十八

海内經《海内經》及《大荒經》本逸在外，羅氏《路史注》引此通作《朝鮮記》。①

東海之内，北海之隅，有國名曰朝鮮、郭曰："朝鮮，今樂浪郡也。"任臣案：《殊域周咨録》："以其在東，朝日鮮明，故名朝鮮。"朱國貞《大事記》云：②"朝鮮取朝日鮮明之義，高麗亦如之。"前史有曰丸都，所謂日月兩丸者，此也。錢溥《朝鮮國志》："朝鮮有三種：一檀君朝鮮，一箕子朝鮮，一衞滿朝鮮。考箕子封朝鮮傳四十一代，至王準，凡九百二十八年而失國于衞滿。準入漢地金馬郡，自立，號韓王，又傳二百年，併入高句麗，兼有新羅、百濟。"又《學海》云："朝鮮後入海者爲鮮國。"天毒，其人水居，郭曰："天毒即天竺國，貴道德，有文書、金銀、錢貨，浮屠出此國中也。③ 晋大興四年，天竺胡王獻珍寳。"任臣案：天毒，《漢書》作"天竺"；《汲冢周書》作"天竹"；《杜篤傳》作"天筑"，或作"天督"。《西域記》云："詳夫！天竺之稱。舊云身毒或曰賢豆，今从正音，宜云印度。"楊文公《金沙塔記》："天毒之國，紀于《山經》；竺乾之師，聞于柱史。"《通志略》云："天竺，即捐毒也。去長安九千八百六十里。王治衍敦谷，北與烏孫接。"王崇慶《釋義》曰："天毒疑别有意義。郭以爲即天竺國。天竺在西

---

① "氏"，金閶書業堂本作"苹"。

② "貞"，金閶書業堂本作"禎"。

③ "此"，原作"比"，據金閶書業堂本改。

域，漢明帝遣使迎佛骨之地。"此未知是非也。假人愛之。郭曰："假亦愛也，音隱限反。"任臣案：言其風俗柔善，以兼愛爲教也。又《韻會》曰："北海之隅有國曰假人。"以假人爲國名，未識所據。

西海之外，流沙之中，有國名曰壑市。郭曰："音郝。"任臣案：《水經注》："流沙又径北渚，[1]歷壑市之國。"

西海之内，流沙之西，有國名曰氾葉。[2] 郭曰："音如泛濫之泛。"

流沙之西，有鳥山者，三水出焉。郭曰："三水同出一山也。"爰有黄金、璿瑰、丹貨、銀、鐵，皆流于此中。郭曰："言其中有雜珍奇貨也。"又有淮山，好水出焉。

流沙之東，黑水之西，有朝雲之國、任臣案：《水經注》："流沙又徑于鳥山之朝雲國。"楊慎《均藻》云："鳥山之東有朝雲國。"司彘之國。黄帝妻雷祖，生昌意，郭曰："《世本》云：'黄帝娶于西陵氏之子，謂之纍祖，産青陽及昌意。'"任臣案：《氏族源流》云："黄帝元妃西陵氏謂之嫘祖，生子三人，曰昌意、玄囂、龍苗。"昌意降處若水，任臣案：《史記索隱》云："降，下也。言帝子爲諸侯。"又《路史》："昌意爲黄帝震適，遜居若水。"注云："遜，謂降。封之若，即江之下流，在蜀。"《國名記》云："今越嶲之臺登。"《盟會圖》疏以爲"都"。《九州要記》曰："臺登縣有如諸川、鸚鵡山、黑水之間，若水出其下。"即斯水也。在今四川黎州。《庾信集》云："昌意陵居，初分若水之姓。"又《爾綿永碑》："若水降居。"《宇文常碑》："若水遥源。"本此。生韓流。郭曰："《竹書》云：'昌意降居若水，産帝乾荒。'乾荒即韓流也，生帝顓頊。"任臣案：《氏族源流》云："昌意姬姓，生子三人：長曰乾荒，次曰安，季曰悃。"又《華陽國志》言："昌意娶蜀山氏之女，生子帝嚳。"非是。韓流擢首、謹耳、郭曰："擢首，長咽；謹

---

① "北"，金閶書業堂本作"浮"。

② "氾"，原作"氾"，金閶書業堂本同，袁珂《山海經校注》作"氾"，據改。

耳,未聞。”任臣案:《路史》:“顓頊亦擢首而謹耳。”注:“謹耳,小耳也。”人面、豕喙、麟身、渠股、郭曰:“渠,車輞,言跰脚也。《大傳》曰:‘大如車渠。’”豚止,郭曰:“止,足。”任臣案:《黄帝祠額解》云:“韓流、馮夷三面一臂,豕喙豚趾。”莫非子孫,則妖孽耳,必不其然。取淖子曰阿女,生帝顓頊。郭曰:“《世本》云:‘顓頊母濁山氏之子,名昌僕。’”任臣案:《蜀國春秋》云:“昌意娶蜀山氏女曰景𡡉,生乾荒,乾荒娶蜀山氏曰樞,是爲河女,所謂淖子也。生顓頊。”《冠編》曰:“淖子感瑶光貫月之祥于幽房而生顓頊。”

流沙之東,黑水之間,有山名不死之山。郭曰:“即員丘也。”任臣案:《水經注》:“流沙又歷員丘不死之西。”指此山也。華山青水之東,有山名曰肇山,有人名曰柏高,郭曰:“柏子高,仙者也。”任臣案:《路史》:“堯治天下,栢成子臯立爲諸侯,禹時柏成子臯辭爲諸侯而耕。”①又注云:②“一作子高。”《真靈位業圖》曰:“栢成子高,湯時退耕,修步綱之道。”《通變經》曰:“《老子》言:‘自開闢以来,千二百變,後世得道柏成子臯。’”是矣。柏高上下于此,至于天。郭曰:“言翱翔雲天,往来此山也。”

西南黑水之間,有都廣之野,后稷葬焉。郭曰:“其城方三百里,蓋天下之中,素女所出也。《離騷》曰:‘絶都廣野而直指號。’”任臣案:《事物紺珠》云:“都廣在西南方,乃天地之中。”又八紘南爲都廣、反户。《淮南子》曰:“徑躡都廣,入目揖節。”③江淹《賦》:“都廣之國,番禺之野。”黄氏《續騷經》:“過閣浮之所都兮,夕以屆乎都廣。”④謂此也。楊慎《補注》曰:“黑水、廣都,今之成都也。素女在青城天谷,今名玉女洞。”《世紀》云:“后稷死于黑水潢者之野。”《路史注》:“稷以癸巳日薨于黑水

① “耕”,原闕,據金閶書業堂本補。
② “又”,金閶書業堂本闕。
③ “揖”,原闕,據金閶書業堂本補。
④ “屆”,金閶書業堂本作“屈”。

之山，葬廣都之野，冢去中國三千里。”爰有膏菽、膏稻、膏黍、膏稷，郭曰：“言味好皆滑如膏。《外傳》曰：‘膏粱之子，[①]菽豆粢粟也。’”任臣案：劉會孟云：“嘉穀之米，炊之皆有膏。”百穀自生，任臣案：楊慎曰：“本是百檠自生，今誤改作穀。《齊民要術》所引可證，檠即馨字。”陳禹謨曰：“后稷之生也，誕降嘉種；其没也，墓生百穀。可謂與樹藝相終始矣。蓋帝命率育良，非偶也。”冬夏播琴。郭曰：“播琴猶播殖，方俗言耳。”任臣案：琴疑栞字之訛。言樹寂而薙草也。又虞汝明《古栞疏》曰：“素女播都廣之琴，温風冬飄，素雪夏零。鸞鳥自鳴，鳳鳥自舞，靈壽自華。”與《經》文略同，是直以爲琴瑟之琴也。鸞鳥自歌，鳳鳥自儛，靈壽實華，郭曰：靈壽，木名也，似竹有枝節。任臣案：《漢書・孔光傳》：“賜大師靈壽杖。”孟康注：“扶老杖也。”服虔曰：“靈壽，木名，似竹有節，長不過八九尺。”庾仲雍《山水記》：“巴鄉酒村側有溪，溪中多靈壽木。”常璩《華陽國志》：“木道有東陽、下瞿數灘，山有靈壽木及橘柚也。”《玄覽》云：“涪陵有靈壽之木。”《游氏臆見》云：“靈壽木不煩削治，可以扶老。”李時珍以爲即“椐樻”云。

草木所聚。郭曰：“在此叢殖也。”爰有百獸，相群爰處。郭曰：“於此群聚。”此草也，冬夏不死。任臣案：《圖贊》曰：“都廣之野，珍怪所聚。爰有膏穀，鸞歌鳳舞。后稷托終，樂哉斯土。”

南海之内，黑水青水之間，有木名曰若木，郭曰：“樹赤華青。”任臣案：庾信《齊王憲碑》：“若木一枝，旁蔭數國。”《唐遠闕方録册文》：“東旌若木，西旆條支。”明王偁詩：“客思員壺外，雲程若木東。”或謂即此也。若水出焉。任臣案：《郡縣釋名》曰：“賓川州東北有金沙江，《山海經》所謂若水也。”鄒應龍詩：“水界金沙横地險，山聯玉带勢天成。”朱國禎《大事記》曰：“金沙江源出吐蕃共龍州犁牛石下，謂之犁水，訛爲麗。”佛經云：“扳提河一名金河池。”有禺中之國。任臣案：《路史注》：

① “粱”，金閶書業堂本作“粢”。

"若水之間，地當川蜀，在西南方，此禺中之名所由立。"有列襄之國。有靈山，有赤蛇在木上，名曰蠑蛇，木食。郭曰："言不食禽獸也；音如耎弱之耎。"任臣案：《讀書通》曰："輭通作蠑。"

有鹽長之國。有人焉，鳥首，名曰鳥氏。郭曰："今佛書中有此人，即鳥夷也。"任臣案：《冠編》云："太昊帝咸鳥，一曰帝鳥，是曰鳥氏。"又云："黄帝封風后于任，錫之已姓，爲帝咸鳥之後，于鹽長之國，以崇太昊之祀。"即斯地也。

有九丘，任臣案：《冠編》："帝咸鳥元歷，襲太昊有九丘。"以水絡之，郭曰："絡，猶遶也。"名曰陶唐之丘、郭曰："陶唐，堯號。"有叔得之丘、孟盈之丘、任臣案：《路史》作"蓋盈"，古天子號也。《循蜚紀》："蓋盈氏，若水之間，禺中之地，有蓋盈之丘，是其墟也。"王氏《補衍》亦云："蓋盈氏出若水。"昆吾之丘、郭曰："此山出名金也。《尸子》曰：'昆吾之金。'"任臣案：《淮南子》："昆吾丘在南方。"注云："祝融之孫陸終之子爲夏伯。"又曰："日出于扶桑，對于昆吾。"梁元帝《職貢圖序》："踰空桑而歷昆吾。"謂此也。① 黑白之丘、赤望之丘、參衛之丘、武夫之丘、郭曰："此山出美玉。"②任臣案：碱，③砆。神民之丘。郭曰："言上有神人。"任臣案：《冠編・二十二姓紀》："有神民氏都于神民之丘。"王文録《補衍》云："神民氏居神民丘三百歲。"《潛夫論》云："天地開闢爰有神民，民神異業精氣通行。"④一曰神皇氏。⑤《春秋命歷叙》云："神皇氏駕六蜚鹿，政教百歲。"⑥即此。有木，青葉紫莖，玄華黄實，名曰建

① "也"，金閶書業堂本作"地"。

② "玉"，金閶書業堂本作"石"。

③ "案"下，金閶書業堂本有"即"。

④ "民"原作"氏"，據金閶書業堂本改。又，(漢)王符《潛伏論・卜列》此句無"行"字。

⑤ "曰"，原作"目"，據金閶書業堂本改。又，"皇"，原作"民"，據金閶書業堂本改。

⑥ "教"，金閶書業堂本作"三"。

木，任臣案：《游氏臆見》曰："建木在西方水濱，①鹽長之國，九丘之上，青葉黄實，紫莖玄華。② 建木之下日中無景，呼而無響。"梁簡文《大法頌》曰："游經建木，巡指盛唐。"指此耳。百仞無枝，有九欘，郭曰："枝回曲也，音如斤斸之斸。"任臣案：盧柟《放招賦》："建木九欘，葉繽繙且。"下有九枸，郭曰："根盤錯也。《淮南子》曰：'木大則根欋。'音劬。"其實如麻，郭曰："似麻子也。"其葉如芒。郭曰："芒木似棠梨也。"大皞爰過，郭曰："言庖羲于此經過也。"黄帝所爲。郭曰："言治護之也。"有窫窳，龍首，是食人。郭曰："在弱水中。"任臣案：盧柟《放招賦》："窫窳龍首，甘人吞且。"有青獸，人面，名曰猩猩。郭曰："能言。"任臣案：李時珍《本草》云："古之説猩猩者，如豕如狗；今之説猩猩者，③與狒狒不相遠。似後世所謂野女野婆者，豈即一物耶！"唐蒙《博物記》云："日南有野女群行覓夫，其狀白色，徧體無衣襦。"周密《野語》云："野婆出南丹州，黄髪椎髻，裸形跣足，腰間剖之有印方寸，瑩若蒼玉，文類符篆。"《圖贊》曰："能言之獸，是謂猩猩。厥狀似猴，號音若嚶。自然知往，頗測物情。"

西南有巴國。郭曰："今三巴是。"大皞生咸鳥，咸鳥生乘釐，任臣案：《冠編》："咸鳥即烏明太昊之震子也，子乘釐。"陶潛《群輔録》：④"烏明主建福。"亦斯人也。《華陽志》云："伏羲生咸鳥，咸鳥生乘釐，是司水土。"乘釐生後照，後照是始爲巴人。郭曰："爲之始祖。"任臣案：《路史》："帝後照支子顧相降處于巴，巴東至魚腹，西連僰道，北接漢中，南極牂牁。後巴滅，巴子丑季流于黔而君之，⑤生黑穴四姓。"《蜀志》云："巴人五子爲五姓，有巴氏、樊氏、瞫氏、相氏、鄭氏。"《郡縣志》："渝州古

① "方"，金閶書業堂本作"若"。
② "青葉黄實，紫莖玄華"，金閶書業堂本作"青葉紫莖，玄華黄實"。
③ "者"，原作"豬"，據金閶書業堂本改。
④ "陶"，原闕，據金閶書業堂本補。
⑤ "丑"，金閶書業堂本作"五"。

巴國也。閬、白二水東南流,①曲折如巴字,故謂之巴。”《左傳注》:“巴國在巴郡江州縣,武王伐殷,巴人助焉,後封爲巴子。”《王會篇》:“巴人以比翼鳥。”有國名曰流黄辛氏,郭曰:“即酆氏也。”其域中方三百里,任臣案:《冠編》云:“帝咸鳥建福于民,功豐德隆,是曰豐隆,初國于流黄酆,其域中方三百里。”其出是塵土。郭曰:“言殷盛也。”任臣案:楊氏《補注》曰:“出是塵土,言其地清曠無囂塵也。”董斯張《吹景録》云:“《山海經》:‘巴國方三百里,其出是塵土用修。’謂其清曠無塵埃,而郭注云:‘言殷盛也’。”子雲《蜀都賦》:“埃敦塵拂,萬端異類,財物繞贍,②蓄積備具。”左太冲《賦》:“市鄽所會,萬商之淵。”二《賦》乃原注實録也。如楊所云“長安陸海”,果亦遥指瀛渤耶。有巴遂山,澠水出焉。任臣案:《水經注》:“大度水經越嶲大筰縣入繩南流,③分爲二,其一東經廣柔縣注于江,其一南徑旄牛道至大筰與若水合,自下通謂之繩水矣。”即斯水也。“澠”,酈氏引《經》作“繩”。又有朱卷之國。有黑蛇,青首,食象。郭曰:“即巴蛇也。”

南方有贛巨人,郭曰:“即梟陽也,音感。”人面長臂,黑身有毛,反踵,見人笑亦笑,脣蔽其面,因即逃也。又有黑人,虎首鳥足,兩手持蛇,方啗之。任臣案:《事物紺珠》曰:“其人虎首,④持兩蛇啖之,出巴遂山。”⑤即此也。楊慎《補注》云:“今南方有苗,⑥名娥昌,其人手持蛇啗之,采樵歸,籠中捕蛇數十,蛇亦不能去,不知何術也。”疑此類。

有嬴民,鳥足。郭曰:“音盈。”有封豕。郭曰:“大猪也,羿射殺之。”任臣案:《冠編》:“羿禽封豕于桑林。”梁元帝《玄覽賦》云:“戮滔天之

---

①“閬”,原作“圖”,據金閶書業堂本改。
②“贍”,金閶書業堂本作“贍”。
③“嶲”,原作“奮”,據金閶書業堂本改。
④“其”,金閶書業堂本作“黑”。
⑤“遂”,金閶書業堂本作“逐”。
⑥“方”,金閶書業堂本作“中”。

封豕，斬横海之長鯨。"《圖贊》曰："有物貪婪，號曰封豕。薦食無厭，肆其殘毁。羿乃飲羽，獻帝效伎。"有人曰苗民。郭曰："三苗民也。"有神焉，人首蛇身，長如轅，郭曰："大如車轂，澤神也。"左右有首，郭曰："岐頭。"衣紫衣，冠旃冠，名曰延維。郭曰："委蛇。"任臣案：野有方皇，澤有委蛇，二神皆如蛇，兩頭。《東京賦注》云："委蛇大如車轂。"《代醉編》曰："南方神名延維。"《事物紺珠》曰："委蛇紫衣朱冠，聞雷車之聲則捧其首而去。"又《禮含文嘉》曰："兩頭蛇名天根。"《日澤圖》云："故澤之精名曰冕，其狀如蛇，身兩頭。"《廣博物志》曰："山中見大蛇冠幘者，名曰升卿，呼其名則吉。"《圖贊》曰："夔稱一足，蛇則二首。少不知無，多不覺有。雖資天然，無異駢拇。"人主得而饗食之，伯天下。郭曰："齊桓公出田，于大澤見之，遂伯諸侯。[①] 亦見《莊周》，作'朱冠'。"任臣案：宋大觀中，黄河得兩首龜，蔡京以爲即齊小白所見者，當伯天下。考其形狀，與此略異，非是。有鸞鳥自歌，鳳鳥自舞。鳳鳥首文曰德，翼文曰順，膺文曰仁，背文曰義，見則天下和。郭曰："言和平也。"任臣案：《論語摘衰聖》曰："鳳有六象：一曰頭像天，二曰目像日，三曰背像月，四曰翼像風，五曰足像地，六曰尾像緯。有九苞：一曰口苞命，二曰眼含度，三曰目總達，四曰舌詘伸，五曰色彩光，六曰冠矩周，七曰距鋭鈎，八曰音激揚，九曰腹文户。行鳴曰歸嬉，止鳴曰提扶，夜鳴曰善哉，晨鳴曰賀世，飛鳴曰郎都。"又有青獸如菟，名曰菌狗。郭曰："音如朝菌之菌。"任臣案：《事物紺珠》云："菌狗如兔，青色。"《駢雅》曰："菌狗，兔属也。"又長慶二年，吐蕃出獸如猴，而腰尾皆長，色青，迅猛食人，或以爲即菌狗類也。有翠鳥。任臣案：《王會解》："蒼吾翡翠。"《爾雅》"翠鷸"注云："似燕緑色，出鬱林。"《説文》曰："翡翠青赤鳥。"《辭詁》曰："鷸翠，别名也。"《孝經援神契》云："神靈滋液則翡翠耀。"《異物志》曰："翠大如燕，腹背純赤，民捕食之。"《廣志》曰："翡出交阯與古縣。"《交州志》曰："翡翠出九真，似鶌鴿。"《晋令》云："翡鳥不得西度隴。"《圖贊》

---

① "伯"，金閶書業堂本作"霸"，下同。

曰："翠雀麋鳥，越在西海。羽不供用，肉不足宰。懷璧其罪，賈害以采。"

有孔鳥。郭曰："孔雀也。"任臣案：《王會解》："方人以孔雀。"①《爾雅翼》云："孔雀生南海，尾凡七年而後成，長六七尺，展開如車輪，金翠斐然，始春而生，至三四月後凋，與花萼同榮衰。"《春秋元命苞》曰："火離爲孔雀。"《續漢書》曰："南蠻西域俱出孔雀。"《吴地里志》曰：②"交阯西子縣産孔雀，郡内朱崖皆有之。"張璠《漢紀》云："條支出師子、孔雀。"《南越志》曰："義寧縣杜山多孔雀，爲鳥不必匹合，以音影相接有孕。"《五侯鯖》云："孔雀出條支。又出滇南，因雷而孕。"

南海之内有衡山。郭曰："南嶽。"有菌山。郭曰："音芝菌。"任臣案：《真誥》曰："句曲之山有名菌山，此山至佳。"注云："山形當如菌孤立，亦或是囷倉之囷，形如囷也。"有桂山。郭曰："或云衡山，有菌桂，桂員似竹，見《本草》。"有山名三天子之都。郭曰："一本三天子之鄣山。"

南方蒼梧之丘，任臣案：《逸周書》作"倉吾"。東華真人《煮石經》云："舜嘗登蒼梧之山曰：'厥金玉之香草，朕用偃息正道。'"蒼梧之淵，其中有九嶷郭曰："音疑。"山，舜之所葬，在長沙零陵界中。郭曰："山今在零陵營道縣南，其山九谿皆相似，故云九疑。古者總名其爲蒼梧也。"任臣案：元結《九疑山圖記》："九疑山方二十餘里，世稱九峰相似，望而疑之。"亦云舜望九峰，疑禹而悲，從臣有作《九悲之歌》，因謂之疑。羅合《湘中記》云："衡山、九疑有舜廟，遥望衡山如陣雲，沿湘千里，九向九背，乃不復見。"《郡國志》曰："九疑山九峰：一曰丹朱峰，二曰石城峰，三曰樓峰，四曰娥皇峰，五曰舜原峰，六曰女英峰，舜墓于此，七曰簫韶峰，八曰紀峰，九曰紀林峰。"《集仙傳》云："九疑山有九峰，峰有九水。③ 九水者，銀花水、復淑水、巢水、許泉、歸水、沙水、金花水、冰安水、

---

① "雀"，金閶書業堂本作"鳥"。

② "里"，金閶書業堂本作"理"。

③ "九"，原作"一"，金閶書業堂本同，據文意改。

晉水。"《楚辭·九歌》云:"九疑繽紛兮並迎。"《淮南》曰:"九疑之南,陸事寡而水事多。"《漢書》云:"武帝南巡狩,至于盛唐,望祀舜于九疑。"王應麟曰:"九疑山在零陵而云舜葬蒼梧者,文穎云:'九疑半在蒼梧,半在零陵也。'"北海之内,有蛇山者,蛇水出焉,東入于海。有五彩之鳥,飛蔽一鄉,郭曰:"漢宣帝元康元年,五色鳥以萬數過蜀都,即此鳥也。"名曰翳鳥。郭曰:"鳳屬也;《離騷》曰:'駟玉虬而乘翳。'"任臣案:翳,即鸞也。《瑞應圖》云:"鸞乃赤神之精,鳳皇之佐,首翼赤曰丹鳳,青曰羽翔,白曰化翊,玄曰陰翥,[①]黄曰土符。"《路史》引《經》作"鷖"。《上林賦》云:"拂鷖鳥。"即此也。又有不距之山,巧倕葬其西。郭曰:"倕,堯巧工也。音瑞。"任臣案:《路史》:"垂臣高辛爲堯共工,不貴獨功,死葬不距之山。"楊慎云:"不,古丕字。"

北海之内,有反縛盜械、帶戈常倍之佐,名曰相顧之尸。郭曰:"亦貳負之臣危之類。"任臣案:帝乘鳌之孫相顧也,陳禹謨《駢志》云:"貳負之臣,相顧之尸。"謂此。胡氏《二西綴遺》曰:"據前貳負之臣,本文但言帝梏之疏属之山,不言殺也;但言繫之于樹,不言石室也。則子政之對,當言相顧之尸,[②]不當曰貳負之臣也。然則上郡所得,豈即斯人哉?"王崇慶《釋義》曰:"反縛之説,恐古者墓中設爲機巧變械以防伐冢之術,非真有盜縛也。"又《漢紀》云:"當盜械者皆頌繫。"注云:"凡以罪著械,皆得稱盜械。"《山海經》"貳負之臣"、"相顧之尸",皆云"盜械"。其義是也。伯夷父生西岳,任臣案:《路史》:"伯夷生泰嶽,伯夷爲虞心吕,封于吕,子泰嶽襲吕,餘列四嶽之官。"《書大傳》云:"伯夷之子爲西嶽。"西岳生先龍,先龍是始生氐羌,[③]氐羌乞姓。[④]郭曰:"伯夷父顓頊師,今氐羌其苗裔也。"任臣案:《路史》:"先龍生元氏,元氏乞姓羌也。蓋岐隴而南漢川以西皆氐。云湯革夏伐氐,氐人来朝。其別爲青、白、蚺

---

① "玄",金閶書業堂本作"黑"。
② "言",金閶書業堂本作"曰"。
③ "氐",原作"氏",據金閶書業堂本改。
④ "氐",原作"氏",據金閶書業堂本改。

之三氐，氐羌數十，白馬最大，今文鳳二竟白馬氐者居仇池，①曰氐侯。”《商頌》云：“自彼氐羌。”《地里志》：②“隴西有氐道、羌道，氐類種名。”③《王會篇》：“羌以鸞鳥。”注：“羌不同，故謂之氐羌。”賈捐之曰：“成王地西不過氐羌”。又黄氏曰：“羌古姜姓，三苗之後。”此云乞姓，明非一種也。

北海之内，有山，名幽都之山，任臣案：即朔方之幽都。《鴻烈解》云：“西北方曰不周之山，曰幽都之門。”又云：“北撫幽都，南道交阯。”揚雄《甘泉賦》云：“西耀流沙，北横幽都。”羅泌云：“一曰北國。”黑水出焉。其上有玄鳥、玄蛇、玄豹、任臣案：《王會解》：“屠州玄豹。”《六韜》曰：“散宜生懷塗山玄豹獻紂。”顧起元《帝京賦》：“幽都之豹九文，陽光之蛇千里。”謂此。玄虎、④郭曰：“黑虎，名䖘，見《爾雅》。”任臣案：黑虎又名䝘。《説文》作“䖘”。晋永嘉四年，秭歸縣檻得之。玄狐蓬尾。⑤郭曰：“蓬，叢也，咀留反。《説苑》曰：‘蓬狐文豹之皮。’”任臣案：孫氏《瑞應圖》：“王者政治太平則黑狐見。”《稽瑞録》云：“黑狐蓬尾。”本此也。有大玄之山。有玄丘之民。郭曰：“言丘上人物盡黑也。”有大幽之國。郭曰：“即幽民也，穴居無衣。”有赤脛之民。郭曰：“膝已下盡赤色。”

有釘靈之國，其民從膝已下有毛，馬蹄善走。郭曰：“《詩含神霧》曰：‘馬蹄自鞭其蹄，日行三百里。’”任臣案：釘靈，今丁靈國，又名丁令，亦作丁零，在康居北。《玄覽》云：“丁零之國，拳髮馬蹄；馬腦之民，雁聲馬蹄。”江淹《遂古篇》云：“馬蹄之國善騰奔兮。”此也。《文獻通考》曰：“丁令國有二：⑥在朔方北者爲北丁令，在烏孫西者爲西丁令。烏孫長言，北丁令有馬脳國，其人聲音似雁鶩，從膝以下生毛，馬脛馬蹄，不騎

① “氐”，原作“氏”，據金閶書業堂本改。
② “里”，金閶書業堂本作“理”。
③ “氐”，原作“氏”，據金閶書業堂本改。
④ “虎”，原作“豹”，據金閶書業堂本改。
⑤ “蓬”，原作“逢”，據金閶書業堂本改。
⑥ “令”，原作“零”，據金閶書業堂本改。

馬而走疾于馬。”《三才圖會》云:“丁靈至應天,馬行二年也。”《埤雅廣要》作“下靈國”,似誤。又《五代史》載:“牛蹄夷厥在黑車子北,其人人身牛足。”亦與此類。

炎帝之孫伯陵,任臣案:《路史》:“炎帝器生鉅及伯陵,伯陵爲黄帝臣,封于逢。”《左氏》言:“齊之先逢,伯陵是也。”《物原》云:“伯陵始造泉刀。”《氏族考》引《經》云:“帝器生子三人:曰鉅,曰伯陵,曰祝庸。”與本文異。伯陵同吴權之妻阿女緣婦,郭曰:“同猶通,言淫之也。吴權,人姓名。”任臣案:阿女,一作何女。緣婦孕三年,郭曰:“孕,懷身也。”是生鼓、延、殳。始爲侯,郭曰:“三子名也。”任臣案:《路史》:“伯陵生三子:曰殳、曰鼓、曰延。殳之後有斨爲堯臣,鼓兑頭而觝䑛,與延同事,是始樂風,爲編鍾。”又《歸藏》云:“麗山氏之子鼓。”鼓、延是始爲鍾,郭曰:“《世本》云:‘毋句作罄,倕作鍾。’”爲樂風。郭曰:“作樂之曲制。”

黄帝生駱明,駱明生白馬,白馬是爲鯀。郭曰:“即禹父也。《世本》曰:‘黄帝生昌意,昌意生顓頊,顓頊生鯀。’”任臣案:《史紀》:“高陽子熙帝生駱明,駱明生白馬,白馬生鯀,故曰顓頊五代而生鯀。”熙帝即孺帝。又《氏族源流》云:“顓頊妃邹屠氏生駱明,駱明生伯鯀。”未知孰是。帝俊生禺號,禺號生淫梁,淫梁生番禺,任臣案:《路史》曰:“番禺即禺,一作遇。”王符作“卑過”,訛。禺陽是爲禺號,生禺京、傜梁、儋人,京居北海,號處南海。傜梁生番禺。今清河之屬縣有禺山,即此禺也。是始爲舟。郭曰:“《世本》云:“共鼓貨狄作舟。”番禺生奚仲,任臣案:羅泌曰:“或曰:‘禹湯十二世生奚仲,姓篡。’黄帝子第十二人以薛爲姓,①一爲任氏,六世生奚仲。”俱非也。奚仲生吉光,吉光是始以木爲車。郭曰:“《世本》云:‘奚仲作車。’此言吉光,明其父子共創作意,是以互稱之。”少皞生般,郭曰:“音班。”任臣案:《宛委餘編》引此作“少皥生般”,誤。般是始爲弓矢。郭曰:“《世本》云:‘牟夷作矢,揮作弓

---

① “第十”,金閶書業堂本闕。

矢。'弓矢一器,作者兩人,于義有疑,此言般之作,是。"任臣案:《世本》:"臚作駕。"《古史考》:"黄帝作弩。"《中華古今注》云:"羿作弓,乘雉作駕。"《新唐書·表》稱:"少昊第五子揮爲弓正,始制弓矢。"與《經》略異。帝俊賜羿彤弓素矰,郭曰:"彤弓,朱弓;矰,矢名,以白羽羽之。《外傳》:'白羽之矰,望之如荼也。'任臣案:《随巢子》云:"奚禄山壞,天賜玉玦于羿。"《宫孫子》云:"羿得寶弓,犀質,①玉文,曰珧弧。"以扶下國,郭曰:"言令羿以射道除患,扶助下國。"羿是始去恤下地之百艱。郭曰:"言射殺鑿齒、封豕之属也。有窮后羿慕羿射,故號此名也。"帝俊生晏龍,晏龍是爲琴瑟。郭曰:"《世本》云:'伏羲作琴,神農作瑟。'"任臣案:虞汝明《古琴疏》:"晏龍者,帝俊之子也。有良琴六:一曰菌首,二曰義輔,三曰蓬明,四曰白民,五曰簡開,六曰垂漆。"吴淑《琴賦》曰:"或云晏龍初製,或曰神農始造。"帝俊有子八人,是始爲歌舞。任臣案:《路史注》作"舜有子八人,始歌舞"。然舜有庶子圭闕負遂等七人。《帝王世紀》又云"九人"。豈即《經》所指與?②帝俊生三身,三身生義均,任臣案:《學海》曰:"《經》所紀諸國,多云帝俊之後,而所謂帝俊者,或以爲黄帝,或以爲嚳,或以爲舜。要之,聖德廣被,無遠弗屆,相傳謂其後代,未必皆子孫也。而神明之胄亦多轉旋異域,有不可以概論者。"又《路史》曰:"續牙友舜于貧,貴而棄之,爲續氏。"注云:"《山海經》:'帝俊生身。'"是也。蓋隸者多以牙爲身云。然《南荒經》言:"娥皇生三身。"則三身非續牙明己,未可據也。義均是始爲巧倕,是始作下民百巧。后稷是播百穀。稷之孫曰叔均,是始作牛耕。郭曰:"始用牛犂也。"任臣案:后稷有二:前爲帝柱,後爲度辰。度辰即棄也。《冠編》云:"稷取姞人,是生鼇繭,③鼇繭生叔均。"大比赤陰,郭曰:"或作音。"是始爲國。郭曰:"得封爲國。"任臣案:稷封于邰,又作"台"。

① "犀",金閶書業堂本作"遲"。
② "與",金閶書業堂本作"歟"。
③ "鼇",金閶書業堂本作"犛"。

豢騶疑叔均，即襲祖封。禹、鯀是始布土，均定九州。郭曰："布，猶敷也。《書》曰：'禹敷土，定高山大川。'"炎帝之妻，赤水之子聽訞生炎居，任臣案：《路史》："炎帝來生炎居，母桑水氏，①曰聽訞。"《冠編》云："亦曰承桑氏。"又劉恕《外紀》："神農納奔水氏之女曰聽談，生臨魁。"《史記補》云："神農納奔水氏之女曰聽訞爲妃，生帝哀。"語多不同，當以羅氏爲斷。《太平御覽》曰："訞，音妖。生常林女子宜有。䛐，音或作談，作郯，轉失也。"炎居生節並，節並生戲器，戲器生祝融，郭曰："祝融，高辛氏火正號。"任臣案：《通鑑外紀》曰："帝裹。"又曰："帝居生節莖，節莖生克及戲。"寥道南《楚紀》亦云："帝哀生節莖，節莖生克及戲，戲生器，器生祝融。"②祝融，《路史》作"祝庸"。③ 祝融降處于江水，生共工，任臣案：《續雅》曰："壬夫，玄冥之子也；丁芊，祝融之子也。"非此祝融。共工生術器，任臣案：《楚紀》作"祝融生術囂"。④ 術器首方顛，郭曰："頭頂平也。"是復土穰，以處江水。郭曰："復祝融之所也。"任臣案：《蛙螢子》："祝融、共工，上世俱有七人。"此祝融爲炎帝裔，黄帝之司徒也，居江水，生共工，共工生術囂及勾龍。術囂襲共工號，在顓頊時作亂，帝命辛侯誅之，以其弟勾龍爲后土。《汲冢瑣語》云："晋平公夢見赤熊窺屏，惡之。問子産，子産曰：'昔共工之御浮游，既敗于顓頊，自没深淮之淵，其色赤，其狀如熊，即術囂之臣也。'"共工生后土，任臣案：《祭法》曰："共工氏之伯九州也，其子曰后土，能平九州。"《路史》云："術囂生條及勾龍。"以后土爲術囂之子，未審是非。又羅苹注言："共工垂爲勾龍子，證《山海經》，共工生后土之謬，蓋不知共工之有七也。"后土生噎鳴，任臣案：羅泌云："伯夷爲共工垂子。噎鳴即伯夷也。生歲十二泰嶽。"諸説紛紜，未能通也。噎生歲十有二。郭曰："生十二子，皆以歲

---

① "母"上，金閶書業堂本有"居"字。
② "器"，原作"生"，據金閶書業堂本改。
③ "庸"，原闕，據金閶書業堂本補。
④ "囂"，原作"器"，據金閶書業堂本改。

名名之,故云然。”任臣案:羲和以爲日名子,[①]商代以爲干紀名,[②]即此義。洪水滔天。郭曰:“滔,漫也。”鯀竊帝之息壤以堙洪水,郭曰:“息壤者,言上自長息無限,故可以塞洪水也。《開筮》曰:‘滔滔洪水,無所止極,伯鯀乃以息石息壤,以填洪水。’漢元帝時,臨淮徐縣地踊長五六里,高二丈,即息壤之類也。”任臣案:《丹鉛摘録》曰:“《説文》:‘壤,柔土也。’《山海經》云“竊帝之息壤”,蓋指桑土稻田可以生息,皆君所授于民者,故曰帝之息壤。鯀治水,不順水性,决耕桑之甽畝,坊淫潦之洪流,是竊帝之息壤。”楊氏之言誠辨矣。然《淮南子》云:“禹以息壤堙洪水。”羅泌《路史》云:“江漢之壤,鎮鎖水旱。”蘇軾《息壤詩序》:“息壤旁有石不可犯,畚插所及,輒復如故。”高子勉《息石序》:“息石在江陵莊嚴寺。”又《溟洪録》云:“唐元和初,裴宇鎮荆州,掘深六尺得一石,規模悉仿江陵城制,命徙置藩籬間毁之。是春淫雨四月不止,裴復舊石,雨止。厥後,高從誨鎮荆州,出經其處,問書記孫光憲,對曰:‘伯禹治水,自岷至荆,定彼原泉之穴,慮萬世下或有泛濫,爰以石屋鎮之耳。’”《玉堂閒話》云:“江陵南門外雍門内,禹鐫石,造龍宫,置于穴中,以塞水脉。”《江陵圖經》亦言:“于城南門地隆起如伏牛馬狀,[③]去之,一夕如故。”是鯀用息壤而殛死,禹用息壤而成功,則息壤實在江陵之地,非泛言生息之壤也。又永州龍興寺東北亦有息壤,平之,而又高見。柳宗元《記秦邑》亦名“息壤”。《甘茂傳》所謂“秦王迎甘茂于息壤”。是也。《真誥》曰:“玄帝西行天下,周旋八外,諸有洞臺之山、陰宫之丘,皆移安息之石,[④]封而鎮之。”是息壤、息石之名,其来舊矣。不待帝命。帝令祝融殺鯀于羽郊。郭曰:“羽山之郊。”任臣案:朱子《楚辭辨證》曰:“《經》云:‘鯀竊帝之息壤以堙洪水,帝令祝融殛之羽郊。’詳其文意,所謂帝者,似指上帝。蓋上帝欲息此壤,不欲使人干之,故鯀竊之而帝怒也。又祝融,顓帝之後,死而爲神,蓋

---

① “爲”,金閶書業堂本作“十”。

② “爲”,金閶書業堂本作“十”。

③ “如伏”,原闕,據金閶書業堂本補。

④ “安”,原闕,據金閶書業堂本補。

言上帝使其神誅鯀也。若堯舜時則無此人久矣。”又案：子厚《息壤記》云：“昔之異書有記‘洪水滔天，鯀竊帝之息壤’諸語，其言不經見，蓋即此文也。”鯀復生禹。郭曰：“《開筮》曰：‘鯀死三歲不腐，剖之以吴刀，死，化爲黄龍’也。”帝乃命禹卒布土以定九州。郭曰：“鯀績用不成，故復命禹終其功。”

附録

山海經廣注序

仁和柴紹炳撰

《山海經》初見《漢志》，劉歆校定爲一十八篇，云是伯益所撰，其雖(?)尤袤指爲先秦之書，至晋郭璞爲之傳，凡二十二篇，每卷有贊。梁張僧繇又爲畫圖，宋咸平中校理舒雅重繪爲十卷，其書雖流傳迄今，中多疏略未備，同郡吴志伊任臣極溯源流，爲《雜述》一卷，又於郭注外搜而討之，爲《廣注》十八卷，又取舒繪本次第增訂爲《圖象》五卷，都爲一部，書成，屬余爲序之。余既受，卒讀，服其補闕有功，乃歎曰："嗟乎！斯誠所謂閎覽博物君子哉！"蓋《記》稱道費而隱，易貴多識，以畜其德。故《春秋》美國僑、倚相，周公自言多藝，仲尼之答楛矢墳芋，皆答淺見寡，聳者可測也。如《山經》語近荒怪，司馬遷已不敢言。然天地之間，何所不有及其至也，聖人有不知，未嘗謂非道之所存，而鄙儒小生，欲概以耳目格之乎？相提而論，蓋是《禹貢》之外篇，《職方》之附庸耳。自昔方聳之士，信而有徵，若畢方、貳負、長臂、兩面、箴石之類，援引本末，皆出於是書，閎覽博物所資，烏可廢也。借謂虞夏先典而有長沙、零陵、桂陽、諸暨之名,疑屬子虚,此顔之推斷爲後人羼入者,是矣。且達識者比類而觀,寧得以豫章斥《本草》之訛,張仲排《爾雅》爲僞乎?故志伊殫精是書,使山川、方域、草木、禽魚,靡不考鏡同異,條貫表裏,網羅群籍,要諸明備,庶幾好事鼓吹來學津梁,正復張舒并駕,景純可作,亦何多讓焉?雖然志伊三十年名士,好學深思,著書滿家,爲吾黨共推,何事不辦!若余則衰遲善病,於道罔聞,記問昏忘,舊業日替,豈復足備揚搉,顧自念董子觀道大原而識重常之目,陶淵明讀書不求甚解,而好覽《山海經》,形諸賦咏,是知六籍之外,聖賢載記爲學者不遺,既以稽古兼能格物,余雖欿啓,無似於是集猶篤好之,斷未敢以玩物喪志爲解,而願爲閎博君子執鞭前導可也。

時康熙歲次丁未秋九月。

(乾隆五十一年金閶書業堂本)

山海經廣注序

吴任臣

《經籍志》載地理書二百四十四家,《山海經》最爲近古,論者以虎齒、豹尾、九首、一目之奇,譏其誣誕不經,又以長沙、零陵、丹陽、番陽類秦漢地名,疑後人所作,且苗民、西王母、帝俊、驩頭之屬,更復疊見牴牾。然代當秦火,簡策錯亂,故不無傳疑,而中間典籍略同者,若鳥鼠同穴與《禹貢》合,屏封岐頭與《王會解》合,明組旄牛與《爾雅》合,昆侖弇兹與《穆天子傳》合，湘水二女與《離騷》合，焦僥奇肱與《竹書紀年》合，他如"禺彊"爲"禺京"，"司幽"爲"思幽"，"延離"爲"委蛇"，"女丑"爲"女仞"，雜證《莊》、《列》、《管子》、《抱朴》諸書，逖覺旁通，鴻纖畢貫，則《山海經》實博物之權輿、異苑之嚆矢也。蓋二氣磅礴，萬彙區分，六合之内，何所不有，即陰陽變化，莫大五行，而華陽温泉、蕭邱涼燄、交州浮石、南海沉木，且有易其本來，反其性始，況下此者乎？古人云："少所見，多所怪。"世之不異，未始非異，世之所異，亦未必盡異也。彼盜械之尸出自上郡；畢方之鳥獻于漢廷；沃沮見兩面之客，海濱獲長臂之衣，其事時見于軼書，班班可考。居恒讀《山海經》，每怪注多缺略，因溯厥源流，撮其梗概爲《雜述》一卷，遍羅載籍，仍冠以郭注爲《廣注》十八卷，又取舒雅繪本次第先後，增其不備爲《圖象》五卷，自惟蠡實未詳，識同句中菽菽罔達，解昧弘農。然竊謂一物不知君子所耻，昔五酉晰象于宣尼，俞兒矚名于敬使，元遜辨傒囊之號，士深審仲師之形，大都垂諸往册，炳然來茲，高山仰止，未嘗不景行行止也。抑聞之九州之外，復有九州，斯經所具，特亞細亞一隅耳。若乃紀葱嶺之西，誇印度之北，占西海孔雀之星，侈南極大浪之異，抵掌而譚，從横四表，則瑰奇吊詭將更有超于耳目尋常之際者，余則有志未遑矣。

康熙五年柔兆敦牂日在析木則陽之月。仁和吴任臣撰。

（乾隆五十一年金閶書業堂本）

讀山海經語

吴任臣

《禹貢》導山以兩條四境，爲叙。《山海經》紀山，分東西南北中五經。南山則自蜀中西南至浙江江南界；西山則自華陰、嶓冢以至昆侖、積石諸山，今隴西甘肅玉門外其地也；北山則自狐岐、太行以至王屋、孟門諸山，是《禹貢》冀、雍兩州之境也；東山則泰岱、姑射沿海諸境，大要青萊齊魯之地形，法家所謂中龍是也。至《海内經》，南如閩中鬱林，西如海郡居延，東如浙江廬江，不列中土，而列海内者，良由古帝建都冀北，三方不復遠及，惟北境幅幀最廣，故《北經》以朝鮮諸國爲斷，則亦今之東北徼也。若大荒爲海内之□□，海外又大荒之外表，《經》文具在，兹不概悉。

山勢原于西北，故《禹貢》導山以岍岐爲首；地脉由于南轉，故伯益作《经》以誰山爲先，自北條北境南境至南條北境南境，應江河兩戒之説者，《禹貢》之法也。自南山而西山而北山而東山而中山，合地氣右行之説者，《山海經》之序也。大荒獨首《東經》者，此本舊逸在外，疑次序有錯耳。

《經》内紀僕牛、王亥、夏啓、叔均皆禹以後人，長沙、零陵、緱氏、番禺皆秦漢時地名，且長右山，郡縣之稱非三代前語，要知《山海經》原係伯益所作，古本無多，後好事者因而粉飾傳會之，益復錯雜不經，如概謂此《經》非古書，則疏屬之尸、兩面之人，何以往往取驗，自非禹益神人，不能撰也。

《山海經》多用古字，如“鵲”作“誰”，“豚”作“逐”，“楸”作“橚”，“甕”作“雍”，“鈐”作“欽”，“嘔”作“歐”，“盲”作“瞢”，

“鱗”作“麟”，“神”作“魋”，“瞿”作“瞾”，“虺”作“虫”，“徭”作“繇”，“碔砆”作“武夫”，“滹沱”作“虖勺”，“扶桑”作“榑木”，“鵂鶹”作“鵂鶹”。猶有漆書、竹簡遺意，時本間有易，“誰山”爲“鵲山”者，大非古人重吉日癸巳之旨。

《山海經》有韻語，如視爲晝，瞑爲夜。吸爲冬，呼爲夏，渾渾泡泡，其實如桃，黄華而赤柎，食之不勞，正立無景，疾呼無響，爰有六暑，不可以往，皆押字爲韻，亦古文之一奇也。

《經》有育沛、曼兑、虖交、吁咽等物，此或古時語，與今稱名目殊，有如《蜀都賦》之“鶬 樧”，《昆陵志》之“傚 迲”，不可得詳也。

《經》中物類繁賾，稱謂易淆。有名同而實異者，鳥名肥遺，蛇亦名肥遺；木名離朱，鳥亦名離朱。鵸鵌三首，比帶山者迴殊；畢方一足，與人面者較别。又蠻蠻，比翼鳥也，而剛山之鼠偕稱；羅羅，青虎獸也，而萊山之禽符號。析類相求，庶無鶺鴒之訛，蟛蜞之誤矣。

崔賾辨羊腸之坂，敬宗知濟漯之源，自古稱爲博洽，讀《山海經》者，須識道里，有遠近曩今不同名。《西經》勞山非齊地勞山，入洛弱水非合黎弱水，青邱國非南山青邱，儋耳民非交州儋耳，不周昆侖有海内外之分，浮玉一山有江南北之異，諸如此類，未可枚舉，明此思過半矣。

《山海經》名物縷析，注家每多疏略，如赤銅、赤銀、赤金、黄金、白金、銀黄、赤錫諸名，種類自殊，原注以赤金爲銅，而銀黄無解，是不知赤金之爲鏐，與銀黄之貴于黄金也。又蘼蕪，蘼芎葉也，一名江蘺，而郭氏以芎蘼名江蘺；辛怡，辛雉也，而郭氏以爲芍藥；草荔，薜荔也，而郭氏以爲香草。糾晰未精，幾何不誤！索苦彌也，今附注各條下。

《經》所載帝俊、苗民、驩頭、相柳，以及建木、扶桑、屏蓬、天吴之屬，重見叠出，或相矛盾，此知後人以己意增入者，故彼此不復相謀于原《經》奚碍。

《經》内道里遠近或有以首山起數者，或有隨地計程者，亦間有詮次不倫者，義例繁多罔歸一定，矧代越久遠，簡册淆錯，往往而有。約略言之，中如《南山經》句餘山、會稽山，今相去僅三百餘里，乃《經》所序列，尚隔浮玉山、成山，無慮千里；而浮玉山則又句餘之西北，與東五百里之説殊不相蒙。又《海内諸經》所載高柳、代中，東北土也，乃與流沙、昆侖并見《西經》；大夏、月支，西北隅也，竟與雷澤、都州同登東籍。非惟地絕廣輪，亦且風同牛馬，凡此皆循文側義，未容臆斷者也，姑爲闕疑以俟君子。

周秦諸子，惟屈原最熟此經，《天問》中如"于日代出，啓棘賓商。梟華安居？燭龍何照？應龍何畫？靈蛇吞象，延年不死"，以至"鯪魚"、"鬿堆"之名，皆原本斯經，校讎家以《山海經》爲秦漢人所作，即此可辨。

《海内經》語尤多重複不倫，此必前卷錯簡，或後人見《山海經》襲其成説，自爲一書，亦考工記之流也。

吴任臣識。

（乾隆五十一年金閶書業堂本）

《山海經》雜述

吴任臣

《吕氏春秋》曰:"禹東至榑木之地,日出九津、青羌之野,欑木之所,榣天之山,鳥谷、青邱之鄉,黑齒之國。南至交阯、孫樸、續樠之国,丹粟、漆木、沸水、漂漂、九陽之山,羽人、裸民之處,不死之鄉。西至三危之國,巫山之下,飲露吸氣之民,積金之山,共肱、一臂、三面之鄉。北至人正之國,夏海之窮,衡山之上,闕之國,夸父之野,禺彊之所,積水、積石之山,不有懈墮。"

趙氏《吴越春秋》曰:"禹行七年。"案:《黄帝中經》見聖人所記曰:"九嶷山東南天柱號曰宛委。其書金簡玉字,編以白銀,瑑其文,禹登衡山,夢赤繡朱衣自稱闕。蒼水使者曰:"欲得我山神書者,齋于黄帝嶽岩之下。"禹退,又齋三月。庚子登宛委山發石取書,按金簡玉字,得通水之理。復返歸嶽,從三子乘四載以行川。始于霍山,徊集五嶽。遂循行四瀆,與益、夔共謀。行到名山大澤,召其神而問之山川脉理、金玉所有、鳥獸昆蟲之類及八方之民俗、殊國異域、土地里數,使益疏而記之,名曰《山海經》。使大章步東西,孺亥度南北,暢八極之廣,旋天地之數。"

《家語》:"子夏曰:'商聞《山書》曰:地東西爲緯,南北爲經。'"

《列子》曰:"大禹行而見之,伯益知而名之,孟堅聞而事之。"

《鶴牀經》云:"《山海經》乃夏后師雲華子所著。"

《史記·大宛傳》:"太史公曰:'至《禹本紀》、《山經》所有怪物,余不敢言之也。'"

《漢張騫傳贊》:"《禹本紀》言河出昆侖,言九州山川,《尚書》近之矣。至《禹本紀》、《山經》所有,放哉!"

《後漢書·西南國論》曰:"漢開四方之境,欵殊俗之附。文約之所沾漸,風聲之所周流,幾將日所出入處也,著自山經、水志者,亦略及焉。"

王充《論衡·談天篇》曰:"按禹之《山經》,《淮南》之《地形》,以察鄒子之書,虛妄之言也。"又,《别通篇》曰:"禹主治水,益主記異物。海外山表,無遠不至,以所聞見作《山海經》。董仲舒覩重常之鳥,劉子政曉貳負之尸,皆見《山海經》,故立二事之説。使禹、益行地不遠,不能作《山海經》,董、劉不讀《山海經》,不能定二疑。"

張華《博物志·自序》:"余觀《山海經》及《禹貢》、《爾雅》、《説文》[1]、《地志》,雖曰悉備,各有所不載者。作略説云云。"又《志》曰:"太古書今見存有《神農經》、《山海經》,或云禹所作。"

左思《吴都賦》曰:"名載于《山經》,形鏤于夏鼎。"

杜預《釋例》曰:"天有列宿之號,地有山川之名,尚矣!今其遺文,《禹貢》及《山海經》載其大略,而《春秋經》國邑之名尤詳。"

《書記洞詮》:"車永《答陸雲書》曰:'雖《山海經》、《異物志》、《二京》、《三都》,殆不復過也。'"

顏之推《家訓》曰:"《山海經》禹、益所記,而有長沙、零

① "文",金閶書業堂本原作"又",據張華《博物志·自序》原文改。

陵、桂陽諸暨，後人所羼，非本文也。”

《水經注叙》曰：“昔大禹記著《山海》，周而不備。”引《元中記》。又曰：“《穆天子》、《竹書》及《山海經》，皆埋藴歲久，編韋稀絶，書策落次，難以緝綴。”又《盧水注》曰：“《山海經》創志大禹，記録遠矣。”

謝莊詩：“《山經》亟旋覽，水牒勘敷尋。”

劉孝儀《啓》曰：“雕鏤海籍，圖載《山經》。”

江淹《遂古篇》曰：“《山經》古書亂編篇兮，郭釋有兩未精堅兮。”①

庾信《終南山義谷銘序》曰：“燮理餘暇，披閲《山經》。”

《隋志》：“漢初蕭何得秦圖書，故知天下之要害。後又得《山海經》，相傳以爲夏禹所記。”

蕭綺《拾遺記録》曰：“按《禹貢》山海，正史説名山大澤，或不列書圖，著於編雜之部，或有乍無，或同乍異，故使覽者回惑而疑焉。”

《弘明集》：“宗炳《與何承天書》曰：‘《山海經》説死而更生者甚眾，昆侖之山，廣都之野，軒轅之邱，不死之國，氣不寒暑，鳳卵是食，甘露是飲，蔭玗琪之樹，歃朱泉，人皆數千歲不死。’”

崔賾《答豫章王書》曰：“理高象繫，管輅思而不解，事富《山經》，郭璞注而未詳。”

段成式《酉陽雜俎》曰：“天地間所化所産，突而旋成形者，樊然矣。故《山海經》、《爾雅》所不能究。”

---

① “郭释有兩未精堅兮”，金閶書業堂本原作“郭釋有兩人不亡兮”，據嚴可均《全梁文》改。

杜佑《通典》曰："《禹本紀》、《山海經》不知何代之書，恢怪不經。疑夫子删詩書后，尚奇者或先有其書。如詭誕之言，必後人所加也。若古《周書》、《吴越春秋》、《越絕書》諸緯書之流是矣。"

《文苑英華》："許敬宗《賦》曰：'覽《山經》而逖聽，咏周詩而遐想。'"

劉知幾《史通》曰："夏禹敷土，實著《山經》。"

韓愈《毛穎傳》曰："《山經》、地志、字書、圖畫、九流、百家、天人之書。"

盧肇海《潮賦》狀曰："言不及渾天而乖誕者凡五家，《莊子》、《元中記》、王仲任《論衡》、《山經》、釋氏《言四天》。"

王欽若《册府元龜》曰："續伯益之《山經》，備成周之上訓。"

周邦彦《汴都賦》曰："《山經》所不記，齊國所不覩。"

羅泌《路史》曰："伯益掌火，主驅禽獸，命山川，類草木，別水土。四嶽佐禹、益以周四方，逮人迹之所希至，及舟輿之所罕到。内別五方之山，外分八方之海，紀其珍寶奇物。異方之所生，水土草木禽獸昆蟲麟鳳之所止，禎祥之所隱，及四海之外，絕地之國，殊類之人。禹別九州，任土作貢，益取剩文，類物善惡，著《山海經》以備稽考。"又曰："禹周行天下，草木企走蜚動蟲魚，俾益疏之，以爲嶽瀆，山海二經。"

王應麟《玉海》云："方志亦不傳，荒經所不載。"又云："《惠帝紀注》師古引貳負之臣，《地理志》引瑯邪臺，《外國傳》引黄帝生苗龍，《列子注》引《大荒經》，《文選注》引東荒中山海南，《海外西經》、《海外東經》、《海内西經》、《水經》、《後漢書注》、王逸注《楚辭·天問》多引之。《左傳疏》服虔用《山海經》,《莊子釋文》引《海外經》,《爾雅釋文》引《山海經》及《圖贊》。"

又《漢藝文志考證》曰:"《莊子》言多詭誕,或似《山海經》。"本陸德明語

又《地理通釋序》曰:"若《山海經》、《周書》、《王會》、《爾雅》之《釋地》,管氏之《地員》,《吕覽》之《有始》,《鴻烈》之《墜形》,亦好古愛奇者所不爲。"

又《小學紺珠》曰:"《山海經》:南、西、北、東、中《山經》爲五篇,《海内》、《海外》、《大荒》三經南、西、北、東各一篇,《海内經》一篇,相傳以爲夏禹所記。"又王氏《周山川圖記》云:"風后授圖,九州治布,山海有經,爲篇十三。"

又《困學紀聞》曰:"《山海經》禹、益所紀,有長沙、零陵、桂陽諸暨之名。《本草》神農所述,有豫章、朱崖、趙國、常山、奉高、真定、臨淄、馬翊之稱。《爾雅》作於周公,而云張仲孝友;《倉頡篇》造于李斯,而云漢兼天下,皆非本文。"

章俊卿《山堂考索》曰:"辨契丹之駮,而誦《山海經》、《管子》之書以曉之,則若宋之劉敞。"

晁公武《讀書志》曰:"長沙、零陵、雁門皆郡縣名。又自載禹、鯀,似後人因其名參益之。"《跋山海經》

陶穀《王母宫記》曰:"考《山經》與《竹書》,故兩留于前事。"

陸深《藏書目序》曰:"《山經》、《地志》具險易,叙貢賦,寓王政矣。"

楊慎《水經序》曰:"昔在陶唐,水失其行,神禹平之。史官紀其濬導之積,於是乎《禹貢》作焉。厥後,好事者因禹迹之廣,旁及異域,圻壤悉載,俶詭畢陳,於是乎《山海經》

作焉。”

朱謀㙔《水經叙》曰：“地理書極稱該博，乃今所傳，僅《山海》、《佛國》、《十洲》、《神異》數種而已。”

黄省曾《山海經水經合序略》曰：“古《山海經》十八卷，亦宇中之通撰也；粤遡往牒，則遠方圖物，夏鼎之鑄象也；聶耳、雕題，湯令之備獻也；白民、黑齒，成王之作會也；出受八千，管仲之蒐揚也；殘遺秦柱，蕭何之顯布也；獵廣窮長，王充之嗜信也。以至孔疏據之以釋經，漢志録之而麗史，齊澄濱之而聚書，唐典繫之而建部。守節屢登于正義，應麟富戢于地鈔，江淹補之而不能，吉甫删之而頓躓。”

王世貞《讀書後》曰：“《淮南子》其辭出于《吕氏春秋》、《玉杯》、《繁露》、《慎子》、《鄧析》、《山海圖經》、《爾雅》。”

胡應麟《經籍會通》曰：“《地志》昉自《山海經》，陸澄、任昉浸盛，至蕭德言等五百五十卷，極矣。”

又《三墳補逸》曰：“《穆天子傳》文絕類《山海經》，而事實大不同，自景純取《山海經》以注《穆天子》，而《穆天子傳》殘闕不易讀，好古之士率先熟《山海經》胸中，讀《穆天子》，而景純之注又分列其下。故衹以爲同，而弗以爲異。試循其本文覈之，則二書之旨，有天壤之懸者矣。”

又《史書佔僤》曰：“《山海經》謂禹、益實周末都邑簿也。”

陳一中《冠編》曰：“堯八十六載，伯益著《山海經》。”

黄一正《事物紺珠》曰：“《山海經》，禹治水所見著。”

朱維陛《神異經序》曰：“東方朔著《神異經》，記周巡天下所見。《山海經》所不載者列之，雖有而不倫者亦列之，遂知《神異經》與《山海經》類。”

劉昌允《類山》曰：“禹登玉簣山得簡書，周行天下，伯益記之，作《山海經》。”

焦竑《僞書論》曰：“《山海經》，禹益書也。中有長沙、零陵、桂陽諸暨，如此郡縣，豈禹時所有耶？此類甚多，或摹古書而僞作，或以己意而妄增。”

梁寅《河源記》曰：“古今河源之説異。《山海經》言昆侖之水赤、黄、黑、青色以方異，其名往往不同，或古今變易，番漢異類。”

盧泉劉氏曰：“《淮南子》雜以《吕氏春秋》、《莊》、《列》、《鄧析》、《慎子》、《山海經》、《爾雅》諸書。”

朱長春《管子注》曰：“不攬天官，不知天之變也，不讀《地員》，不知地之變也。《山經》簡而穆，志怪于恒，上古之文也；《地員》博而奇，衍恒于怪，中古之文也。”

郭延年《史通釋》曰：“《山經》太史公已不敢言，尤袤定爲秦書，疑信者半。”

顧起元《説略》：“《山海經》古書也，第首尾多衡决，後世不考。”又曰：“夏英公《集古篆韻》所引書目，《汗簡》、《説文》、《石經》、《字略》、《古老子》、《山海經》、《古史記》、《古漢書》云云。”

董斯張《吹景録》曰：“向疑《列子》雜魏晉人筆，其竄《南華語考》十之三，夸父、禺彊、思士、思女見《山海經》。”

劉鳳《雜俎》曰：“《山海經》，文學大儒多讀學以爲奇。”

歸有光詩曰：“昔年曾讀《山海經》，所稱怪獸多異名。”

陸時雍《讀楚辭語》曰：“天地之大，何所不有？《山海經》固多可疑，然安知其事之盡妄者？”

晋陶潛有《讀〈山海經〉詩》，中云：“泛覽周王傳，流觀山海圖。”

顔魯公《咏淵明詩》曰:“手持《山海經》,頭戴漉酒巾。”見《廬山記》

王應麟曰:“靖節之《讀〈山海經〉》,猶屈子之賦《遠游》也。”

南齊江淹欲爲《赤縣經》,以補《山海經》之缺,不成。

《南史·王筠傳》其自序云:“余少好抄書,《爾雅》、《山海經》、《本草》并再抄。”

《宋史·蘇頌傳》:“《山經》、《本草》無所不通。”又《劉敞傳》:“敞學問淵博,《山經》、《地志》皆究大略。”又《何涉傳》:“涉上自六經諸子百家,旁及《山經》、《地志》、醫卜之術,無所不學。”

陶宗儀《輟耕録》云:“莊蓼塘《山經》、地志,靡所不具。”

黄省曾《五嶽山人集》:《讀〈山海經〉詩》三章。

後漢永平十二年賜王景《山海經注》云:“禹所作。《漢志》:《山海經》十三篇。劉歆所校凡三十二篇,定爲十八篇。固已不回。尤袤定爲先秦之書,非禹及伯翳所作。”

《唐六典》:“秘書郎掌四部之圖籍,史家十一曰地理,以紀山川郡國。注云:《山海經》等一百三十九部。”

裴孝源《貞觀書史》有《大荒經圖》。

《中興書目》:“《山海圖》十卷,本梁張僧繇畫,咸平二年校理舒雅詮次館閣圖書,見僧繇舊蹤尚有存者,重繪爲十卷。”又載:“工侍朱昂《進僧繇畫圖表》于首。僧繇在梁以畫著,每卷中,先類所畫名,凡二百四十二種。”《崇文目》同舒雅修。晁氏《志》:《圖》十卷,舒雅等撰。或題曰張僧繇畫,妄也。《玉海》作咸平《山海經圖》。

《漢志》:形法者,大舉九州之勢以立城郭室舍,六家百二十二卷,《山海經》爲之首。

《書目》又有圖十卷,首載郭璞序,節録經文而圖其物,如張僧繇本,不著姓名;《大禹治水元奧録》一卷,不知作者,叙禹、貢治水本末。

《唐志》地理類:郭璞注《山海經》二十三卷,又《圖贊》二卷,《音》二卷。

《舊唐書志》:《山海經》十八卷,《圖贊》二卷,郭璞撰。

《中興書目》:《山海經》十八卷,晉郭璞傳,凡二十三篇,每卷有贊。

《崇文總目》[1]、晁氏《志》:《山海經》十八卷。黄伯思校正《崇文總目》云:"《山海經》,侍中秀領校,秀即歆也,見《東觀餘論》。"

《宋史》新編地理類:《山海經贊》二卷;五行類:郭璞《山海經》十八卷。

馬氏《文獻通考》:《山海經》十卷。

程俱集宋朝李誡《續山海經》十卷。

焦竑《經籍志》:宋朝舒雅《山海經圖》十卷。

劉會孟《評山海經》十八卷。

楊慎《山海經補注》一卷。

王崇慶《山海經釋義》十八卷。

胡文焕《山海經圖》二卷。

《山海經古文》一卷,《金石韻府》引"[illegible]靈⿰豸倉⿰豸庸"二字。

《山海經目》:本文三萬九百十九字,注二萬三百五十字,總五萬一千二百六十九字。

---

① "總"字,金閶書業堂本原闕,據文意補。

古序説

西漢劉秀字子駿上《山海經》奏曰：

侍中奉車都尉光禄大夫臣秀領校、秘書言校、秘書太常屬臣望所校《山海經》凡三十二篇，今定爲一十八篇，已定。《山海經》者，出於唐虞之際。昔洪水洋溢，浸衍中國，民人失據，崎嶇於丘陵，巢於樹木。鯀既無功，而帝堯使禹繼之。禹乘四載，隨山刊木，定高山大川。益與伯翳主驅禽獸，命山川，類草木，别水土。四嶽佐之，以周四方，逮人迹之所希至，及舟輿之所罕到。内别五方之山，外分八方之海，紀其珍寶奇物，異方之所生，水土草木禽獸昆蟲麟鳳之所止，禎祥之所隱，及四海之外，絕域之國，殊類之人。禹别九州，任土作貢，而益等類物善惡，著《山海經》。皆聖賢之遺事，古文之著明者也。其事質明有信。孝武皇帝時嘗有獸異鳥者，食之百物，所不肯食。東方朔見之，言其鳥名，又言其所當食，如朔言。問朔何以知之，即《山海經》所出也。孝宣帝時，擊磻石於上郡，陷得石室，其中有反縛盜械人。時臣秀父向爲諫議大夫，言此貳負之臣也。詔問何以知之，亦以《山海經》對。其文曰："貳負殺窫窳，帝乃梏之疏屬之山，桎其右足，反縛兩手。"上大驚。朝士由是多奇《山海經》者，文學大儒皆讀學以爲奇，可以考禎祥變怪之物，見遠國異人之謡俗。故《易》曰："言天下之至賾而不可亂也。"博物之君子，其不可惑焉。臣秀昧死謹上。

東晉記室參軍郭璞字景純《山海經序》曰：

世之覽《山海經》者，皆以其閎誕迂誇，多奇怪俶儻之言，莫不疑焉。嘗試論之曰，莊生有云："人之所知，莫若其所不知。”吾於《山海經》見之矣。夫以宇宙之寥廓，群生之紛紜，陰陽之煦蒸，萬殊之區分，精氣渾淆，自相濆薄，游魂靈怪，觸像而構，流形於山川，麗狀於木石者，惡可勝言乎？然則總其所以乖，鼓之於一響；成其所以變，混之於一象。世之所謂異，未知其所以異；世之所謂不異，未知其所以不異。何者？物不自異，待我而後異，異果在我，非物異也。故胡人見布而疑黂，越人見罽而駭毳。蓋信其習見而奇所希聞，此人情之常蔽也。今略舉可以明之者：陽火出於冰水，陰鼠生於炎山，而俗之論者，莫之或怪；及談《山海經》所載，而生怪之：是不怪所可怪而怪所不可怪也。不怪所可怪，則幾於無怪矣；怪所不可怪，則未始有可怪也。夫能然所不可，不可所不可然，則理無不然矣。案汲郡《竹書》及《穆天子傳》：穆王西征見西王母，執璧帛之好，獻錦組之屬。穆王享王母於瑶池之上，賦詩往來，辭義可觀。遂襲昆侖之丘，游軒轅之宮，眺鍾山之嶺，玩帝者之寶，勒石王母之山，紀迹玄圃之上。乃取其嘉木艷草奇鳥怪獸玉石珍瑰之器，金膏燭銀之寶，歸而殖養之於中國。穆王駕八駿之乘，右服盜驪，左驂騄耳，造父爲御，犇戎爲右，萬里長騖，以周歷四荒，名山大川，靡不登濟。東升大人之堂，西燕王母之廬，南轢黿鼉之梁，北躡積羽之衢。窮歡極娱，然後旋歸。案《史記》説穆王得盜驪、騄耳、驊騮之驥，使造父御之，以西巡狩，見西王母，樂而忘歸，亦與《竹書》同。《左傳》曰：“穆王欲肆其心，使天下皆有車轍馬迹焉。”《竹書》所載，則是其事也。而譙周之徒，足爲通識瑰儒，而雅不平此，驗之《史考》，以著其妄。司馬遷叙《大宛傳》亦云：“自張騫使大夏之後，窮河源，惡睹所謂昆侖者乎？至《禹本紀》、《山海經》所有怪物，余不敢言也。”不亦悲乎！若《竹書》

不潛出於千載，以作徵於今日者，則《山海》之言，其幾乎廢矣。若乃東方生曉畢方之名，劉子政辨盜械之尸，王頎訪兩面之客，海民獲長臂之衣：精驗潛效，绝代縣符。於戲！群惑者其可以少寤乎？是故聖皇原化以極變，象物以應怪，鑒無滞賾，曲盡幽情，神焉廋哉！神焉廋哉！蓋此書跨世七代，歷載三千，雖暫顯於漢而尋亦寢廢。其山川名號，所在多有舛謬，與今不同，師訓莫傳，遂將湮泯。道之所存，俗之所喪，悲夫！余有懼焉，故爲之創傳，疏其壅閡，闢其茀蕪，領其異致，標其洞涉。庶幾令逸文不墜於世，奇言不絕於今，夏后之迹，靡刊於將來；八荒之事，有聞於後裔，不亦可乎。夫翳繪之翔，叵以論垂天之凌；蹏涔之游，無以知絳虬之騰；鈞天之庭，豈伶人之所躡；無航之津，豈蒼兕之所涉：非天下之至通，難與言山海之義矣。嗚呼！達觀博物之客，其鑒之哉！

陳氏宋人《書目》説《山海經》曰：

漢侍中奉車都尉臣秀所校秘書，秀，即劉歆也。晉郭璞注。案《唐志》二十三卷，《音》二卷，今本錫山尤袤延之校定。世傳禹、益所作，其事見《吴越春秋》，曰："禹東巡，登南嶽得金簡玉字，通水之理，遂行四瀆，與益共謀，所至使益疏而記之，名《山海經》。"此其爲説，恢誕不典。司馬遷曰："言九州山川，《尚書》近之矣，至《禹本紀》、《山海經》所書怪物，余不敢言也。"可謂名言，孰曰多愛乎？故尤跋明其非禹、伯翳所作，而以爲先秦古書無疑。然莫能明其何人也。[①] 洪慶善補註《楚辭》，引《山海經》、《淮南子》以釋《天問》，而朱晦翁則曰："古今説《天問》者，皆本此二書，今以文意考之，疑此二書

① "明"，徐小鑾、顧美華點校上海古籍出版社 1987 年版本作"名"。

本皆緣解《天問》而作。”此可以破千載之惑，古今相傳既久，姑以冠地理書之録。

王應麟字伯厚，宋人《山海經考證》曰：

《隋志》相傳，以爲夏禹所記二十三卷，郭璞注劉歆所定書，其南西北東及中山號五藏經凡五篇，其文最多；《海内》、《海外》、《大荒》三經，南西北東名四篇，并《海内經》一篇，總十八篇，多者十餘簡，少者二三簡。其卷後或題建平元年四月丙戌，待詔太常屬臣望校治，侍中光禄勳臣龔、侍中奉車都尉光禄大夫臣秀領主省。顔之推曰：“《山海經》禹、益所記，而有長沙、零陵、桂陽諸暨，後人所羼，非本文也。”《通典》以爲恢怪不經，疑夫子删《詩》、《書》後尚奇者所作。或先有其書，如詭誕之言，必後人所加也。郭璞序曰：“東方生曉畢方之名，劉子政辨盜械之尸，王頎訪兩面之客，海民獲長臂之衣。精驗潛効，絕代懸符。”《論衡》謂董仲舒覩重常之鳥，劉子政曉貳負之尸，皆見《山海經》。故能立二事之説。今本十八卷，劉歆定爲十八篇，多於《志》五篇，固已不同。尤袤定爲先秦之書，非禹及伯翳所作。晁氏曰：“長沙、零陵、雁門皆郡縣名。又載禹、鯀，後人參益之。”薛氏曰：“《左傳》稱大禹鑄鼎象物以知神奸，入山林者不逢不若。”《山海經》所述不幾是也。《經》言大川所出，及舜所葬，皆秦漢時郡縣，又有成湯文王之事，管子之文，其非先秦有夏遺書，審矣。劉歆直云“伯益所記”，又分伯益、伯翳以爲二人，皆未之祥考。于史公記漢《西京》書，非後世之作也。《山海經》要爲有本于古，秦漢增益之書。太史公謂：“言九州山川，《尚書》近之，至《山海經》、《禹本紀》所言怪物，余不敢言也。”然哉！

楊慎字用修，明人《山海經後序》曰：

《左傳》曰：昔夏氏之方有德也，遠方圖物貢金九牧，鑄鼎象物。物物而爲之備，使民知神奸，入山林不逢不若，魑魅魍魎莫能逢之。此《山海經》之所由始也。神禹既賜玄圭，以成水功，遂受舜禪，以家天下。於是乎收九牧之金以鑄鼎。鼎之象則取遠方之圖。山之奇，水之奇，草之奇，木之奇，禽之奇，獸之奇。説其形，著其生，別其性，分其類。其神奇殊彙，駭世驚聽者，或見或聞；或恒有，或時有，或不必有，皆一一書焉。蓋其經而可守者，具在《禹貢》；奇而不法者，則備在九鼎。九鼎既成，以觀萬國。同彼象而魏之，日使耳而目之。脱輶軒之使、重譯之貢，續有呈焉。固以爲恒而不怪矣。此聖王明民牖俗之意也。夏后氏之世雖曰尚忠，而文反過於成周。太史終古藏古今之圖。至桀焚黄圖，終古乃抱之以歸殷。又史官孔甲于黄帝、姚、姒盤盂之銘，①皆緝之以爲書。則九鼎之圖，其傳固出于終古、孔甲之流也。謂之曰《山海圖》，其文則謂之《山海經》。至秦而九鼎亡，獨《圖》與《經》存。晋陶潛詩"流觀山海圖"，阮氏《七録》有張僧繇《山海圖》，可證已。今則經存而圖亡。後人因其義例而推廣之，益以秦漢郡縣地名。故讀者疑信相半，信者直以爲禹、益所著，既述其原；而疑者遂斥爲後人贋作詭誤，抑亦軋矣。漢劉歆《七略》所上，其文古矣；晋郭璞注釋所序，其説奇矣。此書之傳，二子之功與，但其著作之源，後學或忽，故著其説附之篊尾。

胡應麟字元瑞説《山海經》曰：

① "官"，金閶書業堂本作"言"，據原文改。

《山海經》,古今語怪之祖,劉歆謂夏后伯翳撰。無論其事,即其文,與《典》、《謨》、《禹貢》迥不類也。余嘗疑戰國好奇之士,本《穆天子傳》之文與事,而侈大博極之,雜傳以《汲冢》、《紀年》之異聞,《周書》、《王會》之詭物,《離騷》、《天問》之遐旨,《南華》、《鄭圃》之寓言,以成此書。而其叙述高簡,詞義淳質,名號倬詭,絕自成家。故雖本會萃諸書,而讀之反若諸書之取證乎此者,而實弗然也。《穆天子傳》晋始出,而此書漢世獨完。緣是前代文人,率未能定其先後。余首發之于此,俟大雅君子商焉。見《筆叢》

又曰:《山海經》本書不言禹、益撰,劉歆校定,以爲禹任土作貢,而益等類物善惡,著《山海經》,蓋億度疑信之言。趙氏《吴越春秋》因禹登會稽,遂撰爲金簡玉字之說。趙,東漢人,在劉歆後,其僞無疑。讀者但以禹、益治水,不當至海外,而怪誕之詞,聖人所不道以破之,而不據其本書。案《經》稱夏后啟事者三,又言殷王子亥,又言文王墓,凡商、周之事不一而足。晁氏但疑長沙、桂、陵數郡名,及鯀湮息壤等文。夫鯀事固禹、益所覩,商、周曷從知之哉?

又曰:此書蓋周末文人,因禹鑄九鼎圖象百物,使民入山林川澤,備知神奸之說。故所記多魑魅魍魎之類,而於禹爲特詳。

又曰:始余讀《山海經》,而疑其本《穆天子傳》,雜録《離騷》、《莊》、《列》傅會以成者。然以出于先秦,未敢自信。載《讀楚辭辯證》云:"古今說《天問》者,皆本《山海經》、《淮南子》。"今以文意考之,疑此二書皆緣《天問》而作,則紫陽已先得矣。然《經》所記山川神鬼,凡《離騷》、《遠遊》、二《招》中稍涉奇怪者,悉爲説以實之,不獨《天問》也。而其文體特類《穆天子傳》。故余斷以爲戰國好奇之士取穆王傳,雜録《莊》、《列》、《離騷》、《周書》、《晋乘》以成者。自非熟讀諸書,及此經本末,不易信也。後世必有以余爲知言者。

又曰:《經》載叔均方耕,讙兜方捕魚,長臂人兩手各操一魚,豎亥右手把算,羿執弓矢,鑿齒執盾,此類皆與紀事之詞大異。近世坊間戲取《山海經》怪物爲圖,意古先有斯圖,撰者因而紀之,故其文義應爾。及讀王伯厚《王會補傳》引《朱子》曰:"《山海經》紀諸異物飛走之類,多云東向,或云東首,疑本依圖畫而述之。古有此學,如《九歌》、《天問》皆其類。"余意頓爾釋然。甚矣,紫陽之善讀書也!即此文意之間,古今博雅所未究,而獨能察之,況平生精力萃于經傳者可淺窺乎?

又曰:古人著書,即幻説必有所本,《山海經》之稱禹也,名山大川,遐方絶域,固本治水作貢之文。至異禽詭獸,鬼蜮之狀,充斥簡編,雖戰國浮誇之習,乃《禹貢》則亡一焉,而何以傅合也?偶讀《左傳》,王孫滿之對楚子曰:"昔夏之方有德也,遠方圖物貢金九牧,鑄鼎象物,百物而爲之備,使民知神奸。故民入川澤山林,魑魅魍魎莫能逢之。"不覺灑然擊節曰:"此《山海經》所由作乎?"蓋是書也,其用意一根于怪。所載人物、靈祇非一,而其形皆魑魅魍魎之屬也。考王孫之對,雖一時辨給之談,若其所稱圖象百物之説,必有所本。至于周末《離騷》、《莊》、《列》輩,其流遂不可底極。而一時能文之士因假《穆天子》之體,縱横傅會,勒成此書,以傅于圖象百物之説。意將以禹、益欺天下後世,而適以誣之也。自此書之行,古今學士但謂非出大禹而已,而未有辨其本于穆满之文者。尤未有察其本于王孫之對者。區區名義之末,誠非大體所關，然亦可見古今事理，第殫精索之，即千載以上無弗可窮也。作者有靈，其將爲余絶倒于九京也哉！任臣曰：胡氏之説《山海經》，辨矣。然疑爲後人本《穆天子傳》、《楚辭》諸書而作，非實録也。愚論《吴讀〈山海經〉語》中。

程良孺字稺修説《山海經》曰：

夏禹、伯益作《山海經》，有長沙、零陵、桂陽諸暨郡縣；神農作《本草》而有豫章、朱崖、趙國、常山、奉高、真定、臨淄、馮翊等郡縣。周公作《爾雅》而云張仲孝友；孔子作《春秋》而云孔某卒，左邱明作《世本》而有漢高祖，燕王喜《汲冢瑣語》乃載秦望碑，李斯作《倉頡篇》而有漢兼天下，海内并厠，豨黥韓覆，畔討滅殘。司馬遷作《史記》而有班固序贊，劉向作《列仙傳》而贊云七十四人出佛經，又作《列女傳》，其子歆足成之，而有更始韓夫人、明德馬皇后、梁婦人嫕傳北，其爲後人所羼，何疑？見《讀書考定》

劉維《山海經策》曰：

禹平水土，主名山川，伯益等類物善惡，著《山海經》。與《禹貢》互相發明，内别五方之山，外分八方之海，山與水錯成，舟車之所罕到，人類之所希覩，凡一十八篇。或云孔子删後所出，或云漢臣劉歆等多所附益，如長沙、零陵、桂陽諸暨，後人所羼，而其爲唐虞間書則近之。蓋《禹貢》爲地平天成、歸告成功而作，是已成之書也。是故以冀、兖、青、徐、荆、揚、豫、梁、雍、定州以上中下，錯綜定賦，其詞確。《山海經》爲隨山刊木創造經行而作，是未成之書也。故止以南、西、北、東、中定方隅，而州則未定。以海内外、大荒定梗概，以鳥獸草木金玉人物紀珍怪，而賦則未定，其詞詳。《禹貢》以尊京師爲主，故首冀州，兖最下；故次兖，雍最高；故終雍，昆侖最遠；故以織皮與三國終之，而無他賦。《山海經》治之導之，從其所自起。天下山起昆侖，故《山海經》首南山，《禹貢》以定賦獻天子。昆侖在荒僻外，故不列九州，止言導河自積石，而非以河源自積石也。《山海經》備載環海内外，故得原其所起，要其所止，獨其海外與大荒五方，與海内經多類而事復，則經度之始，原爲未成。大抵君子道其常，達人觀其變。語其正，則盡之《禹貢》；語其變，則概之《山經》。至若經言貳負之臣，帝梏之疏屬之山，桎其足，縛其兩手，至漢宣帝時猶驗。此可爲貳心之臣戒。有蜮民之國，射蜮是食。爲鬼爲蜮，則不可得。射而食之，此可爲邪民戒！豐次、玉門，日月所入；倚天、蘇門，日月所生。羲和之國浴日，天虞浴月。日月，君象也，而浴之，此可爲夾輔日月者勸，此即無是事，而理固足信，況經備載之乎！

陳一中《論山海經》曰：

《山海經》，伯益真經。劉氏、郭氏經序，羅氏《路史》得之，此可與虚心好古者道，特筆續于漢儒之經義，濫于景純之觴耳。察其所志，皆山川之産，財貨之出，風土之俗，祭祀之禮，動植之情，藥石之性，災祥之徵，疾病之宜，道里之數，帝王之葬，鬼神之祠，神明之胄，無非經國富民之良博。詢于山耆野老，廣采于絶域遐方，南天北地，不能無聞見之異，兼收并録，無怪有彼此之殊。故《山海經》爲《禹貢》剩文，有存無棄，乃所謂聖人之至虚也。千載之下，東方生、劉子政習之，其應如神，所見之廣，所志之博，都非後人能辨，孰謂《山海經》并伯益之真經。見《蛙螢子》

《山海經》逸文

應劭《漢地理志·泫氏縣》注引《山海經》曰："泫水所出。"

《史記正義》引《山海經》云："紫淵水出根耆之山，西流注河。"

歐陽詢《藝文類聚》引《山海經》曰："列缺電名。"

李善《文選注》引《山海經》曰："閬風之山，或上倍之，是謂玄圃；或上倍之，是謂大帝之居。"

孫愐《唐韻》云："魶歈，魚名，出《山海經》。"又云："鸓鳥，出《山海經》。"

韓鄂《歲華紀麗》引《山海經》曰："狼山多毒草，盛夏鳥過之不能去。"

《太平御覽》引《山海經》曰："獏狻食猛獸。"

《東觀餘論》引《山海經》曰："南方山谷中有獸曰貘，象鼻，犀目，牛尾，虎足，人寢其皮辟温，圖其形辟邪，嗜銅鐵，弗食他物。"王世貞《異物彙苑》亦引此，又曰："《經》一云白貘，似熊，十頭。"

朱熹《楚辭注》引《山海經》曰："禹治水，有應龍以尾畫地，即水泉流通，禹因而治之。"

虞厚《合璧事類》引《山海經》曰："沃焦在碧海之東，有石，闊四萬里，居百川之下，故又名尾閭。"

高似孫《緯略》云："《山海經》'流沙之西、丹山之南，有鳯之圎。'圎，古卵字。"

郭彖《睽車志》："熙寧間，泗州盱眙令自陳改名雍觀，時王荆公當國，怪其名，云：'夢中神告如此。'其人後渡浮橋，没淮水。事聞朝廷,荆公曰:[1]向疑雍觀名。因閲《山海經》,乃知爲水官之名,故慮其有水厄也。厥後縣僚時夢雍觀騶從甚盛,往來淮岸云。”

王應麟《漢藝文志考證》引《山海經》曰:“伏羲氏得河圖,夏后因之曰《連山》;廣帝氏得河圖,商人因之曰《歸藏》;列山氏得河圖,周人因之曰《周易》。”

《困學紀聞》載:“孝皇問王季海聾字何以從龍從耳,對曰:‘《山海經》:龍聽以角不以耳。’”又《續文獻通考》亦引此。

吴淑《事類賦》注引《山海經》曰:“仙女降露,仙人常飲之。”

李肇《國史補》引《山海經》云:“水獸好爲害,禹鎖之,名巫支祈。”《輟耕録》又云:“《山海經》:‘水獸好爲雲雨,禹鎖于軍山之下,名無支祈。’”

楊慎《外集》曰:“‘陸渾山’,《山海經》作‘賁渾’。案古‘陸’字作‘奋’,‘賁渾’當是‘奋渾’之誤。”

楊慎《均藻》引《山海經》曰鳳九鳳卵也山猣即山魈。

劉賡《稽瑞録》引《山海經》曰:“鸞鳳之佐,鳴中五音也。”

梅膺祚《字彙》引《山海經》云:“檑木煮其汁,味甘,可爲酒。”

馮應京《月令廣義》引《山海經》曰:“道州有暖谷,在寒亭之西。”

茅溱《韻譜本義》引《山海經》曰:“鱟形如惠,文青黑色,十二足悉在腹下,長五六尺,似蟹。雌常負雄,漁者取之必得其雙。”

---

① “曰”,金閶書業堂本原作“白”,據原文改。

董斯張《廣博物志》引《山海經》云："昆侖縱廣萬里，高萬一千里，有青河、白河、赤河、黑河環其墟。"又引《經》曰："九真郡居風，有風門，常出風。"

程良孺《讀書考定》曰："江海之有潮，辰刻不移。《山海經》則以爲海鰌出入穴之度。郎瑛《七脩類稿》、畢拱辰《蟫雪哤言》亦引此云。"

程氏又曰："金吾，其形似美人，首魚，尾有兩翼，其性通靈不睡。出《山海經》、《博物志》。"

郭紹孔《正誤》曰："《山海經》：'神荼、鬱壘，海中二神人。'郭璞注：'神荼，音伸舒；鬱壘，一作鬱律，又作鬱壘。'張衡《東京賦》'守以鬱壘'，是也。《戰國策》作鬱靁，沈修文作鬱𩡻，王充作鬱嵂，音義同。應劭《風俗通》、楊慎《古音復字》、羅泌《余論》皆云出《山海經》。"

戴埴《鼠璞》亦引《山海經》曰："滄海之中，度朔之山，上有大桃木，其屈蟠三千里，其枝間東北曰鬼門，萬鬼所出入也。有二神人，一曰神荼，一曰鬱壘。"

陳一中《冠編》引《山海經》云："黄帝字律，曰帝律。"

虞淳《熙陰符演》引《山海經》曰："廣成子治屯蒙二卦，黄帝之師也。"

夏樹芳《詞林海錯》曰："《山海經》：'海神名馬銜，一角而龍形。'"

陳敬《香譜》引《山海經》曰："丁香生東海及昆侖國，二三月花開，七月結實。"郭造鄉《永平府志》亦引《山海經》曰："丁香生東海及昆侖。"

白湛《淵續演雅》云："嬰啼聞木枝。"注云："見《山海經》。"

《正韻》注引《山海經》云："楓木入地千年爲虎魄。"

屠隆《篇海》云："疢山，山名，見《山海經》。疢，音抉。"

《篇韻》引《山海經》云："獛鉛，南極之人，尾長數寸，巢居山林。"

任臣案：前文今本所無，存之以備闕略。

（康熙五十一年金閶書業堂本）

山海經圖語

吴任臣

右《山海經圖》五卷，凡一百四十四圖。爲靈祇者二十，爲異域者二十有一，爲獸族者五十有一，爲羽禽者二十有二，爲鱗介者三十。奇形怪物，靡不悉陳，異獸珍禽，燦然畢具。中間若"肥螘"與"肥遺"攸分，"蠻鳥"與"蠻鼠"迥别，以至桃水之鮹子，桐水之鮹，字同音異。而浮玉之彘，倫山之熊，三危之鴟，又與世所稱曰彘、曰羆、曰鴟者有殊，咸爲分形析象，用辨微芒。昔人識疏屬之尸，知一足之鳥，審駮馬之狀，證孟婆之神，往往識諸史籍以爲美譚，即此而循覽周回，亦庶幾遇物能名，無庸冥索矣。舊舒雅咸平圖十卷，計二百四十二種，今登其詭異，以類相次，而見聞所及者都爲闕加云。

康熙六年夏吴任臣謹。

（康熙五十一年金閶書業堂本）

四庫全書總目・山海經廣注提要

紀昀

任臣有《十國春秋》,已著録。是書因郭璞《山海經注》而補之,故曰《廣注》。於名物訓詁,山川道里,皆有所訂正。雖嗜奇愛博,引據稍繁,如堂庭山之黄金,青邱山之鴛鴦,雖販婦傭奴,皆識其物。而旁徵典籍,未免贅疣,卷首冠雜述一篇,亦涉冗蔓。然掎摭宏富,多足爲考證之資。所列逸文三十四條,自楊慎《丹鉛録》以下十八條,皆明代之書,所見實無别本,其爲稗販誤記,無可致疑,至應劭《漢書注》以下十四條,則或古本有異,亦頗足以廣見聞也。舊本載圖五卷,分爲五類,曰靈祇,曰異域,曰獸族,曰羽禽,曰鱗介。云本宋咸平舒雅舊稿,雅本之張僧繇,其説影響依稀,未之敢據。其圖亦以意爲之,無論不真出雅與僧繇,即説果確實,二人亦何由見而圖之?故今惟録其注,圖則從删。又前列引用書目五百三十餘種,多采自類書,虚陳名目,亦不瑣録焉。

乾隆四十六年九月恭校上。